Un amour de Swann

Swann in Love

Un amour de Swann

Swann in Love

Marcel Proust

translated by
C.K. Scott Moncrieff

BilingualBookworld.com

Un amour de Swann - Swann in Love
by Marcel Proust and translated by C.K. Scott Moncrieff

ISBN: 978-0-9895131-0-4

POUR FAIRE PARTIE du «petit noyau», du «petit groupe», du «petit clan» des Verdurin, une condition était suffisante mais elle était nécessaire: il fallait adhérer tacitement à un *Credo* dont un des articles était que le jeune pianiste, protégé par Mme Verdurin cette année-là et dont elle disait: «Ça ne devrait pas être permis de savoir jouer Wagner comme ça!», «enfonçait» à la fois Planté et Rubinstein et que le docteur Cottard avait plus de diagnostic que Potain. Toute «nouvelle recrue» à qui les Verdurin ne pouvaient pas persuader que les soirées des gens qui n'allaient pas chez eux étaient ennuyeuses comme la pluie, se voyait immédiatement exclue. Les femmes étant à cet égard plus rebelles que les hommes à déposer toute curiosité mondaine et l'envie de se renseigner par soi-même sur l'agrément des autres salons, et les Verdurin sentant d'autre part que cet esprit d'examen et ce démon de frivolité pouvaient par contagion devenir fatal à l'orthodoxie de la petite église, ils avaient été amenés à rejeter successivement tous les «fidèles» du sexe féminin.

En dehors de la jeune femme du docteur, ils étaient réduits presque uniquement cette année-là

TO ADMIT YOU to the 'little nucleus,' the 'little group,' the 'little clan' at the Verdurins', one condition sufficed, but that one was indispensable; you must give tacit adherence to a Creed one of whose articles was that the young pianist, whom Mme. Verdurin had taken under her patronage that year, and of whom she said "Really, it oughtn't to be allowed, to play Wagner as well as that!" left both Planté and Rubinstein 'sitting'; while Dr. Cottard was a more brilliant diagnostician than Potain. Each 'new recruit' whom the Verdurins failed to persuade that the evenings spent by other people, in other houses than theirs, were as dull as ditch-water, saw himself banished forthwith. Women being in this respect more rebellious than men, more reluctant to lay aside all worldly curiosity and the desire to find out for themselves whether other drawing-rooms might not sometimes be as entertaining, and the Verdurins feeling, moreover, that this critical spirit and this demon of frivolity might, by their contagion, prove fatal to the orthodoxy of the little church, they had been obliged to expel, one after another, all those of the 'faithful' who were of the female sex.

Apart from the doctor's young wife, they were reduced almost exclusively that season (for all that Mme. Verdurin

(bien que Mme Verdurin fût elle-même vertueuse et d'une respectable famille bourgeoise excessivement riche et entièrement obscure avec laquelle elle avait peu à peu cessé volontairement toute relation) à une personne presque du demi-monde, Mme de Crécy, que Mme Verdurin appelait par son petit nom, Odette, et déclarait être «un amour» et à la tante du pianiste, laquelle devait avoir tiré le cordon; personnes ignorantes du monde et à la naïveté de qui il avait été si facile de faire accroire que la princesse de Sagan et la duchesse de Guermantes étaient obligées de payer des malheureux pour avoir du monde à leurs dîners, que si on leur avait offert de les faire inviter chez ces deux grandes dames, l'ancienne concierge et la cocotte eussent dédaigneusement refusé.

Les Verdurin n'invitaient pas à dîner: on avait chez eux «son couvert mis». Pour la soirée, il n'y avait pas de programme. Le jeune pianiste jouait, mais seulement si «ça lui chantait», car on ne forçait personne et comme disait M. Verdurin: «Tout pour les amis, vivent les camarades!» Si le pianiste voulait jouer la chevauchée de *La Walkyrie* ou le prélude de *Tristan,* Mme Verdurin protestait, non que cette musique lui déplût, mais au contraire parce qu'elle lui causait trop d'impression. «Alors vous tenez à ce que j'aie ma migraine? Vous savez bien que c'est la même chose chaque fois qu'il joue ça. Je sais ce qui m'attend! Demain quand je voudrai me lever, bonsoir, plus personne!» S'il ne jouait pas, on causait, et l'un des amis, le plus souvent leur peintre favori d'alors, «lâchait», comme disait M. Verdurin, «une grosse faribole qui faisait s'esclaffer tout le monde», Mme Verdurin surtout, à qui—tant elle avait l'habitude de prendre au propre les expressions figurées des émotions qu'elle éprouvait—le docteur Cottard (un jeune débutant à cette époque) dut un jour remettre sa mâchoire qu'elle avait décrochée pour avoir trop ri.

L'habit noir était défendu parce qu'on était entre «copains» et pour ne pas ressembler aux «ennuyeux»

herself was a thoroughly 'good' woman, and came of a respectable middle-class family, excessively rich and wholly undistinguished, with which she had gradually and of her own accord severed all connection) to a young woman almost of a 'certain class,' a Mme. de Crécy, whom Mme. Verdurin called by her Christian name, Odette, and pronounced a 'love,' and to the pianist's aunt, who looked as though she had, at one period, 'answered the bell': ladies quite ignorant of the world, who in their social simplicity were so easily led to believe that the Princesse de Sagan and the Duchesse de Guermantes were obliged to pay large sums of money to other poor wretches, in order to have anyone at their dinner-parties, that if somebody had offered to procure them an invitation to the house of either of those great dames, the old doorkeeper and the woman of 'easy virtue' would have contemptuously declined.

The Verdurins never invited you to dinner; you had your 'place laid' there. There was never any programme for the evening's entertainment. The young pianist would play, but only if he felt inclined, for no one was forced to do anything, and, as M. Verdurin used to say: "We're all friends here. Liberty Hall, you know!" If the pianist suggested playing the Ride of the Valkyries, or the Prelude to Tristan, Mme. Verdurin would protest, not that the music was displeasing to her, but, on the contrary, that it made too violent an impression. "Then you want me to have one of my headaches? You know quite well, it's the same every time he plays that. I know what I'm in for. Tomorrow, when I want to get up—nothing doing!" If he was not going to play they talked, and one of the friends—usually the painter who was in favour there that year—would "spin," as M. Verdurin put it, "a damned funny yarn that made 'em all split with laughter," and especially Mme. Verdurin, for whom—so strong was her habit of taking literally the figurative accounts of her emotions—Dr. Cottard, who was then just starting in general practice, would "really have to come one day and set her jaw, which she had dislocated with laughing too much."

Evening dress was barred, because you were all 'good pals,' and didn't want to look like the 'boring people' who

dont on se garait comme de la peste et qu'on n'invitait qu'aux grandes soirées, données le plus rarement possible et seulement si cela pouvait amuser le peintre ou faire connaître le musicien. Le reste du temps on se contentait de jouer des charades, de souper en costumes, mais entre soi, en ne mêlant aucun étranger au petit «noyau».

Mais au fur et à mesure que les «camarades» avaient pris plus de place dans la vie de Mme Verdurin, les ennuyeux, les réprouvés, ce fut tout ce qui retenait les amis loin d'elle, ce qui les empêchait quelquefois d'être libres, ce fut la mère de l'un, la profession de l'autre, la maison de campagne ou la mauvaise santé d'un troisième. Si le docteur Cottard croyait devoir partir en sortant de table pour retourner auprès d'un malade en danger: «Qui sait, lui disait Mme Verdurin, cela lui fera peut-être beaucoup plus de bien que vous n'alliez pas le déranger ce soir; il passera une bonne nuit sans vous; demain matin vous irez de bonne heure et vous le trouverez guéri.» Dès le commencement de décembre elle était malade à la pensée que les fidèles «lâcheraient» pour le jour de Noël et le 1er janvier. La tante du pianiste exigeait qu'il vînt dîner ce jour-là en famille chez sa mère à elle:

— Vous croyez qu'elle en mourrait, votre mère, s'écria durement Mme Verdurin, si vous ne dîniez pas avec elle le jour de l'an, comme en *province!*

Ses inquiétudes renaissaient à la semaine sainte:

— Vous, Docteur, un savant, un esprit fort, vous venez naturellement le vendredi saint comme un autre jour? dit-elle à Cottard la première année, d'un ton assuré comme si elle ne pouvait douter de la réponse. Mais elle tremblait en attendant qu'il l'eût prononcée, car s'il n'était pas venu, elle risquait de se trouver seule.

— Je viendrai le vendredi saint... vous faire mes adieux car nous allons passer les fêtes de Pâques en Auvergne.

— En Auvergne? pour vous faire manger par les puces et la vermine, grand bien vous fasse!

were to be avoided like the plague, and only asked to the big evenings, which were given as seldom as possible, and then only if it would amuse the painter or make the musician better known. The rest of the time you were quite happy playing charades and having supper in fancy dress, and there was no need to mingle any strange element with the little 'clan.'

But just as the 'good pals' came to take a more and more prominent place in Mme. Verdurin's life, so the 'bores,' the 'nuisances' grew to include everybody and everything that kept her friends away from her, that made them sometimes plead 'previous engagements,' the mother of one, the professional duties of another, the 'little place in the country' of a third. If Dr. Cottard felt bound to say good night as soon as they rose from table, so as to go back to some patient who was seriously ill; "I don't know," Mme. Verdurin would say, "I'm sure it will do him far more good if you don't go disturbing him again this evening; he will have a good night without you; to-morrow morning you can go round early and you will find him cured." From the beginning of December it would make her quite ill to think that the 'faithful' might fail her on Christmas and New Year's Days. The pianist's aunt insisted that he must accompany her, on the latter, to a family dinner at her mother's.

"You don't suppose she'll die, your mother," exclaimed Mme. Verdurin bitterly, "if you don't have dinner with her on New Year's Day, like people in the *provinces!*"

Her uneasiness was kindled again in Holy Week:

"Now you, Doctor, you're a sensible, broad-minded man; you'll come, of course, on Good Friday, just like any other day?" she said to Cottard in the first year of the little 'nucleus,' in a loud and confident voice, as though there could be no doubt of his answer. But she trembled as she waited for it, for if he did not come she might find herself condemned to dine alone.

"I shall come on Good Friday—to say good-bye to you, for we are going to spend the holidays in Auvergne."

"In Auvergne? To be eaten by fleas and all sorts of creatures! A fine lot of good that will do you!"

Et après un silence:

— Si vous nous l'aviez dit au moins, nous aurions tâché d'organiser cela et de faire le voyage ensemble dans des conditions confortables.

De même si un «fidèle» avait un ami, ou une «habituée» un flirt qui serait capable de faire «lâcher» quelquefois, les Verdurin qui ne s'effrayaient pas qu'une femme eût un amant pourvu qu'elle l'eût chez eux, l'aimât en eux, et ne le leur préférât pas, disaient: «Eh bien! amenez-le votre ami.» Et on l'engageait à l'essai, pour voir s'il était capable de ne pas avoir de secrets pour Mme Verdurin, s'il était susceptible d'être agrégé au «petit clan». S'il ne l'était pas on prenait à part le fidèle qui l'avait présenté et on lui rendait le service de le brouiller avec son ami ou avec sa maîtresse. Dans le cas contraire, le «nouveau» devenait à son tour un fidèle. Aussi quand cette année-là, la demi-mondaine raconta à M. Verdurin qu'elle avait fait la connaissance d'un homme charmant, M. Swann, et insinua qu'il serait très heureux d'être reçu chez eux, M. Verdurin transmit-il séance tenante la requête à sa femme. (Il n'avait jamais d'avis qu'après sa femme, dont son rôle particulier était de mettre à exécution les désirs, ainsi que les désirs des fidèles, avec de grandes ressources d'ingéniosité.)

— Voici Mme de Crécy qui a quelque chose à te demander. Elle désirerait te présenter un de ses amis, M. Swann. Qu'en dis-tu?

— Mais voyons, est-ce qu'on peut refuser quelque chose à une petite perfection comme ça. Taisez-vous, on ne vous demande pas votre avis, je vous dis que vous êtes une perfection.

— Puisque vous le voulez, répondit Odette sur un ton de marivaudage, et elle ajouta: vous savez que je ne suis pas «fishing for compliments.

— Eh bien! amenez-le votre ami, s'il est agréable.

Certes le «petit noyau» n'avait aucun rapport avec la société où fréquentait Swann, et de purs

And after a solemn pause:

"If you had only told us, we would have tried to get up a party, and all gone there together, comfortably."

And so, too, if one of the 'faithful' had a friend, or one of the ladies a young man, who was liable, now and then, to make them miss an evening, the Verdurins, who were not in the least afraid of a woman's having a lover, provided that she had him in their company, loved him in their company and did not prefer him to their company, would say: "Very well, then, bring your friend along." And he would be put to the test, to see whether he was willing to have no secrets from Mme. Verdurin, whether he was susceptible of being enrolled in the 'little clan.' If he failed to pass, the faithful one who had introduced him would be taken on one side, and would be tactfully assisted to quarrel with the friend or mistress. But if the test proved satisfactory, the newcomer would in turn be numbered among the 'faithful.' And so when, in the course of this same year, the courtesan told M. Verdurin that she had made the acquaintance of such a charming gentleman, M. Swann, and hinted that he would very much like to be allowed to come, M. Verdurin carried the request at once to his wife. He never formed an opinion on any subject until she had formed hers, his special duty being to carry out her wishes and those of the 'faithful' generally, which he did with boundless ingenuity.

"My dear, Mme. de Crécy has something to say to you. She would like to bring one of her friends here, a M. Swann. What do you say?"

"Why, as if anybody could refuse anything to a little piece of perfection like that. Be quiet; no one asked your opinion. I tell you that you are a piece of perfection."

"Just as you like," replied Odette, in an affected tone, and then went on: "You know I'm not fishing for compliments."

"Very well; bring your friend, if he's nice."

Now there was no connection whatsoever between the 'little nucleus' and the society which Swann frequented, and

mondains auraient trouvé que ce n'était pas la peine d'y occuper comme lui une situation exceptionnelle pour se faire présenter chez les Verdurin. Mais Swann aimait tellement les femmes, qu'à partir du jour où il avait connu à peu près toutes celles de l'aristocratie et où elles n'avaient plus rien eu à lui apprendre, il n'avait plus tenu à ces lettres de naturalisation, presque des titres de noblesse, que lui avait octroyées le faubourg Saint-Germain, que comme à une sorte de valeur d'échange, de lettre de crédit dénuée de prix en elle-même, mais lui permettant de s'improviser une situation dans tel petit trou de province ou tel milieu obscur de Paris, où la fille du hobereau ou du greffier lui avait semblé jolie. Car le désir ou l'amour lui rendait alors un sentiment de vanité dont il était maintenant exempt dans l'habitude de la vie (bien que ce fût lui sans doute qui autrefois l'avait dirigé vers cette carrière mondaine où il avait gaspillé dans les plaisirs frivoles les dons de son esprit et fait servir son érudition en matière d'art à conseiller les dames de la société dans leurs achats de tableaux et pour l'ameublement de leurs hôtels), et qui lui faisait désirer de briller, aux yeux d'une inconnue dont il s'était épris, d'une élégance que le nom de Swann à lui tout seul n'impliquait pas. Il le désirait surtout si l'inconnue était d'humble condition. De même que ce n'est pas à un autre homme intelligent qu'un homme intelligent aura peur de paraître bête, ce n'est pas par un grand seigneur, c'est par un rustre qu'un homme élégant craindra de voir son élégance méconnue. Les trois quarts des frais d'esprit et des mensonges de vanité qui ont été prodigués depuis que le monde existe par des gens qu'ils ne faisaient que diminuer, l'ont été pour des inférieurs. Et Swann qui était simple et négligent avec une duchesse, tremblait d'être méprisé, posait, quand il était devant une femme de chambre.

Il n'était pas comme tant de gens qui par paresse, ou sentiment résigné de l'obligation que crée la

a purely worldly man would have thought it hardly worth his while, when occupying so exceptional a position in the world, to seek an introduction to the Verdurins. But Swann was so ardent a lover that, once he had got to know almost all the women of the aristocracy, once they had taught him all that there was to learn, he had ceased to regard those naturalisation papers, almost a patent of nobility, which the Faubourg Saint-Germain had bestowed upon him, save as a sort of negotiable bond, a letter of credit with no intrinsic value, which allowed him to improvise a status for himself in some little hole in the country, or in some obscure quarter of Paris, where the good-looking daughter of a local squire or solicitor had taken his fancy. For at such times desire, or love itself, would revive in him a feeling of vanity from which he was now quite free in his everyday life, although it was, no doubt, the same feeling which had originally prompted him towards that career as a man of fashion in which he had squandered his intellectual gifts upon frivolous amusements, and had made use of his erudition in matters of art only to advise society ladies what pictures to buy and how to decorate their houses; and this vanity it was which made him eager to shine, in the sight of any fair unknown who had captivated him for the moment, with a brilliance which the name of Swann by itself did not emit. And he was most eager when the fair unknown was in humble circumstances. Just as it is not by other men of intelligence that an intelligent man is afraid of being thought a fool, so it is not by the great gentleman but by boors and 'bounders' that a man of fashion is afraid of finding his social value underrated. Three-fourths of the mental ingenuity displayed, of the social falsehoods scattered broadcast ever since the world began by people whose importance they have served only to diminish, have been aimed at inferiors. And Swann, who behaved quite simply and was at his ease when with a duchess, would tremble for fear of being despised, and would instantly begin to pose, were he to meet her grace's maid.

Unlike so many people, who, either from lack of energy or else from a resigned sense of the obligation laid upon them by

grandeur sociale de rester attaché à un certain rivage, s'abstiennent des plaisirs que la réalité leur présente en dehors de la position mondaine où ils vivent cantonnés jusqu'à leur mort, se contentant de finir par appeler plaisirs, faute de mieux, une fois qu'ils sont parvenus à s'y habituer, les divertissements médiocres ou les supportables ennuis qu'elle renferme. Swann, lui, ne cherchait pas à trouver jolies les femmes avec qui il passait son temps, mais à passer son temps avec les femmes qu'il avait d'abord trouvées jolies. Et c'était souvent des femmes de beauté assez vulgaire, car les qualités physiques qu'il recherchait sans s'en rendre compte étaient en complète opposition avec celles qui lui rendaient admirables les femmes sculptées ou peintes par les maîtres qu'il préférait. La profondeur, la mélancolie de l'expression, glaçaient ses sens que suffisait au contraire à éveiller une chair saine, plantureuse et rose.

Si en voyage il rencontrait une famille qu'il eût été plus élégant de ne pas chercher à connaître, mais dans laquelle une femme se présentait à ses yeux parée d'un charme qu'il n'avait pas encore connu, rester dans son «quant à soi» et tromper le désir qu'elle avait fait naître, substituer un plaisir différent au plaisir qu'il eût pu connaître avec elle, en écrivant à une ancienne maîtresse de venir le rejoindre, lui eût semblé une aussi lâche abdication devant la vie, un aussi stupide renoncement à un bonheur nouveau, que si au lieu de visiter le pays, il s'était confiné dans sa chambre en regardant des vues de Paris. Il ne s'enfermait pas dans l'édifice de ses relations, mais en avait fait, pour pouvoir le reconstruire à pied d'œuvre sur de nouveaux frais partout où une femme lui avait plu, une de ces tentes démontables comme les explorateurs en emportent avec eux. Pour ce qui n'en était pas transportable ou échangeable contre un plaisir nouveau, il l'eût donné pour rien, si enviable que cela parût à d'autres. Que de fois son crédit auprès d'une duchesse,

their social grandeur to remain moored like houseboats to a certain point on the bank of the stream of life, abstain from the pleasures which are offered to them above and below that point, that degree in life in which they will remain fixed until the day of their death, and are content, in the end, to describe as pleasures, for want of any better, those mediocre distractions, that just not intolerable tedium which is enclosed there with them; Swann would endeavour not to find charm and beauty in the women with whom he must pass time, but to pass his time among women whom he had already found to be beautiful and charming. And these were, as often as not, women whose beauty was of a distinctly 'common' type, for the physical qualities which attracted him instinctively, and without reason, were the direct opposite of those that he admired in the women painted or sculptured by his favourite masters. Depth of character, or a melancholy expression on a woman's face would freeze his senses, which would, however, immediately melt at the sight of healthy, abundant, rosy human flesh.

If on his travels he met a family whom it would have been more correct for him to make no attempt to know, but among whom a woman caught his eye, adorned with a special charm that was new to him, to remain on his 'high horse' and to cheat the desire that she had kindled in him, to substitute a pleasure different from that which he might have tasted in her company by writing to invite one of his former mistresses to come and join him, would have seemed to him as cowardly an abdication in the face of life, as stupid a renunciation of a new form of happiness as if, instead of visiting the country where he was, he had shut himself up in his own rooms and looked at 'views' of Paris. He did not immure himself in the solid structure of his social relations, but had made of them, so as to be able to set it up afresh upon new foundations wherever a woman might take his fancy, one of those collapsible tents which explorers carry about with them. Any part of it which was not portable or could not be adapted to some fresh pleasure he would discard as valueless, however enviable it might appear to others. How often had his credit with a duchess,

fait du désir accumulé depuis des années que celle-ci avait eu de lui être agréable sans en avoir trouvé l'occasion, il s'en était défait d'un seul coup en réclamant d'elle par une indiscrète dépêche une recommandation télégraphique qui le mît en relation sur l'heure avec un de ses intendants dont il avait remarqué la fille à la campagne, comme ferait un affamé qui troquerait un diamant contre un morceau de pain. Même, après coup, il s'en amusait, car il y avait en lui, rachetée par de rares délicatesses, une certaine muflerie. Puis, il appartenait à cette catégorie d'hommes intelligents qui ont vécu dans l'oisiveté et qui cherchent une consolation et peut-être une excuse dans l'idée que cette oisiveté offre à leur intelligence des objets aussi dignes d'intérêt que pourrait faire l'art ou l'étude, que la «Vie» contient des situations plus intéressantes, plus romanesques que tous les romans. Il l'assurait du moins et le persuadait aisément aux plus affinés de ses amis du monde notamment au baron de Charlus, qu'il s'amusait à égayer par le récit des aventures piquantes qui lui arrivaient, soit qu'ayant rencontré en chemin de fer une femme qu'il avait ensuite ramenée chez lui il eût découvert qu'elle était la sœur d'un souverain entre les mains de qui se mêlaient en ce moment tous les fils de la politique européenne, au courant de laquelle il se trouvait ainsi tenu d'une façon très agréable, soit que par le jeu complexe des circonstances, il dépendît du choix qu'allait faire le conclave, s'il pourrait ou non devenir l'amant d'une cuisinière.

Ce n'était pas seulement d'ailleurs la brillante phalange de vertueuses douairières, de généraux, d'académiciens, avec lesquels il était particulièrement lié, que Swann forçait avec tant de cynisme à lui servir d'entremetteurs. Tous ses amis avaient l'habitude de recevoir de temps en temps des lettres de lui où un mot de recommandation ou d'introduction leur était demandé avec une habileté diplomatique qui, persistant à travers les amours successives et les prétextes différents,

built up of the yearly accumulation of her desire to do him some favour for which she had never found an opportunity, been squandered in a moment by his calling upon her, in an indiscreetly worded message, for a recommendation by telegraph which would put him in touch at once with one of her agents whose daughter he had noticed in the country, just as a starving man might barter a diamond for a crust of bread. Indeed, when it was too late, he would laugh at himself for it, for there was in his nature, redeemed by many rare refinements, an element of clownishness. Then he belonged to that class of intelligent men who have led a life of idleness, and who seek consolation and, perhaps, an excuse in the idea, which their idleness offers to their intelligence, of objects as worthy of their interest as any that could be attained by art or learning, the idea that 'Life' contains situations more interesting and more romantic than all the romances ever written. So, at least, he would assure and had no difficulty in persuading the more subtle among his friends in the fashionable world, notably the Baron de Charlus, whom he liked to amuse with stories of the startling adventures that had befallen him, such as when he had met a woman in the train, and had taken her home with him, before discovering that she was the sister of a reigning monarch, in whose hands were gathered, at that moment, all the threads of European politics, of which he found himself kept informed in the most delightful fashion, or when, in the complexity of circumstances, it depended upon the choice which the Conclave was about to make whether he might or might not become the lover of somebody's cook.

It was not only the brilliant phalanx of virtuous dowagers, generals and academicians, to whom he was bound by such close ties, that Swann compelled with so much cynicism to serve him as panders. All his friends were accustomed to receive, from time to time, letters which called on them for a word of recommendation or introduction, with a diplomatic adroitness which, persisting throughout all his successive 'affairs' and using different pretexts, revealed more glaringly than

accusait, plus que n'eussent fait les maladresses, un caractère permanent et des buts identiques. Je me suis souvent fait raconter bien des années plus tard, quand je commençai à m'intéresser à son caractère à cause des ressemblances qu'en de tout autres parties il offrait avec le mien, que quand il écrivait à mon grand-père (qui ne l'était pas encore, car c'est vers l'époque de ma naissance que commença la grande liaison de Swann et elle interrompit longtemps ces pratiques) celui-ci, en reconnaissant sur l'enveloppe l'écriture de son ami, s'écriait: «Voilà Swann qui va demander quelque chose: à la garde!» Et soit méfiance, soit par le sentiment inconsciemment diabolique qui nous pousse à n'offrir une chose qu'aux gens qui n'en ont pas envie, mes grands-parents opposaient une fin de non-recevoir absolue aux prières les plus faciles à satisfaire qu'il leur adressait, comme de le présenter à une jeune fille qui dînait tous les dimanches à la maison, et qu'ils étaient obligés, chaque fois que Swann leur en reparlait, de faire semblant de ne plus voir, alors que pendant toute la semaine on se demandait qui on pourrait bien inviter avec elle, finissant souvent par ne trouver personne, faute de faire signe à celui qui en eût été si heureux.

Quelquefois tel couple ami de mes grands-parents et qui jusque-là s'était plaint de ne jamais voir Swann, leur annonçait avec satisfaction et peut-être un peu le désir d'exciter l'envie, qu'il était devenu tout ce qu'il y a de plus charmant pour eux, qu'il ne les quittait plus. Mon grand-père ne voulait pas troubler leur plaisir mais regardait ma grand'mère en fredonnant:

«*Quel est donc ce mystère*
Je ne puis rien comprendre.»

ou :

«*Vision fugitive...*»

ou :

«*Dans ces affaires*
Le mieux est de ne rien voir.»

the clumsiest indiscretion, a permanent trait in his character and an unvarying quest. I used often to recall to myself when, many years later, I began to take an interest in his character because of the similarities which, in wholly different respects, it offered to my own, how, when he used to write to my grandfather (though not at the time we are now considering, for it was about the date of my own birth that Swann's great 'affair' began, and made a long interruption in his amatory practices) the latter, recognising his friend's handwriting on the envelope, would exclaim: "Here is Swann asking for something; on guard!" And, either from distrust or from the unconscious spirit of devilry which urges us to offer a thing only to those who do not want it, my grandparents would meet with an obstinate refusal the most easily satisfied of his prayers, as when he begged them for an introduction to a girl who dined with us every Sunday, and whom they were obliged, whenever Swann mentioned her, to pretend that they no longer saw, although they would be wondering, all through the week, whom they could invite to meet her, and often failed, in the end, to find anyone, sooner than make a sign to him who would so gladly have accepted.

Occasionally a couple of my grandparents' acquaintance, who had been complaining for some time that they never saw Swann now, would announce with satisfaction, and perhaps with a slight inclination to make my grandparents envious of them, that he had suddenly become as charming as he could possibly be, and was never out of their house. My grandfather would not care to shatter their pleasant illusion, but would look at my grandmother, as he hummed the air of:

> What is this mystery?
> I cannot understand it;

or of:

> Vision fugitive . . . ;

or of:

> In matters such as this
> 'Tis best to close one's eyes.

Quelques mois après, si mon grand-père demandait au nouvel ami de Swann: «Et Swann, le voyez-vous toujours beaucoup?» la figure de l'interlocuteur s'allongeait: «Ne prononcez jamais son nom devant moi!" — «Mais je croyais que vous étiez si liés...» Il avait été ainsi pendant quelques mois le familier de cousins de ma grand'mère, dînant presque chaque jour chez eux. Brusquement il cessa de venir, sans avoir prévenu. On le crut malade, et la cousine de ma grand'mère allait envoyer demander de ses nouvelles quand à l'office elle trouva une lettre de lui qui traînait par mégarde dans le livre de comptes de la cuisinière. Il y annonçait à cette femme qu'il allait quitter Paris, qu'il ne pourrait plus venir. Elle était sa maîtresse, et au moment de rompre, c'était elle seule qu'il avait jugé utile d'avertir.

Quand sa maîtresse du moment était au contraire une personne mondaine ou du moins une personne qu'une extraction trop humble ou une situation trop irrégulière n'empêchait pas qu'il fît recevoir dans le monde, alors pour elle il y retournait, mais seulement dans l'orbite particulier où elle se mouvait ou bien où il l'avait entraînée. «Inutile de compter sur Swann ce soir, disait-on, vous savez bien que c'est le jour d'Opéra de son Américaine.» Il la faisait inviter dans les salons particulièrement fermés où il avait ses habitudes, ses dîners hebdomadaires, son poker; chaque soir, après qu'un léger crépelage ajouté à la brosse de ses cheveux roux avait tempéré de quelque douceur la vivacité de ses yeux verts, il choisissait une fleur pour sa boutonnière et partait pour retrouver sa maîtresse à dîner chez l'une ou l'autre des femmes de sa coterie; et alors, pensant à l'admiration et à l'amitié que les gens à la mode pour qui il faisait la pluie et le beau temps et qu'il allait retrouver là, lui prodigueraient devant la femme qu'il aimait, il retrouvait du charme à cette vie mondaine sur laquelle il s'était blasé, mais dont la matière, pénétrée et colorée chaudement d'une flamme insinuée qui s'y jouait, lui semblait précieuse

A few months later, if my grandfather asked Swann's new friend "What about Swann? Do you still see as much of him as ever?" the other's face would lengthen: "Never mention his name to me again!"

"But I thought that you were such friends . . ."

He had been intimate in this way for several months with some cousins of my grandmother, dining almost every evening at their house. Suddenly, and without any warning, he ceased to appear. They supposed him to be ill, and the lady of the house was going to send to inquire for him when, in her kitchen, she found a letter in his hand, which her cook had left by accident in the housekeeping book. In this he announced that he was leaving Paris and would not be able to come to the house again. The cook had been his mistress, and at the moment of breaking off relations she was the only one of the household whom he had thought it necessary to inform.

But when his mistress for the time being was a woman in society, or at least one whose birth was not so lowly, nor her position so irregular that he was unable to arrange for her reception in 'society,' then for her sake he would return to it, but only to the particular orbit in which she moved or into which he had drawn her. "No good depending on Swann for this evening," people would say; "don't you remember, it's his American's night at the Opera?" He would secure invitations for her to the most exclusive drawing-rooms, to those houses where he himself went regularly, for weekly dinners or for poker; every evening, after a slight 'wave' imparted to his stiffly brushed red locks had tempered with a certain softness the ardour of his bold green eyes, he would select a flower for his buttonhole and set out to meet his mistress at the house of one or other of the women of his circle; and then, thinking of the affection and admiration which the fashionable folk, whom he always treated exactly as he pleased, would, when he met them there, lavish upon him in the presence of the woman whom he loved, he would find a fresh charm in that worldly existence of which he had grown weary, but whose substance, pervaded and warmly coloured by the flickering light which he had slipped into its midst, seemed to him

et belle depuis qu'il y avait incorporé un nouvel amour.

Mais, tandis que chacune de ces liaisons, ou chacun de ces flirts, avait été la réalisation plus ou moins complète d'un rêve né de la vue d'un visage ou d'un corps que Swann avait, spontanément, sans s'y efforcer, trouvés charmants, en revanche quand un jour au théâtre il fut présenté à Odette de Crécy par un de ses amis d'autrefois, qui lui avait parlé d'elle comme d'une femme ravissante avec qui il pourrait peut-être arriver à quelque chose, mais en la lui donnant pour plus difficile qu'elle n'était en réalité afin de paraître lui-même avoir fait quelque chose de plus aimable en la lui faisant connaître, elle était apparue à Swann non pas certes sans beauté, mais d'un genre de beauté qui lui était indifférent, qui ne lui inspirait aucun désir, lui causait même une sorte de répulsion physique, de ces femmes comme tout le monde a les siennes, différentes pour chacun, et qui sont l'opposé du type que nos sens réclament. Pour lui plaire elle avait un profil trop accusé, la peau trop fragile, les pommettes trop saillantes, les traits trop tirés. Ses yeux étaient beaux mais si grands qu'ils fléchissaient sous leur propre masse, fatiguaient le reste de son visage et lui donnaient toujours l'air d'avoir mauvaise mine ou d'être de mauvaise humeur. Quelque temps après cette présentation au théâtre, elle lui avait écrit pour lui demander à voir ses collections qui l'intéressaient tant, «elle, ignorante qui avait le goût des jolies choses», disant qu'il lui semblait qu'elle le connaîtrait mieux, quand elle l'aurait vu dans «son home» où elle l'imaginait «si confortable avec son thé et ses livres», quoiqu'elle ne lui eût pas caché sa surprise qu'il habitât ce quartier qui devait être si triste et «qui était si peu *smart* pour lui qui l'était tant». Et après qu'il l'eut laissée venir, en le quittant elle lui avait dit son regret d'être restée si peu dans cette demeure où elle avait été heureuse de pénétrer, parlant de lui comme s'il avait été pour elle quelque chose de plus

beautiful and rare, now that he had incorporated in it a fresh love.

But while each of these attachments, each of these flirtations had been the realisation, more or less complete, of a dream born of the sight of a face or a form which Swann had spontaneously, and without effort on his part, found charming, it was quite another matter when, one day at the theatre, he was introduced to Odette de Crécy by an old friend of his own, who had spoken of her to him as a ravishing creature with whom he might very possibly come to an understanding; but had made her out to be harder of conquest than she actually was, so as to appear to be conferring a special favour by the introduction. She had struck Swann not, certainly, as being devoid of beauty, but as endowed with a style of beauty which left him indifferent, which aroused in him no desire, which gave him, indeed, a sort of physical repulsion; as one of those women of whom every man can name some, and each will name different examples, who are the converse of the type which our senses demand. To give him any pleasure her profile was too sharp, her skin too delicate, her cheek-bones too prominent, her features too tightly drawn. Her eyes were fine, but so large that they seemed to be bending beneath their own weight, strained the rest of her face and always made her appear unwell or in an ill humour. Some time after this introduction at the theatre she had written to ask Swann whether she might see his collections, which would interest her so much, she, "an ignorant woman with a taste for beautiful things," saying that she would know him better when once she had seen him in his 'home,' where she imagined him to be "so comfortable with his tea and his books"; although she had not concealed her surprise at his being in that part of the town, which must be so depressing, and was "not nearly smart enough for such a very smart man." And when he allowed her to come she had said to him as she left how sorry she was to have stayed so short a time in a house into which she was so glad to have found her way at last, speaking of him as though he had meant something more

que les autres êtres qu'elle connaissait et semblant établir entre leurs deux personnes une sorte de trait d'union romanesque qui l'avait fait sourire. Mais à l'âge déjà un peu désabusé dont approchait Swann et où l'on sait se contenter d'être amoureux pour le plaisir de l'être sans trop exiger de réciprocité, ce rapprochement des cœurs, s'il n'est plus comme dans la première jeunesse le but vers lequel tend nécessairement l'amour, lui reste uni en revanche par une association d'idées si forte, qu'il peut en devenir la cause, s'il se présente avant lui. Autrefois on rêvait de posséder le cœur de la femme dont on était amoureux; plus tard sentir qu'on possède le cœur d'une femme peut suffire à vous en rendre amoureux. Ainsi, à l'âge où il semblerait, comme on cherche surtout dans l'amour un plaisir subjectif, que la part du goût pour la beauté d'une femme devait y être la plus grande, l'amour peut naître—l'amour le plus physique—sans qu'il y ait eu, à sa base, un désir préalable. A cette époque de la vie, on a déjà été atteint plusieurs fois par l'amour; il n'évolue plus seul suivant ses propres lois inconnues et fatales, devant notre cœur étonné et passif. Nous venons à son aide, nous le faussons par la mémoire, par la suggestion. En reconnaissant un de ses symptômes, nous nous rappelons, nous faisons renaître les autres. Comme nous possédons sa chanson, gravée en nous tout entière, nous n'avons pas besoin qu'une femme nous en dise le début—rempli par l'admiration qu'inspire la beauté—pour en trouver la suite. Et si elle commence au milieu—là où les cœurs se rapprochent, où l'on parle de n'exister plus que l'un pour l'autre—nous avons assez l'habitude de cette musique pour rejoindre tout de suite notre partenaire au passage où elle nous attend.

Odette de Crécy retourna voir Swann, puis rapprocha ses visites; et sans doute chacune d'elles renouvelait pour lui la déception qu'il éprouvait à se retrouver devant ce visage dont il avait un peu oublié les particularités dans l'intervalle, et qu'il ne s'était rappelé ni si expressif ni, malgré sa jeunesse, si fané; il

to her than the rest of the people she knew, and appearing to unite their two selves with a kind of romantic bond which had made him smile. But at the time of life, tinged already with disenchantment, which Swann was approaching, when a man can content himself with being in love for the pleasure of loving without expecting too much in return, this linking of hearts, if it is no longer, as in early youth, the goal towards which love, of necessity, tends, still is bound to love by so strong an association of ideas that it may well become the cause of love if it presents itself first. In his younger days a man dreams of possessing the heart of the woman whom he loves; later, the feeling that he possesses the heart of a woman may be enough to make him fall in love with her. And so, at an age when it would appear—since one seeks in love before everything else a subjective pleasure—that the taste for feminine beauty must play the larger part in its procreation, love may come into being, love of the most physical order, without any foundation in desire. At this time of life a man has already been wounded more than once by the darts of love; it no longer evolves by itself, obeying its own incomprehensible and fatal laws, before his passive and astonished heart. We come to its aid; we falsify it by memory and by suggestion; recognising one of its symptoms we recall and recreate the rest. Since we possess its hymn, engraved on our hearts in its entirety, there is no need of any woman to repeat the opening lines, potent with the admiration which her beauty inspires, for us to remember all that follows. And if she begin in the middle, where it sings of our existing, henceforward, for one another only, we are well enough attuned to that music to be able to take it up and follow our partner, without hesitation, at the first pause in her voice.

Odette de Crécy came again to see Swann; her visits grew more frequent, and doubtless each visit revived the sense of disappointment which he felt at the sight of a face whose details he had somewhat forgotten in the interval, not remembering it as either so expressive or, in spite of her youth, so faded; he used to regret, while she was

regrettait, pendant qu'elle causait avec lui, que la grande beauté qu'elle avait ne fût pas du genre de celles qu'il aurait spontanément préférées. Il faut d'ailleurs dire que le visage d'Odette paraissait plus maigre et plus proéminent parce que le front et le haut des joues, cette surface unie et plus plane était recouverte par la masse de cheveux qu'on portait, alors, prolongés en «devants», soulevés en «crêpés», répandus en mèches folles le long des oreilles; et quant à son corps qui était admirablement fait, il était difficile d'en apercevoir la continuité (à cause des modes de l'époque et quoiqu'elle fût une des femmes de Paris qui s'habillaient le mieux), tant le corsage, s'avançant en saillie comme sur un ventre imaginaire et finissant brusquement en pointe pendant que par en dessous commençait à s'enfler le ballon des doubles jupes, donnait à la femme l'air d'être composée de pièces différentes mal emmanchées les unes dans les autres; tant les ruchés, les volants, le gilet suivaient en toute indépendance, selon la fantaisie de leur dessin ou la consistance de leur étoffe, la ligne qui les conduisait aux nœuds, aux bouillons de dentelle, aux effilés de jais perpendiculaires, ou qui les dirigeait le long du busc, mais ne s'attachaient nullement à l'être vivant, qui selon que l'architecture de ces fanfreluches se rapprochait ou s'écartait trop de la sienne, s'y trouvait engoncé ou perdu.

Mais, quand Odette était partie, Swann souriait en pensant qu'elle lui avait dit combien le temps lui durerait jusqu'à ce qu'il lui permît de revenir; il se rappelait l'air inquiet, timide avec lequel elle l'avait une fois prié que ce ne fût pas dans trop longtemps, et les regards qu'elle avait eus à ce moment-là, fixés sur lui en une imploration craintive, et qui la faisaient touchante sous le bouquet de fleurs de pensées artificielles fixé devant son chapeau rond de paille blanche, à brides de velours noir. «Et vous, avait-elle dit, vous ne viendriez pas une fois chez moi prendre le thé?» Il avait allégué des travaux en train, une étude—en réalité abandonnée depuis des années—sur Ver Meer de Delft. «Je

talking to him, that her really considerable beauty was not of the kind which he spontaneously admired. It must be remarked that Odette's face appeared thinner and more prominent than it actually was, because her forehead and the upper part of her cheeks, a single and almost plane surface, were covered by the masses of hair which women wore at that period, drawn forward in a fringe, raised in crimped waves and falling in stray locks over her ears; while as for her figure, and she was admirably built, it was impossible to make out its continuity (on account of the fashion then prevailing, and in spite of her being one of the best-dressed women in Paris) for the corset, jetting forwards in an arch, as though over an imaginary stomach, and ending in a sharp point, beneath which bulged out the balloon of her double skirts, gave a woman, that year, the appearance of being composed of different sections badly fitted together; to such an extent did the frills, the flounces, the inner bodice follow, in complete independence, controlled only by the fancy of their designer or the rigidity of their material, the line which led them to the knots of ribbon, falls of lace, fringes of vertically hanging jet, or carried them along the bust, but nowhere attached themselves to the living creature, who, according as the architecture of their fripperies drew them towards or away from her own, found herself either strait-laced to suffocation or else completely buried.

But, after Odette had left him, Swann would think with a smile of her telling him how the time would drag until he allowed her to come again; he remembered the anxious, timid way in which she had once begged him that it might not be very long, and the way in which she had looked at him then, fixing upon him her fearful and imploring gaze, which gave her a touching air beneath the bunches of artificial pansies fastened in the front of her round bonnet of white straw, tied with strings of black velvet. "And won't you," she had ventured, "come just once and take tea with me?" He had pleaded pressure of work, an essay—which, in reality, he had abandoned years ago—on Vermeer of Delft. "I know that I am quite

comprends que je ne peux rien faire, moi chétive, à côté de grands savants comme vous autres, lui avait-elle répondu. Je serais comme la grenouille devant l'aréopage. Et pourtant j'aimerais tant m'instruire, savoir, être initiée. Comme cela doit être amusant de bouquiner, de fourrer son nez dans de vieux papiers, avait-elle ajouté avec l'air de contentement de soi-même que prend une femme élégante pour affirmer que sa joie est de se livrer sans crainte de se salir à une besogne malpropre, comme de faire la cuisine en «mettant elle-même les mains à la pâte». «Vous allez vous moquer de moi, ce peintre qui vous empêche de me voir (elle voulait parler de Ver Meer), je n'avais jamais entendu parler de lui; vit-il encore? Est-ce qu'on peut voir de ses œuvres à Paris, pour que je puisse me représenter ce que vous aimez, deviner un peu ce qu'il y a sous ce grand front qui travaille tant, dans cette tête qu'on sent toujours en train de réfléchir, me dire: voilà, c'est à cela qu'il est en train de penser. Quel rêve ce serait d'être mêlée à vos travaux!» Il s'était excusé sur sa peur des amitiés nouvelles, ce qu'il avait appelé, par galanterie, sa peur d'être malheureux. «Vous avez peur d'une affection? comme c'est drôle, moi qui ne cherche que cela, qui donnerais ma vie pour en trouver une, avait-elle dit d'une voix si naturelle, si convaincue, qu'il en avait été remué. Vous avez dû souffrir par une femme. Et vous croyez que les autres sont comme elle. Elle n'a pas su vous comprendre; vous êtes un être si à part. C'est cela que j'ai aimé d'abord en vous, j'ai bien senti que vous n'étiez pas comme tout le monde." — «Et puis d'ailleurs vous aussi, lui avait-il dit, je sais bien ce que c'est que les femmes, vous devez avoir des tas d'occupations, être peu libre.»

— Moi, je n'ai jamais rien à faire! Je suis toujours libre, je le serai toujours pour vous. A n'importe quelle heure du jour ou de la nuit où il pourrait vous être commode de me voir, faites-moi chercher, et je serai trop heureuse d'accourir. Le ferez-vous? Savez-vous ce qui serait gentil, ce serait de vous faire pré-

useless," she had replied, "a little wild thing like me beside a learned great man like you. I should be like the frog in the fable! And yet I should so much like to learn, to know things, to be initiated. What fun it would be to become a regular bookworm, to bury my nose in a lot of old papers!" she had gone on, with that self-satisfied air which a smart woman adopts when she insists that her one desire is to give herself up, without fear of soiling her fingers, to some unclean task, such as cooking the dinner, with her "hands right in the dish itself." "You will only laugh at me, but this painter who stops you from seeing me," she meant Vermeer, "I have never even heard of him; is he alive still? Can I see any of his things in Paris, so as to have some idea of what is going on behind that great brow which works so hard, that head which I feel sure is always puzzling away about things; just to be able to say 'There, that's what he's thinking about!' What a dream it would be to be able to help you with your work."

He had sought an excuse in his fear of forming new friendships, which he gallantly described as his fear of a hopeless passion. "You are afraid of falling in love? How funny that is, when I go about seeking nothing else, and would give my soul just to find a little love somewhere!" she had said, so naturally and with such an air of conviction that he had been genuinely touched. "Some woman must have made you suffer. And you think that the rest are all like her. She can't have understood you: you are so utterly different from ordinary men. That's what I liked about you when I first saw you; I felt at once that you weren't like everybody else."

"And then, besides, there's yourself——" he had continued, "I know what women are; you must have a whole heap of things to do, and never any time to spare."

"I? Why, I have never anything to do. I am always free, and I always will be free if you want me. At whatever hour of the day or night it may suit you to see me, just send for me, and I shall be only too delighted to come. Will you do that? Do you know what I should really like—to introduce you to Mme. Verdurin, where I

senter à Mme Verdurin chez qui je vais tous les soirs. Croyez-vous! si on s'y retrouvait et si je pensais que c'est un peu pour moi que vous y êtes!

Et sans doute, en se rappelant ainsi leurs entretiens, en pensant ainsi à elle quand il était seul, il faisait seulement jouer son image entre beaucoup d'autres images de femmes dans des rêveries romanesques; mais si, grâce à une circonstance quelconque (ou même peut-être sans que ce fût grâce à elle, la circonstance qui se présente au moment où un état, latent jusque-là, se déclare, pouvant n'avoir influé en rien sur lui) l'image d'Odette de Crécy venait à absorber toutes ces rêveries, si celles-ci n'étaient plus séparables de son souvenir, alors l'imperfection de son corps ne garderait plus aucune importance, ni qu'il eût été, plus ou moins qu'un autre corps, selon le goût de Swann, puisque devenu le corps de celle qu'il aimait, il serait désormais le seul qui fût capable de lui causer des joies et des tourments.

Mon grand-père avait précisément connu, ce qu'on n'aurait pu dire d'aucun de leurs amis actuels, la famille de ces Verdurin. Mais il avait perdu toute relation avec celui qu'il appelait le «jeune Verdurin» et qu'il considérait, un peu en gros, comme tombé—tout en gardant de nombreux millions—dans la bohème et la racaille. Un jour il reçut une lettre de Swann lui demandant s'il ne pourrait pas le mettre en rapport avec les Verdurin: «A la garde! à la garde! s'était écrié mon grand-père, ça ne m'étonne pas du tout, c'est bien par là que devait finir Swann. Joli milieu! D'abord je ne peux pas faire ce qu'il me demande parce que je ne connais plus ce monsieur. Et puis ça doit cacher une histoire de femme, je ne me mêle pas de ces affaires-là. Ah bien! nous allons avoir de l'agrément si Swann s'affuble des petits Verdurin.»

Et sur la réponse négative de mon grand-père, c'est Odette qui avait amené elle-même Swann chez les Verdurin.

Les Verdurin avaient eu à dîner, le jour où Swann y fit ses débuts, le docteur et Mme Cottard, le jeune

go every evening. Just fancy my finding you there, and thinking that it was a little for my sake that you had gone."

No doubt, in thus remembering their conversations, in thinking about her thus when he was alone, he did no more than call her image into being among those of countless other women in his romantic dreams; but if, thanks to some accidental circumstance (or even perhaps without that assistance, for the circumstance which presents itself at the moment when a mental state, hitherto latent, makes itself felt, may well have had no influence whatsoever upon that state), the image of Odette de Crécy came to absorb the whole of his dreams, if from those dreams the memory of her could no longer be eliminated, then her bodily imperfections would no longer be of the least importance, nor would the conformity of her body, more or less than any other, to the requirements of Swann's taste; since, having become the body of her whom he loved, it must henceforth be the only one capable of causing him joy or anguish.

It so happened that my grandfather had known—which was more than could be said of any other actual acquaintance—the family of these Verdurins. But he had entirely severed his connection with what he called "young Verdurin," taking a general view of him as one who had fallen—though without losing hold of his millions—among the riff-raff of Bohemia. One day he received a letter from Swann asking whether my grandfather could put him in touch with the Verdurins. "On guard! on guard!" he exclaimed as he read it, "I am not at all surprised; Swann was bound to finish up like this. A nice lot of people! I cannot do what he asks, because, in the first place, I no longer know the gentleman in question. Besides, there must be a woman in it somewhere, and I don't mix myself up in such matters. Ah, well, we shall see some fun if Swann begins running after the little Verdurins."

And on my grandfather's refusal to act as sponsor, it was Odette herself who had taken Swann to the house.

The Verdurins had had dining with them, on the day when Swann made his first appearance, Dr. and Mme.

pianiste et sa tante, et le peintre qui avait alors leur faveur, auxquels s'étaient joints dans la soirée quelques autres fidèles.

Le docteur Cottard ne savait jamais d'une façon certaine de quel ton il devait répondre à quelqu'un, si son interlocuteur voulait rire ou était sérieux. Et à tout hasard il ajoutait à toutes ses expressions de physionomie l'offre d'un sourire conditionnel et provisoire dont la finesse expectante le disculperait du reproche de naïveté, si le propos qu'on lui avait tenu se trouvait avoir été facétieux. Mais comme pour faire face à l'hypothèse opposée il n'osait pas laisser ce sourire s'affirmer nettement sur son visage, on y voyait flotter perpétuellement une incertitude où se lisait la question qu'il n'osait pas poser: «Dites-vous cela pour de bon?» Il n'était pas plus assuré de la façon dont il devait se comporter dans la rue, et même en général dans la vie, que dans un salon, et on le voyait opposer aux passants, aux voitures, aux événements un malicieux sourire qui ôtait d'avance à son attitude toute impropriété puisqu'il prouvait, si elle n'était pas de mise, qu'il le savait bien et que s'il avait adopté celle-là, c'était par plaisanterie.

Sur tous les points cependant où une franche question lui semblait permise, le docteur ne se faisait pas faute de s'efforcer de restreindre le champ de ses doutes et de compléter son instruction.

C'est ainsi que, sur les conseils qu'une mère prévoyante lui avait donnés quand il avait quitté sa province, il ne laissait jamais passer soit une locution ou un nom propre qui lui étaient inconnus, sans tâcher de se faire documenter sur eux.

Pour les locutions, il était insatiable de renseignements, car, leur supposant parfois un sens plus précis qu'elles n'ont, il eût désiré savoir ce qu'on voulait dire exactement par celles qu'il entendait le plus souvent employer: la beauté du diable, du sang bleu, une vie de bâtons de chaise, le quart d'heure de Rabelais, être le prince des élégances, donner carte

Cottard, the young pianist and his aunt, and the painter then in favour, while these were joined, in the course of the evening, by several more of the 'faithful.'

Dr. Cottard was never quite certain of the tone in which he ought to reply to any observation, or whether the speaker was jesting or in earnest. And so in any event he would embellish all his facial expressions with the offer of a conditional, a provisional smile whose expectant subtlety would exonerate him from the charge of being a simpleton, if the remark addressed to him should turn out to have been facetious. But as he must also be prepared to face the alternative, he never dared to allow this smile a definite expression on his features, and you would see there a perpetually flickering uncertainty, in which you might decipher the question that he never dared to ask: "Do you really mean that?" He was no more confident of the manner in which he ought to conduct himself in the street, or indeed in life generally, than he was in a drawing-room; and he might be seen greeting passers-by, carriages, and anything that occurred with a malicious smile which absolved his subsequent behaviour of all impropriety, since it proved, if it should turn out unsuited to the occasion, that he was well aware of that, and that if he had assumed a smile, the jest was a secret of his own.

On all those points, however, where a plain question appeared to him to be permissible, the Doctor was unsparing in his endeavours to cultivate the wilderness of his ignorance and uncertainty and so to complete his education.

So it was that, following the advice given him by a wise mother on his first coming up to the capital from his provincial home, he would never let pass either a figure of speech or a proper name that was new to him without an effort to secure the fullest information upon it.

As regards figures of speech, he was insatiable in his thirst for knowledge, for often imagining them to have a more definite meaning than was actually the case, he would want to know what, exactly, was intended by those which he most frequently heard used: 'devilish pretty,' 'blue blood,' 'a cat and dog life,' 'a day of reckoning,' 'a queen of fashion,' 'to give a free hand,' 'to be at a deadlock,' and so forth; and in

blanche, être réduit à quia, etc., et dans quels cas déterminés il pouvait à son tour les faire figurer dans ses propos. A leur défaut il plaçait des jeux de mots qu'il avait appris. Quant aux noms de personnes nouveaux qu'on prononçait devant lui il se contentait seulement de les répéter sur un ton interrogatif qu'il pensait suffisant pour lui valoir des explications qu'il n'aurait pas l'air de demander.

Comme le sens critique qu'il croyait exercer sur tout lui faisait complètement défaut, le raffinement de politesse qui consiste à affirmer, à quelqu'un qu'on oblige, sans souhaiter d'en être cru, que c'est à lui qu'on a obligation, était peine perdue avec lui, il prenait tout au pied de la lettre. Quel que fût l'aveuglement de Mme Verdurin à son égard, elle avait fini, tout en continuant à le trouver très fin, par être agacée de voir que quand elle l'invitait dans une avant-scène à entendre Sarah Bernhardt, lui disant, pour plus de grâce: «Vous êtes trop aimable d'être venu, docteur, d'autant plus que je suis sûre que vous avez déjà souvent entendu Sarah Bernhardt, et puis nous sommes peut-être trop près de la scène», le docteur Cottard qui était entré dans la loge avec un sourire qui attendait pour se préciser ou pour disparaître que quelqu'un d'autorisé le renseignât sur la valeur du spectacle, lui répondait: «En effet on est beaucoup trop près et on commence à être fatigué de Sarah Bernhardt. Mais vous m'avez exprimé le désir que je vienne. Pour moi vos désirs sont des ordres. Je suis trop heureux de vous rendre ce petit service. Que ne ferait-on pas pour vous être agréable, vous êtes si bonne!» Et il ajoutait: «Sarah Bernhardt c'est bien la Voix d'Or, n'est-ce pas? On écrit souvent aussi qu'elle brûle les planches. C'est une expression bizarre, n'est-ce pas?» dans l'espoir de commentaires qui ne venaient point.

«Tu sais, avait dit Mme Verdurin à son mari, je crois que nous faisons fausse route quand par modestie nous déprécions ce que nous offrons au docteur. C'est un savant qui vit en dehors de l'existence pratique, il

what particular circumstances he himself might make use of them in conversation. Failing these, he would adorn it with puns and other 'plays upon words' which he had learned by rote. As for the names of strangers which were uttered in his hearing, he used merely to repeat them to himself in a questioning tone, which, he thought, would suffice to furnish him with explanations for which he would not ostensibly seek.

As the critical faculty, on the universal application of which he prided himself, was, in reality, completely lacking, that refinement of good breeding which consists in assuring some one whom you are obliging in any way, without expecting to be believed, that it is really yourself that is obliged to him, was wasted on Cottard, who took everything that he heard in its literal sense. However blind she may have been to his faults, Mme. Verdurin was genuinely annoyed, though she still continued to regard him as brilliantly clever, when, after she had invited him to see and hear Sarah Bernhardt from a stage box, and had said politely: "It is very good of you to have come, Doctor, especially as I'm sure you must often have heard Sarah Bernhardt; and besides, I'm afraid we're rather too near the stage," the Doctor, who had come into the box with a smile which waited before settling upon or vanishing from his face until some one in authority should enlighten him as to the merits of the spectacle, replied: "To be sure, we are far too near the stage, and one is getting sick of Sarah Bernhardt. But you expressed a wish that I should come. For me, your wish is a command. I am only too glad to be able to do you this little service. What would one not do to please you, you are so good." And he went on, "Sarah Bernhardt; that's what they call the Voice of God, ain't it? You see, often, too, that she 'sets the boards on fire.' That's an odd expression, ain't it?" in the hope of an enlightening commentary, which, however, was not forthcoming.

"D'you know," Mme. Verdurin had said to her husband, "I believe we are going the wrong way to work when we depreciate anything we offer the Doctor. He is a scientist who lives quite apart from our everyday existence; he knows

ne connaît pas par lui-même la valeur des choses et il s'en rapporte à ce que nous lui en disons." – «Je n'avais pas osé te le dire, mais je l'avais remarqué», répondit M. Verdurin. Et au jour de l'an suivant, au lieu d'envoyer au docteur Cottard un rubis de trois mille francs en lui disant que c'était bien peu de chose, M. Verdurin acheta pour trois cents francs une pierre reconstituée en laissant entendre qu'on pouvait difficilement en voir d'aussi belle.

Quand Mme Verdurin avait annoncé qu'on aurait, dans la soirée, M. Swann: «Swann?» s'était écrié le docteur d'un accent rendu brutal par la surprise, car la moindre nouvelle prenait toujours plus au dépourvu que quiconque cet homme qui se croyait perpétuellement préparé à tout. Et voyant qu'on ne lui répondait pas: «Swann? Qui ça, Swann!» hurla-t-il au comble d'une anxiété qui se détendit soudain quand Mme Verdurin eut dit: «Mais l'ami dont Odette nous avait parlé." – «Ah! bon, bon, ça va bien», répondit le docteur apaisé. Quant au peintre il se réjouissait de l'introduction de Swann chez Mme Verdurin, parce qu'il le supposait amoureux d'Odette et qu'il aimait à favoriser les liaisons. «Rien ne m'amuse comme de faire des mariages, confia-t-il, dans l'oreille, au docteur Cottard, j'en ai déjà réussi beaucoup, même entre femmes!»

En disant aux Verdurin que Swann était très «smart», Odette leur avait fait craindre un «ennuyeux». Il leur fit au contraire une excellente impression dont à leur insu sa fréquentation dans la société élégante était une des causes indirectes. Il avait en effet sur les hommes même intelligents qui ne sont jamais allés dans le monde, une des supériorités de ceux qui y ont un peu vécu, qui est de ne plus le transfigurer par le désir ou par l'horreur qu'il inspire à l'imagination, de le considérer comme sans aucune importance. Leur amabilité, séparée de tout snobisme et de la peur de paraître trop aimable, devenue indépendante, a cette aisance, cette grâce des mouvements

nothing himself of what things are worth, and he accepts everything that we say as gospel."—"I never dared to mention it," M. Verdurin had answered, "but I've noticed the same thing myself." And on the following New Year's Day, instead of sending Dr. Cottard a ruby that cost three thousand francs, and pretending that it was a mere trifle, M. Verdurin bought an artificial stone for three hundred, and let it be understood that it was something almost impossible to match.

When Mme. Verdurin had announced that they were to see M. Swann that evening; "Swann!" the Doctor had exclaimed in a tone rendered brutal by his astonishment, for the smallest piece of news would always take utterly unawares this man who imagined himself to be perpetually in readiness for anything. And seeing that no one answered him, "Swann! Who on earth is Swann?" he shouted, in a frenzy of anxiety which subsided as soon as Mme. Verdurin had explained, "Why, Odette's friend, whom she told us about."—"Ah, good, good; that's all right, then," answered the Doctor, at once mollified. As for the painter, he was overjoyed at the prospect of Swann's appearing at the Verdurins', because he supposed him to be in love with Odette, and was always ready to assist at lovers' meetings. "Nothing amuses me more than match-making," he confided to Cottard; "I have been tremendously successful, even with women!"

In telling the Verdurins that Swann was extremely 'smart,' Odette had alarmed them with the prospect of another 'bore.' When he arrived, however, he made an excellent impression, an indirect cause of which, though they did not know it, was his familiarity with the best society. He had, indeed, one of those advantages which men who have lived and moved in the world enjoy over others, even men of intelligence and refinement, who have never gone into society, namely that they no longer see it transfigured by the longing or repulsion with which it fills the imagination, but regard it as quite unimportant. Their good nature, freed from all taint of snobbishness and from the fear of seeming too friendly, grown independent, in fact,

de ceux dont les membres assouplis exécutent exactement ce qu'ils veulent, sans participation indiscrète et maladroite du reste du corps. La simple gymnastique élémentaire de l'homme du monde tendant la main avec bonne grâce au jeune homme inconnu qu'on lui présente et s'inclinant avec réserve devant l'ambassadeur à qui on le présente, avait fini par passer sans qu'il en fût conscient dans toute l'attitude sociale de Swann, qui vis-à-vis de gens d'un milieu inférieur au sien comme étaient les Verdurin et leurs amis, fit instinctivement montre d'un empressement, se livra à des avances, dont, selon eux, un ennuyeux se fût abstenu. Il n'eut un moment de froideur qu'avec le docteur Cottard: en le voyant lui cligner de l'œil et lui sourire d'un air ambigu avant qu'ils se fussent encore parlé (mimique que Cottard appelait «laisser venir»), Swann crut que le docteur le connaissait sans doute pour s'être trouvé avec lui en quelque lieu de plaisir, bien que lui-même y allât pourtant fort peu, n'ayant jamais vécu dans le monde de la noce. Trouvant l'allusion de mauvais goût, surtout en présence d'Odette qui pourrait en prendre une mauvaise idée de lui, il affecta un air glacial. Mais quand il apprit qu'une dame qui se trouvait près de lui était Mme Cottard, il pensa qu'un mari aussi jeune n'aurait pas cherché à faire allusion devant sa femme à des divertissements de ce genre; et il cessa de donner à l'air entendu du docteur la signification qu'il redoutait. Le peintre invita tout de suite Swann à venir avec Odette à son atelier, Swann le trouva gentil. «Peut-être qu'on vous favorisera plus que moi, dit Mme Verdurin, sur un ton qui feignait d'être piqué, et qu'on vous montrera le portrait de Cottard (elle l'avait commandé au peintre). Pensez bien, «monsieur» Biche, rappela-t-elle au peintre, à qui c'était une plaisanterie consacrée de dire monsieur, à rendre le joli regard, le petit côté fin, amusant, de l'œil. Vous savez que ce que je veux surtout avoir, c'est son sourire, ce que je vous ai

has the ease, the grace of movement of a trained gymnast each of whose supple limbs will carry out precisely the movement that is required without any clumsy participation by the rest of his body. The simple and elementary gestures used by a man of the world when he courteously holds out his hand to the unknown youth who is being introduced to him, and when he bows discreetly before the Ambassador to whom he is being introduced, had gradually pervaded, without his being conscious of it, the whole of Swann's social deportment, so that in the company of people of a lower grade than his own, such as the Verdurins and their friends, he instinctively shewed an assiduity, and made overtures with which, by their account, any of their 'bores' would have dispensed. He chilled, though for a moment only, on meeting Dr. Cottard; for seeing him close one eye with an ambiguous smile, before they had yet spoken to one another (a grimace which Cottard styled "letting 'em all come"), Swann supposed that the Doctor recognised him from having met him already somewhere, probably in some house of 'ill-fame,' though these he himself very rarely visited, never having made a habit of indulging in the mercenary sort of love. Regarding such an allusion as in bad taste, especially before Odette, whose opinion of himself it might easily alter for the worse, Swann assumed his most icy manner. But when he learned that the lady next to the Doctor was Mme. Cottard, he decided that so young a husband would not deliberately, in his wife's hearing, have made any allusion to amusements of that order, and so ceased to interpret the Doctor's expression in the sense which he had at first suspected. The painter at once invited Swann to visit his studio with Odette, and Swann found him very pleasant. "Perhaps you will be more highly favoured than I have been," Mme. Verdurin broke in, with mock resentment of the favour, "perhaps you will be allowed to see Cottard's portrait" (for which she had given the painter a commission). "Take care, Master Biche," she reminded the painter, whom it was a time-honoured pleasantry to address as 'Master,' "to catch that nice look in his eyes, that witty little twinkle. You know, what I want to have most of all is his smile; that's what I've

demandé c'est le portrait de son sourire. Et comme cette expression lui sembla remarquable elle la répéta très haut pour être sûre que plusieurs invités l'eussent entendue, et même, sous un prétexte vague, en fit d'abord rapprocher quelques-uns. Swann demanda à faire la connaissance de tout le monde, même d'un vieil ami des Verdurin, Saniette, à qui sa timidité, sa simplicité et son bon cœur avaient fait perdre partout la considération que lui avaient value sa science d'archiviste, sa grosse fortune, et la famille distinguée dont il sortait. Il avait dans la bouche, en parlant, une bouillie qui était adorable parce qu'on sentait qu'elle trahissait moins un défaut de la langue qu'une qualité de l'âme, comme un reste de l'innocence du premier âge qu'il n'avait jamais perdue. Toutes les consonnes qu'il ne pouvait prononcer figuraient comme autant de duretés dont il était incapable. En demandant à être présenté à M. Saniette, Swann fit à Mme Verdurin l'effet de renverser les rôles (au point qu'en réponse, elle dit en insistant sur la différence: «Monsieur Swann, voudriez-vous avoir la bonté de me permettre de vous présenter notre ami Saniette»), mais excita chez Saniette une sympathie ardente que d'ailleurs les Verdurin ne révélèrent jamais à Swann, car Saniette les agaçait un peu et ils ne tenaient pas à lui faire des amis. Mais en revanche Swann les toucha infiniment en croyant devoir demander tout de suite à faire la connaissance de la tante du pianiste. En robe noire comme toujours, parce qu'elle croyait qu'en noir on est toujours bien et que c'est ce qu'il y a de plus distingué, elle avait le visage excessivement rouge comme chaque fois qu'elle venait de manger. Elle s'inclina devant Swann avec respect, mais se redressa avec majesté. Comme elle n'avait aucune instruction et avait peur de faire des fautes de français, elle prononçait exprès d'une manière confuse, pensant que si elle lâchait un cuir il serait estompé d'un tel vague qu'on ne pourrait le distinguer avec certitude, de sorte que sa conversation n'était qu'un graillonnement indistinct duquel

asked you to paint—the portrait of his smile." And since the phrase struck her as noteworthy, she repeated it very loud, so as to make sure that as many as possible of her guests should hear it, and even made use of some indefinite pretext to draw the circle closer before she uttered it again. Swann begged to be introduced to everyone, even to an old friend of the Verdurins, called Saniette, whose shyness, simplicity and good-nature had deprived him of all the consideration due to his skill in palaeography, his large fortune, and the distinguished family to which he belonged. When he spoke, his words came with a confusion which was delightful to hear because one felt that it indicated not so much a defect in his speech as a quality of his soul, as it were a survival from the age of innocence which he had never wholly outgrown. All the cop-sonants which he did not manage to pronounce seemed like harsh utterances of which his gentle lips were incapable. By asking to be made known to M. Saniette, Swann made M. Verdurin reverse the usual form of introduction (saying, in fact, with emphasis on the distinction: "M. Swann, pray let me present to you our friend Saniette") but he aroused in Saniette himself a warmth of gratitude, which, however, the Verdurins never disclosed to Swann, since Saniette rather annoyed them, and they did not feel bound to provide him with friends. On the other hand the Verdurins were extremely touched by Swann's next request, for he felt that he must ask to be introduced to the pianist's aunt. She wore a black dress, as was her invariable custom, for she believed that a woman always looked well in black, and that nothing could be more distinguished; but her face was exceedingly red, as it always was for some time after a meal. She bowed to Swann with deference, but drew herself up again with great dignity. As she was entirely uneducated, and was afraid of making mistakes in grammar and pronunciation, she used purposely to speak in an indistinct and garbling manner, thinking that if she should make a slip it would be so buried in the surrounding confusion that no one could be certain whether she had actually made it or not; with the result that her talk was a sort of continuous, blurred expectoration, out of which

émergeaient de temps à autre les rares vocables dont elle se sentait sûre. Swann crut pouvoir se moquer légèrement d'elle en parlant à M. Verdurin lequel au contraire fut piqué.

«C'est une si excellente femme, répondit-il. Je vous accorde qu'elle n'est pas étourdissante; mais je vous assure qu'elle est agréable quand on cause seul avec elle." – «Je n'en doute pas, s'empressa de concéder Swann. Je voulais dire qu'elle ne me semblait pas «éminente» ajouta-t-il en détachant cet adjectif, et en somme c'est plutôt un compliment!" – «Tenez, dit M. Verdurin, je vais vous étonner, elle écrit d'une manière charmante. Vous n'avez jamais entendu son neveu? c'est admirable, n'est-ce pas, docteur? Voulez-vous que je lui demande de jouer quelque chose, Monsieur Swann?»

– Mais ce sera un bonheur..., commençait à répondre Swann, quand le docteur l'interrompit d'un air moqueur. En effet ayant retenu que dans la conversation l'emphase, l'emploi de formes solennelles, était suranné, dès qu'il entendait un mot grave dit sérieusement comme venait de l'être le mot «bonheur», il croyait que celui qui l'avait prononcé venait de se montrer prudhommesque. Et si, de plus, ce mot se trouvait figurer par hasard dans ce qu'il appelait un vieux cliché, si courant que ce mot fût d'ailleurs, le docteur supposait que la phrase commencée était ridicule et la terminait ironiquement par le lieu commun qu'il semblait accuser son interlocuteur d'avoir voulu placer, alors que celui-ci n'y avait jamais pensé.

– Un bonheur pour la France! s'écria-t-il malicieusement en levant les bras avec emphase.

M. Verdurin ne put s'empêcher de rire.

– Qu'est-ce qu'ils ont à rire toutes ces bonnes gens-là, on a l'air de ne pas engendrer la mélancolie dans votre petit coin là-bas, s'écria Mme Verdurin. Si vous croyez que je m'amuse, moi, à rester toute seule en pénitence, ajouta-t-elle sur un ton dépité, en faisant l'enfant.

would emerge, at rare intervals, those sounds and syllables of which she felt positive. Swann supposed himself entitled to poke a little mild fun at her in conversation with M. Verdurin, who, however, was not at all amused.

"She is such an excellent woman!" he rejoined. "I grant you that she is not exactly brilliant; but I assure you that she can talk most charmingly when you are alone with her."

"I am sure she can," Swann hastened to conciliate him. "All I meant was that she hardly struck me as 'distinguished,'" he went on, isolating the epithet in the inverted commas of his tone, "and, after all, that is something of a compliment."

"Wait a moment," said M. Verdurin, "now, this will surprise you; she writes quite delightfully. You have never heard her nephew play? It is admirable; eh, Doctor? Would you like me to ask him to play something, M. Swann?"

"I should count myself most fortunate . . ." Swann was beginning, a trifle pompously, when the Doctor broke in derisively. Having once heard it said, and never having forgotten that in general conversation emphasis and the use of formal expressions were out of date, whenever he heard a solemn word used seriously, as the word 'fortunate' had been used just now by Swann, he at once assumed that the speaker was being deliberately pedantic. And if, moreover, the same word happened to occur, also, in what he called an old 'tag' or 'saw,' however common it might still be in current usage, the Doctor jumped to the conclusion that the whole thing was a joke, and interrupted with the remaining words of the quotation, which he seemed to charge the speaker with having intended to introduce at that point, although in reality it had never entered his mind.

"Most fortunate for France!" he recited wickedly, shooting up both arms with great vigour.

M. Verdurin could not help laughing.

"What are all those good people laughing at over there? There's no sign of brooding melancholy down in your corner," shouted Mme. Verdurin. "You don't suppose I find it very amusing to be stuck up here by myself on the stool of repentance," she went on peevishly, like a spoiled child.

Mme Verdurin était assise sur un haut siège suédois en sapin ciré, qu'un violoniste de ce pays lui avait donné et qu'elle conservait quoiqu'il rappelât la forme d'un escabeau et jurât avec les beaux meubles anciens qu'elle avait, mais elle tenait à garder en évidence les cadeaux que les fidèles avaient l'habitude de lui faire de temps en temps, afin que les donateurs eussent le plaisir de les reconnaître quand ils venaient. Aussi tâchait-elle de persuader qu'on s'en tînt aux fleurs et aux bonbons, qui du moins se détruisent; mais elle n'y réussissait pas et c'était chez elle une collection de chauffe-pieds, de coussins, de pendules, de paravents, de baromètres, de potiches, dans une accumulation de redites et un disparate d'étrennes.

De ce poste élevé elle participait avec entrain à la conversation des fidèles et s'égayait de leurs «fumisteries», mais depuis l'accident qui était arrivé à sa mâchoire, elle avait renoncé à prendre la peine de pouffer effectivement et se livrait à la place à une mimique conventionnelle qui signifiait sans fatigue ni risques pour elle, qu'elle riait aux larmes. Au moindre mot que lâchait un habitué contre un ennuyeux ou contre un ancien habitué rejeté au camp des ennuyeux—et pour le plus grand désespoir de M. Verdurin qui avait eu longtemps la prétention d'être aussi aimable que sa femme, mais qui riant pour de bon s'essoufflait vite et avait été distancé et vaincu par cette ruse d'une incessante et fictive hilarité—elle poussait un petit cri, fermait entièrement ses yeux d'oiseau qu'une taie commençait à voiler, et brusquement, comme si elle n'eût eu que le temps de cacher un spectacle indécent ou de parer à un accès mortel, plongeant sa figure dans ses mains qui la recouvraient et n'en laissaient plus rien voir, elle avait l'air de s'efforcer de réprimer, d'anéantir un rire qui, si elle s'y fût abandonnée, l'eût conduite à l'évanouissement. Telle, étourdie par la gaieté des fidèles, ivre de camaraderie, de médisance et d'assentiment, Mme Verdurin, juchée sur son perchoir, pareille

Mme. Verdurin was sitting upon a high Swedish chair of waxed pine-wood, which a violinist from that country had given her, and which she kept in her drawing-room, although in appearance it suggested a school 'form,' and 'swore,' as the saying is, at the really good antique furniture which she had besides; but she made a point of keeping on view the presents which her 'faithful' were in the habit of making her from time to time, so that the donors might have the pleasure of seeing them there when they came to the house. She tried to persuade them to confine their tributes to flowers and sweets, which had at least the merit of mortality; but she was never successful, and the house was gradually filled with a collection of foot-warmers, cushions, clocks, screens, barometers and vases, a constant repetition and a boundless incongruity of useless but indestructible objects.

From this lofty perch she would take her spirited part in the conversation of the 'faithful,' and would revel in all their fun; but, since the accident to her jaw, she had abandoned the effort involved in real hilarity, and had substituted a kind of symbolical dumb-show which signified, without endangering or even fatiguing her in any way, that she was 'laughing until she cried.' At the least witticism aimed by any of the circle against a 'bore,' or against a former member of the circle who was now relegated to the limbo of 'bores'—and to the utter despair of M. Verdurin, who had always made out that he was just as easily amused as his wife, but who, since his laughter was the 'real thing,' was out of breath in a moment, and so was overtaken and vanquished by her device of a feigned but continuous hilarity—she would utter a shrill cry, shut tight her little bird-like eyes, which were beginning to be clouded over by a cataract, and quickly, as though she had only just time to avoid some indecent sight or to parry a mortal blow, burying her face in her hands, which completely engulfed it, and prevented her from seeing anything at all, she would appear to be struggling to suppress, to eradicate a laugh which, were she to give way to it, must inevitably leave her inanimate. So, stupefied with the gaiety of the 'faithful,' drunken with comradeship, scandal and asseveration, Mme. Verdurin, perched on her high seat like a cage-

à un oiseau dont on eût trempé le colifichet dans du vin chaud, sanglotait d'amabilité.

Cependant, M. Verdurin, après avoir demandé à Swann la permission d'allumer sa pipe («ici on ne se gêne pas, on est entre camarades»), priait le jeune artiste de se mettre au piano.

— Allons, voyons, ne l'ennuie pas, il n'est pas ici pour être tourmenté, s'écria Mme Verdurin, je ne veux pas qu'on le tourmente moi!

— Mais pourquoi veux-tu que ça l'ennuie, dit M. Verdurin, M. Swann ne connaît peut-être pas la sonate en fa dièse que nous avons découverte, il va nous jouer l'arrangement pour piano.

— Ah! non, non, pas ma sonate! cria Mme Verdurin, je n'ai pas envie à force de pleurer de me fiche un rhume de cerveau avec névralgies faciales, comme la dernière fois; merci du cadeau, je ne tiens pas à recommencer; vous êtes bons vous autres, on voit bien que ce n'est pas vous qui garderez le lit huit jours!

Cette petite scène qui se renouvelait chaque fois que le pianiste allait jouer enchantait les amis aussi bien que si elle avait été nouvelle, comme une preuve de la séduisante originalité de la «Patronne» et de sa sensibilité musicale. Ceux qui étaient près d'elle faisaient signe à ceux qui plus loin fumaient ou jouaient aux cartes, de se rapprocher, qu'il se passait quelque chose, leur disant, comme on fait au Reichstag dans les moments intéressants: «Écoutez, écoutez.» Et le lendemain on donnait des regrets à ceux qui n'avaient pas pu venir en leur disant que la scène avait été encore plus amusante que d'habitude.

— Eh bien! voyons, c'est entendu, dit M. Verdurin, il ne jouera que l'andante.

— Que l'andante, comme tu y vas! s'écria Mme Verdurin. C'est justement l'andante qui me casse bras et jambes. Il est vraiment superbe le Patron! C'est comme si dans la «Neuvième» il disait: nous n'entendrons que le finale, ou dans «Les Maîtres» que l'ouverture.

bird whose biscuit has been steeped in mulled wine, would sit aloft and sob with fellow-feeling.

Meanwhile M. Verdurin, after first asking Swann's permission to light his pipe ("No ceremony here, you understand; we're all pals!"), went and begged the young musician to sit down at the piano.

"Leave him alone; don't bother him; he hasn't come here to be tormented," cried Mme. Verdurin. "I won't have him tormented."

"But why on earth should it bother him?" rejoined M. Verdurin. "I'm sure M. Swann has never heard the sonata in F sharp which we discovered; he is going to play us the pianoforte arrangement."

"No, no, no, not my sonata!" she screamed, "I don't want to be made to cry until I get a cold in the head, and neuralgia all down my face, like last time; thanks very much, I don't intend to repeat that performance; you are all very kind and considerate; it is easy to see that none of you will have to stay in bed, for a week."

This little scene, which was re-enacted as often as the young pianist sat down to play, never failed to delight the audience, as though each of them were witnessing it for the first time, as a proof of the seductive originality of the 'Mistress' as she was styled, and of the acute sensitiveness of her musical 'ear.' Those nearest to her would attract the attention of the rest, who were smoking or playing cards at the other end of the room, by their cries of 'Hear, hear!' which, as in Parliamentary debates, shewed that something worth listening to was being said. And next day they would commiserate with those who had been prevented from coming that evening, and would assure them that the 'little scene' had never been so amusingly done.

"Well, all right, then," said M. Verdurin, "he can play just the andante."

"Just the *andante!* How you do go on," cried his wife. "As if it weren't 'just the *andante*' that breaks every bone in my body. The 'Master' is really too priceless! Just as though, 'in the Ninth,' he said 'we need only have the *finale*,' or 'just the overture' of the *Meistersinger.*"

Le docteur cependant, poussait Mme Verdurin à laisser jouer le pianiste, non pas qu'il crût feints les troubles que la musique lui donnait—il y reconnaissait certains états neurasthéniques—mais par cette habitude qu'ont beaucoup de médecins, de faire fléchir immédiatement la sévérité de leurs prescriptions dès qu'est en jeu, chose qui leur semble beaucoup plus importante, quelque réunion mondaine dont ils font partie et dont la personne à qui ils conseillent d'oublier pour une fois sa dyspepsie, ou sa grippe, est un des facteurs essentiels.

— Vous ne serez pas malade cette fois-ci, vous verrez, lui dit-il en cherchant à la suggestionner du regard. Et si vous êtes malade nous vous soignerons.

— Bien vrai? répondit Mme Verdurin, comme si devant l'espérance d'une telle faveur il n'y avait plus qu'à capituler. Peut-être aussi à force de dire qu'elle serait malade, y avait-il des moments où elle ne se rappelait plus que c'était un mensonge et prenait une âme de malade. Or ceux-ci, fatigués d'être toujours obligés de faire dépendre de leur sagesse la rareté de leurs accès, aiment se laisser aller à croire qu'ils pourront faire impunément tout ce qui leur plaît et leur fait mal d'habitude, à condition de se remettre en les mains d'un être puissant, qui, sans qu'ils aient aucune peine à prendre, d'un mot ou d'une pilule, les remettra sur pied.

Odette était allée s'asseoir sur un canapé de tapisserie qui était près du piano:

— Vous savez, j'ai ma petite place, dit-elle à Mme Verdurin.

Celle-ci, voyant Swann sur une chaise, le fit lever:

— Vous n'êtes pas bien là, allez donc vous mettre à côté d'Odette, n'est-ce pas Odette, vous ferez bien une place à M. Swann?

— Quel joli beauvais, dit avant de s'asseoir Swann qui cherchait à être aimable.

The Doctor, however, urged Mme. Verdurin to let the pianist play, not because he supposed her to be malingering when she spoke of the distressing effects that music always had upon her, for he recognised the existence of certain neurasthenic states—but from his habit, common to many doctors, of at once relaxing the strict letter of a prescription as soon as it appeared to jeopardise, what seemed to him far more important, the success of some social gathering at which he was present, and of which the patient whom he had urged for once to forget her dyspepsia or headache formed an essential factor.

"You won't be ill this time, you'll find," he told her, seeking at the same time to subdue her mind by the magnetism of his gaze. "And, if you are ill, we will cure you."

"Will you, really?" Mme. Verdurin spoke as though, with so great a favour in store for her, there was nothing for it but to capitulate. Perhaps, too, by dint of saying that she was going to be ill, she had worked herself into a state in which she forgot, occasionally, that it was all only a 'little scene,' and regarded things, quite sincerely, from an invalid's point of view. For it may often be remarked that invalids grow weary of having the frequency of their attacks depend always on their own prudence in avoiding them, and like to let themselves think that they are free to do everything that they most enjoy doing, although they are always ill after doing it, provided only that they place themselves in the hands of a higher authority which, without putting them to the least inconvenience, can and will, by uttering a word or by administering a tabloid, set them once again upon their feet.

Odette had gone to sit on a tapestry-covered sofa near the piano, saying to Mme. Verdurin, "I have my own little corner, haven't I?"

And Mme. Verdurin, seeing Swann by himself upon a chair, made him get up.

"You're not at all comfortable there; go along and sit by Odette; you can make room for M. Swann there, can't you, Odette?"

"What charming Beauvais!" said Swann, stopping to admire the sofa before he sat down on it, and wishing to be polite.

— Ah! je suis contente que vous appréciiez mon canapé, répondit Mme Verdurin. Et je vous préviens que si vous voulez en voir d'aussi beau, vous pouvez y renoncer tout de suite. Jamais ils n'ont rien fait de pareil. Les petites chaises aussi sont des merveilles. Tout à l'heure vous regarderez cela. Chaque bronze correspond comme attribut au petit sujet du siège; vous savez, vous avez de quoi vous amuser si vous voulez regarder cela, je vous promets un bon moment. Rien que les petites frises des bordures, tenez là, la petite vigne sur fond rouge de l'Ours et les Raisins. Est-ce dessiné? Qu'est-ce que vous en dites, je crois qu'ils le savaient plutôt, dessiner! Est-elle assez appétissante cette vigne? Mon mari prétend que je n'aime pas les fruits parce que j'en mange moins que lui. Mais non, je suis plus gourmande que vous tous, mais je n'ai pas besoin de me les mettre dans la bouche puisque je jouis par les yeux. Qu'est ce que vous avez tous à rire? demandez au docteur, il vous dira que ces raisins-là me purgent. D'autres font des cures de Fontainebleau, moi je fais ma petite cure de Beauvais. Mais, monsieur Swann, vous ne partirez pas sans avoir touché les petits bronzes des dossiers. Est-ce assez doux comme patine? Mais non, à pleines mains, touchez-les bien.

— Ah! si madame Verdurin commence à peloter les bronzes, nous n'entendrons pas de musique ce soir, dit le peintre.

— Taisez-vous, vous êtes un vilain. Au fond, dit-elle en se tournant vers Swann, on nous défend à nous autres femmes des choses moins voluptueuses que cela. Mais il n'y a pas une chair comparable à cela! Quand M. Verdurin me faisait l'honneur d'être jaloux de moi—allons, sois poli au moins, ne dis pas que tu ne l'as jamais été...

— Mais je ne dis absolument rien. Voyons docteur je vous prends à témoin: est-ce que j'ai dit quelque chose?

Swann palpait les bronzes par politesse et n'osait pas cesser tout de suite.

"I am glad you appreciate my sofa," replied Mme. Verdurin, "and I warn you that if you expect ever to see another like it you may as well abandon the idea at once. They never made any more like it. And these little chairs, too, are perfect marvels. You can look at them in a moment. The emblems in each of the bronze mouldings correspond to the subject of the tapestry on the chair; you know, you combine amusement with instruction when you look at them;—I can promise you a delightful time, I assure you. Just look at the little border around the edges; here, look, the little vine on a red background in this one, the Bear and the Grapes. Isn't it well drawn? What do you say? I think they knew a thing or two about design! Doesn't it make your mouth water, this vine? My husband makes out that I am not fond of fruit, because I eat less than he does. But not a bit of it, I am greedier than any of you, but I have no need to fill my mouth with them when I can feed on them with my eyes. What are you all laughing at now, pray? Ask the Doctor; he will tell you that those grapes act on me like a regular purge. Some people go to Fontainebleau for cures; I take my own little Beauvais cure here. But, M. Swann, you mustn't run away without feeling the little bronze mouldings on the backs. Isn't it an exquisite surface? No, no, not with your whole hand like that; feel them property!"

"If Mme. Verdurin is going to start playing about with her bronzes," said the painter, "we shan't get any music to-night."

"Be quiet, you wretch! And yet we poor women," she went on, "are forbidden pleasures far less voluptuous than this. There is no flesh in the world as soft as these. None. When M. Verdurin did me the honour of being madly jealous . . . come, you might at least be polite. Don't say that you never have been jealous!"

"But, my dear, I have said absolutely nothing. Look here, Doctor, I call you as a witness; did I utter a word?"

Swann had begun, out of politeness, to finger the bronzes, and did not like to stop.

— Allons, vous les caresserez plus tard; maintenant c'est vous qu'on va caresser, qu'on va caresser dans l'oreille; vous aimez cela, je pense; voilà un petit jeune homme qui va s'en charger.

Or quand le pianiste eut joué, Swann fut plus aimable encore avec lui qu'avec les autres personnes qui se trouvaient là. Voici pourquoi:

L'année précédente, dans une soirée, il avait entendu une œuvre musicale exécutée au piano et au violon. D'abord, il n'avait goûté que la qualité matérielle des sons sécrétés par les instruments. Et ç'avait déjà été un grand plaisir quand au-dessous de la petite ligne du violon mince, résistante, dense et directrice, il avait vu tout d'un coup chercher à s'élever en un clapotement liquide, la masse de la partie de piano, multiforme, indivise, plane et entrechoquée comme la mauve agitation des flots que charme et bémolise le clair de lune. Mais à un moment donné, sans pouvoir nettement distinguer un contour, donner un nom à ce qui lui plaisait, charmé tout d'un coup, il avait cherché à recueillir la phrase ou l'harmonie—il ne savait lui-même—qui passait et qui lui avait ouvert plus largement l'âme, comme certaines odeurs de roses circulant dans l'air humide du soir ont la propriété de dilater nos narines. Peut-être est-ce parce qu'il ne savait pas la musique qu'il avait pu éprouver une impression aussi confuse, une de ces impressions qui sont peut-être pourtant les seules purement musicales, inattendues, entièrement originales, irréductibles à tout autre ordre d'impressions. Une impression de ce genre pendant un instant, est pour ainsi dire *sine materia.* Sans doute les notes que nous entendons alors, tendent déjà, selon leur hauteur et leur quantité, à couvrir devant nos yeux des surfaces de dimensions variées, à tracer des arabesques, à nous donner des sensations de largeur, de ténuité, de stabilité, de caprice. Mais les notes sont évanouies avant que ces sensations soient assez formées en nous pour ne pas être submergées par celles qu'éveillent déjà les notes

"Come along; you can caress them later; now it is you that are going to be caressed, caressed in the ear; you'll like that, I think. Here's the young gentleman who will take charge of that."

After the pianist had played, Swann felt and shewed more interest in him than in any of the other guests, for the following reason:

The year before, at an evening party, he had heard a piece of music played on the piano and violin. At first he had appreciated only the material quality of the sounds which those instruments secreted. And it had been a source of keen pleasure when, below the narrow ribbon of the violin-part, delicate, unyielding, substantial and governing the whole, he had suddenly perceived, where it was trying to surge upwards in a flowing tide of sound, the mass of the piano-part, multiform, coherent, level, and breaking everywhere in melody like the deep blue tumult of the sea, silvered and charmed into a minor key by the moonlight. But at a given moment, without being able to distinguish any clear outline, or to give a name to what was pleasing him, suddenly enraptured, he had tried to collect, to treasure in his memory the phrase or harmony—he knew not which—that had just been played, and had opened and expanded his soul, just as the fragrance of certain roses, wafted upon the moist air of evening, has the power of dilating our nostrils. Perhaps it was owing to his own ignorance of music that he had been able to receive so confused an impression, one of those that are, notwithstanding, our only purely musical impressions, limited in their extent, entirely original, and irreducible into any other kind. An impression of this order, vanishing in an instant, is, so to speak, an impression *sine materia*. Presumably the notes which we hear at such moments tend to spread out before our eyes, over surfaces greater or smaller according to their pitch and volume; to trace arabesque designs, to give us the sensation of breath or tenuity, stability or caprice. But the notes themselves have vanished before these sensations have developed sufficiently to escape submersion under those which the following, or even simultaneous notes

suivantes ou même simultanées. Et cette impression continuerait à envelopper de sa liquidité et de son «fondu» les motifs qui par instants en émergent, à peine discernables, pour plonger aussitôt et disparaître, connus seulement par le plaisir particulier qu'ils donnent, impossibles à décrire, à se rappeler, à nommer, ineffables—si la mémoire, comme un ouvrier qui travaille à établir des fondations durables au milieu des flots, en fabriquant pour nous des fac-similés de ces phrases fugitives, ne nous permettait de les comparer à celles qui leur succèdent et de les différencier. Ainsi à peine la sensation délicieuse que Swann avait ressentie était-elle expirée, que sa mémoire lui en avait fourni séance tenante une transcription sommaire et provisoire, mais sur laquelle il avait jeté les yeux tandis que le morceau continuait, si bien que quand la même impression était tout d'un coup revenue, elle n'était déjà plus insaisissable. Il s'en représentait l'étendue, les groupements symétriques, la graphie, la valeur expressive; il avait devant lui cette chose qui n'est plus de la musique pure, qui est du dessin, de l'architecture, de la pensée, et qui permet de se rappeler la musique. Cette fois il avait distingué nettement une phrase s'élevant pendant quelques instants au-dessus des ondes sonores. Elle lui avait proposé aussitôt des voluptés particulières, dont il n'avait jamais eu l'idée avant de l'entendre, dont il sentait que rien autre qu'elle ne pourrait les lui faire connaître, et il avait éprouvé pour elle comme un amour inconnu.

D'un rythme lent elle le dirigeait ici d'abord, puis là, puis ailleurs, vers un bonheur noble, inintelligible et précis. Et tout d'un coup au point où elle était arrivée et d'où il se préparait à la suivre, après une pause d'un instant, brusquement elle changeait de direction et d'un mouvement nouveau, plus rapide, menu, mélancolique, incessant et doux, elle l'entraînait avec elle vers des perspectives inconnues. Puis elle disparut. Il souhaita passionnément la revoir une troisième fois. Et elle reparut en effet mais sans lui

have already begun to awaken in us. And this indefinite perception would continue to smother in its molten liquidity the *motifs* which now and then emerge, barely discernible, to plunge again and disappear and drown; recognised only by the particular kind of pleasure which they instil, impossible to describe, to recollect, to name; ineffable;—if our memory, like a labourer who toils at the laying down of firm foundations beneath the tumult of the waves, did not, by fashioning for us facsimiles of those fugitive phrases, enable us to compare and to contrast them with those that follow. And so, hardly had the delicious sensation, which Swann had experienced, died away, before his memory had furnished him with an immediate transcript, summary, it is true, and provisional, but one on which he had kept his eyes fixed while the playing continued, so effectively that, when the same impression suddenly returned, it was no longer uncapturable. He was able to picture to himself its extent, its symmetrical arrangement, its notation, the strength of its expression; he had before him that definite object which was no longer pure music, but rather design, architecture, thought, and which allowed the actual music to be recalled. This time he had distinguished, quite clearly, a phrase which emerged for a few moments from the waves of sound. It had at once held out to him an invitation to partake of intimate pleasures, of whose existence, before hearing it, he had never dreamed, into which he felt that nothing but this phrase could initiate him; and he had been filled with love for it, as with a new and strange desire.

With a slow and rhythmical movement it led him here, there, everywhere, towards a state of happiness noble, unintelligible, yet clearly indicated. And then, suddenly having reached a certain point from which he was prepared to follow it, after pausing for a moment, abruptly it changed its direction, and in a fresh movement, more rapid, multiform, melancholy, incessant, sweet, it bore him off with it towards a vista of joys unknown. Then it vanished. He hoped, with a passionate longing, that he might find it again, a third time. And reappear it did, though without speaking

parler plus clairement, en lui causant même une volupté moins profonde. Mais rentré chez lui il eut besoin d'elle, il était comme un homme dans la vie de qui une passante qu'il a aperçue un moment vient de faire entrer l'image d'une beauté nouvelle qui donne à sa propre sensibilité une valeur plus grande, sans qu'il sache seulement s'il pourra revoir jamais celle qu'il aime déjà et dont il ignore jusqu'au nom.

Même cet amour pour une phrase musicale sembla un instant devoir amorcer chez Swann la possibilité d'une sorte de rajeunissement. Depuis si longtemps il avait renoncé à appliquer sa vie à un but idéal et la bornait à la poursuite de satisfactions quotidiennes, qu'il croyait, sans jamais se le dire formellement, que cela ne changerait plus jusqu'à sa mort; bien plus, ne se sentant plus d'idées élevées dans l'esprit, il avait cessé de croire à leur réalité, sans pouvoir non plus la nier tout à fait. Aussi avait-il pris l'habitude de se réfugier dans des pensées sans importance qui lui permettaient de laisser de côté le fond des choses. De même qu'il ne se demandait pas s'il n'eût pas mieux fait de ne pas aller dans le monde, mais en revanche savait avec certitude que s'il avait accepté une invitation il devait s'y rendre et que s'il ne faisait pas de visite après il lui fallait laisser des cartes, de même dans sa conversation il s'efforçait de ne jamais exprimer avec cœur une opinion intime sur les choses, mais de fournir des détails matériels qui valaient en quelque sorte par eux-mêmes et lui permettaient de ne pas donner sa mesure. Il était extrêmement précis pour une recette de cuisine, pour la date de la naissance ou de la mort d'un peintre, pour la nomenclature de ses œuvres. Parfois, malgré tout, il se laissait aller à émettre un jugement sur une œuvre, sur une manière de comprendre la vie, mais il donnait alors à ses paroles un ton ironique comme s'il n'adhérait pas tout entier à ce qu'il disait. Or, comme certains valétudinaires chez qui tout d'un coup, un pays où ils sont arrivés, un régime différent,

to him more clearly, bringing him, indeed, a pleasure less profound. But when he was once more at home he needed it, he was like a man into whose life a woman, whom he has seen for a moment passing by, has brought a new form of beauty, which strengthens and enlarges his own power of perception, without his knowing even whether he is ever to see her again whom he loves already, although he knows nothing of her, not even her name.

Indeed this passion for a phrase of music seemed, in the first few months, to be bringing into Swann's life the possibility of a sort of rejuvenation. He had so long since ceased to direct his course towards any ideal goal, and had confined himself to the pursuit of ephemeral satisfactions, that he had come to believe, though without ever formally stating his belief even to himself, that he would remain all his life in that condition, which death alone could alter. More than this, since his mind no longer entertained any lofty ideals, he had ceased to believe in (although he could not have expressly denied) their reality. He had grown also into the habit of taking refuge in trivial considerations, which allowed him to set on one side matters of fundamental importance. Just as he had never stopped to ask himself whether he would not have done better by not going into society, knowing very well that if he had accepted an invitation he must put in an appearance, and that afterwards, if he did not actually call, he must at least leave cards upon his hostess; so in his conversation he took care never to express with any warmth a personal opinion about a thing, but instead would supply facts and details which had a value of a sort in themselves, and excused him from shewing how much he really knew. He would be extremely precise about the recipe for a dish, the dates of a painter's birth and death, and the titles of his works. Sometimes, in spite of himself, he would let himself go so far as to utter a criticism of a work of art, or of some one's interpretation of life, but then he would cloak his words in a tone of irony, as though he did not altogether associate himself with what he was saying. But now, like a confirmed invalid whom, all of a sudden, a change of air and surroundings, or a new course of treatment, or, as

quelquefois une évolution organique, spontanée et mystérieuse, semblent amener une telle régression de leur mal qu'ils commencent à envisager la possibilité inespérée de commencer sur le tard une vie toute différente, Swann trouvait en lui, dans le souvenir de la phrase qu'il avait entendue, dans certaines sonates qu'il s'était fait jouer, pour voir s'il ne l'y découvrirait pas, la présence d'une de ces réalités invisibles auxquelles il avait cessé de croire et auxquelles, comme si la musique avait eu sur la sécheresse morale dont il souffrait une sorte d'influence élective, il se sentait de nouveau le désir et presque la force de consacrer sa vie. Mais n'étant pas arrivé à savoir de qui était l'œuvre qu'il avait entendue, il n'avait pu se la procurer et avait fini par l'oublier. Il avait bien rencontré dans la semaine quelques personnes qui se trouvaient comme lui à cette soirée et les avait interrogées; mais plusieurs étaient arrivées après la musique ou parties avant; certaines pourtant étaient là pendant qu'on l'exécutait mais étaient allées causer dans un autre salon, et d'autres restées à écouter n'avaient pas entendu plus que les premières. Quant aux maîtres de maison ils savaient que c'était une œuvre nouvelle que les artistes qu'ils avaient engagés avaient demandé à jouer; ceux-ci étant partis en tournée, Swann ne put pas en savoir davantage. Il avait bien des amis musiciens, mais tout en se rappelant le plaisir spécial et intraduisible que lui avait fait la phrase, en voyant devant ses yeux les formes qu'elle dessinait, il était pourtant incapable de la leur chanter. Puis il cessa d'y penser.

Or, quelques minutes à peine après que le petit pianiste avait commencé de jouer chez Mme Verdurin, tout d'un coup après une note haute longuement tenue pendant deux mesures, il vit approcher, s'échappant de sous cette sonorité prolongée et tendue comme un rideau sonore pour cacher le mystère de son incubation, il reconnut, secrète, bruissante et divisée, la phrase

sometimes happens, an organic change in himself, spontaneous and unaccountable, seems to have so far recovered from his malady that he begins to envisage the possibility, hitherto beyond all hope, of starting to lead—and better late than never—a wholly different life, Swann found in himself, in the memory of the phrase that he had heard, in certain other sonatas which he had made people play over to him, to see whether he might not, perhaps, discover his phrase among them, the presence of one of those invisible realities in which he had ceased to believe, but to which, as though the music had had upon the moral barrenness from which he was suffering a sort of recreative influence, he was conscious once again of a desire, almost, indeed, of the power to consecrate his life. But, never having managed to find out whose work it was that he had heard played that evening, he had been unable to procure a copy, and finally had forgotten the quest. He had indeed, in the course of the next few days, encountered several of the people who had been at the party with him, and had questioned them; but most of them had either arrived after or left before the piece was played; some had indeed been in the house, but had gone into another room to talk, and those who had stayed to listen had no clearer impression than the rest. As for his hosts, they knew that it was a recently published work which the musicians whom they had engaged for the evening had asked to be allowed to play; but, as these last were now on tour somewhere, Swann could learn nothing further. He had, of course, a number of musical friends, but, vividly as he could recall the exquisite and inexpressible pleasure which the little phrase had given him, and could see, still, before his eyes the forms that it had traced in outline, he was quite incapable of humming over to them the air. And so, at last, he ceased to think of it.

But to-night, at Mme. Verdurin's, scarcely had the little pianist begun to play when, suddenly, after a high note held on through two whole bars, Swann saw it approaching, stealing forth from underneath that resonance, which was prolonged and stretched out over it, like a curtain of sound, to veil the mystery of its birth—and recognised, secret, whispering, articulate, the airy and fragrant phrase that he

aérienne et odorante qu'il aimait. Et elle était si particulière, elle avait un charme si individuel et qu'aucun autre n'aurait pu remplacer, que ce fut pour Swann comme s'il eût rencontré dans un salon ami une personne qu'il avait admirée dans la rue et désespérait de jamais retrouver. A la fin, elle s'éloigna, indicatrice, diligente, parmi les ramifications de son parfum, laissant sur le visage de Swann le reflet de son sourire. Mais maintenant il pouvait demander le nom de son inconnue (on lui dit que c'était l'andante de la sonate pour piano et violon de Vinteuil), il la tenait, il pourrait l'avoir chez lui aussi souvent qu'il voudrait, essayer d'apprendre son langage et son secret.

Aussi quand le pianiste eut fini, Swann s'approcha-t-il de lui pour lui exprimer une reconnaissance dont la vivacité plut beaucoup à Mme Verdurin.

— Quel charmeur, n'est-ce pas, dit-elle à Swann; la comprend-il assez, sa sonate, le petit misérable? Vous ne saviez pas que le piano pouvait atteindre à ça. C'est tout excepté du piano, ma parole! Chaque fois j'y suis reprise, je crois entendre un orchestre. C'est même plus beau que l'orchestre, plus complet.

Le jeune pianiste s'inclina, et, souriant, soulignant les mots comme s'il avait fait un trait d'esprit:

— Vous êtes très indulgente pour moi, dit-il.

Et tandis que Mme Verdurin disait à son mari: «Allons, donne-lui de l'orangeade, il l'a bien méritée», Swann racontait à Odette comment il avait été amoureux de cette petite phrase. Quand Mme Verdurin, ayant dit d'un peu loin: «Eh bien! il me semble qu'on est en train de vous dire de belles choses, Odette», elle répondit: «Oui, de très belles» et Swann trouva délicieuse sa simplicité. Cependant il demandait des renseignements sur Vinteuil, sur son œuvre, sur l'époque de sa vie où il avait composé cette sonate, sur ce qu'avait pu signifier pour lui la petite phrase, c'est cela surtout qu'il aurait voulu savoir.

had loved. And it was so peculiarly itself, it had so personal a charm, which nothing else could have replaced, that Swann felt as though he had met, in a friend's drawing-room, a woman whom he had seen and admired, once, in the street, and had despaired of ever seeing her again. Finally the phrase withdrew and vanished, pointing, directing, diligent among the wandering currents of its fragrance, leaving upon Swann's features a reflection of its smile. But now, at last, he could ask the name of his fair unknown (and was told that it was the *andante* movement of Vinteuil's sonata for the piano and violin), he held it safe, could have it again to himself, at home, as often as he would, could study its language and acquire its secret.

And so, when the pianist had finished, Swann crossed the room and thanked him with a vivacity which delighted Mme. Verdurin.

"Isn't he charming?" she asked Swann, "doesn't he just understand it, his sonata, the little wretch? You never dreamed, did you, that a piano could be made to express all that? Upon my word, there's everything in it except the piano! I'm caught out every time I hear it; I think I'm listening to an orchestra. Though it's better, really, than an orchestra, more complete."

The young pianist bent over her as he answered, smiling and underlining each of his words as though he were making an epigram:

"You are most generous to me."

And while Mme. Verdurin was saying to her husband, "Run and fetch him a glass of orangeade; it's well earned!" Swann began to tell Odette how he had fallen in love with that little phrase. When their hostess, who was a little way off, called out, "Well! It looks to me as though some one was saying nice things to you, Odette!" she replied, "Yes, very nice," and he found her simplicity delightful. Then he asked for some information about this Vinteuil; what else he had done, and at what period in his life he had composed the sonata;—what meaning the little phrase could have had for him, that was what Swann wanted most to know.

Mais tous ces gens qui faisaient profession d'admirer ce musicien (quand Swann avait dit que sa sonate était vraiment belle, Mme Verdurin s'était écriée: «Je vous crois un peu qu'elle est belle! Mais on n'avoue pas qu'on ne connaît pas la sonate de Vinteuil, on n'a pas le droit de ne pas la connaître», et le peintre avait ajouté: «Ah! c'est tout à fait une très grande machine, n'est-ce pas. Ce n'est pas si vous voulez la chose «cher» et «public», n'est-ce pas, mais c'est la très grosse impression pour les artistes»), ces gens semblaient ne s'être jamais posé ces questions car ils furent incapables d'y répondre.

Même à une ou deux remarques particulières que fit Swann sur sa phrase préférée:

– Tiens, c'est amusant, je n'avais jamais fait attention; je vous dirai que je n'aime pas beaucoup chercher la petite bête et m'égarer dans des pointes d'aiguille; on ne perd pas son temps à couper les cheveux en quatre ici, ce n'est pas le genre de la maison, répondit Mme Verdurin, que le docteur Cottard regardait avec une admiration béate et un zèle studieux se jouer au milieu de ce flot d'expressions toutes faites. D'ailleurs lui et Mme Cottard avec une sorte de bon sens comme en ont aussi certaines gens du peuple se gardaient bien de donner une opinion ou de feindre l'admiration pour une musique qu'ils s'avouaient l'un à l'autre, une fois rentrés chez eux, ne pas plus comprendre que la peinture de «M. Biche». Comme le public ne connaît du charme, de la grâce, des formes de la nature que ce qu'il en a puisé dans les poncifs d'un art lentement assimilé, et qu'un artiste original commence par rejeter ces poncifs, M. et Mme Cottard, image en cela du public, ne trouvaient ni dans la sonate de Vinteuil, ni dans les portraits du peintre, ce qui faisait pour eux l'harmonie de la musique et la beauté de la peinture. Il leur semblait quand le pianiste jouait la sonate qu'il accrochait au hasard sur le piano des notes que ne reliaient pas en effet les formes auxquelles ils étaient habitués, et

But none of these people who professed to admire this musician (when Swann had said that the sonata was really charming Mme. Verdurin had exclaimed, "I quite believe it! Charming, indeed! But you don't dare to confess that you don't know Vinteuil's sonata; you have no right not to know it!"—and the painter had gone on with, "Ah, yes, it's a very fine bit of work, isn't it? Not, of course, if you want something 'obvious,' something 'popular,' but, I mean to say, it makes a very great impression on us artists."), none of them seemed ever to have asked himself these questions, for none of them was able to reply.

Even to one or two particular remarks made by Swann on his favourite phrase:

"D'you know, that's a funny thing; I had never noticed it; I may as well tell you that I don't much care about peering at things through a microscope, and pricking myself on pin-points of difference; no; we don't waste time splitting hairs in this house; why not? well, it's not a habit of ours, that's all," Mme. Verdurin replied, while Dr. Cottard gazed at her with open-mouthed admiration, and yearned to be able to follow her as she skipped lightly from one stepping-stone to another of her stock of ready-made phrases. Both he, however, and Mme. Cottard, with a kind of common sense which is shared by many people of humble origin, would always take care not to express an opinion, or to pretend to admire a piece of music which they would confess to each other, once they were safely at home, that they no more understood than they could understand the art of 'Master' Biche. Inasmuch as the public cannot recognise the charm, the beauty, even the outlines of nature save in the stereotyped impressions of an art which they have gradually assimilated, while an original artist starts by rejecting those impressions, so M. and Mme. Cottard, typical, in this respect, of the public, were incapable of finding, either in Vinteuil's sonata or in Biche's portraits, what constituted harmony, for them, in music or beauty in painting. It appeared to them, when the pianist played his sonata, as though he were striking haphazard from the piano a medley of notes which bore no relation to the musical forms to which they themselves were accustomed, and that

que le peintre jetait au hasard des couleurs sur ses toiles. Quand, dans celles-ci, ils pouvaient reconnaître une forme, ils la trouvaient alourdie et vulgarisée (c'est-à-dire dépourvue de l'élégance de l'école de peinture à travers laquelle ils voyaient dans la rue même, les êtres vivants), et sans vérité, comme si M. Biche n'eût pas su comment était construite une épaule et que les femmes n'ont pas les cheveux mauves.

Pourtant les fidèles s'étant dispersés, le docteur sentit qu'il y avait là une occasion propice et pendant que Mme Verdurin disait un dernier mot sur la sonate de Vinteuil, comme un nageur débutant qui se jette à l'eau pour apprendre, mais choisit un moment où il n'y a pas trop de monde pour le voir:

— Alors, c'est ce qu'on appelle un musicien *di primo cartello!* s'écria-t-il avec une brusque résolution.

Swann apprit seulement que l'apparition récente de la sonate de Vinteuil avait produit une grande impression dans une école de tendances très avancées mais était entièrement inconnue du grand public.

— Je connais bien quelqu'un qui s'appelle Vinteuil, dit Swann, en pensant au professeur de piano des sœurs de ma grand'mère.

— C'est peut-être lui, s'écria Mme Verdurin.

— Oh! non, répondit Swann en riant. Si vous l'aviez vu deux minutes, vous ne vous poseriez pas la question.

— Alors poser la question c'est la résoudre? dit le docteur.

— Mais ce pourrait être un parent, reprit Swann, cela serait assez triste, mais enfin un homme de génie peut être le cousin d'une vieille bête. Si cela était, j'avoue qu'il n'y a pas de supplice que je ne m'imposerais pour que la vieille bête me présentât à l'auteur de la sonate: d'abord le supplice de fréquenter la vieille bête, et qui doit être affreux.

Le peintre savait que Vinteuil était à ce moment très malade et que le docteur Potain craignait de ne pouvoir le sauver.

the painter simply flung the colours haphazard upon his canvas. When, on one of these, they were able to distinguish a human form, they always found it coarsened and vulgarised (that is to say lacking all the elegance of the school of painting through whose spectacles they themselves were in the habit of seeing the people—real, living people, who passed them in the streets) and devoid of truth, as though M. Biche had not known how the human shoulder was constructed, or that a woman's hair was not, ordinarily, purple.

And yet, when the 'faithful' were scattered out of earshot, the Doctor felt that the opportunity was too good to be missed, and so (while Mme. Verdurin was adding a final word of commendation of Vinteuil's sonata) like a would-be swimmer who jumps into the water, so as to learn, but chooses a moment when there are not too many people looking on:

"Yes, indeed; he's what they call a musician *di primo cartello!*" he exclaimed, with a sudden determination.

Swann discovered no more than that the recent publication of Vinteuil's sonata had caused a great stir among the most advanced school of musicians, but that it was still unknown to the general public.

"I know some one, quite well, called Vinteuil," said Swann, thinking of the old music-master at Combray who had taught my grandmother's sisters.

"Perhaps that's the man!" cried Mme. Verdurin.

"Oh, no!" Swann burst out laughing. "If you had ever seen him for a moment you wouldn't put the question."

"Then to put the question is to solve the problem?" the Doctor suggested.

"But it may well be some relative," Swann went on. "That would be bad enough; but, after all, there is no reason why a genius shouldn't have a cousin who is a silly old fool. And if that should be so, I swear there's no known or unknown form of torture I wouldn't undergo to get the old fool to introduce me to the man who composed the sonata; starting with the torture of the old fool's company, which would be ghastly."

The painter understood that Vinteuil was seriously ill at the moment, and that Dr. Potain despaired of his life.

— Comment, s'écria Mme Verdurin, il y a encore des gens qui se font soigner par Potain!

— Ah! madame Verdurin, dit Cottard, sur un ton de marivaudage, vous oubliez que vous parlez d'un de mes confères, je devrais dire un de mes maîtres.

Le peintre avait entendu dire que Vinteuil était menacé d'aliénation mentale. Et il assurait qu'on pouvait s'en apercevoir à certains passages de sa sonate. Swann ne trouva pas cette remarque absurde, mais elle le troubla; car une œuvre de musique pure ne contenant aucun des rapports logiques dont l'altération dans le langage dénonce la folie, la folie reconnue dans une sonate lui paraissait quelque chose d'aussi mystérieux que la folie d'une chienne, la folie d'un cheval, qui pourtant s'observent en effet.

— Laissez-moi donc tranquille avec vos maîtres, vous en savez dix fois autant que lui, répondit Mme Verdurin au docteur Cottard, du ton d'une personne qui a le courage de ses opinions et tient bravement tête à ceux qui ne sont pas du même avis qu'elle. Vous ne tuez pas vos malades, vous, au moins!

— Mais, Madame, il est de l'Académie, répliqua le docteur d'un ton air ironique. Si un malade préfère mourir de la main d'un des princes de la science... C'est beaucoup plus chic de pouvoir dire: «C'est Potain qui me soigne.»

— Ah! c'est plus chic? dit Mme Verdurin. Alors il y a du chic dans les maladies, maintenant? je ne savais pas ça... Ce que vous m'amusez, s'écria-t-elle tout à coup en plongeant sa figure dans ses mains. Et moi, bonne bête qui discutais sérieusement sans m'apercevoir que vous me faisiez monter à l'arbre.

Quant à M. Verdurin, trouvant que c'était un peu fatigant de se mettre à rire pour si peu, il se contenta de tirer une bouffée de sa pipe en songeant avec tristesse qu'il ne pouvait plus rattraper sa femme sur le terrain de l'amabilité.

— Vous savez que votre ami nous plaît beaucoup, dit Mme Verdurin à Odette au moment où celle-ci lui souhaitait le bonsoir. Il est simple, charmant; si vous

"What!" cried Mme. Verdurin, "Do people still call in Potain?"

"Ah! Mme. Verdurin," Cottard simpered, "you forget that you are speaking of one of my colleagues—I should say, one of my masters."

The painter had heard, somewhere, that Vinteuil was threatened with the loss of his reason. And he insisted that signs of this could be detected in certain passages in the sonata. This remark did not strike Swann as ridiculous; rather, it puzzled him. For, since a purely musical work contains none of those logical sequences, the interruption or confusion of which, in spoken or written language, is a proof of insanity, so insanity diagnosed in a sonata seemed to him as mysterious a thing as the insanity of a dog or a horse, although instances may be observed of these.

"Don't speak to me about 'your masters'; you know ten times as much as he does!" Mme. Verdurin answered Dr. Cottard, in the tone of a woman who has the courage of her convictions, and is quite ready to stand up to anyone who disagrees with her. "Anyhow, you don't kill your patients!"

"But, Madame, he is in the Academy." The Doctor smiled with bitter irony. "If a sick person prefers to die at the hands of one of the Princes of Science . . . It is far more smart to be able to say, 'Yes, I have Potain.'"

"Oh, indeed! More smart, is it?" said Mme. Verdurin. "So there are fashions, nowadays, in illness, are there? I didn't know that. . . . Oh, you do make me laugh!" she screamed, suddenly, burying her face in her hands. "And here was I, poor thing, talking quite seriously, and never seeing that you were pulling my leg."

As for M. Verdurin, finding it rather a strain to start laughing again over so small a matter, he was content with puffing out a cloud of smoke from his pipe, while he reflected sadly that he could never again hope to keep pace with his wife in her Atalanta-flights across the field of mirth.

"D'you know; we like your friend so very much," said Mme. Verdurin, later, when Odette was bidding her good night. "He is so unaffected, quite charming. If they're all like

n'avez jamais à nous présenter que des amis comme cela, vous pouvez les amener.

M. Verdurin fit remarquer que pourtant Swann n'avait pas apprécié la tante du pianiste.

– Il s'est senti un peu dépaysé, cet homme, répondit Mme Verdurin, tu ne voudrais pourtant pas que, la première fois, il ait déjà le ton de la maison comme Cottard qui fait partie de notre petit clan depuis plusieurs années. La première fois ne compte pas, c'était utile pour prendre langue. Odette, il est convenu qu'il viendra nous retrouver demain au Châtelet. Si vous alliez le prendre?

– Mais non, il ne veut pas.

– Ah! enfin, comme vous voudrez. Pourvu qu'il n'aille pas lâcher au dernier moment!

A la grande surprise de Mme Verdurin, il ne lâcha jamais. Il allait les rejoindre n'importe où, quelquefois dans les restaurants de banlieue où on allait peu encore, car ce n'était pas la saison, plus souvent au théâtre, que Mme Verdurin aimait beaucoup, et comme un jour, chez elle, elle dit devant lui que pour les soirs de premières, de galas, un coupe-file leur eût été fort utile, que cela les avait beaucoup gênés de ne pas en avoir le jour de l'enterrement de Gambetta, Swann qui ne parlait jamais de ses relations brillantes, mais seulement de celles mal cotées qu'il eût jugé peu délicat de cacher, et au nombre desquelles il avait pris dans le faubourg Saint-Germain l'habitude de ranger les relations avec le monde officiel, répondit:

– Je vous promets de m'en occuper, vous l'aurez à temps pour la reprise des *Danicheff*, je déjeune justement demain avec le Préfet de police à l'Elysée.

– Comment ça, à l'Elysée? cria le docteur Cottard d'une voix tonnante.

– Oui, chez M. Grévy, répondit Swann, un peu gêné de l'effet que sa phrase avait produit.

that, the friends you want to bring here, by all means bring them."

M. Verdurin remarked that Swann had failed, all the same, to appreciate the pianist's aunt.

"I dare say he felt a little strange, poor man," suggested Mme. Verdurin. "You can't expect him to catch the tone of the house the first time he comes; like Cottard, who has been one of our little 'clan' now for years. The first time doesn't count; it's just for looking round and finding out things. Odette, he understands all right, he's to join us to-morrow at the Châtelet. Perhaps you might call for him and bring him."

"No, he doesn't want that."

"Oh, very well; just as you like. Provided he doesn't fail us at the last moment."

Greatly to Mme. Verdurin's surprise, he never failed them. He would go to meet them, no matter where, at restaurants outside Paris (not that they went there much at first, for the season had not yet begun), and more frequently at the play, in which Mme. Verdurin delighted. One evening, when they were dining at home, he heard her complain that she had not one of those permits which would save her the trouble of waiting at doors and standing in crowds, and say how useful it would be to them at first-nights, and gala performances at the Opera, and what a nuisance it had been, not having one, on the day of Gambetta's funeral. Swann never spoke of his distinguished friends, but only of such as might be regarded as detrimental, whom, therefore, he thought it snobbish, and in not very good taste to conceal; while he frequented the Faubourg Saint-Germain he had come to include, in the latter class, all his friends in the official world of the Third Republic, and so broke in, without thinking:

"I'll see to that, all right. You shall have it in time for the *Danicheff* revival. I shall be lunching with the Prefect of Police to-morrow, as it happens, at the Elysée."

"What's that? The Elysée?" Dr. Cottard roared in a voice of thunder.

"Yes, at M. Grévy's," replied Swann, feeling a little awkward at the effect which his announcement had produced.

Et le peintre dit au docteur en manière de plaisanterie:

— Ça vous prend souvent?

Généralement, une fois l'explication donnée, Cottard disait: «Ah! bon, bon, ça va bien» et ne montrait plus trace d'émotion.

Mais cette fois-ci, les derniers mots de Swann, au lieu de lui procurer l'apaisement habituel, portèrent au comble son étonnement qu'un homme avec qui il dînait, qui n'avait ni fonctions officielles, ni illustration d'aucune sorte, frayât avec le Chef de l'État.

— Comment ça, M. Grévy? vous connaissez M. Grévy? dit-il à Swann de l'air stupide et incrédule d'un municipal à qui un inconnu demande à voir le Président de la République et qui, comprenant par ces mots «à qui il a affaire», comme disent les journaux, assure au pauvre dément qu'il va être reçu à l'instant et le dirige sur l'infirmerie spéciale du dépôt.

— Je le connais un peu, nous avons des amis communs (il n'osa pas dire que c'était le prince de Galles), du reste il invite très facilement et je vous assure que ces déjeuners n'ont rien d'amusant, ils sont d'ailleurs très simples, on n'est jamais plus de huit à table, répondit Swann qui tâchait d'effacer ce que semblaient avoir de trop éclatant aux yeux de son interlocuteur, des relations avec le Président de la République.

Aussitôt Cottard, s'en rapportant aux paroles de Swann, adopta cette opinion, au sujet de la valeur d'une invitation chez M. Grévy, que c'était chose fort peu recherchée et qui courait les rues. Dès lors il ne s'étonna plus que Swann, aussi bien qu'un autre, fréquentât l'Elysée, et même il le plaignait un peu d'aller à des déjeuners que l'invité avouait lui-même être ennuyeux.

— Ah! bien, bien, ça va bien, dit-il sur le ton d'un douanier, méfiant tout à l'heure, mais qui, après vos

"Are you often taken like that?" the painter asked Cottard, with mock-seriousness.

As a rule, once an explanation had been given, Cottard would say: "Ah, good, good; that's all right, then," after which he would shew not the least trace of emotion.

But this time Swann's last words, instead of the usual calming effect, had that of heating, instantly, to boiling-point his astonishment at the discovery that a man with whom he himself was actually sitting at table, a man who had no official position, no honours or distinction of any sort, was on visiting terms with the Head of the State.

"What's that you say? M. Grévy? Do you know M. Grévy?" he demanded of Swann, in the stupid and incredulous tone of a constable on duty at the palace, when a stranger has come up and asked to see the President of the Republic; until, guessing from his words and manner what, as the newspapers say, 'it is a case of,' he assures the poor lunatic that he will be admitted at once, and points the way to the reception ward of the police infirmary.

"I know him slightly; we have some friends in common" (Swann dared not add that one of these friends was the Prince of Wales). "Anyhow, he is very free with his invitations, and, I assure you, his luncheon-parties are not the least bit amusing; they're very simple affairs, too, you know; never more than eight at table," he went on, trying desperately to cut out everything that seemed to shew off his relations with the President in a light too dazzling for the Doctor's eyes.

Whereupon Cottard, at once conforming in his mind to the literal interpretation of what Swann was saying, decided that invitations from M. Grévy were very little sought after, were sent out, in fact, into the highways and hedge-rows. And from that moment he never seemed at all surprised to hear that Swann, or anyone else, was 'always at the Elysée'; he even felt a little sorry for a man who had to go to luncheon-parties which, he himself admitted, were a bore.

"Ah, good, good; that's quite all right then," he said, in the tone of a customs official who has been suspicious up to

explications, vous donne son visa et vous laisse passer sans ouvrir vos malles.

— Ah! je vous crois qu'ils ne doivent pas être amusants ces déjeuners, vous avez de la vertu d'y aller, dit Mme Verdurin, à qui le Président de la République apparaissait comme un ennuyeux particulièrement redoutable parce qu'il disposait de moyens de séduction et de contrainte qui, employés à l'égard des fidèles, eussent été capables de les faire lâcher. Il paraît qu'il est sourd comme un pot et qu'il mange avec ses doigts.

— En effet, alors, cela ne doit pas beaucoup vous amuser d'y aller, dit le docteur avec une nuance de commisération; et, se rappelant le chiffre de huit convives: «Sont-ce des déjeuners intimes?» demanda-t-il vivement avec un zèle de linguiste plus encore qu'une curiosité de badaud.

Mais le prestige qu'avait à ses yeux le Président de la République finit pourtant par triompher et de l'humilité de Swann et de la malveillance de Mme Verdurin, et à chaque dîner, Cottard demandait avec intérêt: «Verrons-nous ce soir M. Swann? Il a des relations personnelles avec M. Grévy. C'est bien ce qu'on appelle un gentleman?» Il alla même jusqu'à lui offrir une carte d'invitation pour l'exposition dentaire.

— Vous serez admis avec les personnes qui seront avec vous, mais on ne laisse pas entrer les chiens. Vous comprenez je vous dis cela parce que j'ai eu des amis qui ne le savaient pas et qui s'en sont mordu les doigts.

Quant à M. Verdurin il remarqua le mauvais effet qu'avait produit sur sa femme cette découverte que Swann avait des amitiés puissantes dont il n'avait jamais parlé.

Si l'on n'avait pas arrangé une partie au dehors, c'est chez les Verdurin que Swann retrouvait le petit noyau, mais il ne venait que le soir et

now, but, after hearing your explanations, stamps your passport and lets you proceed on your journey without troubling to examine your luggage.

"I can well believe you don't find them amusing, those parties; indeed, it's very good of you to go to them!" said Mme. Verdurin, who regarded the President of the Republic only as a 'bore' to be especially dreaded, since he had at his disposal means of seduction, and even of compulsion, which, if employed to captivate her 'faithful,' might easily make them 'fail.' "It seems, he's as deaf as a post; and eats with his fingers."

"Upon my word! Then it can't be much fun for you, going there." A note of pity sounded in the Doctor's voice; and then struck by the number—only eight at table—"Are these luncheons what you would describe as 'intimate'?" he inquired briskly, not so much out of idle curiosity as in his linguistic zeal.

But so great and glorious a figure was the President of the French Republic in the eyes of Dr. Cottard that neither the modesty of Swann nor the spite of Mme. Verdurin could ever wholly efface that first impression, and he never sat down to dinner with the Verdurins without asking anxiously, "D'you think we shall see M. Swann here this evening? He is a personal friend of M. Grévy's. I suppose that means he's what you'd call a 'gentleman'?" He even went to the length of offering Swann a card of invitation to the Dental Exhibition.

"This will let you in, and anyone you take with you," he explained, "but dogs are not admitted. I'm just warning you, you understand, because some friends of mine went there once, who hadn't been told, and there was the devil to pay."

As for M. Verdurin, he did not fail to observe the distressing effect upon his wife of the discovery that Swann had influential friends of whom he had never spoken.

If no arrangement had been made to 'go anywhere,' it was at the Verdurins' that Swann would find the 'little nucleus' assembled, but he never appeared there except in

n'acceptait presque jamais à dîner malgré les instances d'Odette.

— Je pourrais même dîner seule avec vous, si vous aimiez mieux cela, lui disait-elle.

— Et Mme Verdurin?

— Oh! ce serait bien simple. Je n'aurais qu'à dire que ma robe n'a pas été prête, que mon cab est venu en retard. Il y a toujours moyen de s'arranger.

— Vous êtes gentille.

Mais Swann se disait que s'il montrait à Odette (en consentant seulement à la retrouver après dîner), qu'il y avait des plaisirs qu'il préférait à celui d'être avec elle, le goût qu'elle ressentait pour lui ne connaîtrait pas de longtemps la satiété. Et, d'autre part, préférant infiniment à celle d'Odette, la beauté d'une petite ouvrière fraîche et bouffie comme une rose et dont il était épris, il aimait mieux passer le commencement de la soirée avec elle, étant sûr de voir Odette ensuite. C'est pour les mêmes raisons qu'il n'acceptait jamais qu'Odette vînt le chercher pour aller chez les Verdurin. La petite ouvrière l'attendait près de chez lui à un coin de rue que son cocher Rémi connaissait, elle montait à côté de Swann et restait dans ses bras jusqu'au moment où la voiture l'arrêtait devant chez les Verdurin. A son entrée, tandis que Mme Verdurin montrant des roses qu'il avait envoyées le matin lui disait: «Je vous gronde» et lui indiquait une place à côté d'Odette, le pianiste jouait pour eux deux, la petite phrase de Vinteuil qui était comme l'air national de leur amour. Il commençait par la tenue des trémolos de violon que pendant quelques mesures on entend seuls, occupant tout le premier plan, puis tout d'un coup ils semblaient s'écarter et comme dans ces tableaux de Pieter de Hooch, qu'approfondit le cadre étroit d'une porte entr'ouverte, tout au loin, d'une couleur autre, dans le velouté d'une lumière interposée, la petite phrase apparaissait, dansante, pastorale, intercalée, épisodique, appartenant à un autre monde. Elle

the evenings, and would hardly ever accept their invitations to dinner, in spite of Odette's entreaties.

"I could dine with you alone somewhere, if you'd rather," she suggested.

"But what about Mme. Verdurin?"

"Oh, that's quite simple. I need only say that my dress wasn't ready, or that my cab came late. There is always some excuse."

"How charming of you."

But Swann said to himself that, if he could make Odette feel (by consenting to meet her only after dinner) that there were other pleasures which he preferred to that of her company, then the desire that she felt for his would be all the longer in reaching the point of satiety. Besides, as he infinitely preferred to Odette's style of beauty that of a little working girl, as fresh and plump as a rose, with whom he happened to be simultaneously in love, he preferred to spend the first part of the evening with her, knowing that he was sure to see Odette later on. For the same reason, he would never allow Odette to call for him at his house, to take him on to the Verdurins'. The little girl used to wait, not far from his door, at a street corner; Rémi, his coachman, knew where to stop; she would jump in beside him, and hold him in her arms until the carriage drew up at the Verdurins'. He would enter the drawing-room; and there, while Mme. Verdurin, pointing to the roses which he had sent her that morning, said: "I am furious with you!" and sent him to the place kept for him, by the side of Odette, the pianist would play to them—for their two selves, and for no one else—that little phrase by Vinteuil which was, so to speak, the national anthem of their love. He began, always, with a sustained tremolo from the violin part, which, for several bars, was unaccompanied, and filled all the foreground; until suddenly it seemed to be drawn aside, and—just as in those interiors by Pieter de Hooch, where the subject is set back a long way through the narrow framework of a half-opened door—infinitely remote, in colour quite different, velvety with the radiance of some intervening light, the little phrase appeared, dancing, pastoral, interpolated, episodic, belonging to another world. It passed, with

passait à plis simples et immortels, distribuant çà et là les dons de sa grâce, avec le même ineffable sourire; mais Swann y croyait distinguer maintenant du désenchantement. Elle semblait connaître la vanité de ce bonheur dont elle montrait la voie. Dans sa grâce légère, elle avait quelque chose d'accompli, comme le détachement qui succède au regret. Mais peu lui importait, il la considérait moins en elle-même—en ce qu'elle pouvait exprimer pour un musicien qui ignorait l'existence et de lui et d'Odette quand il l'avait composée, et pour tous ceux qui l'entendraient dans des siècles—que comme un gage, un souvenir de son amour qui, même pour les Verdurin que pour le petit pianiste, faisait penser à Odette en même temps qu'à lui, les unissait; c'était au point que, comme Odette, par caprice, l'en avait prié, il avait renoncé à son projet de se faire jouer par un artiste la sonate entière, dont il continua à ne connaître que ce passage. «Qu'avez-vous besoin du reste? lui avait-elle dit. C'est ça *notre* morceau.» Et même, souffrant de songer, au moment où elle passait si proche et pourtant à l'infini, que tandis qu'elle s'adressait à eux, elle ne les connaissait pas, il regrettait presque qu'elle eût une signification, une beauté intrinsèque et fixe, étrangère à eux, comme en des bijoux donnés, ou même en des lettres écrites par une femme aimée, nous en voulons à l'eau de la gemme, et aux mots du langage, de ne pas être faits uniquement de l'essence d'une liaison passagère et d'un être particulier.

Souvent il se trouvait qu'il s'était tant attardé avec la jeune ouvrière avant d'aller chez les Verdurin, qu'une fois la petite phrase jouée par le pianiste, Swann s'apercevait qu'il était bientôt l'heure qu'Odette rentrât. Il la reconduisait jusqu'à la porte de son petit hôtel, rue La Pérouse, derrière l'Arc de Triomphe. Et c'était peut-être à cause de cela, pour ne pas lui demander toutes les faveurs, qu'il sacrifiait le plaisir moins nécessaire pour lui de

simple and immortal movements, scattering on every side the bounties of its grace, smiling ineffably still; but Swann thought that he could now discern in it some disenchantment. It seemed to be aware how vain, how hollow was the happiness to which it shewed the way. In its airy grace there was, indeed, something definitely achieved, and complete in itself, like the mood of philosophic detachment which follows an outburst of vain regret. But little did that matter to him; he looked upon the sonata less in its own light—as what it might express, had, in fact, expressed to a certain musician, ignorant that any Swann or Odette, anywhere in the world, existed, when he composed it, and would express to all those who should hear it played in centuries to come—than as a pledge, a token of his love, which made even the Verdurins and their little pianist think of Odette and, at the same time, of himself—which bound her to him by a lasting tie; and at that point he had (whimsically entreated by Odette) abandoned the idea of getting some 'professional' to play over to him the whole sonata, of which he still knew no more than this one passage. "Why do you want the rest?" she had asked him. "Our little bit; that's all we need." He went farther; agonised by the reflection, at the moment when it passed by him, so near and yet so infinitely remote, that, while it was addressed to their ears, it knew them not, he would regret, almost, that it had a meaning of its own, an intrinsic and unalterable beauty, foreign to themselves, just as in the jewels given to us, or even in the letters written to us by a woman with whom we are in love, we find fault with the 'water' of a stone, or with the words of a sentence because they are not fashioned exclusively from the spirit of a fleeting intimacy and of a 'lass unparalleled.'

It would happen, as often as not, that he had stayed so long outside, with his little girl, before going to the Verdurins' that, as soon as the little phrase had been rendered by the pianist, Swann would discover that it was almost time for Odette to go home. He used to take her back as far as the door of her little house in the Rue La Pérouse, behind the Arc de Triomphe. And it was perhaps on this account, and so as not to demand the monopoly of her favours, that he sacrificed the pleasure (not so essential to his well-being) of

la voir plus tôt, d'arriver chez les Verdurin avec elle, à l'exercice de ce droit qu'elle lui reconnaissait de partir ensemble et auquel il attachait plus de prix, parce que, grâce à cela, il avait l'impression que personne ne la voyait, ne se mettait entre eux, ne l'empêchait d'être encore avec lui, après qu'il l'avait quittée.

Ainsi revenait-elle dans la voiture de Swann; un soir comme elle venait d'en descendre et qu'il lui disait à demain, elle cueillit précipitamment dans le petit jardin qui précédait la maison un dernier chrysanthème et le lui donna avant qu'il fût reparti. Il le tint serré contre sa bouche pendant le retour, et quand au bout de quelques jours la fleur fut fanée, il l'enferma précieusement dans son secrétaire.

Mais il n'entrait jamais chez elle. Deux fois seulement, dans l'après-midi, il était allé participer à cette opération capitale pour elle «prendre le thé». L'isolement et le vide de ces courtes rues (faites presque toutes de petits hôtels contigus, dont tout à coup venait rompre la monotonie quelque sinistre échoppe, témoignage historique et reste sordide du temps où ces quartiers étaient encore mal famés), la neige qui était restée dans le jardin et aux arbres, le négligé de la saison, le voisinage de la nature, donnaient quelque chose de plus mystérieux à la chaleur, aux fleurs qu'il avait trouvées en entrant.

Laissant à gauche, au rez-de-chaussée surélevé, la chambre à coucher d'Odette qui donnait derrière sur une petite rue parallèle, un escalier droit entre des murs peints de couleur sombre et d'où tombaient des étoffes orientales, des fils de chapelets turcs et une grande lanterne japonaise suspendue à une cordelette de soie (mais qui, pour ne pas priver les visiteurs des derniers conforts de la civilisation occidentale s'éclairait au gaz), montait au salon et au petit salon. Ils étaient précédés d'un étroit vestibule dont le

seeing her earlier in the evening, of arriving with her at the Verdurins', to the exercise of this other privilege, for which she was grateful, of their leaving together; a privilege which he valued all the more because, thanks to it, he had the feeling that no one else would see her, no one would thrust himself between them, no one could prevent him from remaining with her in spirit, after he had left her for the night.

And so, night after night, she would be taken home in Swann's carriage; and one night, after she had got down, and while he stood at the gate and murmured "Till to-morrow, then!" she turned impulsively from him, plucked a last lingering chrysanthemum in the tiny garden which flanked the pathway from the street to her house, and as he went back to his carriage thrust it into his hand. He held it pressed to his lips during the drive home, and when, in due course, the flower withered, locked it away, like something very precious, in a secret drawer of his desk.

He would escort her to her gate, but no farther. Twice only had he gone inside to take part in the ceremony—of such vital importance in her life—of 'afternoon tea.' The loneliness and emptiness of those short streets (consisting, almost entirely, of low-roofed houses, self-contained but not detached, their monotony interrupted here and there by the dark intrusion of some sinister little shop, at once an historical document and a sordid survival from the days when the district was still one of ill repute), the snow which had lain on the garden-beds or clung to the branches of the trees, the careless disarray of the season, the assertion, in this man-made city, of a state of nature, had all combined to add an element of mystery to the warmth, the flowers, the luxury which he had found inside.

Passing by (on his left-hand side, and on what, although raised some way above the street, was the ground floor of the house) Odette's bedroom, which looked out to the back over another little street running parallel with her own, he had climbed a staircase that went straight up between dark painted walls, from which hung Oriental draperies, strings of Turkish beads, and a huge Japanese lantern, suspended by a silken cord from the ceiling (which last, however, so that her visitors should not have to complain of the want of any of the latest comforts of Western civilisation, was lighted by a gas-

mur quadrillé d'un treillage de jardin, mais doré, était bordé dans toute sa longueur d'une caisse rectangulaire où fleurissaient comme dans une serre une rangée de ces gros chrysanthèmes encore rares à cette époque, mais bien éloignés cependant de ceux que les horticulteurs réussirent plus tard à obtenir. Swann était agacé par la mode qui depuis l'année dernière se portait sur eux, mais il avait eu plaisir, cette fois, à voir la pénombre de la pièce zébrée de rose, d'oranger et de blanc par les rayons odorants de ces astres éphémères qui s'allument dans les jours gris. Odette l'avait reçu en robe de chambre de soie rose, le cou et les bras nus. Elle l'avait fait asseoir près d'elle dans un des nombreux retraits mystérieux qui étaient ménagés dans les enfoncements du salon, protégés par d'immenses palmiers contenus dans des cache-pot de Chine, ou par des paravents auxquels étaient fixés des photographies, des nœuds de rubans et des éventails. Elle lui avait dit: «Vous n'êtes pas confortable comme cela, attendez, moi je vais bien vous arranger», et avec le petit rire vaniteux qu'elle aurait eu pour quelque invention particulière à elle, avait installé derrière la tête de Swann, sous ses pieds, des coussins de soie japonaise qu'elle pétrissait comme si elle avait été prodigue de ces richesses et insoucieuse de leur valeur. Mais quand le valet de chambre était venu apporter successivement les nombreuses lampes qui, presque toutes enfermées dans des potiches chinoises, brûlaient isolées ou par couples, toutes sur des meubles différents comme sur des autels et qui dans le crépuscule déjà presque nocturne de cette fin d'après-midi d'hiver avaient fait reparaître un coucher de soleil plus durable, plus rose et plus humain—faisant peut-être rêver dans la rue quelque amoureux arrêté devant le mystère de la présence que décelaient et cachaient à la fois les vitres rallumées—elle avait surveillé sévèrement du coin de l'œil le domestique pour voir s'il les posait bien à

jet inside), to the two drawing-rooms, large and small. These were entered through a narrow lobby, the wall of which, chequered with the lozenges of a wooden trellis such as you see on garden walls, only gilded, was lined from end to end by a long rectangular box in which bloomed, as though in a hot-house, a row of large chrysanthemums, at that time still uncommon, though by no means so large as the mammoth blossoms which horticulturists have since succeeded in making grow. Swann was irritated, as a rule, by the sight of these flowers, which had then been 'the rage' in Paris for about a year, but it had pleased him, on this occasion, to see the gloom of the little lobby shot with rays of pink and gold and white by the fragrant petals of these ephemeral stars, which kindle their cold fires in the murky atmosphere of winter afternoons. Odette had received him in a tea-gown of pink silk, which left her neck and arms bare. She had made him sit down beside her in one of the many mysterious little retreats which had been contrived in the various recesses of the room, sheltered by enormous palmtrees growing out of pots of Chinese porcelain, or by screens upon which were fastened photographs and fans and bows of ribbon. She had said at once, "You're not comfortable there; wait a minute, I'll arrange things for you," and with a titter of laughter, the complacency of which implied that some little invention of her own was being brought into play, she had installed behind his head and beneath his feet great cushions of Japanese silk, which she pummelled and buffeted as though determined to lavish on him all her riches, and regardless of their value. But when her footman began to come into the room, bringing, one after another, the innumerable lamps which (contained, mostly, in porcelain vases) burned singly or in pairs upon the different pieces of furniture as upon so many altars, rekindling in the twilight, already almost nocturnal, of this winter afternoon, the glow of a sunset more lasting, more roseate, more human—filling, perhaps, with romantic wonder the thoughts of some solitary lover, wandering in the street below and brought to a standstill before the mystery of the human presence which those lighted windows at once revealed and screened from sight—she had kept an eye sharply fixed on the

leur place consacrée. Elle pensait qu'en en mettant une seule là où il ne fallait pas, l'effet d'ensemble de son salon eût été détruit, et son portrait, placé sur un chevalet oblique drapé de peluche, mal éclairé. Aussi suivait-elle avec fièvre les mouvements de cet homme grossier et le réprimanda-t-elle vivement parce qu'il avait passé trop près de deux jardinières qu'elle se réservait de nettoyer elle-même dans sa peur qu'on ne les abîmât et qu'elle alla regarder de près pour voir s'il ne les avait pas écornées. Elle trouvait à tous ses bibelots chinois des formes «amusantes», et aussi aux orchidées, aux catleyas surtout, qui étaient, avec les chrysanthèmes, ses fleurs préférées, parce qu'ils avaient le grand mérite de ne pas ressembler à des fleurs, mais d'être en soie, en satin. «Celle-là a l'air d'être découpée dans la doublure de mon manteau», dit-elle à Swann en lui montrant une orchidée, avec une nuance d'estime pour cette fleur si «chic», pour cette sœur élégante et imprévue que la nature lui donnait, si loin d'elle dans l'échelle des êtres et pourtant raffinée, plus digne que bien des femmes qu'elle lui fit une place dans son salon. En lui montrant tour à tour des chimères à langues de feu décorant une potiche ou brodées sur un écran, les corolles d'un bouquet d'orchidées, un dromadaire d'argent niellé aux yeux incrustés de rubis qui voisinait sur la cheminée avec un crapaud de jade, elle affectait tour à tour d'avoir peur de la méchanceté, ou de rire de la cocasserie des monstres, de rougir de l'indécence des fleurs et d'éprouver un irrésistible désir d'aller embrasser le dromadaire et le crapaud qu'elle appelait: «chéris». Et ces affectations contrastaient avec la sincérité de certaines de ses dévotions, notamment à Notre-Dame du Laghet qui l'avait jadis, quand elle habitait Nice, guérie d'une maladie mortelle et dont elle portait toujours sur elle une médaille d'or à laquelle elle attribuait un pouvoir sans limites. Odette fit à Swann «son» thé, lui demanda: «Citron ou crème?» et comme il répondit «crème», lui

servant, to see whether he set each of the lamps down in the place appointed it. She felt that, if he were to put even one of them where it ought not to be, the general effect of her drawing-room would be destroyed, and that her portrait, which rested upon a sloping easel draped with plush, would not catch the light. And so, with feverish impatience, she followed the man's clumsy movements, scolding him severely when he passed too close to a pair of beaupots, which she made a point of always tidying herself, in case the plants should be knocked over—and went across to them now to make sure that he had not broken off any of the flowers. She found something 'quaint' in the shape of each of her Chinese ornaments, and also in her orchids, the cattleyas especially (these being, with chrysanthemums, her favourite flowers), because they had the supreme merit of not looking in the least like other flowers, but of being made, apparently, out of scraps of silk or satin. "It looks just as though it had been cut out of the lining of my cloak," she said to Swann, pointing to an orchid, with a shade of respect in her voice for so 'smart' a flower, for this distinguished, unexpected sister whom nature had suddenly bestowed upon her, so far removed from her in the scale of existence, and yet so delicate, so refined, so much more worthy than many real women of admission to her drawing-room. As she drew his attention, now to the fiery-tongued dragons painted upon a bowl or stitched upon a fire-screen, now to a fleshy cluster of orchids, now to a dromedary of inlaid silver-work with ruby eyes, which kept company, upon her mantelpiece, with a toad carved in jade, she would pretend now to be shrinking from the ferocity of the monsters or laughing at their absurdity, now blushing at the indecency of the flowers, now carried away by an irresistible desire to run across and kiss the toad and dromedary, calling them 'darlings.' And these affectations were in sharp contrast to the sincerity of some of her attitudes, notably her devotion to Our Lady of the Laghetto who had once, when Odette was living at Nice, cured her of a mortal illness, and whose medal, in gold, she always carried on her person, attributing to it unlimited powers. She poured out Swann's tea, inquired "Lemon or cream?" and, on his answering "Cream, please,"

dit en riant: «Un nuage!» Et comme il le trouvait bon: «Vous voyez que je sais ce que vous aimez.» Ce thé en effet avait paru à Swann quelque chose de précieux comme à elle-même et l'amour a tellement besoin de se trouver une justification, une garantie de durée, dans des plaisirs qui au contraire sans lui n'en seraient pas et finissent avec lui, que quand il l'avait quittée à sept heures pour rentrer chez lui s'habiller, pendant tout le trajet qu'il fit dans son coupé, ne pouvant contenir la joie que cet après-midi lui avait causée, il se répétait: «Ce serait bien agréable d'avoir ainsi une petite personne chez qui on pourrait trouver cette chose si rare, du bon thé.» Une heure après, il reçut un mot d'Odette, et reconnut tout de suite cette grande écriture dans laquelle une affectation de raideur britannique imposait une apparence de discipline à des caractères informes qui eussent signifié peut-être pour des yeux moins prévenus le désordre de la pensée, l'insuffisance de l'éducation, le manque de franchise et de volonté. Swann avait oublié son étui à cigarettes chez Odette. «Que n'y avez-vous oublié aussi votre cœur, je ne vous aurais pas laissé le reprendre.»

Une seconde visite qu'il lui fit eut plus d'importance peut-être. En se rendant chez elle ce jour-là comme chaque fois qu'il devait la voir d'avance, il se la représentait; et la nécessité où il était pour trouver jolie sa figure de limiter aux seules pommettes roses et fraîches, les joues qu'elle avait si souvent jaunes, languissantes, parfois piquées de petits points rouges, l'affligeait comme une preuve que l'idéal est inaccessible et le bonheur médiocre. Il lui apportait une gravure qu'elle désirait voir. Elle était un peu souffrante; elle le reçut en peignoir de crêpe de Chine mauve, ramenant sur sa poitrine, comme un manteau, une étoffe richement brodée. Debout à côté de lui, laissant couler le long de ses joues ses cheveux qu'elle avait dénoués, fléchissant une jambe dans une attitude légèrement dansante pour pouvoir se pencher sans fatigue

went on, smiling, "A cloud!" And as he pronounced it excellent, "You see, I know just how you like it." This tea had indeed seemed to Swann, just as it seemed to her, something precious, and love is so far obliged to find some justification for itself, some guarantee of its duration in pleasures which, on the contrary, would have no existence apart from love and must cease with its passing, that when he left her, at seven o'clock, to go and dress for the evening, all the way home, sitting bolt upright in his brougham, unable to repress the happiness with which the afternoon's adventure had filled him, he kept on repeating to himself: "What fun it would be to have a little woman like that in a place where one could always be certain of finding, what one never can be certain of finding, a really good cup of tea." An hour or so later he received a note from Odette, and at once recognised that florid handwriting, in which an affectation of British stiffness imposed an apparent discipline upon its shapeless characters, significant, perhaps, to less intimate eyes than his, of an untidiness of mind, a fragmentary education, a want of sincerity and decision. Swann had left his cigarette-case at her house. "Why," she wrote, "did you not forget your heart also? I should never have let you have that back."

More important, perhaps, was a second visit which he paid her, a little later. On his way to the house, as always when he knew that they were to meet, he formed a picture of her in his mind; and the necessity, if he was to find any beauty in her face, of fixing his eyes on the fresh and rosy protuberance of her cheekbones, and of shutting out all the rest of those cheeks which were so often languorous and sallow, except when they were punctuated with little fiery spots, plunged him in acute depression, as proving that one's ideal is always unattainable, and one's actual happiness mediocre. He was taking her an engraving which she had asked to see. She was not very well; she received him, wearing a wrapper of mauve *crêpe de Chine,* which draped her bosom, like a mantle, with a richly embroidered web. As she stood there beside him, brushing his cheek with the loosened tresses of her hair, bending one knee in what was almost a dancer's pose, so that she could lean without tiring

vers la gravure qu'elle regardait, en inclinant la tête, de ses grands yeux, si fatigués et maussades quand elle ne s'animait pas, elle frappa Swann par sa ressemblance avec cette figure de Zéphora, la fille de Jéthro, qu'on voit dans une fresque de la chapelle Sixtine. Swann avait toujours eu ce goût particulier d'aimer à retrouver dans la peinture des maîtres non pas seulement les caractères généraux de la réalité qui nous entoure, mais ce qui semble au contraire le moins susceptible de généralité, les traits individuels des visages que nous connaissons: ainsi, dans la matière d'un buste du doge Loredan par Antoine Rizzo, la saillie des pommettes, l'obliquité des sourcils, enfin la ressemblance criante de son cocher Rémi; sous les couleurs d'un Ghirlandajo, le nez de M. de Palancy; dans un portrait de Tintoret, l'envahissement du gras de la joue par l'implantation des premiers poils des favoris, la cassure du nez, la pénétration du regard, la congestion des paupières du docteur du Boulbon. Peut-être ayant toujours gardé un remords d'avoir borné sa vie aux relations mondaines, à la conversation, croyait-il trouver une sorte d'indulgent pardon à lui accordé par les grands artistes, dans ce fait qu'ils avaient eux aussi considéré avec plaisir, fait entrer dans leur œuvre, de tels visages qui donnent à celle-ci un singulier certificat de réalité et de vie, une saveur moderne; peut-être aussi s'était-il tellement laissé gagner par la frivolité des gens du monde qu'il éprouvait le besoin de trouver dans une œuvre ancienne ces allusions anticipées et rajeunissantes à des noms propres d'aujourd'hui. Peut-être au contraire avait-il gardé suffisamment une nature d'artiste pour que ces caractéristiques individuelles lui causassent du plaisir en prenant une signification plus générale, dès qu'il les apercevait déracinées, délivrées, dans la ressemblance d'un portrait plus ancien avec un original qu'il ne représentait pas. Quoi qu'il en soit et peut-être parce que la plénitude d'impressions qu'il avait depuis quelque temps et bien qu'elle

herself over the picture, at which she was gazing, with bended head, out of those great eyes, which seemed so weary and so sullen when there was nothing to animate her, Swann was struck by her resemblance to the figure of Zipporah, Jethro's Daughter, which is to be seen in one of the Sixtine frescoes. He had always found a peculiar fascination in tracing in the paintings of the Old Masters, not merely the general characteristics of the people whom he encountered in his daily life, but rather what seems least susceptible of generalisation, the individual features of men and women whom he knew, as, for instance, in a bust of the Doge Loredan by Antonio Rizzo, the prominent cheekbones, the slanting eyebrows, in short, a speaking likeness to his own coachman Rémi; in the colouring of a Ghirlandaio, the nose of M. de Palancy; in a portrait by Tintoretto, the invasion of the plumpness of the cheek by an outcrop of whisker, the broken nose, the penetrating stare, the swollen eyelids of Dr. du Boulbon. Perhaps because he had always regretted, in his heart, that he had confined his attention to the social side of life, had talked, always, rather than acted, he felt that he might find a sort of indulgence bestowed upon him by those great artists, in his perception of the fact that they also had regarded with pleasure and had admitted into the canon of their works such types of physiognomy as give those works the strongest possible certificate of reality and trueness to life; a modern, almost a topical savour; perhaps, also, he had so far succumbed to the prevailing frivolity of the world of fashion that he felt the necessity of finding in an old masterpiece some such obvious and refreshing allusion to a person about whom jokes could be made and repeated and enjoyed to-day. Perhaps, on the other hand, he had retained enough of the artistic temperament to be able to find a genuine satisfaction in watching these individual features take on a more general significance when he saw them, uprooted and disembodied, in the abstract idea of similarity between an historic portrait and a modern original, whom it was not intended to represent. However that might be, and perhaps because the abundance of impressions which he, for some time past, had been

lui fût venue plutôt avec l'amour de la musique, avait enrichi même son goût pour la peinture, le plaisir fut plus profond et devait exercer sur Swann une influence durable, qu'il trouva à ce moment-là dans la ressemblance d'Odette avec la Zéphora de ce Sandro di Mariano auquel on ne donne plus volontiers son surnom populaire de Botticelli depuis que celui-ci évoque au lieu de l'œuvre véritable du peintre l'idée banale et fausse qui s'en est vulgarisée. Il n'estima plus le visage d'Odette selon la plus ou moins bonne qualité de ses joues et d'après la douceur purement carnée qu'il supposait devoir leur trouver en les touchant avec ses lèvres si jamais il osait l'embrasser, mais comme un écheveau de lignes subtiles et belles que ses regards dévidèrent, poursuivant la courbe de leur enroulement, rejoignant la cadence de la nuque à l'effusion des cheveux et à la flexion des paupières, comme en un portrait d'elle en lequel son type devenait intelligible et clair.

Il la regardait; un fragment de la fresque apparaissait dans son visage et dans son corps, que dès lors il chercha toujours à y retrouver soit qu'il fût auprès d'Odette, soit qu'il pensât seulement à elle, et bien qu'il ne tînt sans doute au chef-d'œuvre florentin que parce qu'il le retrouvait en elle, pourtant cette ressemblance lui conférait à elle aussi une beauté, la rendait plus précieuse. Swann se reprocha d'avoir méconnu le prix d'un être qui eût paru adorable au grand Sandro, et il se félicita que le plaisir qu'il avait à voir Odette trouvât une justification dans sa propre culture esthétique. Il se dit qu'en associant la pensée d'Odette à ses rêves de bonheur il ne s'était pas résigné à un pis-aller aussi imparfait qu'il l'avait cru jusqu'ici, puisqu'elle contentait en lui ses goûts d'art les plus raffinés. Il oubliait qu'Odette n'était pas plus pour cela une femme selon son désir, puisque précisément son désir avait toujours été orienté dans un sens opposé

receiving—though, indeed, they had come to him rather through the channel of his appreciation of music—had enriched his appetite for painting as well, it was with an unusual intensity of pleasure, a pleasure destined to have a lasting effect upon his character and conduct, that Swann remarked Odette's resemblance to the Zipporah of that Alessandro de Mariano, to whom one shrinks from giving his more popular surname, now that 'Botticelli' suggests not so much the actual work of the Master as that false and banal conception of it which has of late obtained common currency. He no longer based his estimate of the merit of Odette's face on the more or less good quality of her cheeks, and the softness and sweetness—as of carnation-petals—which, he supposed, would greet his lips there, should he ever hazard an embrace, but regarded it rather as a skein of subtle and lovely silken threads, which his gazing eyes collected and wound together, following the curving line from the skein to the ball, where he mingled the cadence of her neck with the spring of her hair and the droop of her eyelids, as though from a portrait of herself, in which her type was made clearly intelligible.

He stood gazing at her; traces of the old fresco were apparent in her face and limbs, and these he tried incessantly, afterwards, to recapture, both when he was with Odette, and when he was only thinking of her in her absence; and, albeit his admiration for the Florentine masterpiece was probably based upon his discovery that it had been reproduced in her, the similarity enhanced her beauty also, and rendered her more precious in his sight. Swann reproached himself with his failure, hitherto, to estimate at her true worth a creature whom the great Sandro would have adored, and counted himself fortunate that his pleasure in the contemplation of Odette found a justification in his own system of aesthetic. He told himself that, in choosing the thought of Odette as the inspiration of his dreams of ideal happiness, he was not, as he had until then supposed, falling back, merely, upon an expedient of doubtful and certainly inadequate value, since she contained in herself what satisfied the utmost refinement of his taste in art. He failed to observe that this quality would not naturally avail to bring Odette into the category of women whom he found desirable,

à ses goûts esthétiques. Le mot d'«œuvre florentine» rendit un grand service à Swann. Il lui permit, comme un titre, de faire pénétrer l'image d'Odette dans un monde de rêves, où elle n'avait pas eu accès jusqu'ici et où elle s'imprégna de noblesse. Et tandis que la vue purement charnelle qu'il avait eue de cette femme, en renouvelant perpétuellement ses doutes sur la qualité de son visage, de son corps, de toute sa beauté, affaiblissait son amour, ces doutes furent détruits, cet amour assuré quand il eut à la place pour base les données d'une esthétique certaine; sans compter que le baiser et la possession qui semblaient naturels et médiocres s'ils lui étaient accordés par une chair abîmée, venant couronner l'adoration d'une pièce de musée, lui parurent devoir être surnaturels et délicieux.

Et quand il était tenté de regretter que depuis des mois il ne fît plus que voir Odette, il se disait qu'il était raisonnable de donner beaucoup de son temps à un chef-d'œuvre inestimable, coulé pour une fois dans une matière différente et particulièrement savoureuse, en un exemplaire rarissime qu'il contemplait tantôt avec l'humilité, la spiritualité et le désintéressement d'un artiste, tantôt avec l'orgueil, l'égoïsme et la sensualité d'un collectionneur.

Il plaça sur sa table de travail, comme une photographie d'Odette, une reproduction de la fille de Jéthro. Il admirait les grands yeux, le délicat visage qui laissait deviner la peau imparfaite, les boucles merveilleuses des cheveux le long des joues fatiguées, et adaptant ce qu'il trouvait beau jusque-là d'une façon esthétique à l'idée d'une femme vivante, il le transformait en mérites physiques qu'il se félicitait de trouver réunis dans un être qu'il pourrait posséder. Cette vague sympathie qui nous porte vers un chef-d'œuvre que nous regardons, maintenant qu'il connaissait l'original charnel de la fille de Jéthro, elle devenait un désir qui suppléa désormais à

simply because his desires had always run counter to his aesthetic taste. The words 'Florentine painting' were invaluable to Swann. They enabled him (gave him, as it were, a legal title) to introduce the image of Odette into a world of dreams and fancies which, until then, she had been debarred from entering, and where she assumed a new and nobler form. And whereas the mere sight of her in the flesh, by perpetually reviving his misgivings as to the quality of her face, her figure, the whole of her beauty, used to cool the ardour of his love, those misgivings were swept away and that love confirmed now that he could re-erect his estimate of her on the sure foundations of his aesthetic principles; while the kiss, the bodily surrender which would have seemed natural and but moderately attractive, had they been granted him by a creature of somewhat withered flesh and sluggish blood, coming, as now they came, to crown his adoration of a masterpiece in a gallery, must, it seemed, prove as exquisite as they would be supernatural.

And when he was tempted to regret that, for months past, he had done nothing but visit Odette, he would assure himself that he was not unreasonable in giving up much of his time to the study of an inestimably precious work of art, cast for once in a new, a different, an especially charming metal, in an unmatched exemplar which he would contemplate at one moment with the humble, spiritual, disinterested mind of an artist, at another with the pride, the selfishness, the sensual thrill of a collector.

On his study table, at which he worked, he had placed, as it were a photograph of Odette, a reproduction of Jethro's Daughter. He would gaze in admiration at the large eyes, the delicate features in which the imperfection of her skin might be surmised, the marvellous locks of hair that fell along her tired cheeks; and, adapting what he had already felt to be beautiful, on aesthetic grounds, to the idea of a living woman, he converted it into a series of physical merits which he congratulated himself on finding assembled in the person of one whom he might, ultimately, possess. The vague feeling of sympathy which attracts a spectator to a work of art, now that he knew the type, in warm flesh and blood, of Jethro's Daughter, became a desire which more than compensated,

celui que le corps d'Odette ne lui avait pas d'abord inspiré. Quand il avait regardé longtemps ce Botticelli, il pensait à son Botticelli à lui qu'il trouvait plus beau encore et approchant de lui la photographie de Zéphora, il croyait serrer Odette contre son cœur.

Et cependant ce n'était pas seulement la lassitude d'Odette qu'il s'ingéniait à prévenir, c'était quelquefois aussi la sienne propre; sentant que depuis qu'Odette avait toutes facilités pour le voir, elle semblait n'avoir pas grand'chose à lui dire, il craignait que les façons un peu insignifiantes, monotones, et comme définitivement fixées, qui étaient maintenant les siennes quand ils étaient ensemble, ne finissent par tuer en lui cet espoir romanesque d'un jour où elle voudrait déclarer sa passion, qui seul l'avait rendu et gardé amoureux. Et pour renouveler un peu l'aspect moral, trop figé, d'Odette, et dont il avait peur de se fatiguer, il lui écrivait tout d'un coup une lettre pleine de déceptions feintes et de colères simulées qu'il lui faisait porter avant le dîner. Il savait qu'elle allait être effrayée, lui répondre et il espérait que dans la contraction que la peur de le perdre ferait subir à son âme, jailliraient des mots qu'elle ne lui avait encore jamais dits; et en effet c'est de cette façon qu'il avait obtenu les lettres les plus tendres qu'elle lui eût encore écrites dont l'une, qu'elle lui avait fait porter à midi de la «Maison Dorée» (c'était le jour de la fête de Paris-Murcie donnée pour les inondés de Murcie), commençait par ces mots: «Mon ami, ma main tremble si fort que je peux à peine écrire», et qu'il avait gardée dans le même tiroir que la fleur séchée du chrysanthème. Ou bien si elle n'avait pas eu le temps de lui écrire, quand il arriverait chez les Verdurin, elle irait vivement à lui et lui dirait: «J'ai à vous parler», et il contemplerait avec curiosité sur son visage et dans ses paroles ce qu'elle lui avait caché jusque-là de son cœur.

thenceforward, for that with which Odette's physical charms had at first failed to inspire him. When he had sat for a long time gazing at the Botticelli, he would think of his own living Botticelli, who seemed all the lovelier in contrast, and as he drew towards him the photograph of Zipporah he would imagine that he was holding Odette against his heart.

It was not only Odette's indifference, however, that he must take pains to circumvent; it was also, not infrequently, his own; feeling that, since Odette had had every facility for seeing him, she seemed no longer to have very much to say to him when they did meet, he was afraid lest the manner—at once trivial, monotonous, and seemingly unalterable—which she now adopted when they were together should ultimately destroy in him that romantic hope, that a day might come when she would make avowal of her passion, by which hope alone he had become and would remain her lover. And so to alter, to give a fresh moral aspect to that Odette, of whose unchanging mood he was afraid of growing weary, he wrote, suddenly, a letter full of hinted discoveries and feigned indignation, which he sent off so that it should reach her before dinner-time. He knew that she would be frightened, and that she would reply, and he hoped that, when the fear of losing him clutched at her heart, it would force from her words such as he had never yet heard her utter: and he was right—by repeating this device he had won from her the most affectionate letters that she had, so far, written him, one of them (which she had sent to him at midday by a special messenger from the Maison Dorée—it was the day of the Paris-Murcie Fête given for the victims of the recent floods in Murcia) beginning "My dear, my hand trembles so that I can scarcely write——"; and these letters he had kept in the same drawer as the withered chrysanthemum. Or else, if she had not had time to write, when he arrived at the Verdurins' she would come running up to him with an "I've something to say to you!" and he would gaze curiously at the revelation in her face and speech of what she had hitherto kept concealed from him of her heart.

Rien qu'en approchant de chez les Verdurin quand il apercevait, éclairées par des lampes, les grandes fenêtres dont on ne fermait jamais les volets, il s'attendrissait en pensant à l'être charmant qu'il allait voir épanoui dans leur lumière d'or. Parfois les ombres des invités se détachaient minces et noires, en écran, devant les lampes, comme ces petites gravures qu'on intercale de place en place dans un abat-jour translucide dont les autres feuillets ne sont que clarté. Il cherchait à distinguer la silhouette d'Odette. Puis, dès qu'il était arrivé, sans qu'il s'en rendit compte, ses yeux brillaient d'une telle joie que M. Verdurin disait au peintre: «Je crois que ça chauffe.» Et la présence d'Odette ajoutait en effet pour Swann à cette maison ce dont n'était pourvue aucune de celles où il était reçu: une sorte d'appareil sensitif, de réseau nerveux qui se ramifiait dans toutes les pièces et apportait des excitations constantes à son cœur.

Ainsi le simple fonctionnement de cet organisme social qu'était le petit «clan» prenait automatiquement pour Swann des rendez-vous quotidiens avec Odette et lui permettait de feindre une indifférence à la voir, ou même un désir de ne plus la voir, qui ne lui faisait pas courir de grands risques, puisque, quoi qu'il lui eût écrit dans la journée, il la verrait forcément le soir et la ramènerait chez elle.

Mais une fois qu'ayant songé avec maussaderie à cet inévitable retour ensemble, il avait emmené jusqu'au bois sa jeune ouvrière pour retarder le moment d'aller chez les Verdurin, il arriva chez eux si tard qu'Odette, croyant qu'il ne viendrait plus, était partie. En voyant qu'elle n'était plus dans le salon, Swann ressentit une souffrance au cœur; il tremblait d'être privé d'un plaisir qu'il mesurait pour la première fois, ayant eu jusque-là cette certitude de le trouver quand il le voulait, qui pour tous les plaisirs nous diminue ou même nous empêche d'apercevoir aucunement leur grandeur.

Even as he drew near to the Verdurins' door, and caught sight of the great lamp-lit spaces of the drawing-room windows, whose shutters were never closed, he would begin to melt at the thought of the charming creature whom he would see, as he entered the room, basking in that golden light. Here and there the figures of the guests stood out, sharp and black, between lamp and window, shutting off the light, like those little pictures which one sees sometimes pasted here and there upon a glass screen, whose other panes are mere transparencies. He would try to make out Odette. And then, when he was once inside, without thinking, his eyes sparkled suddenly with such radiant happiness that M. Verdurin said to the painter: "H'm. Seems to be getting warm." Indeed, her presence gave the house what none other of the houses that he visited seemed to possess: a sort of tactual sense, a nervous system which ramified into each of its rooms and sent a constant stimulus to his heart.

And so the simple and regular manifestations of a social organism, namely the 'little clan,' were transformed for Swann into a series of daily encounters with Odette, and enabled him to feign indifference to the prospect of seeing her, or even a desire not to see her; in doing which he incurred no very great risk since, even although he had written to her during the day, he would of necessity see her in the evening and accompany her home.

But one evening, when, irritated by the thought of that inevitable dark drive together, he had taken his other 'little girl' all the way to the Bois, so as to delay as long as possible the moment of his appearance at the Verdurins', he was so late in reaching them that Odette, supposing that he did not intend to come, had already left. Seeing the room bare of her, Swann felt his heart wrung by sudden anguish; he shook with the sense that he was being deprived of a pleasure whose intensity he began then for the first time to estimate, having always, hitherto, had that certainty of finding it whenever he would, which (as in the case of all our pleasures) reduced, if it did not altogether blind him to its dimensions.

— As-tu vu la tête qu'il a fait quand il s'est aperçu qu'elle n'était pas là? dit M. Verdurin à sa femme, je crois qu'on peut dire qu'il est pincé!

— La tête qu'il a fait? demanda avec violence le docteur Cottard qui, étant allé un instant voir un malade, revenait chercher sa femme et ne savait pas de qui on parlait.

— Comment vous n'avez pas rencontré devant la porte le plus beau des Swann...

— Non. M. Swann est venu?

— Oh! un instant seulement. Nous avons eu un Swann très agité, très nerveux. Vous comprenez, Odette était partie.

— Vous voulez dire qu'elle est du dernier bien avec lui, qu'elle lui a fait voir l'heure du berger, dit le docteur, expérimentant avec prudence le sens de ces expressions.

— Mais non, il n'y a absolument rien, et entre nous, je trouve qu'elle a bien tort et qu'elle se conduit comme une fameuse cruche, qu'elle est du reste.

— Ta, ta, ta, dit M. Verdurin, qu'est-ce que tu en sais qu'il n'y a rien, nous n'avons pas été y voir, n'est-ce pas.

— A moi, elle me l'aurait dit, répliqua fièrement Mme Verdurin. Je vous dis qu'elle me raconte toutes ses petites affaires! Comme elle n'a plus personne en ce moment, je lui ai dit qu'elle devrait coucher avec lui. Elle prétend qu'elle ne peut pas, qu'elle a bien eu un fort béguin pour lui mais qu'il est timide avec elle, que cela l'intimide à son tour, et puis qu'elle ne l'aime pas de cette manière-là, que c'est un être idéal, qu'elle a peur de déflorer le sentiment qu'elle a pour lui, est-ce que je sais, moi. Ce serait pourtant absolument ce qu'il lui faut.

— Tu me permettras de ne pas être de ton avis, dit M. Verdurin, il ne me revient qu'à demi ce monsieur; je le trouve poseur.

Mme Verdurin s'immobilisa, prit une expression inerte comme si elle était devenue une statue, fiction qui lui permit d'être censée ne pas avoir entendu ce mot insupportable de poseur qui avait l'air d'impli-

"Did you notice the face he pulled when he saw that she wasn't here?" M. Verdurin asked his wife. "I think we may say that he's hooked."

"The face he pulled?" exploded Dr. Cottard who, having left the house for a moment to visit a patient, had just returned to fetch his wife and did not know whom they were discussing.

"D'you mean to say you didn't meet him on the doorstep—the loveliest of Swanns?"

"No. M. Swann has been here?"

"Just for a moment. We had a glimpse of a Swann tremendously agitated. In a state of nerves. You see, Odette had left."

"You mean to say that she has gone the 'whole hog' with him; that she has 'burned her boats'?" inquired the Doctor cautiously, testing the meaning of his phrases.

"Why, of course not; there's absolutely nothing in it; in fact, between you and me, I think she's making a great mistake, and behaving like a silly little fool, which she is, incidentally."

"Come, come, come!" said M. Verdurin, "How on earth do you know that there's 'nothing in it'? We haven't been there to see, have we now?"

"She would have told me," answered Mme. Verdurin with dignity. "I may say that she tells me everything. As she has no one else at present, I told her that she ought to live with him. She makes out that she can't; she admits, she was immensely attracted by him, at first; but he's always shy with her, and that makes her shy with him. Besides, she doesn't care for him in that way, she says; it's an ideal love, 'Platonic,' you know; she's afraid of rubbing the bloom off—oh, I don't know half the things she says, how should I? And yet he's exactly the sort of man she wants."

"I beg to differ from you," M. Verdurin courteously interrupted. "I am only half satisfied with the gentleman. I feel that he 'poses.'"

Mme. Verdurin's whole body stiffened, her eyes stared blankly as though she had suddenly been turned into a statue; a device by means of which she might be supposed not to have caught the sound of that unutterable word which

quer qu'on pouvait «poser» avec eux, donc qu'on était «plus qu'eux».

— Enfin, s'il n'y a rien, je ne pense pas que ce soit que ce monsieur la croit *vertueuse,* dit ironiquement M. Verdurin. Et après tout, on ne peut rien dire, puisqu'il a l'air de la croire intelligente. Je ne sais si tu as entendu ce qu'il lui débitait l'autre soir sur la sonate de Vinteuil; j'aime Odette de tout mon cœur, mais pour lui faire des théories d'esthétique, il faut tout de même être un fameux jobard!

— Voyons, ne dites pas du mal d'Odette, dit Mme Verdurin en faisant l'enfant. Elle est charmante.

— Mais cela ne l'empêche pas d'être charmante; nous ne disons pas du mal d'elle, nous disons que ce n'est pas une vertu ni une intelligence. Au fond, dit-il au peintre, tenez-vous tant que ça à ce qu'elle soit vertueuse? Elle serait peut-être beaucoup moins charmante, qui sait?

Sur le palier, Swann avait été rejoint par le maître d'hôtel qui ne se trouvait pas là au moment où il était arrivé et avait été chargé par Odette de lui dire—mais il y avait bien une heure déjà—au cas où il viendrait encore, qu'elle irait probablement prendre du chocolat chez Prévost avant de rentrer. Swann partit chez Prévost, mais à chaque pas sa voiture était arrêtée par d'autres ou par des gens qui traversaient, odieux obstacles qu'il eût été heureux de renverser si le procès-verbal de l'agent ne l'eût retardé plus encore que le passage du piéton. Il comptait le temps qu'il mettait, ajoutait quelques secondes à toutes les minutes pour être sûr de ne pas les avoir faites trop courtes, ce qui lui eût laissé croire plus grande qu'elle n'était en réalité sa chance d'arriver assez tôt et de trouver encore Odette. Et à un moment, comme un fiévreux qui vient de dormir et qui prend conscience de l'absurdité des rêvasseries qu'il ruminait sans se distinguer nettement d'elles, Swann

seemed to imply that it was possible for people to 'pose' in her house, and, therefore, that there were people in the world who 'mattered more' than herself.

"Anyhow, if there is nothing in it, I don't suppose it's because our friend believes in her virtue. And yet, you never know; he seems to believe in her intelligence. I don't know whether you heard the way he lectured her the other evening about Vinteuil's sonata. I am devoted to Odette, but really—to expound theories of aesthetic to her—the man must be a prize idiot."

"Look here, I won't have you saying nasty things about Odette," broke in Mme. Verdurin in her 'spoiled child' manner. "She is charming."

"There's no reason why she shouldn't be charming; we are not saying anything nasty about her, only that she is not the embodiment of either virtue or intellect. After all," he turned to the painter, "does it matter so very much whether she is virtuous or not? You can't tell; she might be a great deal less charming if she were."

On the landing Swann had run into the Verdurins' butler, who had been somewhere else a moment earlier, when he arrived, and who had been asked by Odette to tell Swann (but that was at least an hour ago) that she would probably stop to drink a cup of chocolate at Prévost's on her way home. Swann set off at once for Prévost's, but every few yards his carriage was held up by others, or by people crossing the street, loathsome obstacles each of which he would gladly have crushed beneath his wheels, were it not that a policeman fumbling with a note-book would delay him even longer than the actual passage of the pedestrian. He counted the minutes feverishly, adding a few seconds to each so as to be quite certain that he had not given himself short measure, and so, possibly, exaggerated whatever chance there might actually be of his arriving at Prévost's in time, and of finding her still there. And then, in a moment of illumination, like a man in a fever who awakes from sleep and is conscious of the absurdity of the dream-shapes among which his mind has been wandering without any clear distinction between himself and them, Swann

tout d'un coup aperçut en lui l'étrangeté des pensées qu'il roulait depuis le moment où on lui avait dit chez les Verdurin qu'Odette était déjà partie, la nouveauté de la douleur au cœur dont il souffrait, mais qu'il constata seulement comme s'il venait de s'éveiller. Quoi? toute cette agitation parce qu'il ne verrait Odette que demain, ce que précisément il avait souhaité, il y a une heure, en se rendant chez Mme Verdurin. Il fut bien obligé de constater que dans cette même voiture qui l'emmenait chez Prévost, il n'était plus le même, et qu'il n'était plus seul, qu'un être nouveau était là avec lui, adhérent, amalgamé à lui, duquel il ne pourrait peut-être pas se débarrasser, avec qui il allait être obligé d'user de ménagements comme avec un maître ou avec une maladie. Et pourtant depuis un moment qu'il sentait qu'une nouvelle personne s'était ainsi ajoutée à lui, sa vie lui paraissait plus intéressante. C'est à peine s'il se disait que cette rencontre possible chez Prévost (de laquelle l'attente saccageait, dénudait à ce point les moments qui la précédaient qu'il ne trouvait plus une seule idée, un seul souvenir derrière lequel il pût faire reposer son esprit), il était probable pourtant, si elle avait lieu, qu'elle serait comme les autres, fort peu de chose. Comme chaque soir, dès qu'il serait avec Odette, jetant furtivement sur son changeant visage un regard aussitôt détourné de peur qu'elle n'y vît l'avance d'un désir et ne crût plus à son désintéressement, il cesserait de pouvoir penser à elle, trop occupé à trouver des prétextes qui lui permissent de ne pas la quitter tout de suite et de s'assurer, sans avoir l'air d'y tenir, qu'il la retrouverait le lendemain chez les Verdurin: c'est-à-dire de prolonger pour l'instant et de renouveler un jour de plus la déception et la torture que lui apportait la vaine présence de cette femme qu'il approchait sans oser l'étreindre.

suddenly perceived how foreign to his nature were the thoughts which he had been revolving in his mind ever since he had heard at the Verdurins' that Odette had left, how novel the heartache from which he was suffering, but of which he was only now conscious, as though he had just woken up. What! all this disturbance simply because he would not see Odette, now, till to-morrow, exactly what he had been hoping, not an hour before, as he drove toward Mme. Verdurin's. He was obliged to admit also that now, as he sat in the same carriage and drove to Prévost's, he was no longer the same man, was no longer alone even—but that a new personality was there beside him, adhering to him, amalgamated with him, a creature from whom he might, perhaps, be unable to liberate himself, towards whom he might have to adopt some such stratagem as one uses to outwit a master or a malady. And yet, during this last moment in which he had felt that another, a fresh personality was thus conjoined with his own, life had seemed, somehow, more interesting.

It was in vain that he assured himself that this possible meeting at Prévost's (the tension of waiting for which so ravished, stripped so bare the intervening moments that he could find nothing, not one idea, not one memory in his mind beneath which his troubled spirit might take shelter and repose) would probably, after all, should it take place, be much the same as all their meetings, of no great importance. As on every other evening, once he was in Odette's company, once he had begun to cast furtive glances at her changing countenance, and instantly to withdraw his eyes lest she should read in them the first symbols of desire and believe no more in his indifference, he would cease to be able even to think of her, so busy would he be in the search for pretexts which would enable him not to leave her immediately, and to assure himself, without betraying his concern, that he would find her again, next evening, at the Verdurins'; pretexts, that is to say, which would enable him to prolong for the time being, and to renew for one day more the disappointment, the torturing deception that must always come to him with the vain presence of this woman, whom he might approach, yet never dared embrace.

Elle n'était pas chez Prévost; il voulut chercher dans tous les restaurants des boulevards. Pour gagner du temps, pendant qu'il visitait les uns, il envoya dans les autres son cocher Rémi (le doge Loredan de Rizzo) qu'il alla attendre ensuite—n'ayant rien trouvé lui-même—à l'endroit qu'il lui avait désigné. La voiture ne revenait pas et Swann se représentait le moment qui approchait, à la fois comme celui où Rémi lui dirait: «Cette dame est là», et comme celui où Rémi lui dirait, «cette dame n'était dans aucun des cafés.» Et ainsi il voyait la fin de la soirée devant lui, une et pourtant alternative, précédée soit par la rencontre d'Odette qui abolirait son angoisse, soit, par le renoncement forcé à la trouver ce soir, par l'acceptation de rentrer chez lui sans l'avoir vue.

Le cocher revint, mais, au moment où il s'arrêta devant Swann, celui-ci ne lui dit pas: «Avez-vous trouvé cette dame?» mais: «Faites-moi donc penser demain à commander du bois, je crois que la provision doit commencer à s'épuiser.» Peut-être se disait-il que si Rémi avait trouvé Odette dans un café où elle l'attendait, la fin de la soirée néfaste était déjà anéantie par la réalisation commencée de la fin de soirée bienheureuse et qu'il n'avait pas besoin de se presser d'atteindre un bonheur capturé et en lieu sûr, qui ne s'échapperait plus. Mais aussi c'était par force d'inertie; il avait dans l'âme le manque de souplesse que certains êtres ont dans le corps, ceux-là qui au moment d'éviter un choc, d'éloigner une flamme de leur habit, d'accomplir un mouvement urgent, prennent leur temps, commencent par rester une seconde dans la situation où ils étaient auparavant comme pour y trouver leur point d'appui, leur élan. Et sans doute si le cocher l'avait interrompu en lui disant: «Cette dame est là», il eut répondu: «Ah! oui, c'est vrai, la course que je vous avais donnée, tiens je n'aurais pas cru», et aurait continué à lui parler provision de bois pour lui cacher l'émotion qu'il avait eue et se laisser à lui-même le temps de rompre avec l'inquiétude et de se donner au bonheur.

She was not at Prevost's; he must search for her, then, in every restaurant upon the boulevards. To save time, while he went in one direction, he sent in the other his coachman Rémi (Rizzo's Doge Loredan) for whom he presently—after a fruitless search—found himself waiting at the spot where the carriage was to meet him. It did not appear, and Swann tantalised himself with alternate pictures of the approaching moment, as one in which Rémi would say to him: "Sir, the lady is there," or as one in which Rémi would say to him: "Sir, the lady was not in any of the cafés." And so he saw himself faced by the close of his evening—a thing uniform, and yet bifurcated by the intervening accident which would either put an end to his agony by discovering Odette, or would oblige him to abandon any hope of finding her that night, to accept the necessity of returning home without having seen her.

The coachman returned; but, as he drew up opposite him, Swann asked, not "Did you find the lady?" but "Remind me, to-morrow, to order in some more firewood. I am sure we must be running short." Perhaps he had persuaded himself that, if Rémi had at last found Odette in some café, where she was waiting for him still, then his night of misery was already obliterated by the realisation, begun already in his mind, of a night of joy, and that there was no need for him to hasten towards the attainment of a happiness already captured and held in a safe place, which would not escape his grasp again. But it was also by the force of inertia; there was in his soul that want of adaptability which can be seen in the bodies of certain people who, when the moment comes to avoid a collision, to snatch their clothes out of reach of a flame, or to perform any other such necessary movement, take their time (as the saying is), begin by remaining for a moment in their original position, as though seeking to find in it a starting-point, a source of strength and motion. And probably, if the coachman had interrupted him with, "I have found the lady," he would have answered, "Oh, yes, of course; that's what I told you to do. I had quite forgotten," and would have continued to discuss his supply of firewood, so as to hide from his servant the emotion that he had felt, and to give himself time to break away from the thraldom of his anxieties and abandon himself to pleasure.

Mais le cocher revint lui dire qu'il ne l'avait trouvée nulle part, et ajouta son avis, en vieux serviteur:

—Je crois que Monsieur n'a plus qu'à rentrer.

Mais l'indifférence que Swann jouait facilement quand Rémi ne pouvait plus rien changer à la réponse qu'il apportait tomba, quand il le vit essayer de le faire renoncer à son espoir et à sa recherche:

— Mais pas du tout, s'écria-t-il, il faut que nous trouvions cette dame; c'est de la plus haute importance. Elle serait extrêmement ennuyée, pour une affaire, et froissée, si elle ne m'avait pas vu.

— Je ne vois pas comment cette dame pourrait être froissée, répondit Rémi, puisque c'est elle qui est partie sans attendre Monsieur, qu'elle a dit qu'elle allait chez Prévost et qu'elle n'y était pas,

D'ailleurs on commençait à éteindre partout. Sous les arbres des boulevards, dans une obscurité mystérieuse, les passants plus rares erraient, à peine reconnaissables. Parfois l'ombre d'une femme qui s'approchait de lui, lui murmurant un mot à l'oreille, lui demandant de la ramener, fit tressaillir Swann. Il frôlait anxieusement tous ces corps obscurs comme si parmi les fantômes des morts, dans le royaume sombre, il eût cherché Eurydice.

De tous les modes de production de l'amour, de tous les agents de dissémination du mal sacré, il est bien l'un des plus efficaces, ce grand souffle d'agitation qui parfois passe sur nous. Alors l'être avec qui nous nous plaisons à ce moment-là, le sort en est jeté, c'est lui que nous aimerons. Il n'est même pas besoin qu'il nous plût jusque-là plus ou même autant que d'autres. Ce qu'il fallait, c'est que notre goût pour lui devint exclusif. Et cette condition-là est réalisée quand—à ce moment où il nous fait défaut—à la recherche des plaisirs que son agrément nous donnait, s'est brusquement substitué en nous un besoin anxieux, qui a pour objet cet être même, un besoin absurde, que les lois de

The coachman came back, however, with the report that he could not find her anywhere, and added the advice, as an old and privileged servant:

"I think, sir, that all we can do now is to go home."

But the air of indifference which Swann could so lightly assume when Rémi uttered his final, unalterable response, fell from him like a cast-off cloak when he saw Rémi attempt to make him abandon hope and retire from the quest.

"Certainly not!" he exclaimed. "We must find the lady. It is most important. She would be extremely put out—it's a business matter—and vexed with me if she didn't see me."

"But I do not see how the lady can be vexed, sir," answered Rémi, "since it was she that went away without waiting for you, sir, and said she was going to Prévost's, and then wasn't there."

Meanwhile the restaurants were closing, and their lights began to go out. Under the trees of the boulevards there were still a few people strolling to and fro, barely distinguishable in the gathering darkness. Now and then the ghost of a woman glided up to Swann, murmured a few words in his ear, asked him to take her home, and left him shuddering. Anxiously he explored every one of these vaguely seen shapes, as though among the phantoms of the dead, in the realms of darkness, he had been searching for a lost Eurydice.

Among all the methods by which love is brought into being, among all the agents which disseminate that blessed bane, there are few so efficacious as the great gust of agitation which, now and then, sweeps over the human spirit. For then the creature in whose company we are seeking amusement at the moment, her lot is cast, her fate and ours decided, that is the creature whom we shall henceforward love. It is not necessary that she should have pleased us, up till then, any more, or even as much as others. All that is necessary is that our taste for her should become exclusive. And that condition is fulfilled so soon as—in the moment when she has failed to meet us—for the pleasure which we were on the point of enjoying in her charming company is abruptly substituted an anxious torturing desire, whose object is the creature herself,

ce monde rendent impossible à satisfaire et difficile à guérir—le besoin insensé et douloureux de le posséder.

Swann se fit conduire dans les derniers restaurants; c'est la seule hypothèse du bonheur qu'il avait envisagée avec calme; il ne cachait plus maintenant son agitation, le prix qu'il attachait à cette rencontre et il promit en cas de succès une récompense à son cocher, comme si en lui inspirant le désir de réussir qui viendrait s'ajouter à celui qu'il en avait lui-même, il pouvait faire qu'Odette, au cas où elle fût déjà rentrée se coucher, se trouvât pourtant dans un restaurant du boulevard. Il poussa jusqu'à la Maison Dorée, entra deux fois chez Tortoni et, sans l'avoir vue davantage, venait de ressortir du Café Anglais, marchant à grands pas, l'air hagard, pour rejoindre sa voiture qui l'attendait au coin du boulevard des Italiens, quand il heurta une personne qui venait en sens contraire: c'était Odette; elle lui expliqua plus tard que n'ayant pas trouvé de place chez Prévost, elle était allée souper à la Maison Dorée dans un enfoncement où il ne l'avait pas découverte, et elle regagnait sa voiture.

Elle s'attendait si peu à le voir qu'elle eut un mouvement d'effroi. Quant à lui, il avait couru Paris non parce qu'il croyait possible de la rejoindre, mais parce qu'il lui était trop cruel d'y renoncer. Mais cette joie que sa raison n'avait cessé d'estimer, pour ce soir, irréalisable, ne lui en paraissait maintenant que plus réelle; car, il n'y avait pas collaboré par la prévision des vraisemblances, elle lui restait extérieure; il n'avait pas besoin de tirer de son esprit pour la lui fournir—c'est d'elle-même qu'émanait, c'est elle-même qui projetait vers lui—cette vérité qui rayonnait au point de dissiper comme un songe l'isolement qu'il avait redouté, et sur laquelle il appuyait, il reposait, sans penser, sa rêverie heureuse. Ainsi un voyageur arrivé par un beau temps au bord de la Méditerranée, incertain de

an irrational, absurd desire, which the laws of civilised society make it impossible to satisfy and difficult to assuage—the insensate, agonising desire to possess her.

Swann made Rémi drive him to such restaurants as were still open; it was the sole hypothesis, now, of that happiness which he had contemplated so calmly; he no longer concealed his agitation, the price he set upon their meeting, and promised, in case of success, to reward his coachman, as though, by inspiring in him a will to triumph which would reinforce his own, he could bring it to pass, by a miracle, that Odette—assuming that she had long since gone home to bed—might yet be found seated in some restaurant on the boulevards. He pursued the quest as far as the Maison Dorée, burst twice into Tortoni's and, still without catching sight of her, was emerging from the Café Anglais, striding with haggard gaze towards his carriage, which was waiting for him at the corner of the Boulevard des Italiens, when he collided with a person coming in the opposite direction; it was Odette; she explained, later, that there had been no room at Prévost's, that she had gone, instead, to sup at the Maison Dorée, and had been sitting there in an alcove where he must have overlooked her, and that she was now looking for her carriage.

She had so little expected to see him that she started back in alarm. As for him, he had ransacked the streets of Paris, not that he supposed it possible that he should find her, but because he would have suffered even more cruelly by abandoning the attempt. But now the joy (which, his reason had never ceased to assure him, was not, that evening at least, to be realised) was suddenly apparent, and more real than ever before; for he himself had contributed nothing to it by anticipating probabilities—it remained integral and external to himself; there was no need for him to draw on his own resources to endow it with truth—'twas from itself that there emanated, 'twas itself that projected towards him that truth whose glorious rays melted and scattered like the cloud of a dream the sense of loneliness which had lowered over him, that truth upon which he had supported, nay founded, albeit unconsciously, his vision of bliss. So will a traveller, who has come down, on a day of glorious weather, to

l'existence des pays qu'il vient de quitter, laisse éblouir sa vue, plutôt qu'il ne leur jette des regards, par les rayons qu'émet vers lui l'azur lumineux et résistant des eaux.

Il monta avec elle dans la voiture qu'elle avait et dit à la sienne de suivre.

Elle tenait à la main un bouquet de catleyas et Swann vit, sous sa fanchon de dentelle, qu'elle avait dans les cheveux des fleurs de cette même orchidée attachées à une aigrette en plumes de cygnes. Elle était habillée sous sa mantille, d'un flot de velours noir qui, par un rattrapé oblique, découvrait en un large triangle le bas d'une jupe de faille blanche et laissait voir un empiècement, également de faille blanche, à l'ouverture du corsage décolleté, où étaient enfoncées d'autres fleurs de catleyas. Elle était à peine remise de la frayeur que Swann lui avait causée quand un obstacle fit faire un écart au cheval. Ils furent vivement déplacés, elle avait jeté un cri et restait toute palpitante, sans respiration.

— Ce n'est rien, lui dit-il, n'ayez pas peur.

Et il la tenait par l'épaule, l'appuyant contre lui pour la maintenir; puis il lui dit:

—Surtout, ne me parlez pas, ne me répondez que par signes pour ne pas vous essouffler encore davantage. Cela ne vous gêne pas que je remette droites les fleurs de votre corsage qui ont été déplacées par le choc. J'ai peur que vous ne les perdiez, je voudrais les enfoncer un peu.

Elle, qui n'avait pas été habituée à voir les hommes faire tant de façons avec elle, dit en souriant:

— Non, pas du tout, ça ne me gêne pas.

Mais lui, intimidé par sa réponse, peut-être aussi pour avoir l'air d'avoir été sincère quand il avait pris ce prétexte, ou même, commençant déjà à croire qu'il l'avait été, s'écria:

— Oh! non, surtout, ne parlez pas, vous allez encore vous essouffler, vous pouvez bien me répondre par gestes, je vous comprendrai bien. Sincèrement je ne vous gêne pas? Voyez, il y a un peu... je pense que c'est du pollen qui s'est répandu sur vous, vous permettez que je

the Mediterranean shore, and is doubtful whether they still exist, those lands which he has left, let his eyes be dazzled, rather than cast a backward glance, by the radiance streaming towards him from the luminous and unfading azure at his feet.

He climbed after her into the carriage which she had kept waiting, and ordered his own to follow.

She had in her hand a bunch of cattleyas, and Swann could see, beneath the film of lace that covered her head, more of the same flowers fastened to a swansdown plume. She was wearing, under her cloak, a flowing gown of black velvet, caught up on one side so as to reveal a large triangular patch of her white silk skirt, with an 'insertion,' also of white silk, in the cleft of her low-necked bodice, in which were fastened a few more cattleyas. She had scarcely recovered from the shock which the sight of Swann had given her, when some obstacle made the horse start to one side. They were thrown forward from their seats; she uttered a cry, and fell back quivering and breathless.

"It's all right," he assured her, "don't be frightened."

And he slipped his arm round her shoulder, supporting her body against his own; then went on:

"Whatever you do, don't utter a word; just make a sign, yes or no, or you'll be out of breath again. You won't mind if I put the flowers straight on your bodice; the jolt has loosened them. I'm afraid of their dropping out; I'm just going to fasten them a little more securely."

She was not used to being treated with so much formality by men, and smiled as she answered:

"No, not at all; I don't mind in the least."

But he, chilled a little by her answer, perhaps, also, to bear out the pretence that he had been sincere in adopting the stratagem, or even because he was already beginning to believe that he had been, exclaimed:

"No, no; you mustn't speak. You will be out of breath again. You can easily answer in signs; I shall understand. Really and truly now, you don't mind my doing this? Look, there is a little—I think it must be pollen, spilt over your dress—may I brush it off with my hand? That's not too

l'essuie avec ma main? Je ne vais pas trop fort, je ne suis pas trop brutal? Je vous chatouille peut-être un peu? mais c'est que je ne voudrais pas toucher le velours de la robe pour ne pas le friper. Mais, voyez-vous, il était vraiment nécessaire de les fixer ils seraient tombés; et comme cela, en les enfonçant un peu moi-même... Sérieusement, je ne vous suis pas désagréable? Et en les respirant pour voir s'ils n'ont vraiment pas d'odeur non plus? Je n'en ai jamais senti, je peux? dites la vérité?

Souriant, elle haussa légèrement les épaules, comme pour dire «vous êtes fou, vous voyez bien que ça me plaît».

Il élevait son autre main le long de la joue d'Odette; elle le regarda fixement, de l'air languissant et grave qu'ont les femmes du maître florentin avec lesquelles il lui avait trouvé de la ressemblance; amenés au bord des paupières, ses yeux brillants, larges et minces, comme les leurs, semblaient prêts à se détacher ainsi que deux larmes. Elle fléchissait le cou comme on leur voit faire à toutes, dans les scènes païennes comme dans les tableaux religieux. Et, en une attitude qui sans doute lui était habituelle, qu'elle savait convenable à ces moments-là et qu'elle faisait attention à ne pas oublier de prendre, elle semblait avoir besoin de toute sa force pour retenir son visage, comme si une force invisible l'eût attiré vers Swann. Et ce fut Swann, qui, avant qu'elle le laissât tomber, comme malgré elle, sur ses lèvres, le retint un instant, à quelque distance, entre ses deux mains. Il avait voulu laisser à sa pensée le temps d'accourir, de reconnaître le rêve qu'elle avait si longtemps caressé et d'assister à sa réalisation, comme une parente qu'on appelle pour prendre sa part du succès d'un enfant qu'elle a beaucoup aimé. Peut-être aussi Swann attachait-il sur ce visage d'Odette non encore possédée, ni même encore embrassée par lui, qu'il voyait pour la dernière fois, ce regard avec lequel, un jour de départ, on voudrait emporter un paysage qu'on va quitter pour toujours.

hard; I'm not hurting you, am I? I'm tickling you, perhaps, a little; but I don't want to touch the velvet in case I rub it the wrong way. But, don't you see, I really had to fasten the flowers; they would have fallen out if I hadn't. Like that, now; if I just push them a little farther down.... Seriously, I'm not annoying you, am I? And if I just sniff them to see whether they've really lost all their scent? I don't believe I ever smelt any before; may I? Tell the truth, now."

Still smiling, she shrugged her shoulders ever so slightly, as who should say, "You're quite mad; you know very well that I like it."

He slipped his other hand upwards along Odette's cheek; she fixed her eyes on him with that languishing and solemn air which marks the women of the old Florentine's paintings, in whose faces he had found the type of hers; swimming at the brink of her fringed lids, her brilliant eyes, large and finely drawn as theirs, seemed on the verge of breaking from her face and rolling down her cheeks like two great tears. She bent her neck, as all their necks may be seen to bend, in the pagan scenes as well as in the scriptural. And although her attitude was, doubtless, habitual and instinctive, one which she knew to be appropriate to such moments, and was careful not to forget to assume, she seemed to need all her strength to hold her face back, as though some invisible force were drawing it down towards Swann's. And Swann it was who, before she allowed her face, as though despite her efforts, to fall upon his lips, held it back for a moment longer, at a little distance between his hands. He had intended to leave time for her mind to overtake her body's movements, to recognise the dream which she had so long cherished and to assist at its realisation, like a mother invited as a spectator when a prize is given to the child whom she has reared and loves. Perhaps, moreover, Swann himself was fixing upon these features of an Odette not yet possessed, not even kissed by him, on whom he was looking now for the last time, that comprehensive gaze with which, on the day of his departure, a traveller strives to bear away with him in memory the view of a country to which he may never return.

Mais il était si timide avec elle, qu'ayant fini par la posséder ce soir-là, en commençant par arranger ses catleyas, soit crainte de la froisser, soit peur de paraître rétrospectivement avoir menti, soit manque d'audace pour formuler une exigence plus grande que celle-là (qu'il pouvait renouveler puisqu'elle n'avait pas fiché Odette la première fois), les jours suivants il usa du même prétexte. Si elle avait des catleyas à son corsage, il disait: «C'est malheureux, ce soir, les catleyas n'ont pas besoin d'être arrangés, ils n'ont pas été déplacés comme l'autre soir; il me semble pourtant que celui-ci n'est pas très droit. Je peux voir s'ils ne sentent pas plus que les autres?» Ou bien, si elle n'en avait pas: «Oh! pas de catleyas ce soir, pas moyen de me livrer à mes petits arrangements.» De sorte que, pendant quelque temps, ne fut pas changé l'ordre qu'il avait suivi le premier soir, en débutant par des attouchements de doigts et de lèvres sur la gorge d'Odette et que ce fut par eux encore que commençaient chaque fois ses caresses; et, bien plus tard quand l'arrangement (ou le simulacre d'arrangement) des catleyas, fut depuis longtemps tombé en désuétude, la métaphore «faire catleya», devenue un simple vocable qu'ils employaient sans y penser quand ils voulaient signifier l'acte de la possession physique—où d'ailleurs l'on ne possède rien—survécut dans leur langage, où elle le commémorait, à cet usage oublié. Et peut-être cette manière particulière de dire «faire l'amour» ne signifiait-elle pas exactement la même chose que ses synonymes. On a beau être blasé sur les femmes, considérer la possession des plus différentes comme toujours la même et connue d'avance, elle devient au contraire un plaisir nouveau s'il s'agit de femmes assez difficiles—ou crues telles par nous—pour que nous soyons obligés de la faire naître de quelque épisode imprévu de nos relations avec elles, comme avait été la première fois pour Swann l'arrangement des catleyas. Il espérait en tremblant, ce soir-là (mais Odette, se disait-il, si elle

But he was so shy in approaching her that, after this evening which had begun by his arranging her cattleyas and had ended in her complete surrender, whether from fear of chilling her, or from reluctance to appear, even retrospectively, to have lied, or perhaps because he lacked the audacity to formulate a more urgent requirement than this (which could always be repeated, since it had not annoyed her on the first occasion), he resorted to the same pretext on the following days. If she had any cattleyas pinned to her bodice, he would say: "It is most unfortunate; the cattleyas don't need tucking in this evening; they've not been disturbed as they were the other night; I think, though, that this one isn't quite straight. May I see if they have more scent than the others?" Or else, if she had none: "Oh! no cattleyas this evening; then there's nothing for me to arrange." So that for some time there was no change from the procedure which he had followed on that first evening, when he had started by touching her throat, with his fingers first and then with his lips, but their caresses began invariably with this modest exploration. And long afterwards, when the arrangement (or, rather, the ritual pretence of an arrangement) of her cattleyas had quite fallen into desuetude, the metaphor "Do a cattleya," transmuted into a simple verb which they would employ without a thought of its original meaning when they wished to refer to the act of physical possession (in which, paradoxically, the possessor possesses nothing), survived to commemorate in their vocabulary the long forgotten custom from which it sprang. And yet possibly this particular manner of saying "to make love" had not the precise significance of its synonyms. However disillusioned we may be about women, however we may regard the possession of even the most divergent types as an invariable and monotonous experience, every detail of which is known and can be described in advance, it still becomes a fresh and stimulating pleasure if the women concerned be—or be thought to be—so difficult as to oblige us to base our attack upon some unrehearsed incident in our relations with them, as was originally for Swann the arrangement of the cattleyas. He trembled as he hoped, that evening, (but Odette, he told himself, if she

était dupe de sa ruse, ne pouvait le deviner), que c'était la possession de cette femme qui allait sortir d'entre leurs larges pétales mauves; et le plaisir qu'il éprouvait déjà et qu'Odette ne tolérait peut-être, pensait-il, que parce qu'elle ne l'avait pas reconnu, lui semblait, à cause de cela—comme il put paraître au premier homme qui le goûta parmi les fleurs du paradis terrestre—un plaisir qui n'avait pas existé jusque-là, qu'il cherchait à créer, un plaisir—ainsi que le nom spécial qu'il lui donna en garda la trace—entièrement particulier et nouveau.

Maintenant, tous les soirs, quand il l'avait ramenée chez elle, il fallait qu'il entrât et souvent elle ressortait en robe de chambre et le conduisait jusqu'à sa voiture, l'embrassait aux yeux du cocher, disant: «Qu'est-ce que cela peut me faire, que me font les autres?» Les soirs où il n'allait pas chez les Verdurin (ce qui arrivait parfois depuis qu'il pouvait la voir autrement), les soirs de plus en plus rares où il allait dans le monde, elle lui demandait de venir chez elle avant de rentrer, quelque heure qu'il fût. C'était le printemps, un printemps pur et glacé. En sortant de soirée, il montait dans sa victoria, étendait une couverture sur ses jambes, répondait aux amis qui s'en allaient en même temps que lui et lui demandaient de revenir avec eux qu'il ne pouvait pas, qu'il n'allait pas du même côté, et le cocher partait au grand trot sachant où on allait. Eux s'étonnaient, et de fait, Swann n'était plus le même. On ne recevait plus jamais de lettre de lui où il demandât à connaître une femme. Il ne faisait plus attention à aucune, s'abstenait d'aller dans les endroits où on en rencontre. Dans un restaurant, à la campagne, il avait l'attitude inversée de celle à quoi, hier encore, on l'eût reconnu et qui avait semblé devoir toujours être la sienne. Tant une passion est en nous comme un caractère momentané et différent qui se substitue à l'autre et abolit les signes jusque-là invariables par lesquels il s'exprimait! En revanche ce

were deceived by his stratagem, could not guess his intention) that it was the possession of this woman that would emerge for him from their large and richly coloured petals; and the pleasure which he already felt, and which Odette tolerated, he thought, perhaps only because she was not yet aware of it herself, seemed to him for that reason—as it might have seemed to the first man when he enjoyed it amid the flowers of the earthly paradise—a pleasure which had never before existed, which he was striving now to create, a pleasure—and the special name which he was to give to it preserved its identity—entirely individual and new.

The ice once broken, every evening, when he had taken her home, he must follow her into the house; and often she would come out again in her dressing-gown, and escort him to his carriage, and would kiss him before the eyes of his coachman, saying: "What on earth does it matter what people see?" And on evenings when he did not go to the Verdurins' (which happened occasionally, now that he had opportunities of meeting Odette elsewhere), when—more and more rarely—he went into society, she would beg him to come to her on his way home, however late he might be. The season was spring, the nights clear and frosty. He would come away from an evening party, jump into his victoria, spread a rug over his knees, tell the friends who were leaving at the same time, and who insisted on his going home with them, that he could not, that he was not going in their direction; then the coachman would start off at a fast trot without further orders, knowing quite well where he had to go. His friends would be left marvelling, and, as a matter of fact, Swann was no longer the same man. No one ever received a letter from him now demanding an introduction to a woman. He had ceased to pay any attention to women, and kept away from the places in which they were ordinarily to be met. In a restaurant, or in the country, his manner was deliberately and directly the opposite of that by which, only a few days earlier, his friends would have recognised him, that manner which had seemed permanently and unalterably his own. To such an extent does passion manifest itself in us as a temporary and distinct character, which not only takes the place of our normal character but actually

qui était invariable maintenant, c'était que où que Swann se trouvât, il ne manquât pas d'aller rejoindre Odette. Le trajet qui le séparait d'elle était celui qu'il parcourait inévitablement et comme la pente même irrésistible et rapide de sa vie. A vrai dire, souvent resté tard dans le monde, il aurait mieux aimé rentrer directement chez lui sans faire cette longue course et ne la voir que le lendemain; mais le fait même de se déranger à une heure anormale pour aller chez elle, de deviner que les amis qui le quittaient se disaient: «Il est très tenu, il y a certainement une femme qui le force à aller chez elle à n'importe quelle heure», lui faisait sentir qu'il menait la vie des hommes qui ont une affaire amoureuse dans leur existence, et en qui le sacrifice qu'ils font de leur repos et de leurs intérêts à une rêverie voluptueuse fait naître un charme intérieur. Puis sans qu'il s'en rendît compte, cette certitude qu'elle l'attendait, qu'elle n'était pas ailleurs avec d'autres, qu'il ne reviendrait pas sans l'avoir vue, neutralisait cette angoisse oubliée mais toujours prête à renaître qu'il avait éprouvée le soir où Odette n'était plus chez les Verdurin et dont l'apaisement actuel était si doux que cela pouvait s'appeler du bonheur. Peut-être était-ce à cette angoisse qu'il était redevable de l'importance qu'Odette avait prise pour lui. Les êtres nous sont d'habitude si indifférents, que quand nous avons mis dans l'un d'eux de telles possibilités de souffrance et de joie, pour nous il nous semble appartenir à un autre univers, il s'entoure de poésie, il fait de notre vie comme une étendue émouvante où il sera plus ou moins rapproché de nous. Swann ne pouvait se demander sans trouble ce qu'Odette deviendrait pour lui dans les années qui allaient venir. Parfois, en voyant, de sa victoria, dans ces belles nuits froides, la lune brillante qui répandait sa clarté entre ses yeux et les rues désertes, il pensait à cette autre figure claire et légèrement rosée comme celle de la lune, qui, un

obliterates the signs by which that character has hitherto been discernible. On the other hand, there was one thing that was, now, invariable, namely that wherever Swann might be spending the evening, he never failed to go on afterwards to Odette. The interval of space separating her from him was one which he must as inevitably traverse as he must descend, by an irresistible gravitation, the steep slope of life itself. To be frank, as often as not, when he had stayed late at a party, he would have preferred to return home at once, without going so far out of his way, and to postpone their meeting until the morrow; but the very fact of his putting himself to such inconvenience at an abnormal hour in order to visit her, while he guessed that his friends, as he left them, were saying to one another: "He is tied hand and foot; there must certainly be a woman somewhere who insists on his going to her at all hours," made him feel that he was leading the life of the class of men whose existence is coloured by a love-affair, and in whom the perpetual sacrifice which they are making of their comfort and of their practical interests has engendered a spiritual charm. Then, though he may not consciously have taken this into consideration, the certainty that she was waiting for him, that she was not anywhere or with anyone else, that he would see her before he went home, drew the sting from that anguish, forgotten, it is true, but latent and ever ready to be reawakened, which he had felt on the evening when Odette had left the Verdurins' before his arrival, an anguish the actual cessation of which was so agreeable that it might even be called a state of happiness. Perhaps it was to that hour of anguish that there must be attributed the importance which Odette had since assumed in his life. Other people are, as a rule, so immaterial to us that, when we have entrusted to any one of them the power to cause so much suffering or happiness to ourselves, that person seems at once to belong to a different universe, is surrounded with poetry, makes of our lives a vast expanse, quick with sensation, on which that person and ourselves are ever more or less in contact. Swann could not without anxiety ask himself what Odette would mean to him in the years that were to come. Sometimes, as he looked up from his victoria on those fine and frosty nights of early spring, and saw the dazzling moonbeams

jour, avait surgi dans sa pensée et, depuis projetait sur le monde la lumière mystérieuse dans laquelle il le voyait. S'il arrivait après l'heure où Odette envoyait ses domestiques se coucher, avant de sonner à la porte du petit jardin, il allait d'abord dans la rue, où donnait au rez-de-chaussée, entre les fenêtres toutes pareilles, mais obscures, des hôtels contigus, la fenêtre, seule éclairée, de sa chambre. Il frappait au carreau, et elle, avertie, répondait et allait l'attendre de l'autre côté, à la porte d'entrée. Il trouvait ouverts sur son piano quelques-uns des morceaux qu'elle préférait: la *Valse Des Roses* ou *Pauvre Fou* de Tagliafico (qu'on devait, selon sa volonté écrite, faire exécuter à son enterrement), il lui demandait de jouer à la place la petite phrase de la sonate de Vinteuil, bien qu'Odette jouât fort mal, mais la vision la plus belle qui nous reste d'une œuvre est souvent celle qui s'éleva au-dessus des sons faux tirés par des doigts malhabiles, d'un piano désaccordé. La petite phrase continuait à s'associer pour Swann à l'amour qu'il avait pour Odette. Il sentait bien que cet amour, c'était quelque chose qui ne correspondait à rien d'extérieur, de constatable par d'autres que lui; il se rendait compte que les qualités d'Odette ne justifiaient pas qu'il attachât tant de prix aux moments passés auprès d'elle. Et souvent, quand c'était l'intelligence positive qui régnait seule en Swann, il voulait cesser de sacrifier tant d'intérêts intellectuels et sociaux à ce plaisir imaginaire. Mais la petite phrase, dès qu'il l'entendait, savait rendre libre en lui l'espace qui pour elle était nécessaire, les proportions de l'âme de Swann s'en trouvaient changées; une marge y était réservée à une jouissance qui elle non plus ne correspondait à aucun objet extérieur et qui pourtant au lieu d'être purement individuelle comme celle de l'amour, s'imposait à Swann comme une réalité supérieure aux choses concrètes. Cette soif d'un charme inconnu, la petite phrase l'éveillait en lui, mais ne lui apportait rien de précis pour l'assouvir. De sorte

fall between his eyes and the deserted streets, he would think of that other face, gleaming and faintly roseate like the moon's, which had, one day, risen on the horizon of his mind and since then had shed upon the world that mysterious light in which he saw it bathed. If he arrived after the hour at which Odette sent her servants to bed, before ringing the bell at the gate of her little garden, he would go round first into the other street, over which, at the ground-level, among the windows (all exactly alike, but darkened) of the adjoining houses, shone the solitary lighted window of her room. He would rap upon the pane, and she would hear the signal, and answer, before running to meet him at the gate. He would find, lying open on the piano, some of her favourite music, the *Valse des Roses,* the *Pauvre Fou* of Tagliafico (which, according to the instructions embodied in her will, was to be played at her funeral); but he would ask her, instead, to give him the little phrase from Vinteuil's sonata. It was true that Odette played vilely, but often the fairest impression that remains in our minds of a favourite air is one which has arisen out of a jumble of wrong notes struck by unskilful fingers upon a tuneless piano. The little phrase was associated still, in Swann's mind, with his love for Odette. He felt clearly that this love was something to which there were no corresponding external signs, whose meaning could not be proved by any but himself; he realised, too, that Odette's qualities were not such as to justify his setting so high a value on the hours he spent in her company. And often, when the cold government of reason stood unchallenged, he would readily have ceased to sacrifice so many of his intellectual and social interests to this imaginary pleasure. But the little phrase, as soon as it struck his ear, had the power to liberate in him the room that was needed to contain it; the proportions of Swann's soul were altered; a margin was left for a form of enjoyment which corresponded no more than his love for Odette to any external object, and yet was not, like his enjoyment of that love, purely individual, but assumed for him an objective reality superior to that of other concrete things. This thirst for an untasted charm, the little phrase would stimulate it anew in him, but without bringing him any definite gratification to assuage it. With the

que ces parties de l'âme de Swann où la petite phrase avait effacé le souci des intérêts matériels, les considérations humaines et valables pour tous, elle les avait laissées vacantes et en blanc, et il était libre d'y inscrire le nom d'Odette. Puis à ce que l'affection d'Odette pouvait avoir d'un peu court et décevant, la petite phrase venait ajouter, amalgamer son essence mystérieuse. A voir le visage de Swann pendant qu'il écoutait la phrase, on aurait dit qu'il était en train d'absorber un anesthésique qui donnait plus d'amplitude à sa respiration. Et le plaisir que lui donnait la musique et qui allait bientôt créer chez lui un véritable besoin, ressemblait en effet, à ces moments-là, au plaisir qu'il aurait eu à expérimenter des parfums, à entrer en contact avec un monde pour lequel nous ne sommes pas faits, qui nous semble sans forme parce que nos yeux ne le perçoivent pas, sans signification parce qu'il échappe à notre intelligence, que nous n'atteignons que par un seul sens. Grand repos, mystérieuse rénovation pour Swann—pour lui dont les yeux quoique délicats amateurs de peinture, dont l'esprit quoique fin observateur de mœurs, portaient à jamais la trace indélébile de la sécheresse de sa vie—de se sentir transformé en une créature étrangère à l'humanité, aveugle, dépourvue de facultés logiques, presque une fantastique licorne, une créature chimérique ne percevant le monde que par l'ouïe. Et comme dans la petite phrase il cherchait cependant un sens où son intelligence ne pouvait descendre, quelle étrange ivresse il avait à dépouiller son âme la plus intérieure de tous les secours du raisonnement et à la faire passer seule dans le couloir, dans le filtre obscur du son. Il commençait à se rendre compte de tout ce qu'il y avait de douloureux, peut-être même de secrètement inapaisé au fond de la douceur de cette phrase, mais il ne pouvait pas en souffrir. Qu'importait qu'elle lui dît que l'amour est fragile, le sien était si fort! Il jouait avec la tristesse qu'elle répandait, il la sentait passer sur lui, mais comme une caresse qui rendait plus profond et plus doux le sentiment qu'il avait de son

result that those parts of Swann's soul in which the little phrase had obliterated all care for material interests, those human considerations which affect all men alike, were left bare by it, blank pages on which he was at liberty to inscribe the name of Odette. Moreover, where Odette's affection might seem ever so little abrupt and disappointing, the little phrase would come to supplement it, to amalgamate with it its own mysterious essence. Watching Swann's face while he listened to the phrase, one would have said that he was inhaling an anaesthetic which allowed him to breathe more deeply. And the pleasure which the music gave him, which was shortly to create in him a real longing, was in fact closely akin, at such moments, to the pleasure which he would have derived from experimenting with perfumes, from entering into contract with a world for which we men were not created, which appears to lack form because our eyes cannot perceive it, to lack significance because it escapes our intelligence, to which we may attain by way of one sense only. Deep repose, mysterious refreshment for Swann—for him whose eyes, although delicate interpreters of painting, whose mind, although an acute observer of manners, must bear for ever the indelible imprint of the barrenness of his life—to feel himself transformed into a creature foreign to humanity, blinded, deprived of his logical faculty, almost a fantastic unicorn, a chimaera-like creature conscious of the world through his two ears alone. And as, notwithstanding, he sought in the little phrase for a meaning to which his intelligence could not descend, with what a strange frenzy of intoxication must he strip bare his innermost soul of the whole armour of reason, and make it pass, unattended, through the straining vessel, down into the dark filter of sound. He began to reckon up how much that was painful, perhaps even how much secret and unappeased sorrow underlay the sweetness of the phrase; and yet to him it brought no suffering. What matter though the phrase repeated that love is frail and fleeting, when his love was so strong! He played with the melancholy which the phrase diffused, he felt it stealing over him, but like a caress which only deepened and sweetened his sense of his own

bonheur. Il la faisait rejouer dix fois, vingt fois à Odette, exigeant qu'en même temps elle ne cessât pas de l'embrasser. Chaque baiser appelle un autre baiser. Ah! dans ces premiers temps où l'on aime, les baisers naissent si naturellement! Ils foisonnent si pressés les uns contre les autres; et l'on aurait autant de peine à compter les baisers qu'on s'est donnés pendant une heure que les fleurs d'un champ au mois de mai. Alors elle faisait mine de s'arrêter, disant: «Comment veux-tu que je joue comme cela si tu me tiens, je ne peux tout faire à la fois, sache au moins ce que tu veux, est-ce que je dois jouer la phrase ou faire des petites caresses», lui se fâchait et elle éclatait d'un rire qui se changeait et retombait sur lui, en une pluie de baisers. Ou bien elle le regardait d'un air maussade, il revoyait un visage digne de figurer dans la *Vie de Moïse* de Botticelli, il l'y situait, il donnait au cou d'Odette l'inclinaison nécessaire; et quand il l'avait bien peinte à la détrempe, au XVe siècle, sur la muraille de la Sixtine, l'idée qu'elle était cependant restée là, près du piano, dans le moment actuel, prête à être embrassée et possédée, l'idée de sa matérialité et de sa vie venait l'enivrer avec une telle force que, l'œil égaré, les mâchoires tendues comme pour dévorer, il se précipitait sur cette vierge de Botticelli et se mettait à lui pincer les joues. Puis, une fois qu'il l'avait quittée, non sans être rentré pour l'embrasser encore parce qu'il avait oublié d'emporter dans son souvenir quelque particularité de son odeur ou de ses traits, tandis qu'il revenait dans sa victoria, bénissant Odette de lui permettre ces visites quotidiennes, dont il sentait qu'elles ne devaient pas lui causer à elle une bien grande joie, mais qui en le préservant de devenir jaloux—en lui ôtant l'occasion de souffrir de nouveau du mal qui s'était déclaré en lui le soir où il ne l'avait pas trouvée chez les Verdurin—l'aideraient à arriver, sans avoir plus d'autres de ces crises dont la première avait été si douloureuse et resterait la seule, au bout de ces

happiness. He would make Odette play him the phrase again, ten, twenty times on end, insisting that, while she played, she must never cease to kiss him. Every kiss provokes another. Ah, in those earliest days of love how naturally the kisses spring into life. How closely, in their abundance, are they pressed one against another; until lovers would find it as hard to count the kisses exchanged in an hour, as to count the flowers in a meadow in May. Then she would pretend to stop, saying: "How do you expect me to play when you keep on holding me? I can't do everything at once. Make up your mind what you want; am I to play the phrase or do you want to play with me?" Then he would become annoyed, and she would burst out with a laugh which, was transformed, as it left her lips, and descended upon him in a shower of kisses. Or else she would look at him sulkily, and he would see once again a face worthy to figure in Botticelli's 'Life of Moses,' he would place it there, giving to Odette's neck the necessary inclination; and when he had finished her portrait in distemper, in the fifteenth century, on the wall of the Sixtine, the idea that she was, none the less, in the room with him still, by the piano, at that very moment, ready to be kissed and won, the idea of her material existence, of her being alive, would sweep over him with so violent an intoxication that, with eyes starting from his head and jaws that parted as though to devour her, he would fling himself upon this Botticelli maiden and kiss and bite her cheeks. And then, as soon as he had left the house, not without returning to kiss her once again, because he had forgotten to take away with him, in memory, some detail of her fragrance or of her features, while he drove home in his victoria, blessing the name of Odette who allowed him to pay her these daily visits, which, although they could not, he felt, bring any great happiness to her, still, by keeping him immune from the fever of jealousy—by removing from him every possibility of a fresh outbreak of the heart-sickness which had manifested itself in him that evening, when he had failed to find her at the Verdurins'—might help him to arrive, without any recurrence of those crises, of which the first had been so distressing that it

heures singulières de sa vie, heures presque enchantées, à la façon de celles où il traversait Paris au clair de lune. Et, remarquant, pendant ce retour, que l'astre était maintenant déplacé par rapport à lui, et presque au bout de l'horizon, sentant que son amour obéissait, lui aussi, à des lois immuables et naturelles, il se demandait si cette période où il était entré durerait encore longtemps, si bientôt sa pensée ne verrait plus le cher visage qu'occupant une position lointaine et diminuée, et près de cesser de répandre du charme. Car Swann en trouvait aux choses, depuis qu'il était amoureux, comme au temps où, adolescent, il se croyait artiste; mais ce n'était plus le même charme, celui-ci c'est Odette seule qui le leur conférait. Il sentait renaître en lui les inspirations de sa jeunesse qu'une vie frivole avait dissipées, mais elles portaient toutes le reflet, la marque d'un être particulier; et, dans les longues heures qu'il prenait maintenant un plaisir délicat à passer chez lui, seul avec son âme en convalescence, il redevenait peu à peu lui-même, mais à une autre.

Il n'allait chez elle que le soir, et il ne savait rien de l'emploi de son temps pendant le jour, pas plus que de son passé, au point qu'il lui manquait même ce petit renseignement initial qui, en nous permettant de nous imaginer ce que nous ne savons pas, nous donne envie de le connaître. Aussi ne se demandait-il pas ce qu'elle pouvait faire, ni quelle avait été sa vie. Il souriait seulement quelquefois en pensant qu'il y a quelques années, quand il ne la connaissait pas, on lui avait parlé d'une femme, qui, s'il se rappelait bien, devait certainement être elle, comme d'une fille, d'une femme entretenue, une de ces femmes auxquelles il attribuait encore, comme il avait peu vécu dans leur société, le caractère entier, foncièrement pervers, dont les dota longtemps l'imagination de certains romanciers. Il se disait qu'il n'y a souvent qu'à prendre le contre-pied des réputations que fait le monde pour juger exactement une

must also be the last, at the termination of this strange series of hours in his life, hours almost enchanted, in the same manner as these other, following hours, in which he drove through a deserted Paris by the light of the moon: noticing as he drove home that the satellite had now changed its position, relatively to his own, and was almost touching the horizon; feeling that his love, also, was obedient to these immutable laws of nature, he asked himself whether this period, upon which he had entered, was to last much longer, whether presently his mind's eye would cease to behold that dear countenance, save as occupying a distant and diminished position, and on the verge of ceasing to shed on him the radiance of its charm. For Swann was finding in things once more, since he had fallen in love, the charm that he had found when, in his adolescence, he had fancied himself an artist; with this difference, that what charm lay in them now was conferred by Odette alone. He could feel reawakening in himself the inspirations of his boyhood, which had been dissipated among the frivolities of his later life, but they all bore, now, the reflection, the stamp of a particular being; and during the long hours which he now found a subtle pleasure in spending at home, alone with his convalescent spirit, he became gradually himself again, but himself in thraldom to another.

He went to her only in the evenings, and knew nothing of how she spent her time during the day, any more than he knew of her past; so little, indeed, that he had not even the tiny, initial clue which, by allowing us to imagine what we do not know, stimulates a desire foreknowledge. And so he never asked himself what she might be doing, or what her life had been. Only he smiled sometimes at the thought of how, some years earlier, when he still did not know her, some one had spoken to him of a woman who, if he remembered rightly, must certainly have been Odette, as of a 'tart,' a 'kept' woman, one of those women to whom he still attributed (having lived but little in their company) the entire set of characteristics, fundamentally perverse, with which they had been, for many years, endowed by the imagination of certain novelists. He would say to himself that one has, as often as not, only to take the exact counterpart of the reputation created by the world in order to judge a

personne, quand, à un tel caractère, il opposait celui d'Odette, bonne, naïve, éprise d'idéal, presque si incapable de ne pas dire la vérité, que, l'ayant un jour priée, pour pouvoir dîner seul avec elle, d'écrire aux Verdurin qu'elle était souffrante, le lendemain, il l'avait vue, devant Mme Verdurin qui lui demandait si elle allait mieux, rougir, balbutier et refléter malgré elle, sur son visage, le chagrin, le supplice que cela lui était de mentir, et, tandis qu'elle multipliait dans sa réponse les détails inventés sur sa prétendue indisposition de la veille, avoir l'air de faire demander pardon par ses regards suppliants et sa voix désolée de la fausseté de ses paroles.

Certains jours pourtant, mais rares, elle venait chez lui dans l'après-midi, interrompre sa rêverie ou cette étude sur Ver Meer à laquelle il s'était remis dernièrement. On venait lui dire que Mme de Crécy était dans son petit salon. Il allait l'y retrouver, et quand il ouvrait la porte, au visage rosé d'Odette, dès qu'elle avait aperçu Swann, venait—changeant la forme de sa bouche, le regard de ses yeux, le modelé de ses joues—se mélanger un sourire. Une fois seul, il revoyait ce sourire, celui qu'elle avait eu la veille, un autre dont elle l'avait accueilli telle ou telle fois, celui qui avait été sa réponse, en voiture, quand il lui avait demandé s'il lui était désagréable en redressant les catleyas; et la vie d'Odette pendant le reste du temps, comme il n'en connaissait rien, lui apparaissait avec son fond neutre et sans couleur, semblable à ces feuilles d'études de Watteau, où on voit çà et là, à toutes les places, dans tous les sens, dessinés aux trois crayons sur le papier chamois, d'innombrables sourires. Mais, parfois, dans un coin de cette vie que Swann voyait toute vide, si même son esprit lui disait qu'elle ne l'était pas, parce qu'il ne pouvait pas l'imaginer, quelque ami, qui, se doutant qu'ils s'aimaient, ne se fût pas risqué à lui rien dire d'elle que d'insignifiant, lui décrivait la silhouette d'Odette, qu'il avait aperçue, le matin même, montant à pied la

person fairly, when with such a character he contrasted that of Odette, so good, so simple, so enthusiastic in the pursuit of ideals, so nearly incapable of not telling the truth that, when he had once begged her, so that they might dine together alone, to write to Mme. Verdurin, saying that she was unwell, the next day he had seen her, face to face with Mme. Verdurin, who asked whether she had recovered, blushing, stammering, and, in spite of herself, revealing in every feature how painful, what a torture it was to her to act a lie; and, while in her answer she multiplied the fictitious details of an imaginary illness, seeming to ask pardon, by her suppliant look and her stricken accents, for the obvious falsehood of her words.

On certain days, however, though these came seldom, she would call upon him in the afternoon, to interrupt his musings or the essay on Ver-meer to which he had latterly returned. His servant would come in to say that Mme. de Crécy was in the small drawing-room. He would go in search of her, and, when he opened the door, on Odette's blushing countenance, as soon as she caught sight of Swann, would appear—changing the curve of her lips, the look in her eyes, the moulding of her cheeks—an all-absorbing smile. Once he was left alone he would see again that smile, and her smile of the day before, another with which she had greeted him sometime else, the smile which had been her answer, in the carriage that night, when he had asked her whether she objected to his rearranging her cattleyas; and the life of Odette at all other times, since he knew nothing of it, appeared to him upon a neutral and colourless background, like those sheets of sketches by Watteau upon which one sees, here and there, in every corner and in all directions, traced in three colours upon the buff paper, innumerable smiles. But, once in a while, illuminating a chink of that existence which Swann still saw as a complete blank, even if his mind assured him that it was not so, because he was unable to imagine anything that might occupy it, some friend who knew them both, and suspecting that they were in love, had not dared to tell him anything about her that was of the least importance, would describe Odette's figure, as he had seen her, that very morning, going

rue Abbatucci dans une «visite» garnie de skunks, sous un chapeau «à la Rembrandt» et un bouquet de violettes à son corsage. Ce simple croquis bouleversait Swann parce qu'il lui faisait tout d'un coup apercevoir qu'Odette avait une vie qui n'était pas tout entière à lui; il voulait savoir à qui elle avait cherché à plaire par cette toilette qu'il ne lui connaissait pas; il se promettait de lui demander où elle allait, à ce moment-là, comme si dans toute la vie incolore—presque inexistante, parce qu'elle lui était invisible—de sa maîtresse, il n'y avait qu'une seule chose en dehors de tous ces sourires adressés à lui: sa démarche sous un chapeau à la Rembrandt, avec un bouquet de violettes au corsage.

Sauf en lui demandant la petite phrase de Vinteuil au lieu de la *Valse des Roses,* Swann ne cherchait pas à lui faire jouer plutôt des choses qu'il aimât, et pas plus en musique qu'en littérature, à corriger son mauvais goût. Il se rendait bien compte qu'elle n'était pas intelligente. En lui disant qu'elle aimerait tant qu'il lui parlât des grands poètes, elle s'était imaginé qu'elle allait connaître tout de suite des couplets héroïques et romanesques dans le genre de ceux du vicomte de Borelli, en plus émouvant encore. Pour Ver Meer de Delft, elle lui demanda s'il avait souffert par une femme, si c'était une femme qui l'avait inspiré, et Swann lui ayant avoué qu'on n'en savait rien, elle s'était désintéressée de ce peintre. Elle disait souvent: «Je crois bien, la poésie, naturellement, il n'y aurait rien de plus beau si c'était vrai, si les poètes pensaient tout ce qu'ils disent. Mais bien souvent, il n'y a pas plus intéressé que ces gens-là. J'en sais quelque chose, j'avais une amie qui a aimé une espèce de poète. Dans ses vers il ne parlait que de l'amour, du ciel, des étoiles. Ah! ce qu'elle a été refaite! Il lui a croqué plus de trois cent mille francs.» Si alors Swann cherchait à lui apprendre en quoi consistait la beauté artistique, comment il fallait admirer les vers ou les tableaux, au bout d'un instant, elle cessait d'écouter, disant: «Oui...

on foot up the Rue Abbattucci, in a cape trimmed with skunks, wearing a Rembrandt hat, and a bunch of violets in her bosom. This simple outline reduced Swann to utter confusion by enabling him suddenly to perceive that Odette had an existence which was not wholly subordinated to his own; he burned to know whom she had been seeking to fascinate by this costume in which he had never seen her; he registered a vow to insist upon her telling him where she had been going at that intercepted moment, as though, in all the colourless life—a life almost nonexistent, since she was then invisible to him—of his mistress, there had been but a single incident apart from all those smiles directed towards himself; namely, her walking abroad beneath a Rembrandt hat, with a bunch of violets in her bosom.

Except when he asked her for Vinteuil's little phrase instead of the *Valse des Roses,* Swann made no effort to induce her to play the things that he himself preferred, nor, in literature any more than in music, to correct the manifold errors of her taste. He fully realised that she was not intelligent. When she said how much she would like him to tell her about the great poets, she had imagined that she would suddenly get to know whole pages of romantic and heroic verse, in the style of the Vicomte de Borelli, only even more moving. As for Vermeer of Delft, she asked whether he had been made to suffer by a woman, if it was a woman that had inspired him, and once Swann had told her that no one knew, she had lost all interest in that painter. She would often say: "I'm sure, poetry; well, of course, there'd be nothing like it if it was all true, if the poets really believed the things they said. But as often as not you'll find there's no one so mean and calculating as those fellows. I know something about poetry. I had a friend, once, who was in love with a poet of sorts. In his verses he never spoke of anything but love, and heaven, and the stars. Oh! she was properly taken in! He had more than three hundred thousand francs out of her before he'd finished." If, then, Swann tried to shew her in what artistic beauty consisted, how one ought to appreciate poetry or painting, after a minute or two she would cease to listen, saying: "Yes

je ne me figurais pas que c'était comme cela.» Et il sentait qu'elle éprouvait une telle déception qu'il préférait mentir en lui disant que tout cela n'était rien, que ce n'était encore que des bagatelles, qu'il n'avait pas le temps d'aborder le fond, qu'il y avait autre chose. Mais elle lui disait vivement: «Autre chose? quoi?... Dis-le alors», mais il ne le disait pas, sachant combien cela lui paraîtrait mince et différent de ce qu'elle espérait, moins sensationnel et moins touchant, et craignant que, désillusionnée de l'art, elle ne le fût en même temps de l'amour.

Et en effet elle trouvait Swann, intellectuellement, inférieur à ce qu'elle aurait cru. «Tu gardes toujours ton sang-froid, je ne peux te définir.» Elle s'émerveillait davantage de son indifférence à l'argent, de sa gentillesse pour chacun, de sa délicatesse. Et il arrive en effet souvent pour de plus grands que n'était Swann, pour un savant, pour un artiste, quand il n'est pas méconnu par ceux qui l'entourent, que celui de leurs sentiments qui prouve que la supériorité de son intelligence s'est imposée à eux, ce n'est pas leur admiration pour ses idées, car elles leur échappent, mais leur respect pour sa bonté. C'est aussi du respect qu'inspirait à Odette la situation qu'avait Swann dans le monde, mais elle ne désirait pas qu'il cherchât à l'y faire recevoir. Peut-être sentait-elle qu'il ne pourrait pas y réussir, et même craignait-elle, que rien qu'en parlant d'elle, il ne provoquât des révélations qu'elle redoutait. Toujours est-il qu'elle lui avait fait promettre de ne jamais prononcer son nom. La raison pour laquelle elle ne voulait pas aller dans le monde, lui avait-elle dit, était une brouille qu'elle avait eue autrefois avec une amie qui, pour se venger, avait ensuite dit du mal d'elle. Swann objectait: «Mais tout le monde n'a pas connu ton amie." — «Mais si, ça fait la tache d'huile, le monde est si méchant.» D'une part Swann ne comprit pas cette histoire, mais d'autre part il savait que ces propositions: «Le monde est si méchant», «un propos calomnieux fait

. . . I never thought it would be like that." And he felt that her disappointment was so great that he preferred to lie to her, assuring her that what he had said was nothing, that he had only touched the surface, that he had not time to go into it all properly, that there was more in it than that. Then she would interrupt with a brisk, "More in it? What? . . . Do tell me!", but he did not tell her, for he realised how petty it would appear to her, and how different from what she had expected, less sensational and less touching; he was afraid, too, lest, disillusioned in the matter of art, she might at the same time be disillusioned in the greater matter of love.

With the result that she found Swann inferior, intellectually, to what she had supposed. "You're always so reserved; I can't make you out." She marvelled increasingly at his indifference to money, at his courtesy to everyone alike, at the delicacy of his mind. And indeed it happens, often enough, to a greater man than Swann ever was, to a scientist or artist, when he is not wholly misunderstood by the people among whom he lives, that the feeling in them which proves that they have been convinced of the superiority of his intellect is created not by any admiration for his ideas—for those are entirely beyond them—but by their respect for what they term his good qualities. There was also the respect with which Odette was inspired by the thought of Swann's social position, although she had no desire that he should attempt to secure invitations for herself. Perhaps she felt that such attempts would be bound to fail; perhaps, indeed, she feared lest, merely by speaking of her to his friends, he should provoke disclosures of an unwelcome kind. The fact remains that she had consistently held him to his promise never to mention her name. Her reason for not wishing to go into society was, she had told him, a quarrel which she had had, long ago, with another girl, who had avenged herself by saying nasty things about her. "But," Swann objected, "surely, people don't all know your friend." "Yes, don't you see, it's like a spot of oil; people are so horrid." Swann was unable, frankly, to appreciate this point; on the other hand, he knew that such generalisations as "People are so horrid," and "A word of scandal spreads like

la tache d'huile», sont généralement tenues pour vraies; il devait y avoir des cas auxquels elles s'appliquaient. Celui d'Odette était-il l'un de ceux-là? Il se le demandait, mais pas longtemps, car il était sujet, lui aussi, à cette lourdeur d'esprit qui s'appesantissait sur son père, quand il se posait un problème difficile. D'ailleurs, ce monde qui faisait si peur à Odette, ne lui inspirait peut-être pas de grands désirs, car pour qu'elle se le représentât bien nettement, il était trop éloigné de celui qu'elle connaissait. Pourtant, tout en étant restée à certains égards vraiment simple (elle avait par exemple gardé pour amie une petite couturière retirée dont elle grimpait presque chaque jour l'escalier raide, obscur et fétide), elle avait soif de chic, mais ne s'en faisait pas la même idée que les gens du monde. Pour eux, le chic est une émanation de quelques personnes peu nombreuses qui le projettent jusqu'à un degré assez éloigné —et plus ou moins affaibli dans la mesure où l'on est distant du centre de leur intimité—dans le cercle de leurs amis ou des amis de leurs amis dont les noms forment une sorte de répertoire. Les gens du monde le possèdent dans leur mémoire, ils ont sur ces matières une érudition d'où ils ont extrait une sorte de goût, de tact, si bien que Swann par exemple, sans avoir besoin de faire appel à son savoir mondain, s'il lisait dans un journal les noms des personnes qui se trouvaient à un dîner pouvait dire immédiatement la nuance du chic de ce dîner, comme un lettré, à la simple lecture d'une phrase, apprécie exactement la qualité littéraire de son auteur. Mais Odette faisait partie des personnes (extrêmement nombreuses quoi qu'en pensent les gens du monde, et comme il y en a dans toutes les classes de la société), qui ne possèdent pas ces notions, imaginent un chic tout autre, qui revêt divers aspects selon le milieu auquel elles appartiennent, mais a pour caractère particulier—que ce soit celui dont rêvait Odette, ou celui devant lequel s'inclinait Mme Cottard—d'être directement accessible

a spot of oil," were generally accepted as true; there must, therefore, be cases to which they were literally applicable. Could Odette's case be one of these? He teased himself with the question, though not for long, for he too was subject to that mental oppression which had so weighed upon his father, whenever he was faced by a difficult problem. In any event, that world of society which concealed such terrors for Odette inspired her, probably, with no very great longing to enter it, since it was too far removed from the world which she already knew for her to be able to form any clear conception of it. At the same time, while in certain respects she had retained a genuine simplicity (she had, for instance, kept up a friendship with a little dressmaker, now retired from business, up whose steep and dark and fetid staircase she clambered almost every day), she still thirsted to be in the fashion, though her idea of it was not altogether that held by fashionable people. For the latter, fashion is a thing that emanates from a comparatively small number of leaders, who project it to a considerable distance—with more or less strength according as one is nearer to or farther from their intimate centre—over the widening circle of their friends and the friends of their friends, whose names form a sort of tabulated index. People 'in society' know this index by heart, they are gifted in such matters with an erudition from which they have extracted a sort of taste, of tact, so automatic in its operation that Swann, for example, without needing to draw upon his knowledge of the world, if he read in a newspaper the names of the people who had been guests at a dinner, could tell at once how fashionable the dinner had been, just as a man of letters, merely by reading a phrase, can estimate exactly the literary merit of its author. But Odette was one of those persons (an extremely numerous class, whatever the fashionable world may think, and to be found in every section of society) who do not share this knowledge, but imagine fashion to be something of quite another kind, which assumes different aspects according to the circle to which they themselves belong, but has the special characteristic—common alike to the fashion of which Odette used to dream and to that before which Mme. Cottard bowed—of being

à tous. L'autre, celui des gens du monde, l'est à vrai dire aussi, mais il y faut quelque délai. Odette disait de quelqu'un:

— Il ne va jamais que dans les endroits chics.

Et si Swann lui demandait ce qu'elle entendait par là, elle lui répondait avec un peu de mépris:

— Mais les endroits chics, parbleu! Si, à ton âge, il faut t'apprendre ce que c'est que les endroits chics, que veux-tu que je te dise, moi, par exemple, le dimanche matin, l'avenue de l'Impératrice, à cinq heures le tour du Lac, le jeudi l'Éden Théâtre, le vendredi l'Hippodrome, les bals...

— Mais quels bals?

— Mais les bals qu'on donne à Paris, les bals chics, je veux dire. Tiens, Herbinger, tu sais, celui qui est chez un coulissier? mais si, tu dois savoir, c'est un des hommes les plus lancés de Paris, ce grand jeune homme blond qui est tellement snob, il a toujours une fleur à la boutonnière, une raie dans le dos, des paletots clairs; il est avec ce vieux tableau qu'il promène à toutes les premières. Eh bien! il a donné un bal, l'autre soir, il y avait tout ce qu'il y a de chic à Paris. Ce que j'aurais aimé y aller! mais il fallait présenter sa carte d'invitation à la porte et je n'avais pas pu en avoir. Au fond j'aime autant ne pas y être allée, c'était une tuerie, je n'aurais rien vu. C'est plutôt pour pouvoir dire qu'on était chez Herbinger. Et tu sais, moi, la gloriole! Du reste, tu peux bien te dire que sur cent qui racontent qu'elles y étaient, il y a bien la moitié dont ça n'est pas vrai... Mais ça m'étonne que toi, un homme si «pschutt», tu n'y étais pas.»

Mais Swann ne cherchait nullement à lui faire modifier cette conception du chic; pensant que la sienne n'était pas plus vraie, était aussi sotte, dénuée d'importance, il ne trouvait aucun intérêt à en instruire sa maîtresse, si bien qu'après des mois elle ne s'intéressait aux personnes chez qui il allait que pour les cartes de pesage, de concours hippique, les billets de première qu'il pouvait avoir par elles. Elle

directly accessible to all. The other kind, the fashion of 'fashionable people,' is, it must be admitted, accessible also; but there are inevitable delays. Odette would say of some one:

"He never goes to any place that isn't really smart."

And if Swann were to ask her what she meant by that, she would answer, with a touch of contempt:

"Smart places! Why, good heavens, just fancy, at your age, having to be told what the smart places are in Paris! What do you expect me to say? Well, on Sunday mornings there's the Avenue de l'Impératrice, and round the lake at five o'clock, and on Thursdays the Eden-Théâtre, and the Hippodrome on Fridays; then there are the balls . . ."

"What balls?"

"Why, silly, the balls people give in Paris; the smart ones, I mean. Wait now, Herbinger, you know who I mean, the fellow who's in one of the jobbers' offices; yes, of course, you must know him, he's one of the best-known men in Paris, that great big fair-haired boy who wears such swagger clothes; he always has a flower in his buttonhole and a light-coloured overcoat with a fold down the back; he goes about with that old image, takes her to all the first-nights. Very well! He gave a ball the other night, and all the smart people in Paris were there. I should have loved to go! but you had to shew your invitation at the door, and I couldn't get one anywhere. After all, I'm just as glad, now, that I didn't go; I should have been killed in the crush, and seen nothing. Still, just to be able to say one had been to Herbinger's ball. You know how vain I am! However, you may be quite certain that half the people who tell you they were there are telling stories. . . . But I am surprised that you weren't there, a regular 'tip-topper' like you."

Swann made no attempt, however, to modify this conception of fashion; feeling that his own came no nearer to the truth, was just as fatuous, devoid of all importance, he saw no advantage to be gained by imparting it to his mistress, with the result that, after a few months, she ceased to take any interest in the people to whose houses he went, except when they were the means of his obtaining tickets for the paddock at race-meetings or first-nights at the

souhaitait qu'il cultivât des relations si utiles mais elle était par ailleurs, portée à les croire peu chic, depuis qu'elle avait vu passer dans la rue la marquise de Villeparisis en robe de laine noire, avec un bonnet à brides.

—Mais elle a l'air d'une ouvreuse, d'une vieille concierge, darling! Ça, une marquise! Je ne suis pas marquise, mais il faudrait me payer bien cher pour me faire sortir nippée comme ça!

Elle ne comprenait pas que Swann habitât l'hôtel du quai d'Orléans que, sans oser le lui avouer, elle trouvait indigne de lui.

Certes, elle avait la prétention d'aimer les «antiquités» et prenait un air ravi et fin pour dire qu'elle adorait passer toute une journée à «bibeloter», à chercher «du bric-à-brac», des choses «du temps». Bien qu'elle s'entêtât dans une sorte de point d'honneur (et semblât pratiquer quelque précepte familial) en ne répondant jamais aux questions et en ne «rendant pas de comptes» sur l'emploi de ses journées, elle parla une fois à Swann d'une amie qui l'avait invitée et chez qui tout était «de l'époque». Mais Swann ne put arriver à lui faire dire quelle était cette époque. Pourtant, après avoir réfléchi, elle répondit que c'était «moyenâgeux». Elle entendait par là qu'il y avait des boiseries. Quelque temps après, elle lui reparla de son amie et ajouta, sur le ton hésitant et de l'air entendu dont on cite quelqu'un avec qui on a dîné la veille et dont on n'avait jamais entendu le nom, mais que vos amphitryons avaient l'air de considérer comme quelqu'un de si célèbre qu'on espère que l'interlocuteur saura bien de qui vous voulez parler: «Elle a une salle à manger... du... dix-huitième!» Elle trouvait du reste cela affreux, nu, comme si la maison n'était pas finie, les femmes y paraissaient affreuses et la mode n'en prendrait jamais. Enfin, une troisième fois, elle en reparla et montra à Swann l'adresse de l'homme qui avait fait cette salle à manger et qu'elle avait envie de faire venir,

theatre. She hoped that he would continue to cultivate such profitable acquaintances, but she had come to regard them as less smart since the day when she had passed the Marquise de Villeparisis in the street, wearing a black serge dress and a bonnet with strings.

"But she looks like a pew-opener, like an old charwoman, darling! That a marquise! Goodness knows I'm not a marquise, but you'd have to pay me a lot of money before you'd get me to go about Paris rigged out like that!"

Nor could she understand Swann's continuing to live in his house on the Quai d'Orléans, which, though she dared not tell him so, she considered unworthy of him.

It was true that she claimed to be fond of 'antiques,' and used to assume a rapturous and knowing air when she confessed how she loved to spend the whole day 'rummaging' in second-hand shops, hunting for 'bric-à-brac,' and things of the 'right date.' Although it was a point of honour, to which she obstinately clung, as though obeying some old family custom, that she should never answer any questions, never give any account of what she did during the daytime, she spoke to Swann once about a friend to whose house she had been invited, and had found that everything in it was 'of the period.' Swann could not get her to tell him what 'period' it was. Only after thinking the matter over she replied that it was 'mediaeval'; by which she meant that the walls were panelled. Some time later she spoke to him again of her friend, and added, in the hesitating but confident tone in which one refers to a person whom one has met somewhere, at dinner, the night before, of whom one had never heard until then, but whom one's hosts seemed to regard as some one so celebrated and important that one hopes that one's listener will know quite well who is meant, and will be duly impressed: "Her dining-room . . . is . . . eighteenth century!" Incidentally, she had thought it hideous, all bare, as though the house were still unfinished; women looked frightful in it, and it would never become the fashion. She mentioned it again, a third time, when she shewed Swann a card with the name and address of the man who had designed the dining-room, and whom she wanted to send for,

quand elle aurait de l'argent pour voir s'il ne pourrait pas lui en faire, non pas certes une pareille, mais celle qu'elle rêvait et que, malheureusement, les dimensions de son petit hôtel ne comportaient pas, avec de hauts dressoirs, des meubles Renaissance et des cheminées comme au château de Blois. Ce jour-là, elle laissa échapper devant Swann ce qu'elle pensait de son habitation du quai d'Orléans; comme il avait critiqué que l'amie d'Odette donnât non pas dans le Louis XVI, car, disait-il, bien que cela ne se fasse pas, cela peut être charmant, mais dans le faux ancien: «Tu ne voudrais pas qu'elle vécût comme toi au milieu de meubles cassés et de tapis usés», lui dit-elle, le respect humain de la bourgeoise l'emportant encore chez elle sur le dilettantisme de la cocotte.

De ceux qui aimaient à bibeloter, qui aimaient les vers, méprisaient les bas calculs, rêvaient d'honneur et d'amour, elle faisait une élite supérieure au reste de l'humanité. Il n'y avait pas besoin qu'on eût réellement ces goûts pourvu qu'on les proclamât; d'un homme qui lui avait avoué à dîner qu'il aimait à flâner, à se salir les doigts dans les vieilles boutiques, qu'il ne serait jamais apprécié par ce siècle commercial, car il ne se souciait pas de ses intérêts et qu'il était pour cela d'un autre temps, elle revenait en disant: «Mais c'est une âme adorable, un sensible, je ne m'en étais jamais doutée!» et elle se sentait pour lui une immense et soudaine amitié. Mais, en revanche ceux, qui comme Swann, avaient ces goûts, mais n'en parlaient pas, la laissaient froide. Sans doute elle était obligée d'avouer que Swann ne tenait pas à l'argent, mais elle ajoutait d'un air boudeur: «Mais lui, ça n'est pas la même chose»; et en effet, ce qui parlait à son imagination, ce n'était pas la pratique du désintéressement, c'en était le vocabulaire.

Sentant que souvent il ne pouvait pas réaliser ce qu'elle rêvait, il cherchait du moins à ce qu'elle se plût avec lui, à ne pas contrecarrer ces idées vulgaires, ce mauvais goût qu'elle avait en toutes

when she had enough money, to see whether he could not do one for her too; not one like that, of course, but one of the sort she used to dream of, one which, unfortunately, her little house would not be large enough to contain, with tall sideboards, Renaissance furniture and fireplaces like the Château at Blois. It was on this occasion that she let out to Swann what she really thought of his abode on the Quai d'Orléans; he having ventured the criticism that her friend had indulged, not in the Louis XVI style, for, he went on, although that was not, of course, done, still it might be made charming, but in the 'Sham-Antique.'

"You wouldn't have her live, like you, among a lot of broken-down chairs and threadbare carpets!" she exclaimed, the innate respectability of the middle-class housewife rising impulsively to the surface through the acquired dilettantism of the 'light woman.'

People who enjoyed 'picking-up' things, who admired poetry, despised sordid calculations of profit and loss, and nourished ideals of honour and love, she placed in a class by themselves, superior to the rest of humanity. There was no need actually to have those tastes, provided one talked enough about them; when a man had told her at dinner that he loved to wander about and get his hands all covered with dust in the old furniture shops, that he would never be really appreciated in this commercial age, since he was not concerned about the things that interested it, and that he belonged to another generation altogether, she would come home saying: "Why, he's an adorable creature; so sensitive! I had no idea," and she would conceive for him a strong and sudden friendship. But, on the other hand, men who, like Swann, had these tastes but did not speak of them, left her cold. She was obliged, of course, to admit that Swann was most generous with his money, but she would add, pouting: "It's not the same thing, you see, with him," and, as a matter of fact, what appealed to her imagination was not the practice of disinterestedness, but its vocabulary.

Feeling that, often, he could not give her in reality the pleasures of which she dreamed, he tried at least to ensure that she should be happy in his company, tried not to contradict those vulgar ideas, that bad taste which she

choses, et qu'il aimait d'ailleurs comme tout ce qui venait d'elle, qui l'enchantaient même, car c'était autant de traits particuliers grâce auxquels l'essence de cette femme lui apparaissait, devenait visible. Aussi, quand elle avait l'air heureux parce qu'elle devait aller à la *Reine Topaze,* ou que son regard devenait sérieux, inquiet et volontaire, si elle avait peur de manquer la rite des fleurs ou simplement l'heure du thé, avec muffins et toasts, au «Thé de la Rue Royale» où elle croyait que l'assiduité était indispensable pour consacrer la réputation d'élégance d'une femme, Swann, transporté comme nous le sommes par le naturel d'un enfant ou par la vérité d'un portrait qui semble sur le point de parler, sentait si bien l'âme de sa maîtresse affleurer à son visage qu'il ne pouvait résister à venir l'y toucher avec ses lèvres. «Ah! elle veut qu'on la mène à la fête des fleurs, la petite Odette, elle veut se faire admirer, eh bien, on l'y mènera, nous n'avons qu'à nous incliner.» Comme la vue de Swann était un peu basse, il dut se résigner à se servir de lunettes pour travailler chez lui, et à adopter, pour aller dans le monde, le monocle qui le défigurait moins. La première fois qu'elle lui en vit un dans l'œil, elle ne put contenir sa joie: «Je trouve que pour un homme, il n'y a pas à dire, ça a beaucoup de chic! Comme tu es bien ainsi! tu as l'air d'un vrai gentleman. Il ne te manque qu'un titre!» ajouta-t-elle, avec une nuance de regret. Il aimait qu'Odette fût ainsi, de même que, s'il avait été épris d'une Bretonne, il aurait été heureux de la voir en coiffe et de lui entendre dire qu'elle croyait aux revenants. Jusque-là, comme beaucoup d'hommes chez qui leur goût pour les arts se développe indépendamment de la sensualité, une disparate bizarre avait existé entre les satisfactions qu'il accordait à l'un et à l'autre, jouissant, dans la compagnie de femmes de plus en plus grossières, des séductions d'œuvres de plus en plus raffinées, emmenant une petite bonne dans une baignoire

displayed on every possible occasion, which all the same he loved, as he could not help loving everything that came from her, which even fascinated him, for were they not so many more of those characteristic features, by virtue of which the essential qualities of the woman emerged, and were made visible? And so, when she was in a happy mood because she was going to see the *Reine Topaze,* or when her eyes grew serious, troubled, petulant, if she was afraid of missing the flower-show, or merely of not being in time for tea, with muffins and toast, at the Rue Royale tea-rooms, where she believed that regular attendance was indispensable, and set the seal upon a woman's certificate of 'smartness,' Swann, enraptured, as all of us are, at times, by the natural behaviour of a child, or by the likeness of a portrait, which appears to be on the point of speaking, would feel so distinctly the soul of his mistress rising to fill the outlines of her face that he could not refrain from going across and welcoming it with his lips. "Oh, then, so little Odette wants us to take her to the flower-show, does she? she wants to be admired, does she? very well, we will take her there, we can but obey her wishes." As Swann's sight was beginning to fail, he had to resign himself to a pair of spectacles, which he wore at home, when working, while to face the world he adopted a single eyeglass, as being less disfiguring. The first time that she saw it in his eye, she could not contain herself for joy: "I really do think—for a man, that is to say—it is tremendously smart! How nice you look with it! Every inch a gentleman. All you want now is a title!" she concluded, with a tinge of regret in her voice. He liked Odette to say these things, just as, if he had been in love with a Breton girl, he would have enjoyed seeing her in her coif and hearing her say that she believed in ghosts. Always until then, as is common among men whose taste for the fine arts develops independently of their sensuality, a grotesque disparity had existed between the satisfactions which he would accord to either taste simultaneously; yielding to the seduction of works of art which grew more and more subtle as the women in whose company he enjoyed them grew more illiterate and common, he would take a little servant-girl to a

grillée à la représentation d'une pièce décadente qu'il avait envie d'entendre ou à une exposition de peinture impressionniste, et persuadé d'ailleurs qu'une femme du monde cultivée n'y eut pas compris davantage, mais n'aurait pas su se taire aussi gentiment. Mais, au contraire, depuis qu'il aimait Odette, sympathiser avec elle, tâcher de n'avoir qu'une âme à eux deux lui était si doux, qu'il cherchait à se plaire aux choses qu'elle aimait, et il trouvait un plaisir d'autant plus profond non seulement à imiter ses habitudes, mais à adopter ses opinions, que, comme elles n'avaient aucune racine dans sa propre intelligence, elles lui rappelaient seulement son amour, à cause duquel il les avait préférées. S'il retournait à *Serge Panine,* s'il recherchait les occasions d'aller voir conduire Olivier Métra, c'était pour la douceur d'être initié dans toutes les conceptions d'Odette, de se sentir de moitié dans tous ses goûts. Ce charme de le rapprocher d'elle, qu'avaient les ouvrages ou les lieux qu'elle aimait, lui semblait plus mystérieux que celui qui est intrinsèque à de plus beaux, mais qui ne la lui rappelaient pas. D'ailleurs, ayant laissé s'affaiblir les croyances intellectuelles de sa jeunesse, et son scepticisme d'homme du monde ayant à son insu pénétré jusqu'à elles, il pensait (ou du moins il avait si longtemps pensé cela qu'il le disait encore) que les objets de nos goûts n'ont pas en eux une valeur absolue, mais que tout est affaire d'époque, de classe, consiste en modes, dont les plus vulgaires valent celles qui passent pour les plus distinguées. Et comme il jugeait que l'importance attachée par Odette à avoir des cartes pour le vernissage n'était pas en soi quelque chose de plus ridicule que le plaisir qu'il avait autrefois à déjeuner chez le prince de Galles, de même, il ne pensait pas que l'admiration qu'elle professait pour Monte-Carlo ou pour le Righi fût plus déraisonnable que le goût qu'il avait, lui, pour la Hollande qu'elle se figurait laide et pour Versailles qu'elle

screened box in a theatre where there was some decadent piece which he had wished to see performed, or to an exhibition of impressionist painting, with the conviction, moreover, that an educated, 'society' woman would have understood them no better, but would not have managed to keep quiet about them so prettily. But, now that he was in love with Odette, all this was changed; to share her sympathies, to strive to be one with her in spirit was a task so attractive that he tried to find satisfaction in the things that she liked, and did find a pleasure, not only in copying her habits but in adopting her opinions, which was all the deeper because, as those habits and opinions sprang from no roots in her intelligence, they suggested to him nothing except that love, for the sake of which he had preferred them to his own. If he went again to *Serge Panine*, if he looked out for opportunities of going to watch Olivier Métra conducting, it was for the pleasure of being initiated into every one of the ideas in Odette's mind, of feeling that he had an equal share in all her tastes. This charm of drawing him closer to her, which her favourite plays and pictures and places possessed, struck him as being more mysterious than the intrinsic charm of more beautiful things and places, which appealed to him by their beauty, but without recalling her. Besides, having allowed the intellectual beliefs of his youth to grow faint, until his scepticism, as a finished 'man of the world,' had gradually penetrated them unawares, he held (or at least he had held for so long that he had fallen into the habit of saying) that the objects which we admire have no absolute value in themselves, that the whole thing is a matter of dates and castes, and consists in a series of fashions, the most vulgar of which are worth just as much as those which are regarded as the most refined. And as he had decided that the importance which Odette attached to receiving cards tot a private view was not in itself any more ridiculous than the pleasure which he himself had at one time felt in going to luncheon with the Prince of Wales, so he did not think that the admiration which she professed for Monte-Carlo or for the Righi was any more unreasonable than his own liking for Holland (which she imagined as ugly) and for Versailles (which bored her to tears). And so he denied

trouvait triste. Aussi, se privait-il d'y aller, ayant plaisir à se dire que c'était pour elle, qu'il voulait ne sentir, n'aimer qu'avec elle.

Comme tout ce qui environnait Odette et n'était en quelque sorte que le mode selon lequel il pouvait la voir, causer avec elle, il aimait la société des Verdurin. Là, comme au fond de tous les divertissements, repas, musique, jeux, soupers costumés, parties de campagne, parties de théâtre, même les rares «grandes soirées» données pour les «ennuyeux», il y avait la présence d'Odette, la vue d'Odette, la conversation avec Odette, dont les Verdurin faisaient à Swann, en l'invitant, le don inestimable, il se plaisait mieux que partout ailleurs dans le «petit noyau», et cherchait à lui attribuer des mérites réels, car il s'imaginait ainsi que par goût il le fréquenterait toute sa vie. Or, n'osant pas se dire, par peur de ne pas le croire, qu'il aimerait toujours Odette, du moins en cherchant à supposer qu'il fréquenterait toujours les Verdurin (proposition qui, a priori, soulevait moins d'objections de principe de la part de son intelligence), il se voyait dans l'avenir continuant à rencontrer chaque soir Odette; cela ne revenait peut-être pas tout à fait au même que l'aimer toujours, mais, pour le moment, pendant qu'il l'aimait, croire qu'il ne cesserait pas un jour de la voir, c'est tout ce qu'il demandait. «Quel charmant milieu, se disait-il. Comme c'est au fond la vraie vie qu'on mène là! Comme on y est plus intelligent, plus artiste que dans le monde. Comme Mme Verdurin, malgré de petites exagérations un peu risibles, a un amour sincère de la peinture, de la musique! quelle passion pour les œuvres, quel désir de faire plaisir aux artistes! Elle se fait une idée inexacte des gens du monde; mais avec cela que le monde n'en a pas une plus fausse encore des milieux artistes! Peut-être n'ai-je pas de grands besoins intellectuels à assouvir dans la conversation, mais je me plais parfaitement bien avec Cottard, quoiqu'il fasse des calembours ineptes. Et quant au peintre, si sa

himself the pleasure of visiting those places, consoling himself with the reflection that it was for her sake that he wished to feel, to like nothing that was not equally felt and liked by her.

Like everything else that formed part of Odette's environment, and was no more, in a sense, than the means whereby he might see and talk to her more often, he enjoyed the society of the Verdurins. With them, since, at the heart of all their entertainments, dinners, musical evenings, games, suppers in fancy dress, excursions to the country, theatre parties, even the infrequent 'big evenings' when they entertained 'bores,' there were the presence of Odette, the sight of Odette, conversation with Odette, an inestimable boon which the Verdurins, by inviting him to their house, bestowed on Swann, he was happier in the little 'nucleus' than anywhere else, and tried to find some genuine merit in each of its members, imagining that his tastes would lead him to frequent their society for the rest of his life. Never daring to whisper to himself, lest he should doubt the truth of the suggestion, that he would always be in love with Odette, at least when he tried to suppose that he would always go to the Verdurins' (a proposition which, a priori, raised fewer fundamental objections on the part of his intelligence), he saw himself for the future continuing to meet Odette every evening; that did not, perhaps, come quite to the same thing as his being permanently in love with her, but for the moment while he was in love with her, to feel that he would not, one day, cease to see her was all that he could ask. "What a charming atmosphere!" he said to himself. "How entirely genuine life is to these people! They are far more intelligent, far more artistic, surely, than the people one knows. Mme. Verdurin, in spite of a few trifling exaggerations which are rather absurd, has a sincere love of painting and music! What a passion for works of art, what anxiety to give pleasure to artists! Her ideas about some of the people one knows are not quite right, but then their ideas about artistic circles are altogether wrong! Possibly I make no great intellectual demands upon conversation, but I am perfectly happy talking to Cottard, although he does trot out those idiotic puns. And as for the painter, if he is

prétention est déplaisante quand il cherche à étonner, en revanche c'est une des plus belles intelligences que j'aie connues. Et puis surtout, là, on se sent libre, on fait ce qu'on veut sans contrainte, sans cérémonie. Quelle dépense de bonne humeur il se fait par jour dans ce salon-là! Décidément, sauf quelques rares exceptions, je n'irai plus jamais que dans ce milieu. C'est là que j'aurai de plus en plus mes habitudes et ma vie.»

Et comme les qualités qu'il croyait intrinsèques aux Verdurin n'étaient que le reflet sur eux de plaisirs qu'avait goûtés chez eux son amour pour Odette, ces qualités devenaient plus sérieuses, plus profondes, plus vitales, quand ces plaisirs l'étaient aussi. Comme Mme Verdurin donnait parfois à Swann ce qui seul pouvait constituer pour lui le bonheur; comme, tel soir où il se sentait anxieux parce qu'Odette avait causé avec un invité plus qu'avec un autre, et où, irrité contre elle, il ne voulait pas prendre l'initiative de lui demander si elle reviendrait avec lui, Mme Verdurin lui apportait la paix et la joie en disant spontanément: «Odette, vous allez ramener M. Swann, n'est-ce pas»? comme cet été qui venait et où il s'était d'abord demandé avec inquiétude si Odette ne s'absenterait pas sans lui, s'il pourrait continuer à la voir tous les jours, Mme Verdurin allait les inviter à le passer tous deux chez elle à la campagne—Swann laissant à son insu la reconnaissance et l'intérêt s'infiltrer dans son intelligence et influer sur ses idées, allait jusqu'à proclamer que Mme Verdurin était une grande âme. De quelques gens exquis ou éminents que tel de ses anciens camarades de l'école du Louvre lui parlât: «Je préfère cent fois les Verdurin, lui répondait-il.» Et, avec une solennité qui était nouvelle chez lui: «Ce sont des êtres magnanimes, et la magnanimité est, au fond, la seule chose qui importe et qui distingue ici-bas. Vois-tu, il n'y a que deux classes d'êtres: les magnanimes et les autres; et je suis arrivé à un âge où il faut prendre

rather unpleasantly affected when he tries to be paradoxical, still he has one of the finest brains that I have ever come across. Besides, what is most important, one feels quite free there, one does what one likes without constraint or fuss. What a flow of humour there is every day in that drawing-room! Certainly, with a few rare exceptions, I never want to go anywhere else again. It will become more and more of a habit, and I shall spend the rest of my life among them."

And as the qualities which he supposed to be an intrinsic part of the Verdurin character were no more, really, than their superficial reflection of the pleasure which had been enjoyed in their society by his love for Odette, those qualities became more serious, more profound, more vital, as that pleasure increased. Since Mme. Verdurin gave Swann, now and then, what alone could constitute his happiness; since, on an evening when he felt anxious because Odette had talked rather more to one of the party than to another, and, in a spasm of irritation, would not take the initiative by asking her whether she was coming home, Mme. Verdurin brought peace and joy to his troubled spirit by the spontaneous exclamation: "Odette! You'll see M. Swann home, won't you?"; since, when the summer holidays came, and after he had asked himself uneasily whether Odette might not leave Paris without him, whether he would still be able to see her every day, Mme. Verdurin was going to invite them both to spend the summer with her in the country; Swann, unconsciously allowing gratitude and self-interest to filter into his intelligence and to influence his ideas, went so far as to proclaim that Mme. Verdurin was "a great and noble soul." Should any of his old fellow-pupils in the Louvre school of painting speak to him of some rare or eminent artist, "I'd a hundred times rather," he would reply, "have the Verdurins." And, with a solemnity of diction which was new in him: "They are magnanimous creatures, and magnanimity is, after all, the one thing that matters, the one thing that gives us distinction here on earth. Look you, there are only two classes of men, the magnanimous, and the rest; and I have reached an age when one has to take

parti, décider une fois pour toutes qui on veut aimer et qui on veut dédaigner, se tenir à ceux qu'on aime et, pour réparer le temps qu'on a gâché avec les autres, ne plus les quitter jusqu'à sa mort. Eh bien! ajoutait-il avec cette légère émotion qu'on éprouve quand même sans bien s'en rendre compte, on dit une chose non parce qu'elle est vraie, mais parce qu'on a plaisir à la dire et qu'on l'écoute dans sa propre voix comme si elle venait d'ailleurs que de nous-mêmes, le sort en est jeté, j'ai choisi d'aimer les seuls cœurs magnanimes et de ne plus vivre que dans la magnanimité. Tu me demandes si Mme Verdurin est véritablement intelligente. Je t'assure qu'elle m'a donné les preuves d'une noblesse de cœur, d'une hauteur d'âme où, que veux-tu, on n'atteint pas sans une hauteur égale de pensée. Certes elle a la profonde intelligence des arts. Mais ce n'est peut-être pas là qu'elle est le plus admirable; et telle petite action ingénieusement, exquisement bonne, qu'elle a accomplie pour moi, telle géniale attention, tel geste familièrement sublime, révèlent une compréhension plus profonde de l'existence que tous les traités de philosophie.»

Il aurait pourtant pu se dire qu'il y avait des anciens amis de ses parents aussi simples que les Verdurin, des camarades de sa jeunesse aussi épris d'art, qu'il connaissait d'autres êtres d'un grand cœur, et que, pourtant, depuis qu'il avait opté pour la simplicité, les arts et la magnanimité, il ne les voyait plus jamais. Mais ceux-là ne connaissaient pas Odette, et, s'ils l'avaient connue, ne se seraient pas souciés de la rapprocher de lui.

Ainsi il n'y avait sans doute pas, dans tout le milieu Verdurin, un seul fidèle qui les aimât ou crût les aimer autant que Swann. Et pourtant, quand M. Verdurin avait dit que Swann ne lui revenait pas, non seulement il avait exprimé sa propre pensée, mais il avait deviné celle de sa femme. Sans doute Swann avait pour Odette une affection trop particulière et dont il avait négligé de faire de Mme Verdurin la confidente quotidienne: sans doute la

sides, to decide once and for all whom one is going to like and dislike, to stick to the people one likes, and, to make up for the time one has wasted with the others, never to leave them again as long as one lives. Very well!" he went on, with the slight emotion which a man feels when, even without being fully aware of what he is doing, he says something, not because it is true but because he enjoys saying it, and listens to his own voice uttering the words as though they came from some one else, "The die is now cast; I have elected to love none but magnanimous souls, and to live only in an atmosphere of magnanimity. You ask me whether Mme. Verdurin is really intelligent. I can assure you that she has given me proofs of a nobility of heart, of a loftiness of soul, to which no one could possibly attain—how could they?—without a corresponding loftiness of mind. Without question, she has a profound understanding of art. But it is not, perhaps, in that that she is most admirable; every little action, ingeniously, exquisitely kind, which she has performed for my sake, every friendly attention, simple little things, quite domestic and yet quite sublime, reveal a more profound comprehension of existence than all your text-books of philosophy."

He might have reminded himself, all the same, that there were various old friends of his family who were just as simple as the Verdurins, companions of his early days who were just as fond of art, that he knew other 'great-hearted creatures,' and that, nevertheless, since he had cast his vote in favour of simplicity, the arts, and magnanimity, he had entirely ceased to see them. But these people did not know Odette, and, if they had known her, would never have thought of introducing her to him.

And so there was probably not, in the whole of the Verdurin circle, a single one of the 'faithful' who loved them, or believed that he loved them, as dearly as did Swann. And yet, when M. Verdurin said that he was not satisfied with Swann, he had not only expressed his own sentiments, he had unwittingly discovered his wife's. Doubtless Swann had too particular an affection for Odette, as to which he had failed to take Mme. Verdurin daily into his confidence; doubtless the

discrétion même avec laquelle il usait de l'hospitalité des Verdurin, s'abstenant souvent de venir dîner pour une raison qu'ils ne soupçonnaient pas et à la place de laquelle ils voyaient le désir de ne pas manquer une invitation chez des «ennuyeux», sans doute aussi, et malgré toutes les précautions qu'il avait prises pour la leur cacher, la découverte progressive qu'ils faisaient de sa brillante situation mondaine, tout cela contribuait à leur irritation contre lui. Mais la raison profonde en était autre. C'est qu'ils avaient très vite senti en lui un espace réservé, impénétrable, où il continuait à professer silencieusement pour lui-même que la princesse de Sagan n'était pas grotesque et que les plaisanteries de Cottard n'étaient pas drôles, enfin et bien que jamais il ne se départît de son amabilité et ne se révoltât contre leurs dogmes, une impossibilité de les lui imposer, de l'y convertir entièrement, comme ils n'en avaient jamais rencontré une pareille chez personne. Ils lui auraient pardonné de fréquenter des ennuyeux (auxquels d'ailleurs, dans le fond de son cœur, il préférait mille fois les Verdurin et tout le petit noyau) s'il avait consenti, pour le bon exemple, à les renier en présence des fidèles. Mais c'est une abjuration qu'ils comprirent qu'on ne pourrait pas lui arracher.

Quelle différence avec un «nouveau» qu'Odette leur avait demandé d'inviter, quoiqu'elle ne l'eût rencontré que peu de fois, et sur lequel ils fondaient beaucoup d'espoir, le comte de Forcheville! (Il se trouva qu'il était justement le beau-frère de Saniette, ce qui remplit d'étonnement les fidèles: le vieil archiviste avait des manières si humbles qu'ils l'avaient toujours cru d'un rang social inférieur au leur et ne s'attendaient pas à apprendre qu'il appartenait à un monde riche et relativement aristocratique.) Sans doute Forcheville était grossièrement snob, alors que Swann ne l'était pas; sans doute il était bien loin de placer, comme lui, le milieu des Verdurin au-dessus de tous les autres. Mais

very discretion with which he availed himself of the Verdurins' hospitality, refraining, often, from coming to dine with them for a reason which they never suspected, and in place of which they saw only an anxiety on his part not to have to decline an invitation to the house of some 'bore' or other; doubtless, also, and despite all the precautions which he had taken to keep it from them, the gradual discovery which they were making of his brilliant position in society—doubtless all these things contributed to their general annoyance with Swann. But the real, the fundamental reason was quite different. What had happened was that they had at once discovered in him a locked door, a reserved, impenetrable chamber in which he still professed silently to himself that the Princesse de Sagan was not grotesque, and that Cottard's jokes were not amusing; in a word (and for all that he never once abandoned his friendly attitude towards them all, or revolted from their dogmas), they had discovered an impossibility of imposing those dogmas upon him, of entirely converting him to their faith, the like of which they had never come across in anyone before. They would have forgiven his going to the houses of 'bores' (to whom, as it happened, in his heart of hearts he infinitely preferred the Verdurins and all their little 'nucleus') had he consented to set a good example by openly renouncing those 'bores' in the presence of the 'faithful.' But that was an abjuration which, as they well knew, they were powerless to extort.

What a difference was there in a 'newcomer' whom Odette had asked them to invite, although she herself had met him only a few times, and on whom they were building great hopes—the Comte de Forcheville! (It turned out that he was nothing more nor less than the brother-in-law of Saniette, a discovery which filled all the 'faithful' with amazement: the manners of the old palaeographer were so humble that they had always supposed him to be of a class inferior, socially, to their own, and had never expected to learn that he came of a rich and relatively aristocratic family.) Of course, Forcheville was enormously the 'swell,' which Swann was not or had quite ceased to be; of course, he would never dream of placing, as Swann now placed, the Verdurin circle above any other. But

il n'avait pas cette délicatesse de nature qui empêchait Swann de s'associer aux critiques trop manifestement fausses que dirigeait Mme Verdurin contre des gens qu'il connaissait. Quant aux tirades prétentieuses et vulgaires que le peintre lançait à certains jours, aux plaisanteries de commis voyageur que risquait Cottard et auxquelles Swann, qui les aimait l'un et l'autre, trouvait facilement des excuses mais n'avait pas le courage et l'hypocrisie d'applaudir, Forcheville était au contraire d'un niveau intellectuel qui lui permettait d'être abasourdi, émerveillé par les unes, sans d'ailleurs les comprendre, et de se délecter aux autres. Et justement le premier dîner chez les Verdurin auquel assista Forcheville, mit en lumière toutes ces différences, fit ressortir ses qualités et précipita la disgrâce de Swann.

Il y avait, à ce dîner, en dehors des habitués, un professeur de la Sorbonne, Brichot, qui avait rencontré M. et Mme Verdurin aux eaux et si ses fonctions universitaires et ses travaux d'érudition n'avaient pas rendu très rares ses moments de liberté, serait volontiers venu souvent chez eux. Car il avait cette curiosité, cette superstition de la vie, qui unie à un certain scepticisme relatif à l'objet de leurs études, donne dans n'importe quelle profession, à certains hommes intelligents, médecins qui ne croient pas à la médecine, professeurs de lycée qui ne croient pas au thème latin, la réputation d'esprits larges, brillants, et même supérieurs. Il affectait, chez Mme Verdurin, de chercher ses comparaisons dans ce qu'il y avait de plus actuel quand il parlait de philosophie et d'histoire, d'abord parce qu'il croyait qu'elles ne sont qu'une préparation à la vie et qu'il s'imaginait trouver en action dans le petit clan ce qu'il n'avait connu jusqu'ici que dans les livres, puis peut-être aussi parce que, s'étant vu inculquer autrefois, et ayant gardé à son insu, le respect de certains sujets, il croyait dépouiller l'universitaire en prenant avec eux des hardiesses qui, au contraire, ne lui paraissaient telles, que parce qu'il l'était resté.

he lacked that natural refinement which prevented Swann from associating himself with the criticisms (too obviously false to be worth his notice) that Mme. Verdurin levelled at people whom he knew. As for the vulgar and affected tirades in which the painter sometimes indulged, the bag-man's pleasantries which Cottard used to hazard—whereas Swann, who liked both men sincerely, could easily find excuses for these without having either the courage or the hypocrisy to applaud them, Forcheville, on the other hand, was on an intellectual level which permitted him to be stupified, amazed by the invective (without in the least understanding what it all was about), and to be frankly delighted by the wit. And the very first dinner at the Verdurins' at which Forcheville was present threw a glaring light upon all the differences between them, made his qualities start into prominence and precipitated the disgrace of Swann.

There was, at this dinner, besides the usual party, a professor from the Sorbonne, one Brichot, who had met M. and Mme. Verdurin at a watering-place somewhere, and, if his duties at the university and his other works of scholarship had not left him with very little time to spare, would gladly have come to them more often. For he had that curiosity, that superstitious outlook on life, which, combined with a certain amount of scepticism with regard to the object of their studies, earn for men of intelligence, whatever their profession, for doctors who do not believe in medicine, for schoolmasters who do not believe in Latin exercises, the reputation of having broad, brilliant, and indeed superior minds. He affected, when at Mme. Verdurin's, to choose his illustrations from among the most topical subjects of the day, when he spoke of philosophy or history, principally because he regarded those sciences as no more, really, than a preparation for life itself, and imagined that he was seeing put into practice by the 'little clan' what hitherto he had known only from books; and also, perhaps, because, having had drilled into him as a boy, and having unconsciously preserved, a feeling of reverence for certain subjects, he thought that he was casting aside the scholar's gown when he ventured to treat those subjects with a conversational licence, which seemed so to him only because the folds of the gown still clung.

Dès le commencement du repas, comme M. de Forcheville, placé à la droite de Mme Verdurin qui avait fait pour le «nouveau» de grands frais de toilette, lui disait: «C'est original, cette robe blanche», le docteur qui n'avait cessé de l'observer, tant il était curieux de savoir comment était fait ce qu'il appelait un «de», et qui cherchait une occasion d'attirer son attention et d'entrer plus en contact avec lui, saisit au vol le mot «blanche» et, sans lever le nez de son assiette, dit: «blanche? Blanche de Castille?», puis sans bouger la tête lança furtivement de droite et de gauche des regards incertains et souriants. Tandis que Swann, par l'effort douloureux et vain qu'il fit pour sourire, témoigna qu'il jugeait ce calembour stupide, Forcheville avait montré à la fois qu'il en goûtait la finesse et qu'il savait vivre, en contenant dans de justes limites une gaieté dont la franchise avait charmé Mme Verdurin.

—Qu'est-ce que vous dites d'un savant comme cela? avait-elle demandé à Forcheville. Il n'y a pas moyen de causer sérieusement deux minutes avec lui. Est-ce que vous leur en dites comme cela, à votre hôpital? avait-elle ajouté en se tournant vers le docteur, ça ne doit pas être ennuyeux tous les jours, alors. Je vois qu'il va falloir que je demande à m'y faire admettre.

—Je crois avoir entendu que le docteur parlait de cette vieille chipie de Blanche de Castille, si j'ose m'exprimer ainsi. N'est-il pas vrai, madame? demanda Brichot à Mme Verdurin qui, pâmant, les yeux fermés, précipita sa figure dans ses mains d'où s'échappèrent des cris étouffés.

«Mon Dieu, Madame, je ne voudrais pas alarmer les âmes respectueuses s'il y en a autour de cette table, *sub rosa*... Je reconnais d'ailleurs que notre ineffable république athénienne—ô combien!—pourrait honorer en cette capétienne obscurantiste le premier des préfets de police à poigne. Si fait, mon cher hôte, si fait, reprit-il de sa voix bien timbrée qui détachait chaque syllabe, en réponse à une objection de M.

Early in the course of the dinner, when M. de Forcheville, seated on the right of Mme. Verdurin, who, in the 'newcomer's' honour, had taken great pains with her toilet, observed to her: "Quite original, that white dress," the Doctor, who had never taken his eyes off him, so curious was he to learn the nature and attributes of what he called a "de," and was on the look-out for an opportunity of attracting his attention, so as to come into closer contact with him, caught in its flight the adjective '*blanche*' and, his eyes still glued to his plate, snapped out, "*Blanche?* Blanche of Castile?" then, without moving his head, shot a furtive glance to right and left of him, doubtful, but happy on the whole. While Swann, by the painful and futile effort which he made to smile, testified that he thought the pun absurd, Forcheville had shewn at once that he could appreciate its subtlety, and that he was a man of the world, by keeping within its proper limits a mirth the spontaneity of which had charmed Mme. Verdurin.

"What are you to say of a scientist like that?" she asked Forcheville. "You can't talk seriously to him for two minutes on end. Is that the sort of thing you tell them at your hospital?" she went on, turning to the Doctor. "They must have some pretty lively times there, if that's the case. I can see that I shall have to get taken in as a patient!"

"I think I heard the Doctor speak of that wicked old humbug, Blanche of Castile, if I may so express myself. Am I not right, Madame?" Brichot appealed to Mme. Verdurin, who, swooning with merriment, her eyes tightly closed, had buried her face in her two hands, from between which, now and then, escaped a muffled scream.

"Good gracious, Madame, I would not dream of shocking the reverent-minded, if there are any such around this table, *sub rosa* . . . I recognise, moreover, that our ineffable and Athenian—oh, how infinitely Athenian—Republic is capable of honouring, in the person of that obscurantist old she-Capet, the first of our chiefs of police. Yes, indeed, my dear host, yes, indeed!" he repeated in his ringing voice, which sounded a separate note for each syllable, in reply to a protest by M.

Verdurin. La chronique de Saint-Denis dont nous ne pouvons contester la sûreté d'information ne laisse aucun doute à cet égard. Nulle ne pourrait être mieux choisie comme patronne par un prolétariat laïcisateur que cette mère d'un saint à qui elle en fit d'ailleurs voir de saumâtres, comme dit Suger et autres saint Bernard; car avec elle chacun en prenait pour son grade.

—Quel est ce monsieur? demanda Forcheville à Mme Verdurin, il a l'air d'être de première force.

—Comment, vous ne connaissez pas le fameux Brichot? il est célèbre dans toute l'Europe.

—Ah! c'est Bréchot, s'écria Forcheville qui n'avait pas bien entendu, vous m'en direz tant, ajouta-t-il tout en attachant sur l'homme célèbre des yeux écarquillés. C'est toujours intéressant de dîner avec un homme en vue. Mais, dites-moi, vous nous invitez-là avec des convives de choix. On ne s'ennuie pas chez vous.

—Oh! vous savez ce qu'il y a surtout, dit modestement Mme Verdurin, c'est qu'ils se sentent en confiance. Ils parlent de ce qu'ils veulent, et la conversation rejaillit en fusées. Ainsi Brichot, ce soir, ce n'est rien: je l'ai vu, vous savez, chez moi, éblouissant, à se mettre à genoux devant; eh bien! chez les autres, ce n'est plus le même homme, il n'a plus d'esprit, il faut lui arracher les mots, il est même ennuyeux.

—C'est curieux! dit Forcheville étonné.

Un genre d'esprit comme celui de Brichot aurait été tenu pour stupidité pure dans la coterie où Swann avait passé sa jeunesse, bien qu'il soit compatible avec une intelligence réelle. Et celle du professeur, vigoureuse et bien nourrie, aurait probablement pu être enviée par bien des gens du monde que Swann trouvait spirituels. Mais ceux-ci avaient fini par lui inculquer si bien leurs goûts et leurs répugnances, au moins en tout ce qui touche à la vie mondaine et même en celle de ses parties annexes qui devrait plutôt relever du domaine de l'intelligence: la conversation, que Swann ne put trouver les plaisanteries de Brichot que

Verdurin. "The Chronicle of Saint Denis, and the authenticity of its information is beyond question, leaves us no room for doubt on that point. No one could be more fitly chosen as Patron by a secularising proletariat than that mother of a Saint, who let him see some pretty fishy saints besides, as Suger says, and other great St. Bernards of the sort; for with her it was a case of taking just what you pleased."

"Who is that gentleman?" Forcheville asked Mme. Verdurin. "He seems to speak with great authority."

"What! Do you mean to say you don't know the famous Brichot? Why, he's celebrated all over Europe."

"Oh, that's Bréchot, is it?" exclaimed Forcheville, who had not quite caught the name. "You must tell me all about him"; he went on, fastening a pair of goggle eyes on the celebrity. "It's always interesting to meet well-known people at dinner. But, I say, you ask us to very select parties here. No dull evenings in this house, I'm sure."

"Well, you know what it is really," said Mme. Verdurin modestly. "They feel safe here. They can talk about whatever they like, and the conversation goes off like fireworks. Now Brichot, this evening, is nothing. I've seen him, don't you know, when he's been with me, simply dazzling; you'd want to go on your knees to him. Well, with anyone else he's not the same man, he's not in the least witty, you have to drag the words out of him, he's even boring."

"That's strange," remarked Forcheville with fitting astonishment.

A sort of wit like Brichot's would have been regarded as out-and-out stupidity by the people among whom Swann had spent his early life, for all that it is quite compatible with real intelligence. And the intelligence of the Professor's vigorous and well-nourished brain might easily have been envied by many of the people in society who seemed witty enough to Swann. But these last had so thoroughly inculcated into him their likes and dislikes, at least in everything that pertained to their ordinary social existence, including that annex to social existence which belongs, strictly speaking, to the domain of intelligence, namely, conversation, that Swann could not see anything in Brichot's pleasantries; to him they were merely

pédantesques, vulgaires et grasses à écœurer. Puis il était choqué, dans l'habitude qu'il avait des bonnes manières, par le ton rude et militaire qu'affectait, en s'adressant à chacun, l'universitaire cocardier. Enfin, peut-être avait-il surtout perdu, ce soir-là, de son indulgence en voyant l'amabilité que Mme Verdurin déployait pour ce Forcheville qu'Odette avait eu la singulière idée d'amener. Un peu gênée vis-à-vis de Swann, elle lui avait demandé en arrivant:

—Comment trouvez-vous mon invité?

Et lui, s'apercevant pour la première fois que Forcheville qu'il connaissait depuis longtemps pouvait plaire à une femme et était assez bel homme, avait répondu: «Immonde!» Certes, il n'avait pas l'idée d'être jaloux d'Odette, mais il ne se sentait pas aussi heureux que d'habitude et quand Brichot, ayant commencé à raconter l'histoire de la mère de Blanche de Castille qui «avait été avec Henri Plantagenet des années avant de l'épouser», voulut s'en faire demander la suite par Swann en lui disant: «n'est-ce pas, monsieur Swann?» sur le ton martial qu'on prend pour se mettre à la portée d'un paysan ou pour donner du cœur à un troupier, Swann coupa l'effet de Brichot à la grande fureur de la maîtresse de la maison, en répondant qu'on voulût bien l'excuser de s'intéresser si peu à Blanche de Castille, mais qu'il avait quelque chose à demander au peintre. Celui-ci, en effet, était allé dans l'après-midi visiter l'exposition d'un artiste, ami de Mme Verdurin qui était mort récemment, et Swann aurait voulu savoir par lui (car il appréciait son goût) si vraiment il y avait dans ces dernières œuvres plus que la virtuosité qui stupéfiait déjà dans les précédentes.

—A ce point de vue-là, c'était extraordinaire, mais cela ne semblait pas d'un art, comme on dit, très «élevé», dit Swann en souriant.

—Élevé... à la hauteur d'une institution, interrompit Cottard en levant les bras avec une gravité simulée.

pedantic, vulgar, and disgustingly coarse. He was shocked, too, being accustomed to good manners, by the rude, almost barrack-room tone which this student-in-arms adopted, no matter to whom he was speaking. Finally, perhaps, he had lost all patience that evening as he watched Mme. Verdurin welcoming, with such unnecessary warmth, this Forcheville fellow, whom it had been Odette's unaccountable idea to bring to the house. Feeling a little awkward, with Swann there also, she had asked him on her arrival:

"What do you think of my guest?"

And he, suddenly realising for the first time that Forcheville, whom he had known for years, could actually attract a woman, and was quite a good specimen of a man, had retorted: "Beastly!" He had, certainly, no idea of being jealous of Odette, but did not feel quite so happy as usual, and when Brichot, having begun to tell them the story of Blanche of Castile's mother, who, according to him, "had been with Henry Plantagenet for years before they were married," tried to prompt Swann to beg him to continue the story, by interjecting "Isn't that so, M. Swann?" in the martial accents which one uses in order to get down to the level of an unintelligent rustic or to put the 'fear of God' into a trooper, Swann cut his story short, to the intense fury of their hostess, by begging to be excused for taking so little interest in Blanche of Castile, as he had something that he wished to ask the painter. He, it appeared, had been that afternoon to an exhibition of the work of another artist, also a friend of Mme. Verdurin, who had recently died, and Swann wished to find out from him (for he valued his discrimination) whether there had really been anything more in this later work than the virtuosity which had struck people so forcibly in his earlier exhibitions.

"From that point of view it was extraordinary, but it did not seem to me to be a form of art which you could call 'elevated,'" said Swann with a smile.

"Elevated . . . to the height of an Institute!" interrupted Cottard, raising his arms with mock solemnity.

Toute la table éclata de rire.

—Quand je vous disais qu'on ne peut pas garder son sérieux avec lui, dit Mme Verdurin à Forcheville. Au moment où on s'y attend le moins, il vous sort une calembredaine.

Mais elle remarqua que seul Swann ne s'était pas déridé. Du reste il n'était pas très content que Cottard fît rire de lui devant Forcheville. Mais le peintre, au lieu de répondre d'une façon intéressante à Swann, ce qu'il eût probablement fait s'il eût été seul avec lui, préféra se faire admirer des convives en plaçant un morceau sur l'habileté du maître disparu.

—Je me suis approché, dit-il, pour voir comment c'était fait, j'ai mis le nez dessus. Ah! bien ouiche! on ne pourrait pas dire si c'est fait avec de la colle, avec du rubis, avec du savon, avec du bronze, avec du soleil, avec du caca!

—Et un font douze, s'écria trop tard le docteur dont personne ne comprit l'interruption.

— Ça a l'air fait avec rien, reprit le peintre, pas plus moyen de découvrir le truc que dans la Ronde ou les Régentes et c'est encore plus fort comme patte que Rembrandt et que Hals. Tout y est, mais non, je vous jure.

Et comme les chanteurs parvenus à la note la plus haute qu'ils puissent donner continuent en voix de tête, piano, il se contenta de murmurer, et en riant, comme si en effet cette peinture eût été dérisoire à force de beauté:

— Ça sent bon, ça vous prend à la tête, ça vous coupe la respiration, ça vous fait des chatouilles, et pas mèche de savoir avec quoi c'est fait, c'en est sorcier, c'est de la rouerie, c'est du miracle (éclatant tout à fait de rire): c'en est malhonnête! En s'arrêtant, redressant gravement la tête, prenant une note de basse profonde qu'il tâcha de rendre harmonieuse, il ajouta: «Et c'est si loyal!»

Sauf au moment où il avait dit: «plus fort que la Ronde», blasphème qui avait provoqué une protestation

The whole table burst out laughing.

"What did I tell you?" said Mme. Verdurin to Forcheville. "It's simply impossible to be serious with him. When you least expect it, out he comes with a joke."

But she observed that Swann, and Swann alone, had not unbent. For one thing he was none too well pleased with Cottard for having secured a laugh at his expense in front of Forcheville. But the painter, instead of replying in a way that might have interested Swann, as he would probably have done had they been alone together, preferred to win the easy admiration of the rest by exercising his wit upon the talent of their dead friend.

"I went up to one of them," he began, "just to see how it was done; I stuck my nose into it. Yes, I don't think! Impossible to say whether it was done with glue, with soap, with sealing-wax, with sunshine, with leaven, with excrem . . ."

"And one make twelve!" shouted the Doctor, wittily, but just too late, for no one saw the point of his interruption.

"It looks as though it were done with nothing at all," resumed the painter. "No more chance of discovering the trick than there is in the 'Night Watch,' or the 'Regents,' and it's even bigger work than either Rembrandt or Hals ever did. It's all there—and yet, no, I'll take my oath it isn't."

Then, just as singers who have reached the highest note in their compass, proceed to hum the rest of the air in falsetto, he had to be satisfied with murmuring, smiling the while, as if, after all, there had been something irresistibly amusing in the sheer beauty of the painting:

"It smells all right; it makes your head go round; it catches your breath; you feel ticklish all over—and not the faintest clue to how it's done. The man's a sorcerer; the thing's a conjuring-trick, it's a miracle," bursting outright into laughter, "it's dishonest!" Then stopping, solemnly raising his head, pitching his voice on a double-bass note which he struggled to bring into harmony, he concluded, "And it's so loyal!"

Except at the moment when he had called it "bigger than the 'Night Watch,'" a blasphemy which had called forth an

de Mme Verdurin qui tenait «la Ronde» pour le plus grand chef-d'œuvre de l'univers avec «la Neuvième» et «la Samothrace», et à: «fait avec du caca» qui avait fait jeter à Forcheville un coup d'œil circulaire sur la table pour voir si le mot passait et avait ensuite amené sur sa bouche un sourire prude et conciliant, tous les convives, excepté Swann, avaient attaché sur le peintre des regards fascinés par l'admiration.

— Ce qu'il m'amuse quand il s'emballe comme ça, s'écria, quand il eut terminé, Mme Verdurin, ravie que la table fût justement si intéressante le jour où M. de Forcheville venait pour la première fois. Et toi, qu'est-ce que tu as à rester comme cela, bouche bée comme une grande bête? dit-elle à son mari. Tu sais pourtant qu'il parle bien; on dirait que c'est la première fois qu'il vous entend. Si vous l'aviez vu pendant que vous parliez, il vous buvait. Et demain il nous récitera tout ce que vous avez dit sans manger un mot.

—Mais non, c'est pas de la blague, dit le peintre, enchanté de son succès, vous avez l'air de croire que je fais le boniment, que c'est du chiqué; je vous y mènerai voir, vous direz si j'ai exagéré, je vous fiche mon billet que vous revenez plus emballée que moi!

—Mais nous ne croyons pas que vous exagérez, nous voulons seulement que vous mangiez, et que mon mari mange aussi; redonnez de la sole normande à Monsieur, vous voyez bien que la sienne est froide. Nous ne sommes pas si pressés, vous servez comme s'il y avait le feu, attendez donc un peu pour donner la salade.

Mme Cottard qui était modeste et parlait peu, savait pourtant ne pas manquer d'assurance quand une heureuse inspiration lui avait fait trouver un mot juste. Elle sentait qu'il aurait du succès, cela la mettait en confiance, et ce qu'elle en faisait était moins pour briller que pour être utile à la carrière de son mari. Aussi ne laissa-t-elle pas échapper le mot de salade que venait de prononcer Mme Verdurin.

instant protest from Mme. Verdurin, who regarded the 'Night Watch' as the supreme masterpiece of the universe (conjointly with the 'Ninth' and the 'Samothrace'), and at the word "excrement," which had made Forcheville throw a sweeping glance round the table to see whether it was 'all right,' before he allowed his lips to curve in a prudish and conciliatory smile, all the party (save Swann) had kept their fascinated and adoring eyes fixed upon the painter.

"I do so love him when he goes up in the air like that!" cried Mme. Verdurin, the moment that he had finished, enraptured that the table-talk should have proved so entertaining on the very night that Forcheville was dining with them for the first time. "Hallo, you!" she turned to her husband, "what's the matter with you, sitting there gaping like a great animal? You know, though, don't you," she apologised for him to the painter, "that he can talk quite well when he chooses; anybody would think it was the first time he had ever listened to you. If you had only seen him while you were speaking; he was just drinking it all in. And to-morrow he will tell us everything you said, without missing a word."

"No, really, I'm not joking!" protested the painter, enchanted by the success of his speech. "You all look as if you thought I was pulling your legs, that it was just a trick. I'll take you to see the show, and then you can say whether I've been exaggerating; I'll bet you anything you like, you'll come away more 'up in the air' than I am!"

"But we don't suppose for a moment that you're exaggerating; we only want you to go on with your dinner, and my husband too. Give M. Biche some more sole, can't you see his has got cold? We're not in any hurry; you're dashing round as if the house was on fire. Wait a little; don't serve the salad just yet."

Mme. Cottard, who was a shy woman and spoke but seldom, was not lacking, for all that, in self-assurance when a happy inspiration put the right word in her mouth. She felt that it would be well received; the thought gave her confidence, and what she was doing was done with the object not so much of shining herself, as of helping her husband on in his career. And so she did not allow the word 'salad,' which Mme. Verdurin had just uttered, to pass unchallenged.

—Ce n'est pas de la salade japonaise? dit-elle à mi-voix en se tournant vers Odette.

Et ravie et confuse de l'à-propos et de la hardiesse qu'il y avait à faire ainsi une allusion discrète, mais claire, à la nouvelle et retentissante pièce de Dumas, elle éclata d'un rire charmant d'ingénue, peu bruyant, mais si irrésistible qu'elle resta quelques instants sans pouvoir le maîtriser. «Qui est cette dame? elle a de l'esprit», dit Forcheville.

— Non, mais nous vous en ferons si vous venez tous dîner vendredi.

—Je vais vous paraître bien provinciale, monsieur, dit Mme Cottard à Swann, mais je n'ai pas encore vu cette fameuse *Francillon* dont tout le monde parle. Le docteur y est allé (je me rappelle même qu'il m'a dit avoir eu le très grand plaisir de passer la soirée avec vous) et j'avoue que je n'ai pas trouvé raisonnable qu'il louât des places pour y retourner avec moi. Évidemment, au Théâtre-Français, on ne regrette jamais sa soirée, c'est toujours si bien joué, mais comme nous avons des amis très aimables (Mme Cottard prononçait rarement un nom propre et se contentait de dire «des amis à nous», «une de mes amies», par «distinction», sur un ton factice, et avec l'air d'importance d'une personne qui ne nomme que qui elle veut) qui ont souvent des loges et ont la bonne idée de nous emmener à toutes les nouveautés qui en valent la peine, je suis toujours sûre de voir *Francillon* un peu plus tôt ou un peu plus tard, et de pouvoir me former une opinion. Je dois pourtant confesser que je me trouve assez sotte, car, dans tous les salons où je vais en visite, on ne parle naturellement que de cette malheureuse salade japonaise. On commence même à en être un peu fatigué, ajouta-t-elle en voyant que Swann n'avait pas l'air aussi intéressé qu'elle aurait cru par une si brûlante actualité. Il faut avouer pourtant que cela donne quelquefois prétexte à des idées assez amusantes. Ainsi j'ai une de mes amies qui est très originale, quoique très jolie femme, très entourée, très lancée, et qui prétend qu'elle

"It's not a Japanese salad, is it?" she whispered, turning towards Odette.

And then, in her joy and confusion at the combination of neatness and daring which there had been in making so discreet and yet so unmistakable an allusion to the new and brilliantly successful play by Dumas, she broke down in a charming, girlish laugh, not very loud, but so irresistible that it was some time before she could control it. "Who is that lady? She seems devilish clever," said Forcheville.

"No, it is not. But we will have one for you if you will all come to dinner on Friday."

"You will think me dreadfully provincial, sir," said Mme. Cottard to Swann, "but, do you know, I haven't been yet to this famous *Francillon* that everybody's talking about. The Doctor has been (I remember now, he told me what a very great pleasure it had been to him to spend the evening with you there) and I must confess, I don't see much sense in spending money on seats for him to take me, when he's seen the play already. Of course an evening at the Théâtre-Français is never wasted, really; the acting's so good there always; but we have some very nice friends," (Mme. Cottard would hardly ever utter a proper name, but restricted herself to "some friends of ours" or "one of my friends," as being more 'distinguished,' speaking in an affected tone and with all the importance of a person who need give names only when she chooses) "who often have a box, and are kind enough to take us to all the new pieces that are worth going to, and so I'm certain to see this *Francillon* sooner or later, and then I shall know what to think. But I do feel such a fool about it, I must confess, for, whenever I pay a call anywhere, I find everybody talking—it's only natural—about that wretched Japanese salad. Really and truly, one's beginning to get just a little tired of hearing about it," she went on, seeing that Swann seemed less interested than she had hoped in so burning a topic. "I must admit, though, that it's sometimes quite amusing, the way they joke about it: I've got a friend, now, who is most original, though she's really a beautiful woman, most popular in society, goes everywhere, and she

a fait faire chez elle cette salade japonaise, mais en faisant mettre tout ce qu'Alexandre Dumas fils dit dans la pièce. Elle avait invité quelques amies à venir en manger. Malheureusement je n'étais pas des élues. Mais elle nous l'a raconté tantôt, à son jour; il paraît que c'était détestable, elle nous a fait rire aux larmes. Mais vous savez, tout est dans la manière de raconter, dit-elle en voyant que Swann gardait un air grave.

Et supposant que c'était peut-être parce qu'il n'aimait pas *Francillon:*

—Du reste, je crois que j'aurai une déception. Je ne crois pas que cela vaille *Serge Panine,* l'idole de Mme de Crécy. Voilà au moins des sujets qui ont du fond, qui font réfléchir; mais donner une recette de salade sur la scène du Théâtre-Français! Tandis que *Serge Panine!* Du reste, comme tout ce qui vient de la plume de Georges Ohnet, c'est toujours si bien écrit. Je ne sais pas si vous connaissez *Le Maître de Forges* que je préférerais encore à *Serge Panine.*

— Pardonnez-moi, lui dit Swann d'un air ironique, mais j'avoue que mon manque d'admiration est à peu près égal pour ces deux chefs-d'œuvre.

— Vraiment, qu'est-ce que vous leur reprochez? Est-ce un parti pris? Trouvez-vous peut-être que c'est un peu triste? D'ailleurs, comme je dis toujours, il ne faut jamais discuter sur les romans ni sur les pièces de théâtre. Chacun a sa manière de voir et vous pouvez trouver détestable ce que j'aime le mieux.

Elle fut interrompue par Forcheville qui interpellait Swann. En effet, tandis que Mme Cottard parlait de *Francillon,* Forcheville avait exprimé à Mme Verdurin son admiration pour ce qu'il avait appelé le petit «speech» du peintre.

— Monsieur a une facilité de parole, une mémoire! avait-il dit à Mme Verdurin quand le peintre eut terminé, comme j'en ai rarement rencontré. Bigre! je voudrais bien en avoir autant. Il ferait un excellent prédicateur. On peut dire qu'avec M. Bréchot, vous avez là deux numéros qui se valent, je ne sais même pas si comme

tells me that she got her cook to make one of these Japanese salads, putting in everything that young M. Dumas says you're to put in, in the play. Then she asked just a few friends to come and taste it. I was not among the favoured few, I'm sorry to say. But she told us all about it on her next 'day'; it seems it was quite horrible, she made us all laugh till we cried. I don't know; perhaps it was the way she told it," Mme. Cottard added doubtfully, seeing that Swann still looked grave.

And, imagining that it was, perhaps, because he had not been amused by *Francillon:*

"Well, I daresay I shall be disappointed with it, after all. I don't suppose it's as good as the piece Mme. de Crécy worships, *Serge Panine.* There's a play, if you like; so deep, makes you think! But just fancy giving a receipt for a salad on the stage of the Théâtre-Français! Now, *Serge Panine*—! But then, it's like everything that comes from the pen of M. Georges Ohnet, it's so well written. I wonder if you know the *Maître des Forges,* which I like even better than *Serge Panine.*"

"Pardon me," said Swann with polite irony, "but I can assure you that my want of admiration is almost equally divided between those masterpieces."

"Really, now; that's very interesting. And what don't you like about them? Won't you ever change your mind? Perhaps you think he's a little too sad. Well, well, what I always say is, one should never argue about plays or novels. Everyone has his own way of looking at things, and what may be horrible to you is, perhaps, just what I like best."

She was interrupted by Forcheville's addressing Swann. What had happened was that, while Mme. Cottard was discussing *Francillon,* Forcheville had been expressing to Mme. Verdurin his admiration for what he called the "little speech" of the painter.

"Your friend has such a flow of language, such a memory!" he had said to her when the painter had come to a standstill, "I've seldom seen anything like it. He'd make a first-rate preacher. By Jove, I wish I was like that. What with him and M. Bréchot you've drawn two lucky numbers to-night; though I'm not so sure that,

platine, celui-ci ne damerait pas encore le pion au professeur. Ça vient plus naturellement, c'est moins recherché. Quoiqu'il ait chemin faisant quelques mots un peu réalistes, mais c'est le goût du jour, je n'ai pas souvent vu tenir le crachoir avec une pareille dextérité, comme nous disions au régiment, où pourtant j'avais un camarade que justement monsieur me rappelait un peu. A propos de n'importe quoi, je ne sais que vous dire, sur ce verre, par exemple, il pouvait dégoiser pendant des heures, non, pas à propos de ce verre, ce que je dis est stupide; mais à propos de la bataille de Waterloo, de tout ce que vous voudrez et il nous envoyait chemin faisant des choses auxquelles vous n'auriez jamais pensé. Du reste Swann était dans le même régiment; il a dû le connaître.»

—Vous voyez souvent M. Swann? demanda Mme Verdurin.

—Mais non, répondit M. de Forcheville et comme pour se rapprocher plus aisément d'Odette, il désirait être agréable à Swann, voulant saisir cette occasion, pour le flatter, de parler de ses belles relations, mais d'en parler en homme du monde sur un ton de critique cordiale et n'avoir pas l'air de l'en féliciter comme d'un succès inespéré: «N'est-ce pas, Swann? je ne vous vois jamais. D'ailleurs, comment faire pour le voir? Cet animal-là est tout le temps fourré chez les La Trémoïlle, chez les Laumes, chez tout ça!...» Imputation d'autant plus fausse d'ailleurs que depuis un an Swann n'allait plus guère que chez les Verdurin. Mais le seul nom de personnes qu'ils ne connaissaient pas était accueilli chez eux par un silence réprobateur. M. Verdurin, craignant la pénible impression que ces noms d'«ennuyeux», surtout lancés ainsi sans tact à la face de tous les fidèles, avaient dû produire sur sa femme, jeta sur elle à la dérobée un regard plein d'inquiète sollicitude. Il vit alors que dans sa résolution de ne pas prendre acte, de ne pas avoir été touchée par la nouvelle qui venait de lui être notifiée, de ne pas seulement rester muette, mais d'avoir été sourde comme nous l'affectons,

simply as a speaker, this one doesn't knock spots off the Professor. It comes more naturally with him, less like reading from a book. Of course, the way he goes on, he does use some words that are a bit realistic, and all that; but that's quite the thing nowadays; anyhow, it's not often I've seen a man hold the floor as cleverly as that, 'hold the spittoon,' as we used to say in the regiment, where, by the way, we had a man he rather reminds me of. You could take anything you liked—I don't know what—this glass, say; and he'd talk away about it for hours; no, not this glass; that's a silly thing to say, I'm sorry; but something a little bigger, like the battle of Waterloo, or anything of that sort, he'd tell you things you simply wouldn't believe. Why, Swann was in the regiment then; he must have known him."

"Do you see much of M. Swann?" asked Mme. Verdurin.

"Oh dear, no!" he answered, and then, thinking that if he made himself pleasant to Swann he might find favour with Odette, he decided to take this opportunity of flattering him by speaking of his fashionable friends, but speaking as a man of the world himself, in a tone of good-natured criticism, and not as though he were congratulating Swann upon some undeserved good fortune: "Isn't that so, Swann? I never see anything of you, do I?—But then, where on earth is one to see him? The creature spends all his time shut up with the La Trémoïlles, with the Laumes and all that lot!" The imputation would have been false at any time, and was all the more so, now that for at least a year Swann had given up going to almost any house but the Verdurins'. But the mere names of families whom the Verdurins did not know were received by them in a reproachful silence. M. Verdurin, dreading the painful impression which the mention of these 'bores,' especially when flung at her in this tactless fashion, and in front of all the 'faithful,' was bound to make on his wife, cast a covert glance at her, instinct with anxious solicitude. He saw then that in her fixed resolution to take no notice, to have escaped contact, altogether, with the news which had just been addressed to her, not merely to remain dumb but to have been deaf as well, as we pretend to be when a friend who has been

quand un ami fautif essaye de glisser dans la conversation une excuse que ce serait avoir l'air d'admettre que de l'avoir écoutée sans protester, ou quand on prononce devant nous le nom défendu d'un ingrat, Mme Verdurin, pour que son silence n'eût pas l'air d'un consentement, mais du silence ignorant des choses inanimées, avait soudain dépouillé son visage de toute vie, de toute motilité; son front bombé n'était plus qu'une belle étude de ronde bosse où le nom de ces La Trémoïlle chez qui était toujours fourré Swann, n'avait pu pénétrer; son nez légèrement froncé laissait voir une échancrure qui semblait calquée sur la vie. On eût dit que sa bouche entr'ouverte allait parler. Ce n'était plus qu'une cire perdue, qu'un masque de plâtre, qu'une maquette pour un monument, qu'un buste pour le Palais de l'Industrie devant lequel le public s'arrêterait certainement pour admirer comment le sculpteur, en exprimant l'imprescriptible dignité des Verdurin opposée à celle des La Trémoïlle et des Laumes qu'ils valent certes ainsi que tous les ennuyeux de la terre, était arrivé à donner une majesté presque papale à la blancheur et à la rigidité de la pierre. Mais le marbre finit par s'animer et fit entendre qu'il fallait ne pas être dégoûté pour aller chez ces gens-là, car la femme était toujours ivre et le mari si ignorant qu'il disait collidor pour corridor.

— On me paierait bien cher que je ne laisserais pas entrer ça chez moi, conclut Mme Verdurin, en regardant Swann d'un air impérieux.

Sans doute elle n'espérait pas qu'il se soumettrait jusqu'à imiter la sainte simplicité de la tante du pianiste qui venait de s'écrier:

—Voyez-vous ça? Ce qui m'étonne, c'est qu'ils trouvent encore des personnes qui consentent à leur causer; il me semble que j'aurais peur: un mauvais coup est si vite reçu! Comment y a-t-il encore du peuple assez brute pour leur courir après.

in the wrong attempts to slip into his conversation some excuse which we should appear to be accepting, should we appear to have heard it without protesting, or when some one utters the name of an enemy, the very mention of whom in our presence is forbidden; Mme. Verdurin, so that her silence should have the appearance, not of consent but of the unconscious silence which inanimate objects preserve, had suddenly emptied her face of all life, of all mobility; her rounded forehead was nothing, now, but an exquisite study in high relief, which the name of those La Trémoïlles, with whom Swann was always 'shut up,' had failed to penetrate; her nose, just perceptibly wrinkled in a frown, exposed to view two dark cavities that were, surely, modelled from life. You would have said that her half-opened lips were just about to speak. It was all no more, however, than a wax cast, a mask in plaster, the sculptor's design for a monument, a bust to be exhibited in the Palace of Industry, where the public would most certainly gather in front of it and marvel to see how the sculptor, in expressing the unchallengeable dignity of the Verdurins, as opposed to that of the La Trémoïlles or Laumes, whose equals (if not, indeed, their betters) they were, and the equals and betters of all other 'bores' upon the face of the earth, had managed to invest with a majesty that was almost Papal the whiteness and rigidity of his stone. But the marble at last grew animated and let it be understood that it didn't do to be at all squeamish if one went to that house, since the woman was always tipsy and the husband so uneducated that he called a corridor a 'collidor'!

"You'd need to pay me a lot of money before I'd let any of that lot set foot inside my house," Mme. Verdurin concluded, gazing imperially down on Swann.

She could scarcely have expected him to capitulate so completely as to echo the holy simplicity of the pianist's aunt, who at once exclaimed:

"To think of that, now! What surprises me is that they can get anybody to go near them; I'm sure I should be afraid; one can't be too careful. How can people be so common as to go running after them?"

Que ne répondait-il du moins comme Forcheville: «Dame, c'est une duchesse; il y a des gens que ça impressionne encore», ce qui avait permis au moins à Mme Verdurin de répliquer: «Grand bien leur fasse!» Au lieu de cela, Swann se contenta de rire d'un air qui signifiait qu'il ne pouvait même pas prendre au sérieux une pareille extravagance. M. Verdurin, continuant à jeter sur sa femme des regards furtifs, voyait avec tristesse et comprenait trop bien qu'elle éprouvait la colère d'un grand inquisiteur qui ne parvient pas à extirper l'hérésie, et pour tâcher d'amener Swann à une rétractation, comme le courage de ses opinions paraît toujours un calcul et une lâcheté aux yeux de ceux à l'encontre de qui il s'exerce, M. Verdurin l'interpella:

—Dites donc franchement votre pensée, nous n'irons pas le leur répéter.

A quoi Swann répondit:

—Mais ce n'est pas du tout par peur de la duchesse (si c'est des La Trémoïlle que vous parlez). Je vous assure que tout le monde aime aller chez elle. Je ne vous dis pas qu'elle soit «profonde» (il prononça profonde, comme si ç'avait été un mot ridicule, car son langage gardait la trace d'habitudes d'esprit qu'une certaine rénovation, marquée par l'amour de la musique, lui avait momentanément fait perdre—il exprimait parfois ses opinions avec chaleur—) mais, très sincèrement, elle est intelligente et son mari est un véritable lettré. Ce sont des gens charmants.

Si bien que Mme Verdurin, sentant que, par ce seul infidèle, elle serait empêchée de réaliser l'unité morale du petit noyau, ne put pas s'empêcher dans sa rage contre cet obstiné qui ne voyait pas combien ses paroles la faisaient souffrir, de lui crier du fond du cœur:

—Trouvez-le si vous voulez, mais du moins ne nous le dites pas.

—Tout dépend de ce que vous appelez intelligence,

But he might, at least, have replied, like Forcheville: "Gad, she's a duchess; there are still plenty of people who are impressed by that sort of thing," which would at least have permitted Mme. Verdurin the final retort, "And a lot of good may it do them!" Instead of which, Swann merely smiled, in a manner which shewed, quite clearly, that he could not, of course, take such an absurd suggestion seriously. M. Verdurin, who was still casting furtive and intermittent glances at his wife, could see with regret, and could understand only too well that she was now inflamed with the passion of a Grand Inquisitor who cannot succeed in stamping out a heresy; and so, in the hope of bringing Swann round to a retractation (for the courage of one's opinions is always a form of calculating cowardice in the eyes of the 'other side'), he broke in:

"Tell us frankly, now, what you think of them yourself. We shan't repeat it to them, you may be sure."

To which Swann answered:

"Why, I'm not in the least afraid of the Duchess (if it is of the La Trémoïlles that you're speaking). I can assure you that everyone likes going to see her. I don't go so far as to say that she's at all 'deep'—" he pronounced the word as if it meant something ridiculous, for his speech kept the traces of certain mental habits which the recent change in his life, a rejuvenation illustrated by his passion for music, had inclined him temporarily to discard, so that at times he would actually state his views with considerable warmth—"but I am quite sincere when I say that she is intelligent, while her husband is positively a bookworm. They are charming people."

His explanation was terribly effective; Mme. Verdurin now realised that this one state of unbelief would prevent her 'little nucleus' from ever attaining to complete unanimity, and was unable to restrain herself, in her fury at the obstinacy of this wretch who could not see what anguish his words were causing her, but cried aloud, from the depths of her tortured heart:

"You may think so if you wish, but at least you need not say so to us."

"It all depends upon what you call intelligence." Forche-

dit Forcheville qui voulait briller à son tour. Voyons, Swann, qu'entendez-vous par intelligence?

—Voilà! s'écria Odette, voilà les grandes choses dont je lui demande de me parler, mais il ne veut jamais.

—Mais si... protesta Swann.

—Cette blague! dit Odette.

—Blague à tabac? demanda le docteur.

—Pour vous, reprit Forcheville, l'intelligence, est-ce le bagout du monde, les personnes qui savent s'insinuer?

—Finissez votre entremets qu'on puisse enlever votre assiette, dit Mme Verdurin d'un ton aigre en s'adressant à Saniette, lequel absorbé dans des réflexions, avait cessé de manger. Et peut-être un peu honteuse du ton qu'elle avait pris: «Cela ne fait rien, vous avez votre temps, mais, si je vous le dis, c'est pour les autres, parce que cela empêche de servir.»

—Il y a, dit Brichot en martelant les syllabes, une définition bien curieuse de l'intelligence dans ce doux anarchiste de Fénelon...

—Ecoutez! dit à Forcheville et au docteur Mme Verdurin, il va nous dire la définition de l'intelligence par Fénelon, c'est intéressant, on n'a pas toujours l'occasion d'apprendre cela.

Mais Brichot attendait que Swann eût donné la sienne. Celui-ci ne répondit pas et en se dérobant fit manquer la brillante joute que Mme Verdurin se réjouissait d'offrir à Forcheville.

—Naturellement, c'est comme avec moi, dit Odette d'un ton boudeur, je ne suis pas fâchée de voir que je ne suis pas la seule qu'il ne trouve pas à la hauteur.

—Ces de La Trémouaille que Mme Verdurin nous a montrés comme si peu recommandables, demanda Brichot, en articulant avec force, descendent-ils de ceux que cette bonne snob de Mme de Sévigné avouait être heureuse de connaître parce que cela faisait bien pour ses paysans? Il est vrai que la marquise avait une autre raison, et qui pour elle devait primer celle-là, car

ville felt that it was his turn to be brilliant. "Come now, Swann, tell us what you mean by intelligence."

"There," cried Odette, "that's one of the big things I beg him to tell me about, and he never will."

"Oh, but . . ." protested Swann.

"Oh, but nonsense!" said Odette.

"A water-butt?" asked the Doctor.

"To you," pursued Forcheville, "does intelligence mean what they call clever talk; you know, the sort of people who worm their way into society?"

"Finish your sweet, so that they can take your plate away!" said Mme. Verdurin sourly to Saniette, who was lost in thought and had stopped eating. And then, perhaps a little ashamed of her rudeness, "It doesn't matter; take your time about it; there's no hurry; I only reminded you because of the others, you know; it keeps the servants back."

"There is," began Brichot, with a resonant smack upon every syllable, "a rather curious definition of intelligence by that pleasing old anarchist Fénelon . . ."

"Just listen to this!" Mme. Verdurin rallied Forcheville and the Doctor. "He's going to give us Fénelon's definition of intelligence. That's interesting. It's not often you get a chance of hearing that!"

But Brichot was keeping Fénelon's definition until Swann should have given his own. Swann remained silent, and, by this fresh act of recreancy, spoiled the brilliant tournament of dialectic which Mme. Verdurin was rejoicing at being able to offer to Forcheville.

"You see, it's just the same as with me!" Odette was peevish. "I'm not at all sorry to see that I'm not the only one he doesn't find quite up to his level."

"These de La Trémouailles whom Mme. Verdurin has exhibited to us as so little to be desired," inquired Brichot, articulating vigorously, "are they, by any chance, descended from the couple whom that worthy old snob, Sévigné, said she was delighted to know, because it was so good for her peasants? True, the Marquise had another reason, which in her case probably came first, for she was a thorough

gendelettre dans l'âme, elle faisait passer la copie avant tout. Or dans le journal qu'elle envoyait régulièrement à sa fille, c'est Mme de la Trémouaille, bien documentée par ses grandes alliances, qui faisait la politique étrangère.

—Mais non, je ne crois pas que ce soit la même famille, dit à tout hasard Mme Verdurin.

Saniette qui, depuis qu'il avait rendu précipitamment au maître d'hôtel son assiette encore pleine, s'était replongé dans un silence méditatif, en sortit enfin pour raconter en riant l'histoire d'un dîner qu'il avait fait avec le duc de La Trémoïlle et d'où il résultait que celui-ci ne savait pas que George Sand était le pseudonyme d'une femme. Swann qui avait de la sympathie pour Saniette crut devoir lui donner sur la culture du duc des détails montrant qu'une telle ignorance de la part de celui-ci était matériellement impossible; mais tout d'un coup il s'arrêta, il venait de comprendre que Saniette n'avait pas besoin de ces preuves et savait que l'histoire était fausse pour la raison qu'il venait de l'inventer il y avait un moment. Cet excellent homme souffrait d'être trouvé si ennuyeux par les Verdurin; et ayant conscience d'avoir été plus terne encore à ce dîner que d'habitude, il n'avait voulu le laisser finir sans avoir réussi à amuser. Il capitula si vite, eut l'air si malheureux de voir manqué l'effet sur lequel il avait compté et répondit d'un ton si lâche à Swann pour que celui-ci ne s'acharnât pas à une réfutation désormais inutile: «C'est bon, c'est bon; en tous cas, même si je me trompe, ce n'est pas un crime, je pense» que Swann aurait voulu pouvoir dire que l'histoire était vraie et délicieuse. Le docteur qui les avait écoutés eut l'idée que c'était le cas de dire: «Se non e vero», mais il n'était pas assez sûr des mots et craignit de s'embrouiller.

Après le dîner Forcheville alla de lui-même vers le docteur.

— Elle n'a pas dû être mal, Mme Verdurin, et puis c'est une femme avec qui on peut causer, pour moi

journalist at heart, and always on the look-out for 'copy.' And, in the journal which she used to send regularly to her daughter, it was Mme. de La Trémouaille, kept well-informed through all her grand connections, who supplied the foreign politics."

"Oh dear, no. I'm quite sure they aren't the same family," said Mme. Verdurin desperately.

Saniette who, ever since he had surrendered his untouched plate to the butler, had been plunged once more in silent meditation, emerged finally to tell them, with a nervous laugh, a story of how he had once dined with the Duc de La Trémoïlle, the point of which was that the Duke did not know that George Sand was the pseudonym of a woman. Swann, who really liked Saniette, felt bound to supply him with a few facts illustrative of the Duke's culture, which would prove that such ignorance on his part was literally impossible; but suddenly he stopped short; he had realised, as he was speaking, that Saniette needed no proof, but knew already that the story was untrue for the simple reason that he had at that moment invented it. The worthy man suffered acutely from the Verdurins' always finding him so dull; and as he was conscious of having been more than ordinarily morose this evening, he had made up his mind that he would succeed in being amusing, at least once, before the end of dinner. He surrendered so quickly, looked so wretched at the sight of his castle in ruins, and replied in so craven a tone to Swann, appealing to him not to persist in a refutation which was already superfluous, "All right; all right; anyhow, even if I have made a mistake that's not a crime, I hope," that Swann longed to be able to console him by insisting that the story was indubitably true and exquisitely funny. The Doctor, who had been listening, had an idea that it was the right moment to interject "*Se non è vero,*" but he was not quite certain of the words, and was afraid of being caught out.

After dinner, Forcheville went up to the Doctor.

"She can't have been at all bad looking, Mme. Verdurin; anyhow, she's a woman you can really talk to; that's all I

tout est là. Évidemment elle commence à avoir un peu de bouteille. Mais Mme de Crécy voilà une petite femme qui a l'air intelligente, ah! saperlipopette, on voit tout de suite qu'elle a l'œil américain, celle-là! Nous parlons de Mme de Crécy, dit-il à M. Verdurin qui s'approchait, la pipe à la bouche. Je me figure que comme corps de femme...

– J'aimerais mieux l'avoir dans mon lit que le tonnerre, dit précipitamment Cottard qui depuis quelques instants attendait en vain que Forcheville reprît haleine pour placer cette vieille plaisanterie dont il craignait que ne revînt pas l'à-propos si la conversation changeait de cours, et qu'il débita avec cet excès de spontanéité et d'assurance qui cherche à masquer la froideur et l'émoi inséparables d'une récitation. Forcheville la connaissait, il la comprit et s'en amusa. Quant à M. Verdurin, il ne marchanda pas sa gaieté, car il avait trouvé depuis peu pour la signifier un symbole autre que celui dont usait sa femme, mais aussi simple et aussi clair. A peine avait-il commencé à faire le mouvement de tête et d'épaules de quelqu'un qui s'esclaffle qu'aussitôt il se mettait à tousser comme si, en riant trop fort, il avait avalé la fumée de sa pipe. Et la gardant toujours au coin de sa bouche, il prolongeait indéfiniment le simulacre de suffocation et d'hilarité. Ainsi lui et Mme Verdurin, qui en face, écoutant le peintre qui lui racontait une histoire, fermait les yeux avant de précipiter son visage dans ses mains, avaient l'air de deux masques de théâtre qui figuraient différemment la gaieté.

M. Verdurin avait d'ailleurs fait sagement en ne retirant pas sa pipe de sa bouche, car Cottard qui avait besoin de s'éloigner un instant fit à mi-voix une plaisanterie qu'il avait apprise depuis peu et qu'il renouvelait chaque fois qu'il avait à aller au même endroit: «Il faut que j'aille entretenir un instant le duc d'Aumale», de sorte que la quinte de M. Verdurin recommença.

want. Of course she's getting a bit broad in the beam. But Mme. de Crécy! There's a little woman who knows what's what, all right. Upon my word and soul, you can see at a glance she's got the American eye, that girl has. We are speaking of Mme. de Crécy," he explained, as M. Verdurin joined them, his pipe in his mouth. "I should say that, as a specimen of the female form—"

"I'd rather have it in my bed than a clap of thunder!" the words came tumbling from Cottard, who had for some time been waiting in vain until Forcheville should pause for breath, so that he might get in his hoary old joke, a chance for which might not, he feared, come again, if the conversation should take a different turn; and he produced it now with that excessive spontaneity and confidence which may often be noticed attempting to cover up the coldness, and the slight flutter of emotion, inseparable from a prepared recitation. Forcheville knew and saw the joke, and was thoroughly amused. As for M. Verdurin, he was unsparing of his merriment, having recently discovered a way of expressing it by a symbol, different from his wife's, but equally simple and obvious. Scarcely had he begun the movement of head and shoulders of a man who was 'shaking with laughter' than he would begin also to cough, as though, in laughing too violently, he had swallowed a mouthful of smoke from his pipe. And by keeping the pipe firmly in his mouth he could prolong indefinitely the dumb-show of suffocation and hilarity. So he and Mme. Verdurin (who, at the other side of the room, where the painter was telling her a story, was shutting her eyes preparatory to flinging her face into her hands) resembled two masks in a theatre, each representing Comedy, but in a different way.

M. Verdurin had been wiser than he knew in not taking his pipe out of his mouth, for Cottard, having occasion to leave the room for a moment, murmured a witty euphemism which he had recently acquired and repeated now whenever he had to go to the place in question: "I must just go and see the Duc d'Aumale for a minute," so drolly, that M. Verdurin's cough began all over again.

—Voyons, enlève donc ta pipe de ta bouche, tu vois bien que tu vas t'étouffer à te retenir de rire comme ça, lui dit Mme Verdurin qui venait offrir des liqueurs.

— Quel homme charmant que votre mari, il a de l'esprit comme quatre, déclara Forcheville à Mme Cottard. Merci madame. Un vieux troupier comme moi, ça ne refuse jamais la goutte.

— M. de Forcheville trouve Odette charmante, dit M. Verdurin à sa femme.

— Mais justement elle voudrait déjeuner une fois avec vous. Nous allons combiner ça, mais il ne faut pas que Swann le sache. Vous savez, il met un peu de froid. Ça ne vous empêchera pas de venir dîner, naturellement, nous espérons vous avoir très souvent. Avec la belle saison qui vient, nous allons souvent dîner en plein air. Cela ne vous ennuie pas les petits dîners au Bois? bien, bien, ce sera très gentil. Est-ce que vous n'allez pas travailler de votre métier, vous! cria-t-elle au petit pianiste, afin de faire montre, devant un nouveau de l'importance de Forcheville, à la fois de son esprit et de son pouvoir tyrannique sur les fidèles.

— M. de Forcheville était en train de me dire du mal de toi, dit Mme Cottard à son mari quand il rentra au salon.

Et lui, poursuivant l'idée de la noblesse de Forcheville qui l'occupait depuis le commencement du dîner, lui dit:

— Je soigne en ce moment une baronne, la baronne Putbus, les Putbus étaient aux Croisades, n'est-ce pas? Ils ont, en Poméranie, un lac qui est grand comme dix fois la place de la Concorde. Je la soigne pour de l'arthrite sèche, c'est une femme charmante. Elle connaît du reste Mme Verdurin, je crois.

Ce qui permit à Forcheville, quand il se retrouva, un moment après, seul avec Mme Cottard, de compléter le jugement favorable qu'il avait porté sur son mari:

—Et puis il est intéressant, on voit qu'il connaît

"Now, then, take your pipe out of your mouth; can't you see, you'll choke if you try to bottle up your laughter like that," counselled Mme. Verdurin, as she came round with a tray of liqueurs.

"What a delightful man your husband is; he has the wit of a dozen!" declared Forcheville to Mme. Cottard. "Thank you, thank you, an old soldier like me can never say 'No' to a drink."

"M. de Forcheville thinks Odette charming," M. Verdurin told his wife.

"Why, do you know, she wants so much to meet you again some day at luncheon. We must arrange it, but don't on any account let Swann hear about it. He spoils everything, don't you know. I don't mean to say that you're not to come to dinner too, of course; we hope to see you very often. Now that the warm weather's coming, we're going to have dinner out of doors whenever we can. That won't bore you, will it, a quiet little dinner, now and then, in the Bois? Splendid, splendid, that will be quite delightful. . . .

"Aren't you going to do any work this evening, I say?" she screamed suddenly to the little pianist, seeing an opportunity for displaying, before a 'newcomer' of Forcheville's importance, at once her unfailing wit and her despotic power over the 'faithful.'

"M. de Forcheville was just going to say something dreadful about you," Mme. Cottard warned her husband as he reappeared in the room.

And he, still following up the idea of Forcheville's noble birth, which had obsessed him all through dinner, began again with:

"I am treating a Baroness just now, Baroness Putbus; weren't there some Putbuses in the Crusades? Anyhow they've got a lake in Pomerania that's ten times the size of the Place de la Concorde. I am treating her for dry arthritis; she's a charming woman. Mme. Verdurin knows her too, I believe."

Which enabled Forcheville, a moment later, finding himself alone with Mme. Cottard, to complete his favourable verdict on her husband with:

"He's an interesting man, too; you can see that he knows

du monde. Dame, ça sait tant de choses, les médecins.

—Je vais jouer la phrase de la Sonate pour M. Swann? dit le pianiste.

—Ah! bigre! ce n'est pas au moins le «Serpent à Sonates»? demanda M. de Forcheville pour faire de l'effet.

Mais le docteur Cottard, qui n'avait jamais entendu ce calembour, ne le comprit pas et crut à une erreur de M. de Forcheville. Il s'approcha vivement pour la rectifier:

— Mais non, ce n'est pas serpent à sonates qu'on dit, c'est serpent à sonnettes, dit-il d'un ton zélé, impatient et triomphal.

Forcheville lui expliqua le calembour. Le docteur rougit.

—Avouez qu'il est drôle, docteur?

—Oh! je le connais depuis si longtemps, répondit Cottard.

Mais ils se turent; sous l'agitation des trémolos de violon qui la protégeaient de leur tenue frémissante à deux octaves de là—et comme dans un pays de montagne, derrière l'immobilité apparente et vertigineuse d'une cascade, on aperçoit, deux cents pieds plus bas, la forme minuscule d'une promeneuse—la petite phrase venait d'apparaître, lointaine, gracieuse, protégée par le long déferlement du rideau transparent, incessant et sonore. Et Swann, en son cœur, s'adressa à elle comme à une confidente de son amour, comme à une amie d'Odette qui devrait bien lui dire de ne pas faire attention à ce Forcheville.

—Ah! vous arrivez tard, dit Mme Verdurin à un fidèle qu'elle n'avait invité qu'en «cure-dents», «nous avons eu «un» Brichot incomparable, d'une éloquence! Mais il est parti. N'est-ce pas, monsieur Swann? Je crois que c'est la première fois que vous vous rencontriez avec lui, dit-elle pour lui faire remarquer que c'était à elle qu'il devait de le connaître. «N'est-ce pas, il a été délicieux, notre Brichot?»

Swann s'inclina poliment.

—Non? il ne vous a pas intéressé? lui demanda sèchement Mme Verdurin.

some good people. Gad! but they get to know a lot of things, those doctors."

"D'you want me to play the phrase from the sonata for M. Swann?" asked the pianist.

"What the devil's that? Not the sonata-snake, I hope!" shouted M. de Forcheville, hoping to create an effect.

But Dr. Cottard, who had never heard this pun, missed the point of it, and imagined that M. de Forcheville had made a mistake. He dashed in boldly to correct it:

"No, no. The word isn't *serpent-à-sonates,* it's *serpent-à-sonnettes!*" he explained in a tone at once zealous, impatient, and triumphant.

Forcheville explained the joke to him. The Doctor blushed.

"You'll admit it's not bad, eh, Doctor?"

"Oh! I've known it for ages."

Then they were silenced; heralded by the waving tremolo of the violin-part, which formed a bristling bodyguard of sound two octaves above it—and as in a mountainous country, against the seeming immobility of a vertically falling torrent, one may distinguish, two hundred feet below, the tiny form of a woman walking in the valley—the little phrase had just appeared, distant but graceful, protected by the long, gradual unfurling of its transparent, incessant and sonorous curtain. And Swann, in his heart of hearts, turned to it, spoke to it as to a confidant in the secret of his love, as to a friend of Odette who would assure him that he need pay no attention to this Forcheville.

"Ah! you've come too late!" Mme. Verdurin greeted one of the 'faithful,' whose invitation had been only 'to look in after dinner,' "we've been having a simply incomparable Brichot! You never heard such eloquence! But he's gone. Isn't that so, M. Swann? I believe it's the first time you've met him," she went on, to emphasize the fact that it was to her that Swann owed the introduction. "Isn't that so; wasn't he delicious, our Brichot?"

Swann bowed politely.

"No? You weren't interested?" she asked dryly.

— Mais si, madame, beaucoup, j'ai été ravi. Il est peut-être un peu péremptoire et un peu jovial pour mon goût. Je lui voudrais parfois un peu d'hésitations et de douceur, mais on sent qu'il sait tant de choses et il a l'air d'un bien brave homme.

Tour le monde se retira fort tard. Les premiers mots de Cottard à sa femme furent:

—J'ai rarement vu Mme Verdurin aussi en verve que ce soir.

—Qu'est-ce que c'est exactement que cette Mme Verdurin, un demi-castor? dit Forcheville au peintre à qui il proposa de revenir avec lui.

Odette le vit s'éloigner avec regret, elle n'osa pas ne pas revenir avec Swann, mais fut de mauvaise humeur en voiture, et quand il lui demanda s'il devait entrer chez elle, elle lui dit: «Bien entendu» en haussant les épaules avec impatience. Quand tous les invités furent partis, Mme Verdurin dit à son mari:

—As-tu remarqué comme Swann a ri d'un rire niais quand nous avons parlé de Mme La Trémoïlle?»

Elle avait remarqué que devant ce nom Swann et Forcheville avaient plusieurs fois supprimé la particule. Ne doutant pas que ce fût pour montrer qu'ils n'étaient pas intimidés par les titres, elle souhaitait d'imiter leur fierté, mais n'avait pas bien saisi par quelle forme grammaticale elle se traduisait. Aussi sa vicieuse façon de parler l'emportant sur son intransigeance républicaine, elle disait encore les de La Trémoïlle ou plutôt par une abréviation en usage dans les paroles des chansons de café-concert et les légendes des caricaturistes et qui dissimulait le de, les d'La Trémoïlle, mais elle se rattrapait en disant: «Madame La Trémoïlle.» «La *Duchesse,* comme dit Swann», ajouta-t-elle ironiquement avec un sourire qui prouvait qu'elle ne faisait que citer et ne prenait pas à son compte une dénomination aussi naïve et ridicule.

—Je te dirai que je l'ai trouvé extrêmement bête.

Et M. Verdurin lui répondit:

—Il n'est pas franc, c'est un monsieur cauteleux,

"Oh, but I assure you, I was quite enthralled. He is perhaps a little too peremptory, a little too jovial for my taste. I should like to see him a little less confident at times, a little more tolerant, but one feels that he knows a great deal, and on the whole he seems a very sound fellow."

The party broke up very late. Cottard's first words to his wife were:

"I have rarely seen Mme. Verdurin in such form as she was to-night."

"What exactly is your Mme. Verdurin? A bit of a bad hat, eh?" said Forcheville to the painter, to whom he had offered a 'lift.'

Odette watched his departure with regret; she dared not refuse to let Swann take her home, but she was moody and irritable in the carriage, and, when he asked whether he might come in, replied, "I suppose so," with an impatient shrug of her shoulders. When they had all gone, Mme. Verdurin said to her husband:

"Did you notice the way Swann laughed, such an idiotic laugh, when we spoke about Mme. La Trémoïlle?"

She had remarked, more than once, how Swann and Forcheville suppressed the particle 'de' before that lady's name. Never doubting that it was done on purpose, to shew that they were not afraid of a title, she had made up her mind to imitate their arrogance, but had not quite grasped what grammatical form it ought to take. Moreover, the natural corruptness of her speech overcoming her implacable republicanism, she still said instinctively "the de La Trémoïlles," or, rather (by an abbreviation sanctified by the usage of music-hall singers and the writers of the 'captions' beneath caricatures, who elide the 'de'), "the d'La Trémoïlles," but she corrected herself at once to "Madame La Trémoïlle.—The *Duchess,* as Swann calls her," she added ironically, with a smile which proved that she was merely quoting, and would not, herself, accept the least responsibility for a classification so puerile and absurd.

"I don't mind saying that I thought him extremely stupid."

M. Verdurin took it up:

"He's not sincere. He's a crafty customer, always

toujours entre le zist et le zest. Il veut toujours ménager la chèvre et le chou. Quelle différence avec Forcheville. Voilà au moins un homme qui vous dit carrément sa façon de penser. Ça vous plaît ou ça ne vous plaît pas. Ce n'est pas comme l'autre qui n'est jamais ni figue ni raisin. Du reste Odette a l'air de préférer joliment le Forcheville, et je lui donne raison. Et puis enfin puisque Swann veut nous la faire à l'homme du monde, au champion des duchesses, au moins l'autre a son titre; il est toujours comte de Forcheville, ajouta-t-il d'un air délicat, comme si, au courant de l'histoire de ce comté, il en soupesait minutieusement la valeur particulière.

—Je te dirai, dit Mme Verdurin, qu'il a cru devoir lancer contre Brichot quelques insinuations venimeuses et assez ridicules. Naturellement, comme il a vu que Brichot était aimé dans la maison, c'était une manière de nous atteindre, de bêcher notre dîner. On sent le bon petit camarade qui vous débinera en sortant.

—Mais je te l'ai dit, répondit M. Verdurin, c'est le raté, le petit individu envieux de tout ce qui est un peu grand.

En réalité il n'y avait pas un fidèle qui ne fût plus malveillant que Swann; mais tous ils avaient la précaution d'assaisonner leurs médisances de plaisanteries connues, d'une petite pointe d'émotion et de cordialité; tandis que la moindre réserve que se permettait Swann, dépouillée des formules de convention telles que: «Ce n'est pas du mal que nous disons» et auxquelles il dédaignait de s'abaisser, paraissait une perfidie. Il y a des auteurs originaux dont la moindre hardiesse révolte parce qu'ils n'ont pas d'abord flatté les goûts du public et ne lui ont pas servi les lieux communs auxquels il est habitué; c'est de la même manière que Swann indignait M. Verdurin. Pour Swann comme pour eux, c'était la nouveauté de son langage qui faisait croire à là noirceur de ses intentions.

hovering between one side and the other. He's always trying to run with the hare and hunt with the hounds. What a difference between him and Forcheville. There, at least, you have a man who tells you straight out what he thinks. Either you agree with him or you don't. Not like the other fellow, who's never definitely fish or fowl. Did you notice, by the way, that Odette seemed all out for Forcheville, and I don't blame her, either. And then, after all, if Swann tries to come the man of fashion over us, the champion of distressed Duchesses, at any rate the other man has got a title; he's always Comte de Forcheville!" he let the words slip delicately from his lips, as though, familiar with every page of the history of that dignity, he were making a scrupulously exact estimate of its value, in relation to others of the sort.

"I don't mind saying," Mme. Verdurin went on, "that he saw fit to utter some most venomous, and quite absurd insinuations against Brichot. Naturally, once he saw that Brichot was popular in this house, it was a way of hitting back at us, of spoiling our party. I know his sort, the dear, good friend of the family, who pulls you all to pieces on the stairs as he's going away."

"Didn't I say so?" retorted her husband. "He's simply a failure; a poor little wretch who goes through life mad with jealousy of anything that's at all big."

Had the truth been known, there was not one of the 'faithful' who was not infinitely more malicious than Swann; but the others would all take the precaution of tempering their malice with obvious pleasantries, with little sparks of emotion and cordiality; while the least indication of reserve on Swann's part, undraped in any such conventional formula as "Of course, I don't want to say anything—" to which he would have scorned to descend, appeared to them a deliberate act of treachery. There are certain original and distinguished authors in whom the least 'freedom of speech' is thought revolting because they have not begun by flattering the public taste, and serving up to it the commonplace expressions to which it is used; it was by the same process that Swann infuriated M. Verdurin. In his case as in theirs it was the novelty of his language which led his audience to suspect the blackness of his designs.

Swann ignorait encore la disgrâce dont il était menacé chez les Verdurin et continuait à voir leurs ridicules en beau, au travers de son amour.

Il n'avait de rendez-vous avec Odette, au moins le plus souvent, que le soir; mais le jour, ayant peur de la fatiguer de lui en allant chez elle, il aurait aimé du moins ne pas cesser d'occuper sa pensée, et à tous moments il cherchait à trouver une occasion d'y intervenir, mais d'une façon agréable pour elle. Si, à la devanture d'un fleuriste ou d'un joaillier, la vue d'un arbuste ou d'un bijou le charmait, aussitôt il pensait à les envoyer à Odette, imaginant le plaisir qu'ils lui avaient procuré, ressenti par elle, venant accroître la tendresse qu'elle avait pour lui, et les faisait porter immédiatement rue La Pérouse, pour ne pas retarder l'instant où, comme elle recevrait quelque chose de lui, il se sentirait en quelque sorte près d'elle. Il voulait surtout qu'elle les reçût avant de sortir pour que la reconnaissance qu'elle éprouverait lui valût un accueil plus tendre quand elle le verrait chez les Verdurin, ou même, qui sait, si le fournisseur faisait assez diligence, peut-être une lettre qu'elle lui enverrait avant le dîner, ou sa venue à elle en personne chez lui, en une visite supplémentaire, pour le remercier. Comme jadis quand il expérimentait sur la nature d'Odette les réactions du dépit, il cherchait par celles de la gratitude à tirer d'elle des parcelles intimes de sentiment qu'elle ne lui avait pas révélées encore.

Souvent elle avait des embarras d'argent et, pressée par une dette, le priait de lui venir en aide. Il en était heureux comme de tout ce qui pouvait donner à Odette une grande idée de l'amour qu'il avait pour elle, ou simplement une grande idée de son influence, de l'utilité dont il pouvait lui être. Sans doute si on lui avait dit au début: «c'est ta situation qui lui plaît», et maintenant: «c'est pour ta fortune qu'elle t'aime», il ne l'aurait pas cru, et n'aurait pas été d'ailleurs très mécontent qu'on se la figurât

Swann was still unconscious of the disgrace that threatened him at the Verdurins', and continued to regard all their absurdities in the most rosy light, through the admiring eyes of love.

As a rule he made no appointments with Odette except for the evenings; he was afraid of her growing tired of him if he visited her during the day as well; at the same time he was reluctant to forfeit, even for an hour, the place that he held in her thoughts, and so was constantly looking out for an opportunity of claiming her attention, in any way that would not be displeasing to her. If, in a florist's or a jeweller's window, a plant or an ornament caught his eye, he would at once think of sending them to Odette, imagining that the pleasure which the casual sight of them had given him would instinctively be felt, also, by her, and would increase her affection for himself; and he would order them to be taken at once to the Rue La pérouse, so as to accelerate the moment in which, as she received an offering from him, he might feel himself, in a sense, transported into her presence. He was particularly anxious, always, that she should receive these presents before she went out for the evening, so that her sense of gratitude towards him might give additional tenderness to her welcome when he arrived at the Verdurins', might even—for all he knew—if the shopkeeper made haste, bring him a letter from her before dinner, or herself, in person, upon his doorstep, come on a little extraordinary visit of thanks. As in an earlier phase, when he had experimented with the reflex action of anger and contempt upon her character, he sought now by that of gratification to elicit from her fresh particles of her intimate feelings, which she had never yet revealed.

Often she was embarrassed by lack of money, and under pressure from a creditor would come to him for assistance. He enjoyed this, as he enjoyed everything which could impress Odette with his love for herself, or merely with his influence, with the extent of the use that she might make of him. Probably if anyone had said to him, at the beginning, "It's your position that attracts her," or at this stage, "It's your money that she's really in love with," he would not have believed the suggestion, nor would he have been greatly distressed by the thought that people supposed her to be

tenant à lui—qu'on les sentît unis l'un à l'autre—par quelque chose d'aussi fort que le snobisme ou l'argent. Mais, même s'il avait pensé que c'était vrai, peut-être n'eût-il pas souffert de découvrir à l'amour d'Odette pour lui cet état plus durable que l'agrément ou les qualités qu'elle pouvait lui trouver: l'intérêt, l'intérêt qui empêcherait de venir jamais le jour où elle aurait pu être tentée de cesser de le voir. Pour l'instant, en la comblant de présents, en lui rendant des services, il pouvait se reposer sur des avantages extérieurs à sa personne, à son intelligence, du soin épuisant de lui plaire par lui-même. Et cette volupté d'être amoureux, de ne vivre que d'amour, de la réalité de laquelle il doutait parfois, le prix dont en somme il la payait, en dilettante de sensations immatérielles, lui en augmentait la valeur—comme on voit des gens incertains si le spectacle de la mer et le bruit de ses vagues sont délicieux, s'en convaincre ainsi que de la rare qualité de leurs goûts désintéressés, en louant cent francs par jour la chambre d'hôtel qui leur permet de les goûter.

Un jour que des réflexions de ce genre le ramenaient encore au souvenir du temps où on lui avait parlé d'Odette comme d'une femme entretenue, et où une fois de plus il s'amusait à opposer cette personnification étrange: la femme entretenue—chatoyant amalgame d'éléments inconnus et diaboliques, serti, comme une apparition de Gustave Moreau, de fleurs vénéneuses entrelacées à des joyaux précieux—et cette Odette sur le visage de qui il avait vu passer les mêmes sentiments de pitié pour un malheureux, de révolte contre une injustice, de gratitude pour un bienfait, qu'il avait vu éprouver autrefois par sa propre mère, par ses amis, cette Odette dont les propos avaient si souvent trait aux choses qu'il connaissait le mieux lui-même, à ses collections, à sa chambre, à son vieux domestique, au banquier chez qui il avait ses titres, il se trouva que cette dernière image du banquier lui rappela qu'il

attached to him, that people felt them, to be united by any ties so binding as those of snobbishness or wealth. But even if he had accepted the possibility, it might not have caused him any suffering to discover that Odette's love for him was based on a foundation more lasting than mere affection, or any attractive qualities which she might have found in him; on a sound, commercial interest; an interest which would postpone for ever the fatal day on which she might be tempted to bring their relations to an end. For the moment, while he lavished presents upon her, and performed all manner of services, he could rely on advantages not contained in his person, or in his intellect, could forego the endless, killing effort to make himself attractive. And this delight in being a lover, in living by love alone, of the reality of which he was inclined to be doubtful, the price which, in the long run, he must pay for it, as a dilettante in immaterial sensations, enhanced its value in his eyes—as one sees people who are doubtful whether the sight of the sea and the sound of its waves are really enjoyable, become convinced that they are, as also of the rare quality and absolute detachment of their own taste, when they have agreed to pay several pounds a day for a room in an hotel, from which that sight and that sound may be enjoyed.

One day, when reflections of this order had brought him once again to the memory of the time when some one had spoken to him of Odette as of a 'kept' woman, and when, once again, he had amused himself with contrasting that strange personification, the 'kept' woman—an iridescent mixture of unknown and demoniacal qualities, embroidered, as in some fantasy of Gustave Moreau, with poison-dripping flowers, interwoven with precious jewels—with that Odette upon whose face he had watched the passage of the same expressions of pity for a sufferer, resentment of an act of injustice, gratitude for an act of kindness, which he had seen, in earlier days, on his own mother's face, and on the faces of friends; that Odette, whose conversation had so frequently turned on the things that he himself knew better than anyone, his collections, his room, his old servant, his banker, who kept all his title-deeds and bonds;—the thought of the banker reminded him that he

aurait à y prendre de l'argent. En effet, si ce mois-ci il venait moins largement à l'aide d'Odette dans ses difficultés matérielles qu'il n'avait fait le mois dernier où il lui avait donné cinq mille francs, et s'il ne lui offrait pas une rivière de diamants qu'elle désirait, il ne renouvellerait pas en elle cette admiration qu'elle avait pour sa générosité, cette reconnaissance, qui le rendaient si heureux, et même il risquerait de lui faire croire que son amour pour elle, comme elle en verrait les manifestations devenir moins grandes, avait diminué. Alors, tout d'un coup, il se demanda si cela, ce n'était pas précisément l'«entretenir» (comme si, en effet, cette notion d'entretenir pouvait être extraite d'éléments non pas mystérieux ni pervers, mais appartenant au fond quotidien et privé de sa vie, tels que ce billet de mille francs, domestique et familier, déchiré et recollé, que son valet de chambre, après lui avoir payé les comptes du mois et le terme, avait serré dans le tiroir du vieux bureau où Swann l'avait repris pour l'envoyer avec quatre autres à Odette) et si on ne pouvait pas appliquer à Odette, depuis qu'il la connaissait (car il ne soupçonna pas un instant qu'elle eût jamais pu recevoir d'argent de personne avant lui), ce mot qu'il avait cru si inconciliable avec elle, de «femme entretenue». Il ne put approfondir cette idée, car un accès d'une paresse d'esprit, qui était chez lui congénitale, intermittente et providentielle, vint à ce moment éteindre toute lumière dans son intelligence, aussi brusquement que, plus tard, quand on eut installé partout l'éclairage électrique, on put couper l'électricité dans une maison. Sa pensée tâtonna un instant dans l'obscurité, il retira ses lunettes, en essuya les verres, se passa la main sur les yeux, et ne revit la lumière que quand il se retrouva en présence d'une idée toute différente, à savoir qu'il faudrait tâcher d'envoyer le mois prochain six ou sept mille francs à Odette au lieu de cinq, à cause de la surprise et de la joie que cela lui causerait.

must call on him shortly, to draw some money. And indeed, if, during the current month, he were to come less liberally to the aid of Odette in her financial difficulties than in the month before, when he had given her five thousand francs, if he refrained from offering her a diamond necklace for which she longed, he would be allowing her admiration for his generosity to decline, that gratitude which had made him so happy, and would even be running the risk of her imagining that his love for her (as she saw its visible manifestations grow fewer) had itself diminished. And then, suddenly, he asked himself whether that was not precisely what was implied by 'keeping' a woman (as if, in fact, that idea of 'keeping' could be derived from elements not at all mysterious nor perverse, but belonging to the intimate routine of his daily life, such as that thousand-franc note, a familiar and domestic object, torn in places and mended with gummed paper, which his valet, after paying the household accounts and the rent, had locked up hi a drawer in the old writing-desk whence he had extracted it to send it, with four others, to Odette) and whether it was not possible to apply to Odette, since he had known her (for he never imagined for a moment that she could ever have taken a penny from anyone else, before), that title, which he had believed so wholly inapplicable to her, of 'kept' woman. He could not explore the idea further, for a sudden access of that mental lethargy which was, with him, congenital, intermittent and providential, happened, at that moment, to extinguish every particle of light in his brain, as instantaneously as, at a later period, when electric lighting had been everywhere installed, it became possible, merely by fingering a switch, to cut off all the supply of light from a house. His mind fumbled, for a moment, in the darkness, he took off his spectacles, wiped the glasses, passed his hands over his eyes, but saw no light until he found himself face to face with a wholly different idea, the realisation that he must endeavour, in the coming month, to send Odette six or seven thousand-franc notes instead of five, simply as a surprise for her and to give her pleasure.

Le soir, quand il ne restait pas chez lui à attendre l'heure de retrouver Odette chez les Verdurin ou plutôt dans un des restaurants d'été qu'ils affectionnaient au Bois et surtout à Saint-Cloud, il allait dîner dans quelqu'une de ces maisons élégantes dont il était jadis le convive habituel. Il ne voulait pas perdre contact avec des gens qui—savait-on? pourraient peut-être un jour être utiles à Odette, et grâce auxquels en attendant il réussissait souvent à lui être agréable. Puis l'habitude qu'il avait eue longtemps du monde, du luxe, lui en avait donné, en même temps que le dédain, le besoin, de sorte qu'à partir du moment où les réduits les plus modestes lui étaient apparus exactement sur le même pied que les plus princières demeures, ses sens étaient tellement accoutumés aux secondes qu'il eût éprouvé quelque malaise à se trouver dans les premiers. Il avait la même considération—à un degré d'identité qu'ils n'auraient pu croire—pour des petits bourgeois qui faisaient danser au cinquième étage d'un escalier D, palier à gauche, que pour la princesse de Parme qui donnait les plus belles fêtes de Paris; mais il n'avait pas la sensation d'être au bal en se tenant avec les pères dans la chambre à coucher de la maîtresse de la maison et la vue des lavabos recouverts de serviettes, des lits transformés en vestiaires, sur le couvre-pied desquels s'entassaient les pardessus et les chapeaux lui donnait la même sensation d'étouffement que peut causer aujourd'hui à des gens habitués à vingt ans d'électricité l'odeur d'une lampe qui charbonne ou d'une veilleuse qui file.

Le jour où il dînait en ville, il faisait atteler pour sept heures et demie; il s'habillait tout en songeant à Odette et ainsi il ne se trouvait pas seul, car la pensée constante d'Odette donnait aux moments où il était loin d'elle le même charme particulier qu'à ceux où elle était là. Il montait en voiture, mais il sentait que cette pensée y avait sauté en même temps et s'installait sur ses genoux comme une bête aimée qu'on emmène partout et qu'il garderait avec lui à

In the evening, when he did not stay at home until it was time to meet Odette at the Verdurins', or rather at one of the open-air restaurants which they liked to frequent in the Bois and especially at Saint-Cloud, he would go to dine in one of those fashionable houses in which, at one time, he had been a constant guest. He did not wish to lose touch with people who, for all that he knew, might be of use, some day, to Odette, and thanks to whom he was often, in the meantime, able to procure for her some privilege or pleasure. Besides, he had been used for so long to the refinement and comfort of good society that, side by side with his contempt, there had grown up also a desperate need for it, with the result that, when he had reached the point after which the humblest lodgings appeared to him as precisely on a par with the most princely mansions, his senses were so thoroughly accustomed to the latter that he could not enter the former without a feeling of acute discomfort. He had the same regard—to a degree of identity which they would never have suspected—for the little families with small incomes who asked him to dances in their flats ("straight upstairs to the fifth floor, and the door on the left") as for the Princesse de Parme, who gave the most splendid parties in Paris; but he had not the feeling of being actually 'at the ball' when he found himself herded with the fathers of families in the bedroom of the lady of the house, while the spectacle of wash-hand-stands covered over with towels, and of beds converted into cloak-rooms, with a mass of hats and great-coats sprawling over their counterpanes, gave him the same stifling sensation that, nowadays, people who have been used for half a lifetime to electric light derive from a smoking lamp or a candle that needs to be snuffed.

If he were dining out, he would order his carriage for half-past seven; while he changed his clothes, he would be wondering, all the time, about Odette, and in this way was never alone, for the constant thought of Odette gave to the moments in which he was separated from her the same peculiar charm as to those in which she was at his side. He would get into his carriage and drive off, but he knew that this thought had jumped in after him and had settled down upon his knee, like a pet animal which he might take everywhere,

table, à l'insu des convives. Il la caressait, se réchauffait à elle, et éprouvant une sorte de langueur, se laissait aller à un léger frémissement qui crispait son cou et son nez, et était nouveau chez lui, tout en fixant à sa boutonnière le bouquet d'ancolies. Se sentant souffrant et triste depuis quelque temps, surtout depuis qu'Odette avait présenté Forcheville aux Verdurin, Swann aurait aimé aller se reposer un peu à la campagne. Mais il n'aurait pas eu le courage de quitter Paris un seul jour pendant qu'Odette y était. L'air était chaud; c'étaient les plus beaux jours du printemps. Et il avait beau traverser une ville de pierre pour se rendre en quelque hôtel clos, ce qui était sans cesse devant ses yeux, c'était un parc qu'il possédait près de Combray, où, dès quatre heures, avant d'arriver au plant d'asperges, grâce au vent qui vient des champs de Méséglise, on pouvait goûter sous une charmille autant de fraîcheur qu'au bord de l'étang cerné de myosotis et de glaïeuls, et où, quand il dînait, enlacées par son jardinier, couraient autour de la table les groseilles et les roses.

Après dîner, si le rendez-vous au bois ou à Saint-Cloud était de bonne heure, il partait si vite en sortant de table—surtout si la pluie menaçait de tomber et de faire rentrer plus tôt les «fidèles" —qu'une fois la princesse des Laumes (chez qui on avait dîné tard et que Swann avait quittée avant qu'on servît le café pour rejoindre les Verdurin dans l'île du Bois) dit:

— Vraiment, si Swann avait trente ans de plus et une maladie de la vessie, on l'excuserait de filer ainsi. Mais tout de même il se moque du monde.

Il se disait que le charme du printemps qu'il ne pouvait pas aller goûter à Combray, il le trouverait du moins dans l'île des Cygnes ou à Saint-Cloud. Mais comme il ne pouvait penser qu'à Odette, il ne savait même pas, s'il avait senti l'odeur des feuilles, s'il y avait eu du clair de lune. Il était accueilli par la petite phrase de la Sonate jouée dans le jardin sur le piano du

and would keep with him at the dinner-table, unobserved by his fellow-guests. He would stroke and fondle it, warm himself with it, and, as a feeling of languor swept over him, would give way to a slight shuddering movement which contracted his throat and nostrils—a new experience, this—as he fastened the bunch of columbines in his buttonhole. He had for some time been feeling neither well nor happy, especially since Odette had brought Forcheville to the Verdurins', and he would have liked to go away for a while to rest in the country. But he could never summon up courage to leave Paris, even for a day, while Odette was there. The weather was warm; it was the finest part of the spring. And for all that he was driving through a city of stone to immure himself in a house without grass or garden, what was incessantly before his eyes was a park which he owned, near Combray, where, at four in the afternoon, before coming to the asparagus-bed, thanks to the breeze that was wafted across the fields from Méséglise, he could enjoy the fragrant coolness of the air as well beneath an arbour of hornbeams in the garden as by the bank of the pond, fringed with forget-me-not and iris; and where, when he sat down to dinner, trained and twined by the gardener's skilful hand, there ran all about his table currant-bush and rose.

After dinner, if he had an early appointment in the Bois or at Saint-Cloud, he would rise from table and leave the house so abruptly—especially if it threatened to rain, and so to scatter the 'faithful' before their normal time—that on one occasion the Princesse des Laumes (at whose house dinner had been so late that Swann had left before the coffee came in, to join the Verdurins on the Island in the Bois) observed:

"Really, if Swann were thirty years older, and had diabetes, there might be some excuse for his running away like that. He seems to look upon us all as a joke."

He persuaded himself that the spring-time charm, which he could not go down to Combray to enjoy, he would find at least on the Ile des Cygnes or at Saint-Cloud. But as he could think only of Odette, he would return home not knowing even if he had tasted the fragrance of the young leaves, or if the moon had been shining. He would be welcomed by the little phrase from the sonata, played in the

restaurant. S'il n'y en avait pas là, les Verdurin prenaient une grande peine pour en faire descendre un d'une chambre ou d'une salle à manger: ce n'est pas que Swann fût rentré en faveur auprès d'eux, au contraire. Mais l'idée d'organiser un plaisir ingénieux pour quelqu'un, même pour quelqu'un qu'ils n'aimaient pas, développait chez eux, pendant les moments nécessaires à ces préparatifs, des sentiments éphémères et occasionnels de sympathie et de cordialité. Parfois il se disait que c'était un nouveau soir de printemps de plus qui passait, il se contraignait à faire attention aux arbres, au ciel. Mais l'agitation où le mettait la présence d'Odette, et aussi un léger malaise fébrile qui ne le quittait guère depuis quelque temps, le privait du calme et du bien-être qui sont le fond indispensable aux impressions que peut donner la nature.

Un soir où Swann avait accepté de dîner avec les Verdurin, comme pendant le dîner il venait de dire que le lendemain il avait un banquet d'anciens camarades, Odette lui avait répondu en pleine table, devant Forcheville, qui était maintenant un des fidèles, devant le peintre, devant Cottard:

— Oui, je sais que vous avez votre banquet, je ne vous verrai donc que chez moi, mais ne venez pas trop tard.

Bien que Swann n'eût encore jamais pris bien sérieusement ombrage de l'amitié d'Odette pour tel ou tel fidèle, il éprouvait une douceur profonde à l'entendre avouer ainsi devant tous, avec cette tranquille impudeur, leurs rendez-vous quotidiens du soir, la situation privilégiée qu'il avait chez elle et la préférence pour lui qui y était impliquée. Certes Swann avait souvent pensé qu'Odette n'était à aucun degré une femme remarquable; et la suprématie qu'il exerçait sur un être qui lui était si inférieur n'avait rien qui dût lui paraître si flatteur à voir proclamer à la face des «fidèles», mais depuis qu'il s'était aperçu qu'à beaucoup d'hommes Odette semblait une femme ravissante et désirable, le charme qu'avait pour eux son corps avait éveillé en lui un besoin douloureux de la maîtriser entièrement dans les

garden on the restaurant piano. If there was none in the garden, the Verdurins would have taken immense pains to have a piano brought out either from a private room or from the restaurant itself; not because Swann was now restored to favour; far from it. But the idea of arranging an ingenious form of entertainment for some one, even for some one whom they disliked, would stimulate them, during the time spent in its preparation, to a momentary sense of cordiality and affection. Now and then he would remind himself that another fine spring evening was drawing to a close, and would force himself to notice the trees and the sky. But the state of excitement into which Odette's presence never failed to throw him, added to a feverish ailment which, for some time now, had scarcely left him, robbed him of that sense of quiet and comfort which is an indispensable background to the impressions that we derive from nature.

One evening, when Swann had consented to dine with the Verdurins, and had mentioned during dinner that he had to attend, next day, the annual banquet of an old comrades' association, Odette had at once exclaimed across the table, in front of everyone, in front of Forcheville, who was now one of the 'faithful,' in front of the painter, in front of Cottard:

"Yes, I know, you have your banquet to-morrow; I sha'n't see you, then, till I get home; don't be too late."

And although Swann had never yet taken offence, at all seriously, at Odette's demonstrations of friendship for one or other of the 'faithful,' he felt an exquisite pleasure on hearing her thus avow, before them all, with that calm immodesty, the fact that they saw each other regularly every evening, his privileged position in her house, and her own preference for him which it implied. It was true that Swann had often reflected that Odette was in no way a remarkable woman; and in the supremacy which he wielded over a creature so distinctly inferior to himself there was nothing that especially flattered him when he heard it proclaimed to all the 'faithful'; but since he had observed that, to several other men than himself, Odette seemed a fascinating and desirable woman, the attraction which her body held for him had aroused a painful longing to secure the absolute mastery of

moindres parties de son cœur. Et il avait commencé d'attacher un prix inestimable à ces moments passés chez elle le soir, où il l'asseyait sur ses genoux, lui faisait dire ce qu'elle pensait d'une chose, d'une autre, où il recensait les seuls biens à la possession desquels il tînt maintenant sur terre. Aussi, après ce dîner, la prenant à part, il ne manqua pas de la remercier avec effusion, cherchant à lui enseigner selon les degrés de la reconnaissance qu'il lui témoignait, l'échelle des plaisirs qu'elle pouvait lui causer, et dont le suprême était de le garantir, pendant le temps que son amour durerait et l'y rendrait vulnérable, des atteintes de la jalousie.

Quand il sortit le lendemain du banquet, il pleuvait à verse, il n'avait à sa disposition que sa victoria; un ami lui proposa de le reconduire chez lui en coupé, et comme Odette, par le fait qu'elle lui avait demandé de venir, lui avait donné la certitude qu'elle n'attendait personne, c'est l'esprit tranquille et le cœur content que, plutôt que de partir ainsi dans la pluie, il serait rentré chez lui se coucher. Mais peut-être, si elle voyait qu'il n'avait pas l'air de tenir à passer toujours avec elle, sans aucune exception, la fin de la soirée, négligerait-elle de la lui réserver, justement une fois où il l'aurait particulièrement désiré.

Il arriva chez elle après onze heures, et, comme il s'excusait de n'avoir pu venir plus tôt, elle se plaignit que ce fût en effet bien tard, l'orage l'avait rendue souffrante, elle se sentait mal à la tête et le prévint qu'elle ne le garderait pas plus d'une demi-heure, qu'à minuit, elle le renverrait; et, peu après, elle se sentit fatiguée et désira s'endormir.

—Alors, pas de catleyas ce soir? lui dit-il, moi qui espérais un bon petit catleya.

Et d'un air un peu boudeur et nerveux, elle lui répondit:

— Mais non, mon petit, pas de catleyas ce soir, tu vois bien que je suis souffrante!

— Cela t'aurait peut-être fait du bien, mais enfin je n'insiste pas.

even the tiniest particles of her heart. And he had begun to attach an incalculable value to those moments passed in her house in the evenings, when he held her upon his knee, made her tell him what she thought about this or that, and counted over that treasure to which, alone of all his earthly possessions, he still clung. And so, after this dinner, drawing her aside, he took care to thank her effusively, seeking to indicate to her by the extent of his gratitude the corresponding intensity of the pleasures which it was in her power to bestow on him, the supreme pleasure being to guarantee him immunity, for as long as his love should last and he remain vulnerable, from the assaults of jealousy.

When he came away from his banquet, the next evening, it was pouring rain, and he had nothing but his victoria. A friend offered to take him home in a closed carriage, and as Odette, by the fact of her having invited him to come, had given him an assurance that she was expecting no one else, he could, with a quiet mind and an untroubled heart, rather than set off thus in the rain, have gone home and to bed. But perhaps, if she saw that he seemed not to adhere to his resolution to end every evening, without exception, in her company, she might grow careless, and fail to keep free for him just the one evening on which he particularly desired it.

It was after eleven when he reached her door, and as he made his apology for having been unable to come away earlier, she complained that it was indeed very late; the storm had made her unwell, her head ached, and she warned him that she would not let him stay longer than half an hour, that at midnight she would send him away; a little while later she felt tired and wished to sleep.

"No cattleya, then, to-night?" he asked, "and I've been looking forward so to a nice little cattleya."

But she was irresponsive; saying nervously:

"No, dear, no cattleya tonight. Can't you see, I'm not well?"

"It might have done you good, but I won't bother you."

Elle le pria d'éteindre la lumière avant de s'en aller, il referma lui-même les rideaux du lit et partit. Mais quand il fut rentré chez lui, l'idée lui vint brusquement que peut-être Odette attendait quelqu'un ce soir, qu'elle avait seulement simulé la fatigue et qu'elle ne lui avait demandé d'éteindre que pour qu'il crût qu'elle allait s'endormir, qu'aussitôt qu'il avait été parti, elle l'avait rallumée, et fait rentrer celui qui devait passer la nuit auprès d'elle. Il regarda l'heure. Il y avait à peu près une heure et demie qu'il l'avait quittée, il ressortit, prit un fiacre et se fit arrêter tout près de chez elle, dans une petite rue perpendiculaire à celle sur laquelle donnait derrière son hôtel et où il allait quelquefois frapper à la fenêtre de sa chambre à coucher pour qu'elle vînt lui ouvrir; il descendit de voiture, tout était désert et noir dans ce quartier, il n'eut que quelques pas à faire à pied et déboucha presque devant chez elle. Parmi l'obscurité de toutes les fenêtres éteintes depuis longtemps dans la rue, il en vit une seule d'où débordait—entre les volets qui en pressaient la pulpe mystérieuse et dorée—la lumière qui remplissait la chambre et qui, tant d'autres soirs, du plus loin qu'il l'apercevait, en arrivant dans la rue le réjouissait et lui annonçait: «elle est là qui t'attend» et qui maintenant, le torturait en lui disant: «elle est là avec celui qu'elle attendait». Il voulait savoir qui; il se glissa le long du mur jusqu'à la fenêtre, mais entre les lames obliques des volets il ne pouvait rien voir; il entendait seulement dans le silence de la nuit le murmure d'une conversation. Certes, il souffrait de voir cette lumière dans l'atmosphère d'or de laquelle se mouvait derrière le châssis le couple invisible et détesté, d'entendre ce murmure qui révélait la présence de celui qui était venu après son départ, la fausseté d'Odette, le bonheur qu'elle était en train de goûter avec lui.

Et pourtant il était content d'être venu: le tourment qui l'avait forcé de sortir de chez lui avait perdu de son acuité en perdant de son vague,

She begged him to put out the light before he went; he drew the curtains close round her bed and left her. But, when he was in his own house again, the idea suddenly struck him that, perhaps, Odette was expecting some one else that evening, that she had merely pretended to be tired, that she had asked him to put the light out only so that he should suppose that she was going to sleep, that the moment he had left the house she had lighted it again, and had reopened her door to the stranger who was to be her guest for the night. He looked at his watch. It was about an hour and a half since he had left her; he went out, took a cab, and stopped it close to her house, in a little street running at right angles to that other street, which lay at the back of her house, and along which he used to go, sometimes, to tap upon her bedroom window, for her to let him in. He left his cab; the streets were all deserted and dark; he walked a few yards and came out almost opposite her house. Amid the glimmering blackness of all the row of windows, the lights in which had long since been put out, he saw one, and only one, from which overflowed, between the slats of its shutters, dosed like a wine-press over its mysterious golden juice, the light that filled the room within, a light which on so many evenings, as soon as he saw it, far off, as he turned into the street, had rejoiced his heart with its message: "She is there—expecting you," and now tortured him with: "She is there with the man she was expecting." He must know who; he tiptoed along by the wall until he reached the window, but between the slanting bars of the shutters he could see nothing; he could hear, only, in the silence of the night, the murmur of conversation. What agony he suffered as he watched that light, in whose golden atmosphere were moving, behind the closed sash, the unseen and detested pair, as he listened to that murmur which revealed the presence of the man who had crept in after his own departure, the perfidy of Odette, and the pleasures which she was at that moment tasting with the stranger.

And yet he was not sorry that he had come; the torment which had forced him to leave his own house had lost its sharpness when it lost its uncertainty, now that Odette's other

maintenant que l'autre vie d'Odette, dont il avait eu, à ce moment-là, le brusque et impuissant soupçon, il la tenait là, éclairée en plein par la lampe, prisonnière sans le savoir dans cette chambre où, quand il le voudrait, il entrerait la surprendre et la capturer; ou plutôt il allait frapper aux volets comme il faisait souvent quand il venait très tard; ainsi du moins, Odette apprendrait qu'il avait su, qu'il avait vu la lumière et entendu la causerie, et lui, qui, tout à l'heure, se la représentait comme se riant avec l'autre de ses illusions, maintenant, c'était eux qu'il voyait, confiants dans leur erreur, trompés en somme par lui qu'ils croyaient bien loin d'ici et qui, lui, savait déjà qu'il allait frapper aux volets. Et peut-être, ce qu'il ressentait en ce moment de presque agréable, c'était autre chose aussi que l'apaisement d'un doute et d'une douleur: un plaisir de l'intelligence. Si, depuis qu'il était amoureux, les choses avaient repris pour lui un peu de l'intérêt délicieux qu'il leur trouvait autrefois, mais seulement là où elles étaient éclairées par le souvenir d'Odette, maintenant, c'était une autre faculté de sa studieuse jeunesse que sa jalousie ranimait, la passion de la vérité, mais d'une vérité, elle aussi, interposée entre lui et sa maîtresse, ne recevant sa lumière que d'elle, vérité tout individuelle qui avait pour objet unique, d'un prix infini et presque d'une beauté désintéressée, les actions d'Odette, ses relations, ses projets, son passé. A toute autre époque de sa vie, les petits faits et gestes quotidiens d'une personne avaient toujours paru sans valeur à Swann: si on lui en faisait le commérage, il le trouvait insignifiant, et, tandis qu'il l'écoutait, ce n'était que sa plus vulgaire attention qui y était intéressée; c'était pour lui un des moments où il se sentait le plus médiocre. Mais dans cette étrange période de l'amour, l'individuel prend quelque chose de si profond, que cette curiosité qu'il sentait s'éveiller en lui à l'égard

life, of which he had had, at that first moment, a sudden helpless suspicion, was definitely there, almost within his grasp, before his eyes, in the full glare of the lamp-light, caught and kept there, an unwitting prisoner, in that room into which, when he would, he might force his way to surprise and seize it; or rather he would tap upon the shutters, as he had often done when he had come there very late, and by that signal Odette would at least learn that he knew, that he had seen the light and had heard the voices; while he himself, who a moment ago had been picturing her as laughing at him, as sharing with that other the knowledge of how effectively he had been tricked, now it was he that saw them, confident and persistent in their error, tricked and trapped by none other than himself, whom they believed to be a mile away, but who was there, in person, there with a plan, there with the knowledge that he was going, in another minute, to tap upon the shutter. And, perhaps, what he felt (almost an agreeable feeling) at that moment was something more than relief at the solution of a doubt, at the soothing of a pain; was an intellectual pleasure. If, since he had fallen in love, things had recovered a little of the delicate attraction that they had had for him long ago—though only when a light was shed upon them by a thought, a memory of Odette—now it was another of the faculties, prominent in the studious days of his youth, that Odette had quickened with new life, the passion for truth, but for a truth which, too, was interposed between himself and his mistress, receiving its light from her alone, a private and personal truth the sole object of which (an infinitely precious object, and one almost impersonal in its absolute beauty) was Odette—Odette in her activities, her environment, her projects, and her past. At every other period in his life, the little everyday words and actions of another person had always seemed wholly valueless to Swann; if gossip about such things were repeated to him, he would dismiss it as insignificant, and while he listened it was only the lowest, the most commonplace part of his mind that was interested; at such moments he felt utterly dull and uninspired. But in this strange phase of love the personality of another person becomes so enlarged, so deepened, that the curiosity which he could now feel aroused in himself, to know the least details of a woman's

des moindres occupations d'une femme, c'était celle qu'il avait eue autrefois pour l'Histoire. Et tout ce dont il aurait eu honte jusqu'ici, espionner devant une fenêtre, qui sait, demain, peut-être faire parler habilement les indifférents, soudoyer les domestiques, écouter aux portes, ne lui semblait plus, aussi bien que le déchiffrement des textes, la comparaison des témoignages et l'interprétation des monuments, que des méthodes d'investigation scientifique d'une véritable valeur intellectuelle et appropriées à la recherche de la vérité.

Sur le point de frapper contre les volets, il eut un moment de honte en pensant qu'Odette allait savoir qu'il avait eu des soupçons, qu'il était revenu, qu'il s'était posté dans la rue. Elle lui avait dit souvent l'horreur qu'elle avait des jaloux, des amants qui espionnent. Ce qu'il allait faire était bien maladroit, et elle allait le détester désormais, tandis qu'en ce moment encore, tant qu'il n'avait pas frappé, peut-être, même en le trompant, l'aimait-elle. Que de bonheurs possibles dont on sacrifie ainsi la réalisation à l'impatience d'un plaisir immédiat. Mais le désir de connaître la vérité était plus fort et lui sembla plus noble. Il savait que la réalité de circonstances qu'il eût donné sa vie pour restituer exactement, était lisible derrière cette fenêtre striée de lumière, comme sous la couverture enluminée d'or d'un de ces manuscrits précieux à la richesse artistique elle-même desquels le savant qui les consulte ne peut rester indifférent. Il éprouvait une volupté à connaître la vérité qui le passionnait dans cet exemplaire unique, éphémère et précieux, d'une matière translucide, si chaude et si belle. Et puis l'avantage qu'il se sentait—qu'il avait tant besoin de se sentir—sur eux, était peut-être moins de savoir, que de pouvoir leur montrer qu'il savait. Il se haussa sur la pointe des pieds. Il frappa. On n'avait pas entendu, il refrappa plus fort, la conversation s'arrêta. Une voix d'homme dont il chercha à distinguer auquel

daily occupation, was the same thirst for knowledge with which he had once studied history. And all manner of actions, from which, until now, he would have recoiled in shame, such as spying, to-night, outside a window, to-morrow, for all he knew, putting adroitly provocative questions to casual witnesses, bribing servants, listening at doors, seemed to him, now, to be precisely on a level with the deciphering of manuscripts, the weighing of evidence, the interpretation of old monuments, that was to say, so many different methods of scientific investigation, each one having a definite intellectual value and being legitimately employable in the search for truth.

As his hand stole out towards the shutters he felt a pang of shame at the thought that Odette would now know that he had suspected her, that he had returned, that he had posted himself outside her window. She had often told him what a horror she had of jealous men, of lovers who spied. What he was going to do would be extremely awkward, and she would detest him for ever after, whereas now, for the moment, for so long as he refrained from knocking, perhaps even in the act of infidelity, she loved him still. How often is not the prospect of future happiness thus sacrificed to one's impatient insistence upon an immediate gratification. But his desire to know the truth was stronger, and seemed to him nobler than his desire for her. He knew that the true story of certain events, which he would have given his life to be able to reconstruct accurately and in full, was to be read within that window, streaked with bars of light, as within the illuminated, golden boards of one of those precious manuscripts, by whose wealth of artistic treasures the scholar who consults them cannot remain unmoved. He yearned for the satisfaction of knowing the truth which so impassioned him in that brief, fleeting, precious transcript, on that translucent page, so warm, so beautiful. And besides, the advantage which he felt—which he so desperately wanted to feel—that he had over them, lay perhaps not so much in knowing as in being able to shew them that he knew. He drew himself up on tiptoe. He knocked. They had not heard; he knocked again; louder; their conversation ceased. A man's

de ceux des amis d'Odette qu'il connaissait elle pouvait appartenir, demanda:

– Qui est là?

Il n'était pas sûr de la reconnaître. Il frappa encore une fois. On ouvrit la fenêtre, puis les volets. Maintenant, il n'y avait plus moyen de reculer, et, puisqu'elle allait tout savoir, pour ne pas avoir l'air trop malheureux, trop jaloux et curieux, il se contenta de crier d'un air négligent et gai:

– Ne vous dérangez pas, je passais par là, j'ai vu de la lumière, j'ai voulu savoir si vous n'étiez plus souffrante.

Il regarda. Devant lui, deux vieux messieurs étaient à la fenêtre, l'un tenant une lampe, et alors, il vit la chambre, une chambre inconnue. Ayant l'habitude, quand il venait chez Odette très tard, de reconnaître sa fenêtre à ce que c'était la seule éclairée entre les fenêtres toutes pareilles, il s'était trompé et avait frappé à la fenêtre suivante qui appartenait à la maison voisine. Il s'éloigna en s'excusant et rentra chez lui, heureux que la satisfaction de sa curiosité eût laissé leur amour intact et qu'après avoir simulé depuis si longtemps vis-à-vis d'Odette une sorte d'indifférence, il ne lui eût pas donné, par sa jalousie, cette preuve qu'il l'aimait trop, qui, entre deux amants, dispense, à tout jamais, d'aimer assez, celui qui la reçoit. Il ne lui parla pas de cette mésaventure, lui-même n'y songeait plus. Mais, par moments, un mouvement de sa pensée venait en rencontrer le souvenir qu'elle n'avait pas aperçu, le heurtait, l'enfonçait plus avant et Swann avait ressenti une douleur brusque et profonde. Comme si ç'avait été une douleur physique, les pensées de Swann ne pouvaient pas l'amoindrir; mais du moins la douleur physique, parce qu'elle est indépendante de la pensée, la pensée peut s'arrêter sur elle, constater qu'elle a diminué, qu'elle a momentanément cessé! Mais cette douleur-là, la pensée, rien qu'en se la rappelant, la recréait. Vouloir

voice—he strained his ears to distinguish whose, among such of Odette's friends as he knew, the voice could be—asked:

"Who's that?"

He could not be certain of the voice. He knocked once again. The window first, then the shutters were thrown open. It was too late, now, to retire, and since she must know all, so as not to seem too contemptible, too jealous and inquisitive, he called out in a careless, hearty, welcoming tone:

"Please don't bother; I just happened to be passing, and saw the light. I wanted to know if you were feeling better."

He looked up. Two old gentlemen stood facing him, in the window, one of them with a lamp in his hand; and beyond them he could see into the room, a room that he had never seen before. Having fallen into the habit, When he came late to Odette, of identifying her window by the fact that it was the only one still lighted in a row of windows otherwise all alike, he had been misled, this time, by the light, and had knocked at the window beyond hers, in the adjoining house. He made what apology he could and hurried home, overjoyed that the satisfaction of his curiosity had preserved their love intact, and that, having feigned for so long, when in Odette's company, a sort of indifference, he had not now, by a demonstration of jealousy, given her that proof of the excess of his own passion which, in a pair of lovers, fully and finally dispenses the recipient from the obligation to love the other enough. He never spoke to her of this misadventure, he ceased even to think of it himself. But now and then his thoughts in their wandering course would come upon this memory where it lay unobserved, would startle it into life, thrust it more deeply down into his consciousness, and leave him aching with a sharp, far-rooted pain. As though this had been a bodily pain, Swann's mind was powerless to alleviate it; in the case of bodily pain, however, since it is independent of the mind, the mind can dwell upon it, can note that it has diminished, that it has momentarily ceased. But with this mental pain, the mind, merely by recalling it, created it afresh. To determine not to think of it was but to think of it

n'y pas penser, c'était y penser encore, en souffrir encore. Et quand, causant avec des amis, il oubliait son mal, tout d'un coup un mot qu'on lui disait le faisait changer de visage, comme un blessé dont un maladroit vient de toucher sans précaution le membre douloureux. Quand il quittait Odette, il était heureux, il se sentait calme, il se rappelait les sourires qu'elle avait eus, railleurs, en parlant de tel ou tel autre, et tendres pour lui, la lourdeur de sa tête qu'elle avait détachée de son axe pour l'incliner, la laisser tomber, presque malgré elle, sur ses lèvres, comme elle avait fait la première fois en voiture, les regards mourants qu'elle lui avait jetés pendant qu'elle était dans ses bras, tout en contractant frileusement contre l'épaule sa tête inclinée.

Mais aussitôt sa jalousie, comme si elle était l'ombre de son amour, se complétait du double de ce nouveau sourire qu'elle lui avait adressé le soir même—et qui, inverse maintenant, raillait Swann et se chargeait d'amour pour un autre—de cette inclinaison de sa tête mais renversée vers d'autres lèvres, et, données à un autre, de toutes les marques de tendresse qu'elle avait eues pour lui. Et tous les souvenirs voluptueux qu'il emportait de chez elle, étaient comme autant d'esquisses, de «projets» pareils à ceux que vous soumet un décorateur, et qui permettaient à Swann de se faire une idée des attitudes ardentes ou pâmées qu'elle pouvait avoir avec d'autres. De sorte qu'il en arrivait à regretter chaque plaisir qu'il goûtait près d'elle, chaque caresse inventée et dont il avait eu l'imprudence de lui signaler la douceur, chaque grâce qu'il lui découvrait, car il savait qu'un instant après, elles allaient enrichir d'instruments nouveaux son supplice.

Celui-ci était rendu plus cruel encore quand revenait à Swann le souvenir d'un bref regard qu'il avait surpris, il y avait quelques jours, et pour la première fois, dans les yeux d'Odette. C'était après dîner, chez les Verdurin. Soit que Forcheville sentant que Saniette, son beau-frère, n'était pas en faveur chez eux, eût voulu le prendre

still, to suffer from it still. And when, in conversation with his friends, he forgot his sufferings, suddenly a word casually uttered would make him change countenance as a wounded man does when a clumsy hand has touched his aching limb. When he came away from Odette, he was happy, he felt calm, he recalled the smile with which, in gentle mockery, she had spoken to him of this man or of that, a smile which was all tenderness for himself; he recalled the gravity of her head which she seemed to have lifted from its axis to let it droop and fall, as though against her will, upon his lips, as she had done on that first evening in the carriage; her languishing gaze at him while she lay nestling in his arms, her bended head seeming to recede between her shoulders, as though shrinking from the cold.

But then, at once, his jealousy, as it had been the shadow of his love, presented him with the complement, with the converse of that new smile with which she had greeted him that very evening—with which, now, perversely, she was mocking Swann while she tendered her love to another—of that lowering of her head, but lowered now to fall on other lips, and (but bestowed upon a stranger) of all the marks of affection that she had shewn to him. And all these voluptuous memories which he bore away from her house were, as one might say, but so many sketches, rough plans, like the schemes of decoration which a designer submits to one in outline, enabling Swann to form an idea of the various attitudes, aflame or faint with passion, which she was capable of adopting for others. With the result that he came to regret every pleasure that he tasted in her company, every new caress that he invented (and had been so imprudent as to point out to her how delightful it was), every fresh charm that he found in her, for he knew that, a moment later, they would go to enrich the collection of instruments in his secret torture-chamber.

A fresh turn was given to the screw when Swann recalled a sudden expression which he had intercepted, a few days earlier, and for the first time, in Odette's eyes. It was after dinner at the Verdurins'. Whether it was because Forcheville, aware that Saniette, his brother-in-law, was not in favour with them, had decided to make a butt of

comme tête de Turc et briller devant eux à ses dépens, soit qu'il eût été irrité par un mot maladroit que celui-ci venait de lui dire et qui, d'ailleurs, passa inaperçu pour les assistants qui ne savaient pas quelle allusion désobligeante il pouvait renfermer, bien contre le gré de celui qui le prononçait sans malice aucune, soit enfin qu'il cherchât depuis quelque temps une occasion de faire sortir de la maison quelqu'un qui le connaissait trop bien et qu'il savait trop délicat pour qu'il ne se sentît pas gêné à certains moments rien que de sa présence, Forcheville répondit à ce propos maladroit de Saniette avec une telle grossièreté, se mettant à l'insulter, s'enhardissant, au fur et à mesure qu'il vociférait, de l'effroi, de la douleur, des supplications de l'autre, que le malheureux, après avoir demandé à Mme Verdurin s'il devait rester, et n'ayant pas reçu de réponse, s'était retiré en balbutiant, les larmes aux yeux. Odette avait assisté impassible à cette scène, mais quand la porte se fut refermée sur Saniette, faisant descendre en quelque sorte de plusieurs crans l'expression habituelle de son visage, pour pouvoir se trouver dans la bassesse, de plain-pied avec Forcheville, elle avait brillanté ses prunelles d'un sourire sournois de félicitations pour l'audace qu'il avait eue, d'ironie pour celui qui en avait été victime; elle lui avait jeté un regard de complicité dans le mal, qui voulait si bien dire: «voilà une exécution, ou je ne m'y connais pas. Avez-vous vu son air penaud, il en pleurait», que Forcheville, quand ses yeux rencontrèrent ce regard, dégrisé soudain de la colère ou de la simulation de colère dont il était encore chaud, sourit et répondit:

— Il n'avait qu'à être aimable, il serait encore ici, une bonne correction peut être utile à tout âge.

Un jour que Swann était sorti au milieu de l'après-midi pour faire une visite, n'ayant pas trouvé la personne qu'il voulait rencontrer, il eut l'idée d'entrer chez Odette à cette heure où il n'allait jamais chez elle, mais où il savait qu'elle était toujours à la maison à faire sa sieste ou à écrire des

him, and to shine at his expense, or because he had been annoyed by some awkward remark which Saniette had made to him, although it had passed unnoticed by the rest of the party who knew nothing of whatever tactless allusion it might conceal, or possibly because he had been for some time looking out for an opportunity of securing the expulsion from the house of a fellow-guest who knew rather too much about him, and whom he knew to be so nice-minded that he himself could not help feeling embarrassed at times merely by his presence in the room, Forcheville replied to Saniette's tactless utterance with such a volley of abuse, going out of his way to insult him, emboldened, the louder he shouted, by the fear, the pain, the entreaties of his victim, that the poor creature, after asking Mme. Verdurin whether he should stay and receiving no answer, had left the house in stammering confusion and with tears in his eyes. Odette had looked on, impassive, at this scene; but when the door had closed behind Saniette, she had forced the normal expression of her face down, as the saying is, by several pegs, so as to bring herself on to the same level of vulgarity as Forcheville; her eyes had sparkled with a malicious smile of congratulation upon his audacity, of ironical pity for the poor wretch who had been its victim; she had darted at him a look of complicity in the crime, which so clearly implied: "That's finished him off, or I'm very much mistaken. Did you see what a fool he looked? He was actually crying," that Forcheville, when his eyes met hers, sobered in a moment from the anger, or pretended anger with which he was still flushed, smiled as he explained:

"He need only have made himself pleasant and he'd have been here still; a good scolding does a man no harm, at any time."

One day when Swann had gone out early in the afternoon to pay a call, and had failed to find the person at home whom he wished to see, it occurred to him to go, instead, to Odette, at an hour when, although he never went to her house then as a rule, he knew that she was always at home, resting or writing letters until tea-time, and would

lettres avant l'heure du thé, et où il aurait plaisir à la voir un peu sans la déranger. Le concierge lui dit qu'il croyait qu'elle était là; il sonna, crut entendre du bruit, entendre marcher, mais on n'ouvrit pas. Anxieux, irrité, il alla dans la petite rue où donnait l'autre face de l'hôtel, se mit devant la fenêtre de la chambre d'Odette; les rideaux l'empêchaient de rien voir, il frappa avec force aux carreaux, appela; personne n'ouvrit. Il vit que des voisins le regardaient. Il partit, pensant qu'après tout, il s'était peut-être trompé en croyant entendre des pas; mais il en resta si préoccupé qu'il ne pouvait penser à autre chose. Une heure après, il revint. Il la trouva; elle lui dit qu'elle était chez elle tantôt quand il avait sonné, mais dormait; la sonnette l'avait éveillée, elle avait deviné que c'était Swann, elle avait couru après lui, mais il était déjà parti. Elle avait bien entendu frapper aux carreaux. Swann reconnut tout de suite dans ce dire un de ces fragments d'un fait exact que les menteurs pris de court se consolent de faire entrer dans la composition du fait faux qu'ils inventent, croyant y faire sa part et y dérober sa ressemblance à la Vérité. Certes quand Odette venait de faire quelque chose qu'elle ne voulait pas révéler, elle le cachait bien au fond d'elle-même. Mais dès qu'elle se trouvait en présence de celui à qui elle voulait mentir, un trouble la prenait, toutes ses idées s'effondraient, ses facultés d'invention et de raisonnement étaient paralysées, elle ne trouvait plus dans sa tête que le vide, il fallait pourtant dire quelque chose et elle rencontrait à sa portée précisément la chose qu'elle avait voulu dissimuler et qui étant vraie, était restée là. Elle en détachait un petit morceau, sans importance par lui-même, se disant qu'après tout c'était mieux ainsi puisque c'était un détail véritable qui n'offrait pas les mêmes dangers qu'un détail faux. «Ça du moins, c'est vrai, se disait-elle, c'est toujours autant de gagné, il peut s'informer, il reconnaîtra que c'est vrai, ce n'est

enjoy seeing her for a moment, if it did not disturb her. The porter told him that he believed Odette to be in; Swann rang the bell, thought that he heard a sound, that he heard footsteps, but no one came to the door. Anxious and annoyed, he went round to the other little street, at the back of her house, and stood beneath her bedroom window; the curtains were drawn and he could see nothing; he knocked loudly upon the pane, he shouted; still no one came. He could see that the neighbours were staring at him. He turned away, thinking that, after all, he had perhaps been mistaken in believing that he heard footsteps; but he remained so preoccupied with the suspicion that he could turn his mind to nothing else. After waiting for an hour, he returned. He found her at home; she told him that she had been in the house when he rang, but had been asleep; the bell had awakened her; she had guessed that it must be Swann, and had run out to meet him, but he had already gone. She had, of course, heard him knocking at the window. Swann could at once detect in this story one of those fragments of literal truth which liars, when taken by surprise, console themselves by introducing into the composition of the falsehood which they have to invent, thinking that it can be safely incorporated, and will lend the whole story an air of verisimilitude. It was true that, when Odette had just done something which she did not wish to disclose, she would take pains to conceal it in a secret place in her heart. But as soon as she found herself face to face with the man to whom she was obliged to lie, she became uneasy, all her ideas melted like wax before a flame, her inventive and her reasoning faculties were paralysed, she might ransack her brain but would find only a void; still, she must say something, and there lay within her reach precisely the fact which she had wished to conceal, which, being the truth, was the one thing that had remained. She broke off from it a tiny fragment, of no importance in itself, assuring herself that, after all, it was the best thing to do, since it was a detail of the truth, and less dangerous, therefore, than a falsehood. "At any rate, this is true," she said to herself; "that's always something to the good; he may make inquiries; he will see that this is true; it won't be this, anyhow, that will

toujours pas ça qui me trahira.» Elle se trompait, c'était cela qui la trahissait, elle ne se rendait pas compte que ce détail vrai avait des angles qui ne pouvaient s'emboîter que dans les détails contigus du fait vrai dont elle l'avait arbitrairement détaché et qui, quels que fussent les détails inventés entre lesquels elle le placerait, révéleraient toujours par la matière excédante et les vides non remplis, que ce n'était pas d'entre ceux-là qu'il venait. «Elle avoue qu'elle m'avait entendu sonner, puis frapper, et qu'elle avait cru que c'était moi, qu'elle avait envie de me voir, se disait Swann. Mais cela ne s'arrange pas avec le fait qu'elle n'ait pas fait ouvrir.»

Mais il ne lui fit pas remarquer cette contradiction, car il pensait que, livrée à elle-même, Odette produirait peut-être quelque mensonge qui serait un faible indice de la vérité; elle parlait; il ne l'interrompait pas, il recueillait avec une piété avide et douloureuse ces mots qu'elle lui disait et qu'il sentait (justement, parce qu'elle la cachait derrière eux tout en lui parlant) garder vaguement, comme le voile sacré, l'empreinte, dessiner l'incertain modelé, de cette réalité infiniment précieuse et hélas introuvable:—ce qu'elle faisait tantôt à trois heures, quand il était venu—de laquelle il ne posséderait jamais que ces mensonges, illisibles et divins vestiges, et qui n'existait plus que dans le souvenir receleur de cet être qui la contemplait sans savoir l'apprécier, mais ne la lui livrerait pas. Certes il se doutait bien par moments qu'en elles-mêmes les actions quotidiennes d'Odette n'étaient pas passionnément intéressantes, et que les relations qu'elle pouvait avoir avec d'autres hommes n'exhalaient pas naturellement d'une façon universelle et pour tout être pensant, une tristesse morbide, capable de donner la fièvre du suicide. Il se rendait compte alors que cet intérêt, cette tristesse n'existaient qu'en lui comme une maladie, et que quand celle-ci serait guérie, les actes d'Odette, les baisers qu'elle aurait pu donner

give me away." But she was wrong; it was what gave her away; she had not taken into account that this fragmentary detail of the truth had sharp edges which could not: be made to fit in, except to those contiguous fragments of the truth from which she had arbitrarily detached it, edges which, whatever the fictitious details in which she might embed it, would continue to shew, by their overlapping angles and by the gaps which she had forgotten to fill, that its proper place was elsewhere.

"She admits that she heard me ring, and then knock, that she knew it was myself, that she wanted to see me," Swann thought to himself. "But that doesn't correspond with the fact that she did not let me in."

He did not, however, draw her attention to this inconsistency, for he thought that, if left to herself, Odette might perhaps produce some falsehood which would give him a faint indication of the truth; she spoke; he did not interrupt her, he gathered up, with an eager and sorrowful piety, the words that fell from her lips, feeling (and rightly feeling, since she was hiding the truth behind them as she spoke) that, like the veil of a sanctuary, they kept a vague imprint, traced a faint outline of that infinitely precious and, alas, undiscoverable truth;—what she had been doing, that afternoon, at three o'clock, when he had called—a truth of which he would never possess any more than these falsifications, illegible and divine traces, a truth which would exist henceforward only in the secretive memory of this creature, who would contemplate it in utter ignorance of its value, but would never yield it up to him. It was true that he had, now and then, a strong suspicion that Odette's daily activities were not in themselves passionately interesting, and that such relations as she might have with other men did not exhale, naturally, in a universal sense, or for every rational being, a spirit of morbid gloom capable of infecting with fever or of inciting to suicide. He realised, at such moments, that that interest, that gloom, existed in him only as a malady might exist, and that, once he was cured of the malady, the actions of Odette, the kisses that she might have bestowed,

redeviendraient inoffensifs comme ceux de tant d'autres femmes. Mais que la curiosité douloureuse que Swann y portait maintenant n'eût sa cause qu'en lui, n'était pas pour lui faire trouver déraisonnable de considérer cette curiosité comme importante et de mettre tout en œuvre pour lui donner satisfaction. C'est que Swann arrivait à un âge dont la philosophie—favorisée par celle de l'époque, par celle aussi du milieu où Swann avait beaucoup vécu, de cette coterie de la princesse des Laumes où il était convenu qu'on est intelligent dans la mesure où on doute de tout et où on ne trouvait de réel et d'incontestable que les goûts de chacun—n'est déjà plus celle de la jeunesse, mais une philosophie positive, presque médicale, d'hommes qui au lieu d'extérioriser les objets de leurs aspirations, essayent de dégager de leurs années déjà écoulées un résidu fixe d'habitudes, de passions qu'ils puissent considérer en eux comme caractéristiques et permanentes et auxquelles, délibérément, ils veilleront d'abord que le genre d'existence qu'ils adoptent puisse donner satisfaction. Swann trouvait sage de faire dans sa vie la part de la souffrance qu'il éprouvait à ignorer ce qu'avait fait Odette, aussi bien que la part de la recrudescence qu'un climat humide causait à son eczéma; de prévoir dans son budget une disponibilité importante pour obtenir sur l'emploi des journées d'Odette des renseignements sans lesquels il se sentirait malheureux, aussi bien qu'il en réservait pour d'autres goûts dont il savait qu'il pouvait attendre du plaisir, au moins avant qu'il fût amoureux, comme celui des collections et de la bonne cuisine.

Quand il voulut dire adieu à Odette pour rentrer, elle lui demanda de rester encore et le retint même vivement, en lui prenant le bras, au moment où il allait ouvrir là porte pour sortir. Mais il n'y prit pas garde, car, dans la multitude des gestes, des propos, des petits incidents qui remplissent une conversation, il est in-

would become once again as innocuous as those of countless other women. But the consciousness that the painful curiosity with which Swann now studied them had its origin only in himself was not enough to make him decide that it was unreasonable to regard that curiosity as important, and to take every possible step to satisfy it. Swann had, in fact, reached an age the philosophy of which—supported, in his case, by the current philosophy of the day, as well as by that of the circle in which he had spent most of his life, the group that surrounded the Princesse des Laumes, in which one's intelligence was understood to increase with the strength of one's disbelief in everything, and nothing real and incontestable was to be discovered, except the individual tastes of each of its members—is no longer that of youth, but a positive, almost a medical philosophy, the philosophy of men who, instead of fixing their aspirations upon external objects, endeavour to separate from the accumulation of the years already spent a definite residue of habits and passions which they can regard as characteristic and permanent, and with which they will deliberately arrange, before anything else, that the kind of existence which they choose to adopt shall not prove inharmonious. Swann deemed it wise to make allowance in his life for the suffering which he derived from not knowing what Odette had done, just as he made allowance for the impetus which a damp climate always gave to his eczema; to anticipate in his budget the expenditure of a considerable sum on procuring, with regard to the daily occupations of Odette, information the lack of which would make him unhappy, just as he reserved a margin for the gratification of other tastes from which he knew that pleasure was to be expected (at least, before he had fallen in love) such as his taste for collecting things, or for good cooking.

When he proposed to take leave of Odette, and to return home, she begged him to stay a little longer, and even detained him forcibly, seizing him by the arm as he was opening the door to go. But he gave no thought to that, for, among the crowd of gestures and speeches and other little incidents which go to make up a conversation, it is in-

évitable que nous passions, sans y rien remarquer qui éveille notre attention, près de ceux qui cachent une vérité que nos soupçons cherchent au hasard, et que nous nous arrêtions au contraire à ceux sous lesquels il n'y a rien. Elle lui redisait tout le temps: «Quel malheur que toi, qui ne viens jamais l'après-midi, pour une fois que cela t'arrive, je ne t'aie pas vu.» Il savait bien qu'elle n'était pas assez amoureuse de lui pour avoir un regret si vif d'avoir manqué sa visite, mais comme elle était bonne, désireuse de lui faire plaisir, et souvent triste quand elle l'avait contrarié, il trouva tout naturel qu'elle le fût cette fois de l'avoir privé de ce plaisir de passer une heure ensemble qui était très grand, non pour elle, mais pour lui. C'était pourtant une chose assez peu importante pour que l'air douloureux qu'elle continuait d'avoir finît par l'étonner. Elle rappelait ainsi plus encore qu'il ne le trouvait d'habitude, les figures de femmes du peintre de la Primavera. Elle avait en ce moment leur visage abattu et navré qui semble succomber sous le poids d'une douleur trop lourde pour elles, simplement quand elles laissent l'enfant Jésus jouer avec une grenade ou regardent Moïse verser de l'eau dans une auge. Il lui avait déjà vu une fois une telle tristesse, mais ne savait plus quand. Et tout d'un coup, il se rappela: c'était quand Odette avait menti en parlant à Mme Verdurin le lendemain de ce dîner où elle n'était pas venue sous prétexte qu'elle était malade et en réalité pour rester avec Swann. Certes, eût-elle été la plus scrupuleuse des femmes qu'elle n'aurait pu avoir de remords d'un mensonge aussi innocent. Mais ceux que faisait couramment Odette l'étaient moins et servaient à empêcher des découvertes qui auraient pu lui créer avec les uns ou avec les autres, de terribles difficultés. Aussi quand elle mentait, prise de peur, se sentant peu armée pour se défendre, incertaine du succès, elle avait envie de pleurer, par fatigue, comme certains enfants qui n'ont pas dormi. Puis elle savait que son mensonge lésait d'ordinaire gravement

evitable that we should pass (without noticing anything that arouses our interest) by those that hide a truth for which our suspicions are blindly searching, whereas we stop to examine others beneath which nothing lies concealed. She kept on saying: "What a dreadful pity; you never by any chance come in the afternoon, and the one time you do come then I miss you." He knew very well that she was not sufficiently in love with him to be so keenly distressed merely at having missed his visit, but as she was a good-natured woman, anxious to give him pleasure, and often sorry when she had done anything that annoyed him, he found it quite natural that she should be sorry, on this occasion, that she had deprived him of that pleasure of spending an hour in her company, which was so very great a pleasure, if not to herself, at any rate to him. All the same, it was a matter of so little importance that her air of unrelieved sorrow began at length to bewilder him. She reminded him, even more than was usual, of the faces of some of the women created by the painter of the Primavera.' She had, at that moment, their downcast, heartbroken expression, which seems ready to succumb beneath the burden of a grief too heavy to be borne, when they are merely allowing the Infant Jesus to play with a pomegranate, or watching Moses pour water into a trough. He had seen the same sorrow once before on her face, but when, he could no longer say. Then, suddenly, he remembered it; it was when Odette had lied, in apologising to Mme. Verdurin on the evening after the dinner from which she had stayed away on a pretext of illness, but really so that she might be alone with Swann. Surely, even had she been the most scrupulous of women, she could hardly have felt remorse for so innocent a lie. But the lies which Odette ordinarily told were less innocent, and served to prevent discoveries which might have involved her in the most terrible difficulties with one or another of her friends. And so, when she lied, smitten with fear, feeling herself to be but feebly armed for her defence, unconfident of success, she was inclined to weep from sheer exhaustion, as children weep sometimes when they have not slept. She knew, also, that her lie, as a rule, was doing a serious injury

l'homme à qui elle le faisait, et à la merci duquel elle allait peut-être tomber si elle mentait mal. Alors elle se sentait à la fois humble et coupable devant lui. Et quand elle avait à faire un mensonge insignifiant et mondain, par association de sensations et de souvenirs, elle éprouvait le malaise d'un surmenage et le regret d'une méchanceté.

Quel mensonge déprimant était-elle en train de faire à Swann pour qu'elle eût ce regard douloureux, cette voix plaintive qui semblaient fléchir sous l'effort qu'elle s'imposait, et demander grâce? Il eut l'idée que ce n'était pas seulement la vérité sur l'incident de l'après-midi qu'elle s'efforçait de lui cacher, mais quelque chose de plus actuel, peut-être de non encore survenu et de tout prochain, et qui pourrait l'éclairer sur cette vérité. A ce moment, il entendit un coup de sonnette. Odette ne cessa plus de parler, mais ses paroles n'étaient qu'un gémissement: son regret de ne pas avoir vu Swann dans l'après-midi, de ne pas lui avoir ouvert, était devenu un véritable désespoir.

On entendit la porte d'entrée se refermer et le bruit d'une voiture, comme si repartait une personne—celle probablement que Swann ne devait pas rencontrer—à qui on avait dit qu'Odette était sortie. Alors en songeant que rien qu'en venant à une heure où il n'en avait pas l'habitude, il s'était trouvé déranger tant de choses qu'elle ne voulait pas qu'il sût, il éprouva un sentiment de découragement, presque de détresse. Mais comme il aimait Odette, comme il avait l'habitude de tourner vers elle toutes ses pensées, la pitié qu'il eût pu s'inspirer à lui-même ce fut pour elle qu'il la ressentit, et il murmura: «Pauvre chérie!» Quand il la quitta, elle prit plusieurs lettres qu'elle avait sur sa table et lui demanda s'il ne pourrait pas les mettre à la poste. Il les emporta et, une fois rentré, s'aperçut qu'il avait gardé les lettres sur lui. Il retourna jusqu'à la poste, les tira de sa poche et avant de les jeter dans la boîte regarda les adresses. Elles étaient toutes pour des four-

to the man to whom she was telling it, and that she might find herself at his mercy if she told it badly. Therefore she felt at once humble and culpable in his presence. And when she had to tell an insignificant, social lie its hazardous associations, and the memories which it recalled, would leave her weak with a sense of exhaustion and penitent with a consciousness of wrongdoing.

What depressing lie was she now concocting for Swann's benefit, to give her that pained expression, that plaintive voice, which seemed to falter beneath the effort that she was forcing herself to make, and to plead for pardon? He had an idea that it was not merely the truth about what had occurred that afternoon that she was endeavouring to hide from him, but something more immediate, something, possibly, which had not yet happened, but might happen now at any time, and, when it did, would throw a light upon that earlier event. At that moment, he heard the front-door bell ring. Odette never stopped speaking, but her words dwindled into an inarticulate moan. Her regret at not having seen Swann that afternoon, at not having opened the door to him, had melted into a universal despair.

He could hear the gate being closed, and the sound of a carriage, as though some one were going away—probably the person whom Swann must on no account meet—after being told that Odette was not at home. And then, when he reflected that, merely by coming at an hour when he was not in the habit of coming, he had managed to disturb so many arrangements of which she did not wish him to know, he had a feeling of discouragement that amounted, almost, to distress. But since he was in love with Odette, since he was in the habit of turning all his thoughts towards her, the pity with which he might have been inspired for himself he felt for her only, and murmured: "Poor darling!" When finally he left her, she took up several letters which were lying on the table, and asked him if he would be so good as to post them for her. He walked along to the post-office, took the letters from his pocket, and, before dropping each of them into the box, scanned its address. They were all to tradesmen, except the last, which was

nisseurs, sauf une pour Forcheville. Il la tenait dans sa main. Il se disait: «Si je voyais ce qu'il y a dedans, je saurais comment elle l'appelle, comment elle lui parle, s'il y a quelque chose entre eux. Peut-être même qu'en ne la regardant pas, je commets une indélicatesse à l'égard d'Odette, car c'est la seule manière de me délivrer d'un soupçon peut-être calomnieux pour elle, destiné en tous cas à la faire souffrir et que rien ne pourrait plus détruire, une fois la lettre partie.»

Il rentra chez lui en quittant la poste, mais il avait gardé sur lui cette dernière lettre. Il alluma une bougie et en approcha l'enveloppe qu'il n'avait pas osé ouvrir. D'abord il ne put rien lire, mais l'enveloppe était mince, et en la faisant adhérer à la carte dure qui y était incluse, il put à travers sa transparence, lire les derniers mots. C'était une formule finale très froide. Si, au lieu que ce fût lui qui regardât une lettre adressée à Forcheville, c'eût été Forcheville qui eût lu une lettre adressée à Swann, il aurait pu voir des mots autrement tendres! Il maintint immobile la carte qui dansait dans l'enveloppe plus grande qu'elle, puis, la faisant glisser avec le pouce, en amena successivement les différentes lignes sous la partie de l'enveloppe qui n'était pas doublée, la seule à travers laquelle on pouvait lire.

Malgré cela il ne distinguait pas bien. D'ailleurs cela ne faisait rien car il en avait assez vu pour se rendre compte qu'il s'agissait d'un petit événement sans importance et qui ne touchait nullement à des relations amoureuses, c'était quelque chose qui se rapportait à un oncle d'Odette. Swann avait bien lu au commencement de la ligne: «J'ai eu raison», mais ne comprenait pas ce qu'Odette avait eu raison de faire, quand soudain, un mot qu'il n'avait pas pu déchiffrer d'abord, apparut et éclaira le sens de la phrase tout entière: «J'ai eu raison d'ouvrir, c'était mon oncle.» D'ouvrir! alors Forcheville était là tantôt quand Swann avait sonné et elle l'avait fait partir, d'où le bruit qu'il avait entendu.

to Forcheville. He kept it in his hand. "If I saw what was in this," he argued, "I should know what she calls him, what she says to him, whether there really is anything between them. Perhaps, if I don't look inside, I shall be lacking in delicacy towards Odette, since in this way alone I can rid myself of a suspicion which is, perhaps, a calumny on her, which must, in any case, cause her suffering, and which can never possibly be set at rest, once the letter is posted."

He left the post-office and went home, but he had kept the last letter in his pocket. He lighted a candle, and held up close to its flame the envelope which he had not dared to open. At first he could distinguish nothing, but the envelope was thin, and by pressing it down on to the stiff card which it enclosed he was able, through the transparent paper, to read the concluding words. They were a coldly formal signature. If, instead of its being himself who was looking at a letter addressed to Forcheville, it had been Forcheville who had read a letter addressed to Swann, he might have found words in it of another, a far more tender kind! He took a firm hold of the card, which was sliding to and fro, the envelope being too large for it and then, by moving it with his finger and thumb, brought one line after another beneath the part of the envelope where the paper was not doubled, through which alone it was possible to read.

In spite of all these manoeuvres he could not make it out clearly. Not that it mattered, for he had seen enough to assure himself that the letter was about some trifling incident of no importance, and had nothing at all to do with love; it was something to do with Odette's uncle. Swann had read quite plainly at the beginning of the line "I was right," but did not understand what Odette had been right in doing, until suddenly a word which he had not been able, at first, to decipher, came to light and made the whole sentence intelligible: "I was right to open the door; it was my uncle." To open the door! Then Forcheville had been there when Swann rang the bell, and she had sent him away; hence the sound that Swann had heard.

Alors il lut toute la lettre; à la fin elle s'excusait d'avoir agi aussi sans façon avec lui et lui disait qu'il avait oublié ses cigarettes chez elle, la même phrase qu'elle avait écrite à Swann une des premières fois qu'il était venu. Mais pour Swann elle avait ajouté: puissiez-vous y avoir laissé votre cœur, je ne vous aurais pas laissé le reprendre. Pour Forcheville rien de tel: aucune allusion qui pût faire supposer une intrigue entre eux. A vrai dire d'ailleurs, Forcheville était en tout ceci plus trompé que lui puisque Odette lui écrivait pour lui faire croire que le visiteur était son oncle. En somme, c'était lui, Swann, l'homme à qui elle attachait de l'importance et pour qui elle avait congédié l'autre. Et pourtant, s'il n'y avait rien entre Odette et Forcheville, pourquoi n'avoir pas ouvert tout de suite, pourquoi avoir dit: «J'ai bien fait d'ouvrir, c'était mon oncle»; si elle ne faisait rien de mal à ce moment-là, comment Forcheville pourrait-il même s'expliquer qu'elle eût pu ne pas ouvrir? Swann restait là, désolé, confus et pourtant heureux, devant cette enveloppe qu'Odette lui avait remise sans crainte, tant était absolue la confiance qu'elle avait en sa délicatesse, mais à travers le vitrage transparent de laquelle se dévoilait à lui, avec le secret d'un incident qu'il n'aurait jamais cru possible de connaître, un peu de la vie d'Odette, comme dans une étroite section lumineuse pratiquée à même l'inconnu. Puis sa jalousie s'en réjouissait, comme si cette jalousie eût eu une vitalité indépendante, égoïste, vorace de tout ce qui la nourrirait, fût-ce aux dépens de lui-même. Maintenant elle avait un aliment et Swann allait pouvoir commencer à s'inquiéter chaque jour des visites qu'Odette avait reçues vers cinq heures, à chercher à apprendre où se trouvait Forcheville à cette heure-là. Car la tendresse de Swann continuait à garder le même caractère que lui avait imprimé dès le début à la fois l'ignorance où il était de l'emploi des journées d'Odette et la paresse cérébrale qui l'empêchait de suppléer à l'ignorance par l'imagi-

After that he read the whole letter; at the end she apologised for having treated Forcheville with so little ceremony, and reminded him that he had left his cigarette-case at her house, precisely what she had written to Swann after one of his first visits. But to Swann she had added: "Why did you not forget your heart also? I should never have let you have that back." To Forcheville nothing of that sort; no allusion that could suggest any intrigue between them. And, really, he was obliged to admit that in all this business Forcheville had been worse treated than himself, since Odette was writing to him to make him believe that her visitor had been an uncle. From which it followed that he, Swann, was the man to whom she attached importance, and for whose sake she had sent the other away. And yet, if there had been nothing between Odette and Forcheville, why not have opened the door at once, why have said, "I was right to open the door; it was my uncle." Right? if she was doing nothing wrong at that moment how could Forcheville possibly have accounted for her not opening the door? For a time Swann stood still there, heartbroken, bewildered, and yet happy; gazing at this envelope which Odette had handed to him without a scruple, so absolute was her trust in his honour; through its transparent window there had been disclosed to him, with the secret history of an incident which he had despaired of ever being able to learn, a fragment of the life of Odette, seen as through a narrow, luminous incision, cut into its surface without her knowledge. Then his jealousy rejoiced at the discovery, as though that jealousy had had an independent existence, fiercely egotistical, gluttonous of every thing that would feed its vitality, even at the expense of Swann himself. Now it had food in store, and Swann could begin to grow uneasy afresh every evening, over the visits that Odette had received about five o'clock, and could seek to discover where Forcheville had been at that hour. For Swann's affection for Odette still preserved the form which had been imposed on it, from the beginning, by his ignorance of the occupations in which she passed her days, as well as by the mental lethargy which prevented him from supplementing that ignorance by imagi-

nation. Il ne fut pas jaloux d'abord de toute la vie d'Odette, mais des seuls moments où une circonstance, peut-être mal interprétée, l'avait amené à supposer qu'Odette avait pu le tromper. Sa jalousie, comme une pieuvre qui jette une première, puis une seconde, puis une troisième amarre, s'attacha solidement à ce moment de cinq heures du soir, puis à un autre, puis à un autre encore. Mais Swann ne savait pas inventer ses souffrances. Elles n'étaient que le souvenir, la perpétuation d'une souffrance qui lui était venue du dehors.

Mais là tout lui en apportait. Il voulut éloigner Odette de Forcheville, l'emmener quelques jours dans le Midi. Mais il croyait qu'elle était désirée par tous les hommes qui se trouvaient dans l'hôtel et qu'elle-même les désirait. Aussi lui qui jadis en voyage recherchait les gens nouveaux, les assemblées nombreuses, on le voyait sauvage, fuyant la société des hommes comme si elle l'eût cruellement blessé. Et comment n'aurait-il pas été misanthrope quand dans tout homme il voyait un amant possible pour Odette? Et ainsi sa jalousie plus encore que n'avait fait le goût voluptueux et riant qu'il avait d'abord pour Odette, altérait le caractère de Swann et changeait du tout au tout, aux yeux des autres, l'aspect même des signes extérieurs par lesquels ce caractère se manifestait.

Un mois après le jour où il avait lu la lettre adressée par Odette à Forcheville, Swann alla à un dîner que les Verdurin donnaient au Bois. Au moment où on se préparait à partir, il remarqua des conciliabules entre Mme Verdurin et plusieurs des invités et crut comprendre qu'on rappelait au pianiste de venir le lendemain à une partie à Chatou; or, lui, Swann, n'y était pas invité.

Les Verdurin n'avaient parlé qu'à demi-voix et en termes vagues, mais le peintre, distrait sans doute, s'écria:

— Il ne faudra aucune lumière et qu'il joue la sonate Clair de lune dans l'obscurité pour mieux voir s'éclairer les choses.

nation. He was not jealous, at first, of the whole of Odette's life, but of those moments only in which an incident, which he had perhaps misinterpreted, had led him to suppose that Odette might have played him false. His jealousy, like an octopus which throws out a first, then a second, and finally a third tentacle, fastened itself irremovably first to that moment, five o'clock in the afternoon, then to another, then to another again. But Swann was incapable of inventing his sufferings. They were only the memory, the perpetuation of a suffering that had come to him from without.

From without, however, everything brought him fresh suffering. He decided to separate Odette from Forcheville, by taking her away for a few days to the south. But he imagined that she was coveted by every male person in the hotel, and that she coveted them in return. And so he, who, in old days, when he travelled, used always to seek out new people and crowded places, might now be seen fleeing savagely from human society as if it had cruelly injured him. And how could he not have turned misanthrope, when in every man he saw a potential lover for Odette? Thus his jealousy did even more than the happy, passionate desire which he had originally felt for Odette had done to alter Swann's character, completely changing, in the eyes of the world, even the outward signs by which that character had been intelligible.

A month after the evening on which he had intercepted and read Odette's letter to Forcheville, Swann went to a dinner which the Verdurins were giving in the Bois. As the party was breaking up he noticed a series of whispered discussions between Mme. Verdurin and several of her guests, and thought that he heard the pianist being reminded to come next day to a party at Chatou; now he, Swann, had not been invited to any party.

The Verdurins had spoken only in whispers, and in vague terms, but the painter, perhaps without thinking, shouted out:

"There must be no lights of any sort, and he must play the Moonlight Sonata in the dark, for us to see by."

Mme Verdurin, voyant que Swann était à deux pas, prit cette expression où le désir de faire taire celui qui parle et de garder un air innocent aux yeux de celui qui entend, se neutralise en une nullité intense du regard, où l'immobile signe d'intelligence du complice se dissimule sous les sourires de l'ingénu et qui enfin, commune à tous ceux qui s'aperçoivent d'une gaffe, la révèle instantanément sinon à ceux qui la font, du moins à celui qui en est l'objet. Odette eut soudain l'air d'une désespérée qui renonce à lutter contre les difficultés écrasantes de la vie, et Swann comptait anxieusement les minutes qui le séparaient du moment où, après avoir quitté ce restaurant, pendant le retour avec elle, il allait pouvoir lui demander des explications, obtenir qu'elle n'allât pas le lendemain à Chatou ou qu'elle l'y fît inviter et apaiser dans ses bras l'angoisse qu'il ressentait. Enfin on demanda leurs voitures. Mme Verdurin dit à Swann:

—Alors, adieu, à bientôt, n'est-ce pas? tâchant par l'amabilité du regard et la contrainte du sourire de l'empêcher de penser qu'elle ne lui disait pas, comme elle eût toujours fait jusqu'ici:

«A demain à Chatou, à après-demain chez moi.»

M. et Mme Verdurin firent monter avec eux Forcheville, la voiture de Swann s'était rangée derrière la leur dont il attendait le départ pour faire monter Odette dans la sienne.

— Odette, nous vous ramenons, dit Mme Verdurin, nous avons une petite place pour vous à côté de M. de Forcheville.

— Oui, Madame, répondit Odette.

— Comment, mais je croyais que je vous reconduisais, s'écria Swann, disant sans dissimulation, les mots nécessaires, car la portière était ouverte, les secondes étaient comptées, et il ne pouvait rentrer sans elle dans l'état où il était.

Mme. Verdurin, seeing that Swann was within earshot, assumed that expression in which the two-fold desire to make the speaker be quiet and to preserve, oneself, an appearance of guilelessness in the eyes of the listener, is neutralised in an intense vacuity; in which the unflinching signs of intelligent complicity are overlaid by the smiles of innocence, an expression invariably adopted by anyone who has noticed a blunder, the enormity of which is thereby at once revealed if not to those who have made it, at any rate to him in whose hearing it ought not to have been made. Odette seemed suddenly to be in despair, as though she had decided not to struggle any longer against the crushing difficulties of life, and Swann was anxiously counting the minutes that still separated him from the point at which, after leaving the restaurant, while he drove her home, he would be able to ask for an explanation, to make her promise, either that she would not go to Chatou next day, or that she would procure an invitation for him also, and to lull to rest in her arms the anguish that still tormented him. At last the carriages were ordered. Mme. Verdurin said to Swann:

"Good-bye, then. We shall see you soon, I hope," trying, by the friendliness of her manner and the constraint of her smile, to prevent him from noticing that she Was not saying, as she would always have until then:

"To-morrow, then, at Chatou, and at my house the day after."

M. and Mme. Verdurin made Forcheville get into their carriage; Swann's was drawn up behind it, and he waited for theirs to start before helping Odette into his own.

"Odette, we'll take you," said Mme. Verdurin, "we've kept a little corner specially for you, beside M. de Forcheville."

"Yes, Mme. Verdurin," said Odette meekly.

"What! I thought I was to take you home," cried Swann, flinging discretion to the winds, for the carriage-door hung open, time was precious, and he could not, in his present state, go home without her.

— Mais Mme Verdurin m'a demandé...

— Voyons, vous pouvez bien revenir seul, nous vous l'avons laissée assez de fois, dit Mme Verdurin.

—Mais c'est que j'avais une chose importante à dire à Madame.

—Eh bien! vous la lui écrirez...

—Adieu, lui dit Odette en lui tendant la main.

Il essaya de sourire mais il avait l'air atterré.

—As-tu vu les façons que Swann se permet maintenant avec nous? dit Mme Verdurin à son mari quand ils furent rentrés. J'ai cru qu'il allait me manger, parce que nous ramenions Odette. C'est d'une inconvenance, vraiment! Alors, qu'il dise tout de suite que nous tenons une maison de rendez-vous! Je ne comprends pas qu'Odette supporte des manières pareilles. Il a absolument l'air de dire: vous m'appartenez. Je dirai ma manière de penser à Odette, j'espère qu'elle comprendra.»

Et elle ajouta encore un instant après, avec colère:

—Non, mais voyez-vous, cette sale bête! employant sans s'en rendre compte, et peut-être en obéissant au même besoin obscur de se justifier—comme Françoise à Combray quand le poulet ne voulait pas mourir—les mots qu'arrachent les derniers sursauts d'un animal inoffensif qui agonise, au paysan qui est en train de l'écraser.

Et quand la voiture de Mme Verdurin fut partie et que celle de Swann s'avança, son cocher le regardant lui demanda s'il n'était pas malade ou s'il n'était pas arrivé de malheur.

Swann le renvoya, il voulait marcher et ce fut à pied, par le Bois, qu'il rentra. Il parlait seul, à haute voix, et sur le même ton un peu factice qu'il avait pris jusqu'ici quand il détaillait les charmes du petit noyau et exaltait la magnanimité des Verdurin. Mais de même que les propos, les sourires, les baisers d'Odette lui devenaient aussi odieux qu'il les avait trouvés doux, s'ils étaient adressés à d'autres que lui, de même,

"But Mme. Verdurin has asked me . . ."

"That's all right, you can quite well go home alone; we've left you like this dozens of times," said Mme. Verdurin.

"But I had something important to tell Mme. de Crécy."

"Very well, you can write it to her instead."

"Good-bye," said Odette, holding out her hand.

He tried hard to smile, but could only succeed in looking utterly dejected.

"What do you think of the airs that Swann is pleased to put on with us?" Mme. Verdurin asked her husband when they had reached home. "I was afraid he was going to eat me, simply because we offered to take Odette back. It really is too bad, that sort of thing. Why doesn't he say, straight out, that we keep a disorderly house? I can't conceive how Odette can stand such manners. He positively seems to be saying, all the time, 'You belong to me!' I shall tell Odette exactly what I think about it all, and I hope she will have the sense to understand me."

A moment later she added, inarticulate with rage:

"No, but, don't you see, the filthy creature . . ." using unconsciously, and perhaps in satisfaction of the same obscure need to justify herself—like Françoise at Combray when the chicken refused to die—the very words which the last convulsions of an inoffensive animal in its death agony wring from the peasant who is engaged in taking its life.

And when Mme. Verdurin's carriage had moved on, and Swann's took its place, his coachman, catching sight of his face, asked whether he was unwell, or had heard bad news.

Swann sent him away; he preferred to walk, and it was on foot, through the Bois, that he came home. He talked to himself, aloud, and in the same slightly affected tone which he had been used to adopt when describing the charms of the 'little nucleus' and extolling the magnanimity of the Verdurins. But just as the conversation, the smiles, the kisses of Odette became as odious to him as he had once found them charming, if they were diverted to others than himself,

le salon des Verdurin, qui tout à l'heure encore lui semblait amusant, respirant un goût vrai pour l'art et même une sorte de noblesse morale, maintenant que c'était un autre que lui qu'Odette allait y rencontrer, y aimer librement, lui exhibait ses ridicules, sa sottise, son ignominie.

Il se représentait avec dégoût la soirée du lendemain à Chatou. «D'abord cette idée d'aller à Chatou! Comme des merciers qui viennent de fermer leur boutique! vraiment ces gens sont sublimes de bourgeoisisme, ils ne doivent pas exister réellement, ils doivent sortir du théâtre de Labiche!»

Il y aurait là les Cottard, peut-être Brichot. «Est-ce assez grotesque cette vie de petites gens qui vivent les uns sur les autres, qui se croiraient perdus, ma parole, s'ils ne se retrouvaient pas tous demain à *Chatou!*» Hélas! il y aurait aussi le peintre, le peintre qui aimait à «faire des mariages», qui inviterait Forcheville à venir avec Odette à son atelier. Il voyait Odette avec une toilette trop habillée pour cette partie de campagne, «car elle est si vulgaire et surtout, la pauvre petite, elle est tellement bête!!!»

Il entendit les plaisanteries que ferait Mme Verdurin après dîner, les plaisanteries qui, quel que fût l'ennuyeux qu'elles eussent pour cible, l'avaient toujours amusé parce qu'il voyait Odette en rire, en rire avec lui, presque en lui. Maintenant il sentait que c'était peut-être de lui qu'on allait faire rire Odette. «Quelle gaieté fétide! disait-il en donnant à sa bouche une expression de dégoût si forte qu'il avait lui-même la sensation musculaire de sa grimace jusque dans son cou révulsé contre le col de sa chemise. Et comment une créature dont le visage est fait à l'image de Dieu peut-elle trouver matière à rire dans ces plaisanteries nauséabondes? Toute narine un peu délicate se détournerait avec horreur pour ne pas se laisser offusquer par de tels relents. C'est vraiment incroyable de penser qu'un être humain peut ne pas comprendre qu'en se permettant un sourire à l'égard d'un semblable qui lui a tendu loyale-

so the Verdurins' drawing-room, which, not an hour before, had still seemed to him amusing, inspired with a genuine feeling for art and even with a sort of moral aristocracy, now that it was another than himself whom Odette was going to meet there, to love there without restraint, laid bare to him all its absurdities, its stupidity, its shame.

He drew a fanciful picture, at which he shuddered in disgust, of the party next evening at Chatou. "Imagine going to Chatou, of all places! Like a lot of drapers after closing time! Upon my word, these people are sublime in their smugness; they can't really exist; they must all have come out of one of Labiche's plays!"

The Cottards would be there; possibly Brichot. "Could anything be more grotesque than the lives of these little creatures, hanging on to one another like that. They'd imagine they were utterly lost, upon my soul they would, if they didn't all meet again to-morrow at *Chatou!*" Alas! there would be the painter there also, the painter who enjoyed match-making, who would invite Forcheville to come with Odette to his studio. He could see Odette, in a dress far too smart for the country, "for she is so vulgar in that way, and, poor little thing, she is such a fool!"

He could hear the jokes that Mme. Verdurin would make after dinner, jokes which, whoever the 'bore' might be at whom they were aimed, had always amused him because he could watch Odette laughing at them, laughing with him, her laughter almost a part of his. Now he felt that it was possibly at him that they would make Odette laugh. "What a fetid form of humour!" he exclaimed, twisting his mouth into an expression of disgust so violent that he could feel the muscles of his throat stiffen against his collar. "How, in God's name, can a creature made in His image find anything to laugh at in those nauseating witticisms? The least sensitive nose must be driven away in horror from such stale exhalations. It is really impossible to believe that any human being is incapable of understanding that, in allowing herself merely to smile at the expense of a fellow-creature who has loyally held out his hand to

ment la main, il se dégrade jusqu'à une fange d'où il ne sera plus possible à la meilleure volonté du monde de jamais le relever. J'habite à trop de milliers de mètres d'altitude au-dessus des bas-fonds où clapotent et clabaudent de tels sales papotages, pour que je puisse être éclaboussé par les plaisanteries d'une Verdurin, s'écria-t-il, en relevant la tête, en redressant fièrement son corps en arrière. Dieu m'est témoin que j'ai sincèrement voulu tirer Odette de là, et l'élever dans une atmosphère plus noble et plus pure. Mais la patience humaine a des bornes, et la mienne est à bout, se dit-il, comme si cette mission d'arracher Odette à une atmosphère de sarcasmes datait de plus longtemps que de quelques minutes, et comme s'il ne se l'était pas donnée seulement depuis qu'il pensait que ces sarcasmes l'avaient peut-être lui-même pour objet et tentaient de détacher Odette de lui.

Il voyait le pianiste prêt à jouer la sonate Clair de lune et les mines de Mme Verdurin s'effrayant du mal que la musique de Beethoven allait faire à ses nerfs: «Idiote, menteuse! s'écria-t-il, et ça croit aimer *l'Art!*». Elle dirait à Odette, après lui avoir insinué adroitement quelques mots louangeurs pour Forcheville, comme elle avait fait si souvent pour lui: «Vous allez faire une petite place à côté de vous à M. de Forcheville.» «Dans l'obscurité! maquerelle, entremetteuse!». «Entremetteuse», c'était le nom qu'il donnait aussi à la musique qui les convierait à se taire, à rêver ensemble, à se regarder, à se prendre la main. Il trouvait du bon à la sévérité contre les arts, de Platon, de Bossuet, et de la vieille éducation française.

En somme la vie qu'on menait chez les Verdurin et qu'il avait appelée si souvent «la vraie vie», lui semblait la pire de toutes, et leur petit noyau le dernier des milieux. «C'est vraiment, disait-il, ce qu'il y a de plus bas dans l'échelle sociale, le dernier cercle de Dante. Nul doute que le texte auguste ne se réfère aux Verdurin! Au fond, comme les gens du monde dont on peut médire, mais qui tout de même sont autre chose que ces bandes de voyous, montrent leur

her, she is casting herself into a mire from which it will be impossible, with the best will in the world, ever to rescue her. I dwell so many miles above the puddles in which these filthy little vermin sprawl and crawl and bawl their cheap obscenities, that I cannot possibly be spattered by the witticisms of a Verdurin!" he cried, tossing up his head and arrogantly straightening his body. "God knows that I have honestly attempted to pull Odette out of that sewer, and to teach her to breathe a nobler and a purer air. But human patience has its limits, and mine is at an end," he concluded, as though this sacred mission to tear Odette away from an atmosphere of sarcasms dated from longer than a few minutes ago, as though he had not undertaken it only since it had occurred to him that those sarcasms might, perchance, be directed at himself, and might have the effect of detaching Odette from him.

He could see the pianist sitting down to play the Moonlight Sonata, and the grimaces of Mme. Verdurin, in terrified anticipation of the wrecking of her nerves by Beethoven's music. "Idiot, liar!" he shouted, "and a creature like that imagines that she's fond of *Art!*" She would say to Odette, after deftly insinuating a few words of praise for Forcheville, as she had so often done for himself: "You can make room for M. de Forcheville there, can't you, Odette?" . . . "'In the dark!' Codfish! Pander!" . . . 'Pander' was the name he applied also to the music which would invite them to sit in silence, to dream together, to gaze in each other's eyes, to feel for each other's hands. He felt that there was much to be said, after all, for a sternly censorous attitude towards the arts, such as Plato adopted, and Bossuet, and the old school of education in France.

In a word, the life which they led at the Verdurins', which he had so often described as 'genuine,' seemed to him now the worst possible form of life, and their 'little nucleus' the most degraded class of society. "It really is," he repeated, "beneath the lowest rung of the social ladder, the nethermost circle of Dante. Beyond a doubt, the august words of the Florentine refer to the Verdurins! When one comes to think of it, surely people 'in society' (and, though one may find fault with them now and then, still, after all they are a very different matter

profonde sagesse en refusant de les connaître, d'y salir même le bout de leurs doigts. Quelle divination dans ce «Noli me tangere» du faubourg Saint-Germain.» Il avait quitté depuis bien longtemps les allées du Bois, il était presque arrivé chez lui, que, pas encore dégrisé de sa douleur et de la verve d'insincérité dont les intonations menteuses, la sonorité artificielle de sa propre voix lui versaient d'instant en instant plus abondamment l'ivresse, il continuait encore à pérorer tout haut dans le silence de la nuit: «Les gens du monde ont leurs défauts que personne ne reconnaît mieux que moi, mais enfin ce sont tout de même des gens avec qui certaines choses sont impossibles. Telle femme élégante que j'ai connue était loin d'être parfaite, mais enfin il y avait tout de même chez elle un fond de délicatesse, une loyauté dans les procédés qui l'auraient rendue, quoi qu'il arrivât, incapable d'une félonie et qui suffisent à mettre des abîmes entre elle et une mégère comme la Verdurin. Verdurin! quel nom! Ah! on peut dire qu'ils sont complets, qu'ils sont beaux dans leur genre! Dieu merci, il n'était que temps de ne plus condescendre à la promiscuité avec cette infamie, avec ces ordures.»

Mais, comme les vertus qu'il attribuait tantôt encore aux Verdurin, n'auraient pas suffi, même s'ils les avaient vraiment possédées, mais s'ils n'avaient pas favorisé et protégé son amour, à provoquer chez Swann cette ivresse où il s'attendrissait sur leur magnanimité et qui, même propagée à travers d'autres personnes, ne pouvait lui venir que d'Odette—de même, l'immoralité, eût-elle été réelle, qu'il trouvait aujourd'hui aux Verdurin aurait été impuissante, s'ils n'avaient pas invité Odette avec Forcheville et sans lui, à déchaîner son indignation et à lui faire flétrir «leur infamie». Et sans doute la voix de Swann était plus clairvoyante que lui-même, quand elle se refusait à prononcer ces mots pleins de dégoût pour le milieu Verdurin et de la joie d'en avoir fini avec lui,

from that gang of blackmailers) shew a profound sagacity in refusing to know them, or even to dirty the tips of their fingers with them. What a sound intuition there is in that '*Noli me tangere*' motto of the Faubourg Saint-Germain."

He had long since emerged from the paths and avenues of the Bois, he had almost reached his own house, and still, for he had not yet thrown off the intoxication of grief, or his whim of insincerity, but was ever more and more exhilarated by the false intonation, the artificial sonority of his own voice, he continued to perorate aloud in the silence of the night: "People 'in society' have their failings, as no one knows better than I; but, after all, they are people to whom some things, at least, are impossible. So-and-so" (a fashionable woman whom he had known) "was far from being perfect, but, after all, one did find in her a fundamental delicacy, a loyalty in her conduct which made her, whatever happened, incapable of a felony, which fixes a vast gulf between her and an old hag like Verdurin. Verdurin! What a name! Oh, there's something complete about them, something almost fine in their trueness to type; they're the most perfect specimens of their disgusting class! Thank God, it was high time that I stopped condescending to promiscuous intercourse with such infamy, such dung."

But, just as the virtues which he had still attributed, an hour or so earlier, to the Verdurins, would not have sufficed, even although the Verdurins had actually possessed them, if they had not also favoured and protected his love, to excite Swann to that state of intoxication in which he waxed tender over their magnanimity, an intoxication which, even when disseminated through the medium of other persons, could have come to him from Odette alone;—so the immorality (had it really existed) which he now found in the Verdurins would have been powerless, if they had not invited Odette with Forcheville and without him, to unstop the vials of his wrath and to make him scarify their 'infamy.' Doubtless Swann's voice shewed a finer perspicacity than his own when it refused to utter those words full of disgust at the Verdurins and their circle, and of joy at his having shaken himself free of it,

autrement que sur un ton factice et comme s'ils étaient choisis plutôt pour assouvir sa colère que pour exprimer sa pensée. Celle-ci, en effet, pendant qu'il se livrait à ces invectives, était probablement, sans qu'il s'en aperçût, occupée d'un objet tout à fait différent, car une fois arrivé chez lui, à peine eut-il refermé la porte cochère, que brusquement il se frappa le front, et, la faisant rouvrir, ressortit en s'écriant d'une voix naturelle cette fois: «Je crois que j'ai trouvé le moyen de me faire inviter demain au dîner de Chatou!» Mais le moyen devait être mauvais, car Swann ne fut pas invité: le docteur Cottard qui, appelé en province pour un cas grave, n'avait pas vu les Verdurin depuis plusieurs jours et n'avait pu aller à Chatou, dit, le lendemain de ce dîner, en se mettant à table chez eux:

— Mais, est-ce que nous ne verrons pas M. Swann, ce soir? Il est bien ce qu'on appelle un ami personnel du...

— Mais j'espère bien que non! s'écria Mme Verdurin, Dieu nous en préserve, il est assommant, bête et mal élevé.

Cottard à ces mots manifesta en même temps son étonnement et sa soumission, comme devant une vérité contraire à tout ce qu'il avait cru jusque-là, mais d'une évidence irrésistible; et, baissant d'un air ému et peureux son nez dans son assiette, il se contenta de répondre: «Ah!-ah!-ah!-ah!-ah!» en traversant à reculons, dans sa retraite repliée en bon ordre jusqu'au fond de lui-même, le long d'une gamme descendante, tout le registre de sa voix. Et il ne fut plus question de Swann chez les Verdurin.

Alors ce salon qui avait réuni Swann et Odette devint un obstacle à leurs rendez-vous. Elle ne lui disait plus comme au premier temps de leur amour: «Nous nous venons en tous cas demain soir, il y a un souper chez les Verdurin.» Mais: «Nous ne pourrons

save in an artificial and rhetorical tone, and as though his words had been chosen rather to appease his anger than to express his thoughts. The latter, in fact, while he abandoned himself to invective, were probably, though he did not know it, occupied with a wholly different matter, for once he had reached his house, no sooner had he closed the front-door behind him than he suddenly struck his forehead, and, making his servant open the door again, dashed out into the street shouting, in a voice which, this time, was quite natural; "I believe I have found a way of getting invited to the dinner at Chatou to-morrow!" But it must have been a bad way, for M. Swann was not invited; Dr. Cottard, who, having been summoned to attend a serious case in the country, had not seen the Verdurins for some days, and had been prevented from appearing at Chatou, said, on the evening after this dinner, as he sat down to table at their house:

"Why, aren't we going to see M. Swann this evening? He is quite what you might call a personal friend . . ."

"I sincerely trust that we sha'n't!" cried Mme. Verdurin. "Heaven preserve us from him; he's too deadly for words, a stupid, ill-bred boor."

On hearing these words Cottard exhibited an intense astonishment blended with entire submission, as though in the face of a scientific truth which contradicted everything that he had previously believed, but was supported by an irresistible weight of evidence; with timorous emotion he bowed his head over his plate, and merely replied: "Oh—oh—oh—oh—oh!" traversing, in an orderly retirement of his forces, into the depths of his being, along a descending scale, the whole compass of his voice. After which there was no more talk of Swann at the Verdurins'.

* * *

And so that drawing-room which had brought Swann and Odette together became an obstacle in the way of their meeting. She no longer said to him, as she had said in the early days of their love: "We shall meet, anyhow, to-morrow evening; there's a supper-party at the Verdurins'," but "We

pas nous voir demain soir, il y a un souper chez les Verdurin.» Ou bien les Verdurin devaient l'emmener à l'Opéra-Comique voir *Une nuit de Cléopâtre* et Swann lisait dans les yeux d'Odette cet effroi qu'il lui demandât de n'y pas aller, que naguère il n'aurait pu se retenir de baiser au passage sur le visage de sa maîtresse, et qui maintenant l'exaspérait. «Ce n'est pas de la colère, pourtant, se disait-il à lui-même, que j'éprouve en voyant l'envie qu'elle a d'aller picorer dans cette musique stercoraire. C'est du chagrin, non pas certes pour moi, mais pour elle; du chagrin de voir qu'après avoir vécu plus de six mois en contact quotidien avec moi, elle n'a pas su devenir assez une autre pour éliminer spontanément Victor Massé! Surtout pour ne pas être arrivée à comprendre qu'il y a des soirs où un être d'une essence un peu délicate doit savoir renoncer à un plaisir, quand on le lui demande. Elle devrait savoir dire «je n'irai pas», ne fût-ce que par intelligence, puisque c'est sur sa réponse qu'on classera une fois pour toutes sa qualité d'âme. «Et s'étant persuadé à lui-même que c'était seulement en effet pour pouvoir porter un jugement plus favorable sur la valeur spirituelle d'Odette qu'il désirait que ce soir-là elle restât avec lui au lieu d'aller à l'Opéra-Comique, il lui tenait le même raisonnement, au même degré d'insincérité qu'à soi-même, et même, à un degré de plus, car alors il obéissait aussi au désir de la prendre par l'amour-propre.

—Je te jure, lui disait-il, quelques instants avant qu'elle partît pour le théâtre, qu'en te demandant de ne pas sortir, tous mes souhaits, si j'étais égoïste, seraient pour que tu me refuses, car j'ai mille choses à faire ce soir et je me trouverai moi-même pris au piège et bien ennuyé si contre toute attente tu me réponds que tu n'iras pas. Mais mes occupations, mes plaisirs, ne sont pas tout, je dois penser à toi. Il peut venir un jour où me voyant à jamais détaché de toi tu auras le droit de me reprocher de ne pas t'avoir avertie dans les

sha'n't be able to meet to-morrow evening; there's a supper-party at the Verdurins'." Or else the Verdurins were taking her to the Opéra-Comique, to see *Une Nuit de Cléopâtre,* and Swann could read in her eyes that terror lest he should ask her not to go, which, but a little time before, he could not have refrained from greeting with a kiss as it flitted across the face of his mistress, but which now exasperated him. "Yet I'm not really angry," he assured himself, "when I see how she longs to run away and scratch from maggots in that dunghill of cacophony. I'm disappointed; not for myself, but for her; disappointed to find that, after living for more than six months in daily contact with myself, she has not been capable of improving her mind even to the point of spontaneously eradicating from it a taste for Victor Massé! More than that, to find that she has not arrived at the stage of understanding that there are evenings on which anyone with the least shade of refinement of feeling should be willing to forego an amusement when she is asked to do so. She ought to have the sense to say: 'I shall not go,' if it were only from policy, since it is by what she answers now that the quality of her soul will be determined once and for all." And having persuaded himself that it was solely, after all, in order that he might arrive at a favourable estimate of Odette's spiritual worth that he wished her to stay at home with him that evening instead of going to the Opéra-Comique, he adopted the same line of reasoning with her, with the same degree of insincerity as he had used with himself, or even with a degree more, for in her case he was yielding also to the desire to capture her by her own self-esteem.

"I swear to you," he told her, shortly before she was to leave for the theatre, "that, in asking you not to go, I should hope, were I a selfish man, for nothing so much as that you should refuse, for I have a thousand other things to do this evening, and I shall feel that I have been tricked and trapped myself, and shall be thoroughly annoyed, if, after all, you tell me that you are not going. But my occupations, my pleasures are not everything; I must think of you also. A day may come when, seeing me irrevocably sundered from you, you will be entitled to reproach me with not having warned you at the

minutes décisives où je sentais que j'allais porter sur toi un de ces jugements sévères auxquels l'amour ne résiste pas longtemps. Vois-tu, *Une nuit de Cléopâtre* (quel titre!) n'est rien dans la circonstance. Ce qu'il faut savoir c'est si vraiment tu es cet être qui est au dernier rang de l'esprit, et même du charme, l'être méprisable qui n'est pas capable de renoncer à un plaisir. Alors, si tu es cela, comment pourrait-on t'aimer, car tu n'es même pas une personne, une créature définie, imparfaite, mais du moins perfectible? Tu es une eau informe qui coule selon la pente qu'on lui offre, un poisson sans mémoire et sans réflexion qui tant qu'il vivra dans son aquarium se heurtera cent fois par jour contre le vitrage qu'il continuera à prendre pour de l'eau. Comprends-tu que ta réponse, je ne dis pas aura pour effet que je cesserai de t'aimer immédiatement, bien entendu, mais te rendra moins séduisante à mes yeux quand je comprendrai que tu n'es pas une personne, que tu es au-dessous de toutes les choses et ne sais te placer au-dessus d'aucune? Évidemment j'aurais mieux aimé te demander comme une chose sans importance, de renoncer à *Une nuit de Cléopâtre* (puisque tu m'obliges à me souiller les lèvres de ce nom abject) dans l'espoir que tu irais cependant. Mais, décidé à tenir un tel compte, à tirer de telles conséquences de ta réponse, j'ai trouvé plus loyal de t'en prévenir.»

Odette depuis un moment donnait des signes d'émotion et d'incertitude. A défaut du sens de ce discours, elle comprenait qu'il pouvait rentrer dans le genre commun des «laïus», et scènes de reproches ou de supplications dont l'habitude qu'elle avait des hommes lui permettait sans s'attacher aux détails des mots, de conclure qu'ils ne les prononceraient pas s'ils n'étaient pas amoureux, que du moment qu'ils étaient amoureux, il était inutile de leur obéir, qu'ils ne le seraient que plus après. Aussi aurait-elle écouté Swann avec le plus grand calme si elle n'avait vu que l'heure passait et que pour peu qu'il parlât encore quelque

decisive hour in which I felt that I was going to pass judgment on you, one of those stern judgments which love cannot long resist. You see, your *Nuit de Cléopâtre* (what a title!) has no bearing on the point. What I must know is whether you are indeed one of those creatures in the lowest grade of mentality and even of charm, one of those contemptible creatures who are incapable of foregoing a pleasure. For if you are such, how could anyone love you, for you are not even a person, a definite, imperfect, but at least perceptible entity. You are a formless water that will trickle down any slope that it may come upon, a fish devoid of memory, incapable of thought, which all its life long in its aquarium will continue to dash itself, a hundred times a day, against a wall of glass, always mistaking it for water. Do you realise that your answer will have the effect—I do not say of making me cease from that moment to love you, that goes without saying, but of making you less attractive to my eyes when I realise that you are not a person, that you are beneath everything in the world and have not the intelligence to raise yourself one inch higher? Obviously, I should have preferred to ask you, as though it had been a matter of little or no importance, to give up your *Nuit de Cléopâtre* (since you compel me to sully my lips with so abject a name), in the hope that you would go to it none the less. But, since I had resolved to weigh you in the balance, to make so grave an issue depend upon your answer, I considered it more honourable to give you due warning."

Meanwhile, Odette had shewn signs of increasing emotion and uncertainty. Although the meaning of his tirade was beyond her, she grasped that it was to be included among the scenes of reproach or supplication, scenes which her familiarity with the ways of men enabled her, without paying any heed to the words that were uttered, to conclude that men would not make unless they were in love; that, from the moment when they were in love, it was superfluous to obey them, since they would only be more in love later on. And so, she would have heard Swann out with the utmost tranquillity had she not noticed that it was growing late, and that if he went on speaking for any length of

temps, elle allait, comme elle le lui dit avec un sourire tendre, obstiné et confus, «finir par manquer l'Ouverture!»

D'autres fois il lui disait que ce qui plus que tout ferait qu'il cesserait de l'aimer, c'est qu'elle ne voulût pas renoncer à mentir. «Même au simple point de vue de la coquetterie, lui disait-il, ne comprends-tu donc pas combien tu perds de ta séduction en t'abaissant à mentir? Par un aveu! combien de fautes tu pourrais racheter! Vraiment tu es bien moins intelligente que je ne croyais!» Mais c'est en vain que Swann lui exposait ainsi toutes les raisons qu'elle avait de ne pas mentir; elles auraient pu ruiner chez Odette un système général du mensonge; mais Odette n'en possédait pas; elle se contentait seulement, dans chaque cas où elle voulait que Swann ignorât quelque chose qu'elle avait fait, de ne pas le lui dire. Ainsi le mensonge était pour elle un expédient d'ordre particulier; et ce qui seul pouvait décider si elle devait s'en servir ou avouer la vérité, c'était une raison d'ordre particulier aussi, la chance plus ou moins grande qu'il y avait pour que Swann pût découvrir qu'elle n'avait pas dit la vérité.

Physiquement, elle traversait une mauvaise phase: elle épaississait; et le charme expressif et dolent, les regards étonnés et rêveurs qu'elle avait autrefois semblaient avoir disparu avec sa première jeunesse. De sorte qu'elle était devenue si chère à Swann au moment pour ainsi dire où il la trouvait précisément bien moins jolie. Il la regardait longuement pour tâcher de ressaisir le charme qu'il lui avait connu, et ne le retrouvait pas. Mais savoir que sous cette chrysalide nouvelle, c'était toujours Odette qui vivait, toujours la même volonté fugace, insaisissable et sournoise, suffisait à Swann pour qu'il continuât de mettre la même passion à chercher à la capter. Puis il regardait des photographies d'il y avait deux ans, il se rappelait comme elle avait été délicieuse. Et cela le consolait un peu de se donner tant de mal pour elle.

time she would "never" as she told him with a fond smile, obstinate but slightly abashed, "get there in time for the Overture."

On other occasions he had assured himself that the one thing which, more than anything else, would make him cease to love her, would be her refusal to abandon the habit of lying. "Even from the point of view of coquetry, pure and simple," he had told her, "can't you see how much of your attraction you throw away when you stoop to lying? By a frank admission—how many faults you might redeem! Really, you are far less intelligent than I supposed!" In vain, however, did Swann expound to her thus all the reasons that she had for not lying; they might have succeeded in overthrowing any universal system of mendacity, but Odette had no such system; she contented herself, merely, whenever she wished Swann to remain in ignorance of anything that she had done, with not telling him of it. So that a lie was, to her, something to be used only as a special expedient; and the one thing that could make her decide whether she should avail herself of a lie or not was a reason which, too, was of a special and contingent order, namely the risk of Swann's discovering that she had not told him the truth.

Physically, she was passing through an unfortunate phase; she was growing stouter, and the expressive, sorrowful charm, the surprised, wistful expressions which she had formerly had, seemed to have vanished with her first youth, with the result that she became most precious to Swann at the very moment when he found her distinctly less good-looking. He would gaze at her for hours on end, trying to recapture the charm which he had once seen in her and could not find again. And yet the knowledge that, within this new and strange chrysalis, it was still Odette that lurked, still the same volatile temperament, artful and evasive, was enough to keep Swann seeking, with as much passion as ever, to captivate her. Then he would look at photographs of her, taken two years before, and would remember how exquisite she had been. And that would console him, a little, for all the sufferings that he voluntarily endured on her account.

Quand les Verdurin l'emmenaient à Saint-Germain, à Chatou, à Meulan, souvent, si c'était dans la belle saison, ils proposaient, sur place, de rester à coucher et de ne revenir que le lendemain. Mme Verdurin cherchait à apaiser les scrupules du pianiste dont la tante était restée à Paris.

—Elle sera enchantée d'être débarrassée de vous pour un jour. Et comment s'inquiéterait-elle, elle vous sait avec nous? d'ailleurs je prends tout sous mon bonnet.

Mais si elle n'y réussissait pas, M. Verdurin partait en campagne, trouvait un bureau de télégraphe ou un messager et s'informait de ceux des fidèles qui avaient quelqu'un à faire prévenir. Mais Odette le remerciait et disait qu'elle n'avait de dépêche à faire pour personne, car elle avait dit à Swann une fois pour toutes qu'en lui en envoyant une aux yeux de tous, elle se compromettrait. Parfois c'était pour plusieurs jours qu'elle s'absentait, les Verdurin l'emmenaient voir les tombeaux de Dreux, ou à Compiègne admirer, sur le conseil du peintre, des couchers de soleil en forêt et on poussait jusqu'au château de Pierrefonds.

— Penser qu'elle pourrait visiter de vrais monuments avec moi qui ai étudié l'architecture pendant dix ans et qui suis tout le temps supplié de mener à Beauvais ou à Saint-Loup-de-Naud des gens de la plus haute valeur et ne le ferais que pour elle, et qu'à la place elle va avec les dernières des brutes s'extasier successivement devant les déjections de Louis-Philippe et devant celles de Viollet-le-Duc! Il me semble qu'il n'y a pas besoin d'être artiste pour cela et que, même sans flair particulièrement fin, on ne choisit pas d'aller villégiaturer dans des latrines pour être plus à portée de respirer des excréments.

Mais quand elle était partie pour Dreux ou pour Pierrefonds—hélas, sans lui permettre d'y aller, comme par hasard, de son côté, car «cela ferait un effet déplorable», disait-elle—il se plongeait dans le plus enivrant des romans d'amour, l'indicateur des chemins

When the Verdurins took her off to Saint-Germain, or to Chatou, or to Meulan, as often as not, if the weather was fine, they would propose to remain there for the night, and not go home until next day. Mme. Verdurin would endeavour to set at rest the scruples of the pianist, whose aunt had remained in Paris:

"She will be only too glad to be rid of you for a day. How on earth could she be anxious, when she knows you're with us? Anyhow, I'll take you all under my wing; she can put the blame on me."

If this attempt failed, M. Verdurin would set off across country until he came to a telegraph office or some other kind of messenger, after first finding out which of the 'faithful' had anyone whom they must warn. But Odette would thank him, and assure him that she had no message for anyone, for she had told Swann, once and for all, that she could not possibly send messages to him, before all those people, without compromising herself. Sometimes she would be absent for several days on end, when the Verdurins took her to see the tombs at Dreux, or to Compiègne, on the painter's advice, to watch the sun setting through the forest—after which they went on to the Château of Pierrefonds.

"To think that she could visit really historic buildings with me, who have spent ten years in the study of architecture, who am constantly bombarded, by people who really count, to take them over Beauvais or Saint-Loup-de-Naud, and refuse to take anyone but her; and instead of that she trundles off with the lowest, the most brutally degraded of creatures, to go into ecstasies over the petrified excretions of Louis-Philippe and Viollet-le-Duc! One hardly needs much knowledge of art, I should say, to do that; though, surely, even without any particularly refined sense of smell, one would not deliberately choose to spend a holiday in the latrines, so as to be within range of their fragrant exhalations."

But when she had set off for Dreux or Pierrefonds—alas, without allowing him to appear there, as though by accident, at her side, for, as she said, that would "create a dreadful impression,"—he would plunge into the most intoxicating romance in the lover's library, the railway timetable, from

de fer, qui lui apprenait les moyens de la rejoindre, l'après-midi, le soir, ce matin même! Le moyen? presque davantage: l'autorisation. Car enfin l'indicateur et les trains eux-mêmes n'étaient pas faits pour des chiens. Si on faisait savoir au public, par voie d'imprimés, qu'à huit heures du matin partait un train qui arrivait à Pierrefonds à dix heures, c'est donc qu'aller à Pierrefonds était un acte licite, pour lequel la permission d'Odette était superflue; et c'était aussi un acte qui pouvait avoir un tout autre motif que le désir de rencontrer Odette, puisque des gens qui ne la connaissaient pas l'accomplissaient chaque jour, en assez grand nombre pour que cela valût la peine de faire chauffer des locomotives.

En somme elle ne pouvait tout de même pas l'empêcher d'aller à Pierrefonds s'il en avait envie! Or, justement, il sentait qu'il en avait envie, et que s'il n'avait pas connu Odette, certainement il y serait allé. Il y avait longtemps qu'il voulait se faire une idée plus précise des travaux de restauration de Viollet-le-Duc. Et par le temps qu'il faisait, il éprouvait l'impérieux désir d'une promenade dans la forêt de Compiègne.

Ce n'était vraiment pas de chance qu'elle lui défendît le seul endroit qui le tentait aujourd'hui. Aujourd'hui! S'il y allait, malgré son interdiction, il pourrait la voir *aujourd'hui* même! Mais, alors que, si elle eût retrouvé à Pierrefonds quelque indifférent, elle lui eût dit joyeusement: «Tiens, vous ici!», et lui aurait demandé d'aller la voir à l'hôtel où elle était descendue avec les Verdurin, au contraire si elle l'y rencontrait, lui, Swann, elle serait froissée, elle se dirait qu'elle était suivie, elle l'aimerait moins, peut-être se détournerait-elle avec colère en l'apercevant. «Alors, je n'ai plus le droit de voyager!», lui dirait-elle au retour, tandis qu'en somme c'était lui qui n'avait plus le droit de voyager!

Il avait eu un moment l'idée, pour pouvoir aller à

which he learned the ways of joining her there in the afternoon, in the evening, even in the morning. The ways? More than that, the authority, the right to join her. For, after all, the time-table, and the trains themselves, were not meant for dogs. If the public were carefully informed, by means of printed advertisements, that at eight o'clock in the morning a train started for Pierrefonds which arrived there at ten, that could only be because going to Pierrefonds was a lawful act, for which permission from Odette would be superfluous; an act, moreover, which might be performed from a motive altogether different from the desire to see Odette, since persons who had never even heard of her performed it daily, and in such numbers as justified the labour and expense of stoking the engines.

So it came to this; that she could not prevent him from going to Pierrefonds if he chose to do so. Now that was precisely what he found that he did choose to do, and would at that moment be doing were he, like the travelling public, not acquainted with Odette. For a long time past he had wanted to form a more definite impression of Viollet-le-Duc's work as a restorer. And the weather being what it was, he felt an overwhelming desire to spend the day roaming in the forest of Compiègne.

It was, indeed, a piece of bad luck that she had forbidden him access to the one spot that tempted him to-day. To-day! Why, if he went down there, in defiance of her prohibition, he would be able to see her that very day! But then, whereas, if she had met, at Pierrefonds, some one who did not matter, she would have hailed him with obvious pleasure: "What, you here?" and would have invited him to come and see her at the hotel where she was staying with the Verdurins, if, on the other hand, it was himself, Swann, that she encountered there, she would be annoyed, would complain that she was being followed, would love him less in consequence, might even turn away in anger when she caught sight of him. "So, then, I am not to be allowed to go away for a day anywhere!" she would reproach him on her return, whereas in fact it was he himself who was not allowed to go.

He had had the sudden idea, so as to contrive to visit

Compiègne et à Pierrefonds sans avoir l'air que ce fût pour rencontrer Odette, de s'y faire emmener par un de ses amis, le marquis de Forestelle, qui avait un château dans le voisinage. Celui-ci, à qui il avait fait part de son projet sans lui en dire le motif, ne se sentait pas de joie et s'émerveillait que Swann, pour la première fois depuis quinze ans, consentît enfin à venir voir sa propriété et, quoiqu'il ne voulait pas s'y arrêter, lui avait-il dit, lui promît du moins de faire ensemble des promenades et des excursions pendant plusieurs jours. Swann s'imaginait déjà là-bas avec M. de Forestelle. Même avant d'y voir Odette, même s'il ne réussissait pas à l'y voir, quel bonheur il aurait à mettre le pied sur cette terre où ne sachant pas l'endroit exact, à tel moment, de sa présence, il sentirait palpiter partout la possibilité de sa brusque apparition: dans la cour du château, devenu beau pour lui parce que c'était à cause d'elle qu'il était allé le voir; dans toutes les rues de la ville, qui lui semblait romanesque; sur chaque route de la forêt, rosée par un couchant profond et tendre;—asiles innombrables et alternatifs, où venait simultanément se réfugier, dans l'incertaine ubiquité de ses espérances, son cœur heureux, vagabond et multiplié. «Surtout, dirait-il à M. de Forestelle, prenons garde de ne pas tomber sur Odette et les Verdurin; je viens d'apprendre qu'ils sont justement aujourd'hui à Pierrefonds. On a assez le temps de se voir à Paris, ce ne serait pas la peine de le quitter pour ne pas pouvoir faire un pas les uns sans les autres.» Et son ami ne comprendrait pas pourquoi une fois là-bas il changerait vingt fois de projets, inspecterait les salles à manger de tous les hôtels de Compiègne sans se décider à s'asseoir dans aucune de celles où pourtant on n'avait pas vu trace de Verdurin, ayant l'air de rechercher ce qu'il disait vouloir fuir et du reste le fuyant dès qu'il l'aurait trouvé, car s'il avait rencontré le petit groupe, il s'en serait écarté avec affectation, content d'avoir vu Odette et

Compiègne and Pierrefonds without letting it be supposed that his object was to meet Odette, of securing an invitation from one of his friends, the Marquis de Forestelle, who had a country house in that neighbourhood. This friend, to whom Swann suggested the plan without disclosing its ulterior purpose, was beside himself with joy; he did not conceal his astonishment at Swann's consenting at last, after fifteen years, to come down and visit his property, and since he did not (he told him) wish to stay there, promised to spend some days, at least, in taking him for walks and excursions in the district. Swann imagined himself down there already with M. de Forestelle. Even before he saw Odette, even if he did not succeed in seeing her there, what a joy it would be to set foot on that soil where, not knowing the exact spot in which, at any moment, she was to be found, he would feel all around him the thrilling possibility of her suddenly appearing: in the courtyard of the Château, now beautiful in his eyes since it was on her account that he had gone to visit it; in all the streets of the town, which struck him as romantic; down every ride of the forest, roseate with the deep and tender glow of sunset;—innumerable and alternative hiding-places, to which would fly simultaneously for refuge, in the uncertain ubiquity of his hopes, his happy, vagabond and divided heart. "We mustn't, on any account," he would warn M. de Forestelle, "run across Odette and the Verdurins. I have just heard that they are at Pierrefonds, of all places, to-day. One has plenty of time to see them in Paris; it would hardly be worth while coming down here if one couldn't go a yard without meeting them." And his host would fail to understand why, once they had reached the place, Swann would change his plans twenty times in an hour, inspect the dining-rooms of all the hotels in Compiègne without being able to make up his mind to settle down in any of them, although he had found no trace anywhere of the Verdurins, seeming to be in search of what he had claimed to be most anxious to avoid, and would in fact avoid, the moment he found it, for if he had come upon the little 'group,' he would have hastened away at once with studied indifference, satisfied that he had seen Odette and

qu'elle l'eût vu, surtout qu'elle l'eût vu ne se souciant pas d'elle. Mais non, elle devinerait bien que c'était pour elle qu'il était là. Et quand M. de Forestelle venait le chercher pour partir, il lui disait: «Hélas! non, je ne peux pas aller aujourd'hui à Pierrefonds, Odette y est justement.» Et Swann était heureux malgré tout de sentir que, si seul de tous les mortels il n'avait pas le droit en ce jour d'aller à Pierrefonds, c'était parce qu'il était en effet pour Odette quelqu'un de différent des autres, son amant, et que cette restriction apportée pour lui au droit universel de libre circulation, n'était qu'une des formes de cet esclavage, de cet amour qui lui était si cher. Décidément il valait mieux ne pas risquer de se brouiller avec elle, patienter, attendre son retour. Il passait ses journées penché sur une carte de la forêt de Compiègne comme si ç'avait été la carte du Tendre, s'entourait de photographies du château de Pierrefonds. Dés que venait le jour où il était possible qu'elle revînt, il rouvrait l'indicateur, calculait quel train elle avait dû prendre, et si elle s'était attardée, ceux qui lui restaient encore. Il ne sortait pas de peur de manquer une dépêche, ne se couchait pas, pour le cas où, revenue par le dernier train, elle aurait voulu lui faire la surprise de venir le voir au milieu de la nuit. Justement il entendait sonner à la porte cochère, il lui semblait qu'on tardait à ouvrir, il voulait éveiller le concierge, se mettait à la fenêtre pour appeler Odette si c'était elle, car malgré les recommandations qu'il était descendu faire plus de dix fois lui-même, on était capable de lui dire qu'il n'était pas là. C'était un domestique qui rentrait. Il remarquait le vol incessant des voitures qui passaient, auquel il n'avait jamais fait attention autrefois. Il écoutait chacune venir au loin, s'approcher, dépasser sa porte sans s'être arrêtée et porter plus loin un message qui n'était pas pour lui. Il attendait toute la nuit, bien inutilement, car les Verdurin ayant avancé leur retour, Odette était à Paris depuis midi; elle n'avait

she him, especially that she had seen him when he was not, apparently, thinking about her. But no; she would guess at once that it was for her sake that he had come there. And when M. de Forestelle came to fetch him, and it was time to start, he excused himself: "No, I'm afraid not; I can't go to Pierrefonds to-day. You see, Odette is there." And Swann was happy in spite of everything in feeling that if he, alone among mortals, had not the right to go to Pierrefonds that day, it was because he was in fact, for Odette, some one who differed from all other mortals, her lover; and because that restriction which for him alone was set upon the universal right to travel freely where one would, was but one of the many forms of that slavery, that love which was so dear to him. Decidedly, it was better not to risk a quarrel with her, to be patient, to wait for her return. He spent his days in poring over a map of the forest of Compiègne, as though it had been that of the 'Pays du Tendre'; he surrounded himself with photographs of the Château of Pierrefonds. When the day dawned on which it was possible that she might return, he opened the time-table again, calculated what train she must have taken, and, should she have postponed her departure, what trains were still left for her to take. He did not leave the house, for fear of missing a telegram, he did not go to bed, in case, having come by the last train, she decided to surprise him with a midnight visit. Yes! The front-door bell rang. There seemed some delay in opening the door, he wanted to awaken the porter, he leaned out of the window to shout to Odette, if it was Odette, for in spite of the orders which he had gone downstairs a dozen times to deliver in person, they were quite capable of telling her that he was not at home. It was only a servant coming in. He noticed the incessant rumble of passing carriages, to which he had never before paid any attention. He could hear them, one after another, a long way off, coming nearer, passing his door without stopping, and bearing away into the distance a message which was not for him. He waited all night, to no purpose, for the Verdurins had returned unexpectedly, and Odette had been in Paris since midday; it had not

pas eu l'idée de l'en prévenir; ne sachant que faire elle avait été passer sa soirée seule au théâtre et il y avait longtemps qu'elle était rentrée se coucher et dormait.

C'est qu'elle n'avait même pas pensé à lui. Et de tels moments où elle oubliait jusqu'à l'existence de Swann étaient plus utiles à Odette, servaient mieux à lui attacher Swann, que toute sa coquetterie. Car ainsi Swann vivait dans cette agitation douloureuse qui avait déjà été assez puissante pour faire éclore son amour le soir où il n'avait pas trouvé Odette chez les Verdurin et l'avait cherchée toute la soirée. Et il n'avait pas, comme j'eus à Combray dans mon enfance, des journées heureuses pendant lesquelles s'oublient les souffrances qui renaîtront le soir. Les journées, Swann les passait sans Odette; et par moments il se disait que laisser une aussi jolie femme sortir ainsi seule dans Paris était aussi imprudent que de poser un écrin plein de bijoux au milieu de la rue. Alors il s'indignait contre tous les passants comme contre autant de voleurs. Mais leur visage collectif et informe échappant à son imagination ne nourrissait pas sa jalousie. Il fatiguait la pensée de Swann, lequel, se passant la main sur les yeux, s'écriait: «A la grâce de Dieu», comme ceux qui après s'être acharnés à étreindre le problème de la réalité du monde extérieur ou de l'immortalité de l'âme accordent la détente d'un acte de foi à leur cerveau lassé. Mais toujours la pensée de l'absente était indissolublement mêlée aux actes les plus simples de la vie de Swann—déjeuner, recevoir son courrier, sortir, se coucher—par la tristesse même qu'il avait à les accomplir sans elle, comme ces initiales de Philibert le Beau que dans l'église de Brou, à cause du regret qu'elle avait de lui, Marguerite d'Autriche entrelaça partout aux siennes. Certains jours, au lieu de rester chez lui, il allait prendre son déjeuner dans un restaurant assez voisin dont il avait apprécié autrefois la bonne cuisine et où maintenant il n'allait plus que pour une de ces raisons, à la fois mystiques et saugrenues, qu'on appelle romanesques;

occurred to her to tell him; not knowing what to do with herself she had spent the evening alone at a theatre, had long since gone home to bed, and was peacefully asleep.

As a matter of fact, she had never given him a thought. And such moments as these, in which she forgot Swann's very existence, were of more value to Odette, did more to attach him to her, than all her infidelities. For in this way Swann was kept in that state of painful agitation which had once before been effective in making his interest blossom into love, on the night when he had failed to find Odette at the Verdurins' and had hunted for her all evening. And he did not have (as I had, afterwards, at Combray in my childhood) happy days in which to forget the sufferings that would return with the night. For his days, Swann must pass them without Odette; and as he told himself, now and then, to allow so pretty a woman to go out by herself in Paris was just as rash as to leave a case filled with jewels in the middle of the street. In this mood he would scowl furiously at the passers-by, as though they were so many pickpockets. But their faces—a collective and formless mass—escaped the grasp of his imagination, and so failed to feed the flame of his jealousy. The effort exhausted Swann's brain, until, passing his hand over his eyes, he cried out: "Heaven help me!" as people, after lashing themselves into an intellectual frenzy in their endeavours to master the problem of the reality of the external world, or that of the immortality of the soul, afford relief to their weary brains by an unreasoning act of faith. But the thought of his absent mistress was incessantly, indissolubly blended with all the simplest actions of Swann's daily life—when he took his meals, opened his letters, went for a walk or to bed—by the fact of his regret at having to perform those actions without her; like those initials of Philibert the Fair which, in the church of Brou, because of her grief, her longing for him, Margaret of Austria intertwined everywhere with her own. On some days, instead of staying at home, he would go for luncheon to a restaurant not far off, to which he had been attracted, some time before, by the excellence of its cookery, but to which he now went only for one of those reasons, at once mystical and absurd, which people call 'romantic';

c'est que ce restaurant (lequel existe encore) portait le même nom que la rue habitée par Odette: *Lapérouse.* Quelquefois, quand elle avait fait un court déplacement ce n'est qu'après plusieurs jours qu'elle songeait à lui faire savoir qu'elle était revenue à Paris. Et elle lui disait tout simplement, sans plus prendre comme autrefois la précaution de se couvrir à tout hasard d'un petit morceau emprunté à la vérité, qu'elle venait d'y rentrer à l'instant même par le train du matin. Ces paroles étaient mensongères; du moins pour Odette elles étaient mensongères, inconsistantes, n'ayant pas, comme si elles avaient été vraies, un point d'appui dans le souvenir de son arrivée à la gare; même elle était empêchée de se les représenter au moment où elle les prononçait, par l'image contradictoire de ce qu'elle avait fait de tout différent au moment où elle prétendait être descendue du train. Mais dans l'esprit de Swann au contraire ces paroles qui ne rencontraient aucun obstacle venaient s'incruster et prendre l'inamovibilité d'une vérité si indubitable que si un ami lui disait être venu par ce train et ne pas avoir vu Odette il était persuadé que c'était l'ami qui se trompait de jour ou d'heure puisque son dire ne se conciliait pas avec les paroles d'Odette. Celles-ci ne lui eussent paru mensongères que s'il s'était d'abord défié qu'elles le fussent. Pour qu'il crût qu'elle mentait, un soupçon préalable était une condition nécessaire. C'était d'ailleurs aussi une condition suffisante. Alors tout ce que disait Odette lui paraissait suspect. L'entendait-il citer un nom, c'était certainement celui d'un de ses amants; une fois cette supposition forgée, il passait des semaines à se désoler; il s'aboucha même une fois avec une agence de renseignements pour savoir l'adresse, l'emploi du temps de l'inconnu qui ne le laisserait respirer que quand il serait parti en voyage, et dont il finit par apprendre que c'était un oncle d'Odette mort depuis vingt ans.

Bien qu'elle ne lui permît pas en général de la rejoindre dans des lieux publics disant que cela ferait

because this restaurant (which, by the way, still exists) bore the same name as the street in which Odette lived: the Lapérouse. Sometimes, when she had been away on a short visit somewhere, several days would elapse before she thought of letting him know that she had returned to Paris. And then she would say quite simply, without taking (as she would once have taken) the precaution of covering herself, at all costs, with a little fragment borrowed from the truth, that she had just, at that very moment, arrived by the morning train. What she said was a falsehood; at least for Odette it was a falsehood, inconsistent, lacking (what it would have had, if true) the support of her memory of her actual arrival at the station; she was even prevented from forming a mental picture of what she was saying, while she said it, by the contradictory picture, in her mind, of whatever quite different thing she had indeed been doing at the moment when she pretended to have been alighting from the train. In Swann's mind, however, these words, meeting no opposition, settled and hardened until they assumed the indestructibility of a truth so indubitable that, if some friend happened to tell him that he had come by the same train and had not seen Odette, Swann would have been convinced that it was his friend who had made a mistake as to the day or hour, since his version did not agree with the words uttered by Odette. These words had never appeared to him false except when, before hearing them, he had suspected that they were going to be. For him to believe that she was lying, an anticipatory suspicion was indispensable. It was also, however, sufficient. Given that, everything that Odette might say appeared to him suspect. Did she mention a name: it was obviously that of one of her lovers; once this supposition had taken shape, he would spend weeks in tormenting himself; on one occasion he even approached a firm of 'inquiry agents' to find out the address and the occupation of the unknown rival who would give him no peace until he could be proved to have gone abroad, and who (he ultimately learned) was an uncle of Odette, and had been dead for twenty years.

Although she would not allow him, as a rule, to meet her at public gatherings, saying that people would talk, it

jaser, il arrivait que dans une soirée où il était invité comme elle—chez Forcheville, chez le peintre, ou à un bal de charité dans un ministère—il se trouvât en même temps qu'elle. Il la voyait mais n'osait pas rester de peur de l'irriter en ayant l'air d'épier les plaisirs qu'elle prenait avec d'autres et qui—tandis qu'il rentrait solitaire, qu'il allait se coucher anxieux comme je devais l'être moi-même quelques années plus tard les soirs où il viendrait dîner à la maison, à Combray—lui semblaient illimités parce qu'il n'en avait pas vu la fin. Et une fois ou deux il connut par de tels soirs de ces joies qu'on serait tenté, si elles ne subissaient avec tant de violence le choc en retour de l'inquiétude brusquement arrêtée, d'appeler des joies calmes, parce qu'elles consistent en un apaisement: il était allé passer un instant à un raout chez le peintre et s'apprêtait à le quitter; il y laissait Odette muée en une brillante étrangère, au milieu d'hommes à qui ses regards et sa gaieté qui n'étaient pas pour lui, semblaient parler de quelque volupté, qui serait goûtée là ou ailleurs (peut-être au «Bal des Incohérents» où il tremblait qu'elle n'allât ensuite) et qui causait à Swann plus de jalousie que l'union charnelle même parce qu'il l'imaginait plus difficilement; il était déjà prêt à passer la porte de l'atelier quand il s'entendait rappeler par ces mots (qui en retranchant de la fête cette fin qui l'épouvantait, la lui rendaient rétrospectivement innocente, faisaient du retour d'Odette une chose non plus inconcevable et terrible, mais douce et connue et qui tiendrait à côté de lui, pareille à un peu de sa vie de tous les jours, dans sa voiture, et dépouillait Odette elle-même de son apparence trop brillante et gaie, montraient que ce n'était qu'un déguisement qu'elle avait revêtu un moment, pour lui-même, non en vue de mystérieux plaisirs, et duquel elle était déjà lasse), par ces mots qu'Odette lui jetait, comme il était déjà sur le seuil: «Vous ne voudriez pas m'attendre cinq minutes, je vais partir, nous reviendrions ensemble, vous me ramèneriez chez moi.»

happened occasionally that, at an evening party to which he and she had each been invited—at Forcheville's, at the painter's, or at a charity ball given in one of the Ministries—he found himself in the same room with her. He could see her, but dared not remain for fear of annoying her by seeming to be spying upon the pleasures which she tasted in other company, pleasures which—while he drove home in utter loneliness, and went to bed, as anxiously as I myself was to go to bed, some years later, on the evenings when he came to dine with us at Combray—seemed illimitable to him since he had not been able to see their end. And, once or twice, he derived from such evenings that kind of happiness which one would be inclined (did it not originate in so violent a reaction from an anxiety abruptly terminated) to call peaceful, since it consists in a pacifying of the mind: he had looked in for a moment at a revel in the painter's studio, and was getting ready to go home; he was leaving behind him Odette, transformed into a brilliant stranger, surrounded by men to whom her glances and her gaiety, which were not for him, seemed to hint at some voluptuous pleasure to be enjoyed there or elsewhere (possibly at the Bal des Incohérents, to which he trembled to think that she might be going on afterwards) which made Swann more jealous than the thought of their actual physical union, since it was more difficult to imagine; he was opening the door to go, when he heard himself called back in these words (which, by cutting off from the party that possible ending which had so appalled him, made the party itself seem innocent in retrospect, made Odette's return home a thing no longer inconceivable and terrible, but tender and familiar, a thing that kept close to his side, like a part of his own daily life, in his carriage; a thing that stripped Odette herself of the excess of brilliance and gaiety in her appearance, shewed that it was only a disguise which she had assumed for a moment, for his sake and not in view of any mysterious pleasures, a disguise of which she had already wearied)—in these words, which Odette flung out after him as he was crossing the threshold: "Can't you wait a minute for me? I'm just going; we'll drive back together and you can drop me."

Il est vrai qu'un jour Forcheville avait demandé à être ramené en même temps, mais comme, arrivé devant la porte d'Odette il avait sollicité la permission d'entrer aussi, Odette lui avait répondu en montrant Swann: «Ah! cela dépend de ce monsieur-là, demandez-lui. Enfin, entrez un moment si vous voulez, mais pas longtemps parce que je vous préviens qu'il aime causer tranquillement avec moi, et qu'il n'aime pas beaucoup qu'il y ait des visites quand il vient. Ah! si vous connaissiez cet être-là autant que je le connais; n'est-ce pas, *my love,* il n'y a que moi qui vous connaisse bien?»

Et Swann était peut-être encore plus touché de la voir ainsi lui adresser en présence de Forcheville, non seulement ces paroles de tendresse, de prédilection, mais encore certaines critiques comme: «Je suis sûre que vous n'avez pas encore répondu à vos amis pour votre dîner de dimanche. N'y allez pas si vous ne voulez pas, mais soyez au moins poli», ou: «Avez-vous laissé seulement ici votre essai sur Ver Meer pour pouvoir l'avancer un peu demain? Quel paresseux! Je vous ferai travailler, moi!» qui prouvaient qu'Odette se tenait au courant de ses invitations dans le monde et de ses études d'art, qu'ils avaient bien une vie à eux deux. Et en disant cela elle lui adressait un sourire au fond duquel il la sentait toute à lui.

Alors à ces moments-là, pendant qu'elle leur faisait de l'orangeade, tout d'un coup, comme quand un réflecteur mal réglé d'abord promène autour d'un objet, sur la muraille, de grandes ombres fantastiques qui viennent ensuite se replier et s'anéantir en lui, toutes les idées terribles et mouvantes qu'il se faisait d'Odette s'évanouissaient, rejoignaient le corps charmant que Swann avait devant lui. Il avait le brusque soupçon que cette heure passée chez Odette, sous la lampe, n'était peut-être pas une heure factice, à son usage à lui (destinée à masquer cette chose effrayante et délicieuse à laquelle il pensait sans cesse sans pouvoir bien se la représenter, une heure de la vraie vie d'Odette, de la vie d'Odette quand lui n'était pas

It was true that on one occasion Forcheville had asked to be driven home at the same time, but when, on reaching Odette's gate, he had begged to be allowed to come in too, she had replied, with a finger pointed at Swann: "Ah! That depends on this gentleman. You must ask him. Very well, you may come in, just for a minute, if you insist, but you mustn't stay long, for, I warn you, he likes to sit and talk quietly with me, and he's not at all pleased if I have visitors when he's here. Oh, if you only knew the creature as I know him; isn't that so, my love, there's no one that really knows you, is there, except me?"

And Swann was, perhaps, even more touched by the spectacle of her addressing him thus, in front of Forcheville, not only in these tender words of predilection, but also with certain criticisms, such as: "I feel sure you haven't written yet to your friends, about dining with them on Sunday. You needn't go if you don't want to, but you might at least be polite," or "Now, have you left your essay on Vermeer here, so that you can do a little more to it to-morrow? What a lazy-bones! I'm going to make you work, I can tell you," which proved that Odette kept herself in touch with his social engagements and his literary work, that they had indeed a life in common. And as she spoke she bestowed on him a smile which he interpreted as meaning that she was entirely his.

And then, while she was making them some orangeade, suddenly, just as when the reflector of a lamp that is badly fitted begins by casting all round an object, on the wall beyond it, huge and fantastic shadows which, in time, contract and are lost in the shadow of the object itself, all the terrible and disturbing ideas which he had formed of Odette melted away and vanished in the charming creature who stood there before his eyes. He had the sudden suspicion that this hour spent in Odette's house, in the lamp-light, was, perhaps, after all, not an artificial hour, invented for his special use (with the object of concealing that frightening and delicious thing which was incessantly in his thoughts without his ever being able to form a satisfactory impression of it, an hour of Odette's real life, of her life when he was not

là), avec des accessoires de théâtre et des fruits de carton, mais était peut-être une heure pour de bon de la vie d'Odette, que s'il n'avait pas été là elle eût avancé à Forcheville le même fauteuil et lui eût versé non un breuvage inconnu, mais précisément cette orangeade; que le monde habité par Odette n'était pas cet autre monde effroyable et surnaturel où il passait son temps à la situer et qui n'existait peut-être que dans son imagination, mais l'univers réel, ne dégageant aucune tristesse spéciale, comprenant cette table où il allait pouvoir écrire et cette boisson à laquelle il lui serait permis de goûter, tous ces objets qu'il contemplait avec autant de curiosité et d'admiration que de gratitude, car si en absorbant ses rêves ils l'en avaient délivré, eux en revanche, s'en étaient enrichis, ils lui en montraient la réalisation palpable, et ils intéressaient son esprit, ils prenaient du relief devant ses regards, en même temps qu'ils tranquillisaient son cœur. Ah! si le destin avait permis qu'il pût n'avoir qu'une seule demeure avec Odette et que chez elle il fût chez lui, si en demandant au domestique ce qu'il y avait à déjeuner c'eût été le menu d'Odette qu'il avait appris en réponse, si quand Odette voulait aller le matin se promener avenue du Bois-de-Boulogne, son devoir de bon mari l'avait obligé, n'eût-il pas envie de sortir, à l'accompagner, portant son manteau quand elle avait trop chaud, et le soir après le dîner si elle avait envie de rester chez elle en déshabillé, s'il avait été forcé de rester là près d'elle, à faire ce qu'elle voudrait; alors combien tous les riens de la vie de Swann qui lui semblaient si tristes, au contraire parce qu'ils auraient en même temps fait partie de la vie d'Odette auraient pris, même les plus familiers—et comme cette lampe, cette orangeade, ce fauteuil qui contenaient tant de rêve, qui matérialisaient tant de désir—une sorte de douceur surabondante et de densité mystérieuse.

Pourtant il se doutait bien que ce qu'il regrettait ainsi c'était un calme, une paix qui n'auraient pas été

there, looking on) with theatrical properties and pasteboard fruits, but was perhaps a genuine hour of Odette's life; that, if he himself had not been there, she would have pulled forward the same armchair for Forcheville, would have poured out for him, not any unknown brew, but precisely that orangeade which she was now offering to them both; that the world inhabited by Odette was not that other world, fearful and supernatural, in which he spent his time in placing her—and which existed, perhaps, only in his imagination, but the real universe, exhaling no special atmosphere of gloom, comprising that table at which he might sit down, presently, and write, and this drink which he was being permitted, now, to taste; all the objects which he contemplated with as much curiosity and admiration as gratitude, for if, in absorbing his dreams, they had delivered him from an obsession, they themselves were, in turn, enriched by the absorption; they shewed him the palpable realisation of his fancies, and they interested his mind; they took shape and grew solid before his eyes, and at the same time they soothed his troubled heart. Ah! had fate but allowed him to share a single dwelling with Odette, so that in her house he should be in his own; if, when asking his servant what there would be for luncheon, it had been Odette's bill of fare that he had learned from the reply; if, when Odette wished to go for a walk, in the morning, along the Avenue du Bois-de-Boulogne, his duty as a good husband had obliged him, though he had no desire to go out, to accompany her, carrying her cloak when she was too warm; and in the evening, after dinner, if she wished to stay at home, and not to dress, if he had been forced to stay beside her, to do what she asked; then how completely would all the trivial details of Swann's life, which seemed to him now so gloomy, simply because they would, at the same time, have formed part of the life of Odette, have taken on—like that lamp, that orangeade, that armchair, which had absorbed so much of his dreams, which materialised so much of his longing—a sort of superabundant sweetness and a mysterious solidity.

And yet he was inclined to suspect that the state for which he so much longed was a calm, a peace, which would

pour son amour une atmosphère favorable. Quand Odette cesserait d'être pour lui une créature toujours absente, regrettée, imaginaire, quand le sentiment qu'il aurait pour elle ne serait plus ce même trouble mystérieux que lui causait la phrase de la sonate, mais de l'affection, de la reconnaissance quand s'établiraient entre eux des rapports normaux qui mettraient fin à sa folie et à sa tristesse, alors sans doute les actes de la vie d'Odette lui paraîtraient peu intéressants en eux-mêmes—comme il avait déjà eu plusieurs fois le soupçon qu'ils étaient, par exemple le jour où il avait lu à travers l'enveloppe la lettre adressée à Forcheville. Considérant son mal avec autant de sagacité que s'il se l'était inoculé pour en faire l'étude, il se disait que, quand il serait guéri, ce que pourrait faire Odette lui serait indifférent. Mais du sein de son état morbide, à vrai dire, il redoutait à l'égal de la mort une telle guérison, qui eût été en effet la mort de tout ce qu'il était actuellement.

Après ces tranquilles soirées, les soupçons de Swann étaient calmés; il bénissait Odette et le lendemain, dès le matin, il faisait envoyer chez elle les plus beaux bijoux, parce que ces bontés de la veille avaient excité ou sa gratitude, ou le désir de les voir se renouveler, ou un paroxysme d'amour qui avait besoin de se dépenser.

Mais, à d'autres moments, sa douleur le reprenait, il s'imaginait qu'Odette était la maîtresse de Forcheville et que quand tous deux l'avaient vu, du fond du landau des Verdurin, au Bois, la veille de la fête de Chatou où il n'avait pas été invité, la prier vainement, avec cet air de désespoir qu'avait remarqué jusqu'à son cocher, de revenir avec lui, puis s'en retourner de son côté, seul et vaincu, elle avait dû avoir pour le désigner à Forcheville et lui dire: «Hein! ce qu'il rage!» les mêmes regards, brillants, malicieux, abaissés et sournois, que le jour où celui-ci avait chassé Saniette de chez les Verdurin.

not have created an atmosphere favourable to his love. When Odette ceased to be for him a creature always absent, regretted, imagined; when the feeling that he had for her was no longer the same mysterious disturbance that was wrought in him by the phrase from the sonata, but constant affection and gratitude, when those normal relations were established between them which would put an end to his melancholy madness; then, no doubt, the actions of Odette's daily life would appear to him as being of but little intrinsic interest—as he had several times, already, felt that they might be, on the day, for instance, when he had read, through its envelope, her letter to Forcheville. Examining his complaint with as much scientific detachment as if he had inoculated himself with it in order to study its effects, he told himself that, when he was cured of it, what Odette might or might not do would be indifferent to him. But in his morbid state, to tell the truth, he feared death itself no more than such a recovery, which would, in fact, amount to the death of all that he then was.

After these quiet evenings, Swann's suspicions would be temporarily lulled; he would bless the name of Odette, and next day, in the morning, would order the most attractive jewels to be sent to her, because her kindnesses to him overnight had excited either his gratitude, or the desire to see them repeated, or a paroxysm of love for her which had need of some such outlet.

But at other times, grief would again take hold of him; he would imagine that Odette was Forcheville's mistress, and that, when they had both sat watching him from the depths of the Verdurins' landau, in the Bois, on the evening before the party at Chatou to which he had not been invited, while he implored her in vain, with that look of despair on his face which even his coachman had noticed, to come home with him, and then turned away, solitary, crushed—she must have employed, to draw Forcheville's attention to him, while she murmured: "Do look at him, storming!" the same glance, brilliant, malicious, sidelong, cunning, as on the evening when Forcheville had driven Saniette from the Verdurins'.

Alors Swann la détestait. «Mais aussi, je suis trop bête, se disait-il, je paie avec mon argent le plaisir des autres. Elle fera tout de même bien de faire attention et de ne pas trop tirer sur la corde, car je pourrais bien ne plus rien donner du tout. En tous cas, renonçons provisoirement aux gentillesses supplémentaires! Penser que pas plus tard qu'hier, comme elle disait avoir envie d'assister à la saison de Bayreuth, j'ai eu la bêtise de lui proposer de louer un des jolis châteaux du roi de Bavière pour nous deux dans les environs. Et d'ailleurs elle n'a pas paru plus ravie que cela, elle n'a encore dit ni oui ni non; espérons qu'elle refusera, grand Dieu! Entendre du Wagner pendant quinze jours avec elle qui s'en soucie comme un poisson d'une pomme, ce serait gai!» Et sa haine, tout comme son amour, ayant besoin de se manifester et d'agir, il se plaisait à pousser de plus en plus loin ses imaginations mauvaises, parce que, grâce aux perfidies qu'il prêtait à Odette, il la détestait davantage et pourrait si—ce qu'il cherchait à se figurer—elles se trouvaient être vraies, avoir une occasion de la punir et d'assouvir sur elle sa rage grandissante. Il alla ainsi jusqu'à supposer qu'il allait recevoir une lettre d'elle où elle lui demanderait de l'argent pour louer ce château près de Bayreuth, mais en le prévenant qu'il n'y pourrait pas venir, parce qu'elle avait promis à Forcheville et aux Verdurin de les inviter. Ah! comme il eût aimé qu'elle pût avoir cette audace. Quelle joie il aurait à refuser, à rédiger la réponse vengeresse dont il se complaisait à choisir, à énoncer tout haut les termes, comme s'il avait reçu la lettre en réalité.

Or, c'est ce qui arriva le lendemain même. Elle lui écrivit que les Verdurin et leurs amis avaient manifesté le désir d'assister à ces représentations de Wagner et que, s'il voulait bien lui envoyer cet argent, elle aurait enfin, après avoir été si souvent reçue chez eux, le plaisir de les inviter à son tour. De lui, elle ne disait pas un mot, il était sous-entendu que leur présence excluait la sienne.

At such times Swann detested her. "But I've been a fool, too," he would argue. "I'm paying for other men's pleasures with my money. All the same, she'd better take care, and not pull the string too often, for I might very well stop giving her anything at all. At any rate, we'd better knock off supplementary favours for the time being. To think that, only yesterday, when she said she would like to go to Bayreuth for the season, I was such an ass as to offer to take one of those jolly little places the King of Bavaria has there, for the two of us. However she didn't seem particularly keen; she hasn't said yes or no yet. Let's hope that she'll refuse. Good God! Think of listening to Wagner for a fortnight on end with her, who takes about as much interest in music as a fish does in little apples; it will be fun!" And his hatred, like his love, needing to manifest itself in action, he amused himself with urging his evil imaginings further and further, because, thanks to the perfidies with which he charged Odette, he detested her still more, and would be able, if it turned out—as he tried to convince himself—that she was indeed guilty of them, to take the opportunity of punishing her, emptying upon her the overflowing vials of his wrath. In this way, he went so far as to suppose that he was going to receive a letter from her, in which she would ask him for money to take the house at Bayreuth, but with the warning that he was not to come there himself, as she had promised Forcheville and the Verdurins to invite them. Oh, how he would have loved it, had it been conceivable that she would have that audacity. What joy he would have in refusing, in drawing up that vindictive reply, the terms of which he amused himself by selecting and declaiming aloud, as though he had actually received her letter.

The very next day, her letter came. She wrote that the Verdurins and their friends had expressed a desire to be present at these performances of Wagner, and that, if he would be so good as to send her the money, she would be able at last, after going so often to their house, to have the pleasure of entertaining the Verdurins in hers. Of him she said not a word; it was to be taken for granted that their presence at Bayreuth would be a bar to his.

Alors cette terrible réponse dont il avait arrêté chaque mot la veille sans oser espérer qu'elle pourrait servir jamais il avait la joie de la lui faire porter. Hélas! il sentait bien qu'avec l'argent qu'elle avait, ou qu'elle trouverait facilement, elle pourrait tout de même louer à Bayreuth puisqu'elle en avait envie, elle qui n'était pas capable de faire de différence entre Bach et Clapisson. Mais elle y vivrait malgré tout plus chichement. Pas moyen comme s'il lui eût envoyé cette fois quelques billets de mille francs, d'organiser chaque soir, dans un château, de ces soupers fins après lesquels elle se serait peut-être passé la fantaisie—qu'il était possible qu'elle n'eût jamais eue encore—de tomber dans les bras de Forcheville. Et puis du moins, ce voyage détesté, ce n'était pas lui, Swann, qui le paierait!—Ah! s'il avait pu l'empêcher, si elle avait pu se fouler le pied avant de partir, si le cocher de la voiture qui l'emmènerait à la gare avait consenti, à n'importe quel prix, à la conduire dans un lieu où elle fût restée quelque temps séquestrée, cette femme perfide, aux yeux émaillés par un sourire de complicité adressé à Forcheville, qu'Odette était pour Swann depuis quarante-huit heures.

Mais elle ne l'était jamais pour très longtemps; au bout de quelques jours le regard luisant et fourbe perdait de son éclat et de sa duplicité, cette image d'une Odette exécrée disant à Forcheville: «Ce qu'il rage!» commençait à pâlir, à s'effacer. Alors, progressivement reparaissait et s'élevait en brillant doucement, le visage de l'autre Odette, de celle qui adressait aussi un sourire à Forcheville, mais un sourire où il n'y avait pour Swann que de la tendresse, quand elle disait: «Ne restez pas longtemps, car ce monsieur-là n'aime pas beaucoup que j'aie des visites quand il a envie d'être auprès de moi. Ah! si vous connaissiez cet être-là autant que je le connais!», ce même sourire qu'elle avait pour remercier Swann de quelque trait de sa délicatesse qu'elle prisait si fort, de quelque conseil qu'elle lui avait demandé dans une de ces circonstances graves où elle n'avait confiance qu'en lui.

Then that annihilating answer, every word of which he had carefully rehearsed overnight, without venturing to hope that it could ever be used, he had the satisfaction of having it conveyed to her. Alas! he felt only too certain that with the money which she had, or could easily procure, she would be able, all the same, to take a house at Bayreuth, since she wished to do so, she who was incapable of distinguishing between Bach and Clapisson. Let her take it, then; she would have to live in it more frugally, that was all. No means (as there would have been if he had replied by sending her several thousand-franc notes) of organising, each evening, in her hired castle, those exquisite little suppers, after which she might perhaps be seized by the whim (which, it was possible, had never yet seized her) of falling into the arms of Forcheville. At any rate, this loathsome expedition, it would not be Swann who had to pay for it. Ah! if he could only manage to prevent it, if she could sprain her ankle before starting, if the driver of the carriage which was to take her to the station would consent (no matter how great the bribe) to smuggle her to some place where she could be kept for a time in seclusion, that perfidious woman, her eyes tinselled with a smile of complicity for Forcheville, which was what Odette had become for Swann in the last forty-eight hours.

But she was never that for very long; after a few days the shining, crafty eyes lost their brightness and their duplicity, that picture of an execrable Odette saying to Forcheville: "Look at him storming!" began to grow pale and to dissolve. Then gradually reappeared and rose before him, softly radiant, the face of the other Odette, of that Odette who al^o turned with a smile to Forcheville, but with a smile in which there was nothing but affection for Swann, when she said: "You mustn't stay long, for this gentleman doesn't much like my having visitors when he's here. Oh! if you only knew the creature as I know him!" that same smile with which she used to thank Swann for some instance of his courtesy which she prized so highly, for some advice for which she had asked him in one of those grave crises in her life, when she could turn to him alone.

Alors, à cette Odette-là, il se demandait comment il avait pu écrire cette lettre outrageante dont sans doute jusqu'ici elle ne l'eût pas cru capable, et qui avait dû le faire descendre du rang élevé, unique, que par sa bonté, sa loyauté, il avait conquis dans son estime. Il allait lui devenir moins cher, car c'était pour ces qualités-là, qu'elle ne trouvait ni à Forcheville ni à aucun autre, qu'elle l'aimait. C'était à cause d'elles qu'Odette lui témoignait si souvent une gentillesse qu'il comptait pour rien au moment où il était jaloux, parce qu'elle n'était pas une marque de désir, et prouvait même plutôt de l'affection que de l'amour, mais dont il recommençait à sentir l'importance au fur et à mesure que la détente spontanée de ses soupçons, souvent accentuée par la distraction que lui apportait une lecture d'art ou la conversation d'un ami, rendait sa passion moins exigeante de réciprocités.

Maintenant qu'après cette oscillation, Odette était naturellement revenue à la place d'où la jalousie de Swann l'avait un moment écartée, dans l'angle où il la trouvait charmante, il se la figurait pleine de tendresse, avec un regard de consentement, si jolie ainsi, qu'il ne pouvait s'empêcher d'avancer les lèvres vers elle comme si elle avait été là et qu'il eût pu l'embrasser; et il lui gardait de ce regard enchanteur et bon autant de reconnaissance que si elle venait de l'avoir réellement et si cela n'eût pas été seulement son imagination qui venait de le peindre pour donner satisfaction à son désir.

Comme il avait dû lui faire de la peine! Certes il trouvait des raisons valables à son ressentiment contre elle, mais elles n'auraient pas suffi à le lui faire éprouver s'il ne l'avait pas autant aimée. N'avait-il pas eu des griefs aussi graves contre d'autres femmes, auxquelles il eût néanmoins volontiers rendu service aujourd'hui, étant contre elles sans colère parce qu'il ne les aimait plus. S'il devait jamais un jour se trouver dans le même état d'indifférence vis-à-vis d'Odette, il comprendrait que c'était sa jalousie seule

Then, to this other Odette, he would ask himself what could have induced him to write that outrageous letter, of which, probably, until then, she had never supposed him capable, a letter which must have lowered him from the high, from the supreme place which, by his generosity, by his loyalty, he had won for himself in her esteem. He would become less dear to her, since it was for those qualities, which she found neither in Forcheville nor in any other, that she loved him. It was for them that Odette so often shewed him a reciprocal kindness, which counted for less than nothing in his moments of jealousy, because it was not a sign of reciprocal desire, was indeed a proof rather of affection than of love, but the importance of which he began once more to feel in proportion as the spontaneous relaxation of his suspicions, often accelerated by the distraction brought to him by reading about art or by the conversation of a friend, rendered his passion less exacting of reciprocities.

Now that, after this swing of the pendulum, Odette had naturally returned to the place from which Swann's jealousy had for the moment driven her, in the angle in which he found her charming, he pictured her to himself as full of tenderness, with a look of consent in her eyes, and so beautiful that he could not refrain from moving his lips towards her, as though she had actually been in the room for him to kiss; and he preserved a sense of gratitude to her for that bewitching, kindly glance, as strong as though she had really looked thus at him, and it had not been merely his imagination that had portrayed it in order to satisfy his desire.

What distress he must have caused her! Certainly he found adequate reasons for his resentment, but they would not have been sufficient to make him feel that resentment, if he had not so passionately loved her. Had he not nourished grievances, just as serious, against other women, to whom he would, none the less, render willing service to-day, feeling no anger towards them because he no longer loved them? If the day ever came when he would find himself in the same state of indifference with regard to Odette, he would then understand that it was his jealousy alone

qui lui avait fait trouver quelque chose d'atroce, d'impardonnable, à ce désir, au fond si naturel, provenant d'un peu d'enfantillage et aussi d'une certaine délicatesse d'âme, de pouvoir à son tour, puisqu'une occasion s'en présentait, rendre des politesses aux Verdurin, jouer à la maîtresse de maison.

Il revenait à ce point de vue—opposé à celui de son amour et de sa jalousie et auquel il se plaçait quelquefois par une sorte d'équité intellectuelle et pour faire la part des diverses probabilités—d'où il essayait de juger Odette comme s'il ne l'avait pas aimée, comme si elle était pour lui une femme comme les autres, comme si la vie d'Odette n'avait pas été, dès qu'il n'était plus là, différente, tramée en cachette de lui, ourdie contre lui.

Pourquoi croire qu'elle goûterait là-bas avec Forcheville ou avec d'autres des plaisirs enivrants qu'elle n'avait pas connus auprès de lui et que seule sa jalousie forgeait de toutes pièces? A Bayreuth comme à Paris, s'il arrivait que Forcheville pensât à lui ce n'eût pu être que comme à quelqu'un qui comptait beaucoup dans la vie d'Odette, à qui il était obligé de céder la place, quand ils se rencontraient chez elle. Si Forcheville et elle triomphaient d'être là-bas malgré lui, c'est lui qui l'aurait voulu en cherchant inutilement à l'empêcher d'y aller, tandis que s'il avait approuvé son projet, d'ailleurs défendable, elle aurait eu l'air d'être là-bas d'après son avis, elle s'y serait sentie envoyée, logée par lui, et le plaisir qu'elle aurait éprouvé à recevoir ces gens qui l'avaient tant reçue, c'est à Swann qu'elle en aurait su gré.

Et—au lieu qu'elle allait partir brouillée avec lui, sans l'avoir revu—s'il lui envoyait cet argent, s'il l'encourageait à ce voyage et s'occupait de le lui rendre agréable, elle allait accourir, heureuse, reconnaissante, et il aurait cette joie de la voir qu'il n'avait pas goûtée depuis près d'une semaine et que rien ne pouvait lui remplacer. Car sitôt que Swann pouvait se la représen-

which had led him to find something atrocious, unpardonable, in this desire (after all, so natural a desire, springing from a childlike ingenuousness and also from a certain delicacy in her nature) to be able, in her turn, when an occasion offered, to repay the Verdurins for their hospitality, and to play the hostess in a house of her own.

He returned to the other point of view—opposite to that of his love and of his jealousy, to which he resorted at times by a sort of mental equity, and in order to make allowance for different eventualities—from which he tried to form a fresh judgment of Odette, based on the supposition that he had never been in love with her, that she was to him just a woman like other women, that her life had not been (whenever he himself was not present) different, a texture woven in secret apart from him, and warped against him.

Wherefore believe that she would enjoy down there with Forcheville or with other men intoxicating pleasures which she had never known with him, and which his jealousy alone had fabricated in all their elements? At Bayreuth, as in Paris, if it should happen that Forcheville thought of him at all, it would only be as of some one who counted for a great deal in the life of Odette, some one for whom he was obliged to make way, when they met in her house. If Forcheville and she scored a triumph by being down there together in spite of him, it was he who had engineered that triumph by striving in vain to prevent her from going there, whereas if he had approved of her plan, which for that matter was quite defensible, she would have had the appearance of being there by his counsel, she would have felt herself sent there, housed there by him, and for the pleasure which she derived from entertaining those people who had so often entertained her, it was to him that she would have had to acknowledge her indebtedness.

And if—instead of letting her go off thus, at cross-purposes with him, without having seen him again—he were to send her this money, if he were to encourage her to take this journey, and to go out of his way to make it comfortable and pleasant for her, she would come running to him, happy, grateful, and he would have the joy—the sight of her face—which he had not known for nearly a week, a joy which none

ter sans horreur, qu'il revoyait de la bonté dans son sourire, et que le désir de l'enlever à tout autre, n'était plus ajouté par la jalousie à son amour, cet amour redevenait surtout un goût pour les sensations que lui donnait la personne d'Odette, pour le plaisir qu'il avait à admirer comme un spectacle ou à interroger comme un phénomène, le lever d'un de ses regards, la formation d'un de ses sourires, l'émission d'une intonation de sa voix. Et ce plaisir différent de tous les autres, avait fini par créer en lui un besoin d'elle et qu'elle seule pouvait assouvir par sa présence ou ses lettres, presque aussi désintéressé, presque aussi artistique, aussi pervers, qu'un autre besoin qui caractérisait cette période nouvelle de la vie de Swann où à la sécheresse, à la dépression des années antérieures avait succédé une sorte de trop-plein spirituel, sans qu'il sût davantage à quoi il devait cet enrichissement inespéré de sa vie intérieure qu'une personne de santé délicate qui à partir d'un certain moment se fortifie, engraisse, et semble pendant quelque temps s'acheminer vers une complète guérison—cet autre besoin qui se développait aussi en dehors du monde réel, c'était celui d'entendre, de connaître de la musique.

Ainsi, par le chimisme même de son mal, après qu'il avait fait de la jalousie avec son amour, il recommençait à fabriquer de la tendresse, de la pitié pour Odette. Elle était redevenue l'Odette charmante et bonne. Il avait des remords d'avoir été dur pour elle. Il voulait qu'elle vînt près de lui et, auparavant, il voulait lui avoir procuré quelque plaisir, pour voir la reconnaissance pétrir son visage et modeler son sourire.

Aussi Odette, sûre de le voir venir après quelques jours, aussi tendre et soumis qu'avant, lui demander une réconciliation, prenait-elle l'habitude de ne plus craindre de lui déplaire et même de l'irriter et lui refusait-elle, quand cela lui était commode, les faveurs auxquelles il tenait le plus.

other could replace. For the moment that Swann was able to form a picture of her without revulsion, that he could see once again the friendliness in her smile, and that the desire to tear her away from every rival was no longer imposed by his jealousy upon his love, that love once again became, more than anything, a taste for the sensations which Odette's person gave him, for the pleasure which he found in admiring, as one might a spectacle, or in questioning, as one might a phenomenon, the birth of one of her glances, the formation of one of her smiles, the utterance of an intonation of her voice. And this pleasure, different from every other, had in the end created in him a need of her, which she alone, by her presence or by her letters, could assuage, almost as disinterested, almost as artistic, as perverse as another need which characterised this new period in Swann's life, when the sereness, the depression of the preceding years had been followed by a sort of spiritual superabundance, without his knowing to what he owed this unlooked-for enrichment of his life, any more than a person in delicate health who from a certain moment grows stronger, puts on flesh, and seems for a time to be on the road to a complete recovery:—this other need, which, too, developed in him independently of the visible, material world, was the need to listen to music and to learn to know it.

And so, by the chemical process of his malady, after he had created jealousy out of his love, he began again to generate tenderness, pity for Odette. She had become once more the old Odette, charming and kind. He was full of remorse for having treated her harshly. He wished her to come to him, and, before she came, he wished to have already procured for her some pleasure, so as to watch her gratitude taking shape in her face and moulding her smile.

So, too, Odette, certain of seeing him come to her in a few days, as tender and submissive as before, and plead with her for a reconciliation, became inured, was no longer afraid of displeasing him, or even of making him angry, and refused him, whenever it suited her, the favours by which he set most store.

Peut-être ne savait-elle pas combien il avait été sincère vis-à-vis d'elle pendant la brouille, quand il lui avait dit qu'il ne lui enverrait pas d'argent et chercherait à lui faire du mal. Peut-être ne savait-elle pas davantage combien il l'était, vis-à-vis sinon d'elle, du moins de lui-même, en d'autres cas où dans l'intérêt de l'avenir de leur liaison, pour montrer à Odette qu'il était capable de se passer d'elle, qu'une rupture restait toujours possible, il décidait de rester quelque temps sans aller chez elle.

Parfois c'était après quelques jours où elle ne lui avait pas causé de souci nouveau; et comme, des visites prochaines qu'il lui ferait, il savait qu'il ne pouvait tirer nulle bien grande joie mais plus probablement quelque chagrin qui mettrait fin au calme où il se trouvait, il lui écrivait qu'étant très occupé il ne pourrait la voir aucun des jours qu'il lui avait dit. Or une lettre d'elle, se croisant avec la sienne, le priait précisément de déplacer un rendez-vous. Il se demandait pourquoi; ses soupçons, sa douleur le reprenaient. Il ne pouvait plus tenir, dans l'état nouveau d'agitation où il se trouvait, l'engagement qu'il avait pris dans l'état antérieur de calme relatif, il courait chez elle et exigeait de la voir tous les jours suivants. Et même si elle ne lui avait pas écrit la première, si elle répondait seulement, cela suffisait pour qu'il ne pût plus rester sans la voir. Car, contrairement au calcul de Swann, le consentement d'Odette avait tout changé en lui. Comme tous ceux qui possèdent une chose, pour savoir ce qui arriverait s'il cessait un moment de la posséder, il avait ôté cette chose de son esprit, en y laissant tout le reste dans le même état que quand elle était là. Or l'absence d'une chose, ce n'est pas que cela, ce n'est pas un simple manque partiel, c'est un bouleversement de tout le reste, c'est un état nouveau qu'on ne peut prévoir dans l'ancien.

Mais d'autres fois au contraire—Odette était sur le point de partir en voyage—c'était après quelque petite querelle dont il choisissait le prétexte, qu'il se résolvait à

Perhaps she did not realise how sincere he had been with her during their quarrel, when he had told her that he would not send her any money, but would do what he could to hurt her. Perhaps she did not realise, either, how sincere he still was, if not with her, at any rate with himself, on other occasions when, for the sake of their future relations, to shew Odette that he was capable of doing without her, that a rupture was still possible between them, he decided to wait some time before going to see her again.

Sometimes several days had elapsed, during which she had caused him no fresh anxiety; and as, from the next few visits which he would pay her, he knew that he was likely to derive not any great pleasure, but, more probably, some annoyance which would put an end to the state of calm in which he found himself, he wrote to her that he was very busy, and would not be able to see her on any of the days that he had suggested. Meanwhile, a letter from her, crossing his, asked him to postpone one of those very meetings. He asked himself, why; his suspicions, his grief, again took hold of him. He could no longer abide, in the new state of agitation into which he found himself plunged, by the arrangements which he had made in his preceding state of comparative calm; he would run to find her, and would insist upon seeing her on each of the following days. And even if she had not written first, if she merely acknowledged his letter, it was enough to make him unable to rest without seeing her. For, upsetting all Swann's calculations, Odette's acceptance had entirely changed his attitude. Like everyone who possesses something precious, so as to know what would happen if he ceased for a moment to possess it, he had detached the precious object from his mind, leaving, as he thought, everything else in the same state as when it was there. But the absence of one part from a whole is not only that, it is not simply a partial omission, it is a disturbance of all the other parts, a new state which it was impossible to foresee from the old.

But at other times—when Odette was on the point of going away for a holiday—it was after some trifling quarrel for which he had chosen the pretext, that he decided not to write to her

ne pas lui écrire et à ne pas la revoir avant son retour, donnant ainsi les apparences, et demandant le bénéfice d'une grande brouille, qu'elle croirait peut-être définitive, à une séparation dont la plus longue part était inévitable du fait du voyage et qu'il faisait commencer seulement un peu plus tôt. Déjà il se figurait Odette inquiète, affligée, de n'avoir reçu ni visite ni lettre et cette image, en calmant sa jalousie, lui rendait facile de se déshabituer de la voir. Sans doute, par moments, tout au bout de son esprit où sa résolution la refoulait grâce à toute la longueur interposée des trois semaines de séparation acceptée, c'était avec plaisir qu'il considérait l'idée qu'il reverrait Odette à son retour: mais c'était aussi avec si peu d'impatience qu'il commençait à se demander s'il ne doublerait pas volontairement la durée d'une abstinence si facile. Elle ne datait encore que de trois jours, temps beaucoup moins long que celui qu'il avait souvent passé en ne voyant pas Odette, et sans l'avoir comme maintenant prémédité. Et pourtant voici qu'une légère contrariété ou un malaise physique—en l'incitant à considérer le moment présent comme un moment exceptionnel, en dehors de la règle, où la sagesse même admettrait d'accueillir l'apaisement qu'apporte un plaisir et de donner congé, jusqu'à la reprise utile de l'effort, à la volonté—suspendait l'action de celle-ci qui cessait d'exercer sa compression; ou, moins que cela, le souvenir d'un renseignement qu'il avait oublié de demander à Odette, si elle avait décidé la couleur dont elle voulait faire repeindre sa voiture, ou pour une certaine valeur de bourse, si c'était des actions ordinaires ou privilégiées qu'elle désirait acquérir (c'était très joli de lui montrer qu'il pouvait rester sans la voir, mais si après ça la peinture était à refaire ou si les actions ne donnaient pas de dividende, il serait bien avancé), voici que comme un caoutchouc tendu qu'on lâche ou comme l'air dans une machine pneumatique qu'on entr'ouvre, l'idée de la revoir, des lointains où elle était maintenue, revenait d'un bond dans le champ du présent et des possibilités immédiates.

and not to see her until her return, giving the appearance (and expecting the reward) of a serious rupture, which she would perhaps regard as final, to a separation, the greater part of which was inevitable, since she was going away, which, in fact, he was merely allowing to start a little sooner than it must. At once he could imagine Odette, puzzled, anxious, distressed at having received neither visit nor letter from him and this picture of her, by calming his jealousy, made it easy for him to break himself of the habit of seeing her. At odd moments, no doubt, in the furthest recesses of his brain, where his determination had thrust it away, and thanks to the length of the interval, the three weeks' separation to which he had agreed, it was with pleasure that he would consider the idea that he would see Odette again on her return; but it was also with so little impatience that he began to ask himself whether he would not readily consent to the doubling of the period of so easy an abstinence. It had lasted, so far, but three days, a much shorter time than he had often, before, passed without seeing Odette, and without having, as on this occasion he had, premeditated a separation. And yet, there and then, some tiny trace of contrariety in his mind, or of weakness in his body—by inciting him to regard the present as an exceptional moment, one not to be governed by the rules, one in which prudence itself would allow him to take advantage of the soothing effects of a pleasure and to give his will (until the time should come when its efforts might serve any purpose) a holiday—suspended the action of his will, which ceased to exert its inhibitive control; or, without that even, the thought of some information for which he had forgotten to ask Odette, such as if she had decided in what colour she would have her carriage repainted, or, with regard to some investment, whether they were 'ordinary' or 'preference' shares that she wished him to buy (for it was all very well to shew her that he could live without seeing her, but if, after that, the carriage had to be painted over again, if the shares produced no dividend, a fine lot of good he would have done)—and suddenly, like a stretched piece of elastic which is let go, or the air in a pneumatic machine which is ripped open, the idea of seeing her again, from the remote point in time to which it had been attached, sprang back into the field of the present and of immediate possibilities.

Elle y revenait sans plus trouver de résistance, et d'ailleurs si irrésistible que Swann avait eu bien moins de peine à sentir s'approcher un à un les quinze jours qu'il devait rester séparé d'Odette, qu'il n'en avait à attendre les dix minutes que son cocher mettait pour atteler la voiture qui allait l'emmener chez elle et qu'il passait dans des transports d'impatience et de joie où il ressaisissait mille fois pour lui prodiguer sa tendresse cette idée de la retrouver qui, par un retour si brusque, au moment où il la croyait si loin, était de nouveau près de lui dans sa plus proche conscience. C'est qu'elle ne trouvait plus pour lui faire obstacle le désir de chercher sans plus tarder à lui résister qui n'existait plus chez Swann depuis que s'étant prouvé à lui-même—il le croyait du moins—qu'il en était si aisément capable, il ne voyait plus aucun inconvénient à ajourner un essai de séparation qu'il était certain maintenant de mettre à exécution dès qu'il le voudrait. C'est aussi que cette idée de la revoir revenait parée pour lui d'une nouveauté, d'une séduction, douée d'une virulence que l'habitude avait émoussées, mais qui s'étaient retrempées dans cette privation non de trois jours mais de quinze (car la durée d'un renoncement doit se calculer, par anticipation, sur le terme assigné), et de ce qui jusque-là eût été un plaisir attendu qu'on sacrifie aisément, avait fait un bonheur inespéré contre lequel on est sans force. C'est enfin qu'elle y revenait embellie par l'ignorance où était Swann de ce qu'Odette avait pu penser, faire peut-être en voyant qu'il ne lui avait pas donné signe de vie, si bien que ce qu'il allait trouver c'était la révélation passionnante d'une Odette presque inconnue.

Mais elle, de même qu'elle avait cru que son refus d'argent n'était qu'une feinte, ne voyait qu'un prétexte dans le renseignement que Swann venait lui demander, sur la voiture à repeindre, ou la valeur à acheter. Car elle ne reconstituait pas les diverses phases de ces crises qu'il traversait et dans l'idée qu'elle s'en faisait,

It sprang back thus without meeting any further resistance, so irresistible, in fact, that Swann had been far less unhappy in watching the end gradually approaching, day by day, of the fortnight which he must spend apart from Odette, than he was when kept waiting ten minutes while his coachman brought round the carriage which was to take him to her, minutes which he passed in transports of impatience and joy, in which he recaptured a thousand times over, to lavish on it all the wealth of his affection, that idea of his meeting with Odette, which, by so abrupt a repercussion, at a moment when he supposed it so remote, was once more present and on the very surface of his consciousness. The fact was that this idea no longer found, as an obstacle in its course, the desire to contrive without further delay to resist its coming, which had ceased to have any place in Swann's mind since, having proved to himself—or so, at least, he believed—that he was so easily capable of resisting it, he no longer saw any inconvenience in postponing a plan of separation which he was now certain of being able to put into operation whenever he would. Furthermore, this idea of seeing her again came back to him adorned with a novelty, a seductiveness, armed with a virulence, all of which long habit had enfeebled, but which had acquired new vigour during this privation, not of three days but of a fortnight (for a period of abstinence may be calculated, by anticipation, as having lasted already until the final date assigned to it), and had converted what had been, until then, a pleasure in store, which could easily be sacrificed, into an unlooked-for happiness which he was powerless to resist. Finally, the idea returned to him with its beauty enhanced by his own ignorance of what Odette might have thought, might, perhaps, have done on finding that he shewed no sign of life, with the result that he was going now to meet with the entrancing revelation of an Odette almost unknown.

But she, just as she had supposed that his refusal to send her money was only a feint, saw nothing but a pretext in the question which he came, now, to ask her, about the repainting of her carriage, or the purchase of stock. For she could not reconstruct the several phases of these crises through which he passed, and in the general idea which she

elle omettait d'en comprendre le mécanisme, ne croyant qu'à ce qu'elle connaissait d'avance, à la nécessaire, à l'infaillible et toujours identique terminaison. Idée incomplète—d'autant plus profonde peut-être—si on la jugeait du point de vue de Swann qui eût sans doute trouvé qu'il était incompris d'Odette, comme un morphinomane ou un tuberculeux, persuadés qu'ils ont été arrêtés, l'un par un événement extérieur au moment où il allait se délivrer de son habitude invétérée, l'autre par une indisposition accidentelle au moment où il allait être enfin rétabli, se sentent incompris du médecin qui n'attache pas la même importance qu'eux à ces prétendues contingences, simples déguisements, selon lui, revêtus, pour redevenir sensibles à ses malades, par le vice et l'état morbide qui, en réalité, n'ont pas cessé de peser incurablement sur eux tandis qu'ils berçaient des rêves de sagesse ou de guérison. Et de fait, l'amour de Swann en était arrivé à ce degré où le médecin et, dans certaines affections, le chirurgien le plus audacieux, se demandent si priver un malade de son vice ou lui ôter son mal, est encore raisonnable ou même possible.

Certes l'étendue de cet amour, Swann n'en avait pas une conscience directe. Quand il cherchait à le mesurer, il lui arrivait parfois qu'il semblât diminué, presque réduit à rien; par exemple, le peu de goût, presque le dégoût que lui avaient inspiré, avant qu'il aimât Odette, ses traits expressifs, son teint sans fraîcheur, lui revenait à certains jours. «Vraiment il y a progrès sensible, se disait-il le lendemain; à voir exactement les choses, je n'avais presque aucun plaisir hier à être dans son lit, c'est curieux je la trouvais même laide.» Et certes, il était sincère, mais son amour s'étendait bien au-delà des régions du désir physique. La personne même d'Odette n'y tenait plus une grande place. Quand du regard il rencontrait sur sa table la photographie d'Odette, ou quand elle venait le voir, il avait peine à identifier la figure de chair ou de bristol

formed of them she made no attempt to understand their mechanism, looking only to what she knew beforehand, their necessary, never-failing and always identical termination. An imperfect idea (though possibly all the more profound in consequence), if one were to judge it from the point of view of Swann, who would doubtless have considered that Odette failed to understand him, just as a morphinomaniac or a consumptive, each persuaded that he has been thrown back, one by some outside event, at the moment when he was just going to shake himself free from his inveterate habit, the other by an accidental indisposition at the moment when he was just going to be finally cured, feels himself to be misunderstood by the doctor who does not attach the same importance to these pretended contingencies, mere disguises, according to him, assumed, so as to be perceptible by his patients, by the vice of one and the morbid state of the other, which in reality have never ceased to weigh heavily and incurably upon them while they were nursing their dreams of normality and health. And, as a matter of fact, Swann's love had reached that stage at which the physician and (in the case of certain affections) the boldest of surgeons ask themselves whether to deprive a patient of his vice or to rid him of his malady is still reasonable, or indeed possible.

Certainly, of the extent of this love Swann had no direct knowledge. When he sought to measure it, it happened sometimes that he found it diminished, shrunken almost to nothing; for instance, the very moderate liking, amounting almost to dislike, which, in the days before he was in love with Odette, he had felt for her expressive features, her faded complexion, returned on certain days. "Really, I am making distinct headway," he would tell himself on the morrow, "when I come to think it over carefully, I find out that I got hardly any pleasure, last night, out of being in bed with her; it's an odd thing, but I actually thought her ugly." And certainly he was sincere, but his love extended a long way beyond the province of physical desire. Odette's person, indeed, no longer held any great place in it. When his eyes fell upon the photograph of Odette on his table, or when she came to see him, he had difficulty in identifying her face,

avec le trouble douloureux et constant qui habitait en lui. Il se disait presque avec étonnement: «C'est elle» comme si tout d'un coup on nous montrait extériorisée devant nous une de nos maladies et que nous ne la trouvions pas ressemblante à ce que nous souffrons. «Elle», il essayait de se demander ce que c'était; car c'est une ressemblance de l'amour et de la mort, plutôt que celles si vagues, que l'on redit toujours, de nous faire interroger plus avant, dans la peur que sa réalité se dérobe, le mystère de la personnalité. Et cette maladie qu'était l'amour de Swann avait tellement multiplié, il était si étroitement mêlé à toutes les habitudes de Swann, à tous ses actes, à sa pensée, à sa santé, à son sommeil, à sa vie, même à ce qu'il désirait pour après sa mort, il ne faisait tellement plus qu'un avec lui, qu'on n'aurait pas pu l'arracher de lui sans le détruire lui-même à peu près tout entier: comme on dit en chirurgie, son amour n'était plus opérable.

Par cet amour Swann avait été tellement détaché de tous les intérêts, que quand par hasard il retournait dans le monde en se disant que ses relations comme une monture élégante qu'elle n'aurait pas d'ailleurs su estimer très exactement, pouvaient lui rendre à lui-même un peu de prix aux yeux d'Odette (et ç'aurait peut-être été vrai en effet si elles n'avaient été avilies par cet amour même, qui pour Odette dépréciait toutes les choses qu'il touchait par le fait qu'il semblait les proclamer moins précieuses), il y éprouvait, à côté de la détresse d'être dans des lieux, au milieu de gens qu'elle ne connaissait pas, le plaisir désintéressé qu'il aurait pris à un roman ou à un tableau où sont peints les divertissements d'une classe oisive, comme, chez lui, il se complaisait à considérer le fonctionnement de sa vie domestique, l'élégance de sa garde-robe et de sa livrée, le bon placement de ses valeurs, de la même façon qu'à lire dans Saint-Simon, qui était un de ses auteurs favoris, la mécanique des journées, le menu des repas de Mme de Maintenon, ou l'avarice avisée et le grand train de Lulli. Et dans la

either in the flesh or on the pasteboard, with the painful and continuous anxiety which dwelt in his mind. He would say to himself, almost with astonishment, "It is she!" as when suddenly some one shews us in a detached, externalised form one of our own maladies, and we find in it no resemblance to what we are suffering. "She?"—he tried to ask himself what that meant; for it is something like love, like death (rather than like those vague conceptions of maladies), a thing which one repeatedly calls in question, in order to make oneself probe further into it, in the fear that the question will find no answer, that the substance will escape our grasp—the mystery of personality. And this malady, which was Swann's love, had so far multiplied, was so closely interwoven with all his habits, with all his actions, with his thoughts, his health, his sleep, his life, even with what he hoped for after his death, was so entirely one with him that it would have been impossible to wrest it away without almost entirely destroying him; as surgeons say, his case was past operation.

By this love Swann had been so far detached from all other interests that when by chance he reappeared in the world of fashion, reminding himself that his social relations, like a beautifully wrought setting (although she would not have been able to form any very exact estimate of its worth), might, still, add a little to his own value in Odette's eyes (as indeed they might have done had they not been cheapened by his love itself, which for Odette depreciated everything that it touched by seeming to denounce such things as less precious than itself), he would feel there, simultaneously with his distress at being in places and among people that she did not know, the same detached sense of pleasure as he would have derived from a novel or a painting in which were depicted the amusements of a leisured class; just as, at home, he used to enjoy the thought of the smooth efficiency of his household, the smartness of his own wardrobe and of his servants' liveries, the soundness of his investments, with the same relish as when he read in Saint-Simon, who was one of his favourite authors, of the machinery of daily life at Versailles, what Mme. de Maintenon ate and drank, or the shrewd avarice and great pomp of Lulli. And in the

faible mesure où ce détachement n'était pas absolu, la raison de ce plaisir nouveau que goûtait Swann, c'était de pouvoir émigrer un moment dans les rares parties de lui-même restées presque étrangères à son amour, à son chagrin. A cet égard cette personnalité, que lui attribuait ma grand'tante, de «fils Swann», distincte de sa personnalité plus individuelle de Charles Swann, était celle où il se plaisait maintenant le mieux. Un jour que, pour l'anniversaire de la princesse de Parme (et parce qu'elle pouvait souvent être indirectement agréable à Odette en lui faisant avoir des places pour des galas, des jubilés), il avait voulu lui envoyer des fruits, ne sachant pas trop comment les commander, il en avait chargé une cousine de sa mère qui, ravie de faire une commission pour lui, lui avait écrit, en lui rendant compte qu'elle n'avait pas pris tous les fruits au même endroit, mais les raisins chez Crapote dont c'est la spécialité, les fraises chez Jauret, les poires chez Chevet où elles étaient plus belles, etc., «chaque fruit visité et examiné un par un par moi». Et en effet, par les remerciements de la princesse, il avait pu juger du parfum des fraises et du moelleux des poires. Mais surtout le «chaque fruit visité et examiné un par un par moi» avait été un apaisement à sa souffrance, en emmenant sa conscience dans une région où il se rendait rarement, bien qu'elle lui appartînt comme héritier d'une famille de riche et bonne bourgeoisie où s'étaient conservés héréditairement, tout prêts à être mis à son service dès qu'il le souhaitait, la connaissance des «bonnes adresses» et l'art de savoir bien faire une commande.

Certes, il avait trop longtemps oublié qu'il était le «fils Swann» pour ne pas ressentir quand il le redevenait un moment, un plaisir plus vif que ceux qu'il eût pu éprouver le reste du temps et sur lesquels il était blasé; et si l'amabilité des bourgeois, pour lesquels il restait surtout cela, était moins vive que celle de l'aristocratie (mais plus flatteuse d'ailleurs, car chez eux du moins elle ne se sépare jamais de la considération), une lettre d'altesse, quelques divertissements princiers

small extent to which this detachment was not absolute, the reason for this new pleasure which Swann was tasting was that he could emigrate for a moment into those few and distant parts of himself which had remained almost foreign to his love and to his pain. In this respect the personality, with which my great-aunt endowed him, of 'young Swann,' as distinct from the more individual personality of Charles Swann, was that in which he now most delighted. Once when, because it was the birthday of the Princesse de Parme (and because she could often be of use, indirectly, to Odette, by letting her have seats for galas and jubilees and all that sort of thing), he had decided to send her a basket of fruit, and was not quite sure where or how to order it, he had entrusted the task to a cousin of his mother who, delighted to be doing a commission for him, had written to him, laying stress on the fact that she had not chosen all the fruit at the same place, but the grapes from Crapote, whose speciality they were, the straw berries from Jauret, the pears from Chevet, who always had the best, am soon, "every fruit visited and examined, one by one, by myself." And ii the sequel, by the cordiality with which the Princess thanked him, hi had been able to judge of the flavour of the strawberries and of the ripe ness of the pears. But, most of all, that "every fruit visited and examinee one by one, by myself" had brought balm to his sufferings by carrying hi mind off to a region which he rarely visited, although it was his by right, as the heir of a rich and respectable middle-class family in which had been handed down from generation to generation the knowledge of the 'right places' and the art of ordering things from shops.

Of a truth, he had too long forgotten that he was 'young Swann' not to feel, when he assumed that part again for a moment, a keener pleasure than he was capable of feeling at other times—when, indeed, he was grown sick of pleasure; and if the friendliness of the middle-class people, for whom he had never been anything else than 'young Swann,' was less animated than that of the aristocrats (though more flattering, for all that, since in the middle-class mind friendship is inseparable from respect), no letter from a Royal Person-

qu'elle lui proposât, ne pouvait lui être aussi agréable que celle qui lui demandait d'être témoin, ou seulement d'assister à un mariage dans la famille de vieux amis de ses parents dont les uns avaient continué à le voir—comme mon grand-père qui, l'année précédente, l'avait invité au mariage de ma mère—et dont certains autres le connaissaient personnellement à peine mais se croyaient des devoirs de politesse envers le fils, envers le digne successeur de feu M. Swann.

Mais, par les intimités déjà anciennes qu'il avait parmi eux, les gens du monde, dans une certaine mesure, faisaient aussi partie de sa maison, de son domestique et de sa famille. Il se sentait, à considérer ses brillantes amitiés, le même appui hors de lui-même, le même confort, qu'à regarder les belles terres, la belle argenterie, le beau linge de table, qui lui venaient des siens. Et la pensée que s'il tombait chez lui frappé d'une attaque ce serait tout naturellement le duc de Chartres, le prince de Reuss, le duc de Luxembourg et le baron de Charlus, que son valet de chambre courrait chercher, lui apportait la même consolation qu'à notre vieille Françoise de savoir qu'elle serait ensevelie dans des draps fins à elle, marqués, non reprisés (ou si finement que cela ne donnait qu'une plus haute idée du soin de l'ouvrière), linceul de l'image fréquente duquel elle tirait une certaine satisfaction, sinon de bien-être, au moins d'amour-propre. Mais surtout, comme dans toutes celles de ses actions, et de ses pensées qui se rapportaient à Odette, Swann était constamment dominé et dirigé par le sentiment inavoué qu'il lui était peut-être pas moins cher, mais moins agréable à voir que quiconque, que le plus ennuyeux fidèle des Verdurin, quand il se reportait à un monde pour qui il était l'homme exquis par excellence, qu'on faisait tout pour attirer, qu'on se désolait de ne pas voir, il recommençait à croire à l'existence d'une vie plus heureuse, presque à en éprouver l'appétit, comme il arrive à un malade alité depuis des mois, à la diète, et qui aperçoit dans un journal le menu d'un déjeuner officiel ou l'annonce d'une croisière en Sicile.

age, offering him some princely entertainment, could ever be so attractive to Swann as the letter which asked him to be a witness, or merely to be present at a wedding in the family of some old friends of his parents; some of whom had 'kept up' with him, like my grandfather, who, the year before these events, had invited him to my mother's wedding, while others barely knew him by sight, but were, they thought, in duty bound to shew civility to the son, to the worthy successor of the late M. Swann.

But, by virtue of his intimacy, already time-honoured, with so many of them, the people of fashion, in a certain sense, were also a part of his house, his service, and his family. He felt, when his mind dwelt upon his brilliant connections, the same external support, the same solid comfort as when he looked at the fine estate, the fine silver, the fine table-linen which had come down to him from his forebears. And the thought that, if he were seized by a sudden illness and confined to the house, the people whom his valet would instinctively run to find would be the Duc de Chartres, the Prince de Reuss, the Duc de Luxembourg and the Baron de Charlus, brought him the same consolation as our old Françoise derived from the knowledge that she would, one day, be buried in her own fine clothes, marked with her name, not darned at all (or so exquisitely darned that it merely enhanced one's idea of the skill and patience of the seamstress), a shroud from the constant image of which in her mind's eye she drew a certain satisfactory sense, if not actually of wealth and prosperity, at any rate of self-esteem. But most of all—since in every one of his actions and thoughts which had reference to Odette, Swann was constantly subdued and swayed by the unconfessed feeling that he was, perhaps not less dear, but at least less welcome to her than anyone, even the most wearisome of the Verdurins' 'faithful,'—when he betook himself to a world in which he was the paramount example of taste, a man whom no pains were spared to attract, whom people were genuinely sorry not to see, he began once again to believe in the existence of a happier life, almost to feel an appetite for it, as an invalid may feel who has been in bed for months and on a strict diet, when he picks up a newspaper and reads the account of an official banquet or the advertisement of a cruise round Sicily.

S'il était obligé de donner des excuses aux gens du monde pour ne pas leur faire de visites, c'était de lui en faire qu'il cherchait à s'excuser auprès d'Odette. Encore les payait-il (se demandant à la fin du mois, pour peu qu'il eût un peu abusé de sa patience et fût allé souvent la voir, si c'était assez de lui envoyer quatre mille francs), et pour chacune trouvait un prétexte, un présent à lui apporter, un renseignement dont elle avait besoin, M. de Charlus qu'elle avait rencontré allant chez elle, et qui avait exigé qu'il l'accompagnât. Et à défaut d'aucun, il priait M. de Charlus de courir chez elle, de lui dire comme spontanément, au cours de la conversation, qu'il se rappelait avoir à parler à Swann, qu'elle voulût bien lui faire demander de passer tout de suite chez elle; mais le plus souvent Swann attendait en vain et M. de Charlus lui disait le soir que son moyen n'avait pas réussi. De sorte que si elle faisait maintenant de fréquentes absences, même à Paris, quand elle y restait, elle le voyait peu, et elle qui, quand elle l'aimait, lui disait: «Je suis toujours libre» et «Qu'est-ce que l'opinion des autres peut me faire?», maintenant, chaque fois qu'il voulait la voir, elle invoquait les convenances ou prétextait des occupations. Quand il parlait d'aller à une fête de charité, à un vernissage, à une première, où elle serait, elle lui disait qu'il voulait afficher leur liaison, qu'il la traitait comme une fille. C'est au point que pour tâcher de n'être pas partout privé de la rencontrer, Swann qui savait qu'elle connaissait et affectionnait beaucoup mon grand-oncle Adolphe dont il avait été lui-même l'ami, alla le voir un jour dans son petit appartement de la rue de Bellechasse afin de lui demander d'user de son influence sur Odette. Comme elle prenait toujours, quand elle parlait à Swann, de mon oncle, des airs poétiques, disant: «Ah! lui, ce n'est pas comme toi, c'est une si belle chose, si grande, si jolie, que son amitié pour moi. Ce n'est pas lui qui me considérerait assez peu pour vouloir se montrer avec moi dans tous les lieux

If he was obliged to make excuses to his fashionable friends for not paying them visits, it was precisely for the visits that he did pay her that he sought to excuse himself to Odette. He still paid them (asking himself at the end of each month whether, seeing that he had perhaps exhausted her patience, and had certainly gone rather often to see her, it would be enough if he sent her four thousand francs), and for each visit he found a pretext, a present that he had to bring her, some information which she required, M. de Charlus, whom he had met actually going to her house, and who had insisted upon Swann's accompanying him. And, failing any excuse, he would beg M. de Charlus to go to her at once, and to tell her, as though spontaneously, in the course of conversation, that he had just remembered something that he had to say to Swann, and would she please send a message to Swann's house asking him to come to her then and there; but as a rule Swann waited at home in vain, and M. de Charlus informed him, later in the evening, that his device had not proved successful. With the result that, if she was now frequently away from Paris, even when she was there he scarcely saw her; that she who, when she was in love with him, used to say, "I am always free" and "What can it matter to me, what other people think?" now, whenever he wanted to see her, appealed to the proprieties or pleaded some engagement. When he spoke of going to a charity entertainment, or a private view, or a first-night at which she was to be present, she would expostulate that he wished to advertise their relations in public, that he was treating her like a woman off the streets. Things came to such a pitch that, in an effort to save himself from being altogether forbidden to meet her anywhere, Swann, remembering that she knew and was deeply attached to my great-uncle Adolphe, whose friend he himself also had been, went one day to see him in his little flat in the Rue de Bellechasse, to ask him to use his influence with Odette. As it happened, she invariably adopted, when she spoke to Swann about my uncle, a poetical tone, saying: "Ah, he! He is not in the least like you; it is an exquisite thing, a great, a beautiful thing, his friendship for me. He's not the sort of man who would have so little consideration for me as to let himself be seen with

publics», Swann fut embarrassé et ne savait pas à quel ton il devait se hausser pour parler d'elle à mon oncle. Il posa d'abord l'excellence *a priori* d'Odette, l'axiome de sa supra-humanité séraphique, la révélation de ses vertus indémontrables et dont la notion ne pouvait dériver de l'expérience. «Je veux parler avec vous. Vous, vous savez quelle femme au-dessus de toutes les femmes, quel être adorable, quel ange est Odette. Mais vous savez ce que c'est que la vie de Paris. Tout le monde ne connaît pas Odette sous le jour où nous la connaissons vous et moi. Alors il y a des gens qui trouvent que je joue un rôle un peu ridicule; elle ne peut même pas admettre que je la rencontre dehors, au théâtre. Vous, en qui elle a tant de confiance, ne pourriez-vous lui dire quelques mots pour moi, lui assurer qu'elle s'exagère le tort qu'un salut de moi lui cause?»

Mon oncle conseilla à Swann de rester un peu sans voir Odette qui ne l'en aimerait que plus, et à Odette de laisser Swann la retrouver partout où cela lui plairait. Quelques jours après, Odette disait à Swann qu'elle venait d'avoir une déception en voyant que mon oncle était pareil à tous les hommes: il venait d'essayer de la prendre de force. Elle calma Swann qui au premier moment voulait aller provoquer mon oncle, mais il refusa de lui serrer la main quand il le rencontra. Il regretta d'autant plus cette brouille avec mon oncle Adolphe qu'il avait espéré, s'il l'avait revu quelquefois et avait pu causer en toute confiance avec lui, tâcher de tirer au clair certains bruits relatifs à la vie qu'Odette avait menée autrefois à Nice. Or mon oncle Adolphe y passait l'hiver. Et Swann pensait que c'était même peut-être là qu'il avait connu Odette. Le peu qui avait échappé à quelqu'un devant lui, relativement à un homme qui aurait été l'amant d'Odette avait bouleversé Swann. Mais les choses qu'il aurait avant de les connaître, trouvé le plus affreux d'apprendre et le plus impossible de croire, une fois qu'il les savait, elles étaient incorporées à tout jamais à sa tristesse, il

me everywhere in public." This was embarrassing for Swann, who did not know quite to what rhetorical pitch he should screw himself up in speaking of Odette to my uncle. He began by alluding to her excellence, *a priori,* the axiom of her seraphic super-humanity, the revelation of her inexpressible virtues, no conception of which could possibly be formed. "I should like to speak to you about her," he went on, "you, who know what a woman supreme above all women, what an adorable being, what an angel Odette is. But you know, also, what life is in Paris. Everyone doesn't see Odette in the light in which you and I have been Privileged to see her. And so there are people who think that I am behaving rather foolishly; she won't even allow me to meet her out of doors, at the theatre. Now you, in whom she has such enormous confidence, couldn't you say a few words for me to her, just to assure her that she exaggerate the harm which my bowing to her in the street might do her?"

My uncle advised Swann not to see Odette for some days, after which she would love him all the more; he advised Odette to let Swann meet he; everywhere, and as often as he pleased. A few days later Odette told Swann that she had just had a rude awakening; she had discovered that my uncle was the same as other men; he had tried to take her by assault. She calmed Swann, who, at first, was for rushing out to challenge my uncle to a duel, but he refused to shake hands with him when they met again. He regretted this rupture all the more because he had hoped, if he had met my uncle Adolphe again sometimes and had contrived to talk things over with him in strict confidence, to be able to get him to throw a light on certain rumours with regard to the life that Odette had led, in the old days, at Nice. For my uncle Adolphe used to spend the winter there, and Swann thought that it might indeed have been there, perhaps, that he had first known Odette. The few words which some one had let fall, in his hearing, about a man who, it appeared, had been Odette's lover, had left Swann dumb foundered. But the very things which he would, before knowing them, have regarded as the most terrible to learn and the most impossible to believe, were, once he knew them, incorporated for all time in the general mass of his sorrow; he

les admettait, il n'aurait plus pu comprendre qu'elles n'eussent pas été. Seulement chacune opérait sur l'idée qu'il se faisait de sa maîtresse une retouche ineffaçable. Il crut même comprendre, une fois, que cette légèreté des mœurs d'Odette qu'il n'eût pas soupçonnée, était assez connue, et qu'à Bade et à Nice, quand elle y passait jadis plusieurs mois, elle avait eu une sorte de notoriété galante. Il chercha, pour les interroger, à se rapprocher de certains viveurs; mais ceux-ci savaient qu'il connaissait Odette; et puis il avait peur de les faire penser de nouveau à elle, de les mettre sur ses traces. Mais lui à qui jusque-là rien n'aurait pu paraître aussi fastidieux que tout ce qui se rapportait à la vie cosmopolite de Bade ou de Nice, apprenant qu'Odette avait peut-être fait autrefois la fête dans ces villes de plaisir, sans qu'il dût jamais arriver à savoir si c'était seulement pour satisfaire à des besoins d'argent que grâce à lui elle n'avait plus, ou à des caprices qui pouvaient renaître, maintenant il se penchait avec une angoisse impuissante, aveugle et vertigineuse vers l'abîme sans fond où étaient allées s'engloutir ces années du début du Septennat pendant lesquelles on passait l'hiver sur la promenade des Anglais, l'été sous les tilleuls de Bade, et il leur trouvait une profondeur douloureuse mais magnifique comme celle que leur eût prêtée un poète; et il eût mis à reconstituer les petits faits de la chronique de la Côte d'Azur d'alors, si elle avait pu l'aider à comprendre quelque chose du sourire ou des regards—pourtant si honnêtes et si simples—d'Odette, plus de passion que l'esthéticien qui interroge les documents subsistant de la Florence du XVe siècle pour tâcher d'entrer plus avant dans l'âme de la Primavera, de la bella Vanna, ou de la Vénus, de Botticelli. Souvent sans lui rien dire il la regardait, il songeait; elle lui disait: «Comme tu as l'air triste!» Il n'y avait pas bien longtemps encore, de l'idée qu'elle était une créature bonne, analogue aux meilleures qu'il eût connues, il avait passé à l'idée qu'elle était une femme entretenue;

admitted them, he could no longer have understood their not existing. Only, each one of them in its passage traced an indelible line, altering the picture that he had formed of his mistress. At one time indeed he felt that he could understand that this moral 'lightness,' of which he would never have suspected Odette, was perfectly well known, and that at Baden or Nice, when she had gone, in the past, to spend several months in one or the other place, she had enjoyed a sort of amorous notoriety. He attempted, in order to question them, to get into touch again with certain men of that stamp; but these were aware that he knew Odette, and, besides, he was afraid of putting the thought of her into their heads, of setting them once more upon her track. But he, to whom, up till then, nothing could have seemed so tedious as was all that pertained to the cosmopolitan life of Baden or of Nice, now that he learned that Odette had, perhaps, led a 'gay' life once in those pleasure-cities, although he could never find out whether it had been solely to satisfy a want of money which, thanks to himself, she no longer felt, or from some capricious instinct which might, at any moment, revive in her, he would lean, in impotent anguish, blinded and dizzy, over the bottomless abyss into which had passed, in which had been engulfed those years of his own, early in MacMahon's *Septennat,* in which one spent the winter on the Promenade des Anglais, the summer beneath the limes of Baden, and would find in those years a sad but splendid profundity, such as a poet might have lent to them; and he would have devoted to the reconstruction of all the insignificant details that made up the daily round on the Côte d'Azur in those days, if it could have helped him to understand something that still baffled him in the smile or in the eyes of Odette, more enthusiasm than does the aesthete who ransacks the extant documents of fifteenth-century Florence, so as to try to penetrate further into the soul of the Primavera, the fair Vanna or the Venus of Botticelli. He would sit, often, without saying a word to her, only gazing at her and dreaming; and she would comment: "You do look sad!" It was not very long since, from the idea that she was an excellent creature, comparable to the best women that he had known, he had passed to that of her being 'kept';

inversement il lui était arrivé depuis de revenir de l'Odette de Crécy, peut-être trop connue des fêtards, des hommes à femmes, à ce visage d'une expression parfois si douce, à cette nature si humaine. Il se disait: «Qu'est-ce que cela veut dire qu'à Nice tout le monde sache qui est Odette de Crécy? Ces réputations-là, même vraies, sont faites avec les idées des autres»; il pensait que cette légende—fût-elle authentique—était extérieure à Odette, n'était pas en elle comme une personnalité irréductible et malfaisante; que la créature qui avait pu être amenée à mal faire, c'était une femme aux bons yeux, au cœur plein de pitié pour la souffrance, au corps docile qu'il avait tenu, qu'il avait serré dans ses bras et manié, une femme qu'il pourrait arriver un jour à posséder toute, s'il réussissait à se rendre indispensable à elle. Elle était là, souvent fatiguée, le visage vidé pour un instant de la préoccupation fébrile et joyeuse des choses inconnues qui faisaient souffrir Swann; elle écartait ses cheveux avec ses mains; son front, sa figure paraissaient plus larges; alors, tout d'un coup, quelque pensée simplement humaine, quelque bon sentiment comme il en existe dans toutes les créatures, quand dans un moment de repos ou de repliement elles sont livrées à elles-mêmes, jaillissait dans ses yeux comme un rayon jaune. Et aussitôt tout son visage s'éclairait comme une campagne grise, couverte de nuages qui soudain s'écartent, pour sa transfiguration, au moment du soleil couchant. La vie qui était en Odette à ce moment-là, l'avenir même qu'elle semblait rêveusement regarder, Swann aurait pu les partager avec elle; aucune agitation mauvaise ne semblait y avoir laissé de résidu. Si rares qu'ils devinssent, ces moments-là ne furent pas inutiles. Par le souvenir Swann reliait ces parcelles, abolissait les intervalles, coulait comme en or une Odette de bonté et de calme pour laquelle il fit plus tard (comme on le verra dans la deuxième partie de cet ouvrage) des sacrifices que l'autre Odette n'eût pas obtenus. Mais que ces moments étaient rares,

and yet already, by an inverse process, he had returned from the Odette de Crécy, perhaps too well known to the holiday-makers, to the 'ladies' men' of Nice and Baden, to this face, the expression on which was so often gentle, to this nature so eminently human. He would ask himself: "What does it mean, after all, to say that everyone at Nice knows who Odette de Crécy is? Reputations of that sort, even when they're true, are always based upon other people's ideas"; he would reflect that this legend—even if it were authentic—was something external to Odette, was not inherent in her like a mischievous and ineradicable personality; that the creature who might have been led astray was a woman with frank eyes, a heart full of pity for the sufferings of others, a docile body which he had pressed tightly in his arms and explored with his fingers, a woman of whom he might one day come into absolute possession if he succeeded in making himself indispensable to her. There she was, often tired, her face left blank for the nonce by that eager, feverish preoccupation with the unknown things which made Swann suffer; she would push back her hair with both hands; her forehead, her whole face would seem to grow larger; then, suddenly, some ordinary human thought, some worthy sentiment such as is to be found in all creatures when, in a moment of rest or meditation, they are free to express themselves, would flash out from her eyes like a ray of gold. And immediately the whole of her face would light up like a grey landscape, swathed in clouds which, suddenly, are swept away and the dull scene transfigured, at the moment of the sun's setting. The life which occupied Odette at such times, even the future which she seemed to be dreamily regarding, Swann could have shared with her. No evil disturbance seemed to have left any effect on them. Rare as they became, those moments did not occur in vain. By the process of memory, Swann joined the fragments together, abolished the intervals between them, cast, as in molten gold, the image of an Odette compact of kindness and tranquillity, for whom he was to make, later on (as we shall see in the second part of this story) sacrifices which the other Odette would never have won from him. But how rare

et que maintenant il la voyait peu! Même pour leur rendez-vous du soir, elle ne lui disait qu'à la dernière minute si elle pourrait le lui accorder car, comptant qu'elle le trouverait toujours libre, elle voulait d'abord être certaine que personne d'autre ne lui proposerait de venir. Elle alléguait qu'elle était obligée d'attendre une réponse de la plus haute importance pour elle, et même si après qu'elle avait fait venir Swann des amis demandaient à Odette, quand la soirée était déjà commencée, de les rejoindre au théâtre ou à souper, elle faisait un bond joyeux et s'habillait à la hâte. Au fur et à mesure qu'elle avançait dans sa toilette, chaque mouvement qu'elle faisait rapprochait Swann du moment où il faudrait la quitter, où elle s'enfuirait d'un élan irrésistible; et quand, enfin prête, plongeant une dernière fois dans son miroir ses regards tendus et éclairés par l'attention, elle remettait un peu de rouge à ses lèvres, fixait une mèche sur son front et demandait son manteau de soirée bleu ciel avec des glands d'or, Swann avait l'air si triste qu'elle ne pouvait réprimer un geste d'impatience et disait: «Voilà comme tu me remercies de t'avoir gardé jusqu'à la dernière minute. Moi qui croyais avoir fait quelque chose de gentil. C'est bon à savoir pour une autre fois!» Parfois, au risque de la fâcher, il se promettait de chercher à savoir où elle était allée, il rêvait d'une alliance avec Forcheville qui peut-être aurait pu le renseigner. D'ailleurs quand il savait avec qui elle passait la soirée, il était bien rare qu'il ne pût pas découvrir dans toutes ses relations à lui quelqu'un qui connaissait fût-ce indirectement l'homme avec qui elle était sortie et pouvait facilement en obtenir tel ou tel renseignement. Et tandis qu'il écrivait à un de ses amis pour lui demander de chercher à éclaircir tel ou tel point, il éprouvait le repos de cesser de se poser ses questions sans réponses et de transférer à un autre la fatigue d'interroger. Il est vrai que Swann n'était guère plus avancé quand il avait certains renseignements. Savoir ne permet pas toujours d'empêcher, mais du moins les choses que nous savons,

those moments were, and how seldom he now saw her! Even in regard to their evening meetings, she would never tell him until the last minute whether she would be able to see him, for, reckoning on his being always free, she wished first to be certain that no one else would offer to come to her. She would plead that she was obliged to wait for an answer which was of the very greatest importance, and if, even after she had made Swann come to her house, any of her friends asked her, half-way through the evening, to join them at some theatre, or at supper afterwards, she would jump for joy and dress herself with all speed. As her toilet progressed, every movement that she made brought Swann nearer to the moment when he would have to part from her, when she would fly off with irresistible force; and when at length she was ready, and, Plunging into her mirror a last glance strained and brightened by her anxiety to look well, smeared a little salve on her lips, fixed a stray loci of hair over her brow, and called for her cloak of sky-blue silk with golden tassels, Swann would be looking so wretched that she would be unable to restrain a gesture of impatience as she flung at him: "So that is how you thank me for keeping you here till the last minute! And I thought I was being so nice to you. Well, I shall know better another time!" Sometime... at the risk of annoying her, he made up his mind that he would find out where she had gone, and even dreamed of a defensive alliance with Forcheville, who might perhaps have been able to tell him. But anyhow, when he knew with whom she was spending the evening, it was very seldom that he could not discover, among all his innumerable acquaintance, some one who knew—if only indirectly—the man with whom she had gone out, and could easily obtain this or that piece of information about him. And while he was writing to one of his friends, asking him to try to get a little light thrown upon some point or other, he would feel a sense of relief on ceasing to vex himself with questions to which there was no answer and transferring to some one else the strain of interrogation. It is true that Swann was little the wiser for such information as he did receive. To know a thing does not enable us, always, to prevent its happening, but after all the things that we know

nous les tenons, sinon entre nos mains, du moins dans notre pensée où nous les disposons à notre gré, ce qui nous donne l'illusion d'une sorte de pouvoir sur elles. Il était heureux toutes les fois où M. de Charlus était avec Odette. Entre M. de Charlus et elle, Swann savait qu'il ne pouvait rien se passer, que quand M. de Charlus sortait avec elle c'était par amitié pour lui et qu'il ne ferait pas difficulté à lui raconter ce qu'elle avait fait. Quelquefois elle avait déclaré si catégoriquement à Swann qu'il lui était impossible de le voir un certain soir, elle avait l'air de tenir tant à une sortie, que Swann attachait une véritable importance à ce que M. de Charlus fût libre de l'accompagner. Le lendemain, sans oser poser beaucoup de questions à M. de Charlus, il le contraignait, en ayant l'air de ne pas bien comprendre ses premières réponses, à lui en donner de nouvelles, après chacune desquelles il se sentait plus soulagé, car il apprenait bien vite qu'Odette avait occupé sa soirée aux plaisirs les plus innocents. «Mais comment, mon petit Mémé, je ne comprends pas bien..., ce n'est pas en sortant de chez elle que vous êtes allés au musée Grévin? Vous étiez allés ailleurs d'abord. Non? Oh! que c'est drôle! Vous ne savez pas comme vous m'amusez, mon petit Mémé. Mais quelle drôle d'idée elle a eue d'aller ensuite au Chat Noir, c'est bien une idée d'elle... Non? c'est vous. C'est curieux. Après tout ce n'est pas une mauvaise idée, elle devait y connaître beaucoup de monde? Non? elle n'a parlé à personne? C'est extraordinaire. Alors vous êtes restés là comme cela tous les deux tous seuls? Je vois d'ici cette scène. Vous êtes gentil, mon petit Mémé, je vous aime bien.» Swann se sentait soulagé. Pour lui, à qui il était arrivé en causant avec des indifférents qu'il écoutait à peine, d'entendre quelquefois certaines phrases (celle-ci par exemple: «J'ai vu hier Mme de Crécy, elle était avec un monsieur que je ne connais pas»), phrases qui aussitôt dans le cœur de Swann passaient à l'état solide, s'y durcissaient comme une incrustation, le déchiraient, n'en bougeaient plus, qu'ils étaient doux au contraire

we do hold, if not in our hands, at any rate in our minds, where we can dispose of them as we choose, which gives us the illusion of a sort of power to control them. He was quite happy whenever M. de Charlus was with Odette. He knew that between M. de Charlus and her nothing untoward could ever happen, that when M. de Charlus went anywhere with her, it was out of friendship for himself, and that he would make no difficulty about telling him everything that she had done. Sometimes she had declared so emphatically to Swann that it was impossible for him to see her on a particular evening, she seemed to be looking forward so keenly to some outing, that Swann attached a very real importance to the fact that M. de Charlus was free to accompany her. Next day, without daring to put many questions to M. de Charlus, he would force him, by appearing not quite to understand his first answers, to give him more, after each of which he would feel himself increasingly relieved, for he very soon learned that Odette had spent her evening in the most innocent of dissipations.

"But what do you mean, my dear Mémé, I don't quite understand. . . . You didn't go straight from her house to the Musée Grévin? Surely you went somewhere else first? No? That is very odd! You don't know how amusing you are, my dear Mémé. But what an odd idea of hers to go on to the Chat Noir afterwards; it was her idea, I suppose? No? Yours? That's strange. After all, it wasn't a bad idea; she must have known dozens of people there? No? She never spoke to a soul? How extraordinary! Then you sat there like that, just you and she, all by yourselves? I can picture you, sitting there! You are a worthy fellow, my dear Mémé; I'm exceedingly fond of you."

Swann was now quite at ease. To him, who had so often happened, when talking to friends who knew nothing of his love, friends to whom he hardly listened, to hear certain detached sentences (as, for instance, "I saw Mme. de Crécy yesterday; she was with a man I didn't know."), sentences which dropped into his heart and passed at once into a solid state, grew hard as stalagmites, and seared and tore him as they lay there irremovable—how charming, by way of contrast,

ces mots: «Elle ne connaissait personne, elle n'a parlé à personne», comme ils circulaient aisément en lui, qu'ils étaient fluides, faciles, respirables! Et pourtant au bout d'un instant il se disait qu'Odette devait le trouver bien ennuyeux pour que ce fussent là les plaisirs qu'elle préférait à sa compagnie. Et leur insignifiance, si elle le rassurait, lui faisait pourtant de la peine comme une trahison.

Même quand il ne pouvait savoir où elle était allée, il lui aurait suffi pour calmer l'angoisse qu'il éprouvait alors, et contre laquelle la présence d'Odette, la douceur d'être auprès d'elle était le seul spécifique (un spécifique qui à la longue aggravait le mal avec bien des remèdes, mais du moins calmait momentanément la souffrance), il lui aurait suffi, si Odette l'avait seulement permis, de rester chez elle tant qu'elle ne serait pas là, de l'attendre jusqu'à cette heure du retour dans l'apaisement de laquelle seraient venues se confondre les heures qu'un prestige, un maléfice lui avaient fait croire différentes des autres. Mais elle ne le voulait pas; il revenait chez lui; il se forçait en chemin à former divers projets, il cessait de songer à Odette; même il arrivait, tout en se déshabillant, à rouler en lui des pensées assez joyeuses; c'est le cœur plein de l'espoir d'aller le lendemain voir quelque chef-d'œuvre qu'il se mettait au lit et éteignait sa lumière; mais, dès que, pour se préparer à dormir, il cessait d'exercer sur lui-même une contrainte dont il n'avait même pas conscience tant elle était devenue habituelle, au même instant un frisson glacé refluait en lui et il se mettait à sangloter. Il ne voulait même pas savoir pourquoi, s'essuyait les yeux, se disait en riant: «C'est charmant, je deviens névropathe.» Puis il ne pouvait penser sans une grande lassitude que le lendemain il faudrait recommencer de chercher à savoir ce qu'Odette avait fait, à mettre en jeu des influences pour tâcher de la voir. Cette nécessité d'une activité sans trêve, sans variété, sans résultats, lui était si cruelle qu'un jour apercevant une grosseur sur son ventre, il ressentit une

were the words: "She didn't know a soul; she never spoke to a soul." How freely they coursed through him, how fluid they were, how vaporous, how easy to breathe! And yet, a moment later, he was telling himself that Odette must find him very dull if those were the pleasures that she preferred to his company. And their very insignificance, though it reassured him, pained him as if her enjoyment of them had been an act of treachery.

Even when he could not discover where she had gone, it would have sufficed to alleviate the anguish that he then felt, for which Odette's presence, the charm of her company, was the sole specific (a specific which in the long run served, like many other remedies, to aggravate the disease, but at least brought temporary relief to his sufferings), it would have sufficed, had Odette only permitted him to remain in her house while she was out, to wait there until that hour of her return, into whose stillness and peace would flow, to be mingled and lost there, all memory of those intervening hours which some sorcery, some cursed spell had made him imagine as, somehow, different from the rest. But she would not; he must return home; he forced himself, on the way, to form various plans, ceased to think of Odette; he even reached the stage, while he undressed, of turning over all sorts of happy ideas in his mind: it was with a light heart, buoyed with the anticipation of going to see some favourite work of art on the morrow, that he jumped into bed and turned out the light; but no sooner had he made himself ready to sleep, relaxing a self-control of which he was not even conscious, so habitual had it become, than an icy shudder convulsed his body and he burst into sobs. He did not wish to know why, but dried his eyes, saying with a smile: "This is delightful; I'm becoming neurasthenic." After which he could not save himself from utter exhaustion at the thought that, next day, he must begin afresh his attempt to find out what Odette had been doing, must use all his influence to contrive to see her. This compulsion to an activity without respite, without variety, without result, was so cruel a scourge that one day, noticing a swelling over his stomach, he felt an actual joy in the idea that he had, perhaps, a tumour which would prove fatal, that he need not

véritable joie à la pensée qu'il avait peut-être une tumeur mortelle, qu'il n'allait plus avoir à s'occuper de rien, que c'était la maladie qui allait le gouverner, faire de lui son jouet, jusqu'à la fin prochaine. Et en effet si, à cette époque, il lui arriva souvent sans se l'avouer de désirer la mort, c'était pour échapper moins à l'acuité de ses souffrances qu'à la monotonie de son effort.

Et pourtant il aurait voulu vivre jusqu'à l'époque où il ne l'aimerait plus, où elle n'aurait aucune raison de lui mentir et où il pourrait enfin apprendre d'elle si le jour où il était allé la voir dans l'après-midi, elle était ou non couchée avec Forcheville. Souvent pendant quelques jours, le soupçon qu'elle aimait quelqu'un d'autre le détournait de se poser cette question relative à Forcheville, la lui rendait presque indifférente, comme ces formes nouvelles d'un même état maladif qui semblent momentanément nous avoir délivrés des précédentes. Même il y avait des jours où il n'était tourmenté par aucun soupçon. Il se croyait guéri. Mais le lendemain matin, au réveil, il sentait à la même place la même douleur dont, la veille pendant la journée, il avait comme dilué la sensation dans le torrent des impressions différentes. Mais elle n'avait pas bougé de place. Et même, c'était l'acuité de cette douleur qui avait réveillé Swann.

Comme Odette ne lui donnait aucun renseignement sur ces choses si importantes qui l'occupaient tant chaque jour (bien qu'il eût assez vécu pour savoir qu'il n'y en a jamais d'autres que les plaisirs), il ne pouvait pas chercher longtemps de suite à les imaginer, son cerveau fonctionnait à vide; alors il passait son doigt sur ses paupières fatiguées comme il aurait essuyé le verre de son lorgnon, et cessait entièrement de penser. Il surnageait pourtant à cet inconnu certaines occupations qui réapparaissaient de temps en temps, vaguement rattachées par elle à quelque obligation envers des parents éloignés ou des amis d'autrefois, qui, parce qu'ils étaient les seuls qu'elle lui citait souvent comme l'empêchant de le voir,

concern himself with anything further, that it was his malady which was going to govern his life, to make a plaything of him, until the not-distant end. If indeed, at this period, it often happened that, though without admitting it even to himself, he longed for death, it was in order to escape not so much from the keenness of his sufferings as from the monotony of his struggle.

And yet he would have wished to live until the time came when he no longer loved her, when she would have no reason for lying to him, when at length he might learn from her whether, on the day when he had gone to see her in the afternoon, she had or had not been in the arms of Forcheville. Often for several days on end the suspicion that she was in love with some one else would distract his mind from the question of Forcheville, making it almost immaterial to him, like those new developments of a continuous state of ill-health which seem for a little time to have delivered us from their predecessors. There were even days when he was not tormented by any suspicion. He fancied that he was cured. But next morning, when he awoke, he felt in the same place the same pain, a sensation which, the day before, he had, as it were, diluted in the torrent of different impressions. But it had not stirred from its place. Indeed, it was the sharpness of this pain that had awakened him.

Since Odette never gave him any information as to those vastly important matters which took up so much of her time every day (albeit he had lived long enough in the world to know that such matters are never anything else than pleasures) he could not sustain for any length of time the effort to imagine them; his brain would become a void; then he would pass a finger over his tired eyelids, in the same way as he might have wiped his eyeglass, and would cease altogether to think. There emerged, however, from this unexplored tract, certain occupations which reappeared from time to time, vaguely connected by Odette with some obligation towards distant relatives or old friends who, inasmuch as they were the only people whom she was in the habit of mentioning as preventing her from seeing him,

paraissaient à Swann former le cadre fixe, nécessaire, de la vie d'Odette. A cause du ton dont elle lui disait de temps à autre «le jour où je vais avec mon amie à l'Hippodrome», si, s'étant senti malade et ayant pensé: «peut-être Odette voudrait bien passer chez moi», il se rappelait brusquement que c'était justement ce jour-là, il se disait: «Ah! non, ce n'est pas la peine de lui demander de venir, j'aurais dû y penser plus tôt, c'est le jour où elle va avec son amie à l'Hippodrome. Réservons-nous pour ce qui est possible; c'est inutile de s'user à proposer des choses inacceptables et refusées d'avance.» Et ce devoir qui incombait à Odette d'aller à l'Hippodrome et devant lequel Swann s'inclinait ainsi ne lui paraissait pas seulement inéluctable; mais ce caractère de nécessité dont il était empreint semblait rendre plausible et légitime tout ce qui de près ou de loin se rapportait à lui. Si Odette dans la rue ayant reçu d'un passant un salut qui avait éveillé la jalousie de Swann, elle répondait aux questions de celui-ci en rattachant l'existence de l'inconnu à un des deux ou trois grands devoirs dont elle lui parlait, si, par exemple, elle disait: «C'est un monsieur qui était dans la loge de mon amie avec qui je vais à l'Hippodrome», cette explication calmait les soupçons de Swann, qui en effet trouvait inévitable que l'amie eût d'autre invités qu'Odette dans sa loge à l'Hippodrome, mais n'avait jamais cherché ou réussi à se les figurer. Ah! comme il eût aimé la connaître, l'amie qui allait à l'Hippodrome, et qu'elle l'y emmenât avec Odette! Comme il aurait donné toutes ses relations pour n'importe quelle personne qu'avait l'habitude de voir Odette, fût-ce une manucure ou une demoiselle de magasin. Il eût fait pour elles plus de frais que pour des reines. Ne lui auraient-elles pas fourni, dans ce qu'elles contenaient de la vie d'Odette, le seul calmant efficace pour ses souffrances? Comme il aurait couru avec joie passer les journées chez telle de ces petites gens avec lesquelles Odette gardait

seemed to Swann to compose the necessary, unalterable setting of her life. Because of the tone in which she referred, from time to time, to "the day when I go with my friend to the Hippodrome," if, when he felt unwell and had thought, "Perhaps Odette would be kind and come to see me," he remembered, suddenly, that it was one of those very days, he would correct himself with an "Oh, no! It's not worth while asking her to come; I should have thought of it before, this is the day when she goes with her friend to the Hippodrome. We must confine ourselves to what is possible; no use wasting our time in proposing things that can't be accepted and are declined in advance." And this duty that was incumbent upon Odette, of going to the Hippodrome, to which Swann thus gave way, seemed to him to be not merely ineluctable in itself; but the mark of necessity which stamped it seemed to make plausible and legitimate everything that was even remotely connected with it. If, when Odette, in the street, had acknowledged the salute of a passer-by, which had aroused Swann's jealousy, she replied to his questions by associating the stranger with any of the two or three paramount duties of which she had often spoken to him; if, for instance, she said: "That's a gentleman who was in my friend's box the other day; the one I go to the Hippodrome with," that explanation would set Swann's suspicions at rest; it was, after all, inevitable that this friend should have other guests than Odette in her box at the Hippodrome, but he had never sought to form or succeeded in forming any coherent impression of them. Oh! how he would have loved to know her, that friend who went to the Hippodrome, how he would have loved her to invite him there with Odette. How readily he would have sacrificed all his acquaintance for no matter what person who was in the habit of seeing Odette, were she but a manicurist or a girl out of a shop. He would have taken more trouble, incurred more expense for them than for queens. Would they not have supplied him, out of what was contained in their knowledge of the life of Odette, with the one potent anodyne for his pain? With what joy would he have hastened to spend his days with one or other of those humble folk with whom Odette kept

des relations, soit par intérêt, soit par simplicité véritable. Comme il eût volontiers élu domicile à jamais au cinquième étage de telle maison sordide et enviée où Odette ne l'emmenait pas, et où, s'il y avait habité avec la petite couturière retirée dont il eût volontiers fait semblant d'être l'amant, il aurait presque chaque jour reçu sa visite. Dans ces quartiers presque populaires, quelle existence modeste, abjecte, mais douce, mais nourrie de calme et de bonheur, il eût accepté de vivre indéfiniment.

Il arrivait encore parfois, quand, ayant rencontré Swann, elle voyait s'approcher d'elle quelqu'un qu'il ne connaissait pas, qu'il pût remarquer sur le visage d'Odette cette tristesse qu'elle avait eue le jour où il était venu pour la voir pendant que Forcheville était là. Mais c'était rare; car les jours où malgré tout ce qu'elle avait à faire et la crainte de ce que penserait le monde, elle arrivait à voir Swann, ce qui dominait maintenant dans son attitude était l'assurance: grand contraste, peut-être revanche inconsciente ou réaction naturelle de l'émotion craintive qu'aux premiers temps où elle l'avait connu, elle éprouvait auprès de lui, et même loin de lui, quand elle commençait une lettre par ces mots: «Mon ami, ma main tremble si fort que je peux à peine écrire» (elle le prétendait du moins et un peu de cet émoi devait être sincère pour qu'elle désirât d'en feindre davantage). Swann lui plaisait alors. On ne tremble jamais que pour soi, que pour ceux qu'on aime. Quand notre bonheur n'est plus dans leurs mains, de quel calme, de quelle aisance, de quelle hardiesse on jouit auprès d'eux! En lui parlant, en lui écrivant, elle n'avait plus de ces mots par lesquels elle cherchait à se donner l'illusion qu'il lui appartenait, faisant naître les occasions de dire «mon», «mien», quand il s'agissait de lui: «Vous êtes mon bien, c'est le parfum de notre amitié, je le garde», de lui parler de l'avenir, de la mort même, comme d'une seule chose pour eux deux. Dans ce temps-là, à tout de qu'il disait, elle répondait avec admiration: «Vous, vous ne serez jamais comme tout le monde»; elle regardait sa longue

up friendly relations, either with some ulterior motive or from genuine simplicity of nature. How willingly would he have fixed his abode for ever in the attics of some sordid but enviable house, where Odette went but never took him, and where, if he had lived with the little retired dressmaker, whose lover he would readily have pretended to be, he would have been visited by. Odette almost daily. In those regions, that were almost slums, what a modest existence, abject, if you please, but delightful, nourished by tranquillity and happiness, he would have consented to lead indefinitely.

It sometimes happened, again, that, when, after meeting Swann, she saw some man approaching whom he did not know, he could distinguish upon Odette's face that look of sorrow which she had worn on the day when he had come to her while Forcheville was there. But this was rare; for, on the days when, in spite of all that she had to do, and of her dread of what people would think, she did actually manage to see Swann, the predominant quality in her attitude, now, was self-assurance; a striking contrast, perhaps an unconscious revenge for, perhaps a natural reaction from the timorous emotion which, in the early days of their friendship, she had felt in his presence, and even in his absence, when she began a letter to him with the words: "My dear, my hand trembles so that I can scarcely write." (So, at least, she pretended, and a little of that emotion must have been sincere, or she would not have been anxious to enlarge and emphasise it.) So Swann had been pleasing to her then. Our hands do not tremble except for ourselves, or for those whom we love. When they have ceased to control our happiness how peaceful, how easy, how bold do we become in their presence! In speaking to him, in writing to him now, she no longer employed those words by which she had sought to give herself the illusion that he belonged to her, creating opportunities for saying "my" and "mine" when she referred to him: "You are all that I have in the world; it is the perfume of our friendship, I shall keep it," nor spoke to him of the future, of death itself, as of a single adventure which they would have to share. In those early days, whatever he might say to her, she would answer admiringly: "You know, you will never be like other people!"—she would gaze at his long,

tête un peu chauve, dont les gens qui connaissaient les succès de Swann pensaient: «Il n'est pas régulièrement beau si vous voulez, mais il est chic: ce toupet, ce monocle, ce sourire!», et, plus curieuse peut-être de connaître ce qu'il était que désireuse d'être sa maîtresse, elle disait:

— Si je pouvais savoir ce qu'il y a dans cette tête-là!

Maintenant, à toutes les paroles de Swann elle répondait d'un ton parfois irrité, parfois indulgent:

— Ah! tu ne seras donc jamais comme tout le monde!

Elle regardait cette tête qui n'était qu'un peu plus vieillie par le souci (mais dont maintenant tous pensaient, en vertu de cette même aptitude qui permet de découvrir les intentions d'un morceau symphonique dont on a lu le programme, et les ressemblances d'un enfant quand on connaît sa parenté: «Il n'est pas positivement laid si vous voulez, mais il est ridicule: ce monocle, ce toupet, ce sourire!», réalisant dans leur imagination suggestionnée la démarcation immatérielle qui sépare à quelques mois de distance une tête d'amant de cœur et une tête de cocu), elle disait:

— Ah! si je pouvais changer, rendre raisonnable ce qu'il y a dans cette tête-là.

Toujours prêt à croire ce qu'il souhaitait si seulement les manières d'être d'Odette avec lui laissaient place au doute, il se jetait avidement sur cette parole:

— Tu le peux si tu le veux, lui disait-il.

Et il tâchait de lui montrer que l'apaiser, le diriger, le faire travailler, serait une noble tâche à laquelle ne demandaient qu'à se vouer d'autres femmes qu'elle, entre les mains desquelles il est vrai d'ajouter que la noble tâche ne lui eût paru plus qu'une indiscrète et insupportable usurpation de sa liberté. «Si elle ne m'aimait pas un peu, se disait-il, elle ne souhaiterait pas de me transformer. Pour me transformer, il faudra qu'elle me voie davantage.» Ainsi trouvait-il dans ce reproche qu'elle lui faisait, comme une preuve d'intérêt, d'amour peut-être; et en

slightly bald head, of which people who know only of his successes used to think: "He's not regularly good-looking, if you like, but he is smart; that tuft, that eyeglass, that smile!" and, with more curiosity perhaps to know him as he really was than desire to become his mistress, she would sigh:

"I do wish I could find out what there is in that head of yours!"

But, now, whatever he might say, she would answer, in a tone sometimes of irritation, sometimes indulgent:

"Ah! so you never will be like other people!"

She would gaze at his head, which was hardly aged at all by his recent anxieties (though people now thought of it, by the same mental process which enables one to discover the meaning of a piece of symphonic music of which one has read the programme, or the 'likenesses' in a child whose family one has known: "He's not positively ugly, if you like, but he is really rather absurd; that eyeglass, that tuft, that smile!" realising in their imagination, fed by suggestion, the invisible boundary which divides, at a few months' interval, the head of an ardent lover from a cuckold's), and would say:

"Oh, I do wish I could change you; put some sense into that head of yours."

Always ready to believe in the truth of what he hoped, if it was only Odette's way of behaving to him that left room for doubt, he would fling himself greedily upon her words:

"You can if you like," he would tell her.

And he tried to explain to her that to comfort him, to control him, to make him work would be a noble task, to which numbers of other women asked for nothing better than to be allowed to devote themselves, though it is only fair to add that in those other women's hands the noble task would have seemed to Swann nothing more than an indiscreet and intolerable usurpation of his freedom of action. "If she didn't love me, just a little," he told himself, "she would not wish to have me altered. To alter me, she will have to see me more often." And so he was able to trace, in these faults which she found in him, a proof at least of her interest, perhaps even of her love; and, in

effet, elle lui en donnait maintenant si peu qu'il était obligé de considérer comme telles les défenses qu'elle lui faisait d'une chose ou d'une autre. Un jour, elle lui déclara qu'elle n'aimait pas son cocher, qu'il lui montait peut-être la tête contre elle, qu'en tous cas il n'était pas avec lui de l'exactitude et de la déférence qu'elle voulait. Elle sentait qu'il désirait lui entendre dire: «Ne le prends plus pour venir chez moi», comme il aurait désiré un baiser. Comme elle était de bonne humeur, elle le lui dit; il fut attendri. Le soir, causant avec M. de Charlus avec qui il avait la douceur de pouvoir parler d'elle ouvertement (car les moindres propos qu'il tenait, même aux personnes qui ne la connaissaient pas, se rapportaient en quelque manière à elle), il lui dit:

—Je crois pourtant qu'elle m'aime; elle est si gentille pour moi, ce que je fais ne lui est certainement pas indifférent.

Et si, au moment d'aller chez elle, montant dans sa voiture avec un ami qu'il devait laisser en route, l'autre lui disait:

— Tiens, ce n'est pas Lorédan qui est sur le siège?

Avec quelle joie mélancolique Swann lui répondait:

— Oh! sapristi non! je te dirai, je ne peux pas prendre Lorédan quand je vais rue La Pérouse. Odette n'aime pas que je prenne Lorédan, elle ne le trouve pas bien pour moi; enfin que veux-tu, les femmes, tu sais! je sais que ça lui déplairait beaucoup. Ah bien oui! je n'aurais eu qu'à prendre Rémi! j'en aurais eu une histoire!

Ces nouvelles façons indifférentes, distraites, irritables, qui étaient maintenant celles d'Odette avec lui, certes Swann en souffrait; mais il ne connaissait pas sa souffrance; comme c'était progressivement, jour par jour, qu'Odette s'était refroidie à son égard, ce n'est qu'en mettant en regard de ce qu'elle était aujourd'hui ce qu'elle avait été au début, qu'il aurait pu sonder la profondeur du changement qui s'était accompli. Or ce changement c'était sa profonde, sa secrète blessure, qui lui faisait mal jour et nuit, et dès qu'il sentait que ses pensées allaient un peu trop près

fact, she gave him so little, now, of the last, that he was obliged to regard as proofs of her interest in him the various things which, every now and then, she forbade him to do. One day she announced that she did not care for his coachman, who, she thought, was perhaps setting Swann against her, and, anyhow, did not shew that promptness and deference to Swann's orders which she would have liked to see. She felt that he wanted to hear her say: "Don't have him again when you come to me," just as he might have wanted her to kiss him. So, being in a good temper, she said it; and he was deeply moved. That evening, when talking to M. de Charlus, with whom he had the satisfaction of being able to speak of her openly (for the most trivial remarks that he uttered now, even to people who had never heard of her, had always some sort of reference to Odette), he said to him:

"I believe, all the same, that she loves me; she is so nice to me now, and she certainly takes an interest in what I do."

And if, when he was starting off for her house, getting into his carriage with a friend whom he was to drop somewhere on the way, his friend said:

"Hullo! that isn't Loredan on the box?" with what melancholy joy would Swann answer him:

"Oh! Good heavens, no! I can tell you, I daren't take Loredan when I go to the Rue La Pérouse; Odette doesn't like me to have Loredan, she thinks he doesn't suit me. What on earth is one to do? Women, you know, women. My dear fellow, she would be furious. Oh, lord, yes; I've only to take Rémi there; I should never hear the last of it!"

These new manners, indifferent, listless, irritable, which Odette now adopted with Swann, undoubtedly made him suffer; but he did not realise how much he suffered; since it had been with a regular progression, day after day, that Odette had chilled towards him, it was only by directly contrasting what she was to-day with what she had been at first that he could have measured the extent of the change that had taken place. Now this change was his deep, his secret wound, which pained him day and night, and whenever he felt that his thoughts were straying too near it, he would quickly turn them into another channel for fear of

d'elle, vivement il les dirigeait d'un autre côté de peur de trop souffrir. Il se disait bien d'une façon abstraite: «Il fut un temps où Odette m'aimait davantage», mais jamais il ne revoyait ce temps. De même qu'il y avait dans son cabinet une commode qu'il s'arrangeait à ne pas regarder, qu'il faisait un crochet pour éviter en entrant et en sortant, parce que dans un tiroir étaient serrés le chrysanthème qu'elle lui avait donné le premier soir où il l'avait reconduite, les lettres où elle disait: «Que n'y avez-vous oublié aussi votre cœur, je ne vous aurais pas laissé le reprendre» et: «A quelque heure du jour et de la nuit que vous ayez besoin de moi, faites-moi signe et disposez de ma vie», de même il y avait en lui une place dont il ne laissait jamais approcher son esprit, lui faisant faire s'il le fallait le détour d'un long raisonnement pour qu'il n'eût pas à passer devant elle: c'était celle où vivait le souvenir des jours heureux.

Mais sa si précautionneuse prudence fut déjouée un soir qu'il était allé dans le monde.

C'était chez la marquise de Saint-Euverte, à la dernière, pour cette année-là, des soirées où elle faisait entendre des artistes qui lui servaient ensuite pour ses concerts de charité. Swann, qui avait voulu successivement aller à toutes les précédentes et n'avait pu s'y résoudre, avait reçu, tandis qu'il s'habillait pour se rendre à celle-ci, la visite du baron de Charlus qui venait lui offrir de retourner avec lui chez la marquise, si sa compagnie devait l'aider à s'y ennuyer un peu moins, à s'y trouver moins triste. Mais Swann lui avait répondu:

— Vous ne doutez pas du plaisir que j'aurais à être avec vous. Mais le plus grand plaisir que vous puissiez me faire c'est d'aller plutôt voir Odette. Vous savez l'excellente influence que vous avez sur elle. Je crois qu'elle ne sort pas ce soir avant d'aller chez son ancienne couturière où du reste elle sera sûrement contente que vous l'accompagniez. En tous cas vous la trouveriez chez elle avant. Tâchez de la distraire et

being made to suffer too keenly. He might say to himself in a vague way: "There was a time when Odette loved me more," but he never formed any definite picture of that time. Just as he had in his study a cupboard at which he contrived never to look, which he turned aside to avoid passing whenever he entered or left the room, because in one of its drawers he had locked away the chrysanthemum which she had given him on one of those first evenings when he had taken her home in his carriage, and the letters in which she said: "Why did you not forget your heart also? I should never have let you have that back," and "At whatever hour of the day or night you may need me, just send me a word, and dispose of me as you please," so there was a place in his heart to which he would never allow his thoughts to trespass too near, forcing them, if need be, to evade it by a long course of reasoning so that they should not have to pass within reach of it; the place in which lingered his memories of happy days.

But his so meticulous prudence was defeated one evening when he had gone out to a party.

It was at the Marquise de Saint-Euverte's, on the last, for that season, of the evenings on which she invited people to listen to the musicians who would serve, later on, for her charity concerts. Swann, who had intended to go to each of the previous evenings in turn, but had never been able to make up his mind, received, while he was dressing for this party, a visit from the Baron de Charlus, who came with an offer to go with him to the Marquise's, if his company could be of any use in helping Swann not to feel quite so bored when he got there, to be a little less unhappy. But Swann had thanked him with:

"You can't conceive how glad I should be of your company. But the greatest pleasure that you can give me will be if you will go instead to see Odette. You know what a splendid influence you have over her. I don't suppose she'll be going anywhere this evening, unless she goes to see her old dressmaker, and I'm sure she would be delighted if you went with her there. In any case, you'll find her at home before then. Try to keep her amused, and

aussi de lui parler raison. Si vous pouviez arranger quelque chose pour demain qui lui plaise et que nous pourrions faire tous les trois ensemble. Tâchez aussi de poser des jalons pour cet été, si elle avait envie de quelque chose, d'une croisière que nous ferions tous les trois, que sais-je? Quant à ce soir, je ne compte pas la voir; maintenant si elle le désirait ou si vous trouviez un joint, vous n'avez qu'à m'envoyer un mot chez Mme de Saint-Euverte jusqu'à minuit, et après chez moi. Merci de tout ce que vous faites pour moi, vous savez comme je vous aime.

Le baron lui promit d'aller faire la visite qu'il désirait après qu'il l'aurait conduit jusqu'à la porte de l'hôtel Saint-Euverte, où Swann arriva tranquillisé par la pensée que M. de Charlus passerait la soirée rue La Pérouse, mais dans un état de mélancolique indifférence à toutes les choses qui ne touchaient pas Odette, et en particulier aux choses mondaines, qui leur donnait le charme de ce qui, n'étant plus un but pour notre volonté, nous apparaît en soi-même. Dès sa descente de voiture, au premier plan de ce résumé fictif de leur vie domestique que les maîtresses de maison prétendent offrir à leurs invités les jours de cérémonie et où elles cherchent à respecter la vérité du costume et celle du décor, Swann prit plaisir à voir les héritiers des «tigres» de Balzac, les grooms, suivants ordinaires de la promenade, qui, chapeautés et bottés, restaient dehors devant l'hôtel sur le sol de l'avenue, ou devant les écuries, comme des jardiniers auraient été rangés à l'entrée de leurs parterres. La disposition particulière qu'il avait toujours eue à chercher des analogies entre les êtres vivants et les portraits des musées s'exerçait encore mais d'une façon plus constante et plus générale; c'est la vie mondaine tout entière, maintenant qu'il en était détaché, qui se présentait à lui comme une suite de tableaux. Dans le vestibule où, autrefois, quand il était un mondain, il entrait enveloppé dans son pardessus pour en sortir en frac, mais sans savoir ce qui s'y était

also to give her a little sound advice. If you could arrange something for to-morrow which would please her, something that we could all three do together. Try to put out a feeler, too, for the summer; see if there's anything she wants to do, a cruise that we might all three take; anything you can think of. I don't count upon seeing her to-night, myself; still if she would like me to come, or if you find a loophole, you've only to send me a line at Mme. de Saint-Euverte's up till midnight; after that I shall be here. Ever so many thanks for all you are doing for me—you know what I feel about you!"

His friend promised to go and do as Swann wished as soon as he had deposited him at the door of the Saint-Euverte house, where he arrived soothed by the thought that M. de Charlus would be spending the evening in the Rue La Pérouse, but in a state of melancholy indifference to everything that did not involve Odette, and in particular to the details of fashionable life, a state which invested them with the charm that is to be found in anything which, being no longer an object of our desire, appears to us in its own guise. On alighting from his carriage, in the foreground of that fictitious summary of their domestic existence which hostesses are pleased to offer to their guests on ceremonial occasions, and in which they shew a great regard for accuracy of costume and setting, Swann was amused to discover the heirs and successors of Balzac's 'tigers'—now 'grooms'—. who normally followed their mistress when she walked abroad, but now, hatted and booted, were posted out of doors, in front of the house on the gravelled drive, or outside the stables, as gardeners might be drawn up for inspection at the ends of their several flower-beds. The peculiar tendency which he had always had to look for analogies between living people and the portraits in galleries reasserted itself here, but in a more positive and more general form; it was society as a whole, now that he was detached from it, which presented itself to him in a series of pictures. In the cloak-room, into which, in the old days, when he was still a man of fashion, he would have gone in his overcoat, to emerge from it in evening dress, but without any impression

passé, étant par la pensée, pendant les quelques instants qu'il y séjournait, ou bien encore dans la fête qu'il venait de quitter, ou bien déjà dans la fête où on allait l'introduire, pour la première fois il remarqua, réveillée par l'arrivée inopinée d'un invité aussi tardif, la meute éparse, magnifique et désœuvrée de grands valets de pied qui dormaient çà et là sur des banquettes et des coffres et qui, soulevant leurs nobles profils aigus de lévriers, se dressèrent et, rassemblés, formèrent le cercle autour de lui.

L'un d'eux, d'aspect particulièrement féroce et assez semblable à l'exécuteur dans certains tableaux de la Renaissance qui figurent des supplices, s'avança vers lui d'un air implacable pour lui prendre ses affaires. Mais la dureté de son regard d'acier était compensée par la douceur de ses gants de fil, si bien qu'en approchant de Swann il semblait témoigner du mépris pour sa personne et des égards pour son chapeau. Il le prit avec un soin auquel l'exactitude de sa pointure donnait quelque chose de méticuleux et une délicatesse que rendait presque touchante l'appareil de sa force. Puis il le passa à un de ses aides, nouveau, et timide, qui exprimait l'effroi qu'il ressentait en roulant en tous sens des regards furieux et montrait l'agitation d'une bête captive dans les premières heures de sa domesticité.

A quelques pas, un grand gaillard en livrée rêvait, immobile, sculptural, inutile, comme ce guerrier purement décoratif qu'on voit dans les tableaux les plus tumultueux de Mantegna, songer, appuyé sur son bouclier, tandis qu'on se précipite et qu'on s'égorge à côté de lui; détaché du groupe de ses camarades qui s'empressaient autour de Swann, il semblait aussi résolu à se désintéresser de cette scène, qu'il suivait vaguement de ses yeux glauques et cruels, que si ç'eût été le massacre des Innocents ou le martyre de saint Jacques. Il semblait précisément appartenir à cette race disparue—ou qui peut-être n'exista jamais que dans le retable de San Zeno et les fresques des Eremitani où

of what had occurred there, his mind having been, during the minute or two that he had spent in it, either still at the party which he had just left, or already at the party into which he was just about to be ushered, he now noticed, for the first time, roused by the unexpected arrival of so belated a guest, the scattered pack of splendid effortless animals, the enormous footmen who were drowsing here and there upon benches and chests, until, pointing their noble greyhound profiles, they towered upon their feet and gathered in a circle round about him.

One of them, of a particularly ferocious aspect, and not unlike the headsman in certain Renaissance pictures which represent executions, tortures, and the like, advanced upon him with an implacable air to take his 'things.' But the harshness of his steely glare was compensated by the softness of his cotton gloves, so effectively that, as he approached Swann, he seemed to be exhibiting at once an utter contempt for his person and the most tender regard for his hat. He took it with a care to which the precision of his movements imparted something that was almost over-fastidious, and with a delicacy that was rendered almost touching by the evidence of his splendid strength. Then he passed it to one of his satellites, a novice and timid, who was expressing the panic that overpowered him by casting furious glances in every direction, and displayed all the dumb agitation of a wild animal in the first hours of its captivity.

A few feet away, a strapping great lad in livery stood musing, motionless, statuesque, useless, like that purely decorative warrior whom one sees in the most tumultuous of Mantegna's paintings, lost in dreams, leaning upon his shield, while all around him are fighting and bloodshed and death; detached from the group of his companions who were thronging about Swann, he seemed as determined to remain unconcerned in the scene, which he followed vaguely with his cruel, greenish eyes, as if it had been the Massacre of the Innocents or the Martyrdom of Saint James. He seemed precisely to have sprung from that vanished race—if, indeed, it ever existed, save in the reredos of San Zeno and the frescoes of the Eremitani, where

Swann l'avait approchée et où elle rêve encore—issue de la fécondation d'une statue antique par quelque modèle padouan du Maître ou quelque saxon d'Albert Dürer. Et les mèches de ses cheveux roux crespelés par la nature, mais collés par la brillantine, étaient largement traitées comme elles sont dans la sculpture grecque qu'étudiait sans cesse le peintre de Mantoue, et qui, si dans la création elle ne figure que l'homme, sait du moins tirer de ses simples formes des richesses si variées et comme empruntées à toute la nature vivante, qu'une chevelure, par l'enroulement lisse et les becs aigus de ses boucles, ou dans la superposition du triple et fleurissant diadème de ses tresses, a l'air à la fois d'un paquet d'algues, d'une nichée de colombes, d'un bandeau de jacinthes et d'une torsade de serpent.

D'autres encore, colossaux aussi, se tenaient sur les degrés d'un escalier monumental que leur présence décorative et leur immobilité marmoréenne auraient pu faire nommer comme celui du Palais Ducal: «l'Escalier des Géants» et dans lequel Swann s'engagea avec la tristesse de penser qu'Odette ne l'avait jamais gravi. Ah! avec quelle joie au contraire il eût grimpé les étages noirs, mal odorants et casse-cou de la petite couturière retirée, dans le «cinquième» de laquelle il aurait été si heureux de payer plus cher qu'une avant-scène hebdomadaire à l'Opéra le droit de passer la soirée quand Odette y venait et même les autres jours pour pouvoir parler d'elle, vivre avec les gens qu'elle avait l'habitude de voir quand il n'était pas là et qui à cause de cela lui paraissaient recéler, de la vie de sa maîtresse, quelque chose de plus réel, de plus inaccessible et de plus mystérieux. Tandis que dans cet escalier pestilentiel et désiré de l'ancienne couturière, comme il n'y en avait pas un second pour le service, on voyait le soir devant chaque porte une boîte au lait vide et sale préparée sur le paillasson, dans l'escalier magnifique et dédaigné que Swann montait à ce moment, d'un côté et de l'autre, à des hauteurs différentes, devant chaque anfractuosité que faisait dans le mur la fenêtre de la

Swann had come in contact with it, and where it still dreams—fruit of the impregnation of a classical statue by some one of the Master's Paduan models, or of Albert Duerer's Saxons. And the locks of his reddish hair, crinkled by nature, but glued to his head by brilliantine, were treated broadly as they are in that Greek sculpture which the Mantuan painter never ceased to study, and which, if in its creator's purpose it represents but man, manages at least to extract from man's simple outlines such a variety of richness, borrowed, as it were, from the whole of animated nature, that a head of hair, by the glossy undulation and beak-like points of its curls, or in the overlaying of the florid triple diadem of its brushed tresses, can suggest at once a bunch of seaweed, a brood of fledgling doves, a bed of hyacinths and a serpent's writhing back.

Others again, no less colossal, were disposed upon the steps of a monumental staircase which, by their decorative presence and marmorean immobility, was made worthy to be named, like that god-crowned ascent in the Palace of the Doges, the 'Staircase of the Giants,' and on which Swann now set foot, saddened by the thought that Odette had never climbed it. Ah, with what joy would he, on the other hand, have raced up the dark, evil-smelling, breakneck flights to the little dressmaker's, in whose attic he would so gladly have paid the price of a weekly stage-box at the Opera for the right to spend the evening there when Odette came, and other days too, for the privilege of talking about her, of living among people whom she was in the habit of seeing when he was not there, and who, on that account, seemed to keep secret among themselves some part of the life of his mistress more real, more inaccessible and more mysterious than anything that he knew. Whereas upon that pestilential, enviable staircase to the old dressmaker's, since there was no other, no service stair in the building, one saw in the evening outside every door an empty, unwashed milk-can set out, in readiness for the morning round, upon the door-mat; on the despicable, enormous staircase which Swann was at that moment climbing, on either side of him, at different levels, before each anfractuosity made in its walls by the window of the

loge, ou la porte d'un appartement, représentant le service intérieur qu'ils dirigeaient et en faisant hommage aux invités, un concierge, un majordome, un argentier (braves gens qui vivaient le reste de la semaine un peu indépendants dans leur domaine, y dînaient chez eux comme de petits boutiquiers et seraient peut-être demain au service bourgeois d'un médecin ou d'un industriel) attentifs à ne pas manquer aux recommandations qu'on leur avait faites avant de leur laisser endosser la livrée éclatante qu'ils ne revêtaient qu'à de rares intervalles et dans laquelle ils ne se sentaient pas très à leur aise, se tenaient sous l'arcature de leur portail avec un éclat pompeux tempéré de bonhomie populaire, comme des saints dans leur niche; et un énorme suisse, habillé comme à l'église, frappait les dalles de sa canne au passage de chaque arrivant. Parvenu en haut de l'escalier le long duquel l'avait suivi un domestique à face blême, avec une petite queue de cheveux, noués d'un catogan, derrière la tête, comme un sacristain de Goya ou un tabellion du répertoire, Swann passa devant un bureau où des valets, assis comme des notaires devant de grands registres, se levèrent et inscrivirent son nom. Il traversa alors un petit vestibule qui—tel que certaines pièces aménagées par leur propriétaire pour servir de cadre à une seule œuvre d'art, dont elles tirent leur nom, et d'une nudité voulue, ne contiennent rien d'autre—exhibait à son entrée, comme quelque précieuse effigie de Benvenuto Cellini représentant un homme de guet, un jeune valet de pied, le corps légèrement fléchi en avant, dressant sur son hausse-col rouge une figure plus rouge encore d'où s'échappaient des torrents de feu, de timidité et de zèle, et qui, perçant les tapisseries d'Aubusson tendues devant le salon où on écoutait la musique, de son regard impétueux, vigilant, éperdu, avait l'air, avec une impassibilité militaire ou une foi surnaturelle—allégorie de l'alarme, incarnation de l'attente, commémoration du branle-bas—d'épier, ange ou vigie, d'une tour de donjon ou de cathédrale, l'apparition de l'ennemi ou l'heure du Juge-

porter's lodge or the entrance to a set of rooms, representing the departments of indoor service which they controlled, and doing homage for them to the guests, a gate-keeper, a major-domo, a steward (worthy men who spent the rest of the week in semi-independence in their own domains, dined there by themselves like small shopkeepers, and might to-morrow lapse to the plebeian service of some successful doctor or industrial magnate), scrupulous in carrying out to the letter all the instructions that had been heaped upon them before they were allowed to don the brilliant livery which they wore only at long intervals, and in which they did not feel altogether at their ease, stood each in the arcade of his doorway, their splendid pomp tempered by a democratic good-fellowship, like saints in their niches, and a gigantic usher, dressed Swiss Guard fashion, like the beadle in a church, struck the pavement with his staff as each fresh arrival passed him. Coming to the top of the staircase, up which he had been followed by a servant with a pallid countenance and a small pigtail clubbed at the back of his head, like one of Goya's sacristans or a tabellion in an old play, Swann passed by an office in which the lackeys, seated like notaries before their massive registers, rose solemnly to their feet and inscribed his name. He next crossed a little hall which—just as certain rooms are arranged by their owners to serve as the setting for a single work of art (from which they take their name), and, in their studied bareness, contain nothing else besides—displayed to him as he entered it, like some priceless effigy by Benvenuto Cellini of an armed watchman, a young footman, his body slightly bent forward, rearing above his crimson gorget an even more crimson face, from which seemed to burst forth torrents of fire, timidity and zeal, who, as he pierced the Aubusson tapestries that screened the door of the room in which the music was being given with his impetuous, vigilant, desperate gaze, appeared, with a soldierly impassibility or a supernatural faith—an allegory of alarums, incarnation of alertness, commemoration of a riot—to be looking out, angel or sentinel, from the tower of dungeon or cathedral, for the approach of the enemy or for the hour of Judg-

ment. Il ne restait plus à Swann qu'à pénétrer dans la salle du concert dont un huissier chargé de chaînes lui ouvrit les portes, en s'inclinant, comme il lui aurait remis les clefs d'une ville. Mais il pensait à la maison où il aurait pu se trouver en ce moment même, si Odette l'avait permis, et le souvenir entrevu d'une boîte au lait vide sur un paillasson lui serra le cœur.

Swann retrouva rapidement le sentiment de la laideur masculine, quand, au delà de la tenture de tapisserie, au spectacle des domestiques succéda celui des invités. Mais cette laideur même de visages qu'il connaissait pourtant si bien, lui semblait neuve depuis que leurs traits—au lieu d'être pour lui des signes pratiquement utilisables à l'identification de telle personne qui lui avait représenté jusque-là un faisceau de plaisirs à poursuivre, d'ennuis à éviter, ou de politesses à rendre—reposaient, coordonnés seulement par des rapports esthétiques, dans l'autonomie de leurs lignes. Et en ces hommes, au milieu desquels Swann se trouva enserré, il n'était pas jusqu'aux monocles que beaucoup portaient (et qui, autrefois, auraient tout au plus permis à Swann de dire qu'ils portaient un monocle), qui, déliés maintenant de signifier une habitude, la même pour tous, ne lui apparussent chacun avec une sorte d'individualité. Peut-être parce qu'il ne regarda le général de Froberville et le marquis de Bréauté qui causaient dans l'entrée que comme deux personnages dans un tableau, alors qu'ils avaient été longtemps pour lui les amis utiles qui l'avaient présenté au Jockey et assisté dans des duels, le monocle du général, resté entre ses paupières comme un éclat d'obus dans sa figure vulgaire, balafrée et triomphale, au milieu du front qu'il éborgnait comme l'œil unique du cyclope, apparut à Swann comme une blessure monstrueuse qu'il pouvait être glorieux d'avoir reçue, mais qu'il était indécent d'exhiber; tandis que celui que M. de Bréauté ajoutait, en signe de festivité, aux gants gris perle, au «gibus», à la cravate blanche et substituait au binocle familier (comme faisait Swann lui-même)

ment. Swann had now only to enter the concert-room, the doors of which were thrown open to him by an usher loaded with chains, who bowed low before him as though tendering to him the keys of a conquered city. But he thought of the house in which at that very moment he might have been, if Odette had but permitted, and the remembered glimpse of an empty milk-can upon a door-mat wrung his heart.

He speedily recovered his sense of the general ugliness of the human male when, on the other side of the tapestry curtain, the spectacle of the servants gave place to that of the guests. But even this ugliness of faces, which of course were mostly familiar to him, seemed something new and uncanny, now that their features—instead of being to him symbols of practical utility in the identification of this or that man, who until then had represented merely so many pleasures to be sought after, boredoms to be avoided, or courtesies to be acknowledged—were at rest, measurable by aesthetic co-ordinates alone, in the autonomy of their curves and angles. And in these men, in the thick of whom Swann now found himself packed, there was nothing (even to the monocle which many of them wore, and which, previously, would, at the most, have enabled Swann to say that so-and-so wore a monocle) which, no longer restricted to the general connotation of a habit, the same in all of them, did not now strike him with a sense of individuality in each. Perhaps because he did not regard General de Froberville and the Marquis de Bréaute, who were talking together just inside the door, as anything more than two figures in a picture, whereas they were the old and useful friends who had put him up for the Jockey Club and had supported him in duels, the General's monocle, stuck like a shell-splinter in his common, scarred, victorious, overbearing face, in the middle of a forehead which it left half-blinded, like the single-eyed flashing front of the Cyclops, appeared to Swann as a monstrous wound which it might have been glorious to receive but which it was certainly not decent to expose, while that which M. de Bréaute wore, as a festive badge, with his pearl-grey gloves, his crush hat and white tie, substituting it for the familiar pair of glasses (as Swann himself did)

pour aller dans le monde, portait collé à son revers, comme une préparation d'histoire naturelle sous un microscope, un regard infinitésimal et grouillant d'amabilité, qui ne cessait de sourire à la hauteur des plafonds, à la beauté des fêtes, à l'intérêt des programmes et à la qualité des rafraîchissements.

—Tiens, vous voilà, mais il y a des éternités qu'on ne vous a vu, dit à Swann le général qui, remarquant ses traits tirés et en concluant que c'était peut-être une maladie grave qui l'éloignait du monde, ajouta: «Vous avez bonne mine, vous savez!» pendant que M. de Bréauté demandait:

– Comment, vous, mon cher, qu'est-ce que vous pouvez bien faire ici? à un romancier mondain qui venait d'installer au coin de son œil un monocle, son seul organe d'investigation psychologique et d'impitoyable analyse, et répondit d'un air important et mystérieux, en roulant l'r:

– J'observe.

Le monocle du marquis de Forestelle était minuscule, n'avait aucune bordure et obligeant à une crispation incessante et douloureuse l'œil où il s'incrustait comme un cartilage superflu dont la présence est inexplicable et la matière recherchée, il donnait au visage du marquis une délicatesse mélancolique, et le faisait juger par les femmes comme capable de grands chagrins d'amour. Mais celui de M. de Saint-Candé, entouré d'un gigantesque anneau, comme Saturne, était le centre de gravité d'une figure qui s'ordonnait à tout moment par rapport à lui, dont le nez frémissant et rouge et la bouche lippue et sarcastique tâchaient par leurs grimaces d'être à la hauteur des feux roulants d'esprit dont étincelait le disque de verre, et se voyait préférer aux plus beaux regards du monde par des jeunes femmes snobs et dépravées qu'il faisait rêver de charmes artificiels et d'un raffinement de volupté; et cependant, derrière le sien, M. de Palancy qui avec sa grosse tête de carpe aux yeux ronds, se déplaçait lentement au milieu des fêtes, en desserrant d'instant en instant ses mandibules comme pour

when he went out to places, bore, glued to its other side, like a specimen prepared on a slide for the microscope, an infinitesimal gaze that swarmed with friendly feeling and never ceased to twinkle at the loftiness of ceilings, the delightfulness of parties, the interestingness of programmes and the excellence of refreshments.

"Hallo! you here! why, it's ages since I've seen you," the General greeted Swann and, noticing the look of strain on his face and concluding that it was perhaps a serious illness that had kept him away, went on, "You're looking well, old man!" while M. de Bréauté turned with,

"My dear fellow, what on earth are you doing here?" to a 'society novelist' who had just fitted into the angle of eyebrow and cheek his own monocle, the sole instrument that he used in his psychological investigations and remorseless analyses of character, and who now replied, with an air of mystery and importance, rolling the 'r':

—"I am observing!"

The Marquis de Forestelle's monocle was minute and rimless, and, by enforcing an incessant and painful contraction of the eye over which it was incrusted like a superfluous cartilage, the presence of which there was inexplicable and its substance unimaginable, it gave to his face a melancholy refinement, and led women to suppose him capable of suffering terribly when in love. But that of M. de Saint-Candé, girdled, like Saturn, with an enormous ring, was the centre of gravity of a face which composed itself afresh every moment in relation to the glass, while his thrusting red nose and swollen sarcastic lips endeavoured by their grimaces to rise to the level of the steady flame of wit that sparkled in the polished disk, and saw itself preferred to the most ravishing eyes in the world by the smart, depraved young women whom it set dreaming of artificial charms and a refinement of sensual bliss; and then, behind him, M. de Palancy, who with his huge carp's head and goggling eyes moved slowly up and down the stream of festive gatherings, unlocking his great mandibles at every moment as though in search of his orientation,

chercher son orientation, avait l'air de transporter seulement avec lui un fragment accidentel, et peut-être purement symbolique, du vitrage de son aquarium, partie destinée à figurer le tout qui rappela à Swann, grand admirateur des Vices et des Vertus de Giotto à Padoue, cet Injuste à côté duquel un rameau feuillu évoque les forêts où se cache son repaire.

Swann s'était avancé, sur l'insistance de Mme de Saint-Euverte et pour entendre un air d'*Orphée* qu'exécutait un flûtiste, s'était mis dans un coin où il avait malheureusement comme seule perspective deux dames déjà mûres assises l'une à côté de l'autre, la marquise de Cambremer et la vicomtesse de Franquetot, lesquelles, parce qu'elles étaient cousines, passaient leur temps dans les soirées, portant leurs sacs et suivies de leurs filles, à se chercher comme dans une gare et n'étaient tranquilles que quand elles avaient marqué, par leur éventail ou leur mouchoir, deux places voisines: Mme de Cambremer, comme elle avait très peu de relations, étant d'autant plus heureuse d'avoir une compagne, Mme de Franquetot, qui était au contraire très lancée, trouvait quelque chose d'élégant, d'original, à montrer à toutes ses belles connaissances qu'elle leur préférait une dame obscure avec qui elle avait en commun des souvenirs de jeunesse. Plein d'une mélancolique ironie, Swann les regardait écouter l'intermède de piano («Saint François parlant aux oiseaux», de Liszt) qui avait succédé à l'air de flûte, et suivre le jeu vertigineux du virtuose. Mme de Franquetot anxieusement, les yeux éperdus comme si les touches sur lesquelles il courait avec agilité avaient été une suite de trapèzes d'où il pouvait tomber d'une hauteur de quatre-vingts mètres, et non sans lancer à sa voisine des regards d'étonnement, de dénégation qui signifiaient: «Ce n'est pas croyable, je n'aurais jamais pensé qu'un homme pût faire cela», Mme de Cambremer, en femme qui a reçu une forte éducation musicale, battant la mesure avec sa tête transformée en balancier de métronome dont l'amplitude et la rapidité d'oscillations

had the air of carrying about upon his person only an accidental and perhaps purely symbolical fragment of the glass wall of his aquarium, a part intended to suggest the whole which recalled to Swann, a fervent admirer of Giotto's Vices and Virtues at Padua, that Injustice by whose side a leafy bough evokes the idea of the forests that enshroud his secret lair.

Swann had gone forward into the room, under pressure from Mme. de Saint-Euverte and in order to listen to an aria from *Orfeo* which was being rendered on the flute, and had taken up a position in a corner from which, unfortunately, his horizon was bounded by two ladies of 'uncertain' age, seated side by side, the Marquise de Cambremer and the Vicomtesse de Franquetot, who, because they were cousins, used to spend their time at parties in wandering through the rooms, each clutching her bag and followed by her daughter, hunting for one another like people at a railway station, and could never be at rest until they had reserved, by marking them with their fans or handkerchiefs, two adjacent chairs; Mme. de Cambremer, since she knew scarcely anyone, being all the more glad of a companion, while Mme. de Franquetot, who, on the contrary, was extremely popular, thought it effective and original to shew all her fine friends that she preferred to their company that of an obscure country cousin with whom she had childish memories in common. Filled with ironical melancholy, Swann watched them as they listened to the pianoforte inter, mezzo (Liszt's 'Saint Francis preaching to the birds') which came after the flute, and followed the virtuoso in his dizzy flight; Mme. de Franquetot anxiously, her eyes starting from her head, as though the keys over which his fingers skipped with such agility were a series of trapezes, from any one of which he might come crashing, a hundred feet, to the ground, stealing now and then a glance of astonishment and unbelief at her companion, as who should say: "It isn't possible, I would never have believed that a human being could do all that!"; Mme. de Cambremer, as a woman who had received a sound musical education, beating time with her head—transformed for the nonce into the pendulum of a metronome, the sweep and

d'une épaule à l'autre étaient devenues telles (avec cette espèce d'égarement et d'abandon du regard qu'ont les douleurs qui ne se connaissent plus ni ne cherchent à se maîtriser et disent: «Que voulez-vous!») qu'à tout moment elle accrochait avec ses solitaires les pattes de son corsage et était obligée de redresser les raisins noirs qu'elle avait dans les cheveux, sans cesser pour cela d'accélérer le mouvement. De l'autre côté de Mme de Franquetot, mais un peu en avant, était la marquise de Gallardon, occupée à sa pensée favorite, l'alliance qu'elle avait avec les Guermantes et d'où elle tirait pour le monde et pour elle-même beaucoup de gloire avec quelque honte, les plus brillants d'entre eux la tenant un peu à l'écart, peut-être parce qu'elle était ennuyeuse, ou parce qu'elle était méchante, ou parce qu'elle était d'une branche inférieure, ou peut-être sans aucune raison. Quand elle se trouvait auprès de quelqu'un qu'elle ne connaissait pas, comme en ce moment auprès de Mme de Franquetot, elle souffrait que la conscience qu'elle avait de sa parenté avec les Guermantes ne pût se manifester extérieurement en caractères visibles comme ceux qui, dans les mosaïques des églises byzantines, placés les uns au-dessous des autres, inscrivent en une colonne verticale, à côté d'un Saint Personnage les mots qu'il est censé prononcer. Elle songeait en ce moment qu'elle n'avait jamais reçu une invitation ni une visite de sa jeune cousine la princesse des Laumes, depuis six ans que celle-ci était mariée. Cette pensée la remplissait de colère, mais aussi de fierté; car à force de dire aux personnes qui s'étonnaient de ne pas la voir chez Mme des Laumes, que c'est parce qu'elle aurait été exposée à y rencontrer la princesse Mathilde—ce que sa famille ultra-légitimiste ne lui aurait jamais pardonné, elle avait fini par croire que c'était en effet la raison pour laquelle elle n'allait pas chez sa jeune cousine. Elle se rappelait pourtant qu'elle avait demandé plusieurs fois à Mme des Laumes comment elle pourrait

rapidity of whose movements from one shoulder to the other (performed with that look of wild abandonment in her eye which a sufferer shews who is no longer able to analyse his pain, nor anxious to master it, and says merely "I can't help it") so increased that at every moment her diamond earrings caught in the trimming of her bodice, and she was obliged to put straight the bunch of black grapes which she had in her hair, though without any interruption of her constantly accelerated motion. On the other side (and a little way in front) of Mme. de Franquetot, was the Marquise de Gallardon, absorbed in her favourite meditation, namely upon her own kinship with the Guermantes family, from which she derived both publicly and in private a good deal of glory no unmingled with shame, the most brilliant ornaments of that house remaining somewhat aloof from her, perhaps because she was just a tiresome old woman, or because she was a scandalous old woman, or because she came of an inferior branch of the family, or very possibly for no reason at all. When she found herself seated next to some one whom she did not know, as she was at this moment next to Mme. de Franquetot, she suffered acutely from the feeling that her own consciousness of her Guermantes connection could not be made externally manifest in visible character like those which, in the mosaics in Byzantine churches, placed one beneath another, inscribe in a vertical column by the side of some Sacred Personage the words which he is supposed to be uttering. At this moment she was pondering the fact that she had never received an invitation, or even call, from her young cousin the Princesse des Laumes, during the six years that had already elapsed since the latter's marriage. The thought filled her with anger—and with pride; for, by virtue of having told everyone who expressed surprise at never seeing her at Mme. des Laumes's, that it was because of the risk of meeting the Princesse Mathilde there—a degradation which her own family, the truest and bluest of Legitimists, would never have forgiven her, she had come gradually to believe that this actually was the reason for her not visiting her young cousin. She remembered, it is true, that she had several times inquired of Mme. des Laumes how they might

faire pour la rencontrer, mais ne se le rappelait que confusément et d'ailleurs neutralisait et au delà ce souvenir un peu humiliant en murmurant: «Ce n'est tout de même pas à moi à faire les premiers pas, j'ai vingt ans de plus qu'elle.» Grâce à la vertu de ces paroles intérieures, elle rejetait fièrement en arrière ses épaules détachées de son buste et sur lesquelles sa tête posée presque horizontalement faisait penser à la tête «rapportée» d'un orgueilleux faisan qu'on sert sur une table avec toutes ses plumes. Ce n'est pas qu'elle ne fût par nature courtaude, hommasse et boulotte; mais les camouflets l'avaient redressée comme ces arbres qui, nés dans une mauvaise position au bord d'un précipice, sont forcés de croître en arrière pour garder leur équilibre. Obligée, pour se consoler de ne pas être tout à fait l'égale des autres Guermantes, de se dire sans cesse que c'était par intransigeance de principes et fierté qu'elle les voyait peu, cette pensée avait fini par modeler son corps et par lui enfanter une sorte de prestance qui passait aux yeux des bourgeoises pour un signe de race et troublait quelquefois d'un désir fugitif le regard fatigué des hommes de cercle. Si on avait fait subir à la conversation de Mme de Gallardon ces analyses qui en relevant la fréquence plus ou moins grande de chaque terme permettent de découvrir la clef d'un langage chiffré, on se fût rendu compte qu'aucune expression, même la plus usuelle, n'y revenait aussi souvent que «chez mes cousins de Guermantes», «chez ma tante de Guermantes», «la santé d'Elzéar de Guermantes», «la baignoire de ma cousine de Guermantes». Quand on lui parlait d'un personnage illustre, elle répondait que, sans le connaître personnellement, elle l'avait rencontré mille fois chez sa tante de Guermantes, mais elle répondait cela d'un ton si glacial et d'une voix si sourde qu'il était clair que si elle ne le connaissait pas personnellement c'était en vertu de tous les principes indéracinables et entêtés auxquels ses épaules touchaient en arrière, comme à ces échelles sur lesquelles les professeurs de gymnastique vous font étendre pour vous développer le thorax.

contrive to meet, but she remembered it only in a confused way, and besides did more than neutralise this slightly humiliating reminiscence by murmuring, "After all, it isn't for me to take the first step; I am at least twenty years older than she is." And fortified by these unspoken words she flung her shoulders proudly back until they seemed to part company with her bust, while her head, which lay almost horizontally upon them, made one think of the 'stuck-on' head of a pheasant which is brought to the table regally adorned with its feathers. Not that she in the least degree resembled a pheasant, having been endowed by nature with a short and squat and masculine figure; but successive mortifications had given her a backward tilt, such as one may observe in trees which have taken root on the very edge of a precipice and are forced to grow backwards to preserve their balance. Since she was obliged, in order to console herself for not being quite on a level with the rest of the Guermantes, to repeat to herself incessantly that it was owing to the uncompromising rigidity of her principles and pride that she saw so little of them, the constant iteration had gradually remoulded her body, and had given her a sort of 'bearing' which was accepted by the plebeian as a sign of breeding, and even kindled, at times, a momentary spark in the jaded eyes of old gentlemen in clubs. Had anyone subjected Mme. de Gallardon's conversation to that form of analysis which by noting the relative frequency of its several terms would furnish him with the key to a ciphered message, he would at once have remarked that no expression, not even the commonest forms of speech, occurred in it nearly so often as "at my cousins the Guermantes's," "at my aunt Guermantes's," "Elzéar de Guermantes's health," "my cousin Guermantes's box." If anyone spoke to her of a distinguished personage, she would reply that, although she was not personally acquainted with him, she had seen him hundreds of times at her aunt Guermantes's, but she would utter this reply in so icy a tone, with such a hollow sound, that it was at once quite clear that if she did not know the celebrity personally that was because of all the obstinate, ineradicable principles against which her arching shoulders were stretched back to rest, as on one of those ladders on which gymnastic instructors make us 'extend' so as to develop the expansion of our chests.

Or, la princesse des Laumes qu'on ne se serait pas attendu à voir chez Mme de Saint-Euverte, venait précisément d'arriver. Pour montrer qu'elle ne cherchait pas à faire sentir dans un salon où elle ne venait que par condescendance, la supériorité de son rang, elle était entrée en effaçant les épaules là même où il n'y avait aucune foule à fendre et personne à laisser passer, restant exprès dans le fond, de l'air d'y être à sa place, comme un roi qui fait la queue à la porte d'un théâtre tant que les autorités n'ont pas été prévenues qu'il est là; et, bornant simplement son regard—pour ne pas avoir l'air de signaler sa présence et de réclamer des égards—à la considération d'un dessin du tapis ou de sa propre jupe, elle se tenait debout à l'endroit qui lui avait paru le plus modeste (et d'où elle savait bien qu'une exclamation ravie de Mme de Saint-Euverte allait la tirer dès que celle-ci l'aurait aperçue), à côté de Mme de Cambremer qui lui était inconnue. Elle observait la mimique de sa voisine mélomane, mais ne l'imitait pas. Ce n'est pas que, pour une fois qu'elle venait passer cinq minutes chez Mme de Saint-Euverte, la princesse des Laumes n'eût souhaité, pour que la politesse qu'elle lui faisait comptât double, se montrer le plus aimable possible. Mais par nature, elle avait horreur de ce qu'elle appelait «les exagérations» et tenait à montrer qu'elle «n'avait pas à» se livrer à des manifestations qui n'allaient pas avec le «genre» de la coterie où elle vivait, mais qui pourtant d'autre part ne laissaient pas de l'impressionner, à la faveur de cet esprit d'imitation voisin de la timidité que développe chez les gens les plus sûrs d'eux-mêmes l'ambiance d'un milieu nouveau, fût-il inférieur. Elle commençait à se demander si cette gesticulation n'était pas rendue nécessaire par le morceau qu'on jouait et qui ne rentrait peut-être pas dans le cadre de la musique qu'elle avait entendue jusqu'à ce jour, si s'abstenir n'était pas faire preuve d'incompréhension à l'égard

At this moment the Princesse des Laumes, who had not been expected to appear at Mme. de Saint-Euverte's that evening, did in fact arrive. To shew that she did not wish any special attention, in a house to which she had come by an act of condescension, to be paid to her superior rank, she had entered the room with her arms pressed close to her sides, even when there was no crowd to be squeezed through, no one attempting to get past her; staying purposely at the back, with the air of being in her proper place, like a king who stands in the waiting procession at the doors of a theatre where the management have not been warned of his coming; and strictly limiting her field of vision—so as not to seem to be advertising her presence and claiming the consideration that was her due—to the study of a pattern in the carpet or of her own skirt, she stood there on the spot which had struck her as the most modest (and from which, as she very well knew, a cry of rapture from Mme. de Saint-Euverte would extricate her as soon as her presence there was noticed), next to Mme. de Cambremer, whom, however, she did not know. She observed the dumb-show by which her neighbour was expressing her passion for music, but she refrained from copying it. This was not to say that, for once that she had consented to spend a few minutes in Mme. de Saint-Euverte's house, the Princesse des Laumes would not have wished (so that the act of politeness to her hostess which she had performed by coming might, so to speak, 'count double') to shew herself as friendly and obliging as possible. But she had a natural horror of what she called 'exaggerating,' and always made a point of letting people see that she 'simply must not' indulge in any display of emotion that was not in keeping with the tone of the circle in which she moved, although such displays never failed to make an impression upon her, by virtue of that spirit of imitation, akin to timidity, which is developed in the most self-confident persons, by contact with an unfamiliar environment, even though it be inferior to their own. She began to ask herself whether these gesticulations might not, perhaps, be a necessary concomitant of the piece of music that was being played, a piece which, it might be, was in a different category from all the music that she had ever heard before; and whether to

de l'œuvre et d'inconvenance vis-à-vis de la maîtresse de la maison: de sorte que pour exprimer par une «cote mal taillée» ses sentiments contradictoires, tantôt elle se contentait de remonter la bride de ses épaulettes ou d'assurer dans ses cheveux blonds les petites boules de corail ou d'émail rose, givrées de diamant, qui lui faisaient une coiffure simple et charmante, en examinant avec une froide curiosité sa fougueuse voisine, tantôt de son éventail elle battait pendant un instant la mesure, mais, pour ne pas abdiquer son indépendance, à contretemps. Le pianiste ayant terminé le morceau de Liszt et ayant commencé un prélude de Chopin, Mme de Cambremer lança à Mme de Franquetot un sourire attendri de satisfaction compétente et d'allusion au passé. Elle avait appris dans sa jeunesse à caresser les phrases, au long col sinueux et démesuré, de Chopin, si libres, si flexibles, si tactiles, qui commencent par chercher et essayer leur place en dehors et bien loin de la direction de leur départ, bien loin du point où on avait pu espérer qu'atteindrait leur attouchement, et qui ne se jouent dans cet écart de fantaisie que pour revenir plus délibérément—d'un retour plus prémédité, avec plus de précision, comme sur un cristal qui résonnerait jusqu'à faire crier—vous frapper au cœur.

Vivant dans une famille provinciale qui avait peu de relations, n'allant guère au bal, elle s'était grisée dans la solitude de son manoir, à ralentir, à précipiter la danse de tous ces couples imaginaires, à les égrener comme des fleurs, à quitter un moment le bal pour entendre le vent souffler dans les sapins, au bord du lac, et à y voir tout d'un coup s'avancer, plus différent de tout ce qu'on a jamais rêvé que ne sont les amants de la terre, un mince jeune homme à la voix un peu chantante, étrangère et fausse, en gants blancs. Mais aujourd'hui la beauté démodée de cette musique semblait défraîchie. Privée depuis quelques années de l'estime des connaisseurs, elle avait perdu son

abstain from them was not a sign of her own inability to understand the music, and of discourtesy towards the lady of the house; with the result that, in order to express by a compromise both of her contradictory inclinations in turn, at one moment she would merely straighten her shoulder-straps or feel in her golden hair for the little balls of coral or of pink enamel, frosted with tiny diamonds, which formed its simple but effective ornament, studying, with a cold interest, her impassioned neighbour, while at another she would beat time for a few bars with her fan, but, so as not to forfeit her independence, she would beat a different time from the pianist's. When he had finished the Liszt Intermezzo and had begun a Prelude by Chopin, Mme. de Cambremer turned to Mme. de Franquetot with a tender smile, full of intimate reminiscence, as well as of satisfaction (that of a competent judge) with the performance. She had been taught in her girlhood to fondle and cherish those long-necked, sinuous creatures, the phrases of Chopin, so free, so flexible, so tactile, which begin by seeking their ultimate resting-place somewhere beyond and far wide of the direction in which they started, the point which one might have expected them to reach, phrases which divert themselves in those fantastic bypaths only to return more deliberately—with a more premeditated reaction, with more precision, as on a crystal bowl which, if you strike it, will ring and throb until you cry aloud in anguish—to clutch at one's heart.

Brought up in a provincial household with few friends or visitors, hardly ever invited to a ball, she had fuddled her mind, in the solitude of her old manor-house, over setting the pace, now crawling-slow, now passionate, whirling, breathless, for all those imaginary waltzing couples, gathering them like flowers, leaving the ball-room for a moment to listen, where the wind sighed among the pine-trees, on the shore of the lake, and seeing of a sudden advancing towards her, more different from anything one had ever dreamed of than earthly lovers are, a slender young man, whose voice was resonant and strange and false, in white gloves. But nowadays the old-fashioned beauty of this music seemed to have become a trifle stale. Having forfeited, some years back,

honneur et son charme et ceux mêmes dont le goût est mauvais n'y trouvaient plus qu'un plaisir inavoué et médiocre. Mme de Cambremer jeta un regard furtif derrière elle. Elle savait que sa jeune bru (pleine de respect pour sa nouvelle famille, sauf en ce qui touchait les choses de l'esprit sur lesquelles, sachant jusqu'à l'harmonie et jusqu'au grec, elle avait des lumières spéciales) méprisait Chopin et souffrait quand elle en entendait jouer. Mais loin de la surveillance de cette wagnérienne qui était plus loin avec un groupe de personnes de son âge, Mme de Cambremer se laissait aller à des impressions délicieuses. La princesse des Laumes les éprouvait aussi. Sans être par nature douée pour la musique, elle avait reçu il y a quinze ans les leçons qu'un professeur de piano du faubourg Saint-Germain, femme de génie qui avait été à la fin de sa vie réduite à la misère, avait recommencé, à l'âge de soixante-dix ans, à donner aux filles et aux petites-filles de ses anciennes élèves. Elle était morte aujourd'hui. Mais sa méthode, son beau son, renaissaient parfois sous les doigts de ses élèves, même de celles qui étaient devenues pour le reste des personnes médiocres, avaient abandonné la musique et n'ouvraient presque plus jamais un piano. Aussi Mme des Laumes put-elle secouer la tête, en pleine connaissance de cause, avec une appréciation juste de la façon dont le pianiste jouait ce prélude qu'elle savait par cœur. La fin de la phrase commencée chanta d'elle-même sur ses lèvres. Et elle murmura «C'est toujours charmant», avec un double ch au commencement du mot qui était une marque de délicatesse et dont elle sentait ses lèvres si romanesquement froissées comme une belle fleur, qu'elle harmonisa instinctivement son regard avec elles en lui donnant à ce moment-là une sorte de sentimentalité et de vague. Cependant Mme de Gallardon était en train de se dire qu'il était fâcheux qu'elle n'eût que bien rarement l'occasion de rencontrer la princesse des Laumes, car elle souhaitait lui donner une leçon en ne répondant pas à son salut. Elle ne

the esteem of 'really musical' people, it had lost its distinction and its charm, and even those whose taste was frankly bad had ceased to find in it more than a moderate pleasure to which they hardly liked to confess. Mme. de Cambremer cast a furtive glance behind her. She knew that her young daughter-in-law (full of respect for her new and noble family, except in such matters as related to the intellect, upon which, having 'got as far' as Harmony and the Greek alphabet, she was specially enlightened) despised Chopin, and fell quite ill when she heard him played. But finding herself free from the scrutiny of this Wagnerian, who was sitting, at some distance, in a group of her own contemporaries, Mme. de Cambremer let herself drift upon a stream of exquisite memories and sensations. The Princesse des Laumes was touched also. Though without any natural gift for music, she had received, some fifteen years earlier, the instruction which a music-mistress of the Faubourg Saint-Germain, a woman of genius who had been, towards the end of her life, reduced to penury, had started, at seventy, to give to the daughters and granddaughters of her old pupils. This lady was now dead. But her method, an echo of her charming touch, came to life now and then in the fingers of her pupils, even of those who had been in other respects quite mediocre, had given up music, and hardly ever opened a piano. And so Mme. des Laumes could let her head sway to and fro, fully aware of the cause, with a perfect appreciation of the manner in which the pianist was rendering this Prelude, since she knew it by heart. The closing notes of the phrase that he had begun sounded already on her lips. And she murmured "How charming it is!" with a stress on the opening consonants of the adjective, a token of her refinement by which she felt her lips so romantically compressed, like the petals of a beautiful, budding flower, that she instinctively brought her eyes into harmony, illuminating them for a moment with a vague and sentimental gaze. Meanwhile Mme. de Gallardon had arrived at the point of saying to herself how annoying it was that she had so few opportunities of meeting the Princesse des Laumes, for she meant to teach her a lesson by not acknowledging her bow. She did not

savait pas que sa cousine fût là. Un mouvement de tête de Mme de Franquetot la lui découvrit. Aussitôt elle se précipita vers elle en dérangeant tout le monde; mais désireuse de garder un air hautain et glacial qui rappelât à tous qu'elle ne désirait pas avoir de relations avec une personne chez qui on pouvait se trouver nez à nez avec la princesse Mathilde, et au-devant de qui elle n'avait pas à aller car elle n'était pas «sa contemporaine», elle voulut pourtant compenser cet air de hauteur et de réserve par quelque propos qui justifiât sa démarche et forçât la princesse à engager la conversation; aussi une fois arrivée près de sa cousine, Mme de Gallardon, avec un visage dur, une main tendue comme une carte forcée, lui dit: «Comment va ton mari?» de la même voix soucieuse que si le prince avait été gravement malade. La princesse éclatant d'un rire qui lui était particulier et qui était destiné à la fois à montrer aux autres qu'elle se moquait de quelqu'un et aussi à se faire paraître plus jolie en concentrant les traits de son visage autour de sa bouche animée et de son regard brillant, lui répondit:

—Mais le mieux du monde!

Et elle rit encore. Cependant tout en redressant sa taille et refroidissant sa mine, inquiète encore pourtant de l'état du prince, Mme de Gallardon dit à sa cousine:

—Oriane (ici Mme des Laumes regarda d'un air étonné et rieur un tiers invisible vis-à-vis duquel elle semblait tenir à attester qu'elle n'avait jamais autorisé Mme de Gallardon à l'appeler par son prénom), je tiendrais beaucoup à ce que tu viennes un moment demain soir chez moi entendre un quintette avec clarinette de Mozart. Je voudrais avoir ton appréciation.

Elle semblait non pas adresser une invitation, mais demander un service, et avoir besoin de l'avis de la princesse sur le quintette de Mozart comme si ç'avait été un plat de la composition d'une nouvelle cuisinière sur les talents de laquelle il lui eût été précieux de recueillir l'opinion d'un gourmet.

know that her cousin was in the room. A movement of Mme. Franquetot's head disclosed the Princess. At once Mme. de Gallardon dashed towards her, upsetting all her neighbours; although determined to preserve a distant and glacial manner which should remind everyone present that she had no desire to remain on friendly terms with a person in whose house one might find oneself, any day, cheek by jowl with the Princesse Mathilde, and to whom it was not her duty to make advances since she was not 'of her generation,' she felt bound to modify this air of dignity and reserve by some non-committal remark which would justify her overture and would force the Princess to engage in conversation; and so, when she reached her cousin, Mme. de Gallardon, with a stern countenance and one hand thrust out as though she were trying to 'force' a card, began with: "How is your husband?" in the same anxious tone that she would have used if the Prince had been seriously ill. The Princess, breaking into a laugh which was one of her characteristics, and was intended at once to shew the rest of an assembly that she was making fun of some one and also to enhance her own beauty by concentrating her features around her animated lips and sparkling eyes, answered:

"Why; he's never been better in his life!"

And she went on laughing. Mme. de Gallardon then drew herself up and, chilling her expression still further, perhaps because she was still uneasy about the Prince's health, said to her cousin:

"Oriane," (at once Mme. des Laumes looked with amused astonishment towards an invisible third, whom she seemed to call to witness that she had never authorised Mme. de Gallardon to use her Christian name) "I should be so pleased if you would look in, just for a minute, to-morrow evening, to hear a quintet, with the clarinet, by Mozart. I should like to have your opinion of it."

She seemed not so much to be issuing an invitation as to be asking favour, and to want the Princess's opinion of the Mozart quintet just though it had been a dish invented by a new cook, whose talent it was most important that an epicure should come to judge.

—Mais je connais ce quintette, je peux te dire tout de suite... que je l'aime!

—Tu sais, mon mari n'est pas bien, son foie..., cela lui ferait grand plaisir de te voir, reprit Mme de Gallardon, faisant maintenant à la princesse une obligation de charité de paraître à sa soirée.

La princesse n'aimait pas à dire aux gens qu'elle ne voulait pas aller chez eux. Tous les jours elle écrivait son regret d'avoir été privée—par une visite inopinée de sa belle-mère, par une invitation de son beau-frère, par l'Opéra, par une partie de campagne—d'une soirée à laquelle elle n'aurait jamais songé à se rendre. Elle donnait ainsi à beaucoup de gens la joie de croire qu'elle était de leurs relations, qu'elle eût été volontiers chez eux, qu'elle n'avait été empêchée de le faire que par les contretemps princiers qu'ils étaient flattés de voir entrer en concurrence avec leur soirée. Puis, faisant partie de cette spirituelle coterie des Guermantes où survivait quelque chose de l'esprit alerte, dépouillé de lieux communs et de sentiments convenus, qui descend de Mérimée—et a trouvé sa dernière expression dans le théâtre de Meilhac et Halévy—elle l'adaptait même aux rapports sociaux, le transposait jusque dans sa politesse qui s'efforçait d'être positive, précise, de se rapprocher de l'humble vérité. Elle ne développait pas longuement à une maîtresse de maison l'expression du désir qu'elle avait d'aller à sa soirée; elle trouvait plus aimable de lui exposer quelques petits faits d'où dépendrait qu'il lui fût ou non possible de s'y rendre.

—Ecoute, je vais te dire, dit-elle à Mme de Gallardon, il faut demain soir que j'aille chez une amie qui m'a demandé mon jour depuis longtemps. Si elle nous emmène au théâtre, il n'y aura pas, avec la meilleure volonté, possibilité que j'aille chez toi; mais si nous restons chez elle, comme je sais que nous serons seuls, je pourrai la quitter.

—Tiens, tu as vu ton ami M. Swann?

—Mais non, cet amour de Charles, je ne savais pas qu'il fût là, je vais tâcher qu'il me voie.

"But I know that quintet quite well. I can tell you now—that I adore it."

"You know, my husband isn't at all well; it's his liver. He would like so much to see you," Mme. de Gallardon resumed, making it now a corporal work of charity for the Princess to appear at her party.

The Princess never liked to tell people that she would not go to their houses. Every day she would write to express her regret at having been kept away—by the sudden arrival of her husband's mother, by an invitation from his brother, by the Opera, by some excursion to the country—from some party to which she had never for a moment dreamed of going. In this way she gave many people the satisfaction of feeling that she was on intimate terms with them, that she would gladly have come to their houses, and that she had been prevented from doing so only by some princely occurrence which they were flattered to find competing with their own humble entertainment. And then, as she belonged to that witty 'Guermantes set'—in which there survived something of the alert mentality, stripped of all commonplace phrases and conventional sentiments, which dated from Mérimée, and found its final expression in the plays of Meilhac and Halévy—she adapted its formula so as to suit even her social engagements, transposed it into the courtesy which was always struggling to be positive and precise, to approximate itself to the plain truth. She would never develop at any length to a hostess the expression of her anxiety to be present at her party; she found it more pleasant to disclose to her all the various little incidents on which it would depend whether it was or was not possible for her to come.

"Listen, and I'll explain," she began to Mme. de Gallardon. "To-morrow evening I must go to a friend of mine, who has been pestering me to fix a day for ages. If she takes us to the theatre afterwards, then I can't possibly come to you, much as I should love to; but if we just stay in the house, I know there won't be anyone else there, so I can slip away."

"Tell me, have you seen your friend M. Swann?"

"No! my precious Charles! I never knew he was here. Where is he? I must catch his eye."

—C'est drôle qu'il aille même chez la mère Saint-Euverte, dit Mme de Gallardon. Oh! je sais qu'il est intelligent, ajouta-t-elle en voulant dire par là intrigant, mais cela ne fait rien, un juif chez la sœur et la belle-sœur de deux archevêques!

—J'avoue à ma honte que je n'en suis pas choquée, dit la princesse des Laumes.

—Je sais qu'il est converti, et même déjà ses parents et ses grands-parents. Mais on dit que les convertis restent plus attachés à leur religion que les autres, que c'est une frime, est-ce vrai?

—Je suis sans lumières à ce sujet.

Le pianiste qui avait à jouer deux morceaux de Chopin, après avoir terminé le prélude avait attaqué aussitôt une polonaise. Mais depuis que Mme de Gallardon avait signalé à sa cousine la présence de Swann, Chopin ressuscité aurait pu venir jouer lui-même toutes ses œuvres sans que Mme des Laumes pût y faire attention. Elle faisait partie d'une de ces deux moitiés de l'humanité chez qui la curiosité qu'a l'autre moitié pour les êtres qu'elle ne connaît pas est remplacée par l'intérêt pour les êtres qu'elle connaît. Comme beaucoup de femmes du faubourg Saint-Germain la présence dans un endroit où elle se trouvait de quelqu'un de sa coterie, et auquel d'ailleurs elle n'avait rien de particulier à dire, accaparait exclusivement son attention aux dépens de tout le reste. A partir de ce moment, dans l'espoir que Swann la remarquerait, la princesse ne fit plus, comme une souris blanche apprivoisée à qui on tend puis on retire un morceau de sucre, que tourner sa figure, remplie de mille signes de connivence dénués de rapports avec le sentiment de la polonaise de Chopin, dans la direction où était Swann et si celui-ci changeait de place, elle déplaçait parallèlement son sourire aimanté.

—Oriane, ne te fâche pas, reprit Mme de Gallardon qui ne pouvait jamais s'empêcher de sacrifier ses plus grandes espérances sociales et d'éblouir un jour le monde, au plaisir obscur, immédiat et privé, de dire

"It's a funny thing that he should come to old Saint-Euverte's," Mme. de Gallardon went on. "Oh, I know he's very clever," meaning by that 'very cunning,' "but that makes no difference; fancy a Jew here, and she the sister and sister-in-law of two Archbishops."

"I am ashamed to confess that I am not in the least shocked," said the Princesse des Laumes.

"I know he's a converted Jew, and all that, and his parents and grandparents before him. But they do say that the converted ones are worse about their religion than the practising ones, that it's all just a pretence; is that true, d'you think?"

"I can throw no light at all on the matter."

The pianist, who was 'down' to play two pieces by Chopin, after finishing the Prelude had at once attacked a Polonaise. But once Mme. de Gallardon had informed her cousin that Swann was in the room, Chopin himself might have risen from the grave and played all his works in turn without Mme. des Laumes's paying him the slightest attention. She belonged to that one of the two divisions of the human race in which the untiring curiosity which the other half feels about the people whom it does not know is replaced by an unfailing interest in the people whom it does. As with many women of the Faubourg Saint-Germain, the presence, in any room in which she might find herself, of another member of her set, even although she had nothing in particular to say to him, would occupy her mind to the exclusion of every other consideration. From that moment, in the hope that Swann would catch sight of her, the Princess could do nothing but (like a tame white mouse when a lump of sugar is put down before its nose and then taken away) turn her face, in which were crowded a thousand signs of intimate connivance, none of them with the least relevance to the sentiment underlying Chopin's music, in the direction where Swann was, and, if he moved, divert accordingly the course of her magnetic smile.

"Oriane, don't be angry with me," resumed Mme. de Gallardon, who could never restrain herself from sacrificing her highest social ambitions, and the hope that she might one day emerge into a light that would dazzle the world, to

quelque chose de désagréable, il y a des gens qui prétendent que ce M. Swann, c'est quelqu'un qu'on ne peut pas recevoir chez soi, est-ce vrai?

—Mais... tu dois bien savoir que c'est vrai, répondit la princesse des Laumes, puisque tu l'as invité cinquante fois et qu'il n'est jamais venu.

Et quittant sa cousine mortifiée, elle éclata de nouveau d'un rire qui scandalisa les personnes qui écoutaient la musique, mais attira l'attention de Mme de Saint-Euverte, restée par politesse près du piano et qui aperçut seulement alors la princesse. Mme de Saint-Euverte était d'autant plus ravie de voir Mme des Laumes qu'elle la croyait encore à Guermantes en train de soigner son beau-père malade.

—Mais comment, princesse, vous étiez là?

—Oui, je m'étais mise dans un petit coin, j'ai entendu de belles choses.

—Comment, vous êtes là depuis déjà un long moment!

—Mais oui, un très long moment qui m'a semblé très court, long seulement parce que je ne vous voyais pas.

Mme de Saint-Euverte voulut donner son fauteuil à la princesse qui répondit:

—Mais pas du tout! Pourquoi? Je suis bien n'importe où!

Et, avisant avec intention, pour mieux manifester sa simplicité de grande dame, un petit siège sans dossier:

—Tenez, ce pouf, c'est tout ce qu'il me faut. Cela me fera tenir droite. Oh! mon Dieu, je fais encore du bruit, je vais me faire conspuer.

Cependant le pianiste redoublant de vitesse, l'émotion musicale était à son comble, un domestique passait des rafraîchissements sur un plateau et faisait tinter des cuillers et, comme chaque semaine, Mme de Saint-Euverte lui faisait, sans qu'il la vît, des signes de s'en aller. Une nouvelle mariée, à qui on avait appris qu'une jeune femme ne doit pas avoir l'air blasé, souriait de plaisir, et cherchait des yeux la maîtresse de maison pour lui témoigner par son regard sa reconnaissance d'avoir «pensé à elle» pour un pareil régal.

the immediate and secret satisfaction of saying something disagreeable, "people do say about your M. Swann that he's the sort of man one can't have in the house; is that true?"

"Why, you, of all people, ought to know that it's true," replied the Princesse des Laumes, "for you must have asked him a hundred times, and he's never been to your house once."

And leaving her cousin mortified afresh, she broke out again into a laugh which scandalised everyone who was trying to listen to the music, but attracted the attention of Mme. de Saint-Euverte, who had stayed, out of politeness, near the piano, and caught sight of the Princess now for the first time. Mme. de Saint-Euverte was all the more delighted to see Mme. des Laumes, as she imagined her to be still at Guermantes, looking after her father-in-law, who was ill.

"My dear Princess, you here?"

"Yes, I tucked myself away in a corner, and I've been hearing such lovely things."

"What, you've been in the room quite a time?"

"Oh, yes, quite a long time, which seemed very short; it was only long because I couldn't see you."

Mme. de Saint-Euverte offered her own chair to the Princess, who declined it with:

"Oh, please, no! Why should you? It doesn't matter in the least where I sit."

And deliberately picking out, so as the better to display the simplicity of a really great lady, a low seat without a back:

"There now, that hassock, that's all I want. It will make me keep my back straight. Oh! Good heavens, I'm making a noise again; they'll be telling you to have me 'chucked out'."

Meanwhile, the pianist having doubled his speed, the emotion of the music-lovers was reaching its climax, a servant was handing refreshments about on a salver, and was making the spoons rattle, and, as on every other 'party-night', Mme. de Saint-Euverte was making signs to him, which he never saw, to leave the room. A recent bride, who had been told that a young woman ought never to appear bored, was smiling vigorously, trying to catch her hostess's eye so as to flash a token of her gratitude for the other's having 'thought of her' in connection with so delightful an

Pourtant, quoique avec plus de calme que Mme de Franquetot, ce n'est pas sans inquiétude qu'elle suivait le morceau; mais la sienne avait pour objet, au lieu du pianiste, le piano sur lequel une bougie tressautant à chaque fortissimo, risquait, sinon de mettre le feu à l'abat-jour, du moins de faire des taches sur le palissandre. A la fin elle n'y tint plus et, escaladant les deux marches de l'estrade, sur laquelle était placé le piano, se précipita pour enlever la bobèche. Mais à peine ses mains allaient-elles la toucher que sur un dernier accord, le morceau finit et le pianiste se leva. Néanmoins l'initiative hardie de cette jeune femme, la courte promiscuité qui en résulta entre elle et l'instrumentiste, produisirent une impression généralement favorable.

—Vous avez remarqué ce qu'a fait cette personne, princesse, dit le général de Froberville à la princesse des Laumes qu'il était venu saluer et que Mme de Saint-Euverte quitta un instant. C'est curieux. Est-ce donc une artiste?

—Non, c'est une petite Mme de Cambremer, répondit étourdiment la princesse et elle ajouta vivement: Je vous répète ce que j'ai entendu dire, je n'ai aucune espèce de notion de qui c'est, on a dit derrière moi que c'étaient des voisins de campagne de Mme de Saint-Euverte, mais je ne crois pas que personne les connaisse. Ça doit être des «gens de la campagne»! Du reste, je ne sais pas si vous êtes très répandu dans la brillante société qui se trouve ici, mais je n'ai pas idée du nom de toutes ces étonnantes personnes. A quoi pensez-vous qu'ils passent leur vie en dehors des soirées de Mme de Saint-Euverte? Elle a dû les faire venir avec les musiciens, les chaises et les rafraîchissements. Avouez que ces «invités de chez Belloir» sont magnifiques. Est-ce que vraiment elle a le courage de louer ces figurants toutes les semaines. Ce n'est pas possible!

—Ah! Mais Cambremer, c'est un nom authentique et ancien, dit le général.

—Je ne vois aucun mal à ce que ce soit ancien,

entertainment. And yet, although she remained more calm than Mme. de Franquetot, it was not without some uneasiness that she followed the flying fingers; what alarmed her being not the pianist's fate but the piano's, on which a lighted candle, jumping at each *fortissimo,* threatened, if not to set its shade on fire, at least to spill wax upon the ebony. At last she could contain herself no longer, and, running up the two steps of the platform on which the piano stood, flung herself on the candle to adjust its sconce. But scarcely had her hand come within reach of it when, on a final chord, the piece finished, and the pianist rose to his feet. Nevertheless the bold initiative shewn by this young woman and the moment of blushing confusion between her and the pianist which resulted from it, produced an impression that was favourable on the whole.

"Did you see what that girl did just now, Princess?" asked General de Froberville, who had come up to Mme. des Laumes as her hostess left her for a moment. "Odd, wasn't it? Is she one of the performers?"

"No, she's a little Mme. de Cambremer," replied the Princess carelessly, and then, with more animation: "I am only repeating what I heard just now, myself; I haven't the faintest notion who said it, it was some one behind me who said that they were neighbours of Mme. de Saint-Euverte in the country, but I don't believe anyone knows them, really. They must be 'country cousins'! By the way, I don't know whether you're particularly 'well-up' in the brilliant society which we see before us, because I've no idea who all these astonishing people can be. What do you suppose they do with themselves when they're not at Mme. de Saint-Euverte's parties? She must have ordered them in with the musicians and the chairs and the food. 'Universal providers,' you know. You must admit, they're rather splendid, General. But can she really have the courage to hire the same 'supers' every week? It isn't possible!"

"Oh, but Cambremer is quite a good name; old, too," protested the General.

"I see no objection to its being old," the Princess

répondit sèchement la princesse, mais en tous cas ce n'est-ce pas *euphonique,* ajouta-t-elle en détachant le mot euphonique comme s'il était entre guillemets, petite affectation de dépit qui était particulière à la coterie Guermantes.

—Vous trouvez? Elle est jolie à croquer, dit le général qui ne perdait pas Mme de Cambremer de vue. Ce n'est pas votre avis, princesse?

—Elle se met trop en avant, je trouve que chez une si jeune femme, ce n'est pas agréable, car je ne crois pas qu'elle soit ma contemporaine, répondit Mme des Laumes (cette expression étant commune aux Gallardon et aux Guermantes).

Mais la princesse voyant que M. de Froberville continuait à regarder Mme de Cambremer, ajouta moitié par méchanceté pour celle-ci, moitié par amabilité pour le général: «Pas agréable... pour son mari! Je regrette de ne pas la connaître puisqu'elle vous tient à cœur, je vous aurais présenté,» dit la princesse qui probablement n'en aurait rien fait si elle avait connu la jeune femme. «Je vais être obligée de vous dire bonsoir, parce que c'est la fête d'une amie à qui je dois aller la souhaiter, dit-elle d'un ton modeste et vrai, réduisant la réunion mondaine à laquelle elle se rendait à la simplicité d'une cérémonie ennuyeuse mais où il était obligatoire et touchant d'aller. D'ailleurs je dois y retrouver Basin qui, pendant que j'étais ici, est allé voir ses amis que vous connaissez, je crois, qui ont un nom de pont, les Iéna.»

— Ç'a été d'abord un nom de victoire, princesse, dit le général. Qu'est-ce que vous voulez, pour un vieux briscard comme moi, ajouta-t-il en ôtant son monocle pour l'essuyer, comme il aurait changé un pansement, tandis que la princesse détournait instinctivement les yeux, cette noblesse d'Empire, c'est autre chose bien entendu, mais enfin, pour ce que c'est, c'est très beau dans son genre, ce sont des gens qui en somme se sont battus en héros.

answered dryly, "but whatever else it is it's not euphonious," she went on, isolating the word euphonious as though between inverted commas, a little affectation to which the Guermantes set were addicted.

"You think not, eh! She's a regular little peach, though," said the General, whose eyes never strayed from Mme. de Cambremer. "Don't you agree with me, Princess?"

"She thrusts herself forward too much; I think, in so young a woman, that's not very nice—for I don't suppose she's my generation," replied Mme. des Laumes (the last word being common, it appeared, to Gallardon and Guermantes).

And then, seeing that M. de Froberville was still gazing at Mme. de Cambremer, she added, half out of malice towards the lady, half wishing to oblige the General: "Not very nice . . . for her husband! I am sorry that I do not know her, since she seems to attract you so much; I might have introduced you to her," said the Princess, who, if she had known the young woman, would most probably have done nothing of the sort. "And now I must say good night, because one of my friends is having a birthday party, and I must go and wish her many happy returns," she explained, modestly and with truth, reducing the fashionable gathering to which she was going to the simple proportions of a ceremony which would be boring in the extreme, but at which she was obliged to be present, and there would be something touching about her appearance. "Besides, I must pick up Basin. While I've been here, he's gone to see those friends of his—you know them too, I'm sure—who are called after a bridge—oh, yes, the Iénas."

"It was a battle before it was a bridge, Princess; it was a victory!" said the General. "I mean to say, to an old soldier like me," he went on, wiping his monocle and replacing it, as though he were laying a fresh dressing on the raw wound underneath, while the Princess instinctively looked away, "that Empire nobility, well, of course, it's not the same thing, but, after all, taking it as it is, it's very fine of its kind; they were people who really did fight like heroes."

—Mais je suis pleine de respect pour les héros, dit la princesse, sur un ton légèrement ironique: si je ne vais pas avec Basin chez cette princesse d'Iéna, ce n'est pas du tout pour ça, c'est tout simplement parce que je ne les connais pas. Basin les connaît, les chérit. Oh! non, ce n'est pas ce que vous pouvez penser, ce n'est pas un flirt, je n'ai pas à m'y opposer! Du reste, pour ce que cela sert quand je veux m'y opposer! ajouta-t-elle d'une voix mélancolique, car tout le monde savait que dès le lendemain du jour où le prince des Laumes avait épousé sa ravissante cousine, il n'avait pas cessé de la tromper. Mais enfin ce n'est pas le cas, ce sont des gens qu'il a connus autrefois, il en fait ses choux gras, je trouve cela très bien. D'abord je vous dirai que rien que ce qu'il m'a dit de leur maison... Pensez que tous leurs meubles sont «Empire!»

—Mais, princesse, naturellement, c'est parce que c'est le mobilier de leurs grands-parents.

—Mais je ne vous dis pas, mais ça n'est pas moins laid pour ça. Je comprends très bien qu'on ne puisse pas avoir de jolies choses, mais au moins qu'on n'ait pas de choses ridicules. Qu'est-ce que vous voulez? je ne connais rien de plus pompier, de plus bourgeois que cet horrible style avec ces commodes qui ont des têtes de cygnes comme des baignoires.

—Mais je crois même qu'ils ont de belles choses, ils doivent avoir la fameuse table de mosaïque sur laquelle a été signé le traité de...

—Ah! Mais qu'ils aient des choses intéressantes au point de vue de l'histoire, je ne vous dis pas. Mais ça ne peut pas être beau... puisque c'est horrible! Moi j'ai aussi des choses comme ça que Basin a héritées des Montesquiou. Seulement elles sont dans les greniers de Guermantes où personne ne les voit. Enfin, du reste, ce n'est pas la question, je me précipiterais chez eux avec Basin, j'irais les voir même au milieu de leurs sphinx et de leur cuivre si je les connaissais, mais... je ne les connais pas! Moi, on m'a toujours dit quand j'étais petite que ce n'était pas poli d'aller chez les gens qu'on

"But I have the deepest respect for heroes," the Princess assented, though with a faint trace of irony. "If I don't go with Basin to see this Princesse d'Iéna, it isn't for that, at all; it's simply because I don't know them. Basin knows them; he worships them. Oh, no, it's not what you think; he's not in love with her. I've nothing to set my face against! Besides, what good has it ever done when I have set my face against them?" she queried sadly, for the whole world knew that, ever since the day upon which the Prince des Laumes had married his fascinating cousin, he had been consistently unfaithful to her. "Anyhow, it isn't that at all. They're people he has known for ever so long, they do him very well, and that suits me down to the ground. But I must tell you what he's told me about their house; it's quite enough. Can you imagine it, all their furniture is 'Empire'!"

"But, my dear Princess, that's only natural; it belonged to their grandparents."

"I don't quite say it didn't, but that doesn't make it any less ugly. I quite understand that people can't always have nice things, but at least they needn't have things that are merely grotesque. What do you say? I can think of nothing more devastating, more utterly smug than that hideous style—cabinets covered all over with swans' heads, like bath-taps!"

"But I believe, all the same, that they've got some lovely things; why, they must have that famous mosaic table on which the Treaty of . . ."

"Oh, I don't deny, they may have things that are interesting enough from the historic point of view. But things like that can't, ever, be beautiful . . . because they're simply horrible! I've got things like that myself, that came to Basin from the Montesquious. Only, they're up in the attics at Guermantes, where nobody ever sees them. But, after all, that's not the point, I would fly to see them, with Basin; I would even go to see them among all their sphinxes and brasses, if I knew them, but—I don't know them! D'you know, I was always taught, when I was a little girl, that it was not polite to call on people one

ne connaissait pas, dit-elle en prenant un ton puéril. Alors, je fais ce qu'on m'a appris. Voyez-vous ces braves gens s'ils voyaient entrer une personne qu'ils ne connaissent pas? Ils me recevraient peut-être très mal! dit la princesse.

Et par coquetterie elle embellit le sourire que cette supposition lui arrachait, en donnant à son regard fixé sur le général une expression rêveuse et douce.

— Ah! princesse, vous savez bien qu'ils ne se tiendraient pas de joie...

— Mais non, pourquoi? lui demanda-t-elle avec une extrême vivacité, soit pour ne pas avoir l'air de savoir que c'est parce qu'elle était une des plus grandes dames de France, soit pour avoir le plaisir de l'entendre dire au général. «Pourquoi? Qu'en savez-vous? Cela leur serait peut-être tout ce qu'il y a de plus désagréable. Moi je ne sais pas, mais si j'en juge par moi, cela m'ennuie déjà tant de voir les personnes que je connais, je crois que s'il fallait voir des gens que je ne connais pas, «même héroïques», je deviendrais folle. D'ailleurs, voyons, sauf lorsqu'il s'agit de vieux amis comme vous qu'on connaît sans cela, je ne sais pas si l'héroïsme serait d'un format très portatif dans le monde. Ça m'ennuie déjà souvent de donner des dîners, mais s'il fallait offrir le bras à Spartacus pour aller à table... Non vraiment, ce ne serait jamais à Vercingétorix que je ferais signe comme quatorzième. Je sens que je le réserverais pour les grandes soirées. Et comme je n'en donne pas...»

—Ah! princesse, vous n'êtes pas Guermantes pour des prunes. Le possédez-vous assez, l'esprit des Guermantes!

—Mais on dit toujours l'esprit des Guermantes, je n'ai jamais pu comprendre pourquoi. Vous en connaissez donc d'autres qui en aient, ajouta-t-elle dans un éclat de rire écumant et joyeux, les traits de son visage concentrés, accouplés dans le réseau de son animation, les yeux étincelants, enflammés d'un ensoleillement radieux de gaîté que seuls avaient le pouvoir de faire rayonner ainsi les propos, fussent-ils tenus par la princesse elle-même,

didn't know." She assumed a tone of childish gravity. "And so I am just doing what I was taught to do. Can't you see those good people, with a totally strange woman bursting into their house? Why, I might get a most hostile reception."

And she coquettishly enhanced the charm of the smile which the idea had brought to her lips, by giving to her blue eyes, which were fixed on the General, a gentle, dreamy expression.

"My dear Princess, you know that they'd be simply wild with joy."

"No, why?" she inquired, with the utmost vivacity, either so as to seem unaware that it would be because she was one of the first ladies in France, or so as to have the pleasure of hearing the General tell her so. "Why? How can you tell? Perhaps they would think it the most unpleasant thing that could possibly happen. I know nothing about them, but if they're anything like me, I find it quite boring enough to see the people I do know; I'm sure if I had to see people I didn't know as well, even if they had 'fought like heroes,' I should go stark mad. Besides, except when it's an old friend like you, whom one knows quite apart from that, I'm not sure that 'heroism' takes one very far in society. It's often quite boring enough to have to give a dinner-party, but if one had to offer one's arm to Spartacus, to let him take one down . . . ! Really, no; it would never be Vercingetorix I should send for, to make a fourteenth. I feel sure, I should keep him for really big 'crushes.' And as I never give any . . ."

"Ah! Princess, it's easy to see you're not a Guermantes for nothing. You have your share of it, all right, the 'wit of the Guermantes'!"

"But people always talk about the wit of the Guermantes; I never could make out why. Do you really know any others who have it?" she rallied him, with a rippling flow of laughter, her features concentrated, yoked to the service of her animation, her eyes sparkling, blazing with a radiant sunshine of gaiety which could be kindled only by such speeches—even if the Princess had to make them herself—as were in praise of her wit or of her

qui étaient une louange de son esprit ou de sa beauté. Tenez, voilà Swann qui a l'air de saluer votre Cambremer; là... il est à côté de la mère Saint-Euverte, vous ne voyez pas! Demandez-lui de vous présenter. Mais dépêchez-vous, il cherche à s'en aller!

—Avez-vous remarqué quelle affreuse mine il a? dit le général.

—Mon petit Charles! Ah! enfin il vient, je commençais à supposer qu'il ne voulait pas me voir!

Swann aimait beaucoup la princesse des Laumes, puis sa vue lui rappelait Guermantes, terre voisine de Combray, tout ce pays qu'il aimait tant et où il ne retournait plus pour ne pas s'éloigner d'Odette. Usant des formes mi-artistes, mi-galantes, par lesquelles il savait plaire à la princesse et qu'il retrouvait tout naturellement quand il se retrempait un instant dans son ancien milieu—et voulant d'autre part pour lui-même exprimer la nostalgie qu'il avait de la campagne:

—Ah! dit-il à la cantonade, pour être entendu à la fois de Mme de Saint-Euverte à qui il parlait et de Mme des Laumes pour qui il parlait, voici la charmante princesse! Voyez, elle est venue tout exprès de Guermantes pour entendre le *Saint François d'Assise* de Liszt et elle n'a eu le temps, comme une jolie mésange, que d'aller piquer pour les mettre sur sa tête quelques petits fruits de prunier des oiseaux et d'aubépine; il y a même encore de petites gouttes de rosée, un peu de la gelée blanche qui doit faire gémir la duchesse. C'est très joli, ma chère princesse.

—Comment la princesse est venue exprès de Guermantes? Mais c'est trop! Je ne savais pas, je suis confuse, s'écrie naïvement Mme de Saint-Euverte qui était peu habituée au tour d'esprit de Swann. Et examinant la coiffure de la princesse: Mais c'est vrai, cela imite... comment dirais-je, pas les châtaignes, non, oh! c'est une idée ravissante, mais comment la princesse pouvait-elle connaître mon programme. Les musiciens ne me l'ont même pas communiqué à moi.

beauty. "Look, there's Swann talking to your Cambremer woman; over there, beside old Saint-Euverte, don't you see him? Ask him to introduce you. But hurry up, he seems to be just going!"

"Did you notice how dreadfully ill he's looking?" asked the General.

"My precious Charles? Ah, he's coming at last; I was beginning to think he didn't want to see me!"

Swann was extremely fond of the Princesse des Laumes, and the sight of her recalled to him Guermantes, a property close to Combray, and all that country which he so dearly loved and had ceased to visit, so as not to be separated from Odette. Slipping into the manner, half-artistic, half-amorous —with which he could always manage to amuse the Princess—a manner which came to him quite naturally whenever he dipped for a moment into the old social atmosphere, and wishing also to express in words, for his own satisfaction, the longing that he felt for the country:

"Ah!" he exclaimed, or rather intoned, in such a way as to be audible at once to Mme. de Saint-Euverte, to whom he spoke, and to Mme. des Laumes, for whom he was speaking, "Behold our charming Princess! See, she has come up on purpose from Guermantes to hear Saint Francis preach to the birds, and has only just had time, like a dear little titmouse, to go and pick a few little hips and haws and put them in her hair; there are even some drops of dew upon them still, a little of the hoar-frost which must be making the Duchess, down there, shiver. It is very pretty indeed, my dear Princess."

"What! The Princess came up on purpose from Guermantes? But that's too wonderful! I never knew; I'm quite bewildered," Mme. de Saint-Euverte protested with quaint simplicity, being but little accustomed to Swann's way of speaking. And then, examining the Princess's head-dress, "Why, you're quite right; it is copied from . . . what shall I say, not chestnuts, no—oh, it's a delightful idea, but how can the Princess have known what was going to be on my programme? The musicians didn't tell me, even."

Swann, habitué quand il était auprès d'une femme avec qui il avait gardé des habitudes galantes de langage, de dire des choses délicates que beaucoup de gens du monde ne comprenaient pas, ne daigna pas expliquer à Mme de Saint-Euverte qu'il n'avait parlé que par métaphore. Quant à la princesse, elle se mit à rire aux éclats, parce que l'esprit de Swann était extrêmement apprécié dans sa coterie et aussi parce qu'elle ne pouvait entendre un compliment s'adressant à elle sans lui trouver les grâces les plus fines et une irrésistible drôlerie.

—Hé bien! je suis ravie, Charles, si mes petits fruits d'aubépine vous plaisent. Pourquoi est-ce que vous saluez cette Cambremer, est-ce que vous êtes aussi son voisin de campagne?

Mme de Saint-Euverte voyant que la princesse avait l'air content de causer avec Swann s'était éloignée.

—Mais vous l'êtes vous-même, princesse.

—Moi, mais ils ont donc des campagnes partout, ces gens! Mais comme j'aimerais être à leur place!

—Ce ne sont pas les Cambremer, c'étaient ses parents à elle; elle est une demoiselle Legrandin qui venait à Combray. Je ne sais pas si vous savez que vous êtes la comtesse de Combray et que le chapitre vous doit une redevance.

—Je ne sais pas ce que me doit le chapitre mais je sais que je suis tapée de cent francs tous les ans par le curé, ce dont je me passerais. Enfin ces Cambremer ont un nom bien étonnant. Il finit juste à temps, mais il finit mal! dit-elle en riant.

—Il ne commence pas mieux, répondit Swann.

—En effet cette double abréviation!...

—C'est quelqu'un de très en colère et de très convenable qui n'a pas osé aller jusqu'au bout du premier mot.

—Mais puisqu'il ne devait pas pouvoir s'empêcher de commencer le second, il aurait mieux fait d'achever le premier pour en finir une bonne fois. Nous sommes en train de faire des plaisanteries d'un goût charmant,

Swann, who was accustomed, when he was with a woman whom he had kept up the habit of addressing in terms of gallantry, to pay her delicate compliments which most other people would not and need not understand, did not condescend to explain to Mme. de Saint-Euverte that he had been speaking metaphorically. As for the Princess, she was in fits of laughter, both because Swann's wit was highly appreciated by her set, and because she could never hear a compliment addressed to herself without finding it exquisitely subtle and irresistibly amusing.

"Indeed! I'm delighted, Charles, if my little hips and haws meet with your approval. But tell me, why did you bow to that Cambremer person, are you also her neighbour in the country?"

Mme. de Saint-Euverte, seeing that the Princess seemed quite happy talking to Swann, had drifted away.

"But you are, yourself, Princess!"

"I! Why, they must have 'countries' everywhere, those creatures! Don't I wish I had!"

"No, not the Cambremers; her own people. She was a Legrandin, and used to come to Combray. I don't know whether you are aware that you are Comtesse de Combray, and that the Chapter owes you a due."

"I don't know what the Chapter owes me, but I do know that I'm 'touched' for a hundred francs, every year, by the Curé, which is a due that I could very well do without. But surely these Cambremers have rather a startling name. It ends just in time, but it ends badly!" she said with a laugh.

"It begins no better." Swann took the point.

"Yes; that double abbreviation!"

"Some one very angry and very proper who didn't dare to finish the first word."

"But since he couldn't stop himself beginning the second, he'd have done better to finish the first and be done with it. We are indulging in the most refined form of humour, my dear Charles, in the very best of taste—but how

mon petit Charles, mais comme c'est ennuyeux de ne plus vous voir, ajouta-t-elle d'un ton câlin, j'aime tant causer avec vous. Pensez que je n'aurais même pas pu faire comprendre à cet idiot de Froberville que le nom de Cambremer était étonnant. Avouez que la vie est une chose affreuse. Il n'y a que quand je vous vois que je cesse de m'ennuyer.

Et sans doute cela n'était pas vrai. Mais Swann et la princesse avaient une même manière de juger les petites choses qui avait pour effet—à moins que ce ne fût pour cause—une grande analogie dans la façon de s'exprimer et jusque dans la prononciation. Cette ressemblance ne frappait pas parce que rien n'était plus différent que leurs deux voix. Mais si on parvenait par la pensée à ôter aux propos de Swann la sonorité qui les enveloppait, les moustaches d'entre lesquelles ils sortaient, on se rendait compte que c'étaient les mêmes phrases, les mêmes inflexions, le tour de la coterie Guermantes. Pour les choses importantes, Swann et la princesse n'avaient les mêmes idées sur rien. Mais depuis que Swann était si triste, ressentant toujours cette espèce de frisson qui précède le moment où l'on va pleurer, il avait le même besoin de parler du chagrin qu'un assassin a de parler de son crime. En entendant la princesse lui dire que la vie était une chose affreuse, il éprouva la même douceur que si elle lui avait parlé d'Odette.

—Oh! oui, la vie est une chose affreuse. Il faut que nous nous voyions, ma chère amie. Ce qu'il y a de gentil avec vous, c'est que vous n'êtes pas gaie. On pourrait passer une soirée ensemble.

—Mais je crois bien, pourquoi ne viendriez-vous pas à Guermantes, ma belle-mère serait folle de joie. Cela passe pour très laid, mais je vous dirai que ce pays ne me déplaît pas, j'ai horreur des pays «pittoresques».

—Je crois bien, c'est admirable, répondit Swann, c'est presque trop beau, trop vivant pour moi, en ce moment; c'est un pays pour être heureux. C'est peut-être parce que j'y ai vécu, mais les choses m'y parlent tellement. Dès qu'il se lève un souffle d'air, que les blés commencent

tiresome it is that I never see you now," she went on in a coaxing tone, "I do so love talking to you. Just imagine, I could not make that idiot Froberville see that there was anything funny about the name Cambremer. Do agree that life is a dreadful business. It's only when I see you that I stop feeling bored."

Which was probably not true. But Swann and the Princess had the same way of looking at the little things of life—the effect, if not the cause of which was a close analogy between their modes of expression and even of pronunciation. This similarity was not striking because no two things could have been more unlike than their voices. But if one took the trouble to imagine Swann's utterances divested of the sonority that enwrapped them, of the moustache from under which they emerged, one found that they were the same phrases, the same inflexions, that they had the 'tone' of the Guermantes set. On important matters, Swann and the Princess had not an idea in common. But since Swann had become so melancholy, and was always in that trembling condition which precedes a flood of tears, he had the same need to speak about his grief that a murderer has to tell some one about his crime. And when he heard the Princess say that life was a dreadful business, he felt as much comforted as if she had spoken to him of Odette.

"Yes, life is a dreadful business! We must meet more often, my dear friend. What is so nice about you is that you are not cheerful. We could spend a most pleasant evening together."

"I'm sure we could; why not come down to Guermantes? My mother-in-law would be wild with joy. It's supposed to be very ugly down there, but I must say, I find the neighborhood not at all unattractive; I have a horror of 'picturesque spots'."

"I know it well, it's delightful!" replied Swann. "It's almost too beautiful, too much alive for me just at present; it's a country to be happy in. It's perhaps because I have lived there, but things there speak to me so. As soon as a breath of wind gets up, and the cornfields begin to stir, I feel

à remuer, il me semble qu'il y a quelqu'un qui va arriver, que je vais recevoir une nouvelle; et ces petites maisons au bord de l'eau... je serais bien malheureux!

—Oh! mon petit Charles, prenez garde, voilà l'affreuse Rampillon qui m'a vue, cachez-moi, rappelez-moi donc ce qui lui est arrivé, je confonds, elle a marié sa fille ou son amant, je ne sais plus; peut-être les deux... et ensemble!... Ah! non, je me rappelle, elle a été répudiée par son prince... ayez l'air de me parler pour que cette Bérénice ne vienne pas m'inviter à dîner. Du reste, je me sauve. Ecoutez, mon petit Charles, pour une fois que je vous vois, vous ne voulez pas vous laisser enlever et que je vous emmène chez la princesse de Parme qui serait tellement contente, et Basin aussi qui doit m'y rejoindre. Si on n'avait pas de vos nouvelles par Mémé... Pensez que je ne vous vois plus jamais!

Swann refusa; ayant prévenu M. de Charlus qu'en quittant de chez Mme de Saint-Euverte il rentrerait directement chez lui, il ne se souciait pas en allant chez la princesse de Parme de risquer de manquer un mot qu'il avait tout le temps espéré se voir remettre par un domestique pendant la soirée, et que peut-être il allait trouver chez son concierge. «Ce pauvre Swann, dit ce soir-là Mme des Laumes à son mari, il est toujours gentil, mais il a l'air bien malheureux. Vous le verrez, car il a promis de venir dîner un de ces jours. Je trouve ridicule au fond qu'un homme de son intelligence souffre pour une personne de ce genre et qui n'est même pas intéressante, car on la dit idiote», ajouta-t-elle avec la sagesse des gens non amoureux qui trouvent qu'un homme d'esprit ne devrait être malheureux que pour une personne qui en valût la peine; c'est à peu près comme s'étonner qu'on daigne souffrir du choléra par le fait d'un être aussi petit que le bacille virgule.

Swann voulait partir, mais au moment où il allait enfin s'échapper, le général de Froberville lui demanda

that some one is going to appear suddenly, that I am going to hear some news; and those little houses by the water's edge . . . I should be quite wretched!"

"Oh! my dearest Charles, do take care; there's that appalling Rampillon woman; she's seen me; hide me somewhere, do tell me again, quickly, what it was that happened to her; I get so mixed up; she's just married off her daughter, or her lover (I never can remember)—perhaps both—to each other! Oh, no, I remember now, she's been dropped by her Prince . . . Pretend to be talking, so that the poor old Berenice sha'n't come and invite me to dinner. Anyhow, I'm going. Listen, my dearest Charles, now that I have seen you, once in a blue moon, won't you let me carry you off and take you to the Princesse de Parme's, who would be so pleased to see you (you know), and Basin too, for that matter; he's meeting me there. If one didn't get news of you, sometimes, from Mémé . . . Remember, I never see you at all now!"

Swann declined. Having told M. de Charlus that, on leaving Mme. de Saint-Euverte's, he would go straight home, he did not care to run the risk, by going on now to the Princesse de Parme's, of missing a message which he had, all the time, been hoping to see brought in to him by one of the footmen, during the party, and which he was perhaps going to find left with his own porter, at home.

"Poor Swann," said Mme. des Laumes that night to her husband; "he is always charming, but he does look so dreadfully unhappy. You will see for yourself, for he has promised to dine with us one of these days. I do feel that it's really absurd that a man of his intelligence should let himself be made to suffer by a creature of that kind, who isn't even interesting, for they tell me, she's an absolute idiot!" she concluded with the wisdom invariably shewn by people who, not being in love themselves, feel that a clever man ought to be unhappy only about such persons as are worth his while; which is rather like being astonished that anyone should condescend to die of cholera at the bidding of so insignificant a creature as the common bacillus.

Swann now wished to go home, but, just as he was making his escape, General de Froberville caught him and

à connaître Mme de Cambremer et il fut obligé de rentrer avec lui dans le salon pour la chercher.

—Dites donc, Swann, j'aimerais mieux être le mari de cette femme-là que d'être massacré par les sauvages, qu'en dites-vous?

Ces mots «massacré par les sauvages» percèrent douloureusement le cœur de Swann; aussitôt il éprouva le besoin de continuer la conversation avec le général:

— «Ah! lui dit-il, il y a eu de bien belles vies qui ont fini de cette façon... Ainsi vous savez... ce navigateur dont Dumont d'Urville ramena les cendres, La Pérouse... (et Swann était déjà heureux comme s'il avait parlé d'Odette.) «C'est un beau caractère et qui m'intéresse beaucoup que celui de La Pérouse, ajouta-t-il d'un air mélancolique.

—Ah! parfaitement, La Pérouse, dit le général. C'est un nom connu. Il a sa rue.

—Vous connaissez quelqu'un rue La Pérouse? demanda Swann d'un air agité.

—Je ne connais que Mme de Chanlivault, la sœur de ce brave Chaussepierre. Elle nous a donné une jolie soirée de comédie l'autre jour. C'est un salon qui sera un jour très élégant, vous verrez!

—Ah! elle demeure rue La Pérouse. C'est sympathique, c'est une jolie rue, si triste.

—Mais non; c'est que vous n'y êtes pas allé depuis quelque temps; ce n'est plus triste, cela commence à se construire, tout ce quartier-là.

Quand enfin Swann présenta M. de Froberville à la jeune Mme de Cambremer, comme c'était la première fois qu'elle entendait le nom du général, elle esquissa le sourire de joie et de surprise qu'elle aurait eu si on n'en avait jamais prononcé devant elle d'autre que celui-là, car ne connaissant pas les amis de sa nouvelle famille, à chaque personne qu'on lui amenait, elle croyait que c'était l'un d'eux, et pensant qu'elle faisait preuve de tact en ayant l'air d'en avoir tant entendu parler depuis qu'elle était mariée, elle tendait la main d'un air hésitant destiné à prouver la réserve apprise

asked for an introduction to Mme. de Cambremer, and he was obliged to go back into the room to look for her.

"I say, Swann, I'd rather be married to that little woman than killed by savages, what do you say?"

The words 'killed by savages' pierced Swann's aching heart; and at once he felt the need of continuing the conversation.

"Ah!" he began, "some fine lives have been lost in that way . . . There was, you remember, that explorer whose remains Dumont d'Urville brought back, La Pérouse . . ." (and he was at once happy again, as though he had named Odette). "He was a fine character, and interests me very much, does La Pérouse," he ended sadly.

"Oh, yes, of course, La Pérouse," said the General. "It's quite a well-known name. There's a street called that."

"Do you know anyone in the Rue La Pérouse?" asked Swann excitedly.

"Only Mme. de Chanlivault, the sister of that good fellow Chaussepierre. She gave a most amusing theatre-party the other evening. That's a house that will be really smart some day, you'll see!"

"Oh, so she lives in the Rue La Pérouse. It's attractive; I like that street; it's so sombre."

"Indeed it isn't. You can't have been in it for a long time; it's not at all sombre now; they're beginning to build all round there."

When Swann did finally introduce M. de Froberville to the young Mme. de Cambremer, since it was the first time that she had heard the General's name, she hastily outlined upon her lips the smile of joy and surprise with which she would have greeted him if she had never, in the whole of her life, heard anything else; for, as she did not yet know all the friends of her new family, whenever anyone was presented to her, she assumed that he must be one of them, and thinking that she would shew her tact by appearing to have heard 'such a lot about him' since her marriage, she would hold out her hand with an air of hesitation which was meant as a proof

qu'elle avait à vaincre et la sympathie spontanée qui réussissait à en triompher. Aussi ses beaux-parents, qu'elle croyait encore les gens les plus brillants de France, déclaraient-ils qu'elle était un ange; d'autant plus qu'ils préféraient paraître, en la faisant épouser à leur fils, avoir cédé à l'attrait plutôt de ses qualités que de sa grande fortune.

—On voit que vous êtes musicienne dans l'âme, madame, lui dit le général en faisant inconsciemment allusion à l'incident de la bobèche.

Mais le concert recommença et Swann comprit qu'il ne pourrait pas s'en aller avant la fin de ce nouveau numéro du programme. Il souffrait de rester enfermé au milieu de ces gens dont la bêtise et les ridicules le frappaient d'autant plus douloureusement qu'ignorant son amour, incapables, s'ils l'avaient connu, de s'y intéresser et de faire autre chose que d'en sourire comme d'un enfantillage ou de le déplorer comme une folie, ils le lui faisaient apparaître sous l'aspect d'un état subjectif qui n'existait que pour lui, dont rien d'extérieur ne lui affirmait la réalité; il souffrait surtout, et au point que même le son des instruments lui donnait envie de crier, de prolonger son exil dans ce lieu où Odette ne viendrait jamais, où personne, où rien ne la connaissait, d'où elle était entièrement absente.

Mais tout à coup ce fut comme si elle était entrée, et cette apparition lui fut une si déchirante souffrance qu'il dut porter la main à son cœur. C'est que le violon était monté à des notes hautes où il restait comme pour une attente, une attente qui se prolongeait sans qu'il cessât de les tenir, dans l'exaltation où il était d'apercevoir déjà l'objet de son attente qui s'approchait, et avec un effort désespéré pour tâcher de durer jusqu'à son arrivée, de l'accueillir avant d'expirer, de lui maintenir encore un moment de toutes ses dernières forces le chemin ouvert pour qu'il pût passer, comme on soutient une porte qui sans cela retomberait. Et avant que Swann eût eu le temps de comprendre, et de se dire: «C'est la petite phrase de la

at once of the inculcated reserve which she had to overcome and of the spontaneous friendliness which successfully overcame it. And so her parents-in-law, whom she still regarded as the most eminent pair in France, declared that she was an angel; all the more that they preferred to appear, in marrying her to their son, to have yielded to the attraction rather of her natural charm than of her considerable fortune.

"It's easy to see that you're a musician heart and soul, Madame," said the General, alluding to the incident of the candle.

Meanwhile the concert had begun again, and Swann saw that he could not now go before the end of the new number. He suffered greatly from being shut up among all these people whose stupidity and absurdities wounded him all the more cruelly since, being ignorant of his love, incapable, had they known of it, of taking any interest, or of doing more than smile at it as at some childish joke, or deplore it as an act of insanity, they made it appear to him in the aspect of a subjective state which existed for himself alone, whose reality there was nothing external to confirm; he suffered overwhelmingly, to the point at which even the sound of the instruments made him want to cry, from having to prolong his exile in this place to which Odette would never come, in which no one, nothing was aware of her existence, from which she was entirely absent.

But suddenly it was as though she had entered, and this apparition tore him with such anguish that his hand rose impulsively to his heart. What had happened was that the violin had risen to a series of high notes, on which it rested as though expecting something, an expectancy which it prolonged without ceasing to hold on to the notes, in the exaltation with which it already saw the expected object approaching, and with a desperate effort to continue until its arrival, to welcome it before itself expired, to keep the way open for a moment longer, with all its remaining strength, that the stranger might enter in, as one holds a door open that would otherwise automatically close. And before Swann had had time to understand what was happening, to think: "It is the little phrase from Vinteuil's sonata. I mustn't

sonate de Vinteuil, n'écoutons pas!» tous ses souvenirs du temps où Odette était éprise de lui, et qu'il avait réussi jusqu'à ce jour à maintenir invisibles dans les profondeurs de son être, trompés par ce brusque rayon du temps d'amour qu'ils crurent revenu, s'étaient réveillés, et à tire d'aile, étaient remontés lui chanter éperdument, sans pitié pour son infortune présente, les refrains oubliés du bonheur.

Au lieu des expressions abstraites «temps où j'étais heureux», «temps où j'étais aimé», qu'il avait souvent prononcées jusque-là et sans trop souffrir, car son intelligence n'y avait enfermé du passé que de prétendus extraits qui n'en conservaient rien, il retrouva tout ce qui de ce bonheur perdu avait fixé à jamais la spécifique et volatile essence; il revit tout, les pétales neigeux et frisés du chrysanthème qu'elle lui avait jeté dans sa voiture, qu'il avait gardé contre ses lèvres— l'adresse en relief de la «Maison Dorée» sur la lettre où il avait lu: «Ma main tremble si fort en vous écrivant" — le rapprochement de ses sourcils quand elle lui avait dit d'un air suppliant: «Ce n'est pas dans trop longtemps que vous me ferez signe?», il sentit l'odeur du fer du coiffeur par lequel il se faisait relever sa «brosse» pendant que Lorédan allait chercher la petite ouvrière, les pluies d'orage qui tombèrent si souvent ce printemps-là, le retour glacial dans sa victoria, au clair de lune, toutes les mailles d'habitudes mentales, d'impressions saisonnières, de créations cutanées, qui avaient étendu sur une suite de semaines un réseau uniforme dans lequel son corps se trouvait repris. A ce moment-là, il satisfaisait une curiosité voluptueuse en connaissant les plaisirs des gens qui vivent par l'amour. Il avait cru qu'il pourrait s'en tenir là, qu'il ne serait pas obligé d'en apprendre les douleurs; comme maintenant le charme d'Odette lui était peu de chose auprès de cette formidable terreur qui le prolongeait comme un trouble halo, cette immense angoisse de ne pas savoir à tous moments ce qu'elle avait fait, de ne pas la posséder partout et toujours! Hélas, il se rappela l'accent dont elle s'était écriée: «Mais je pourrai toujours vous voir, je suis

listen!", all his memories of the days when Odette had been in love with him, which he had succeeded, up till that evening, in keeping invisible in the depths of his being, deceived by this sudden reflection of a season of love, whose sun, they supposed, had dawned again, had awakened from their slumber, had taken wing and risen to sing maddeningly in his ears, without pity for his present desolation, the forgotten strains of happiness.

In place of the abstract expressions "the time when I was happy," "the time when I was loved," which he had often used until then, and without much suffering, for his intelligence had not embodied in them anything of the past save fictitious extracts which preserved none of the reality, he now recovered everything that had fixed unalterably the peculiar, volatile essence of that lost happiness; he could see it all; the snowy, curled petals of the chrysanthemum which she had tossed after him into his carriage, which he had kept pressed to his lips, the address 'Maison Dorée,' embossed on the note-paper on which he had read "My hand trembles so as I write to you," the frowning contraction of her eyebrows when she said pleadingly: "You won't let it be very long before you send for me?"; he could smell the heated iron of the barber whom he used to have in to singe his hair while Loredan went to fetch the little working girl; could feel the torrents of rain which fell so often that spring, the ice-cold homeward drive in his victoria, by moonlight; all the network of mental habits, of seasonable impressions, of sensory reactions, which had extended over a series of weeks its uniform meshes, by which his body now found itself inextricably held. At that time he had been satisfying a sensual curiosity to know what were the pleasures of those people who lived for love alone. He had supposed that he could stop there, that he would not be obliged to learn their sorrows also; how small a thing the actual charm of Odette was now in comparison with that formidable terror which extended it like a cloudy halo all around her, that enormous anguish of not knowing at every hour of the day and night what she had been doing, of not possessing her wholly, at all times and in all places! Alas, he recalled the accents in which she had exclaimed: "But I can see you at any time; I am

toujours libre!» elle qui ne l'était plus jamais! l'intérêt, la curiosité qu'elle avait eus pour sa vie à lui, le désir passionné qu'il lui fit la faveur—redoutée au contraire par lui en ce temps-là comme une cause d'ennuyeux dérangements—de l'y laisser pénétrer; comme elle avait été obligée de le prier pour qu'il se laissât mener chez les Verdurin; et, quand il la faisait venir chez lui une fois par mois, comme il avait fallu, avant qu'il se laissât fléchir, qu'elle lui répétât le délice que serait cette habitude de se voir tous les jours dont elle rêvait alors qu'elle ne lui semblait à lui qu'un fastidieux tracas, puis qu'elle avait prise en dégoût et définitivement rompue, pendant qu'elle était devenue pour lui un si invincible et si douloureux besoin. Il ne savait pas dire si vrai quand, à la troisième fois qu'il l'avait vue, comme elle lui répétait: «Mais pourquoi ne me laissez-vous pas venir plus souvent», il lui avait dit en riant, avec galanterie: «par peur de souffrir». Maintenant, hélas! il arrivait encore parfois qu'elle lui écrivît d'un restaurant ou d'un hôtel sur du papier qui en portait le nom imprimé; mais c'était comme des lettres de feu qui le brûlaient. «C'est écrit de l'hôtel Vouillemont? Qu'y peut-elle être allée faire! avec qui? que s'y est-il passé?» Il se rappela les becs de gaz qu'on éteignait boulevard des Italiens quand il l'avait rencontrée contre tout espoir parmi les ombres errantes dans cette nuit qui lui avait semblé presque surnaturelle et qui en effet—nuit d'un temps où il n'avait même pas à se demander s'il ne la contrarierait pas en la cherchant, en la retrouvant, tant il était sûr qu'elle n'avait pas de plus grande joie que de le voir et de rentrer avec lui—appartenait bien à un monde mystérieux où on ne peut jamais revenir quand les portes s'en sont refermées. Et Swann aperçut, immobile en face de ce bonheur revécu, un malheureux qui lui fit pitié parce qu'il ne le reconnut pas tout de suite, si bien qu'il dut baisser les yeux pour qu'on ne vît pas qu'ils étaient pleins de larmes. C'était lui-même.

always free!"—she, who was never free now; the interest, the curiosity that she had shewn in his life, her passionate desire that he should do her the favour—of which it was he who, then, had felt suspicious, as of a possibly tedious waste of his time and disturbance of his arrangements—of granting her access to his study; how she had been obliged to beg that he would let her take him to the Verdurins'; and, when he did allow her to come to him once a month, how she had first, before he would let himself be swayed, had to repeat what a joy it would be to her, that custom of their seeing each other daily, for which she had longed at a time when to him it had seemed only a tiresome distraction, for which, since that time, she had conceived a distaste and had definitely broken herself of it, while it had become for him so insatiable, so dolorous a need. Little had he suspected how truly he spoke when, on their third meeting, as she repeated: "But why don't you let me come to you oftener?" he had told her, laughing, and in a vein of gallantry, that it was for fear of forming a hopeless passion. Now, alas, it still happened at times that she wrote to him from a restaurant or hotel, on paper which bore a printed address, but printed in letters of fire that seared his heart. "Written from the Hôtel Vouillemont. What on earth can she have gone there for? With whom? What happened there?" He remembered the gas-jets that were being extinguished along the Boulevard des Italiens when he had met her, when all hope was gone among the errant shades upon that night which had seemed to him almost supernatural and which now (that night of a period when he had not even to ask himself whether he would be annoying her by looking for her and by finding her, so certain was he that she knew no greater happiness than to see him and to let him take her home) belonged indeed to a mysterious world to which one never may return again once its doors are closed. And Swann could distinguish, standing, motionless, before that scene of happiness in which it lived again, a wretched figure which filled him with such pity, because he did not at first recognise who it was, that he must lower his head, lest anyone should observe that his eyes were filled with tears. It was himself.

Quand il l'eut compris, sa pitié cessa, mais il fut jaloux de l'autre lui-même qu'elle avait aimé, il fut jaloux de ceux dont il s'était dit souvent sans trop souffrir, «elle les aime peut-être», maintenant qu'il avait échangé l'idée vague d'aimer, dans laquelle il n'y a pas d'amour, contre les pétales du chrysanthème et l'«en tête» de la Maison d'Or, qui, eux en étaient pleins. Puis sa souffrance devenant trop vive, il passa sa main sur son front, laissa tomber son monocle, en essuya le verre. Et sans doute s'il s'était vu à ce moment-là, il eut ajouté à la collection de ceux qu'il avait distingués le monocle qu'il déplaçait comme une pensée importune et sur la face embuée duquel, avec un mouchoir, il cherchait à effacer des soucis.

Il y a dans le violon—si ne voyant pas l'instrument, on ne peut pas rapporter ce qu'on entend à son image laquelle modifie la sonorité—des accents qui lui sont si communs avec certaines voix de contralto, qu'on a l'illusion qu'une chanteuse s'est ajoutée au concert. On lève les yeux, on ne voit que les étuis, précieux comme des boîtes chinoises, mais, par moment, on est encore trompé par l'appel décevant de la sirène; parfois aussi on croit entendre un génie captif qui se débat au fond de la docte boîte, ensorcelée et frémissante, comme un diable dans un bénitier; parfois enfin, c'est, dans l'air, comme un être surnaturel et pur qui passe en déroulant son message invisible.

Comme si les instrumentistes, beaucoup moins jouaient la petite phrase qu'ils n'exécutaient les rites exigés d'elle pour qu'elle apparût, et procédaient aux incantations nécessaires pour obtenir et prolonger quelques instants le prodige de son évocation, Swann, qui ne pouvait pas plus la voir que si elle avait appartenu à un monde ultra-violet, et qui goûtait comme le rafraîchissement d'une métamorphose dans la cécité momentanée dont il était frappé en approchant d'elle, Swann la sentait présente, comme une

When he had realised this, his pity ceased; he was jealous, now, of that other self whom she had loved, he was jealous of those men of whom he had so often said, without much suffering: "Perhaps she's in love with them," now that he had exchanged the vague idea of loving, in which there is no love, for the petals of the chrysanthemum and the 'letter-heading' of the Maison d'Or; for they were full of love. And then, his anguish becoming too keen, he passed his hand over his forehead, let the monocle drop from his eye, and wiped its glass. And doubtless, if he had caught sight of himself at that moment, he would have added to the collection of the monocles which he had already identified, this one which he removed, like an importunate, worrying thought, from his head, while from its misty surface, with his handkerchief, he sought to obliterate his cares.

There are in the music of the violin—if one does not see the instrument itself, and so cannot relate what one hears to its form, which modifies the fullness of the sound—accents which are so closely akin to those of certain contralto voices, that one has the illusion that a singer has taken her place amid the orchestra. One raises one's eyes; one sees only the wooden case, magical as a Chinese box; but, at moments, one is still tricked by the deceiving appeal of the Siren; at times, too, one believes that one is listening to a captive spirit, struggling in the darkness of its masterful box, a box quivering with enchantment, like a devil immersed in a stoup of holy water; sometimes, again, it is in the air, at large, like a pure and supernatural creature that reveals to the ear, as it passes, its invisible message.

As though the musicians were not nearly so much playing the little phrase as performing the rites on which it insisted before it would consent to appear, as proceeding to utter the incantations necessary to procure, and to prolong for a few moments, the miracle of its apparition, Swann, who was no more able now to see it than if it had belonged to a world of ultra-violet light, who experienced something like the refreshing sense of a metamorphosis in the momentary blindness with which he had been struck as he approached it, Swann felt that it was present, like a

déesse protectrice et confidente de son amour, et qui pour pouvoir arriver jusqu'à lui devant la foule et l'emmener à l'écart pour lui parler, avait revêtu le déguisement de cette apparence sonore. Et tandis qu'elle passait, légère, apaisante et murmurée comme un parfum, lui disant ce qu'elle avait à lui dire et dont il scrutait tous les mots, regrettant de les voir s'envoler si vite, il faisait involontairement avec ses lèvres le mouvement de baiser au passage le corps harmonieux et fuyant. Il ne se sentait plus exilé et seul puisque, elle, qui s'adressait à lui, lui parlait à mi-voix d'Odette. Car il n'avait plus comme autrefois l'impression qu'Odette et lui n'étaient pas connus de la petite phrase. C'est que si souvent elle avait été témoin de leurs joies! Il est vrai que souvent aussi elle l'avait averti de leur fragilité. Et même, alors que dans ce temps-là il devinait de la souffrance dans son sourire, dans son intonation limpide et désenchantée, aujourd'hui il y trouvait plutôt la grâce d'une résignation presque gaie. De ces chagrins dont elle lui parlait autrefois et qu'il la voyait, sans qu'il fût atteint par eux, entraîner en souriant dans son cours sinueux et rapide, de ces chagrins qui maintenant étaient devenus les siens sans qu'il eût l'espérance d'en être jamais délivré, elle semblait lui dire comme jadis de son bonheur: «Qu'est-ce, cela? tout cela n'est rien.» Et la pensée de Swann se porta pour la première fois dans un élan de pitié et de tendresse vers ce Vinteuil, vers ce frère inconnu et sublime qui lui aussi avait dû tant souffrir; qu'avait pu être sa vie? au fond de quelles douleurs avait-il puisé cette force de dieu, cette puissance illimitée de créer? Quand c'était la petite phrase qui lui parlait de la vanité de ses souffrances, Swann trouvait de la douceur à cette même sagesse qui tout à l'heure pourtant lui avait paru intolérable, quand il croyait la lire dans les visages des indifférents qui considéraient son amour comme une divagation sans importance. C'est que la petite phrase au contraire, quelque opinion qu'elle pût

protective goddess, a confidant of his love, who, so as to be able to come to him through the crowd, and to draw him aside to speak to him, had disguised herself in this sweeping cloak of sound. And as she passed him, light, soothing, as softly murmured as the perfume of a flower, telling him what she had to say, every word of which he closely scanned, sorry to see them fly away so fast, he made involuntarily with his lips the motion of kissing, as it went by him, the harmonious, fleeting form.

He felt that he was no longer in exile and alone since she, who addressed herself to him, spoke to him in a whisper of Odette. For he had no longer, as of old, the impression that Odette and he were not known to the little phrase. Had it not often been the witness of their joys? True that, as often, it had warned him of their frailty. And indeed, whereas, in that distant time, he had divined an element of suffering in its smile, in its limpid and disillusioned intonation, to-night he found there rather the charm of a resignation that was almost gay. Of those sorrows, of which the little phrase had spoken to him then, which he had seen it—without his being touched by them himself—carry past him, smiling, on its sinuous and rapid course, of those sorrows which were now become his own, without his having any hope of being, ever, delivered from them, it seemed to say to him, as once it had said of his happiness: "What does all that matter; it is all nothing." And Swann's thoughts were borne for the first time on a wave of pity and tenderness towards that Vinteuil, towards that unknown, exalted brother who also must have suffered so greatly; what could his life have been? From the depths of what well of sorrow could he have drawn that god-like strength, that unlimited power of creation?

When it was the little phrase that spoke to him of the vanity of his sufferings, Swann found a sweetness in that very wisdom which, but a little while back, had seemed to him intolerable when he thought that he could read it on the faces of indifferent strangers, who would regard his love as a digression that was without importance. 'Twas because the little phrase, unlike them, whatever opinion it might hold on

avoir sur la brève durée de ces états de l'âme, y voyait quelque chose, non pas comme faisaient tous ces gens, de moins sérieux que la vie positive, mais au contraire de si supérieur à elle que seul il valait la peine d'être exprimé. Ces charmes d'une tristesse intime, c'était eux qu'elle essayait d'imiter, de recréer, et jusqu'à leur essence qui est pourtant d'être incommunicables et de sembler frivoles à tout autre qu'à celui qui les éprouve, la petite phrase l'avait captée, rendue visible. Si bien qu'elle faisait confesser leur prix et goûter leur douceur divine, par tous ces mêmes assistants—si seulement ils étaient un peu musiciens—qui ensuite les méconnaîtraient dans la vie, en chaque amour particulier qu'ils verraient naître près d'eux. Sans doute la forme sous laquelle elle les avait codifiés ne pouvait pas se résoudre en raisonnements. Mais depuis plus d'une année que lui révélant à lui-même bien des richesses de son âme, l'amour de la musique était pour quelque temps au moins né en lui, Swann tenait les motifs musicaux pour de véritables idées, d'un autre monde, d'un autre ordre, idées voilées de ténèbres, inconnues, impénétrables à l'intelligence, mais qui n'en sont pas moins parfaitement distinctes les unes des autres, inégales entre elles de valeur et de signification. Quand après la soirée Verdurin, se faisant rejouer la petite phrase, il avait cherché à démêler comment à la façon d'un parfum, d'une caresse, elle le circonvenait, elle l'enveloppait, il s'était rendu compte que c'était au faible écart entre les cinq notes qui la composaient et au rappel constant de deux d'entre elles qu'était due cette impression de douceur rétractée et frileuse; mais en réalité il savait qu'il raisonnait ainsi non sur la phrase elle-même mais sur de simples valeurs, substituées pour la commodité de son intelligence à la mystérieuse entité qu'il avait perçue, avant de connaître les Verdurin, à cette soirée où il avait entendu pour la première fois la sonate. Il savait que le souvenir même du piano faussait encore le plan dans lequel il voyait les

the short duration of these states of the soul, saw in them something not, as everyone else saw, less serious than the events of everyday life, but, on the contrary, so far superior to everyday life as to be alone worthy of the trouble of expressing it. Those graces of an intimate sorrow, 'twas them that the phrase endeavoured to imitate, to create anew; and even their essence, for all that it consists in being incommunicable and in appearing trivial to everyone save him who has experience of them, the little phrase had captured, had rendered visible. So much so that it made their value be confessed, their divine sweetness be tasted by all those same onlookers—provided only that they were in any sense musical—who, the next moment, would ignore, would disown them in real life, in every individual love that came into being beneath their eyes. Doubtless the form in which it had codified those graces could not be analysed into any logical elements. But ever since, more than a year before, discovering to him many of the riches of his own soul, the love of music had been born, and for a time at least had dwelt in him, Swann had regarded musical *motifs* as actual ideas, of another world, of another order, ideas veiled in shadows, unknown, impenetrable by the human mind, which none the less were perfectly distinct one from another, unequal among themselves in value and in significance. When, after that first evening at the Verdurins', he had had the little phrase played over to him again, and had sought to disentangle from his confused impressions how it was that, like a perfume or a caress, it swept over and enveloped him, he had observed that it was to the closeness of the intervals between the five notes which composed it and to the constant repetition of two of them that was due that impression of a frigid, a contracted sweetness; but in reality he knew that he was basing this conclusion not upon the phrase itself, but merely upon certain equivalents, substituted (for his mind's convenience) for the mysterious entity of which he had become aware, before ever he knew the Verdurins, at that earlier party, when for the first time he had heard the sonata played. He knew that his memory of the piano falsified still further the perspective in which

choses de la musique, que le champ ouvert au musicien n'est pas un clavier mesquin de sept notes, mais un clavier incommensurable, encore presque tout entier inconnu, où seulement çà et là, séparées par d'épaisses ténèbres inexplorées, quelques-unes des millions de touches de tendresse, de passion, de courage, de sérénité, qui le composent, chacune aussi différente des autres qu'un univers d'un autre univers, ont été découvertes par quelques grands artistes qui nous rendent le service, en éveillant en nous le correspondant du thème qu'ils ont trouvé, de nous montrer quelle richesse, quelle variété, cache à notre insu cette grande nuit impénétrée et décourageante de notre âme que nous prenons pour du vide et pour du néant. Vinteuil avait été l'un de ces musiciens. En sa petite phrase, quoiqu'elle présentât à la raison une surface obscure, on sentait un contenu si consistant, si explicite, auquel elle donnait une force si nouvelle, si originale, que ceux qui l'avaient entendue la conservaient en eux de plain-pied avec les idées de l'intelligence. Swann s'y reportait comme à une conception de l'amour et du bonheur dont immédiatement il savait aussi bien en quoi elle était particulière, qu'il le savait pour la «Princesse de Clèves», ou pour «René», quand leur nom se présentait à sa mémoire. Même quand il ne pensait pas à la petite phrase, elle existait latente dans son esprit au même titre que certaines autres notions sans équivalent, comme les notions de la lumière, du son, du relief, de la volupté physique, qui sont les riches possessions dont se diversifie et se pare notre domaine intérieur. Peut-être les perdrons-nous, peut-être s'effaceront-elles, si nous retournons au néant. Mais tant que nous vivons nous ne pouvons pas plus faire que nous ne les ayons connues que nous ne le pouvons pour quelque objet réel, que nous ne pouvons, par exemple, douter de la lumière de la lampe qu'on allume devant les objets métamorphosés de notre chambre d'où s'est échappé jusqu'au souvenir de l'obscurité. Par là, la phrase de Vinteuil avait, comme tel thème de *Tristan*

he saw the music, that the field open to the musician is not a miserable stave of seven notes, but an immeasurable keyboard (still, almost all of it, unknown), on which, here and there only, separated by the gross darkness of its unexplored tracts, some few among the millions of keys, keys of tenderness, of passion, of courage, of serenity, which compose it, each one differing from all the rest as one universe differs from another, have been discovered by certain great artists who do us the service, when they awaken in us the emotion corresponding to the theme which they have found, of shewing us what richness, what variety lies hidden, unknown to us, in that great black impenetrable night, discouraging exploration, of our soul, which we have been content to regard as valueless and waste and void. Vinteuil had been one of those musicians. In his little phrase, albeit it presented to the mind's eye a clouded surface, there was contained, one felt, a matter so consistent, so explicit, to which the phrase gave so new, so original a force, that those who had once heard it preserved the memory of it in the treasure-chamber of their minds. Swann would repair to it as to a conception of love and happiness, of which at once he knew as well in what respects it was peculiar as he would know of the *Princesse de Clèves,* or of *René,* should either of those titles occur to him. Even when he was not thinking of the little phrase, it existed, latent, in his mind, in the same way as certain other conceptions without material equivalent, such as our notions of light, of sound, of perspective, of bodily desire, the rich possessions wherewith our inner temple is diversified and adorned. Perhaps we shall lose them, perhaps they will be obliterated, if we return to nothing in the dust. But so long as we are alive, we can no more bring ourselves to a state in which we shall not have known them than we can with regard to any material object, than we can, for example, doubt the luminosity of a lamp that has just been lighted, in view of the changed aspect of everything in the room, from which has vanished even the memory of the darkness. In that way Vinteuil's phrase, like some theme, say, in *Tristan,*

par exemple, qui nous représente aussi une certaine acquisition sentimentale, épousé notre condition mortelle, pris quelque chose d'humain qui était assez touchant. Son sort était lié à l'avenir, à la réalité de notre âme dont elle était un des ornements les plus particuliers, les mieux différenciés. Peut-être est-ce le néant qui est le vrai et tout notre rêve est-il inexistant, mais alors nous sentons qu'il faudra que ces phrases musicales, ces notions qui existent par rapport à lui, ne soient rien non plus. Nous périrons mais nous avons pour otages ces captives divines qui suivront notre chance. Et la mort avec elles a quelque chose de moins amer, de moins inglorieux, peut-être de moins probable.

Swann n'avait donc pas tort de croire que la phrase de la sonate existât réellement. Certes, humaine à ce point de vue, elle appartenait pourtant à un ordre de créatures surnaturelles et que nous n'avons jamais vues, mais que malgré cela nous reconnaissons avec ravissement quand quelque explorateur de l'invisible arrive à en capter une, à l'amener, du monde divin où il a accès, briller quelques instants au-dessus du nôtre. C'est ce que Vinteuil avait fait pour la petite phrase. Swann sentait que le compositeur s'était contenté, avec ses instruments de musique, de la dévoiler, de la rendre visible, d'en suivre et d'en respecter le dessin d'une main si tendre, si prudente, si délicate et si sûre que le son s'altérait à tout moment, s'estompant pour indiquer une ombre, revivifié quand il lui fallait suivre à la piste un plus hardi contour. Et une preuve que Swann ne se trompait pas quand il croyait à l'existence réelle de cette phrase, c'est que tout amateur un peu fin se fût tout de suite aperçu de l'imposture, si Vinteuil ayant eu moins de puissance pour en voir et en rendre les formes, avait cherché à dissimuler, en ajoutant çà et là des traits de son cru, les lacunes de sa vision ou les défaillances de sa main.

Elle avait disparu. Swann savait qu'elle reparaîtrait à la fin du dernier mouvement, après tout un long morceau que le pianiste de Mme Verdurin sautait toujours.

which represents to us also a certain acquisition of sentiment, has espoused our mortal state, had endued a vesture of humanity that was affecting enough. Its destiny was linked, for the future, with that of the human soul, of which it was one of the special, the most distinctive ornaments. Perhaps it is not-being that is the true state, and all our dream of life is without existence; but, if so, we feel that it must be that these phrases of music, these conceptions which exist in relation to our dream, are nothing either. We shall perish, but we have for our hostages these divine captives who shall follow and share our fate. And death in their company is something less bitter, less inglorious, perhaps even less certain.

So Swann was not mistaken in believing that the phrase of the sonata did, really, exist. Human as it was from this point of view, it belonged, none the less, to an order of supernatural creatures whom we have never seen, but whom, in spite of that, we recognise and acclaim with rapture when some explorer of the unseen contrives to coax one forth, to bring it down from that divine world to which he has access to shine for a brief moment in the firmament of ours. This was what Vinteuil had done for the little phrase. Swann felt that the composer had been content (with the musical instruments at his disposal) to draw aside its veil, to make it visible, following and respecting its outlines with a hand so loving, so prudent, so delicate and so sure, that the sound altered at every moment, blunting itself to indicate a shadow, springing back into life when it must follow the curve of some more bold projection. And one proof that Swann was not mistaken when he believed in the real existence of this phrase, was that anyone with an ear at all delicate for music would at once have detected the imposture had Vinteuil, endowed with less power to see and to render its forms, sought to dissemble (by adding a line, here and there, of his own invention) the dimness of his vision or the feebleness of his hand.

The phrase had disappeared. Swann knew that it would come again at the end of the last movement, after a long passage which Mme. Verdurin's pianist always 'skipped.'

Il y avait là d'admirables idées que Swann n'avait pas distinguées à la première audition et qu'il percevait maintenant, comme si elles se fussent, dans le vestiaire de sa mémoire, débarrassées du déguisement uniforme de la nouveauté. Swann écoutait tous les thèmes épars qui entreraient dans la composition de la phrase, comme les prémisses dans la conclusion nécessaire, il assistait à sa genèse. «O audace aussi géniale peut-être, se disait-il, que celle d'un Lavoisier, d'un Ampère, l'audace d'un Vinteuil expérimentant, découvrant les lois secrètes d'une force inconnue, menant à travers l'inexploré, vers le seul but possible, l'attelage invisible auquel il se fie et qu'il n'apercevra jamais.» Le beau dialogue que Swann entendit entre le piano et le violon au commencement du dernier morceau! La suppression des mots humains, loin d'y laisser régner la fantaisie, comme on aurait pu croire, l'en avait éliminée; jamais le langage parlé ne fut si inflexiblement nécessité, ne connut à ce point la pertinence des questions, l'évidence des réponses. D'abord le piano solitaire se plaignit, comme un oiseau abandonné de sa compagne; le violon l'entendit, lui répondit comme d'un arbre voisin. C'était comme au commencement du monde, comme s'il n'y avait encore eu qu'eux deux sur la terre, ou plutôt dans ce monde fermé à tout le reste, construit par la logique d'un créateur et où ils ne seraient jamais que tous les deux: cette sonate. Est-ce un oiseau, est-ce l'âme incomplète encore de la petite phrase, est-ce une fée, invisible et gémissant dont le piano ensuite redisait tendrement la plainte? Ses cris étaient si soudains que le violoniste devait se précipiter sur son archet pour les recueillir. Merveilleux oiseau! le violoniste semblait vouloir le charmer, l'apprivoiser, le capter. Déjà il avait passé dans son âme, déjà la petite phrase évoquée agitait comme celui d'un médium le corps vraiment possédé du violoniste. Swann savait qu'elle allait parler encore une fois. Et il s'était si bien dédoublé que l'attente de l'instant imminent où il allait se retrouver en face d'elle le secoua d'un de ces

There were in this passage some admirable ideas which Swann had not distinguished on first hearing the sonata, and which he now perceived, as if they had, in the cloakroom of his memory, divested themselves of their uniform disguise of novelty. Swann listened to all the scattered themes which entered into the composition of the phrase, as its premises enter into the inevitable conclusion of a syllogism; he was assisting at the mystery of its birth. "Audacity," he exclaimed to himself, "as inspired, perhaps, as a Lavoisier's or an Ampere's, the audacity of a Vinteuil making experiment, discovering the secret laws that govern an unknown force, driving across a region unexplored towards the one possible goal the invisible team in which he has placed his trust and which he never may discern!" How charming the dialogue which Swann now heard between piano and violin, at the beginning of the last passage. The suppression of human speech, so far from letting fancy reign there uncontrolled (as one might have thought), had eliminated it altogether. Never was spoken language of such inflexible necessity, never had it known questions so pertinent, such obvious replies. At first the piano complained alone, like a bird deserted by its mate; the violin heard and answered it, as from a neighbouring tree. It was as at the first beginning of the world, as if there were not yet but these twain upon the earth, or rather in this world closed against all the rest, so fashioned by the logic of its creator that in it there should never be any but themselves; the world of this sonata. Was it a bird, was it the soul, not yet made perfect, of the little phrase, was it a fairy, invisibly somewhere lamenting, whose plaint the piano heard and tenderly repeated? Its cries were so sudden that the violinist must snatch up his bow and race to catch them as they came. Marvellous bird! The violinist seemed to wish to charm, to tame, to woo, to win it. Already it had passed into his soul, already the little phrase which it evoked shook like a medium's the body of the violinist, 'possessed' indeed. Swann knew that the phrase was going to speak to him once again. And his personality was now so divided that the strain of waiting for the imminent moment when he would find himself face to face, once more, with the phrase, convulsed him in one of those

sanglots qu'un beau vers ou une triste nouvelle provoquent en nous, non pas quand nous sommes seuls, mais si nous les apprenons à des amis en qui nous nous apercevons comme un autre dont l'émotion probable les attendrit. Elle reparut, mais cette fois pour se suspendre dans l'air et se jouer un instant seulement, comme immobile, et pour expirer après. Aussi Swann ne perdait-il rien du temps si court où elle se prorogeait. Elle était encore là comme une bulle irisée qui se soutient. Tel un arc-en-ciel, dont l'éclat faiblit, s'abaisse, puis se relève et avant de s'éteindre, s'exalte un moment comme il n'avait pas encore fait: aux deux couleurs qu'elle avait jusque-là laissé paraître, elle ajouta d'autres cordes diaprées, toutes celles du prisme, et les fit chanter. Swann n'osait pas bouger et aurait voulu faire tenir tranquilles aussi les autres personnes, comme si le moindre mouvement avait pu compromettre le prestige surnaturel, délicieux et fragile qui était si près de s'évanouir. Personne, à dire vrai, ne songeait à parler. La parole ineffable d'un seul absent, peut-être d'un mort (Swann ne savait pas si Vinteuil vivait encore) s'exhalant au-dessus des rites de ces officiants, suffisait à tenir en échec l'attention de trois cents personnes, et faisait de cette estrade où une âme était ainsi évoquée un des plus nobles autels où pût s'accomplir une cérémonie surnaturelle. De sorte que quand la phrase se fut enfin défaite flottant en lambeaux dans les motifs suivants qui déjà avaient pris sa place, si Swann au premier instant fut irrité de voir la comtesse de Monteriender, célèbre par ses naïvetés, se pencher vers lui pour lui confier ses impressions avant même que la sonate fût finie, il ne put s'empêcher de sourire, et peut-être de trouver aussi un sens profond qu'elle n'y voyait pas, dans les mots dont elle se servit. Émerveillée par la virtuosité des exécutants, la comtesse s'écria en s'adressant à Swann: «C'est prodigieux, je n'ai jamais rien vu d'aussi fort...» Mais un scrupule d'exactitude lui faisant corriger cette première assertion, elle ajouta cette réserve: «rien d'aussi fort... depuis les tables tournantes!»

sobs which a fine line of poetry or a piece of alarming news will wring from us, not when we are alone, but when we repeat one or the other to a friend, in whom we see ourselves reflected, like a third person, whose probable emotion softens him. It reappeared, but this time to remain poised in the air, and to sport there for a moment only, as though immobile, and shortly to expire. And so Swann lost nothing of the precious time for which it lingered. It was still there, like an iridescent bubble that floats for a while unbroken. As a rainbow, when its brightness fades, seems to subside, then soars again and, before it is extinguished, is glorified with greater splendour than it has ever shewn; so to the two colours which the phrase had hitherto allowed to appear it added others now, chords shot with every hue in the prism, and made them sing. Swann dared not move, and would have liked to compel all the other people in the room to remain still also, as if the slightest movement might embarrass the magic presence, supernatural, delicious, frail, that would so easily vanish. But no one, as it happened, dreamed of speaking. The ineffable utterance of one solitary man, absent, perhaps dead (Swann did not know whether Vinteuil were still alive), breathed out above the rites of those two hierophants, sufficed to arrest the attention of three hundred minds, and made of that stage on which a soul was thus called into being one of the noblest altars on which a supernatural ceremony could be performed. It followed that, when the phrase at last was finished, and only its fragmentary echoes floated among the subsequent themes which had already taken its place, if Swann at first was annoyed to see the Comtesse de Monteriender, famed for her imbecilities, lean over towards him to confide in him her impressions, before even the sonata had come to an end; he could not refrain from smiling, and perhaps also found an underlying sense, which she was incapable of perceiving, in the words that she used. Dazzled by the virtuosity of the performers, the Comtesse exclaimed to Swann: "It's astonishing! I have never seen anything to beat it . . ." But a scrupulous regard for accuracy making her correct her first assertion, she added the reservation: "anything to beat it . . . since the table-turning!"

A partir de cette soirée, Swann comprit que le sentiment qu'Odette avait eu pour lui ne renaîtrait jamais, que ses espérances de bonheur ne se réaliseraient plus. Et les jours où par hasard elle avait encore été gentille et tendre avec lui, si elle avait eu quelque attention, il notait ces signes apparents et menteurs d'un léger retour vers lui, avec cette sollicitude attendrie et sceptique, cette joie désespérée de ceux qui, soignant un ami arrivé aux derniers jours d'une maladie incurable, relatent comme des faits précieux «hier, il a fait ses comptes lui-même et c'est lui qui a relevé une erreur d'addition que nous avions faite; il a mangé un œuf avec plaisir, s'il le digère bien on essaiera demain d'une côtelette», quoiqu'ils les sachent dénués de signification à la veille d'une mort inévitable. Sans doute Swann était certain que s'il avait vécu maintenant loin d'Odette, elle aurait fini par lui devenir indifférente, de sorte qu'il aurait été content qu'elle quittât Paris pour toujours; il aurait eu le courage de rester; mais il n'avait pas celui de partir.

Il en avait eu souvent la pensée. Maintenant qu'il s'était remis à son étude sur Ver Meer il aurait eu besoin de retourner au moins quelques jours à la Haye, à Dresde, à Brunswick. Il était persuadé qu'une «Toilette de Diane» qui avait été achetée par le Mauritshuis à la vente Goldschmidt comme un Nicolas Maes était en réalité de Ver Meer. Et il aurait voulu pouvoir étudier le tableau sur place pour étayer sa conviction. Mais quitter Paris pendant qu'Odette y était et même quand elle était absente—car dans des lieux nouveaux où les sensations ne sont pas amorties par l'habitude, on retrempe, on ranime une douleur—c'était pour lui un projet si cruel, qu'il ne se sentait capable d'y penser sans cesse que parce qu'il se savait résolu à ne l'exécuter jamais. Mais il arrivait qu'en dormant, l'intention du voyage renaissait en lui—sans qu'il se rappelât que ce voyage était impossible—et elle s'y réalisait. Un jour il rêva qu'il partait pour un an;

From that evening, Swann understood that the feeling which Odette had once had for him would never revive, that his hopes of happiness would not be realised now. And the days on which, by a lucky chance, she had once more shewn herself kind and loving to him, or if she had paid him any attention, he recorded those apparent and misleading signs of a slight movement on her part towards him with the same tender and sceptical solicitude, the desperate joy that people reveal who, when they are nursing a friend in the last days of an incurable malady, relate, as significant facts of infinite value: "Yesterday he went through his accounts himself, and actually corrected a mistake that we had made in adding them up; he ate an egg to-day and seemed quite to enjoy it, if he digests it properly we shall try him with a cutlet to-morrow,"—although they themselves know that these things are meaningless on the eve of an inevitable death. No doubt Swann was assured that if he had now been living at a distance from Odette he would gradually have lost all interest in her, so that he would have been glad to learn that she was leaving Paris for ever; he would have had the courage to remain there; but he had not the courage to go.

He had often thought of going. Now that he was once again at work upon his essay on Vermeer, he wanted to return, for a few days at least, to The Hague, to Dresden, to Brunswick. He was certain that a 'Toilet of Diana' which had been acquired by the Mauritshuis at the Goldschmidt sale as a Nicholas Maes was in reality a Vermeer. And he would have liked to be able to examine the picture on the spot, so as to strengthen his conviction. But to leave Paris while Odette was there, and even when she was not there—for in strange places where our sensations have not been numbed by habit, we refresh, we revive an old pain—was for him so cruel a project that he felt himself to be capable of entertaining it incessantly in his mind only because he knew himself to be resolute in his determination never to put it into effect. But it would happen that, while he was asleep, the intention to travel would reawaken in him (without his remembering that this particular tour was impossible) and would be realised. One night he dreamed that he was going away for a year;

penché à la portière du wagon vers un jeune homme qui sur le quai lui disait adieu en pleurant, Swann cherchait à le convaincre de partir avec lui. Le train s'ébranlant, l'anxiété le réveilla, il se rappela qu'il ne partait pas, qu'il verrait Odette ce soir-là, le lendemain et presque chaque jour. Alors encore tout ému de son rêve, il bénit les circonstances particulières qui le rendaient indépendant, grâce auxquelles il pouvait rester près d'Odette, et aussi réussir à ce qu'elle lui permît de la voir quelquefois; et, récapitulant tous ces avantages: sa situation—sa fortune, dont elle avait souvent trop besoin pour ne pas reculer devant une rupture (ayant même, disait-on, une arrière-pensée de se faire épouser par lui)—cette amitié de M. de Charlus, qui à vrai dire ne lui avait jamais fait obtenir grand'chose d'Odette, mais lui donnait la douceur de sentir qu'elle entendait parler de lui d'une manière flatteuse par cet ami commun pour qui elle avait une si grande estime—et jusqu'à son intelligence enfin, qu'il employait tout entière à combiner chaque jour une intrigue nouvelle qui rendît sa présence sinon agréable, du moins nécessaire à Odette—il songea à ce qu'il serait devenu si tout cela lui avait manqué, il songea que s'il avait été, comme tant d'autres, pauvre, humble, dénué, obligé d'accepter toute besogne, ou lié à des parents, à une épouse, il aurait pu être obligé de quitter Odette, que ce rêve dont l'effroi était encore si proche aurait pu être vrai, et il se dit: «On ne connaît pas son bonheur. On n'est jamais aussi malheureux qu'on croit.» Mais il compta que cette existence durait déjà depuis plusieurs années, que tout ce qu'il pouvait espérer c'est qu'elle durât toujours, qu'il sacrifierait ses travaux, ses plaisirs, ses amis, finalement toute sa vie à l'attente quotidienne d'un rendez-vous qui ne pouvait rien lui apporter d'heureux, et il se demanda s'il ne se trompait pas, si ce qui avait favorisé sa liaison et en avait empêché la rupture n'avait pas desservi sa destinée, si l'événement désirable,

leaning from the window of the train towards a young man on the platform who wept as he bade him farewell, he was seeking to persuade this young man to come away also. The train began to move; he awoke in alarm, and remembered that he was not going away, that he would see Odette that evening, and next day and almost every day. And then, being still deeply moved by his dream, he would thank heaven for those special circumstances which made him independent, thanks to which he could remain in Odette's vicinity, and could even succeed in making her allow him to see her sometimes; and, counting over the list of his advantages: his social position—his fortune, from which she stood too often in need of assistance not to shrink from the prospect of a definite rupture (having even, so people said, an ulterior plan of getting him to marry her)—his friendship with M. de Charlus, which, it must be confessed, had never won him any very great favour from Odette, but which gave him the pleasant feeling that she was always hearing complimentary things said about him by this common friend for whom she had so great an esteem—and even his own intelligence, the whole of which he employed in weaving, every day, a fresh plot which would make his presence, if not agreeable, at any rate necessary to Odette—he thought of what might have happened to him if all these advantages had been lacking, he thought that, if he had been, like so many other men, poor and humble, without resources, forced to undertake any task that might be offered to him, or tied down by parents or by a wife, he might have been obliged to part from Odette, that that dream, the terror of which was still so recent, might well have been true; and he said to himself: "People don't know when they are happy. They're never so unhappy as they think they are." But he reflected that this existence had lasted already for several years, that all that he could now hope for was that it should last for ever, that he would sacrifice his work, his pleasures, his friends, in fact the whole of his life to the daily expectation of a meeting which, when it occurred, would bring him no happiness; and he asked himself whether he was not mistaken, whether the circumstances that had favoured their relations and had prevented a final rupture had not done a disservice to his career, whether the outcome to be desired

ce n'aurait pas été celui dont il se réjouissait tant qu'il n'eût eu lieu qu'en rêve: son départ; il se dit qu'on ne connaît pas son malheur, qu'on n'est jamais si heureux qu'on croit.

Quelquefois il espérait qu'elle mourrait sans souffrances dans un accident, elle qui était dehors, dans les rues, sur les routes, du matin au soir. Et comme elle revenait saine et sauve, il admirait que le corps humain fût si souple et si fort, qu'il pût continuellement tenir en échec, déjouer tous les périls qui l'environnent (et que Swann trouvait innombrables depuis que son secret désir les avait supputés), et permît ainsi aux êtres de se livrer chaque jour et à peu près impunément à leur œuvre de mensonge, à la poursuite du plaisir. Et Swann sentait bien près de son cœur ce Mahomet II dont il aimait le portrait par Bellini et qui, ayant senti qu'il était devenu amoureux fou d'une de ses femmes la poignarda afin, dit naïvement son biographe vénitien, de retrouver sa liberté d'esprit. Puis il s'indignait de ne penser ainsi qu'à soi, et les souffrances qu'il avait éprouvées lui semblaient ne mériter aucune pitié puisque lui-même faisait si bon marché de la vie d'Odette.

Ne pouvant se séparer d'elle sans retour, du moins, s'il l'avait vue sans séparations, sa douleur aurait fini par s'apaiser et peut-être son amour par s'éteindre. Et du moment qu'elle ne voulait pas quitter Paris à jamais, il eût souhaité qu'elle ne le quittât jamais. Du moins comme il savait que la seule grande absence qu'elle faisait était tous les ans celle d'août et septembre, il avait le loisir plusieurs mois d'avance d'en dissoudre l'idée amère dans tout le Temps à venir qu'il portait en lui par anticipation et qui, composé de jours homogènes aux jours actuels, circulait transparent et froid en son esprit où il entretenait la tristesse, mais sans lui causer de trop vives souffrances. Mais cet avenir intérieur, ce fleuve, incolore, et libre, voici qu'une seule parole d'Odette venait l'atteindre jusqu'en Swann et, comme un morceau de glace, l'immobilisait, durcissait sa fluidité,

was not that as to which he rejoiced that it happened only in dreams—his own departure; and he said to himself that people did not know when they were unhappy, that they were never so happy as they supposed.

Sometimes he hoped that she would die, painlessly, in some accident, she who was out of doors in the streets, crossing busy thoroughfares, from morning to night. And as she always returned safe and sound, he marvelled at the strength, at the suppleness of the human body, which was able continually to hold in check, to outwit all the perils that environed it (which to Swann seemed innumerable, since his own secret desire had strewn them in her path), and so allowed its occupant, the soul, to abandon itself, day after day, and almost with impunity, to its career of mendacity, to the pursuit of pleasure. And Swann felt a very cordial sympathy with that Mahomet II whose portrait by Bellini he admired, who, on finding that he had fallen madly in love with one of his wives, stabbed her, in order, as his Venetian biographer artlessly relates, to recover his spiritual freedom. Then he would be ashamed of thinking thus only of himself, and his own sufferings would seem to deserve no pity now that he himself was disposing so cheaply of Odette's very life.

Since he was unable to separate himself from her without a subsequent return, if at least he had seen her continuously and without separations his grief would ultimately have been assuaged, and his love would, perhaps, have died. And from the moment when she did not wish to leave Paris for ever he had hoped that she would never go. As he knew that her one prolonged absence, every year, was in August and September, he had abundant opportunity, several months in advance, to dissociate from it the grim picture of her absence throughout Eternity which was lodged in him by anticipation, and which, consisting of days closely akin to the days through which he was then passing, floated in a cold transparency in his mind, which it saddened and depressed, though without causing him any intolerable pain. But that conception of the future, that flowing stream, colourless and unconfined, a single word from Odette sufficed to penetrate through all Swann's defences, and like a block of ice immobilised it, congealed its fluidity,

le faisait geler tout entier; et Swann s'était senti soudain rempli d'une masse énorme et infrangible qui pesait sur les parois intérieures de son être jusqu'à le faire éclater: c'est qu'Odette lui avait dit, avec un regard souriant et sournois qui l'observait: «Forcheville va faire un beau voyage, à la Pentecôte. Il va en Égypte», et Swann avait aussitôt compris que cela signifiait: «Je vais aller en Égypte à la Pentecôte avec Forcheville.» Et en effet, si quelques jours après, Swann lui disait: «Voyons, à propos de ce voyage que tu m'as dit que tu ferais avec Forcheville», elle répondait étourdiment: «Oui, mon petit, nous partons le 19, on t'enverra une vue des Pyramides.» Alors il voulait apprendre si elle était la maîtresse de Forcheville, le lui demander à elle-même. Il savait que, superstitieuse comme elle était, il y avait certains parjures qu'elle ne ferait pas et puis la crainte, qui l'avait retenu jusqu'ici, d'irriter Odette en l'interrogeant, de se faire détester d'elle, n'existait plus maintenant qu'il avait perdu tout espoir d'en être jamais aimé.

Un jour il reçut une lettre anonyme, qui lui disait qu'Odette avait été la maîtresse d'innombrables hommes (dont on lui citait quelques-uns parmi lesquels Forcheville, M. de Bréauté et le peintre), de femmes, et qu'elle fréquentait les maisons de passe. Il fut tourmenté de penser qu'il y avait parmi ses amis un être capable de lui avoir adressé cette lettre (car par certains détails elle révélait chez celui qui l'avait écrite une connaissance familière de la vie de Swann). Il chercha qui cela pouvait être. Mais il n'avait jamais eu aucun soupçon des actions inconnues des êtres, de celles qui sont sans liens visibles avec leurs propos. Et quand il voulut savoir si c'était plutôt sous le caractère apparent de M. de Charlus, de M. des Laumes, de M. d'Orsan, qu'il devait situer la région inconnue où cet acte ignoble avait dû naître, comme aucun de ces hommes n'avait jamais approuvé devant lui les lettres anonymes et que tout ce qu'ils lui avaient dit impliquait qu'ils les réprouvaient, il ne vit pas de raisons pour relier cette infamie plutôt à la nature de l'un que de l'autre. Celle de M. de

made it freeze altogether; and Swann felt himself suddenly filled with an enormous and unbreakable mass which pressed on the inner walls of his consciousness until he was fain to burst asunder; for Odette had said casually, watching him with a malicious smile: "Forcheville is going for a fine trip at Whitsuntide. He's going to Egypt!" and Swann had at once understood that this meant: "I am going to Egypt at Whitsuntide with Forcheville." And, in fact, if, a few days later, Swann began: "About that trip that you told me you were going to take with Forcheville," she would answer carelessly: "Yes, my dear boy, we're starting on the 19th; we'll send you a 'view' of the Pyramids." Then he was determined to know whether she was Forcheville's mistress, to ask her point-blank, to insist upon her telling him. He knew that there were some perjuries which, being so superstitious, she would not commit, and besides, the fear, which had hitherto restrained his curiosity, of making Odette angry if he questioned her, of making himself odious, had ceased to exist now that he had lost all hope of ever being loved by her.

One day he received an anonymous letter which told him that Odette had been the mistress of countless men (several of whom it named, among them Forcheville, M. de Bréauté and the painter) and women, and that she frequented houses of ill-fame. He was tormented by the discovery that there was to be numbered among his friends a creature capable of sending him such a letter (for certain details betrayed in the writer a familiarity with his private life). He wondered who it could be. But he had never had any suspicion with regard to the unknown actions of other people, those which had no visible connection with what they said. And when he wanted to know whether it was rather beneath the apparent character of M. de Charlus, or of M. des Laumes, or of M. d'Orsan that he must place the untravelled region in which this ignoble action might have had its birth; as none of these men had ever, in conversation with Swann, suggested that he approved of anonymous letters, and as everything that they had ever said to him implied that they strongly disapproved, he saw no further reason for associating this infamy with the character of any one of them more than with the rest. M. de

Charlus était un peu d'un détraqué mais foncièrement bonne et tendre; celle de M. des Laumes un peu sèche mais saine et droite. Quant à M. d'Orsan, Swann, n'avait jamais rencontré personne qui dans les circonstances même les plus tristes vînt à lui avec une parole plus sentie, un geste plus discret et plus juste. C'était au point qu'il ne pouvait comprendre le rôle peu délicat qu'on prêtait à M. d'Orsan dans la liaison qu'il avait avec une femme riche, et que chaque fois que Swann pensait à lui il était obligé de laisser de côté cette mauvaise réputation inconciliable avec tant de témoignages certains de délicatesse. Un instant Swann sentit que son esprit s'obscurcissait et il pensa à autre chose pour retrouver un peu de lumière. Puis il eut le courage de revenir vers ces réflexions. Mais alors après n'avoir pu soupçonner personne, il lui fallut soupçonner tout le monde. Après tout M. de Charlus l'aimait, avait bon cœur. Mais c'était un névropathe, peut-être demain pleurerait-il de le savoir malade, et aujourd'hui par jalousie, par colère, sur quelque idée subite qui s'était emparée de lui, avait-il désiré lui faire du mal. Au fond, cette race d'hommes est la pire de toutes. Certes, le prince des Laumes était bien loin d'aimer Swann autant que M. de Charlus. Mais à cause de cela même il n'avait pas avec lui les mêmes susceptibilités; et puis c'était une nature froide sans doute, mais aussi incapable de vilenies que de grandes actions. Swann se repentait de ne s'être pas attaché, dans la vie, qu'à de tels êtres. Puis il songeait que ce qui empêche les hommes de faire du mal à leur prochain, c'est la bonté, qu'il ne pouvait au fond répondre que de natures analogues à la sienne, comme était, à l'égard du cœur, celle de M. de Charlus. La seule pensée de faire cette peine à Swann eût révolté celui-ci. Mais avec un homme insensible, d'une autre humanité, comme était le prince des Laumes, comment prévoir à quels actes pouvaient le conduire des mobiles d'une essence différente. Avoir du cœur c'est tout, et M. de Charlus

Charlus was somewhat inclined to eccentricity, but he was fundamentally good and kind; M. des Laumes was a trifle dry, but wholesome and straight. As for M. d'Orsan, Swann had never met anyone who, even in the most depressing circumstances, would come to him with a more heartfelt utterance, would act more properly or with more discretion. So much so that he was unable to understand the rather indelicate part commonly attributed to M. d'Orsan in his relations with a certain wealthy woman, and that whenever he thought of him he was obliged to set that evil reputation on one side, as irreconcilable with so many unmistakable proofs of his genuine sincerity and refinement. For a moment Swann felt that his mind was becoming clouded, and he thought of something else so as to recover a little light; until he had the courage to return to those other reflections. But then, after not having been able to suspect anyone, he was forced to suspect everyone that he knew. After all, M. de Charlus might be most fond of him, might be most good-natured; but he was a neuropath; to-morrow, perhaps, he would burst into tears on hearing that Swann was ill; and to-day, from jealousy, or in anger, or carried away by some sudden idea, he might have wished to do him a deliberate injury. Really, that kind of man was the worst of all. The Prince des Laumes was, certainly, far less devoted to Swann than was M. de Charlus. But for that very reason he had not the same susceptibility with regard to him; and besides, his was a nature which, though, no doubt, it was cold, was as incapable of a base as of a magnanimous action. Swann regretted that he had formed no attachments in his life except to such people. Then he reflected that what prevents men from doing harm to their neighbours is fellow-feeling, that he could not, in the last resort, answer for any but men whose natures were analogous to his own, as was, so far as the heart went, that of M. de Charlus. The mere thought of causing Swann so much distress would have been revolting to him. But with a man who was insensible, of another order of humanity, as was the Prince des Laumes, how was one to foresee the actions to which he might be led by the promptings of a different nature? To have a good heart was everything, and M. de Charlus

en avait. M. d'Orsan n'en manquait pas non plus et ses relations cordiales mais peu intimes avec Swann, nées de l'agrément que, pensant de même sur tout, ils avaient à causer ensemble, étaient de plus de repos que l'affection exaltée de M. de Charlus, capable de se porter à des actes de passion, bons ou mauvais. S'il y avait quelqu'un par qui Swann s'était toujours senti compris et délicatement aimé, c'était par M. d'Orsan. Oui, mais cette vie peu honorable qu'il menait? Swann regrettait de n'en avoir pas tenu compte, d'avoir souvent avoué en plaisantant qu'il n'avait jamais éprouvé si vivement des sentiments de sympathie et d'estime que dans la société d'une canaille. Ce n'est pas pour rien, se disait-il maintenant, que depuis que les hommes jugent leur prochain, c'est sur ses actes. Il n'y a que cela qui signifie quelque chose, et nullement ce que nous disons, ce que nous pensons. Charlus et des Laumes peuvent avoir tels ou tels défauts, ce sont d'honnêtes gens. Orsan n'en a peut-être pas, mais ce n'est pas un honnête homme. Il a pu mal agir une fois de plus. Puis Swann soupçonna Rémi, qui il est vrai n'aurait pu qu'inspirer la lettre, mais cette piste lui parut un instant la bonne. D'abord Lorédan avait des raisons d'en vouloir à Odette. Et puis comment ne pas supposer que nos domestiques, vivant dans une situation inférieure à la nôtre, ajoutant à notre fortune et à nos défauts des richesses et des vices imaginaires pour lesquels ils nous envient et nous méprisent, se trouveront fatalement amenés à agir autrement que des gens de notre monde. Il soupçonna aussi mon grand-père. Chaque fois que Swann lui avait demandé un service, ne le lui avait-il pas toujours refusé? puis avec ses idées bourgeoises il avait pu croire agir pour le bien de Swann. Celui-ci soupçonna encore Bergotte, le peintre, les Verdurin, admira une fois de plus au passage la sagesse des gens du monde de ne pas vouloir frayer avec ces milieux artistes où de telles choses sont possibles, peut-être même avouées sous le nom de bonnes farces; mais

had one. But M. d'Orsan was not lacking in that either, and his relations with Swann—cordial, but scarcely intimate, arising from the pleasure which, as they held the same views about everything, they found in talking together—were more quiescent than the enthusiastic affection of M. de Charlus, who was apt to be led into passionate activity, good or evil. If there was anyone by whom Swann felt that he had always been understood, and (with delicacy) loved, it was M. d'Orsan. Yes, but the life he led; it could hardly be called honourable. Swann regretted that he had never taken any notice of those rumours, that he himself had admitted, jestingly, that he had never felt so keen a sense of sympathy, or of respect, as when he was in thoroughly 'detrimental' society. "It is not for nothing," he now assured himself, "that when people pass judgment upon their neighbour, their finding is based upon his actions. It is those alone that are significant, and not at all what we say or what we think. Charlus and des Laumes may have this or that fault, but they are men of honour. Orsan, perhaps, has not the same faults, but he is not a man of honour. He may have acted dishonourably once again." Then he suspected Rémi, who, it was true, could only have inspired the letter, but he now felt himself, for a moment, to be on the right track. To begin with, Loredan had his own reasons for wishing harm to Odette. And then, how were we not to suppose that our servants, living in a situation inferior to our own, adding to our fortunes and to our frailties imaginary riches and vices for which they at once envied and despised us, should not find themselves led by fate to act in a manner abhorrent to people of our own class? He also suspected my grandfather. On every occasion when Swann had asked him to do him any service, had he not invariably declined? Besides, with his ideas of middle-class respectability, he might have thought that he was acting for Swann's good. He suspected, in turn, Bergotte, the painter, the Verdurins; paused for a moment to admire once again the wisdom of people in society, who refused to mix in the artistic circles in which such things were possible, were, perhaps, even openly avowed, as excellent jokes; but

il se rappelait des traits de droiture de ces bohèmes, et les rapprocha de la vie d'expédients, presque d'escroqueries, où le manque d'argent, le besoin de luxe, la corruption des plaisirs conduisent souvent l'aristocratie. Bref cette lettre anonyme prouvait qu'il connaissait un être capable de scélératesse, mais il ne voyait pas plus de raison pour que cette scélératesse fût cachée dans le tuf—inexploré d'autrui—du caractère de l'homme tendre que de l'homme froid, de l'artiste que du bourgeois, du grand seigneur que du valet. Quel critérium adopter pour juger les hommes? au fond il n'y avait pas une seule des personnes qu'il connaissait qui ne pût être capable d'une infamie. Fallait-il cesser de les voir toutes? Son esprit se voila; il passa deux ou trois fois ses mains sur son front, essuya les verres de son lorgnon avec son mouchoir, et, songeant qu'après tout, des gens qui le valaient fréquentaient M. de Charlus, le prince des Laumes, et les autres, il se dit que cela signifiait sinon qu'ils fussent incapables d'infamie, du moins, que c'est une nécessité de la vie à laquelle chacun se soumet de fréquenter des gens qui n'en sont peut-être pas incapables. Et il continua à serrer la main à tous ces amis qu'il avait soupçonnés, avec cette réserve de pur style qu'ils avaient peut-être cherché à le désespérer. Quant au fond même de la lettre, il ne s'en inquiéta pas, car pas une des accusations formulées contre Odette n'avait l'ombre de vraisemblance. Swann comme beaucoup de gens avait l'esprit paresseux et manquait d'invention. Il savait bien comme une vérité générale que la vie des êtres est pleine de contrastes, mais pour chaque être en particulier il imaginait toute la partie de sa vie qu'il ne connaissait pas comme identique à la partie qu'il connaissait. Il imaginait ce qu'on lui taisait à l'aide de ce qu'on lui disait. Dans les moments où Odette était auprès de lui, s'ils parlaient ensemble d'une action indélicate commise, ou d'un sentiment indélicat éprouvé, par un autre, elle les flétrissait en vertu des mêmes

then he recalled the marks of honesty that were to be observed in those Bohemians, and contrasted them with the life of expedients, often bordering on fraudulence, to which the want of money, the craving for luxury, the corrupting influence of their pleasures often drove members of the aristocracy. In a word, this anonymous letter proved that he himself knew a human being capable of the most infamous conduct, but he could see no reason why that infamy should lurk in the depths—which no strange eye might explore—of the warm heart rather than the cold, the artist's rather than the business-man's, the noble's rather than the flunkey's. What criterion ought one to adopt, in order to judge one's fellows? After all, there was not a single one of the people whom he knew who might not, in certain circumstances, prove capable of a shameful action. Must he then cease to see them all? His mind grew clouded; he passed his hands two or three times across his brow, wiped his glasses with his handkerchief, and remembering that, after all, men who were as good as himself frequented the society of M. de Charlus, the Prince des Laumes and the rest, he persuaded himself that this meant, if not that they were incapable of shameful actions, at least that it was a necessity in human life, to which everyone must submit, to frequent the society of people who were, perhaps, not incapable of such actions. And he continued to shake hands with all the friends whom he had suspected, with the purely formal reservation that each one of them had, possibly, been seeking to drive him to despair. As for the actual contents of the letter, they did not disturb him; for in not one of the charges which it formulated against Odette could he see the least vestige of fact. Like many other men, Swann had a naturally lazy mind, and was slow in invention. He knew quite well as a general truth, that human life is full of contrasts, but in the case of any one human being he imagined all that part of his or her life with which he was not familiar as being identical with the part with which he was. He imagined what was kept secret from him in the light of what was revealed. At such times as he spent with Odette, if their conversation turned upon an indelicate act committed, or an indelicate sentiment expressed by some third person, she would ruthlessly condemn the culprit by virtue of the same

principes que Swann avait toujours entendu professer par ses parents et auxquels il était resté fidèle; et puis elle arrangeait ses fleurs, elle buvait une tasse de thé, elle s'inquiétait des travaux de Swann. Donc Swann étendait ces habitudes au reste de la vie d'Odette, il répétait ces gestes quand il voulait se représenter les moments où elle était loin de lui. Si on la lui avait dépeinte telle qu'elle était, ou plutôt qu'elle avait été si longtemps avec lui, mais auprès d'un autre homme, il eût souffert, car cette image lui eût paru vraisemblable. Mais qu'elle allât chez des maquerelles, se livrât à des orgies avec des femmes, qu'elle menât la vie crapuleuse de créatures abjectes, quelle divagation insensée à la réalisation de laquelle, Dieu merci, les chrysanthèmes imaginés, les thés successifs, les indignations vertueuses ne laissaient aucune place. Seulement de temps à autre, il laissait entendre à Odette que par méchanceté, on lui racontait tout ce qu'elle faisait; et, se servant à propos, d'un détail insignifiant mais vrai, qu'il avait appris par hasard, comme s'il était le seul petit bout qu'il laissât passer malgré lui, entre tant d'autres, d'une reconstitution complète de la vie d'Odette qu'il tenait cachée en lui, il l'amenait à supposer qu'il était renseigné sur des choses qu'en réalité il ne savait ni même ne soupçonnait, car si bien souvent il adjurait Odette de ne pas altérer la vérité, c'était seulement, qu'il s'en rendît compte ou non, pour qu'Odette lui dît tout ce qu'elle faisait. Sans doute, comme il le disait à Odette, il aimait la sincérité, mais il l'aimait comme une proxénète pouvant le tenir au courant de la vie de sa maîtresse. Aussi son amour de la sincérité n'étant pas désintéressé, ne l'avait pas rendu meilleur. La vérité qu'il chérissait c'était celle que lui dirait Odette; mais lui-même, pour obtenir cette vérité, ne craignait pas de recourir au mensonge, le mensonge qu'il ne cessait de peindre à Odette comme conduisant à la dégradation toute créature humaine. En somme il mentait autant qu'Odette

moral principles which Swann had always heard expressed by his own parents, and to which he himself had remained loyal; and then, she would arrange her flowers, would sip her tea, would shew an interest in his work. So Swann extended those habits to fill the rest of her life, he reconstructed those actions when he wished to form a picture of the moments in which he and she were apart. If anyone had portrayed her to him as she was, or rather as she had been for so long with himself, but had substituted some other man, he would have been distressed, for such a portrait would have struck him as lifelike. But to suppose that she went to bad houses, that she abandoned herself to orgies with other women, that she led the crapulous existence of the most abject, the most contemptible of mortals—would be an insane wandering of the mind, for the realisation of which, thank heaven, the chrysanthemums that he could imagine, the daily cups of tea, the virtuous indignation left neither time nor place. Only, now and again, he gave Odette to understand that people maliciously kept him informed of everything that she did; and making opportune use of some detail—insignificant but true—which he had accidentally learned, as though it were the sole fragment which he would allow, in spite of himself, to pass his lips, out of the numberless other fragments of that complete reconstruction of her daily life which he carried secretly in his mind, he led her to suppose that he was perfectly informed upon matters, which, in reality, he neither knew nor suspected, for if he often adjured Odette never to swerve from or make alteration of the truth, that was only, whether he realised it or no, in order that Odette should tell him everything that she did. No doubt, as he used to assure Odette, he loved sincerity, but only as he might love a pander who could keep him in touch with the daily life of his mistress. Moreover, his love of sincerity, not being disinterested, had not improved his character. The truth which he cherished was that which Odette would tell him; but he himself, in order to extract that truth from her, was not afraid to have recourse to falsehood, that very falsehood which he never ceased to depict to Odette as leading every human creature down to utter degradation. In a word, he lied as much as did Odette,

parce que plus malheureux qu'elle, il n'était pas moins égoïste. Et elle, entendant Swann lui raconter ainsi à elle-même des choses qu'elle avait faites, le regardait d'un air méfiant, et, à toute aventure, fâché, pour ne pas avoir l'air de s'humilier et de rougir de ses actes.

Un jour, étant dans la période de calme la plus longue qu'il eût encore pu traverser sans être repris d'accès de jalousie, il avait accepté d'aller le soir au théâtre avec la princesse des Laumes. Ayant ouvert le journal, pour chercher ce qu'on jouait, la vue du titre: *Les Filles de Marbre* de Théodore Barrière le frappa si cruellement qu'il eut un mouvement de recul et détourna la tête. Éclairé comme par la lumière de la rampe, à la place nouvelle où il figurait, ce mot de «marbre» qu'il avait perdu la faculté de distinguer tant il avait l'habitude de l'avoir souvent sous les yeux, lui était soudain redevenu visible et l'avait aussitôt fait souvenir de cette histoire qu'Odette lui avait racontée autrefois, d'une visite qu'elle avait faite au Salon du Palais de l'Industrie avec Mme Verdurin et où celle-ci lui avait dit: «Prends garde, je saurai bien te dégeler, tu n'es pas de marbre.» Odette lui avait affirmé que ce n'était qu'une plaisanterie, et il n'y avait attaché aucune importance. Mais il avait alors plus de confiance en elle qu'aujourd'hui. Et justement la lettre anonyme parlait d'amour de ce genre. Sans oser lever les yeux vers le journal, il le déplia, tourna une feuille pour ne plus voir ce mot: «Les Filles de Marbre» et commença à lire machinalement les nouvelles des départements. Il y avait eu une tempête dans la Manche, on signalait des dégâts à Dieppe, à Cabourg, à Beuzeval. Aussitôt il fit un nouveau mouvement en arrière.

Le nom de Beuzeval l'avait fait penser à celui d'une autre localité de cette région, Beuzeville, qui porte uni à celui-là par un trait d'union, un autre nom, celui de Bréauté, qu'il avait vu souvent sur les cartes, mais dont pour la première fois il remarquait que c'était le même que celui de son ami M. de Bréauté dont la lettre anonyme disait qu'il avait été l'amant d'Odette.

because, while more unhappy than she, he was no less egotistical. And she, when she heard him repeating thus to her the things that she had done, would stare at him with a look of distrust and, at all hazards, of indignation, so as not to appear to be humiliated, and to be blushing for her actions.

One day, after the longest period of calm through which he had yet been able to exist without being overtaken by an attack of jealousy, he had accepted an invitation to spend the evening at the theatre with the Princesse des Laumes. Having opened his newspaper to find out what was being played, the sight of the title—*Les Filles de Marbre,* by Théodore Barrière—struck him so cruel a blow that he recoiled instinctively from it and turned his head away. Illuminated, as though by a row of footlights, in the new surroundings in which it now appeared, that word 'marble,' which he had lost the power to distinguish, so often had it passed, in print, beneath his eyes, had suddenly become visible once again, and had at once brought back to his mind the story which Odette had told him, long ago, of a visit which she had paid to the Salon at the Palais d'Industrie with Mme. Verdurin, who had said to her, "Take care, now! I know how to melt you, all right. You're not made of marble." Odette had assured him that it was only a joke, and he had not attached any importance to it at the time. But he had had more confidence in her then than he had now. And the anonymous letter referred explicitly to relations of that sort. Without daring to lift his eyes to the newspaper, he opened it, turned the page so as not to see again the words, *Filles de Marbre,* and began to read mechanically the news from the provinces. There had been a storm in the Channel, and damage was reported from Dieppe, Cabourg, Beuzeval. . . . Suddenly he recoiled again in horror.

The name of Beuzeval had suggested to him that of another place in the same district, Beuzeville, which carried also, bound to it by a hyphen, a second name, to wit Bréauté, which he had often seen on maps, but without ever previously remarking that it was the same name as that borne by his friend M. de Bréauté, whom the anonymous letter accused of having been Odette's lover.

Après tout, pour M. de Bréauté, l'accusation n'était pas invraisemblable; mais en ce qui concernait Mme Verdurin, il y avait impossibilité. De ce qu'Odette mentait quelquefois, on ne pouvait conclure qu'elle ne disait jamais la vérité et dans ces propos qu'elle avait échangés avec Mme Verdurin et qu'elle avait racontés elle-même à Swann, il avait reconnu ces plaisanteries inutiles et dangereuses que, par inexpérience de la vie et ignorance du vice, tiennent des femmes dont ils révèlent l'innocence, et qui—comme par exemple Odette—sont plus éloignées qu'aucune d'éprouver une tendresse exaltée pour une autre femme. Tandis qu'au contraire, l'indignation avec laquelle elle avait repoussé les soupçons qu'elle avait involontairement fait naître un instant en lui par son récit, cadrait avec tout ce qu'il savait des goûts, du tempérament de sa maîtresse. Mais à ce moment, par une de ces inspirations de jaloux, analogues à celle qui apporte au poète ou au savant, qui n'a encore qu'une rime ou qu'une observation, l'idée ou la loi qui leur donnera toute leur puissance, Swann se rappela pour la première fois une phrase qu'Odette lui avait dite il y avait déjà deux ans: «Oh! Mme Verdurin, en ce moment il n'y en a que pour moi, je suis un amour, elle m'embrasse, elle veut que je fasse des courses avec elle, elle veut que je la tutoie.» Loin de voir alors dans cette phrase un rapport quelconque avec les absurdes propos destinés à simuler le vice que lui avait racontés Odette, il l'avait accueillie comme la preuve d'une chaleureuse amitié. Maintenant voilà que le souvenir de cette tendresse de Mme Verdurin était venu brusquement rejoindre le souvenir de sa conversation de mauvais goût. Il ne pouvait plus les séparer dans son esprit, et les vit mêlées aussi dans la réalité, la tendresse donnant quelque chose de sérieux et d'important à ces plaisanteries qui en retour lui faisaient perdre de son innocence. Il alla chez Odette. Il s'assit loin d'elle. Il n'osait l'embrasser, ne sachant si en elle, si en lui, c'était l'affection ou la colère qu'un baiser réveillerait. Il se taisait, il regardait mourir leur amour. Tout à coup il prit une résolution.

After all, when it came to M. de Bréauté, there was nothing improbable in the charge; but so far as Mme. Verdurin was concerned, it was a sheer impossibility. From the fact that Odette did occasionally tell a lie, it was not fair to conclude that she never, by any chance, told the truth, and in these bantering conversations with Mme. Verdurin which she herself had repeated to Swann, he could recognize those meaningless and dangerous pleasantries which, in their inexperience of life and ignorance of vice, women often utter (thereby certifying their own innocence), who—as, for instance, Odette—would be the last people in the world to feel any undue affection for one another. Whereas, on the other hand, the indignation with which she had scattered the suspicions which she had unintentionally brought into being, for a moment, in his mind by her story, fitted in with everything that he knew of the tastes, the temperament of his mistress. But at that moment, by an inspiration of jealousy, analogous to the inspiration which reveals to a poet or a philosopher, who has nothing, so far, but an odd pair of rhymes or a detached observation, the idea or the natural law which will give power, mastery to his work, Swann recalled for the first time a remark which Odette had made to him, at least two years before: "Oh, Mme. Verdurin, she won't hear of anything just now but me. I'm a 'love,' if you please, and she kisses me, and wants me to go with her everywhere, and call her by her Christian name." So far from seeing in these expressions any connection with the absurd insinuations, intended to create an atmosphere of vice, which Odette had since repeated to him, he had welcomed them as a proof of Mme. Verdurin's warm-hearted and generous friendship. But now this old memory of her affection for Odette had coalesced suddenly with his more recent memory of her unseemly conversation. He could no longer separate them in his mind, and he saw them blended in reality, the affection imparting a certain seriousness and importance to the pleasantries which, in return, spoiled the affection of its innocence. He went to see Odette. He sat down, keeping at a distance from her. He did not dare to embrace her, not knowing whether in her, in himself, it would be affection or anger that a kiss would provoke. He sat there silent, watching their love expire. Suddenly he made up his mind.

—Odette, lui dit-il, mon chéri, je sais bien que je suis odieux, mais il faut que je te demande des choses. Tu te souviens de l'idée que j'avais eue à propos de toi et de Mme Verdurin? Dis-moi si c'était vrai, avec elle ou avec une autre.

Elle secoua la tête en fronçant la bouche, signe fréquemment employé par les gens pour répondre qu'ils n'iront pas, que cela les ennuie a quelqu'un qui leur a demandé: «Viendrez-vous voir passer la cavalcade, assisterez-vous à la Revue?» Mais ce hochement de tête affecté ainsi d'habitude à un événement à venir mêle à cause de cela de quelque incertitude la dénégation d'un événement passé. De plus il n'évoque que des raisons de convenance personnelle plutôt que la réprobation, qu'une impossibilité morale. En voyant Odette lui faire ainsi le signe que c'était faux, Swann comprit que c'était peut-être vrai.

—Je te l'ai dit, tu le sais bien, ajouta-t-elle d'un air irrité et malheureux.

—Oui, je sais, mais en es-tu sûre? Ne me dis pas: «Tu le sais bien», dis-moi: «Je n'ai jamais fait ce genre de choses avec aucune femme.»

Elle répéta comme une leçon, sur un ton ironique et comme si elle voulait se débarrasser de lui:

—Je n'ai jamais fait ce genre de choses avec aucune femme.

—Peux-tu me le jurer sur ta médaille de Notre-Dame de Laghet?

Swann savait qu'Odette ne se parjurerait pas sur cette médaille-là.

— Oh! que tu me rends malheureuse, s'écria-t-elle en se dérobant par un sursaut à l'étreinte de sa question. Mais as-tu bientôt fini? Qu'est-ce que tu as aujourd'hui? Tu as donc décidé qu'il fallait que je te déteste, que je t'exècre? Voilà, je voulais reprendre avec toi le bon temps comme autrefois et voilà ton remerciement!

Mais, ne la lâchant pas, comme un chirurgien attend la fin du spasme qui interrompt son intervention mais ne l'y fait pas renoncer:

"Odette, my darling," he began, "I know, I am being simply odious, but I must ask you a few questions. You remember what I once thought about you and Mme. Verdurin? Tell me, was it true? Have you, with her or anyone else, ever?"

She shook her head, pursing her lips together; a sign which people commonly employ to signify that they are not going, because it would bore them to go, when some one has asked, "Are you coming to watch the procession go by?", or "Will you be at the review?". But this shake of the head, which is thus commonly used to decline participation in an event that has yet to come, imparts for that reason an element of uncertainty to the denial of participation in an event that is past. Furthermore, it suggests reasons of personal convenience, rather than any definite repudiation, any moral impossibility. When he saw Odette thus make him a sign that the insinuation was false, he realised that it was quite possibly true.

"I have told you, I never did; you know quite well," she added, seeming angry and uncomfortable.

"Yes, I know all that; but are you quite sure? Don't say to me, 'You know quite well'; say, 'I have never done anything of that sort with any woman.'"

She repeated his words like a lesson learned by rote, and as though she hoped, thereby, to be rid of him:

"I have never done anything of that sort with any woman."

"Can you swear it to me on your Laghetto medal?"

Swann knew that Odette would never perjure herself on that.

"Oh, you do make me so miserable," she cried, with a jerk of her body as though to shake herself free of the constraint of his question. "Have you nearly done? What is the matter with you to-day? You seem to have made up your mind that I am to be forced to hate you, to curse you! Look, I was anxious to be friends with you again, for us to have a nice time together, like the old days; and this is all the thanks I get!"

However, he would not let her go, but sat there like a surgeon who waits for a spasm to subside that has interrupted his operation but need not make him abandon it.

—Tu as bien tort de te figurer que je t'en voudrais le moins du monde, Odette, lui dit-il avec une douceur persuasive et menteuse. Je ne te parle jamais que de ce que je sais, et j'en sais toujours bien plus long que je ne dis. Mais toi seule peux adoucir par ton aveu ce qui me fait te haïr tant que cela ne m'a été dénoncé que par d'autres. Ma colère contre toi ne vient pas de tes actions, je te pardonne tout puisque je t'aime, mais de ta fausseté, de ta fausseté absurde qui te fait persévérer à nier des choses que je sais. Mais comment veux-tu que je puisse continuer à t'aimer, quand je te vois me soutenir, me jurer une chose que je sais fausse. Odette, ne prolonge pas cet instant qui est une torture pour nous deux. Si tu le veux ce sera fini dans une seconde, tu seras pour toujours délivrée. Dis-moi sur ta médaille, si oui ou non, tu as jamais fais ces choses.

—Mais je n'en sais rien, moi, s'écria-t-elle avec colère, peut-être il y a très longtemps, sans me rendre compte de ce que je faisais, peut-être deux ou trois fois.

Swann avait envisagé toutes les possibilités. La réalité est donc quelque chose qui n'a aucun rapport avec les possibilités, pas plus qu'un coup de couteau que nous recevons avec les légers mouvements des nuages au-dessus de notre tête, puisque ces mots: «deux ou trois fois» marquèrent à vif une sorte de croix dans son cœur. Chose étrange que ces mots «deux ou trois fois», rien que des mots, des mots prononcés dans l'air, à distance, puissent ainsi déchirer le cœur comme s'ils le touchaient véritablement, puissent rendre malade, comme un poison qu'on absorberait. Involontairement Swann pensa à ce mot qu'il avait entendu chez Mme de Saint-Euverte: «C'est ce que j'ai vu de plus fort depuis les tables tournantes.» Cette souffrance qu'il ressentait ne ressemblait à rien de ce qu'il avait cru. Non pas seulement parce que dans ses heures de plus entière méfiance il avait rarement imaginé si loin dans le mal, mais parce que même quand il imaginait cette chose, elle restait vague, incertaine, dénuée de cette horreur particulière qui s'était échappée des mots «peut-être deux ou trois fois»,

"You are quite wrong in supposing that I bear you the least ill-will in the world, Odette," he began with a persuasive and deceitful gentleness. "I never speak to you except of what I already know, and I always know a great deal more than I say. But you alone can mollify by your confession what makes me hate you so long as it has been reported to me only by other people. My anger with you is never due to your actions—I can and do forgive you everything because I love you—but to your untruthfulness, the ridiculous untruthfulness which makes you persist in denying things which I know to be true. How can you expect that I shall continue to love you, when I see you maintain, when I hear you swear to me a thing which I know to be false? Odette, do not prolong this moment which is torturing us both. If you are willing to end it at once, you shall be free of it for ever. Tell me, upon your medal, yes or no, whether you have ever done those things."

"How on earth can I tell?" she was furious. "Perhaps I have, ever so long ago, when I didn't know what I was doing, perhaps two or three times."

Swann had prepared himself for all possibilities. Reality must, therefore, be something which bears no relation to possibilities, any more than the stab of a knife in one's body bears to the gradual movement of the clouds overhead, since those words "two or three times" carved, as it were, a cross upon the living tissues of his heart. A strange thing, indeed, that those words, "two or three times," nothing more than a few words, words uttered in the air, at a distance, could so lacerate a man's heart, as if they had actually pierced it, could sicken a man, like a poison that he had drunk. Instinctively Swann thought of the remark that he had heard at Mme. de Saint-Euverte's: "I have never seen anything to beat it since the table-turning." The agony that he now suffered in no way resembled what he had supposed. Not only because, in the hours when he most entirely mistrusted her, he had rarely imagined such a culmination of evil, but because, even when he did imagine that offence, it remained vague, uncertain, was not clothed in the particular horror which had escaped with the words "perhaps two or three times,"

dépourvue de cette cruauté spécifique aussi différente de tout ce qu'il avait connu qu'une maladie dont on est atteint pour la première fois. Et pourtant cette Odette d'où lui venait tout ce mal, ne lui était pas moins chère, bien au contraire plus précieuse, comme si au fur et à mesure que grandissait la souffrance, grandissait en même temps le prix du calmant, du contrepoison que seule cette femme possédait. Il voulait lui donner plus de soins comme à une maladie qu'on découvre soudain plus grave. Il voulait que la chose affreuse qu'elle lui avait dit avoir faite «deux ou trois fois» ne pût pas se renouveler. Pour cela il lui fallait veiller sur Odette. On dit souvent qu'en dénonçant à un ami les fautes de sa maîtresse, on ne réussit qu'à le rapprocher d'elle parce qu'il ne leur ajoute pas foi, mais combien davantage s'il leur ajoute foi. Mais, se disait Swann, comment réussir à la protéger? Il pouvait peut-être la préserver d'une certaine femme mais il y en avait des centaines d'autres et il comprit quelle folie avait passé sur lui quand il avait le soir où il n'avait pas trouvé Odette chez les Verdurin, commencé de désirer la possession, toujours impossible, d'un autre être. Heureusement pour Swann, sous les souffrances nouvelles qui venaient d'entrer dans son âme comme des hordes d'envahisseurs, il existait un fond de nature plus ancien, plus doux et silencieusement laborieux, comme les cellules d'un organe blessé qui se mettent aussitôt en mesure de refaire les tissus lésés, comme les muscles d'un membre paralysé qui tendent à reprendre leurs mouvements. Ces plus anciens, plus autochtones habitants de son âme, employèrent un instant toutes les forces de Swann à ce travail obscurément réparateur qui donne l'illusion du repos à un convalescent, à un opéré. Cette fois-ci ce fut moins comme d'habitude dans le cerveau de Swann que se produisit cette détente par épuisement, ce fut plutôt dans son cœur. Mais toutes les choses de la vie qui ont existé une fois tendent à se récréer, et comme un animal expirant qu'agite de nouveau le sursaut d'une convulsion qui semblait finie, sur le cœur, un instant épargné, de Swann, d'elle-même la même souffrance

was not armed with that specific cruelty, as different from anything that he had known as a new malady by which one is attacked for the first time. And yet this Odette, from whom all this evil sprang, was no less dear to him, was, on the contrary, more precious, as if, in proportion as his sufferings increased, there increased at the same time the price of the sedative, of the antidote which this woman alone possessed. He wished to pay her more attention, as one attends to a disease which one discovers, suddenly, to have grown more serious. He wished that the horrible thing which, she had told him, she had done "two or three times" might be prevented from occurring again. To ensure that, he must watch over Odette. People often say that, by pointing out to a man the faults of his mistress, you succeed only in strengthening his attachment to her, because he does not believe you; yet how much more so if he does! But, Swann asked himself, how could he manage to protect her? He might perhaps be able to preserve her from the contamination of any one woman, but there were hundreds of other women; and he realised how insane had been his ambition when he had begun (on the evening when he had failed to find Odette at the Verdurins') to desire the possession—as if that were ever possible—of another person. Happily for Swann, beneath the mass of suffering which had invaded his soul like a conquering horde of barbarians, there lay a natural foundation, older, more placid, and silently laborious, like the cells of an injured organ which at once set to work to repair the damaged tissues, or the muscles of a paralysed limb which tend to recover their former movements. These older, these autochthonous in-dwellers in his soul absorbed all Swann's strength, for a while, in that obscure task of reparation which gives one an illusory sense of repose during convalescence, or after an operation. This time it was not so much—as it ordinarily was—in Swann's brain that the slackening of tension due to exhaustion took effect, it was rather in his heart. But all the things in life that have once existed tend to recur, and, like a dying animal that is once more stirred by the throes of a convulsion which was, apparently, ended, upon Swann's heart, spared for a moment only, the same agony returned of its

vint retracer la même croix. Il se rappela ces soirs de clair de lune, où allongé dans sa victoria qui le menait rue La Pérouse, il cultivait voluptueusement en lui les émotions de l'homme amoureux, sans savoir le fruit empoisonné qu'elles produiraient nécessairement. Mais toutes ces pensées ne durèrent que l'espace d'une seconde, le temps qu'il portât la main à son cœur, reprit sa respiration et parvint à sourire pour dissimuler sa torture. Déjà il recommençait à poser ses questions. Car sa jalousie qui avait pris une peine qu'un ennemi ne se serait pas donnée pour arriver à lui faire asséner ce coup, à lui faire faire la connaissance de la douleur la plus cruelle qu'il eût encore jamais connue, sa jalousie ne trouvait pas qu'il eut assez souffert et cherchait à lui faire recevoir une blessure plus profonde encore. Telle comme une divinité méchante, sa jalousie inspirait Swann et le poussait à sa perte. Ce ne fut pas sa faute, mais celle d'Odette seulement si d'abord son supplice ne s'aggrava pas.

—Ma chérie, lui dit-il, c'est fini, était-ce avec une personne que je connais?

—Mais non je te jure, d'ailleurs je crois que j'ai exagéré, que je n'ai pas été jusque-là.

Il sourit et reprit:

—Que veux-tu? cela ne fait rien, mais c'est malheureux que tu ne puisses pas me dire le nom. De pouvoir me représenter la personne, cela m'empêcherait de plus jamais y penser. Je le dis pour toi parce que je ne t'ennuierais plus. C'est si calmant de se représenter les choses. Ce qui est affreux c'est ce qu'on ne peut pas imaginer. Mais tu as déjà été si gentille, je ne veux pas te fatiguer. Je te remercie de tout mon cœur de tout le bien que tu m'as fait. C'est fini. Seulement ce mot: «Il y a combien de temps?»

—Oh! Charles, mais tu ne vois pas que tu me tues, c'est tout ce qu'il y a de plus ancien. Je n'y avais jamais repensé, on dirait que tu veux absolument me redonner ces idées-là. Tu seras bien avancé, dit-elle, avec une sottise inconsciente et une méchanceté voulue.

own accord to trace the same cross again. He remembered those moonlit evenings, when, leaning back in the victoria that was taking him to the Rue La Pérouse, he would cultivate with voluptuous enjoyment the emotions of a man in love, ignorant of the poisoned fruit that such emotions must inevitably bear. But all those thoughts lasted for no more than a second, the time that it took him to raise his hand to his heart, to draw breath again and to contrive to smile, so as to dissemble his torment. Already he had begun to put further questions. For his jealousy, which had taken an amount of trouble, such as no enemy would have incurred, to strike him this mortal blow, to make him forcibly acquainted with the most cruel pain that he had ever known, his jealousy was not satisfied that he had yet suffered enough, and sought to expose his bosom to an even deeper wound. Like an evil deity, his jealousy was inspiring Swann, was thrusting him on towards destruction. It was not his fault, but Odette's alone, if at first his punishment was not more severe.

"My darling," he began again, "it's all over now; was it with anyone I know?"

"No, I swear it wasn't; besides, I think I exaggerated, I never really went as far as that."

He smiled, and resumed with:

"Just as you like. It doesn't really matter, but it's unfortunate that you can't give me any name. If I were able to form an idea of the person that would prevent my ever thinking of her again. I say it for your own sake, because then I shouldn't bother you any more about it. It's so soothing to be able to form a clear picture of things in one's mind. What is really terrible is what one cannot imagine. But you've been so sweet to me; I don't want to tire you. I do thank you, with all my heart, for all the good that you have done me. I've quite finished now. Only one word more: how many times?"

"Oh, Charles! can't you see, you're killing me? It's all ever so long ago. I've never given it a thought. Anyone would say that you were positively trying to put those ideas into my head again. And then you'd be a lot better off!" she concluded, with unconscious stupidity but with intentional malice.

—Oh! je voulais seulement savoir si c'est depuis que je te connais. Mais ce serait si naturel, est-ce que ça se passait ici; tu ne peux pas me dire un certain soir, que je me représente ce que je faisais ce soir-là; tu comprends bien qu'il n'est pas possible que tu ne te rappelles pas avec qui, Odette, mon amour.

—Mais je ne sais pas, moi, je crois que c'était au Bois un soir où tu es venu nous retrouver dans l'île. Tu avais dîné chez la princesse des Laumes, dit-elle, heureuse de fournir un détail précis qui attestait sa véracité. A une table voisine il y avait une femme que je n'avais pas vue depuis très longtemps. Elle m'a dit: «Venez donc derrière le petit rocher voir l'effet du clair de lune sur l'eau.» D'abord j'ai bâillé et j'ai répondu: «Non, je suis fatiguée et je suis bien ici.» Elle a assuré qu'il n'y avait jamais eu un clair de lune pareil. Je lui ai dit «cette blague!» je savais bien où elle voulait en venir.

Odette racontait cela presque en riant, soit que cela lui parût tout naturel, ou parce qu'elle croyait en atténuer ainsi l'importance, ou pour ne pas avoir l'air humilié. En voyant le visage de Swann, elle changea de ton:

—Tu es un misérable, tu te plais à me torturer, à me faire faire des mensonges que je dis afin que tu me laisses tranquille.

Ce second coup porté à Swann était plus atroce encore que le premier. Jamais il n'avait supposé que ce fût une chose aussi récente, cachée à ses yeux qui n'avaient pas su la découvrir, non dans un passé qu'il n'avait pas connu, mais dans des soirs qu'il se rappelait si bien, qu'il avait vécus avec Odette, qu'il avait cru connus si bien par lui et qui maintenant prenaient rétrospectivement quelque chose de fourbe et d'atroce; au milieu d'eux tout d'un coup se creusait cette ouverture béante, ce moment dans l'Ile du Bois. Odette sans être intelligente avait le charme du naturel. Elle avait raconté, elle avait mimé cette scène avec tant de simplicité que Swann haletant voyait tout; le bâillement

"I only wished to know whether it had been since I knew you. It's only natural. Did it happen here, ever? You can't give me any particular evening, so that I can remind myself what I was doing at the time? You understand, surely, that it's not possible that you don't remember with whom, Odette, my love."

"But I don't know; really, I don't. I think it was in the Bois, one evening when you came to meet us on the Island. You had been dining with the Princesse des Laumes," she added, happy to be able to furnish him with an exact detail, which testified to her veracity. "At the next table there was a woman whom I hadn't seen for ever so long. She said to me, 'Come along round behind the rock, there, and look at the moonlight on the water!' At first I just yawned, and said, 'No, I'm too tired, and I'm quite happy where I am, thank you.' She swore there'd never been anything like it in the way of moonlight. 'I've heard that tale before,' I said to her; you see, I knew quite well what she was after."

Odette narrated this episode almost as if it were a joke, either because it appeared to her to be quite natural, or because she thought that she was thereby minimising its importance, or else so as not to appear ashamed. But, catching sight of Swann's face, she changed her tone, and:

"You are a fiend!" she flung at him, "you enjoy tormenting me, making me tell you lies, just so that you'll leave me in peace."

This second blow struck at Swann was even more excruciating than the first. Never had he supposed it to have been so recent an affair, hidden from his eyes that had been too innocent to discern it, not in a past which he had never known, but in evenings which he so well remembered, which he had lived through with Odette, of which he had supposed himself to have such an intimate, such an exhaustive knowledge, and which now assumed, retrospectively, an aspect of cunning and deceit and cruelty. In the midst of them parted, suddenly, a gaping chasm, that moment on the Island in the Bois de Boulogne. Without being intelligent, Odette had the charm of being natural. She had recounted, she had acted the little scene with so much simplicity that Swann, as he gasped for

d'Odette, le petit rocher. Il l'entendait répondre—gaiement, hélas!: «Cette blague»!!! Il sentait qu'elle ne dirait rien de plus ce soir, qu'il n'y avait aucune révélation nouvelle à attendre en ce moment; il se taisait; il lui dit:

—Mon pauvre chéri, pardonne-moi, je sens que je te fais de la peine, c'est fini, je n'y pense plus.

Mais elle vit que ses yeux restaient fixés sur les choses qu'il ne savait pas et sur ce passé de leur amour, monotone et doux dans sa mémoire parce qu'il était vague, et que déchirait maintenant comme une blessure cette minute dans l'île du Bois, au clair de lune, après le dîner chez la princesse des Laumes. Mais il avait tellement pris l'habitude de trouver la vie intéressante—d'admirer les curieuses découvertes qu'on peut y faire—que tout en souffrant au point de croire qu'il ne pourrait pas supporter longtemps une pareille douleur, il se disait: «La vie est vraiment étonnante et réserve de belles surprises; en somme le vice est quelque chose de plus répandu qu'on ne croit. Voilà une femme en qui j'avais confiance, qui a l'air si simple, si honnête, en tous cas, si même elle était légère, qui semblait bien normale et saine dans ses goûts: sur une dénonciation invraisemblable, je l'interroge et le peu qu'elle m'avoue révèle bien plus que ce qu'on eût pu soupçonner.» Mais il ne pouvait pas se borner à ces remarques désintéressées. Il cherchait à apprécier exactement la valeur de ce qu'elle lui avait raconté, afin de savoir s'il devait conclure que ces choses, elle les avait faites souvent, qu'elles se renouvelleraient. Il se répétait ces mots qu'elle avait dits: «Je voyais bien où elle voulait en venir», «Deux ou trois fois», «Cette blague!» mais ils ne reparaissaient pas désarmés dans la mémoire de Swann, chacun d'eux tenait son couteau et lui en portait un nouveau coup. Pendant bien longtemps, comme un malade ne peut s'empêcher d'essayer à toute minute de faire le mouvement qui lui est douloureux, il se redisait ces mots: «Je suis bien ici»,

breath, could vividly see it: Odette yawning, the "rock there," . . . He could hear her answer—alas, how lightheartedly—"I've heard that tale before!" He felt that she would tell him nothing more that evening, that no further revelation was to be expected for the present. He was silent for a time, then said to her:

"My poor darling, you must forgive me; I know, I am hurting you dreadfully, but it's all over now; I shall never think of it again."

But she saw that his eyes remained fixed upon the things that he did not know, and on that past era of their love, monotonous and soothing in his memory because it was vague, and now rent, as with a sword-wound, by the news of that minute on the Island in the Bois, by moonlight, while he was dining with the Princesse des Laumes. But he had so far acquired the habit of finding life interesting—of marvelling at the strange discoveries that there were to be made in it—that even while he was suffering so acutely that he did not believe it possible to endure such agony for any length of time, he was saying to himself: "Life is indeed astonishing, and holds some fine surprises; it appears that vice is far more common than one has been led to believe. Here is a woman in whom I had absolute confidence, who looks so simple, so honest, who, in any case, even allowing that her morals are not strict, seemed quite normal and healthy in her tastes and inclinations. I receive a most improbable accusation, I question her, and the little that she admits reveals far more than I could ever have suspected." But he could not confine himself to these detached observations. He sought to form an exact estimate of the importance of what she had just told him, so as to know whether he might conclude that she had done these things often, and was likely to do them again. He repeated her words to himself: "I knew quite well what she was after." "Two or three times." "I've heard that tale before." But they did not reappear in his memory unarmed; each of them held a knife with which it stabbed him afresh. For a long time, like a sick man who cannot restrain himself from attempting, every minute, to make the movement that, he knows, will hurt him, he kept on murmuring to himself: "I'm quite happy where I am,

«Cette blague!», mais la souffrance était si forte qu'il était obligé de s'arrêter. Il s'émerveillait que des actes que toujours il avait jugés si légèrement, si gaiement, maintenant fussent devenus pour lui graves comme une maladie dont on peut mourir. Il connaissait bien des femmes à qui il eût pu demander de surveiller Odette. Mais comment espérer qu'elles se placeraient au même point de vue que lui et ne resteraient pas à celui qui avait été si longtemps le sien, qui avait toujours guidé sa vie voluptueuse, ne lui diraient pas en riant: «Vilain jaloux qui veut priver les autres d'un plaisir.» Par quelle trappe soudainement abaissée (lui qui n'avait eu autrefois de son amour pour Odette que des plaisirs délicats) avait-il été brusquement précipité dans ce nouveau cercle de l'enfer d'où il n'apercevait pas comment il pourrait jamais sortir. Pauvre Odette! il ne lui en voulait pas. Elle n'était qu'à demi coupable. Ne disait-on pas que c'était par sa propre mère qu'elle avait été livrée, presque enfant, à Nice, à un riche Anglais. Mais quelle vérité douloureuse prenait pour lui ces lignes du *Journal d'un Poète* d'Alfred de Vigny qu'il avait lues avec indifférence autrefois: «Quand on se sent pris d'amour pour une femme, on devrait se dire: Comment est-elle entourée? Quelle a été sa vie? Tout le bonheur de la vie est appuyé là-dessus.» Swann s'étonnait que de simples phrases épelées par sa pensée, comme «Cette blague!», «Je voyais bien où elle voulait en venir» pussent lui faire si mal. Mais il comprenait que ce qu'il croyait de simples phrases n'était que les pièces de l'armature entre lesquelles tenait, pouvait lui être rendue, la souffrance qu'il avait éprouvée pendant le récit d'Odette. Car c'était bien cette souffrance-là qu'il éprouvait de nouveau. Il avait beau savoir maintenant—même, il eut beau, le temps passant, avoir un peu oublié, avoir pardonné—au moment où il se redisait ses mots, la souffrance ancienne le refaisait tel qu'il était avant qu'Odette ne parlât: ignorant, confiant; sa cruelle jalousie le replaçait pour le faire frapper par l'aveu d'Odette dans la position de

thank you," "I've heard that tale before," but the pain was so intense that he was obliged to stop. He was amazed to find that actions which he had always, hitherto, judged so lightly, had dismissed, indeed, with a laugh, should have become as serious to him as a disease which might easily prove fatal. He knew any number of women whom he could ask to keep an eye on Odette, but how was he to expect them to adjust themselves to his new point of view, and not to remain at that which for so long had been his own, which had always guided him in his voluptuous existence; not to say to him with a smile: "You jealous monster, wanting to rob other people of their pleasure!" By what trapdoor, suddenly lowered, had he (who had never found, in the old days, in his love for Odette, any but the most refined of pleasures) been precipitated into this new circle of hell from which he could not see how he was ever to escape. Poor Odette! He wished her no harm. She was but half to blame. Had he not been told that it was her own mother who had sold her, when she was still little more than a child, at Nice, to a wealthy Englishman? But what an agonising truth was now contained for him in those lines of Alfred de Vigny's *Journal d'un Poète* which he had previously read without emotion: "When one feels oneself smitten by love for a woman, one ought to say to oneself, 'What are 'her surroundings? What has been her life?' All one's future happiness lies in the answer." Swann was astonished that such simple phrases, spelt over in his mind as, "I've heard that tale before," or "I knew quite well what she was after," could cause him so much pain. But he realised that what he had mistaken for simple phrases were indeed parts of the panoply which held and could inflict on him the anguish that he had felt while Odette was telling her story. For it was the same anguish that he now was feeling afresh. It was no good, his knowing now—indeed, it was no good, as time went on, his having partly forgotten and altogether forgiven the offence—whenever he repeated her words his old anguish refashioned him as he had been before Odette began to speak: ignorant, trustful; his merciless jealousy placed him once again, so that he might be effectively wounded

quelqu'un qui ne sait pas encore, et au bout de plusieurs mois cette vieille histoire le bouleversait toujours comme une révélation. Il admirait la terrible puissance recréatrice de sa mémoire. Ce n'est que de l'affaiblissement de cette génératrice dont la fécondité diminue avec l'âge qu'il pouvait espérer un apaisement à sa torture. Mais quand paraissait un peu épuisé le pouvoir qu'avait de le faire souffrir un des mots prononcés par Odette, alors un de ceux sur lesquels l'esprit de Swann s'était moins arrêté jusque-là, un mot presque nouveau venait relayer les autres et le frappait avec une vigueur intacte. La mémoire du soir où il avait dîné chez la princesse des Laumes lui était douloureuse, mais ce n'était que le centre de son mal. Celui-ci irradiait confusément à l'entour dans tous les jours avoisinants. Et à quelque point d'elle qu'il voulût toucher dans ses souvenirs, c'est la saison tout entière où les Verdurin avaient si souvent dîné dans l'île du Bois qui lui faisait mal. Si mal que peu à peu les curiosités qu'excitait en lui sa jalousie furent neutralisées par la peur des tortures nouvelles qu'il s'infligerait en les satisfaisant. Il se rendait compte que toute la période de la vie d'Odette écoulée avant qu'elle ne le rencontrât, période qu'il n'avait jamais cherché à se représenter, n'était pas l'étendue abstraite qu'il voyait vaguement, mais avait été faite d'années particulières, remplie d'incidents concrets. Mais en les apprenant, il craignait que ce passé incolore, fluide et supportable, ne prît un corps tangible et immonde, un visage individuel et diabolique. Et il continuait à ne pas chercher à le concevoir non plus par paresse de penser, mais par peur de souffrir. Il espérait qu'un jour il finirait par pouvoir entendre le nom de l'île du Bois, de la princesse des Laumes, sans ressentir le déchirement ancien, et trouvait imprudent de provoquer Odette à lui fournir de nouvelles paroles, le nom d'endroits, de circonstances différentes qui, son mal à peine calmé, le feraient renaître sous une autre forme.

by Odette's admission, in the position of a man who does not yet know the truth; and after several months this old story would still dumbfounder him, like a sudden revelation. He marvelled at the terrible recreative power of his memory. It was only by the weakening of that generative force, whose fecundity diminishes as age creeps over one, that he could hope for a relaxation of his torments. But, as soon as the power that any one of Odette's sentences had to make Swann suffer seemed to be nearly exhausted, lo and behold another, one of those to which he had hitherto paid least attention, almost a new sentence, came to relieve the first, and to strike at him with undiminished force. The memory of the evening on which he had dined with the Princesse des Laumes was painful to him, but it was no more than the centre, the core of his pain. That radiated vaguely round about it, overflowing into all the preceding and following days. And on whatever point in it he might intend his memory to rest, it was the whole of that season, during which the Verdurins had so often gone to dine upon the Island in the Bois, that sprang back to hurt him. So violently, that by slow degrees the curiosity which his jealousy was ever exciting in him was neutralised by his fear of the fresh tortures which he would be inflicting upon himself were he to satisfy it. He recognised that all the period of Odette's life which had elapsed before she first met him, a period of which he had never sought to form any picture in his mind, was not the featureless abstraction which he could vaguely see, but had consisted of so many definite, dated years, each crowded with concrete incidents. But were he to learn more of them, he feared lest her past, now colourless, fluid and supportable, might assume a tangible, an obscene form, with individual and diabolical features. And he continued to refrain from seeking a conception of it, not any longer now from laziness of mind, but from fear of suffering. He hoped that, some day, he might be able to hear the Island in the Bois, or the Princesse des Laumes mentioned without feeling any twinge of that old rending pain; meanwhile he thought it imprudent to provoke Odette into furnishing him with fresh sentences, with the names of more places and people and of different events, which, when his malady was still scarcely healed, would make it break out again in another form.

Mais souvent les choses qu'il ne connaissait pas, qu'il redoutait maintenant de connaître, c'est Odette elle-même qui les lui révélait spontanément, et sans s'en rendre compte; en effet l'écart que le vice mettait entre la vie réelle d'Odette et la vie relativement innocente que Swann avait cru, et bien souvent croyait encore, que menait sa maîtresse, cet écart Odette en ignorait l'étendue: un être vicieux, affectant toujours la même vertu devant les êtres de qui il ne veut pas que soient soupçonnés ses vices, n'a pas de contrôle pour se rendre compte combien ceux-ci, dont la croissance continue est insensible pour lui-même l'entraînent peu à peu loin des façons de vivre normales. Dans leur cohabitation, au sein de l'esprit d'Odette, avec le souvenir des actions qu'elle cachait à Swann, d'autres peu à peu en recevaient le reflet, étaient contagionnées par elles, sans qu'elle pût leur trouver rien d'étrange, sans qu'elles détonassent dans le milieu particulier où elle les faisait vivre en elle; mais si elle les racontait à Swann, il était épouvanté par la révélation de l'ambiance qu'elles trahissaient. Un jour il cherchait, sans blesser Odette, à lui demander si elle n'avait jamais été chez des entremetteuses. A vrai dire il était convaincu que non; la lecture de la lettre anonyme en avait introduit la supposition dans son intelligence, mais d'une façon mécanique; elle n'y avait rencontré aucune créance, mais en fait y était restée, et Swann, pour être débarrassé de la présence purement matérielle mais pourtant gênante du soupçon, souhaitait qu'Odette l'extirpât. «Oh! non! Ce n'est pas que je ne sois pas persécutée pour cela, ajouta-t-elle, en dévoilant dans un sourire une satisfaction de vanité qu'elle ne s'apercevait plus ne pas pouvoir paraître légitime à Swann. Il y en a une qui est encore restée plus de deux heures hier à m'attendre, elle me proposait n'importe quel prix. Il paraît qu'il y a un ambassadeur qui lui a dit: «Je me tue si vous ne me l'amenez pas.» On lui a dit que j'étais sortie, j'ai fini par aller moi-même lui

But, often enough, the things that he did not know, that he dreaded, now, to learn, it was Odette herself who, spontaneously and without thought of what she did, revealed them to him; for the gap which her vices made between her actual life and the comparatively innocent life which Swann had believed, and often still believed his mistress to lead, was far wider than she knew. A vicious person, always affecting the same air of virtue before people whom he is anxious to keep from having any suspicion of his vices, has no register, no gauge at hand from which he may ascertain bow far those vices (their continuous growth being imperceptible by himself) have gradually segregated him from the normal ways of life. In the course of their cohabitation, in Odette's mind, with the memory of those of her actions which she concealed from Swann, her other, her innocuous actions were gradually coloured, infected by these, without her being able to detect anything strange in them, without their causing any explosion in the particular region of herself in which she made them live, but when she related them to Swann, he was overwhelmed by the revelation of the duplicity to which they pointed. One day, he was trying—without hurting Odette—to discover from her whether she had ever had any dealings with procuresses. He was, as a matter of fact, convinced that she had not; the anonymous letter had put the idea into his mind, but in a purely mechanical way; it had been received there with no credulity, but it had, for all that, remained there, and Swann, wishing to be rid of the burden—a dead weight, but none the less disturbing—of this suspicion, hoped that Odette would now extirpate it for ever.

"Oh dear, no! Not that they don't simply persecute me to go to them," her smile revealed a gratified vanity which she no longer saw that it was impossible should appear legitimate to Swann. "There was one of them waited more than two hours for me yesterday, said she would give me any money I asked. It seems, there's an Ambassador who said to her, 'I'll kill myself if you don't bring her to me'—meaning me! They told her I'd gone out, but she waited and waited, and in the end I had to go myself and

parler pour qu'elle s'en aille. J'aurais voulu que tu voies comme je l'ai reçue, ma femme de chambre qui m'entendait de la pièce voisine m'a dit que je criais à tue-tête: «Mais puisque je vous dis que je ne veux pas! C'est une idée comme ça, ça ne me plaît pas. Je pense que je suis libre de faire ce que je veux tout de même! Si j'avais besoin d'argent, je comprends...» Le concierge a ordre de ne plus la laisser entrer, il dira que je suis à la campagne. Ah! j'aurais voulu que tu sois caché quelque part. Je crois que tu aurais été content, mon chéri. Elle a du bon, tout de même, tu vois, ta petite Odette, quoiqu'on la trouve si détestable.»

D'ailleurs ses aveux même, quand elle lui en faisait, de fautes qu'elle le supposait avoir découvertes, servaient plutôt pour Swann de point de départ à de nouveaux doutes qu'ils ne mettaient un terme aux anciens. Car ils n'étaient jamais exactement proportionnés à ceux-ci. Odette avait eu beau retrancher de sa confession tout l'essentiel, il restait dans l'accessoire quelque chose que Swann n'avait jamais imaginé, qui l'accablait de sa nouveauté et allait lui permettre de changer les termes du problème de sa jalousie. Et ces aveux il ne pouvait plus les oublier. Son âme les charriait, les rejetait, les berçait, comme des cadavres. Et elle en était empoisonnée.

Une fois elle lui parla d'une visite que Forcheville lui avait faite le jour de la Fête de Paris-Murcie. «Comment, tu le connaissais déjà? Ah! oui, c'est vrai, dit-il en se reprenant pour ne pas paraître l'avoir ignoré.» Et tout d'un coup il se mit à trembler à la pensée que le jour de cette fête de Paris-Murcie où il avait reçu d'elle la lettre qu'il avait si précieusement gardée, elle déjeunait peut-être avec Forcheville à la Maison d'Or. Elle lui jura que non. «Pourtant la Maison d'Or me rappelle je ne sais quoi que j'ai su ne pas être vrai», lui dit-il pour l'effrayer. «Oui, que je n'y étais pas allée le soir où je t'ai dit que j'en sortais quand tu m'avais cherchée chez Prévost», lui répondit-elle (croyant à son air qu'il le savait), avec une décision où il y avait, beaucoup plus que du cynisme,

speak to her, before she'd go away. I do wish you could have seen the way I tackled her; my maid was in the next room, listening, and told me I shouted fit to bring the house down:— 'But when you hear me say that I don't want to! The idea of such a thing, I don't like it at all! I should hope I'm still free to do as I please and when I please and where I please! If I needed the money, I could understand . . .' The porter has orders not to let her in again; he will tell her that I am out of town. Oh, I do wish I could have had you hidden somewhere in the room while I was talking to her. I know, you'd have been pleased, my dear. There's some good in your little Odette, you see, after all, though people do say such dreadful things about her."

Besides, her very admissions—when she made any—of faults which she supposed him to have discovered, rather served Swann as a starting-point for fresh doubts than they put an end to the old. For her admissions never exactly coincided with his doubts. In vain might Odette expurgate her confession of all its essential part, there would remain in the accessories something which Swann had never yet imagined, which crushed him anew, and was to enable him to alter the terms of the problem of his jealousy. And these admissions he could never forget. His spirit carried them along, cast them aside, then cradled them again in its bosom, like corpses in a river. And they poisoned it.

She spoke to him once of a visit that Forcheville had paid her on the day of the Paris-Murcie Fête. "What! you knew him as long ago as that? Oh, yes, of course you did," he corrected himself, so as not to shew that he had been ignorant of the fact. And suddenly he began to tremble at the thought that, on the day of the Paris-Murcie Fête, when he had received that letter which he had so carefully preserved, she had been having luncheon, perhaps, with Forcheville at the Maison d'Or. She swore that she had not. "Still, the Maison d'Or reminds me of something or other which, I knew at the time, wasn't true," he pursued, hoping to frighten her. "Yes that I hadn't been there at all that evening when I told you I had just come from there, and you had been looking for me at Prévost's," she replied (judging by his manner that he knew) with a firmness that was based not so much upon cynicism

de la timidité, une peur de contrarier Swann et que par amour-propre elle voulait cacher, puis le désir de lui montrer qu'elle pouvait être franche. Aussi frappa-t-elle avec une netteté et une vigueur de bourreau et qui étaient exemptes de cruauté car Odette n'avait pas conscience du mal qu'elle faisait à Swann; et même elle se mit à rire, peut-être il est vrai, surtout pour ne pas avoir l'air humilié, confus. «C'est vrai que je n'avais pas été à la Maison Dorée, que je sortais de chez Forcheville. J'avais vraiment été chez Prévost, ça c'était pas de la blague, il m'y avait rencontrée et m'avait demandé d'entrer regarder ses gravures. Mais il était venu quelqu'un pour le voir. Je t'ai dit que je venais de la Maison d'Or parce que j'avais peur que cela ne t'ennuie. Tu vois, c'était plutôt gentil de ma part. Mettons que j'aie eu tort, au moins je te le dis carrément. Quel intérêt aurais-je à ne pas te dire aussi bien que j'avais déjeuné avec lui le jour de la Fête Paris-Murcie, si c'était vrai? D'autant plus qu'à ce moment-là on ne se connaissait pas encore beaucoup tous les deux, dis, chéri.» Il lui sourit avec la lâcheté soudaine de l'être sans forces qu'avaient fait de lui ces accablantes paroles. Ainsi, même dans les mois auxquels il n'avait jamais plus osé repenser parce qu'ils avaient été trop heureux, dans ces mois où elle l'avait aimé, elle lui mentait déjà! Aussi bien que ce moment (le premier soir qu'ils avaient «fait catleya») où elle lui avait dit sortir de la Maison Dorée, combien devait-il y en avoir eu d'autres, recéleurs eux aussi d'un mensonge que Swann n'avait pas soupçonné. Il se rappela qu'elle lui avait dit un jour: «Je n'aurais qu'à dire à Mme Verdurin que ma robe n'a pas été prête, que mon cab est venu en retard. Il y a toujours moyen de s'arranger.» A lui aussi probablement, bien des fois où elle lui avait glissé de ces mots qui expliquent un retard, justifient un changement d'heure dans un rendezvous, ils avaient dû cacher sans qu'il s'en fût douté alors, quelque chose qu'elle avait à faire avec un autre à qui elle avait dit: «Je n'aurai qu'à dire à Swann que ma robe

as upon timidity, a fear of crossing Swann, which her own self-respect made her anxious to conceal, and a desire to shew him that she could be perfectly frank if she chose. And so she struck him with all the sharpness and force of a headsman wielding his axe, and yet could not be charged with cruelty, since she was quite unconscious of hurting him; she even began to laugh, though this may perhaps, it is true, have been chiefly to keep him from thinking that she was ashamed, at all, or confused. "It's quite true, I hadn't been to the Maison Dorée. I was coming away from Forcheville's. I had, really, been to Prévost's—that wasn't a story—and he met me there and asked me to come in and look at his prints. But some one else came to see him. I told you that I was coming from the Maison d'Or because I was afraid you might be angry with me. It was rather nice of me, really, don't you see? I admit, I did wrong, but at least I'm telling you all about it now, a'n't I? What have I to gain by not telling you, straight, that I lunched with him on the day of the Paris-Murcie Fête, if it were true? Especially as at that time we didn't know one another quite so well as we do now, did we, dear?"

He smiled back at her with the sudden, craven weakness of the utterly spiritless creature which these crushing words had made of him. And so, even in the months of which he had never dared to think again, because they had been too happy, in those months when she had loved him, she was already lying to him! Besides that moment (that first evening on which they had "done a cattleya") when she had told him that she was coming from the Maison Dorée, how many others must there have been, each of them covering a falsehood of which Swann had had no suspicion. He recalled how she had said to him once: "I need only tell Mme. Verdurin that my dress wasn't ready, or that my cab came late. There is always some excuse." From himself too, probably, many times when she had glibly uttered such words as explain a delay or justify an alteration of the hour fixed for a meeting, those moments must have hidden, without his having the least inkling of it at the time, an engagement that she had had with some other man, some man to whom she had said: "I need only tell Swann that my dress

n'a pas été prête, que mon cab est arrivé en retard, il y a toujours moyen de s'arranger.» Et sous tous les souvenirs les plus doux de Swann, sous les paroles les plus simples que lui avait dites autrefois Odette, qu'il avait crues comme paroles d'évangile, sous les actions quotidiennes qu'elle lui avait racontées, sous les lieux les plus accoutumés, la maison de sa couturière, l'avenue du Bois, l'Hippodrome, il sentait (dissimulée à la faveur de cet excédent de temps qui dans les journées les plus détaillées laisse encore du jeu, de la place, et peut servir de cachette à certaines actions), il sentait s'insinuer la présence possible et souterraine de mensonges qui lui rendaient ignoble tout ce qui lui était resté le plus cher, ses meilleurs soirs, la rue La Pérouse elle-même, qu'Odette avait toujours dû quitter à d'autres heures que celles qu'elle lui avait dites, faisant circuler partout un peu de la ténébreuse horreur qu'il avait ressentie en entendant l'aveu relatif à la Maison Dorée, et, comme les bêtes immondes dans la Désolation de Ninive, ébranlant pierre à pierre tout son passé. Si maintenant il se détournait chaque fois que sa mémoire lui disait le nom cruel de la Maison Dorée, ce n'était plus comme tout récemment encore à la soirée de Mme de Saint-Euverte, parce qu'il lui rappelait un bonheur qu'il avait perdu depuis longtemps, mais un malheur qu'il venait seulement d'apprendre. Puis il en fut du nom de la Maison Dorée comme de celui de l'Ile du Bois, il cessa peu à peu de faire souffrir Swann. Car ce que nous croyons notre amour, notre jalousie, n'est pas une même passion continue, indivisible. Ils se composent d'une infinité d'amours successifs, de jalousies différentes et qui sont éphémères, mais par leur multitude ininterrompue donnent l'impression de la continuité, l'illusion de l'unité. La vie de l'amour de Swann, la fidélité de sa jalousie, étaient faites de la mort, de l'infidélité, d'innombrables désirs, d'innombrables doutes, qui avaient tous Odette pour objet. S'il était resté longtemps sans la voir, ceux qui mouraient n'auraient pas été remplacés par d'autres. Mais la présence d'Odette continuait d'ensemencer le cœur de Swann de tendresse et de soupçons alternés.

wasn't ready, or that my cab came late. There is always some excuse." And beneath all his most pleasant memories, beneath the simplest words that Odette had ever spoken to him in those old days, words which he had believed as though they were the words of a Gospel, beneath her daily actions which she had recounted to him, beneath the most ordinary places, her dressmaker's flat, the Avenue du Bois, the Hippodrome, he could feel (dissembled there, by virtue of that temporal superfluity which, after the most detailed account of how a day has been spent, always leaves something over, that may serve as a hiding place for certain unconfessed actions), he could feel the insinuation of a possible undercurrent of falsehood which debased for him all that had remained most precious, his happiest evenings, the Rue La Pérouse itself, which Odette must constantly have been leaving at other hours than those of which she told him; extending the power of the dark horror that had gripped him when he had heard her admission with regard to the Maison Dorée, and, like the obscene creatures in the 'Desolation of Nineveh,' shattering, stone by stone, the whole edifice of his past. . . . If, now, he turned aside whenever his memory repeated the cruel name of the Maison Dorée it was because that name recalled to him, no longer, as, such a little time since, at Mme. de Saint-Euverte's party, the good fortune which he long had lost, but a misfortune of which he was now first aware. Then it befell the Maison Dorée, as it had befallen the Island in the Bois, that gradually its name ceased to trouble him. For what we suppose to be our love, our jealousy are, neither of them, single, continuous and individual passions. They are composed of an infinity of successive loves, of different jealousies, each of which is ephemeral, although by their uninterrupted multitude they give us the impression of continuity, the illusion of unity. The life of Swann's love, the fidelity of his jealousy, were formed out of death, of infidelity, of innumerable desires, innumerable doubts, all of which had Odette for their object. If he had remained for any length of time without seeing her, those that died would not have been replaced by others. But the presence of Odette continued to sow in Swann's heart alternate seeds of love and suspicion.

Certains soirs elle redevenait tout d'un coup avec lui d'une gentillesse dont elle l'avertissait durement qu'il devait profiter tout de suite, sous peine de ne pas la voir se renouveler avant des années; il fallait rentrer immédiatement chez elle «faire catleya» et ce désir qu'elle prétendait avoir de lui était si soudain, si inexplicable, si impérieux, les caresses qu'elle lui prodiguait ensuite si démonstratives et si insolites, que cette tendresse brutale et sans vraisemblance faisait autant de chagrin à Swann qu'un mensonge et qu'une méchanceté. Un soir qu'il était ainsi, sur l'ordre qu'elle lui en avait donné, rentré avec elle, et qu'elle entremêlait ses baisers de paroles passionnées qui contrastaient avec sa sécheresse ordinaire, il crut tout d'un coup entendre du bruit; il se leva, chercha partout, ne trouva personne, mais n'eut pas le courage de reprendre sa place auprès d'elle qui alors, au comble de la rage, brisa un vase et dit à Swann: «On ne peut jamais rien faire avec toi!» Et il resta incertain si elle n'avait pas caché quelqu'un dont elle avait voulu faire souffrir la jalousie ou allumer les sens.

Quelquefois il allait dans des maisons de rendez-vous, espérant apprendre quelque chose d'elle, sans oser la nommer cependant. «J'ai une petite qui va vous plaire», disait l'entremetteuse.» Et il restait une heure à causer tristement avec quelque pauvre fille étonnée qu'il ne fit rien de plus. Une toute jeune et ravissante lui dit un jour: «Ce que je voudrais, c'est trouver un ami, alors il pourrait être sûr, je n'irais plus jamais avec personne.” — «Vraiment, crois-tu que ce soit possible qu'une femme soit touchée qu'on l'aime, ne vous trompe jamais?» lui demanda Swann anxieusement. «Pour sûr! ça dépend des caractères!» Swann ne pouvait s'empêcher de dire à ces filles les mêmes choses qui auraient plu à la princesse des Laumes. A celle qui cherchait un ami, il dit en souriant: «C'est gentil, tu as mis des yeux bleus de la couleur de ta ceinture.” — «Vous aussi, vous avez des manchettes bleues.” — «Comme nous avons une belle conversation,

On certain evenings she would suddenly resume towards him a kindness of which she would warn him sternly that he must take immediate advantage, under penalty of not seeing it repeated for years to come; he must instantly accompany her home, to "do a cattleya," and the desire which she pretended to have for him was so sudden, so inexplicable, so imperious, the kisses which she lavished on him were so demonstrative and so unfamiliar, that this brutal and unnatural fondness made Swann just as unhappy as any lie or unkind action. One evening when he had thus, in obedience to her command, gone home with her, and while she was interspersing her kisses with passionate words, in strange contrast to her habitual coldness, he thought suddenly that he heard a sound; he rose, searched everywhere and found nobody, but he had not the courage to return to his place by her side; whereupon she, in a towering rage, broke a vase, with "I never can do anything right with you, you impossible person!" And he was left uncertain whether she had not actually had some man concealed in the room, whose jealousy she had wished to wound, or else to inflame his senses.

Sometimes he repaired to 'gay' houses, hoping to learn something about Odette, although he dared not mention her name. "I have a little thing here, you're sure to like," the 'manageress' would greet him, and he would stay for an hour or so, talking dolefully to some poor girl who sat there astonished that he went no further. One of them, who was still quite young and attractive, said to him once, "Of course, what I should like would be to find a real friend, then he might be quite certain, I should never go with any other men again." "Indeed, do you think it possible for a woman really to be touched by a man's being in love with her, and never to be unfaithful to him?" asked Swann anxiously. "Why, surely! It all depends on their characters!" Swann could not help making the same remarks to these girls as would have delighted the Princesse des Laumes. To the one who was in search of a friend he said, with a smile: "But how nice of you, you've put on blue eyes, to go with your sash." "And you too, you've got blue cuffs on." "What a charming conversation

pour un endroit de ce genre! Je ne t'ennuie pas, tu as peut-être à faire?" – «Non, j'ai tout mon temps. Si vous m'aviez ennuyée, je vous l'aurais dit. Au contraire j'aime bien vous entendre causer." – «Je suis très flatté. N'est-ce pas que nous causons gentiment?» dit-il à l'entremetteuse qui venait d'entrer. – «Mais oui, c'est justement ce que je me disais. Comme ils sont sages! Voilà! on vient maintenant pour causer chez moi. Le Prince le disait, l'autre jour, c'est bien mieux ici que chez sa femme. Il paraît que maintenant dans le monde elles ont toutes un genre, c'est un vrai scandale! Je vous quitte, je suis discrète.» Et elle laissa Swann avec la fille qui avait les yeux bleus. Mais bientôt il se leva et lui dit adieu, elle lui était indifférente, elle ne connaissait pas Odette.

Le peintre ayant été malade, le docteur Cottard lui conseilla un voyage en mer; plusieurs fidèles parlèrent de partir avec lui; les Verdurin ne purent se résoudre à rester seuls, louèrent un yacht, puis s'en rendirent acquéreurs et ainsi Odette fit de fréquentes croisières. Chaque fois qu'elle était partie depuis un peu de temps, Swann sentait qu'il commençait à se détacher d'elle, mais comme si cette distance morale était proportionnée à la distance matérielle, dès qu'il savait Odette de retour, il ne pouvait pas rester sans la voir. Une fois, partis pour un mois seulement, croyaient-ils, soit qu'ils eussent été tentés en route, soit que M. Verdurin eût sournoisement arrangé les choses d'avance pour faire plaisir à sa femme et n'eût averti les fidèles qu'au fur et à mesure, d'Alger ils allèrent à Tunis, puis en Italie, puis en Grèce, à Constantinople, en Asie Mineure. Le voyage durait depuis près d'un an. Swann se sentait absolument tranquille, presque heureux. Bien que M. Verdurin eût cherché à persuader au pianiste et au docteur Cottard que la tante de l'un et les malades de l'autre n'avaient aucun besoin d'eux, et, qu'en tous cas, il était imprudent de laisser Mme Cottard rentrer à Paris que Mme Verdurin assurait être en révolution, il fut obligé de leur rendre leur liberté à Constantinople.

we are having, for a place of this sort! I'm not boring you, am I; or keeping you?" "No, I've nothing to do, thank you. If you bored me I should say so. But I love hearing you talk." "I am highly flattered. . . . Aren't we behaving prettily?" he asked the 'manageress,' who had just looked in. "Why, yes, that's just what I was saying to myself, how sensibly they're behaving! But that's how it is! People come to my house now, just to talk. The Prince was telling me, only the other day, that he's far more comfortable here than with his wife. It seems that, nowadays, all the society ladies are like that; a perfect scandal, I call it. But I'll leave you in peace now, I know when I'm not wanted," she ended discreetly, and left Swann with the girl who had the blue eyes. But presently he rose and said good-bye to her. She had ceased to interest him. She did not know Odette.

The painter having been ill, Dr. Cottard recommended a sea-voyage; several of the 'faithful' spoke of accompanying him; the Verdurins could not face the prospect of being left alone in Paris, so first of all hired, and finally purchased a yacht; thus Odette was constantly going on a cruise. Whenever she had been away for any length of time, Swann would feel that he was beginning to detach himself from her, but, as though this moral distance were proportionate to the physical distance between them, whenever he heard that Odette had returned to Paris, he could not rest without seeing her. Once, when they had gone away, as everyone thought, for a month only, either they succumbed to a series of temptations, or else M. Verdurin had cunningly arranged everything beforehand, to please his wife, and disclosed his plans to the 'faithful' only as time went on; anyhow, from Algiers they flitted to Tunis; then to Italy, Greece, Constantinople, Asia Minor. They had been absent for nearly a year, and Swann felt perfectly at ease and almost happy. Albeit M. Verdurin had endeavoured to persuade the pianist and Dr. Cottard that their respective aunt and patients had no need of them, and that, in any event, it was most rash to allow Mme. Cottard to return to Paris, where, Mme. Verdurin assured him, a revolution had just broken out, he was obliged to grant them their liberty at Constantinople.

Et le peintre partit avec eux. Un jour, peu après le retour de ces trois voyageurs, Swann voyant passer un omnibus pour le Luxembourg où il avait à faire, avait sauté dedans, et s'y était trouvé assis en face de Mme Cottard qui faisait sa tournée de visites «de jours» en grande tenue, plumet au chapeau, robe de soie, manchon, en-tout-cas, porte-cartes et gants blancs nettoyés. Revêtue de ces insignes, quand il faisait sec, elle allait à pied d'une maison à l'autre, dans un même quartier, mais pour passer ensuite dans un quartier différent usait de l'omnibus avec correspondance. Pendant les premiers instants, avant que la gentillesse native de la femme eût pu percer l'empesé de la petite bourgeoise, et ne sachant trop d'ailleurs si elle devait parler des Verdurin à Swann, elle tint tout naturellement, de sa voix lente, gauche et douce que par moments l'omnibus couvrait complètement de son tonnerre, des propos choisis parmi ceux qu'elle entendait et répétait dans les vingt-cinq maisons dont elle montait les étages dans une journée:

– Je ne vous demande pas, monsieur, si un homme dans le mouvement comme vous, a vu, aux Mirlitons, le portrait de Machard qui fait courir tout Paris. Eh bien! qu'en dites-vous? Etes-vous dans le camp de ceux qui approuvent ou dans le camp de ceux qui blâment? Dans tous les salons on ne parle que du portrait de Machard, on n'est pas chic, on n'est pas pur, on n'est pas dans le train, si on ne donne pas son opinion sur le portrait de Machard.

Swann ayant répondu qu'il n'avait pas vu ce portrait, Mme Cottard eut peur de l'avoir blessé en l'obligeant à le confesser.

– Ah! c'est très bien, au moins vous l'avouez franchement, vous ne vous croyez pas déshonoré parce que vous n'avez pas vu le portrait de Machard. Je trouve cela très beau de votre part. Hé bien, moi je l'ai vu, les avis sont partagés, il y en a qui trouvent que c'est un peu léché, un peu crème fouettée, moi, je

And the painter came home with them. One day, shortly after the return of these four travellers, Swann, seeing an omnibus approach him, labelled 'Luxembourg,' and having some business there, had jumped on to it and had found himself sitting opposite Mme. Cottard, who was paying a round of visits to people whose 'day' it was, in full review order, with a plume in her hat, a silk dress, a muff, an umbrella (which do for a parasol if the rain kept off), a card-case, and a pair of white gloves fresh from the cleaners. Wearing these badges of rank, she would, in fine weather, go on foot from one house to another in the same neighbourhood, but when she had to proceed to another district, would make use of a transfer-ticket on the omnibus. For the first minute or two, until the natural courtesy of the woman broke through the starched surface of the doctor's-wife, not being certain, either, whether she ought to mention the Verdurins before Swann, she produced, quite naturally, in her slow and awkward, but not unattractive voice, which, every now and then, was completely drowned by the rattling of the omnibus, topics selected from those which she had picked up and would repeat in each of the score of houses up the stairs of which she clambered in the course of an afternoon.

"I needn't ask you, M. Swann, whether a man so much in the movement as yourself has been to the Mirlitons, to see the portrait by Machard that the whole of Paris is running after. Well, and what do you think of it? Whose camp are you in, those who bless or those who curse? It's the same in every house in Paris now, no one will speak of anything else but Machard's portrait; you aren't smart, you aren't really cultured, you aren't up-to-date unless you give an opinion on Machard's portrait."

Swann having replied that he had not seen this portrait, Mme. Cottard was afraid that she might have hurt his feelings by obliging him to confess the omission.

"Oh, that's quite all right! At least you have the courage to be quite frank about it. You don't consider yourself disgraced because you haven't seen Machard's portrait. I do think that so nice of you. Well now, I have seen it; opinion is divided, you know, there are some people who find it rather laboured, like whipped cream, they say; but I

le trouve idéal. Évidemment elle ne ressemble pas aux femmes bleues et jaunes de notre ami Biche. Mais je dois vous l'avouer franchement, vous ne me trouverez pas très fin de siècle, mais je le dis comme je le pense, je ne comprends pas. Mon Dieu je reconnais les qualités qu'il y a dans le portrait de mon mari, c'est moins étrange que ce qu'il fait d'habitude mais il a fallu qu'il lui fasse des moustaches bleues. Tandis que Machard! Tenez justement le mari de l'amie chez qui je vais en ce moment (ce qui me donne le très grand plaisir de faire route avec vous) lui a promis s'il est nommé à l'Académie (c'est un des collègues du docteur) de lui faire faire son portrait par Machard. Évidemment c'est un beau rêve! j'ai une autre amie qui prétend qu'elle aime mieux Leloir. Je ne suis qu'une pauvre profane et Leloir est peut-être encore supérieur comme science. Mais je trouve que la première qualité d'un portrait, surtout quand il coûte 10.000 francs, est d'être ressemblant et d'une ressemblance agréable.

Ayant tenu ces propos que lui inspiraient la hauteur de son aigrette, le chiffre de son porte-cartes, le petit numéro tracé à l'encre dans ses gants par le teinturier, et l'embarras de parler à Swann des Verdurin, Mme Cottard, voyant qu'on était encore loin du coin de la rue Bonaparte où le conducteur devait l'arrêter, écouta son cœur qui lui conseillait d'autres paroles.

—Les oreilles ont dû vous tinter, monsieur, lui dit-elle, pendant le voyage que nous avons fait avec Mme Verdurin. On ne parlait que de vous.

Swann fut bien étonné, il supposait que son nom n'était jamais proféré devant les Verdurin.

—D'ailleurs, ajouta Mme Cottard, Mme de Crécy était là et c'est tout dire. Quand Odette est quelque part elle ne peut jamais rester bien longtemps sans parler de vous. Et vous pensez que ce n'est pas en mal. Comment! vous en doutez, dit-elle, en voyant un geste sceptique de Swann?

think it's just ideal. Of course, she's not a bit like the blue and yellow ladies that our friend Biche paints. That's quite clear. But I must tell you, perfectly frankly (you'll think me dreadfully old-fashioned, but I always say just what I think), that I don't understand his work. I can quite see the good points there are in his portrait of my husband; oh, dear me, yes; and it's certainly less odd than most of what he does, but even then he had to give the poor man a blue moustache! But Machard! Just listen to this now, the husband of my friend, I am on my way to see at this very moment (which has given me the very great pleasure of your company), has promised her that, if he is elected to the Academy (he is one of the Doctor's colleagues), he will get Machard to paint her portrait. So she's got something to look forward to! I have another friend who insists that she'd rather have Leloir. I'm only a wretched Philistine, and I've no doubt Leloir has perhaps more knowledge of painting even than Machard. But I do think that the most important thing about a portrait, especially when it's going to cost ten thousand francs, is that it should be like, and a pleasant likeness, if you know what I mean."

Having exhausted this topic, to which she had been inspired by the loftiness of her plume, the monogram on her card-case, the little number inked inside each of her gloves by the cleaner, and the difficulty of speaking to Swann about the Verdurins, Mme. Cottard, seeing that they had still a long way to go before they would reach the corner of the Rue Bonaparte, where the conductor was to set her down, listened to the promptings of her heart, which counselled other words than these.

"Your ears must have been burning," she ventured, "while we were on the yacht with Mme. Verdurin. We were talking about you all the time."

Swann was genuinely astonished, for he supposed that his name was never uttered in the Verdurins' presence.

"You see," Mme. Cottard went on, "Mme. de Crécy was there; need I say more? When Odette is anywhere it's never long before she begins talking about you. And you know quite well, it isn't nasty things she says. What! you don't believe me!" she went on, noticing that Svrann looked sceptical.

Et emportée par la sincérité de sa conviction, ne mettant d'ailleurs aucune mauvaise pensée sous ce mot qu'elle prenait seulement dans le sens où on l'emploie pour parler de l'affection qui unit des amis:

—Mais elle vous adore! Ah! je crois qu'il ne faudrait pas dire ça de vous devant elle! On serait bien arrangé! A propos de tout, si on voyait un tableau par exemple elle disait: «Ah! s'il était là, c'est lui qui saurait vous dire si c'est authentique ou non. Il n'y a personne comme lui pour ça.» Et à tout moment elle demandait: «Qu'est-ce qu'il peut faire en ce moment? Si seulement il travaillait un peu! C'est malheureux, un garçon si doué, qu'il soit si paresseux. (Vous me pardonnez, n'est-ce pas?)» En ce moment je le vois, il pense à nous, il se demande où nous sommes.» Elle a même eu un mot que j'ai trouvé bien joli; M. Verdurin lui disait: «Mais comment pouvez-vous voir ce qu'il fait en ce moment puisque vous êtes à huit cents lieues de lui?» Alors Odette lui a répondu: «Rien n'est impossible à l'œil d'une amie.» Non je vous jure, je ne vous dis pas cela pour vous flatter, vous avez là une vraie amie comme on n'en a pas beaucoup. Je vous dirai du reste que si vous ne le savez pas, vous êtes le seul. Mme Verdurin me le disait encore le dernier jour (vous savez les veilles de départ on cause mieux): «Je ne dis pas qu'Odette ne nous aime pas, mais tout ce que nous lui disons ne pèserait pas lourd auprès de ce que lui dirait M. Swann.» Oh! mon Dieu, voilà que le conducteur m'arrête, en bavardant avec vous j'allais laisser passer la rue Bonaparte... me rendriez-vous le service de me dire si mon aigrette est droite?»

Et Mme Cottard sortit de son manchon pour la tendre à Swann sa main gantée de blanc d'où s'échappa, avec une correspondance, une vision de haute vie qui remplit l'omnibus, mêlée à l'odeur du teinturier. Et Swann se sentit déborder de tendresse pour elle, autant que pour Mme Verdurin (et presque autant que pour Odette, car le sentiment qu'il éprouvait pour

And, carried away by the sincerity of her conviction, without putting any evil meaning into the word, which she used purely in the sense in which one employs it to speak of the affection that unites a pair of friends:

"Why, she *adores* you! No, indeed; I'm sure it would never do to say anything against you when she was about; one would soon be taught one's place! Whatever we might be doing, if we were looking at a picture, for instance, she would say, 'If only we had him here, he's the man who could tell us whether it's genuine or not. There's no one like him for that.' And all day long she would be saying, 'What can he be doing just now? I do hope, he's doing a little work! It's too dreadful that a fellow with such gifts as he has should be so lazy.' (Forgive me, won't you.) 'I can see him this very moment; he's thinking of us, he's wondering where we are.' Indeed, she used an expression which I thought very pretty at the time. M. Verdurin asked her, 'How in the world can you see what he's doing, when he's a thousand miles away?' And Odette answered, 'Nothing is impossible to the eye of a friend.'

"No, I assure you, I'm not saying it just to flatter you; you have a true friend in her, such as one doesn't often find. I can tell you, besides, in case you don't know it, that you're the only one. Mme. Verdurin told me as much herself on our last day with them (one talks more freely, don't you know, before a parting), 'I don't say that Odette isn't fond of us, but anything that we may say to her counts for very little beside what Swann might say.' Oh, mercy, there's the conductor stopping for me; here have I been chatting away to you, and would have gone right past the Rue Bonaparte, and never noticed . . . Will you be so very kind as to tell me whether my plume is straight?"

And Mme. Cottard withdrew from her muff, to offer it to Swann, a white-gloved hand from which there floated, with a transier-ticket, an atmosphere of fashionable life that pervaded the omnibus, blended with the harsher fragrance of newly cleaned kid. And Swann felt himself overflowing with gratitude to her, as well as to Mme. Verdurin (and almost to Odette, for the feeling that he now entertained for

cette dernière n'étant plus mêlé de douleur, n'était plus guère de l'amour), tandis que de la plate-forme il la suivait de ses yeux attendris, qui enfilait courageusement la rue Bonaparte, l'aigrette haute, d'une main relevant sa jupe, de l'autre tenant son en-tout-cas et son porte-cartes dont elle laissait voir le chiffre, laissant baller devant elle son manchon.

Pour faire concurrence aux sentiments maladifs que Swann avait pour Odette, Mme Cottard, meilleur thérapeute que n'eût été son mari, avait greffé à côté d'eux d'autres sentiments, normaux ceux-là, de gratitude, d'amitié, des sentiments qui dans l'esprit de Swann rendraient Odette plus humaine (plus semblable aux autres femmes, parce que d'autres femmes aussi pouvaient les lui inspirer), hâteraient sa transformation définitive en cette Odette aimée d'affection paisible, qui l'avait ramené un soir après une fête chez le peintre boire un verre d'orangeade avec Forcheville et près de qui Swann avait entrevu qu'il pourrait vivre heureux.

Jadis ayant souvent pensé avec terreur qu'un jour il cesserait d'être épris d'Odette, il s'était promis d'être vigilant, et dès qu'il sentirait que son amour commencerait à le quitter, de s'accrocher à lui, de le retenir. Mais voici qu'à l'affaiblissement de son amour correspondait simultanément un affaiblissement du désir de rester amoureux. Car on ne peut pas changer, c'est-à-dire devenir une autre personne, tout en continuant à obéir aux sentiments de celle qu'on n'est plus. Parfois le nom aperçu dans un journal, d'un des hommes qu'il supposait avoir pu être les amants d'Odette, lui redonnait de la jalousie. Mais elle était bien légère et comme elle lui prouvait qu'il n'était pas encore complètement sorti de ce temps où il avait tant souffert—mais aussi où il avait connu une manière de sentir si voluptueuse—et que les hasards de la route lui permettraient peut-être d'en apercevoir encore furtivement et de loin les beautés, cette jalousie lui procurait plutôt une excitation agréable comme au morne Parisien qui quitte Venise pour retrouver la France, un

her was no longer tinged with pain, was scarcely even to be described, now, as love), while from the platform of the omnibus he followed her with loving eyes, as she gallantly threaded her way along the Rue Bonaparte, her plume erect, her skirt held up in one hand, while in the other she clasped her umbrella and her card-case, so that its monogram could be seen, her muff dancing in the air before her as she went.

To compete with and so to stimulate the moribund feelings that Swann had for Odette, Mme. Cottard, a wiser physician, in this case, than ever her husband would have been, had grafted among them others more normal, feelings of gratitude, of friendship, which in Swann's mind were to make Odette seem again more human (more like other women, since other women could inspire the same feelings in him), were to hasten her final transformation back into that Odette, loved with an undisturbed affection, who had taken him home one evening after a revel at the painter's, to drink orangeade with Forcheville, that Odette with whom Swann had calculated that he might live in happiness.

In former times, having often thought with terror that a day must come when he would cease to be in love with Odette, he had determined to keep a sharp look-out, and as soon as he felt that love was beginning to escape him, to cling tightly to it and to hold it back. But now, to the faintness of his love there corresponded a simultaneous faintness in his desire to remain her lover. For a man cannot change, that is to say become another person, while he continues to obey the dictates of the self which he has ceased to be. Occasionally the name, if it caught his eye in a newspaper, of one of the men whom he supposed to have been Odette's lovers, reawakened his jealousy. But it was very slight, and, inasmuch as it proved to him that he had not completely emerged from that period in which he had so keenly suffered—though in it he had also known a way of feeling so intensely happy—and that the accidents of his course might still enable him to catch an occasional glimpse, stealthily and at a distance, of its beauties, this jealousy gave him, if anything, an agreeable thrill, as to the sad Parisian, when he has left Venice behind him and must return to France, a

dernier moustique prouve que l'Italie et l'été ne sont pas encore bien loin. Mais le plus souvent le temps si particulier de sa vie d'où il sortait, quand il faisait effort sinon pour y rester, du moins pour en avoir une vision claire pendant qu'il le pouvait encore, il s'apercevait qu'il ne le pouvait déjà plus; il aurait voulu apercevoir comme un paysage qui allait disparaître cet amour qu'il venait de quitter; mais il est si difficile d'être double et de se donner le spectacle véridique d'un sentiment qu'on a cessé de posséder, que bientôt l'obscurité se faisant dans son cerveau, il ne voyait plus rien, renonçait à regarder, retirait son lorgnon, en essuyait les verres; et il se disait qu'il valait mieux se reposer un peu, qu'il serait encore temps tout à l'heure, et se rencognait, avec l'incuriosité, dans l'engourdissement, du voyageur ensommeillé qui rabat son chapeau sur ses yeux pour dormir dans le wagon qu'il sent l'entraîner de plus en plus vite, loin du pays, où il a si longtemps vécu et qu'il s'était promis de ne pas laisser fuir sans lui donner un dernier adieu. Même, comme ce voyageur s'il se réveille seulement en France, quand Swann ramassa par hasard près de lui la preuve que Forcheville avait été l'amant d'Odette, il s'aperçut qu'il n'en ressentait aucune douleur, que l'amour était loin maintenant et regretta de n'avoir pas été averti du moment où il le quittait pour toujours. Et de même qu'avant d'embrasser Odette pour la première fois il avait cherché à imprimer dans sa mémoire le visage qu'elle avait eu si longtemps pour lui et qu'allait transformer le souvenir de ce baiser, de même il eût voulu, en pensée au moins, avoir pu faire ses adieux, pendant qu'elle existait encore, à cette Odette lui inspirant de l'amour, de la jalousie, à cette Odette lui causant des souffrances et que maintenant il ne reverrait jamais. Il se trompait. Il devait la revoir une fois encore, quelques semaines plus tard. Ce fut en dormant, dans le crépuscule d'un rêve. Il se promenait avec Mme Verdurin, le docteur Cottard, un jeune homme en fez qu'il ne pouvait identifier, le peintre,

last mosquito proves that Italy and summer are still not too remote. But, as a rule, with this particular period of his life from which he was emerging, when he made an effort, if not to remain in it, at least to obtain, while still he might, an uninterrupted view of it, he discovered that already it was too late; he would have looked back to distinguish, as it might be a landscape that was about to disappear, that love from which he had departed, but it is so difficult to enter into a state of complete duality and to present to oneself the lifelike spectacle of a feeling which one has ceased to possess, that very soon, the clouds gathering in his brain, he could see nothing, he would abandon the attempt, would take the glasses from his nose and wipe them; and he told himself that he would do better to rest for a little, that there would be time enough later on, and settled back into his corner with as little curiosity, with as much torpor as the drowsy traveller who pulls his cap down over his eyes so as to get some sleep in the railway-carriage that is drawing him, he feels, faster and faster, out of the country in which he has lived for so long, and which he vowed that he would not allow to slip away from him without looking out to bid it a last farewell. Indeed, like the same traveller, if he does not awake until he has crossed the frontier and is again in France, when Swann happened to alight, close at hand, upon something which proved that Forcheville had been Odette's lover, he discovered that it caused him no pain, that love was now utterly remote, and he regretted that he had had no warning of the moment in which he had emerged from it for ever. And just as, before kissing Odette for the first time, he had sought to imprint upon his memory the face that for so long had been familiar, before it was altered by the additional memory of their kiss, so he could have wished–in thought at least–to have been in a position to bid farewell, while she still existed, to that Odette who had inspired love in him and jealousy, to that Odette who had caused him so to suffer, and whom now he would never see again. He was mistaken. He was destined to see her once again, a few weeks later. It was while he was asleep, in the twilight of a dream. He was walking with Mme. Verdurin, Dr. Cottard, a young man in a fez whom he failed to identify, the painter,

Odette, Napoléon III et mon grand-père, sur un chemin qui suivait la mer et la surplombait à pic tantôt de très haut, tantôt de quelques mètres seulement, de sorte qu'on montait et redescendait constamment; ceux des promeneurs qui redescendaient déjà n'étaient plus visibles à ceux qui montaient encore, le peu de jour qui restât faiblissait et il semblait alors qu'une nuit noire allait s'étendre immédiatement. Par moment les vagues sautaient jusqu'au bord et Swann sentait sur sa joue des éclaboussures glacées. Odette lui disait de les essuyer, il ne pouvait pas et en était confus vis-à-vis d'elle, ainsi que d'être en chemise de nuit. Il espérait qu'à cause de l'obscurité on ne s'en rendait pas compté, mais cependant Mme Verdurin le fixa d'un regard étonné durant un long moment pendant lequel il vit sa figure se déformer, son nez s'allonger et qu'elle avait de grandes moustaches. Il se détourna pour regarder Odette, ses joues étaient pâles, avec des petits points rouges, ses traits tirés, cernés, mais elle le regardait avec des yeux pleins de tendresse prêts à se détacher comme des larmes pour tomber sur lui et il se sentait l'aimer tellement qu'il aurait voulu l'emmener tout de suite. Tout d'un coup Odette tourna son poignet, regarda une petite montre et dit: «Il faut que je m'en aille», elle prenait congé de tout le monde, de la même façon, sans prendre à part à Swann, sans lui dire où elle le reverrait le soir ou un autre jour. Il n'osa pas le lui demander, il aurait voulu la suivre et était obligé, sans se retourner vers elle, de répondre en souriant à une question de Mme Verdurin, mais son cœur battait horriblement, il éprouvait de la haine pour Odette, il aurait voulu crever ses yeux qu'il aimait tant tout à l'heure, écraser ses joues sans fraîcheur. Il continuait à monter avec Mme Verdurin, c'est-à-dire à s'éloigner à chaque pas d'Odette, qui descendait en sens inverse. Au bout d'une seconde il y eut beaucoup d'heures qu'elle était partie. Le peintre fit remarquer à Swann que Napoléon III s'était éclipsé un instant après elle. «C'était certainement entendu entre

Odette, Napoleon III and my grandfather, along a path which followed the line of the coast, and overhung the sea, now at a great height, now by a few feet only, so that they were continually going up and down; those of the party who had reached the downward slope were no longer visible to those who were still climbing; what little daylight yet remained was failing, and it seemed as though a black night was immediately to fall on them. Now and then the waves dashed against the cliff, and Swann could feel on his cheek a shower of freezing spray. Odette told him to wipe this off, but he could not, and felt confused and helpless in her company, as well as because he was in his nightshirt. He hoped that, in the darkness, this might pass unnoticed; Mme. Verdurin, however, fixed her astonished gaze upon him for an endless moment, in which he saw her face change its shape, her nose grow longer, while beneath it there sprouted a heavy moustache. He turned away to examine Odette; her cheeks were pale, with little fiery spots, her features drawn and ringed with shadows; but she looked back at him with eyes welling with affection, ready to detach themselves like tears and to fall upon his face, and he felt that he loved her so much that he would have liked to carry her off with him at once. Suddenly Odette turned her wrist, glanced at a tiny watch, and said: "I must go." She took leave of everyone, in the same formal manner, without taking Swann aside, without telling him where they were to meet that evening, or next day. He dared not ask, he would have liked to follow her, he was obliged, without turning back in her direction, to answer with a smile some question by Mme. Verdurin; but his heart was frantically beating, he felt that he now hated Odette, he would gladly have crushed those eyes which, a moment ago, he had loved so dearly, have torn the blood into those lifeless cheeks. He continued to climb with Mme. Verdurin, that is to say that each step took him farther from Odette, who was going downhill, and in the other direction. A second passed and it was many hours since she had left him. The painter remarked to Swann that Napoleon III had eclipsed himself immediately after Odette. "They had obviously arranged it between

eux, ajouta-t-il, ils ont dû se rejoindre en bas de la côte mais n'ont pas voulu dire adieu ensemble à cause des convenances. Elle est sa maîtresse.» Le jeune homme inconnu se mit à pleurer. Swann essaya de le consoler. «Après tout elle a raison, lui dit-il en lui essuyant les yeux et en lui ôtant son fez pour qu'il fût plus à son aise. Je le lui ai conseillé dix fois. Pourquoi en être triste? C'était bien l'homme qui pouvait la comprendre.» Ainsi Swann se parlait-il à lui-même, car le jeune homme qu'il n'avait pu identifier d'abord était aussi lui; comme certains romanciers, il avait distribué sa personnalité à deux personnages, celui qui faisait le rêve, et un qu'il voyait devant lui coiffé d'un fez.

Quant à Napoléon III, c'est à Forcheville que quelque vague association d'idées, puis une certaine modification dans la physionomie habituelle du baron, enfin le grand cordon de la Légion d'honneur en sautoir, lui avaient fait donner ce nom; mais en réalité, et pour tout ce que le personnage présent dans le rêve lui représentait et lui rappelait, c'était bien Forcheville. Car, d'images incomplètes et changeantes Swann endormi tirait des déductions fausses, ayant d'ailleurs momentanément un tel pouvoir créateur qu'il se reproduisait par simple division comme certains organismes inférieurs; avec la chaleur sentie de sa propre paume il modelait le creux d'une main étrangère qu'il croyait serrer et, de sentiments et d'impressions dont il n'avait pas conscience encore faisait naître comme des péripéties qui, par leur enchaînement logique amèneraient à point nommé dans le sommeil de Swann le personnage nécessaire pour recevoir son amour ou provoquer son réveil. Une nuit noire se fit tout d'un coup, un tocsin sonna, des habitants passèrent en courant, se sauvant des maisons en flammes; Swann entendait le bruit des vagues qui sautaient et son cœur qui, avec la même violence, battait d'anxiété dans sa poitrine. Tout d'un coup ses palpitations de cœur redoublèrent de vitesse, il éprouva une souffrance, une nausée inexplicables; un paysan couvert de brûlures lui jetait en passant: «Venez demander à Charlus où Odette

them," he added; "they must have agreed to meet at the foot of the cliff, but they wouldn't say good-bye together; it might have looked odd. She is his mistress." The strange young man burst into tears. Swann endeavoured to console him. "After all, she is quite right," he said to the young man, drying his eyes for him and taking off the fez to make him feel more at ease. "I've advised her to do that, myself, a dozen times. Why be so distressed? He was obviously the man to understand her." So Swann reasoned with himself, for the young man whom he had failed, at first, to identify, was himself also; like certain novelists, he had distributed his own personality between two characters, him who was the 'first person' in the dream, and another whom he saw before him, capped with a fez.

As for Napoleon III, it was to Forcheville that some vague association of ideas, then a certain modification of the Baron's usual physiognomy, and lastly the broad ribbon of the Legion of Honour across his breast, had made Swann give that name; but actually, and in everything that the person who appeared in his dream represented and recalled to him, it was indeed Forcheville. For, from an incomplete and changing set of images, Swann in his sleep drew false deductions, enjoying, at the same time, such creative power that he was able to reproduce himself by a simple act of division, like certain lower organisms; with the warmth that he felt in his own palm he modelled the hollow of a strange hand which he thought that he was clasping, and out of feelings and impressions of which he was not yet conscious, he brought about sudden vicissitudes which, by a chain of logical sequences, would produce, at definite points in his dream, the person required to receive his love or to startle him awake. In an instant night grew black about him; an alarum rang, the inhabitants ran past him, escaping from their blazing houses; he could hear the thunder of the surging waves, and also of his own heart, which, with equal violence, was anxiously beating in his breast. Suddenly the speed of these palpitations redoubled, he felt a pain, a nausea that were inexplicable; a peasant, dreadfully burned, flung at him as he passed: "Come and ask Charlus where Odette

est allée finir la soirée avec son camarade, il a été avec elle autrefois et elle lui dit tout. C'est eux qui ont mis le feu.» C'était son valet de chambre qui venait l'éveiller et lui disait:

—Monsieur, il est huit heures et le coiffeur est là, je lui ai dit de repasser dans une heure.

Mais ces paroles en pénétrant dans les ondes du sommeil où Swann était plongé, n'étaient arrivées jusqu'à sa conscience qu'en subissant cette déviation qui fait qu'au fond de l'eau un rayon paraît un soleil, de même qu'un moment auparavant le bruit de la sonnette prenant au fond de ces abîmes une sonorité de tocsin avait enfanté l'épisode de l'incendie. Cependant le décor qu'il avait sous les yeux vola en poussière, il ouvrit les yeux, entendit une dernière fois le bruit d'une des vagues de la mer qui s'éloignait. Il toucha sa joue. Elle était sèche. Et pourtant il se rappelait la sensation de l'eau froide et le goût du sel. Il se leva, s'habilla. Il avait fait venir le coiffeur de bonne heure parce qu'il avait écrit la veille à mon grand-père qu'il irait dans l'après-midi à Combray, ayant appris que Mme de Cambremer—Mlle Legrandin—devait y passer quelques jours. Associant dans son souvenir au charme de ce jeune visage celui d'une campagne où il n'était pas allé depuis si longtemps, ils lui offraient ensemble un attrait qui l'avait décidé à quitter enfin Paris pour quelques jours. Comme les différents hasards qui nous mettent en présence de certaines personnes ne coïncident pas avec le temps où nous les aimons, mais, le dépassant, peuvent se produire avant qu'il commence et se répéter après qu'il a fini, les premières apparitions que fait dans notre vie un être destiné plus tard à nous plaire, prennent rétrospectivement à nos yeux une valeur d'avertissement, de présage. C'est de cette façon que Swann s'était souvent reporté à l'image d'Odette rencontrée au théâtre, ce premier soir où il ne songeait pas à la revoir jamais—et qu'il se rappelait maintenant la soirée de Mme de Saint-Euverte où il avait présenté le général de Froberville à Mme de Cambremer. Les intérêts de notre

spent the night with her friend. He used to go about with her, and she tells him everything. It was they that started the fire." It was his valet, come to awaken him, and saying:—

"Sir, it is eight o'clock, and the barber is here. I have told him to call again in an hour."

But these words, as they dived down through the waves of sleep in which Swann was submerged, did not reach his consciousness without undergoing that refraction which turns a ray of light, at the bottom of a bowl of water, into another sun; just as, a moment earlier, the sound of the door-bell, swelling in the depths of his abyss of sleep into the clangour of an alarum, had engendered the episode of the fire. Meanwhile the scenery of his dream-stage scattered in dust, he opened his eyes, heard for the last time the boom of a wave in the sea, grown very distant. He touched his cheek. It was dry. And yet he could feel the sting of the cold spray, and the taste of salt on his lips. He rose, and dressed himself. He had made the barber come early because he had written, the day before, to my grandfather, to say that he was going, that afternoon, to Combray, having learned that Mme. de Cambremer—Mlle. Legrandin that had been—was spending a few days there. The association in his memory of her young and charming face with a place in the country which he had not visited for so long, offered him a combined attraction which had made him decide at last to leave Paris for a while. As the different changes and chances that bring us into the company of certain other people in this life do not coincide with the periods in which we are in love with those people, but, overlapping them, may occur before love has begun, and may be repeated after love is ended, the earliest appearances, in our life, of a creature who is destined to afford us pleasure later on, assume retrospectively in our eyes a certain value as an indication, a warning, a presage. It was in this fashion that Swann had often carried back his mind to the image of Odette, encountered in the theatre, on that first evening when he had no thought of ever seeing her again—and that he now recalled the party at Mme. de Saint-Euverte's, at which he had introduced General de Froberville to Mme. de Cambremer. So manifold are our

vie sont si multiples qu'il n'est pas rare que dans une même circonstance les jalons d'un bonheur qui n'existe pas encore soient posés à côté de l'aggravation d'un chagrin dont nous souffrons. Et sans doute cela aurait pu arriver à Swann ailleurs que chez Mme de Saint-Euverte. Qui sait même, dans le cas où, ce soir-là, il se fût trouvé ailleurs, si d'autres bonheurs, d'autres chagrins ne lui seraient pas arrivés, et qui ensuite lui eussent paru avoir été inévitables? Mais ce qui lui semblait l'avoir été, c'était ce qui avait eu lieu, et il n'était pas loin de voir quelque chose de providentiel dans ce qu'il se fût décidé à aller à la soirée de Mme de Saint-Euverte, parce que son esprit désireux d'admirer la richesse d'invention de la vie et incapable de se poser longtemps une question difficile, comme de savoir ce qui eût été le plus à souhaiter, considérait dans les souffrances qu'il avait éprouvées ce soir-là et les plaisirs encore insoupçonnés qui germaient déjà—et entre lesquels la balance était trop difficile à établir—une sorte d'enchaînement nécessaire.

Mais tandis que, une heure après son réveil, il donnait des indications au coiffeur pour que sa brosse ne se dérangeât pas en wagon, il repensa à son rêve, il revit comme il les avait sentis tout près de lui, le teint pâle d'Odette, les joues trop maigres, les traits tirés, les yeux battus, tout ce que—au cours des tendresses successives qui avaient fait de son durable amour pour Odette un long oubli de l'image première qu'il avait reçue d'elle—il avait cessé de remarquer depuis les premiers temps de leur liaison dans lesquels sans doute, pendant qu'il dormait, sa mémoire en avait été chercher la sensation exacte. Et avec cette muflerie intermittente qui reparaissait chez lui dès qu'il n'était plus malheureux et que baissait du même coup le niveau de sa moralité, il s'écria en lui-même: «Dire que j'ai gâché des années de ma vie, que j'ai voulu mourir, que j'ai eu mon plus grand amour, pour une femme qui ne me plaisait pas, qui n'était pas mon genre!»

interests in life that it is not uncommon that, on a single occasion, the foundations of a happiness which does not yet exist are laid down simultaneously with aggravations of a grief from which we are still suffering. And, no doubt, that might have occurred to Swann elsewhere than at Mme. de Saint-Euverte's. Who, indeed, can say whether, in the event of his having gone, that evening, somewhere else, other happinesses, other griefs would not have come to him, which, later, would have appeared to have been inevitable? But what did seem to him to have been inevitable was what had indeed taken place, and he was not far short of seeing something providential in the fact that he had at last decided to go to Mme. de Saint-Euverte's that evening, because his mind, anxious to admire the richness of invention that life shews, and incapable of facing a difficult problem for any length of time, such as to discover what, actually, had been most to be wished for, came to the conclusion that the sufferings through which he had passed that evening, and the pleasures, at that time unsuspected, which were already being brought to birth—the exact balance between which was too difficult to establish—were linked by a sort of concatenation of necessity.

But while, an hour after his awakening, he was giving instructions to the barber, so that his stiffly brushed hair should not become disarranged on the journey, he thought once again of his dream; he saw once again, as he had felt them close beside him, Odette's pallid complexion, her too thin cheeks, her drawn features, her tired eyes, all the things which—in the course of those successive bursts of affection which had made of his enduring love for Odette a long oblivion of the first impression that he had formed of her—he had ceased to observe after the first few days of their intimacy, days to which, doubtless, while he slept, his memory had returned to seek the exact sensation of those things. And with that old, intermittent fatuity, which reappeared in him now that he was no longer unhappy, and lowered, at the same time, the average level of his morality, he cried out in his heart: "To think that I have wasted years of my life, that I have longed for death, that the greatest love that I have ever known has been for a woman who did not please me, who was not in my style!"